小说月報

醉里挑灯看剑

新世纪卷

小说月报编辑部编

天津出版传媒集团
百花文艺出版社

图书在版编目（CIP）数据

小说月报军旅小说. 新世纪卷：醉里挑灯看剑 /《小说月报》编辑部编. —天津：百花文艺出版社，2013.1（2023.8 重印）

ISBN 978-7-5306-6219-9

Ⅰ. ①小… Ⅱ. ①小… Ⅲ. ①中篇小说-小说集-中国-当代②短篇小说-小说集-中国-当代 Ⅳ. ①I247.7

中国版本图书馆 CIP 数据核字(2012)第 281582 号

小说月报军旅小说. 新世纪卷：醉里挑灯看剑

XIAOSHUOYUEBAOJUNLVXIAOSHUO. XINSHIJIJUAN ZUILITIAODENGKANJIAN

《小说月报》编辑部 编

出 版 人：薛印胜

选题策划：刘书棋　　**责任编辑**：齐红霞

整体设计：张振洪

出版发行：百花文艺出版社

地址：天津市和平区西康路 35 号　**邮编**：300051

电话传真：+86-22-23332651（发行部）
+86-22-23332656（总编室）
+86-22-23332478（邮购部）

网址：http://www.baihuawenyi.com

印刷：河北浩润印刷有限公司

开本：880 毫米×1230 毫米　1/32

字数：338 千字

印张：13.5

版次：2013 年 1 月第 1 版

印次：2023 年 8 月第 2 次印刷

定价：68.00元

如有印装质量问题，请与河北浩润印刷有限公司联系调换
地址：河北省沧州市肃宁县河北乡韩村东洼开发区 188 号
电话：(0317)3220409

〈中小学推荐阅读书目〉

目　录

军事文学的魅力

李存葆

《小说月报》编辑部编纂了三卷四册的“小说月报军旅小说”丛书，编辑朋友嘱我在卷首缀以片言。近几年来我曾多次痛下决心，摒绝他人的命题作文。怎奈《小说月报》对我厚爱有加，曾五度不吝篇幅选载过我的作品，加之为军事文学鼓呼又是我不可推卸的责任，乃欣然应允。

三卷本的“小说月报军旅小说”丛书分为八十年代卷之《沙场秋点兵》、九十年代卷之《梦回吹角连营》、新世纪卷之《醉里挑灯看剑》，计一百四十余万字。入选作家中既有我崇敬的师长，也有我钦佩的侪辈，还有大显圭角的后起之秀。他们或铜钹铁板，唱大河东去；或烟雨楼台，吟西风瘦马；或写英雄气短，或说儿女情长；或纵向于传统文化的大山里探骊得珠，或横向从西方文学的海湾里采珊拾贝。这些作品，或豪放或浑厚或缠绵或委婉；或直面人生，入木三分；或功候深藏，秀丽内含；或洗尽铅华，真纯毕现；或娓娓而谈，引人入胜；或信笔写来，风致自显。可谓各有灵苗，各擅胜场。

新时期以来，军旅作家在三条战线——历史战争、当代战争、和平军营的领域里联手作战，剑锋所指，不断将当代军事文学从勃发推向鼎盛，涌现出一大批脍炙人口、誉满文坛的力作。优秀小说的基本品格应是：感觉的敏锐，情感的丰沛，人物形象的丰满和心灵的丰富。从“小说月报军旅小说”丛书中可不难窥见，这些作品，无论在反映生活的深度、广度和力度上，在探测军人心灵和展示文化底蕴上，还是在表现技巧和手法创新上，较之上世纪七十年代以前的军事文学，都有了长足的进展，甚至是有了革命性的突破。文学作品的生命力是寄托在阅读上的。军事文学能最大限度地展示人的爱国主义和英雄主义，又能在特定氛围中袒示人的各种情感。情感，恰是人的道德、信念、原则和精神力量的核心和骨肉。正因如此，才有那么多的读者钟情于军事文学。

自人类伊始，英雄主义就已存在并被人类所崇尚。最初，它仅是源于生命的艰难和对生存的渴望，因为命运总是格外眷顾那些勇敢和充满生命张力的个体和群体。英雄主义成为一种价值判断和道德规范，是在人类建立了有序且动荡的社会体系，尤其是国家和领土的概念出现之后。莎士比亚说：“勇敢是世人公认的最大美德，有勇的人是最值得崇敬的。”他还说：“感发人心的忠勇，可以使一根纺线竿变成一柄长枪。”英雄主义历来是人类文明和人的精神的主旋律之一。当人类以审美的眼光看待英雄主义的时候，它已经以集体记忆中的一份组成，而被编码溶进人类生命的基因中了。

国家不同，民族不同，爱国主义和英雄主义的内涵当然不会完全一样。但没有一个国家、一个民族不倡导他们的军队和人民，去为自己的国家和民族的利益而献身的。就拿以现代科技虎视并称霸世界的美国军队来说，在当今战争中追求的是零伤亡，但他们在酷似实战的日常训练中，每年却都有数千名士兵献出生命。

爱国主义和英雄主义，始终是我国军事文学创作最绚丽夺目的“主题词”。这是由军事文学尤其是战争文学的特性所决定的。

血与火的战争中，常常能把人生最严肃的命题，诸如国与家、群与己、誉与毁、理与欲、浮与沉、生与死……统统集中摆放在你的面前，让你做出抉择。血与火的战场上，常把人生的经历最大限度地浓缩在一起，爱与恨、喜与悲、无畏与恐惧、高尚与卑劣等人类的一切情感，也无一不在战争这一特定环境下被大大强化。这些情感，有的人在十年、五十年甚至在一生中都不见得能全部经历，而在战场上，人们只需要几天，甚至几小时几分钟内就把这些情感全部体味了。正义的战争也常使人的情感在瞬间发生“核裂变”，而这些情感的“爆片”上，无不闪耀着爱国主义和英雄主义的色泽。

意志和毅力是衡量人灵魂的天平。自制力是人的美德的保障与支柱。一个没有自制力的人，很难实现有价值的人生。作为一支人民的军队，作为一个武装集团，它必然要求所有的成员具有超出常人的意志、毅力和自制力。即使在和平环境中，军队也须以铁的纪律和艰苦的磨炼，去不断向人的意志、毅力和自制力的极限去挑战。军队是性格、爱好、见解不同的人们组成的集合体，但有一种比性格更强烈、比爱好更深刻、比见解更广泛的精神纽带，将这个集合体统一起来。人民军队，无论走到哪里都能征服环境；无论出现在何处，都能赢得人心。狂风突来，他们是汹涌澎湃的大海；暴雨骤至，他们是巍峨矗立的高山。

爱国主义和英雄主义，是军事文学的风骨。失却了这样的风骨，也便失却了军事文学的魅力。

一个没有哲学巨子的民族，是个精神瘫痪的民族；同样，一个没有伟大英雄的民族，也只是患有“软骨症”的毫无出息的生物之群。“小说月报军旅小说”丛书告诉我们，军旅小说家们饱吮着自己的心血，在作品中留下的军人的风骨和血肉，展现出了一个民族的精神坐标。

“小说月报军旅小说”丛书中的作品，都是从《小说月报》中选出的，经历过读者和时间的拣选，我也大都拜读过。这些优中选优的作品的结集出版，显示出选家严谨的识力和作风。开卷摩挲，令我枨触无端。直如旧梦套着新梦，新梦连着旧梦，欲说还休，欲休还说。这套丛书是对三十余年来军旅小说的蹑迹追踪，是对新时期以来军事文学的高度浓缩，是对军旅文化的“切片”的高倍“透视”，也是对老、中、青军旅小说家的一次盛大的检阅。

《小说月报》是改革开放后创办的全国第一家遴选优秀中、短篇小说的选刊。从她诞生的那天起，就与军旅作家结下不解之缘。毫不夸张地说，《小说月报》既是新时期以来我国中、短篇小说的编年史，也是军旅中、短篇小说的编年史。值此书业维艰的当下，《小说月报》能不惜人力、物力，出版这套洋洋大观的丛书，无疑是一个令人鼓舞的豪举。

请允许我以一个老兵的身份，代表军旅作家，向《小说月报》的朋友们致以崇高的军礼！

2012 年 9 月 28 日于济南

舵 链

马晓丽

真是上贼船容易下贼船难!

舵链断的一瞬间，我们几个机关干部一起把怨毒的目光射向马副参谋长。就是这个刚愎自用、胆大妄为的家伙坚持出船，非要今天赶到石砬岛。好嘛，让他赶、赶，这下可赶上了，赶上送死来了!

舵链一断，我们最后一点儿生存的希望也就断了。试想，一个没有舵的小登陆艇，在这种七级大风的海面上，能挺多久?

马副参谋长铁青着脸在船上巡视了一圈后，面孔立刻苍白了。

我一直冷冷地睇视着他。此时，突然控制不住地对着波涛汹涌的海面撒野般地喊了一嗓子:“没用!就算你找到个把救生圈也没用!凭这天，在海水里不出半小时准冻成冰坨子……”话没说完，我突然浑身打了个冷战。

所有的人都不由自主地打了个冷战。

四周突然一片死寂。

一个浪头打来，船迅速向一侧倾斜过去。我紧紧地抱住一根柱子，眼睁睁地看着几米高的海浪一堵墙似的向船压了下来。我两眼一闭，悻悻地咬着牙骂了一句:妈的玩完了!

明儿个是大年三十。按计划，我们检查组今天应该赶到最后一站石砬岛。这样，明天就可以返回陆地过年了。每年春节前，机关都要派检查组到各个岛转一圈，进行例行检查。今年，司令部派我，政治部派了杨干事，后勤部派的是牛助理。

我们三人组成的检查组一到要塞区，要塞区司令员就乐了，说："好，好，今年检查组人员搭配得好。朱参谋、杨干事、牛助理，这猪、羊、牛弄得挺齐全。好，吉祥。今年肯定能过个好年。"随后立刻喊道，"马副参谋长。"

"到！"

"你领着检查组转岛检查。"

"是！"

要塞区司令扭过头，得意地朝我们几个扫了一眼说："怎么样，咱也配给你们个大牲口。套上这匹马，你们这个队伍就更整齐了。"说罢，哈哈大笑。

马副参谋长果然是个大牲口，高身量，大块头，挂一张黑长的糙脸，操一副底气十足的野嗓门，浑身上下都散发着一股冲人的雄性气味。这一路上，不论走到哪个岛他都吆三喝四的，特喜欢熊人，但下面的干部战士似乎并不计较，反倒都跟他很近乎。其实，我也挺欣赏马副参谋长那副劲头的，处理问题干脆利落，是个军人，只是这人忒蛮。我们虽说只是几个瞎参谋、烂干事什么的，但毕竟是上级机关派来的检查组。让你领着我们转岛检查，可不是让你领导我们转岛检查。这"领着"和"领导"虽然只一字之差，本质却截然不同。"领着"是带路的意思，充其量也只能算是陪同。但马副参谋长可不管这些，从一开始就拉出了一副"领导"的架势，动不动还在我们面前指手画脚几下子。

我还算过得去，反正本人只是个小中尉，属于那种一出门就恨不得把手挂在耳朵上，见人就敬礼的主儿，惯了。牛助理虽然是中校，但他是机关里出了名的老面瓜，胖乎乎的圆脸上全是曲线，没一根直线和棱角，没脾气。所以，最不忿的其实就是杨干事了。杨干事是我们检查组的组长，少校。虽然军衔比马副参谋长低两级，但感觉却大得很。到要塞区的当天，杨干事挺兴奋，说不错不错，司令、政委都出面了，说明基层很重视我们这次检查。晚上吃饭时，看到只有马副参谋长来陪，脸上先就挂了些颜色。马副参谋长却看不出，只管一个劲儿地劝酒。说是劝，其实就是逼。“不喝？瞧不起我们岛上是不是？瞧不起我们基层是不是？”“不喝？对我们工作不满意是不是？对我不满意是不是？”“就是嘛，换大杯！当兵的，整那么秀气干什么?!”一会儿工夫，杨干事就出溜到桌子底下去了。马副参谋长叫两个兵把杨干事搀出去休息。杨干事前脚刚离开，后脚马副参谋长就让把白酒撤下去了。牛助理笑眯眯地递给马副参谋长一支烟，边为他点火边说了一句：“你这个家伙！”马副参谋长一笑，也回了一句：“你这个家伙！”我这才看出，原来他俩熟络得很。

前几个岛转得挺顺利，眼看就剩最后一个岛了，海上却突然起了风。天气预报说有六点五级大风，大家心里就开始犯嘀咕，我们坐的登陆艇吨位小，这种天走得了吗？马副参谋长毫不犹豫地大手一挥：

“走得了！怎么走不了？比这大的风我都走过，没事！走！”

没事当然好，虽然我们心里都觉得有些太冒险，但在马副参谋长那股豪气面前，谁都不好意思表现出胆怯。毕竟人家常年在岛上，经历的风浪多，心里有数，兴许就没事。再说，谁愿意耽搁在岛上？谁不想赶在年三十前回家？

原以为这个大浪肯定把我们打发到海底世界去了，但睁眼一看，船却跑到浪头上了，足足高出了海面四五米。海在下面，瞅一眼都犯晕。我突然明白了，我们眼前这种死法，是诸种交通事故中最操蛋的一种。你看吧，飞机失事就那么几分钟，还没来得及反应过来就完事了。汽车也是，咣当一撞，或者叽里咕噜一翻，一句话没喊出来就闭眼了。多痛快！就是船不行。沉，它得慢慢沉。翻，它得折腾够了再翻。海这家伙最不是个东西了，它从不会让你痛痛快快地去死。它就像个玩惯了老鼠的猫，总是先耍你、玩你，什么时候耍够了，玩腻了，才肯张口吞没你。

一种受耍弄的屈辱感在胸中拼命地冲撞，我忍不住“呸”地一口吐出满嘴腥咸的海水，痛快淋漓地大骂了一声：“这个狗天！”

牛助理大口地呕吐着，为我的骂声助威：“哇……哇……”

旁边立刻有人跟着大喊了一声：“这个狗海！”

我一愣，居然是历来以文人自居，从不说粗话的杨干事。

牛助理继续助威：“哇……哇……”

正热闹着，马副参谋长突然大喝了一声：“住嘴！都给我把嘴闭上！”

杨干事把变了形的脸伸到马副参谋长面前，一字一句地说：“你，先给我把嘴闭上！”

马副参谋长一时没反过劲儿，莫名其妙地瞪着杨干事。

“要不是你坚持走，我们今天能上船吗?！”杨干事气势汹汹地质问道。

“不错，是我坚持要走的。可早上明明报的是六点五级风，鬼知道怎么变成七级大风了？”马副参谋长几乎喊着说。

“你得负责任！你得为你的行为负责任！你得为这一船人的生命负责任！”杨干事更是一句比一句喊声大，手指头几乎点到马副参谋长的鼻子上了。

马副参谋长足足盯了杨干事一分钟，才说：“告诉你，我姓马的从来不会推卸责任！我坚持要走不假，可我这是为了工作！”

“为了工作？”杨干事眼珠子都快凸出来了，“我看未必……”

“哇……哇……”牛助理很及时地大吐起来，打断了他俩的争执。

马副参谋长对着呼啸的海面恶狠狠地凝视了片刻，突然转身对着全船大声吼道：“都给我听好了，咱们好赖都是当兵的，长短也是条汉子，别他妈的还没咽气就先死了！大不了就是个死，把精神提起来，豁出去拼了！”

我第一次发现精神这个东西确实是可以提起来的。对呀，大不了就是个死！这么一想，顿时觉得心里轻松了许多，精神跟着就提起来了。再看看周围，黯淡的眼神里都有了些光亮，连晕得像个蔫茄子似的牛助理也有点支棱了。刚才那股子笼罩全船的死气，被马副参谋长昂昂扬扬地临阵一吼，竟然消退了一大半。

就在这时，从上面驾驶舱跌跌撞撞地冲下来一个兵，大声喊道：“班长，艇长命令立刻组织抢修舵链！”

我差点忘记上面驾驶舱里还有个小艇长了。老实说，我对那个小艇长一点儿好印象也没有。第一天上船，我就同他撞了个满怀。当时，他双手捧着一个大玻璃瓶子，不错眼珠地盯着刚泡好的满满一瓶子茶，边走边对身边一个提着暖壶的矮个子兵啧啧赞叹着：“好茶，好茶。看，全是嫩尖，每一根上都是三片叶片，不多不少，个个在水中直立……”正说到“直立”，我们俩就撞上了，他立刻直立不住了，茶水洒了一地。“你怎么搞的吗？”他怒气冲冲地瞪了我一眼，心疼地望着满地的茶水直跺脚。我赶紧说了声对不起，话一出口我就后悔了——我发现他肩上只扛着一杠一星，敢情是个全军最小的官儿！我立刻闭住嘴巴，挺直腰板，殷切地期望着他能抬头看我一眼。但他根本就没看我，气呼呼地把瓶子往那个兵的手里一塞，说了句：“重泡一杯！”转身就上驾驶舱了。倒是那个矮个子兵看出了我的不悦，讪讪地解释说：“没事儿，首长。我们艇长就喜欢喝茶，这茶是我特地让家里捎来的，第一次泡就……”不解释还罢，一听他解释我这心里的气就不打一处来。这个小艇长也太牛了，黄嘴丫子还没褪净就学着搞起腐败来了，居然让战士从家里给他捎茶，一看就不是个好鸟！所以，这几天我根本就没理睬过他。我不去驾驶舱，他也难得上一回甲板，偶尔看到他一次，也总见他手里捧着那个大茶瓶子，我就纳闷，凭那副满嘴茶叶末子的小白脸子相，他能当好艇长？这不，船上都开锅了，也没见他这个艇长露过面。

班长倒是个挺有素质的老兵，接到命令后立刻领着几个兵做抢修准备。但直到这时大家才发现，抢修舵链几乎是不可能的。修舵链要从船头处下去，但从甲板到船头的舱盖上面结了厚厚一层冰！舱盖是拱形的，有十多米长，正常情况下船一摇晃在上面行走都很困难，何况现在结了冰，连站都站不住了，根本就别想走过去。

班长怔怔地看着结冰的舱盖，嘶哑着嗓子向马副参谋长请示说："副参谋长，过还是不过？"

马副参谋长脸色铁青，简单地问道："怎么过？"

班长咬了咬嘴唇，狠狠地说出了一个字："爬！"

"有多大把握？"马副参谋长问得很急。

"没有。"班长回答得也很干脆。

马副参谋长认真地瞅了班长一眼，什么话也没说，只重重地在他肩头上拍了一下。

班长立刻转过身，对兵们吩咐道："我先上去。你们负责拉住我腰上的绳子，注意要一点点放，不能太松，也不能太紧。你，站在这个位置上别动，替我长个眼睛，船往哪面倾斜，预先给我个提示。你们俩，做好接着上的准备，万一我……"

"班长！"矮个子兵突然大叫一声跳了出来，"我先上！"

班长瞪了矮个子兵一眼，断然回绝道："不行，你体格太差。这大冷的天，坚持不下来就耽误事了。"

"我行，班长，让我先上吧！"

"不行！我先上。"

矮个子兵急了，连比划带喊："你不能先上，你是班长，你得留在这儿指挥！"

矮个子兵的理由很充分，班长有些犹豫了，似乎在想如果自己不先上谁先上去最合适。犹豫间，班长的目光在一个戴着上士军衔的老兵身上停留了一下。扫描般地，那张脸刷地一下就没了血色。只见那老兵躲避着班长的目光，边双手抱头缓缓地缩着身子向下蹲去，边在喉咙里喃喃地发出一种很不清晰的咕噜声。但是谁都听清楚了，他是在说，他不去，他坚决不去。他说今天左右也是活不成了，谁也活不成了，咋折腾也没用，他不想瞎折腾，他认了……

风在海面上肆虐地呼啸着，刀子般地割在人们的脸上。脸已经麻木了，没有知觉了，但心却不肯麻木，仍旧随着恶浪一次次地上下颠簸着，一阵阵地翻卷挣扎着。

谁也不说话。

我觉得这时应该有人说点什么，就向马副参谋长望去。但他似乎对刚才的事毫无察觉，正一脸凶相地望着远处。我又去看杨干事，杨干事简直是带着一种巴结的神情紧张地看着那几个兵，嘴半张着直嘎叭，却发不出一点儿声响，憋得脸都发青了。牛助理虽然不吐了，但还在不停地干呕，他的目光很散乱，里面有一种濒死的阴影。我拼命地转动麻木的脑袋瓜，好不容易才想明白，现在最没有资格说话的就是我们这几个当官的了。是的，我、杨干事、牛助理，包括马副参谋长在内，我们此刻统统都没有说话的资格！平时，我们尽可以在兵们面前指手画脚，呜哩哇啦，显示我们的高明。但在共同面对死亡的现在，在面对死亡而我们却什么也做不了的现在，我们有什么理由为了自己的生存而对战士们提出要求呢?！我立刻老老实实地把自己的嘴闭上了。

班长刚刚把失望的目光从老兵身上移开，就惊叫起来。原来，矮个子兵不知啥时把绳子绑在自己腰上，已经开始向船头爬去了。

在班长的惊叫声中，我和马副参谋长同时一个箭步冲上去，一起抓住了绳子。

空气突然凝固了，大家的眼睛都紧盯着那个叉开手脚紧贴舱盖趴着的矮个子兵。冰太滑，戴手套扒不住，矮个子兵摸索着把手套摘掉，开始用手抠着向前蠕动着爬行。留在冰面上的手套随着船的晃动，忽悠一下滑进海里，立刻就被海浪吞没了。所有的人都心中一颤，情不自禁地倒吸了一口冷气。

这是我所见过的最漫长的一次行程，矮个子兵似乎永远也爬不完那短短的十多米距离。在剧烈的颠簸中，他那单薄的身影在舱盖上忽左忽右地滑来滑去，好几次都差一点儿滑进大海。谁也帮不上他，谁都无能为力。大家只能眼睁睁地看着矮个子兵独自与死亡殊死搏斗，为了这条船，为了我们每一个人。我想，我现在唯一能够做的就是把全身的力气聚集在手臂上，随时准备拉紧绳子，把他拉回到我们中间。

几乎是一寸一寸地前行。不知过了多久，当矮个子兵伸长手臂去够船头那根铁柱子的时候，所有的人都不由自主地屏住了呼吸：

差一点儿……

还差一点儿……

就差一点点儿了……

矮个子兵的手终于攥住了铁柱子，慢慢地攀着铁柱站了起来。

"噢！"全体欢呼。

我们终于成功了！我们终于赢得了一线生存的希望！

矮个子兵很快就把舵链抢修好了，船开始继续航行。但在忘乎所以地欢呼胜利的时候，我们犯了一个致命的错误。当矮个子兵把腰上的绳子解下来，正准备往铁柱子上系的时候，不知谁只顾得高兴了，竟一脚绊在那根救命的绳子上，绳子呼啦一声就被拽了回来。

没了绳子，矮个子兵是无论如何也回不来了。

班长急了，拿起绳子就往自己身上绑，非要送过去。矮个子兵在对面看见了，急得直喊："班长，别过来，千万别过来呀！"

"天太冷，船还得走挺远呢！"班长也喊。

"我抗得住！"

班长的声音就有点发哽了："就你那个小体格，一会儿就得冻成冰棍儿！哪怕过去给你送件大衣呢……"

"班长，我不冷！"

"别逞能了，我马上过去！"

"班长！"矮个子兵突然撕裂嗓音大叫道，"你要是过，我就……我就跳下去！"

人们一下惊呆了。许久，谁也不敢动一下，仿佛只要一动，对面那个矮小的身影就会突然消失。

风，面目狰狞地趁机推搡着人们，不怀好意地舞动起阵阵彻骨的寒意。

马副参谋长走上前，默默地解开了班长腰间的绳子。班长突然蹲在地上，捂住脸呜呜地低声哭了起来。

“起来！”马副参谋长厉声喝道。

班长忽地一下站起来，双脚一并，直挺挺地立在那里，满面泪痕。

“把眼泪给我擦掉！”马副参谋长紧皱眉头，“你在这儿跟他喊话，不许停下来。听见没有？不许停下来！”

“是！”班长抹了一把眼泪，立即转身去与矮个子兵对喊起来。

开始的时候，矮个子兵的声音还挺正常，两人你一句我一句地不停对喊着。但只过了一会儿，矮个子兵的声音就开始发颤了，而且半天才回一句。班长赶紧喊：“咱们唱个歌吧！唱歌暖和，提精神！”说着就领头唱起歌来，“咱当兵的人……”

“有啥不一样……”矮个子兵马上就跟着唱了起来。

“只因为我们都穿着朴实的军装……”兵们操起长短不一的嗓子拼力唱起来。

我突然感受一种强烈的冲动，情不自禁地扯开喉咙也跟着唱了起来。我很快就发现不只我在跟着唱，马副参谋长、杨干事，甚至牛助理都在跟着唱。

我们这群精疲力竭的男人，扯着变了调的嗓门，号叫般地把这支歌唱了一遍又一遍，早已不知道哪句是头哪句是尾，早已分不清哪句词在前面哪句词在后了。我们只是唱，不停地唱，停不下来，也不敢停下来。我们好像只能这样唱下去了……

直到马副参谋长暴怒地吼叫起来，我们才戛然而止。

前方，矮个子兵不知什么时候早已停止了唱歌。他的头无力地低垂着，深深地耷拉在胸前。马副参谋长正在对着他喊叫，喊得石破天惊、山摇海动。马副参谋长喊：“你给我抬起头！我命令你，马上给我抬起头来！”马副参谋长喊：“你只抬一下头就行，抬一下，抬一下呀！”马副参谋长喊：“我请你抬头看着我！看我在干什么？你抬起头！抬——头——呀——！”

矮个子兵的头终于摇晃了几下，慢慢地抬了起来。他恍恍惚惚地朝这边望了一眼后，目光突然一闪，惊讶地落在马副参谋长的身上——马副参谋长正在向他行军礼！

矮个子兵的眼睛瞪得大大的，嘴唇急剧地颤抖起来。

班长带着哭腔喊道：“你看呀，副参谋长给你敬礼呢！你看到了吗？你抬起头好好看看，我也给你敬礼！我们大家都给你敬礼！”

一只只手臂举了起来，一个个标准的军礼，向着矮个子兵，向着前方这面在狂风恶浪中迎风屹立着的“人旗”。

马副参谋长那霸气十足的大嗓门在海面上回荡着：“你看好了，我在给你敬礼。按条令要求，你应该向我行注目礼。首长的手不放下，你的目光就不能离开！你得抬头看着我，不许低头！否则，我就给你处分！”

矮个子兵果然就那样一直抬着头，一直看着马副参谋长。

我看见两颗硕大的泪珠沿着马副参谋长那僵硬的面颊咣咣当当地滚落下来，重重地砸在甲板上。

一艘迎风破浪的船上，一个身材瘦小的士兵双手紧攀铁柱，旗帜般地立于船头之上，海风鼓荡起他的衣襟、头发，哗啦啦地发出迎风招展的声响。眼前这幅高扬着“人旗”的画面，永远地刻进了我的脑海，留在了我的生命之中。

远远地，海面上终于出现了一个小小的黑点。石砬岛！我们终于到了！

快到岸的时候，我突然产生了一个强烈的念头，想去驾驶舱看看。我想去看看那个小艇长，想看看这个家伙究竟为什么一直不露面？想看看在这段惊险的航程中，这个小白脸子到底躲在驾驶舱里干了些什么?!

我咚咚咚几步蹿上驾驶舱，只扫了一眼，就不由得呆住了——小艇长双手把舵，两眼直视前方，一动不动地站立在那里，两条腿被紧紧地捆绑在舵位上！我这才知道，从起航开始他就让士兵把自己绑在这里了。他说这样站得稳，跑不了舵。整个航程中，他就一直这样僵直地站立着。整整四个多小时啊！我突然很想对他表示点什么，但当我小心翼翼地走近他时才发现，他竟入定般地对周围的一切都浑然不觉，仿佛早已与手中的舵轮，与整条船融为一体了。他是在用全部心智与风浪进行殊死的搏斗！此刻，他那张毫无表情的面孔冷硬得像座冰雕，使我觉得即便是用刀子刮在上面，也肯定不会刮出血，刮下来的只能是冰屑。

我呆呆地看着这张被我骂过无数次的小白脸，不由肃然起敬。现在，这位极不起眼的少尉艇长在我的眼里简直无异于一位运筹帷幄、叱咤风云的将军。不错，他是这条船上军衔最低的军官，但却是这条船上最具大将风度的一个。他那面对惊涛骇浪的坦然，他那冷漠专注的神情，他那僵直挺立的姿态，无一不显示出一派大将风度！

船终于安全地靠岸了。

兵们解开绑在小艇长腿上的绳子的一刹那，小艇长直挺挺地咕咚一声倒在地上。

我们七手八脚地把小艇长和矮个子兵抬下船，直奔卫生队。矮个子兵很快就缓过来了，只是他的双手已经重度冻伤，模样惨不忍睹，弄不好两个小指头都会坏死。小艇长却一直昏迷不醒。葡萄糖也推了，针也扎了，医生说按理说应该是没什么问题了，可不知为什么他却始终双目紧密，脸色煞白。昏迷中，小艇长一直含糊不清地反复念叨一个字，但谁也听不出那个字到底是什么。正在大家急得不知如何是好的时候，矮个子兵举着两只缠满纱布的手过来了。

矮个子兵愣愣地在一旁听了一会儿，突然大叫起来："茶！是茶！快，快给艇长泡一大杯茶！"

一大杯浓茶灌进去，小艇长的眼睛腾地一下就睁开了。刚睁开眼睛，他就不停地往外吐嘴里的茶叶末子，边“噗噗”地吐，边埋怨：“怎么泡的茶？噗，水温不够。噗，告诉你们多少次了，噗噗，水温太低影响茶叶的味道。噗！”

兵们兴高采烈地围着小艇长直嚷嚷：“艇长，你总算醒过来了。”

小艇长四下看看，发现自己不在船上，立刻不满了：“哎，你们怎么把我弄到这种地方来了？！”

“艇长，你昏倒了，别提多吓人了！”兵们抢着说。

“那也用不着上这儿呀，给我灌一大瓶子茶不就得了。”说着，一个蹦高从床上蹦下来，抬腿就往外走，边走边数落矮个子兵，“真是，别人不知道你还不知道？遇到九级风那次，我不就是靠几瓶子茶顶过来的嘛！”接着，比比划划地对周围的兵们说，“嘿！这算啥呀？你们也太少见多怪了。别说是七级风，九级风我都走过！没事！走，回咱们船上去，我可不习惯待在这种地方。”说着，没事人似的蹬腿甩胳膊，精精神神地走了。

兵们“噢噢”地一路欢呼着，紧紧地簇拥着他们的艇长回登陆艇上去了。

我们看得眼都直了。

石砬岛海防团早已为我们检查组准备了酒饭。我们说不行，这顿饭我们得和登陆艇上的全体弟兄一起吃。团长有些为难，因为按惯例艇上历来都是自己起伙，从来不下船吃，所以他们没准备这么多的饭。马副参谋长拍拍团长的肩膀说，没关系，我们不着急，就辛苦辛苦炊事班的同志，让他们多弄几个菜，争取从形式到内容都整丰富一点儿，我们等。

这是我们来要塞区的几天来，第一次想到要和艇上的官兵们一起吃顿饭，尽管我们几乎天天都乘坐他们的船。这次，我们没有按平常的习惯，根据级别大小排座位。大家很随便地不分官兵，不论长幼，热乎乎地混坐在一起了。

马副参谋长举起酒杯说："今天这第一杯酒，我提议由我们这些干部敬全体士兵！"

我们立刻鼓掌，起立，高高地举起酒杯。兵们显得有些手足无措，迟疑了一会儿才纷纷端起酒杯，拘谨地站了起来。只有那个戴上士军衔的老兵始终低着头，无论怎么劝说也坚决不肯碰酒杯一下。他反反复复地说他不配，他不配喝这杯酒。

马副参谋长端着酒杯，绕过许多人走到老兵面前说："听我说，你配喝这杯酒！就凭我们今天一起从死里爬出来这一条，你就配喝！谁没有缺点错误？谁没有一念之差？"马副参谋长突然激动起来，"如果说你不配的话，那么我就更不配！是我一意孤行把这条船带入险境的！"马副参谋长停了一下，转过身对杨干事说，"老杨，你在船上说的一句话点醒了我。你说我急着走未必是为了工作……"

杨干事的脸呼地一下红到脖子根，连连摆手："不不不，我……"

马副参谋长用手势制止住他的解释，继续说道："你说得对，我确实有私心。在这里我可以坦率地告诉大家原因，我是想老婆了。我是想赶在年三十前回家，和老婆一起过年。你们瞧，我就这么点出息！"马副参谋长尴尬又勉强地笑了一下，接着又说，"听了杨干事的话以后，我一直在想，我老马这是怎么了？我在海岛上干了十八年了，十八年里我一直没太把自己的家当成家，总觉得海岛更离不开我，总好像更惦记海岛上的干部战士，可我现在咋就……我心里挺不好受的，真的，一直不好受……"

停顿了一会儿，马副参谋长情绪一转，敞敞亮亮地对老兵说："你看，跟你比我是不是更不配喝这杯酒？现在我们拉平了。你可以站起来了，大大方方地端起酒杯来。对，就这样。我们一起喝了这杯酒！来，全体注意，听我的口令：一、二、三！"

"干！——"房顶差点被我们的吼声掀掉。

风停了。无风的海面柔顺得让人不可思议，海这家伙真他妈的比女人还任性，真他妈的比女人还喜怒无常！

今天返航。马副参谋长却没来，他让团长转告我们，说他昨天晚上喝醉了，早上起不来，今天就不跟船走了。

杨干事一听就笑了，说："这个老马，赶着赶着回去看老婆，没承想走到最后一站把自己给撂倒了。没办法，谁让他自己不把持着点，只好把他扔在岛上过年喽！"

牛助理看了杨干事一眼，淡淡地说了一句："你以为他真醉了？我亲眼见过他一次喝进去两斤酒，喝完啥事没有。"

杨干事一脸的愕然："照你这么说，他是成心要留在岛上过年了？不可能吧？"

牛助理的声音十分低沉："有什么不可能的？他已经在岛上过了十八个春节了，从上岛到现在，他从来就没在家过过一个年。"一向面了巴叽的牛助理突然急赤白脸地朝团长吼叫起来："你为什么不劝劝他？为什么?！你知道吗？他老婆得了癌症，他亲口答应过他老婆，说今年一定回家过年！"

团长的眼圈一下就红了，团长说："我怎么能不知道？马副参谋长是我的老团长了，嫂子是我的恩人，连我的老婆都是嫂子给找的！"团长背过身去，停了一会儿才继续说："马副参谋长的脾气你们也不是不知道，谁劝也没用。我理解他，他一向对自己要求很严，他一直在为昨天的事自责，如果真就这样回去了，他也肯定过不好这个年。就让他留在岛上吧，这样他心里兴许还会好受些。"说完，头也不回地告辞走了。

起航了。

我们检查组终于完成任务，可以按计划回家过年了。但我们却全然没有了回家的快乐，心变得空落落的，好像被遗落在海岛上了。

嫌舱里太闷，我来到甲板上。矮个子兵正独自坐在那里，望着前面发呆。顺着他的目光望去，我看到了结满厚冰的舱盖，看到了镜面般光滑的冰在阳光的照射下发出刺眼的光芒。一想到矮个子兵昨天就是从这上面爬过去的，就不免有一种心惊肉跳的感受，这上面怎么可能过得去人呢?！我回头去看矮个子兵，见矮个子兵的脸上带着和我一样的惊惧。

我说："要不是亲眼看见，谁也不会相信有人能从这上面爬过去。"

矮个子兵呆呆地说："我也不相信。我一看见这些冰就想，我是咋爬过去的呢？我咋就没掉到海里去呢？多可怕呀。"

"你害怕了？"

"嗯。"矮个子兵的声音有些发抖，"我心里害怕得要命。我总忍不住想，我要是掉到海里了，那我妈可咋办？"说着，竟流下泪来。

喉头突然有些发哽，我什么也没说，只拍了拍矮个子兵的肩膀。过了一会儿，我轻声问道："昨天你怎么不害怕？"

"顾不上了。"他想了一下，又说，"其实……也有点怕。"

"那你为什么还要坚持上？"

"不上咋办？"他看了我一眼，"舵链要是不接上，就得任船在海上漂了，总不能眼瞅着船翻了吧？"

"别人也可以上嘛，班长不是已经准备好了嘛。"

"班长哪能上？"他坚决地摇着头说，"万一班长出了事，谁指挥呀？"

"就算班长不上，也不一定非得你上嘛，不是有好几个兵……"

"你不了解情况。"他打断我的话，很认真地说，"我和班长肯定得上一个，明摆着，我们班就我俩是党员。"

我望着他缠满纱布的双手，半天没说出来。

矮个子兵突然抬头问我："首长，我的手不会残废吧？"

我安慰他说："不会，一下船就送你去大医院治疗。"

他立刻高兴了，说："只要手不残废就行。手不残废就不能让我离开船。"

“你就那么喜欢在船上？”

“喜欢。”他毫不犹豫地回答，“我特别佩服我们艇长，特别愿意跟着我们艇长干。首长，你不知道我们艇长有多神。有一次我们船遇上了九级阵风，大家都蒙了，以为这回肯定完蛋了。艇长大喊一声：茶！我赶紧给他泡茶。他咕咚咕咚一连喝了三大瓶后立刻眼睛锃亮，双手紧紧地把着舵盘，左一下右一下地压着浪头走，到底把我们带出风浪区了。从那以后，我每次出航前都给艇长泡一大瓶茶。就今天没泡，这手……”他很遗憾地看着自己的手，满脸沮丧。

我立刻主动接过话茬儿说：“我去，我去替你给艇长泡茶。”

连我自己都感到奇怪，给那个比我军衔还低的小艇长泡茶，我不仅心甘情愿，而且显得有些过于殷勤。记得小艇长曾说过泡茶的水温不能太低，我还特地把壶里的水重新烧了个开。当我把一大瓶茶送到小艇长面前时，甚至感到了一点儿莫名其妙的激动。我想，小艇长看到我亲自给他泡茶，一定也会十分感动，这也许会成为我们交往的开始。我不想隐讳我对他存有一份敬意，我愿意与他成为朋友。

小艇长仍旧站在舵位前。他头也不回地接过瓶子，只喝了一口眉头立刻就立起来了：“怎么搞的吗？用这么热的水？说过多少次了，水温太高会影响茶叶置换的，泡茶的水最好是在九十摄氏度！”说着嘭地一下把瓶子扔到一边了。

我傻了，我的热脸蛋儿整个贴到了他的冷屁股上，他居然看都没看我一眼！我呆呆地愣了半天才想清楚，不是所有的人都能互相走近的。其实，敬重一个人和与一个人交朋友是两个完全不同的概念。

“这个小白脸子！”我到底不甘心，还是在心里又狠狠地骂了他一句。骂完，连我自己也忍不住笑了。

陆地到了。

（《小说月报》2000 年第 5 期选载）

独弦二胡

戴　宏

独弦二胡是拐弯哨所的传家宝。不知猴年马月从老班长的老班长手里钢枪一样神圣地移交下来以后，就再也没有离开过拐弯哨所。岁月匆匆，独弦二胡在兵们粗糙的大手中这么一拉一扯，十多年的时光就有滋有味地过去了，一根弦儿始终那么银亮。不过，独弦二胡的传奇故事只挂在拐弯哨所兵们胡子拉碴的嘴巴上飘来荡去，从没飘出过巍峨起伏的群山，它的名声是在我被分到拐弯哨所那一年才军号一样响遍我们部队的。

那一年，我十七岁。在我的人生历程中，十七岁是故事的开端。十七岁以前我是一个不知天高地厚的大孩子，根本没有经历过生活的坎坎坷坷，人生的体验还是一片混沌，没有什么具体的感受。有一天，从了一辈子军的父亲用慈爱的手一拍我的屁股说，瞧你那弱不禁风的模样，到部队上锻炼锻炼去吧。于是那年冬天，我就坐上闷罐车叮叮咣咣摇到了南方这支深藏在大山里的部队。当我穿着肥大的军装来到拐弯哨所的时候，正是春暖花香的季节。送我去报到的胖子文书一路走一路叮嘱，到了拐弯哨所要尊敬老同志，工作要积极主动，不要给拐弯哨所抹黑，拐弯哨所可是支队的红旗哨位。

胖子文书介绍武器装备般把我隆重推荐给胡子班长后，从挎包里拎出一塑料壶包谷酒递给胡子班长说，老兄呀，这节骨眼儿可马虎不得，你的事儿支部已报了。胡子班长只顾点头，脸上荡漾着神秘的醉意。胖子文书交代完毕，要赶早返回队部。胡子班长再三挽留不住，就奔进屋顶长着青草的木板房拎出一包东西扔给胖子文书说，全是些山货拿回去吃个鲜吧。胖子文书并不推辞，把包袱往肩上一甩，消失在黄泥小道上。

拐弯哨所只剩下我和胡子班长两人，这也是拐弯哨所的全部兵力，担负的任务是看护一个储备物资仓库。胡子班长把我安置妥当后，面对着满目苍翠的大山极认真地整理完着装，挎上冲锋枪喊道，新兵蛋子跟上。我就尾巴一样跟在胡子班长的屁股后面。我们沿着一条长满杂草的碎石山道曲折前行，胡子班长在前指指点点，我在其后不停地点头，空旷的山谷里回响着我们整齐的脚步声。胡子班长挺胸抬头按照齐步走的队列动作一边走一边介绍着执勤目标的情况。我心里暗觉好笑，在这荒无人烟的鬼地方干吗装得这么正儿八经的，做给谁看呀？大约走了一个小时疙疙瘩瘩的山路，我们从山腰爬到山顶，又从山顶回到山腰，我对拐弯哨所的神圣使命就有了全面了解。原来我们看护的是一个巨大的山洞，据说我们这儿只是洞的一个通风口，真正的洞门远在几十公里以外的山脚。

拐了一个大弯，我们回到了拐弯哨所，看着洞口锈迹斑斑的大铁门我好奇地问，洞里一定有什么宝贝吧？胡子班长很凶地瞥我一眼说，不该问的别瞎问，这可是拐弯哨所的一条纪律。我就不再问什么，随胡子班长走进了散发着松木香味的木板房。胡子班长谨慎地放好枪弹，从床头上取下一把油黑光亮的二胡递给我说，加上这把二胡拐弯哨所的大体情况就这些啦。我接过渍迹斑驳的二胡打量着，二胡是一把老二胡，原漆早已脱落露出了木纹，琴头上写着四个暗红色的小字——列为移交，我想大概是上级配发的吧。不过这二胡只有一根弦，另一根弦断了吗？胡子班长似乎看出了我的疑惑，他拿过二胡用手轻轻拨弄了一下说，二胡就一根弦，这是拐弯哨所的特殊装备，关于这一点说来话长，以后慢慢你就会明白的。

拐弯哨所的生活单调宁静，没什么波澜。胡子班长却说拐弯哨所的宁静孕育着狂涛巨浪，激战在无形中角逐。那时候我还没有切身的感受，胡子班长的感慨等于对牛弹琴，我们的对话常常是答非所问。好奇的事情没几天工夫就寡然无味了，闲下来的大多数时光，话变得极少，彼此只顾想各自的心事。胡子班长想心事的时候，常驼着背叼一根劣质香烟，连抽好几根后，就去摆弄独弦二胡。之后，一阵山风般的音乐，轻轻弥漫在拐弯哨所的上空。那琴声如同一阵浓过一阵的白雾，根本就没有什么具体的内容，所以我也就没把它放在心上。这样过了好些日子，有一天黄昏，我学着胡子班长那样坐在木屋前长满青苔的石头上，仰望山口处盘旋的山鹰。那山鹰是土黄色的，在紫红的天空悠闲地飘浮，画着一个一个的圆圈，无声无息。望久了，我仿佛觉得那山鹰是在制作唱片，将拐弯哨所惊心动魄的宁静悄然播放。我突然体会到了宁静的巨大力量，它是无边无际的，让人的生命轻如羽毛，这种轻绝不亚于千斤重担。胡子班长说，那是只小鹰，老鹰是褐色的，前几天飞走了。我再仔细一瞅，那鹰不知什么时候融入了夜色，银亮的弯月已挂在山口。沐浴着清悠的月光，胡子班长摆开架势，左手抚弦，右手持弓，一招一式地拉响了独弦二胡。胡子班长拉二胡的时候腰板笔直，脸色平静，一副陶醉的样子。那琴声雨雾一般丝丝缕缕，飘飘忽忽，搞得人两眼迷蒙，灵魂出窍。我在琴声中极目远望，对面起伏绵延的山峦溢满了月光，亮的地方波光粼粼，暗的地方漆黑如炭，真像一幅版画。不过，虽说是寂寞的夏夜，宁静的景色，起伏的山峦最终还是在我骚热的内心掀起了波浪，那琴声又变成了涛声，跌宕汹涌。二胡拉到这分儿上，胡子班长定住了弓，等最后一缕琴声消失进黝黑的山里，才转头瞟我一眼，咋！犯愣了？我赶紧吞下一口清口水答，没什么呀。那就试试吧？我吗？这里有别人吗？胡子班长说完把二胡横在我胸前，我连连摆手道，不行不行。胡子班长又把二胡挥挥说，拉吧，琴声养人哩。我双手接过二胡心里直犯嘀咕，这独弦二胡真能拉成曲儿吗？胡子班长见我不开弓，就把坐姿、音位、揉弦、持弓变调等独弦二胡的技巧认真示范了一遍。然后强调道，拐弯哨所的兵没有不会拉的，这是传统哩。再次接过二胡，我一展腰摆出了胡子班长的姿势，可持弓的手依旧胆小如鼠。胡子班长骂道，熊包，放屁也得有个响儿吧。我只好一板一眼地拉响二胡。虽说我在学校宣传队混过几天，有点儿半斤八两的音乐基础，可二胡我实在是一窍不通，更何况是独弦二胡。我拉出的琴声吱吱嘎嘎，东西南北，怎么也流不成曲儿。胡子班长说，算了算了，你真是在扯二胡杆杆，我的心都被拉了好几道口子，你慢慢练吧我进屋去啦。胡子班长走后，我继续拉那二胡，把拐弯哨所的宁静搞得支离破碎，我猜想老兵口中常骂的扯二胡杆杆的典故大概就出自拐弯哨所吧。

老兵在新兵心目中是具有权威性的。虽然我对胡子班长上哨时一本正经的模样有些看不惯，不过上哨的时候，我还是以班长为榜样严格按照队列动作，立姿装子弹，肩枪，齐步走，每个动作做得一丝不苟。

上哨的任务就是沿铁丝网边上的小路巡视一圈，主要不是怕不法分子搞破坏，而是防止野兽什么的误闯进来，或是山石滑坡堵塞通风口。我们沿那条弯弯曲曲的小路上坡下坡，下坡上坡，日复一日，一天两趟，遇上下雨刮风除外。按规定是一人巡视一人守屋，只有天气不好或者胡子班长情绪高涨时，我才会尾巴一样跟在后面，走走聊聊彼此解闷。今天我们一起巡视当然也是这个原因。胡子班长在前，我在后，保持着一米的距离。爬上山顶，一只从草丛中惊飞的白鸟扑翅腾空，差点儿把胡子班长的帽子掀掉。胡子班长并不惊慌，歪头骂道，日怪，小心下哨后老子捉你来下酒。骂声中白鸟像一块石头掉进了山脚的另一片葱绿的灌木林。我跟上去接话说，班长，那只鸟就在前面，要不咱俩分兵两路包围它的老窝？熊兵，上哨抓鸟你真是瞎扯淡。反正又没人看见怕啥。没人看见就可以胡来吗？我没敢回答只在心里骂一句，尿，假正经。胡子班长见我不答话也不生气又说道，你小子真是的，抓鸟可以下哨再来嘛，咱这一天的工作就这些再不认真点儿就没个正规的时候啦。那是那是。我嘴里这么答心里却骂，回去再来这不等于脱了裤子放屁吗?

胡子班长又讲了许许多多拐弯哨所的光荣传统，我一句也没听进去。一拐弯又来到了锈迹斑斑的铁门前,它依旧紧闭着,像个守口如瓶的铁汉,一副宁死不屈的样子。我忍不住又问,班长,里面到底啥宝贝呀? 兴许胡子班长今儿心情好他没训我。啥宝贝,我在这儿待了七年也不知道。七年一次也没进去过。没有。也从没人来过。有那么一两回暴雨过后来过几个人,叮叮咣咣用铁锤敲开锁,吱吱嘎嘎打开铁门,稀里哗啦折腾一阵子便离去了。那你还不趁机进去瞧瞧? 上级有规定,我们不能进也不许打听。是这样啊。不过听来的人说,里面装的是国家储备物资很重要哩!

日子漂在琴声里变得有滋有味。我坐在爬满青苔的石头上摆弄二胡,一拉一天。一扯又一天。这样一拉一扯,不知不觉光溜溜的下巴已长出了黑胡须。胡子班长说,那是琴声养的。我就嘿嘿一笑,拉出一串流畅的滑音,琴声就像清凉的山泉流向了远方。见胡子班长没任何表示,我的思绪就继续顺流而下,打水漂一样优美地飞翔。我在这种琴声里想起了许多过去的事情,比如踢足球呀赛跑呀打架呀什么的,不过都是些激烈运动的场面。有那么几秒钟想到父亲的时候,我还哼哼地笑出了声,干吗非送我到部队锻炼? 这儿的运动量并不比在家时大,我依旧是竹竿一根。我在琴声中越漂越远,渐渐被它淹没。

胡子班长叼在嘴上的烟燃尽了，他望着远方山口处水红的天空插话道,指头上能跑马也未必能拉好独弦二胡。我赶紧定弓停音等待胡子班长指点。这二胡不是用手拉是用心拉哩。我听不懂胡子班长的意思,云里雾里翻了几个跟头,迷迷糊糊没敢再拉。胡子班长没有转过头来,依旧瞧着远处。我寻着胡子班长的目光望过去,一只鹰在山口处盘旋。那是一只杂毛鹰,土黄色和黑灰色相间的羽毛在夕阳的余晖里清晰可辨,它画着一个又一个的圆圈,无休止地重复滑翔。

我忍不住问,那鹰还是过去那只吧? 肯定是,这儿只有一窝鹰。胡子班长说完取过二胡拉了起来。二胡的曲子我听不懂,只感觉那音韵特别悠远，如诉如泣，好像在讲述一个古老的故事。我听得有一股酸酸的情绪从心底直往上涌。我把目光收回来，只见胡子班长的眼睛里泪光闪闪。是什么曲子令班长如此动情呢？我琢磨不透。胡子班长收完弓问，这曲子咋样？我说，挺美的，不过有点儿伤感。嗯，小子有进步，这曲子是独弦二胡的主人写的。是吗，曲名叫什么呢？没名，是首野曲。哦——我若有所思地想，怪不得闲日里没听过。那独弦二胡的主人现在在哪里呢？我也不知道，不过听我的班长说这是以前的事情啦。

那时候拐弯哨所的名声可没这么亮堂，没人愿到这儿来。所以说，到拐弯哨所来的大多是犯了纪律，或是档案比较复杂的兵。干部有干部的考虑，反正拐弯哨所没什么任务，况且方圆百十里没人烟，看他们能闹翻天去。一年又一年，执勤目标确实没出啥事儿，可部队内部却事儿不断。也记不清是哪一年，一个兵爬上树去掏老鹰蛋不小心摔断了腿。又一个兵偷偷拎着枪满山遍野追野兔，噼噼啪啪把班里的装备弹打了个精光。事情闹出去了，自然就引来了上面的工作组。又是整顿，又是总结，虽说部队秩序正规多了，可是事故的苗头并没有扼制住，拐弯哨所时不时总爱在争创先进连队呀年终评功评奖呀的时候冷不丁冒个泡，搞得连队干部哭笑不得，说拐弯哨所这地方邪乎。有一年，拐弯哨所分来了一个光头小个子新兵，背囊空空的，却背来了一把二胡。没事儿的时候，光头新兵就取出那二胡拉一阵，兵们觉得稀罕都围过来凑热闹，日子一长上了瘾，就整日整日摆弄那二胡。据说光头新兵的父亲是个江湖艺人，不仅拉得一手娴熟的二胡，而且还有一手演奏独弦二胡的祖传绝招，光头新兵自然也懂得里面的诀窍。

兵们瞎折腾，一根弦儿用不了几天就断了。拐弯哨所偏远，加之光头新兵口袋里没几个钱，无奈之下，他只得把祖传绝招传给了拐弯哨所的兵，好省几根弦儿。兵们学得极认真，有事无事都去摆弄二胡，日子也就不那么难打发。一晃三个年头过去了，拐弯哨所再没有发生过什么事情。退伍的时候，指导员就找光头新兵谈，说是这二胡是有形的政治教育，你不能把活教材带走。光头新兵当然就答应了，独弦二胡就这么在兵们手中传了下来……

借着明朗的月光，我再次打量独弦二胡，竟对它产生了一种崇敬。怪不得独弦二胡要随战备物资一同列为移交呢，原来是拐弯哨所的教材呀。我问道，独弦二胡移交下来后就没出个事？没有。嘿，还真神。也许是巧合吧。胡子班长又拉响了二胡，琴声清纯透亮，悠扬流畅，使拐弯哨所的静谧更深邃辽阔。

花开花谢，草绿草黄，不经意间深秋到了，拐弯哨所的景色变得凝重净朗，天空纯粹地蓝，群山突兀地青，树叶透亮地黄，浓雾奶样地白，好一幅浓墨重彩的油画。拐弯哨所的景色所象征的含义没有唯一的注解，是因人而异的。比如说我吧，面对拐弯哨所的深秋就体会不出“无边落木潇潇下”的苍凉感，却被大自然充满生机的造化陶醉。那是一种美，一种希望，一种力量。可是在胡子班长心里就未必是这种感受啦。瞧，这些天来，胡子班长除了摆弄二胡还是摆弄二胡，一根弦儿拉断过两次，仍不肯停手，拉出一段段凄凄凉凉的音乐漂浮弥漫。琴声起起伏伏，曲曲弯弯，似是而非，在叙说一种不可捉摸的心境。仔细听来那琴声行云流水，游刃有余，但却没了往日的清澈，有些浑浊。听着听着，拐弯哨所迷人的景致面目全非，苍白的天，裸露的山，干枯的树，充满了深不可测的恐怖。我想在胡子班长的眼中，此时此刻一定有一股说不清道不明的情绪在折磨着他。

夕阳落山了，山口处的天空一片绯红。鹰，那只鹰呢？我的惊呼打断了琴声，胡子班长收回弓，朝山口处张望，那只鹰，那只每天在琴声里滑翔的鹰不知去向，天空更加空洞。日怪，难道这鹰也听得懂二胡？鹰哪有这耳福呀，这么动听的曲子硬让它给错过了。你小子别睁眼说瞎话啦，我知道这曲子跑了音。没有，绝对没有。那不可能，小子你要记牢，这独弦二胡拉的时候绝不能一心二用。那是那是。要做到这一点真难哩。对对，班长你没事吧？没事儿，我只是在想这日子过得真快呀，转眼又到了退伍的季节。哎，不是年底才开始吗？按理是这样，不过上午胖子文书在电台里说今年可能提前。不会吧，这可是全军的大行动。嗨，有些事情谁料得到呢，哪一天我打着背包回家了，独弦二胡的手艺你还得往下传呀，胡子班长说这话时长长地叹了口气。我忽然想起了胖子文书神秘兮兮的表情，不是说已经报了吗？报是报啦，可马上就该退伍了，咋就一点儿动静也没有哩。这也是啊，不过班长你别着急，咱们拐弯哨所是支队的红旗哨所，你又在这艰苦的哨所踏踏实实当了三年的头儿，应该没问题。听说得总队批呢，上面对拐弯哨所大概也只是知道而已。那不一定，拐弯哨所还是有点名气的，哪怕支队只一个提干的指标也该轮到你才对。你说提干？是呀。我这文化哪有那么高的追求呀。那胖子文书神秘兮兮说啥事呀？嗨，我是想让他疏通疏通，看能否转个自愿兵。哦。算啦，听天由命吧。

正如胡子班长所说，有些事情还真说不准。就在我们争论不休的时候，胖子文书又呼叫啦，22，22 听到请回答，听到请回答。我们赶紧奔回屋。胡子班长一把抓起对讲机，我是 22，有事请讲。一问一答中胡子班长的脸上露出了微笑。好好，我一定抓住这次机会。胡子班长挂上对讲机，拎起二胡就朝外跑。这时，黄昏已尽，山口处紫红的云霞在渐渐变黑，如一块烧红的煤炭在远天一点点熄灭。我追过去，胡子班长正准备开弓。我问，有喜事？大喜讯哩。是吗？告诉你吧，总队业余文工队要来慰问演出哩。上拐弯哨所？可不，你小子可真有福气呀，文工队还从没来过拐弯哨所哩。原来是这样，我还以为你的事儿上面批了呢。这倒没有，不过这也是个机会呀。只是个饱眼福的机会吧。那也未必，胖子文书说，文工队的演员可不能小看，他们跟领导熟着呢。他让我把握住这次机会，争取借她们的优势宣传宣传拐弯哨所，那我的事就更有把握啦。胡子班长说罢，拉响了二胡。那琴声激荡跳跃，欢快流畅，如清晨林子里的鸟鸣，叽叽喳喳飘向了远方，拐弯哨所沉寂的黄昏荡起了层层涟漪。

文工队的演员是在我们迫不及待的等待中到来的。这天，浓雾刚散开，山边边那条绳子般的小道上就传来了嘻嘻哈哈的欢闹声。胡子班长赶紧再次整理一遍着装，腰板笔直挺立在木屋前的坝子中央。我在他的左边，两人并排立正站着，仿佛要接受大首长检阅。好久没有这般正规列队，站一会儿心里竟然升腾起一股子神圣的感觉。我用余光瞟一眼右边，胡子班长一动不动，俨然是一个将军，还带着白手套。咦，白手套这个细节昨天可没想到。其他像什么内务呀，卫生呀，烧水呀，洗衣服呀，擦拭武器呀都想到啦，而且都想得挺细，唯独没想到白手套。我更加佩服胡子班长啦，老兵就是老兵啊！

不一会儿，胖子文书背着手风琴领着一男两女一胖两瘦，从拐弯处一下闯入我们的视线。胖的比胖子文书还胖些，瘦的确实够窈窕的。待他们走近，胡子班长跑步上前啪地立正，极标准地敬礼报告。胖子忙摆手，得得得，咱们都是战友别这么客气吧。由于对方没还礼，胡子班长举起的右手犹犹豫豫不知如何是好。胖子文书赶忙上前介绍，这是总队文工队的周队长。首长好。周队长连连更正道，副的副的。这两位是文工队的歌星白田田和小提琴演奏家郭燕。首长好。你就是胡扬班长吧，一路上文书可把你从头到脚夸奖了一番，听说能拉一手漂亮的二胡是吗？没那么玄，瞎拉着玩玩而已。胡子班长跟她们寒暄的时候，我发现女演员都穿着粉红色的高领毛衣，军装的衣领上露出一圈粉红，特别耀眼。

慰问演出在木屋前的坝子里进行。周副队长慎重传达了总队首长对拐弯哨所全体指战员的关心后，演出开始了。周副队长首先来一段手风琴独奏《骏马奔驰保边疆》，然后白田田唱了首《红梅赞》，歌声甜美亲切，唱得我和胡子班长泪花儿闪闪，手都拍红了。节目演到高潮，周副队长趁热打铁，硬要我们出两个节目联欢联欢。在胖子文书的督促下，胡子班长拎着独弦二胡走到了坝子中央。胡子班长坐在子弹箱上，左手抚弦，右手持弓摆好了姿势，却没敢拉。我心急如火，看见胡子班长持弓的右手在颤抖。班长啊班长，在这节骨眼儿上你可别怯场呀。冷场大约持续了三分钟，胡子班长终于下弓啦。也许是给文工队演奏有点儿关公面前耍大刀的意思，那琴声有些拘谨，颤颤巍巍，就像一个生怕踩死蚂蚁的大汉。当然，技巧很娴熟，平心而论不深知二胡的人绝对听不出破绽，因此演奏结束时赢得了阵阵掌声。

节目已经演完了，胡子班长却突然提议让我上去拉一段。大伙嗷嗷叫好。我只好接过二胡走上台。由于在学校的时候喜欢唱唱跳跳的，所以我并不怯场，反而有一种想倾诉的欲望。我拉的曲子是《山鹰》，是首不知名的野曲，听胡子班长说是光头新兵谱的。我拉得非常投入，把在拐弯哨所一年来的感受也糅合了进去，拉得泪珠儿滚下来都没察觉。弓止曲罢，周副队长上前来紧紧握住我的手说，人才啊人才，拐弯哨所真是藏龙卧虎之地呀。瞎拉的，我们班长拉得才好呢。是胡扬班长吗？当然。周副队长松开手的瞬间，目光盯住我手中的二胡，怎么只有一根弦？就一根弦。平时也一根弦拉？是。呀，真牛皮。

演出完了，周副队长一行就要走啦。胖子文书拐弯抹角地把话题往胡子班长身上扯，多次暗示他有事快说。可是胡子班长对自己的优点一句也没说，转自愿兵的事儿更是只字不提。告别时，小提琴家在我的笔记本上秀秀气气签了个名：郭燕。

文工队走了，拐弯哨所又恢复了往日的宁静。我们照旧正儿八经地巡逻，幸福无限地拉二胡，日子过得还算有声有色。这样清静了不到十天，电台里下达了一个命令：戴宏于三日内到总队文工队报到。胡子班长挂上对讲机时表情复杂，大约愣了两分钟才回过神来，狠狠打了我的肩膀一拳，你小子真是狗屎运气好，军装还没穿变色机遇就找上门来啦。班长，你可别再拿我寻开心喽。谁拿你寻开心啦，这可是指导员亲口说的，你调总队文工队了。这不可能。骗你是王八。胡子班长赌咒我不敢不信，只是觉得机遇真不公平，班长苦干了七年没碰上，我没干几天却不请自到。况且，论拉二胡班长是我的师傅呀？我说，是他们认错人了吧。瞎说，咱俩特征如此明显谁会认错？那无论从哪个角度都应该是你去才对。如果是选演员选你就对啦。那他们可能不懂二胡。你说错啦，他们太内行了。胡子班长看了一眼窗外，群山在秋风里萧萧瑟瑟，无比生动。那只鹰羽毛漆黑，在山冈深远的蓝天上快速滑翔，好像在寻觅食物。从鹰黑色的羽毛上我领悟到，岁月流逝得不动声色，如此匆匆，如此残酷。

由于这个喜讯突如其来，我有些不知所措，也就不想解释什么。沉默了不大工夫，胡子班长自言自语道，那个光头新兵说得真对，这独弦二胡还真容不了二心。怪不得它一根弦儿呢。我似懂非懂地应和。算屎啦别瞎扯二胡杆杆了，明天你就走了，今儿哥俩放开喝个痛快。

当晚胡子班长还真的放开了，非常彻底。我们面对面坐着，中间隔着子弹箱。他一碗，我一碗，倒着胖子文书拎来的包谷酒，直喝得天昏地暗。胡子班长的样子像是醉了，他摇摇晃晃跨过子弹箱，一屁股坐在我身旁，手臂勾着我的脖子满嘴酒气。我说你小子不要老垂着头好不好，上调了是喜事哩。可是要咱俩一块儿去多好。胡说，都走了这……这拐弯哨所的传统谁传呀。班长，我这心里……有啥？瞧你那没出息的熊样，我可告……告诉你啊，拐弯哨所的名声就靠你啦。我？那可不，你一拉一扯都牵着拐弯哨所哩，来干！咣咣咣。我们又喝了几碗。拐弯哨所就靠你光大啦，胡子班长一扬头碗又底朝天了。

我们越喝越来劲，越说越动情，直到蜡黄的弯月升上中天，把一缕清幽的光芒洒进木屋，我们才打住话头。我拉首小曲儿为你送行吧。胡子班长说罢拎着二胡飘出屋去。屋外月光朗照，大山深处偶尔传来鸟虫空旷的啼叫。胡子班长坐在大的那块石头上，正用松香上下擦弓，幽幽的气味令人头脑清醒。胡子班长准备完后就沉入汩汩的琴声里。我平心静气感受如丝的琴声无边无际地散开去，把拐弯哨所的夜色带入一种纯净的意境之中。那意境静如深渊，没有一丝杂音，只有明朗的月辉安详地照耀，大地辽阔万里，景物历历在目。我被这平静中的激情，静止中的飞奔，沉默中的博大感动得泪流满面。我的心亮如明镜，清澈见底，灵魂已随那琴声升腾而去，去追寻那些此生此世无法忘却的情感。

也许是酒精的作用，我在一种难以言状的幸福中睡去。第二天醒来的时候，我已睡在了木板屋里。再一瞅胡子班长的床，被子折得整整齐齐，就像没动过。我急忙穿戴整齐走出木屋，只见小路尽头胡子班长全副武装正巡视归来，那步伐稳健有力，走得极为标准。我冲着金黄的群山发誓，如果我真能有丁点儿出息，绝不能忘了胡子班长！

独弦二胡是拐弯哨所的公用物资当然不能带走。因此，到了文工队后的第一件事儿就是买二胡。周副队长对此挺关心，周末特意领着我跑遍了市内所有的文体用品商店，终于在城北的一家民乐专卖店里相中了一把黄杨木二胡。二胡的琴头上精雕着龙头花纹，从价钱上看得出是一把很有档次的二胡。周副队长抬起左腿站着试了试音，音质干净，音色饱满，确实是把好二胡。周副队长说，小戴你试试。我接过二胡拉了拉却找不准音阶。周副队长很惊讶地看我一眼，你扯什么二胡杆杆呀？我连忙解释，拉惯了一根弦儿，两根弦儿还得适应几天。没问题吧。没问题。周副队长招手叫服务员过来，把二胡交还她说，我们买了，给撕张票。服务员很高兴地笑笑，用鸡毛掸扫扫二胡上的灰尘，极小心地把二胡装进琴盒里。周副队长付过钱后，龙头二胡就沉甸甸提在了我的手中。一路上，城市的繁华与喧嚣让人心生烦躁，提着这么高档的二胡我平白无故添了许多思想负担，总觉得二胡拉不好对不住拐弯哨所，也对不住周副队长。

回到队里，我开始摆弄二胡。这的确是把名贵的二胡，它高高在上，闪烁着富丽堂皇的光芒。把它握在手中，总感觉有些陌生，就像在街边排档吃惯了突然进大酒店还有些不适应。不过摆弄几天后，我却习惯了龙头二胡的陌生感，也能够按照它的音阶行云流水拉啦，毕竟在学校时我还是宣传队员嘛，我忽然对音乐老师心怀感激，真是功到用时方恨少呀。龙头二胡非常名贵自然得拉名曲，拐弯哨所那些野曲野调登不了大雅之堂。这种想法是周副队长的意思，也是龙头二胡的意思。

郭燕奉周副队长之命来陪练，她找的曲子是《二泉映月》和《江河水》。这两支曲子很小的时候就听过，旋律极凄美，但当时是不是二胡独奏我记不清了，反正很熟悉就在嘴边。郭燕拿来的谱子是豆芽菜一样的五线谱，好在我还能认识，她的任务也就轻松了一大半。我们边拉边聊，郭燕重点给我抠抠节奏和音准，闲的时间占多数。听郭燕说，过几天要让我专场表演二胡独奏，这把我吓出了一头虚汗。虽说我不怯场，可这么大的场合还是没有经历过。郭燕说，管它呢，你目中无人就没事啦。观众都是些战士吧？不，就一个人。谁呀？总队长。啊！我被吓得拉错好几个音符，郭燕就在一旁嘻嘻嘻地笑。我不解地问，咋，进文工队还要经过总队长考？总队长才不管你这点儿屁事呢。那为何要给他一人拉呢？因为总队长是二胡票友呀。我明白啦。你什么也不懂。郭燕说完，从一个很精致的小包里取出化妆盒打开，对小镜子描描嘴唇。那口红极淡，不注意看不出来，这正适合部队女兵在条令与爱美之间偶尔放肆一把。

总队长管着千军万马，需要处理的事情太多，演出的日期无法确定。他对周副队长说，这样吧小周，一有空我就过来，不要太认真，过把瘾而已。周副队长挂断电话对我说，这一段时间你就转入三级战备吧，要练得炉火纯青。

我就转入了三级战备，每天在班里白天黑夜地拉二胡。琴声一响，我就想到了拐弯哨所朗朗的月光，想到了胡子班长，想到了独弦二胡，想到了那只鹰。想着想着，我觉得自己的使命神圣而沉重，演出能否成功已不单是我个人的事情了。

等待中的日子近似煎熬，好在文工队伙食不错，红烧肉一周能吃好几次。加上女兵们要注意身材几乎不吃，这才让我大饱了口福。两个月过去了，节目没演体重却上来了。这天，正当我已经等候得心烦意乱时，周副队长闯到班里对我说，马上走，总队长一会儿就到。

我们来到礼堂时，队部的文书带人已将礼堂的卫生神速地打扫干净了，从地上湿湿的水迹看演员们刚刚走。礼堂里灯火通明，除了台前的音响师和灯光师外台下空无一人。大约在十五排的位子前摆着两张小桌，上面摆着一盘水果，一盘瓜子，两只茶杯。周副队长说，你上台再仔细准备一下我到大门口去迎总队长。周副队长说完转身就走，刚出礼堂门又折回来慎重地说，这次全看你的啦！说完消失在夜幕中。想着周副队长脸上浓彩重抹的表情，我的心里掠过一片阴云。我定了定神提着龙头二胡走上舞台，舞台的灯全关着，一片漆黑，与场内正好相反。郭燕在台口见我过来，就将我带到舞台的一张折叠椅旁说，你先准备准备。我就坐下，拿出松香准备起来，台下看不见我，我却能清楚地看清台下。

总队长时间观念极强，八点整同周副队长准时步入礼堂，他们说笑着走到桌前坐下。我听见总队长开玩笑似的批评周副队长，小周呀，以后别这么大动静。周副队长连连点头说，总队长百忙之中审查节目是对我们文工队的最大关心云云，然后话锋一转集中赞誉了一番文化工作的大好形势，就连拐弯哨所如此偏远的地方都有一流的骨干，可见基层文化工作也是挺活跃的。接着周副队长把我演奏二胡的高超技艺表扬了一通。总队长点点头，抬起左手腕指指，周副队长就不再赞扬啦，大喊一声开始吧。场灯立即熄灭了，舞台上的灯有层次地亮了起来。郭燕走着标准的台步走上舞台报了曲名：《二泉映月》。舞台的灯光由暖调变成了冷调，幽蓝幽蓝，天幕上映出了银白的满月。一束追光射在台中央，我就坐在追光的圆心，手持龙头二胡，不知如何开弓，心中一片茫然。这种恐怖的寂静持续了几分钟，周副队长坐不住了，跑到台前动作夸张地小声说道，别紧张，赶快拉！我赶紧定神，自己对自己喊道，只许成功不许失败。于是我平心静气拉响了龙头二胡，心想无论如何也不能坏拐弯哨所的名声，无论如何也不能让周副队长失望。我使出了浑身的技艺终于把《二泉映月》拉完了。郭燕又在追光的照射下走上台来报了第二支曲子：《江河水》。然而就在这时，总队长站起身来说，小周呀，我还挺忙，你们慢慢听吧。周副队长劝说道，要不再听一曲，他真的拉得不错的。听一曲足够了，这小伙子拉得挺好，不过杂音多了点儿，音韵不够纯净。总队长说着走出了礼堂的大门。我沮丧地坐在台中央，知道这回把娄子捅大了。大约过了十分钟，周副队长回到了礼堂，一见我就直摇头，说今儿咋搞的，养兵千日，用兵一时，你却搞砸锅啦！

晚上我睡不着，就拎了龙头二胡独自坐在平台上拉了起来，那琴声圆润流畅，纯净透亮，十分优美，连我自己都被感染了，泪儿在眼睛里直打转，但终究没有掉下来。怪啦，刚才咋拉不出这调呢？不知什么时候，郭燕站到了我身后，曲罢音止，她立即为我鼓掌。我赶紧站起来，不好意思地把二胡收起来惭愧地说，对不起，我给文工队丢脸啦。也没啥，演出谁都会失误的。可是在总队长面前丢丑，我的这个失误太大啦。你别往心里去，总队长这么大的官不会计较这点儿小事的。可是我心里老别扭。嗨，放心吧，不会对你有任何影响的。我不是怕对我有啥，主要是觉得辜负了胡子班长和周副队长的期望。为什么你还觉得辜负了周副队长？是呀，人家千里迢迢把我调来，我却来给你们文工队添乱。算了吧，我看人家周副队长只不过想早点转正，并碍不着文工队啥事。不会吧？算我瞎说好啦。

第二天，我向文工队党支部交了申请报告，要求调回原单位。周副队长找我谈了几次，他说，上次失误是正常的，队里并没怪你，留下来是有前途的。但我态度很坚决，还是想到艰苦的地方锻炼锻炼。

我回拐弯哨所时春节刚过，起伏的群山长出了新绿。在队部时指导员告诉我，胡子班长已经退伍走了，由于新兵刚补入部队，中队党支部让胖子文书暂时代理班长，让我到后把他换回来。

到了拐弯哨所见不上胡子班长的面，我有点儿难过。迎接我的自然是胖子文书，他一见我就在我胸前擂了一拳，你小子总算风光回来了。有啥风光的。哟，出去见见世面也学会卖关子啦。我哪敢呀。那还装出一副谦虚使人进步的样子干吗。没的事儿，当兵的在哪儿都一样嘛。那好你再艰苦艰苦吧。我可要拜拜了。指导员让你把拐弯哨所今年的政治教育计划捎上。早准备好了，哎对啦，你还得把手艺传下去。那当然。胖子文书说完朝木板房喊，小不点儿，还不来见见班长。

是。一个白白净净的小个子兵跑到我跟前，啪地敬了个礼。胖子文书说，他叫李兵，听说父亲是中学的音乐老师，有点造化，就是坐不住整天鸡飞狗跳的，你费心管束管束。我说我也是这么过来的。

胖子文书当天就回队部了，临别前他告诉我，由于胡子班长不是技术兵种，而且档案里三等功一堆却没个二等功，不符合转自愿兵的条件，中队干部也无法，只好忍痛割爱啦。不过听说他在家里干得不错，你就别操心了。胖子文书说完一挥手消失在山雾里。从此，我就成了拐弯哨所的副班长。回到木板房，只见那把汗迹斑斑的独弦二胡还在，就取下来打量，那些匆匆流逝的岁月又涌上心头。可是想起来沉甸甸的事只能铭记，却没有有形的东西写成故事，我的脑子里仍是一阵浓过一阵的白雾。呆坐中，黄昏悄然而至，绯红的夕晖透过木窗照进来，在独弦二胡上镀了一层金色。

吃过饭，我带上李兵来到木板房前的坝子上，我坐在大石头上，李兵坐在小石头上，拉响了独弦二胡。我拉的是叫《山鹰》的野曲，拉得很投入，很张扬，仿佛满山的树木都舞动起来，叶子哗哗作响。鹰！班长，你看山口处有只老鹰。我抬眼望去，那鹰确实就在山口那儿，还是那只黑鹰，正振翅飞向远方。

（《小说月报》2000 年第 9 期选载）

生物带

温亚军

一

楚平安站在队列里，看着一个个新兵被点到名后拎上所有家当出列站在指定位置上，他就把搓板一样的胸脯硬硬地挺着，等候自己的名字，他的心很慌。等到身边零零碎碎只剩下几个新兵时，楚平安急了，刚开始他还不信排长说的没人要他这样的兵，他想这是部队不是生产队，不会像生产队那样干活好坏都分着等级的。他不就是笨点，一直到新兵连结束时走队列还同手同脚吗，这似乎并没有什么大不了的呀，可排长经常骂他是“笨猪”，倒是班长挺同情他，说农村人出来当兵不容易，一下子成为军人，换了一种生活方式，这中间的过程要慢慢适应。所以班长一直挺照顾他。但到了新兵连结束快分兵时，楚平安见许多班排长到处挑素质好的兵，却没有一个人过来问过他，便去找班长说:“班长你对我好，我跟你去吧！”班长却对楚平安抱歉地一笑，说:“我真想带上你，可不行呀，我带你回去，连长准给我一个处分。”楚平安听班长这样一说，心一下子空空落落的，他就有一种被人抛弃般的心酸。他一个人跑到营房后面的荒滩上狠狠哭了一场。哭过，楚平安就去找连长，他是连长接的兵，连长听他一番诉说后说这是部队，到了部队你就是军人。楚平安就心安了，心想自己可是一个军人呢。这样一想，他也就不担心什么了。

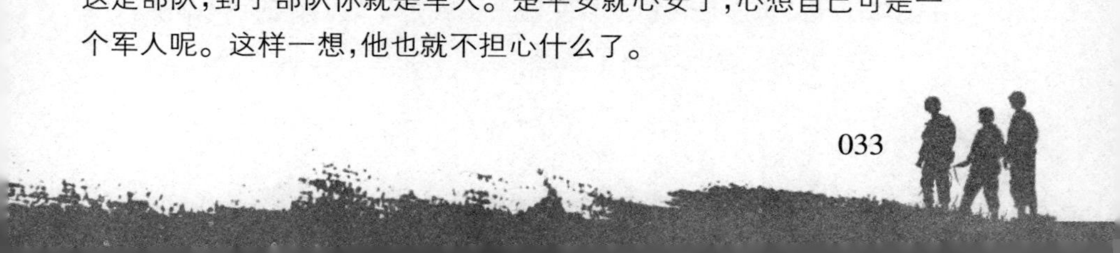

可现在，新兵都快分完了，怎么一直听不到喊自己名字呢？楚平安直直地站着，心紧紧地抽着，不由得就流下了一串酸泪。他的脑子里一片空白，像新兵连后面的荒滩一样无边无际，没有一点真实得能够让人抒发一下情感的东西。他有些后悔不该来当兵，原想走出他生活了十七年的山沟沟到部队来闯一番天下的，谁知还没有开始闯就陷入了这样孤单无助的境况中。临当兵走时，爹还认为他儿子有出息了，让他买上点心到处串亲戚荣耀哩，爹不会想到他儿子在部队上会是这样一种情形，他老人家要是知道会怎样想呢？

楚平安想着，目光透过薄薄的泪帘望出去，越过了所有的躯体，看到操场边上那排挺拔的白杨树，他的身板就软了。站在冬季的冷气候里他深深感到背上的背包是那样的沉重，沉重得让他的腰无法直起来。

直到有人在他屁股上不轻不重地踹了一脚，楚平安才梦醒一般四下望了望，原来长长的队列只剩下了他一个人，空荡荡的操场中央站着连长，连长踹了他一脚后，笑骂道："狗日的耳朵叫驴毛塞了？喊几声都听不到。"

楚平安就听到一声喊他的名字，慌慌地答声"到"，跑出不存在的队列。跑了几步他看到新兵们都分成了一点也不整齐的各小队，他不知自己到哪个队列里站着才好，就急急站下，抹了抹眼窝儿。

这时一股冷风疾疾从操场走过，卷起一片白色的尘土漫过操场和操场上的每个人。楚平安看着蒙蒙的人群，他有些不知所措。

连长提着一网袋脸盆、牙具等物跟上来对楚平安说："慌啥慌？又不是去抢孝帽。"

楚平安从连长手里接过自己的网袋，连长说："楚平安，你去我的连了。"楚平安一愣，随即一股热热的东西从心中涌出，从眼眶里发泄了出来，他当时真真看到了两眼在冬日的气候里冒着热气。他想对连长说句什么，可连长只朝一个队伍一指就走了，去拿新兵档案了。

楚平安就跟着连长到了八连。

二

八连在离团部很远的荒漠里，卡车早上从新兵连出发，到半下午时才到连队。一下车顾不上拍打身上的尘土，连长就叫一个老兵带上新兵先去饭堂吃饭，说新兵们都饿坏了，他自己则喊通信员给他准备水，一边和连队干部、老兵们握手，一边骂新兵连那地方真不是人待的，一个半月下来，掉了整整三公斤肉，亏了。

指导员就笑说亏什么呀，你接趟兵又和嫂子多聚了一次，身体虽亏些，但精神不亏！

连长就也笑，说老申你去看看咱今年带回的兵。

指导员就去饭堂看新兵。

十一个新兵一群狼似的围着一大盆汤面条吃得声音乱响，用来盛面条的勺子传来传去一直就没停过。几个老兵站在旁边笑着欣赏新兵们的吃相，被指导员轰走了，指导员说看什么看你们原来不也是这样？猪黑笑乌鸦。老兵们哄散后，指导员转着圈子把每个新兵都看过，但新兵们只忙着吃，顾不上理会他们身后的动静，也有的用眼睛偷偷瞄了一下指导员，却没反应。

指导员回到连部，对正在吃饭的连长说："老辛你都带来啥兵，狼一样。"

辛连长咽下一口饭，说："新兵连知道要分兵，今天早上早饭都没做，都饿了一天了，你说这些新兵还能不狼一样？"

指导员说："分完兵应该到饭馆吃顿饭。"

连长说："参谋长催命鬼一样，哪还能吃饭。"

这时，炊事班长来报告，一盆汤面吃完了，新兵们说还没吃饱，问咋办。

连长说："咋办？再做！"

吃过饭，副连长集合全连，把十一个新兵分到各班。楚平安分到了三班，同分到三班的还有周胜利和杨树明。

三班长是山西人，说话鼻音很重，集合一解散就开了个班务会，对三个新兵今后的工作提出了许多要求。楚平安把这些要求和新兵连做了比较，有些不同的地方，他在班长讲完话问大家有什么不明白的时候，就提了出来。他问班长怎么每天只训练半天？新兵连都是全天训练。

班长把眼一瞪："这不是新兵连！"

楚平安就不敢再言语。

新兵休息一天，熟悉连队情况。楚平安就趴在床上给他老爹写了封信，他在信中没写自己在新兵连结束后，走队列还同手同脚，只写分到了连队，是接兵的那个辛连长提出要的他，他没写当时的情形，还说了一大堆连队比新兵连怎样怎样好，最后他给爹写了些问候的话，还劝爹少抽些旱烟，等发了津贴就寄回去给爹买纸烟抽。

楚平安写完信，新兵周胜利已把全班老兵的床单全部洗完了，杨树明也搬了够烧一周炉子的煤，还把那两个不太大的窗玻璃擦得很干净。楚平安找了找没活儿干，又想三个新兵就他没干活，怕老兵们对他印象不好，就从每个人床下搜出胶鞋用凉水洗了。楚平安洗完胶鞋时，手已冻得伸不直了，但炉子边又聚满了老兵，他不好挤进去烤火，就搓了半天手，又把手焐进衣服里才慢慢觉得有些知觉了。

第二天早上出操时，三班除三个新兵外，其余老兵都穿着大头鞋，因为胶鞋没干，被连长在队列前点名训了一顿。收操后三班长把楚平安狠狠训了一顿，说楚平安你个子不高心眼儿可不小，成心让三班在全连面前丢脸。训得楚平安双眼湿湿的，心里委屈得很，但他又想本来就是自己把好事做成坏事，也怨不得别人，何况自己原是没人要的。是辛连长带他到八连的，比起没人要的滋味，这点委屈又算什么呢。

开始训练时，楚平安手忙脚乱了一阵，但还是走成了同手同脚，三班长过去在他屁股上踢了一脚，然后让全班站下，看楚平安一人同手同脚走队列，老兵们都轰然大笑起来，说他笨，四十五天新兵训练竟然还走这种步子。楚平安心里很难受，他也想走好，可是越想走好越是没法走好，他怎么着也是迈左脚摆左手迈右脚摆右手，而且他觉得这样走还自然，就和别人走队列左脚右手，右脚左手一样自然。

三班长看着同手同脚走队列累得满头是汗的楚平安，一副哭笑不得的表情，他说楚平安你没救了，一个人到操场角去练吧，别影响了全班训练。楚平安默默地一个人到操场角一步一动地练习着。班长又开始指挥全班训练，"一二三四"喊得震天响。

过后班长问楚平安是哪个狗日的接的兵。楚平安说是辛连长接的，辛连长不是狗日的。

班长一愣，就说："你这狗日的准是给连长送了东西才当的兵。"

楚平安注意到了班长的一愣，就说："班长我也不是狗日的，我啥东西也没送过。"

班长哼了一下，说唬谁呢，现在这年头谁不知道呀，不然连长能带你到我们八连来。

楚平安就不知该怎样说了，他不想把在新兵连时那令他沮丧的一幕说出来。

新兵杨树明却说："班长，他是没人要，连长只好带过来的。"

班长把他的粗眉毛扬了扬，说怪不得呢，咱连分了十个新兵，怎么就来了十一个，原来还有一个是拖油瓶的。

楚平安心就酸酸的，他对班长说："班长，这是部队，我也是军人哩，你怎么能这样说。"

班长就盯着楚平安有些涨红的脸说你还军人？丢军人的脸呢。把你搁我们班可倒咱全班人的霉。

楚平安低着头不再说话，他不想自己还会有这种让人看不起遭人嫌弃的境遇，他心里恨自己不争气，又后悔不该来当什么兵，就算是一辈子窝在山沟沟里又能怎样？总比这样遭受别人的嘲笑让人嫌弃要好。楚平安的眼里又蓄满了泪,他总算真正体验到了爹说的闯世界不容易。可好男儿不闯哪有好世界呢? 楚平安就把眼泪擦了,他想他也是个好男儿。

为了改变自己的同手同脚走队列。楚平安决心下一番苦功,新兵周胜利给想出一个办法,晚上在月亮下用背包绑住楚平安的胳膊与脚,走队列时,同时拉右脚和左手上的绑带,楚平安就出右脚摆左手,反之亦然。几个新兵也一块儿过来帮忙,前前后后拉着楚平安每天晚上练。大漠的月夜特别亮,冬季的夜晚也特别冷,但几个新兵却没一个抱怨的。在自己战友的帮助下,楚平安的同手同脚终于有了改变。再训练队列时,班长又让楚平安到操场角去,楚平安就说班长我已不是同手同脚了。

班长不相信,说你同手同脚在新兵连都没法改过来,下连队一个多礼拜就能改了?

于是就让楚平安走给大家看。

楚平安就走。刚开始走的几步还蛮像回事,但几步之后又恢复了同手同脚。楚平安努力地想使自己再走出正确步伐,可一阵慌慌忙忙的调整之后,仍是那种让老兵大笑的走法。班长过去就踹了楚平安一脚,说你别出洋相了,你狗日的太笨了。

新兵周胜利就打报告说:"班长,楚平安的手脚用背包带绑上就不同手同脚了。"

班长看了看周胜利,想了想说那你拿背包带来试试。

楚平安的手脚用背包带绑上后,走起来不用拉背包带也能走出右脚左手,可一解开背包带,又成了同手同脚。

班长挥了挥手说,楚平安你真绝了,如果阅兵你还能绑个背包带么?

楚平安脸便红得像西红柿。班长说你还是去操场角继续吧,别妨碍别人训练。

楚平安就愤怒了,他觉得班长每次都这样打发他这样轻视他让他有些忍无可忍，于是就气呼呼地说，班长你别瞧不起人，我投弹可以投到五十米。

班长用眼角瞧了瞧瘦小的楚平安，说，就你？

楚平安的头就抬得高高的，说，不信咱们就试试！

第二节训练课，班长给排长讲了后就去营房后面的荒滩上训练投弹。一开始，班长就让楚平安先投弹。

楚平安脱掉棉衣往干枯的骆驼刺上一扔，抡了几下胳膊活动了一下，抓起一个训练弹，不用起跑，站在原地投了出去。弹落在五十五米的标杆处，却没落到投弹地线内。楚平安再投两颗，都过了五十米但都落在了线外。

班长摇了摇头，说远倒是够远的，可没击中目标，还是废的。楚平安，这下你不逞能了吧？

楚平安垂下头，捡回弹也不穿棉衣，寒冷的风抚摸着他干瘦却结实的肌体，他全身冰凉却感觉不到冷，他用脚踢着荒漠上的骆驼刺，忽然想着自己也和这些骆驼刺一样在别人的眼里是那样的卑贱和低微，任人践踏和轻视着。旁边一个老兵看着楚平安那孤零的背影，说看不出这小子人瘦不拉叽的劲儿倒不小，可惜就是目标不准。周胜利接过说在家时站在这个山梁往那个山梁投石子儿，只比投得远不管准，练出来就这。周胜利和楚平安是一个乡上的。

三

三班长去连部给指导员讲了新兵楚平安训练上的情况，说楚平安根本不是当兵的料，只会拖三班的后腿。

三班是指导员树立起来的“红思想”形象班，指导员又听三班长说楚平安是辛连长接的兵，是辛连长主动要带过来的，就给副连长做了安排：调新兵楚平安到勤杂班去喂猪。副连长是专管后勤的，一听就很高兴，说一直是炊事员代管喂猪，有一顿没一顿的，猪都快变成猫了，每年评不上先进后勤连队与没养好猪有很大关系，有专人猪倌，我管他走队列同手同脚呢，只要有力气能吃苦就行。

楚平安就离开三班到了勤杂班。

副连长带着楚平安去猪圈熟悉情况。猪圈是用木棍儿围起来的一排栅栏墙，十几头猪瘦得只剩下一副骨架，却按大小胖瘦分成等级关着。副连长特别指着靠边的一个猪圈说，这头老母猪是重点照顾对象，又快生了，咱连全靠它完成养猪任务呢，一年生两窝。不过可能是太瘦的缘故，它只生牙猪（公猪），不生草猪（母猪）。

副连长这样说时，看着楚平安，目光里充满希望。

楚平安看着副连长的目光就读懂了里面的意思，心想一定要把猪喂好。楚平安在开始接受这个任务时心里很不愿意，来到部队上只是喂猪叫家乡人知道了多丢人，但他又无法忍受三班长对他的轻视和嘲笑，他虽不会走队列，可他的自尊心却不是没有，他想只要能逃离那种让他与别人形成对比强烈的环境，喂猪就喂猪吧，听起来虽不好听活儿也脏点儿，但也是人干的，至少在这边没有人挫伤他的自尊心，让他活得自自在在安安宁宁的，脏与累他才不怕呢。楚平安在心里就攒上了劲儿，一定要干出个样子叫别人看看，他楚平安并不是处处比别人差。

楚平安天生的不会表达内心的想法，副连长看他一声不吭以为他嫌这活儿，就说，楚平安你要好好干，喂猪虽然脏点儿累点儿，却最能表现出一个人的思想风貌，你把猪喂好了，我给你嘉奖。

楚平安愣了愣，问喂猪还能得嘉奖？

副连长拍了拍楚平安的肩膀："不管干什么工作，只要干好就能受嘉奖。"

楚平安就在心里暗暗下了决心，一定要得个嘉奖。嘉奖对于楚平安来说太神圣遥远了，在新兵连看到那些受嘉奖的都是队列走得标准打靶特别优秀的，他打靶勉强及格，队列就没法说了，他就想自己这三年军旅生涯得嘉奖是不可能的了。没想到把猪喂好了也可以得嘉奖，心里就特别激动，当天便把所有猪圈清理了一遍，直到撒上干土后才作罢。

楚平安对猪过瘦的状况做了详细的了解和分析后，首先就保证了猪的一天三顿食，他想猪和人一样哩，吃不饱怎能有精神，也长不起膘儿来。他给老母猪定的是四顿，每晚睡前加一顿，老母猪揣着小猪们费精神费力气多加一顿补补。

尽心尽意喂了几天猪，楚平安并不觉得有多累，每天就在猪圈里忙乎，及时清圈。以前清圈是各班几天一次轮流着的，楚平安这一“包办”，让各个班都轻松了不少。

猪食主要来源是伙房的剩饭剩汤和洗锅水兑上糠。有时剩的饭食多些，猪们吃的就高兴，有时就根本是清水兑上糠。那时候部队伙食费低，每周还要吃上两三次玉米面发糕，所以不一定能常有剩的饭食。楚平安就琢磨着怎样才能弄到一些有营养的猪食，冬季里没有猪草，就是在有草的季节里这荒漠里能长的也只有骆驼刺。就在楚平安琢磨着猪食的时候，有天上士叫上他去老乡驻地帮着买醋。造醋的老乡是少数民族，把醋糟倒掉了，楚平安知道醋糟是很好的猪食，这样倒掉太可惜，就上去问能不能把醋糟给他们。老乡犹豫了一下说可以但要用钱买，一架子车四块钱。上士就问楚平安一架车能喂几天，楚平安算了算，说喂两天，上士就说不要，两天四块钱是四个人的伙食费呢。楚平安回来跟副连长一说这事，副连长说可以买点儿，但一车必须喂一星期，连队也不富裕。楚平安就每周去买一车醋糟拉回喂猪，不到半个月时间，圈里的猪就有了明显的起色。副连长看到后很高兴，表扬了楚平安。

楚平安每次去拉醋糟时，都和老乡用不太熟练的语言攀谈几句，有时还帮老乡干些活，渐渐地，老乡给他的醋糟也就比以前多了。后来楚平安就和老乡商量，他给老乡多干点活儿，每个星期就拉两车醋糟收一车的钱。老乡看这个当兵的确实勤快，想想也就答应了。醋场离连队不算远，楚平安每天干完猪圈的活儿就过去帮一阵子忙，后来老乡就提出来醋糟不要钱了，随便拉走。

楚平安就把猪喂得很结实很精神，不再是一副看上去让人心里不舒服的骨头架子了，过年时还杀了两头大猪添在伙食里，全连都很高兴。

副连长也就在全连大会上宣布了支部研究的给楚平安嘉奖一次。楚平安得了嘉奖高兴极了，当天晚上就给爹写信，告诉爹他得了这个新兵很难得到的部队上很神圣的嘉奖。后来爹来信说和平年代不打仗了也能立功受奖，他儿有出息哩。楚平安心里就更高兴，把以前的那份沮丧和心酸早忘得不见一丝影儿。

四

春节过后，下了一场大雪，雪很厚地铺了一地，荒凉干枯的漠野不见了，呈现在人们眼前的是一片无垠的白，人们就在这纤尘不染的白雪世界里抒发着内心的那份情感。楚平安站在猪圈旁看白色漠野的时候，心想这荒漠要永远让这白雪覆盖着多好，永远都是那样的宁静美好，看不出一丝荒凉。

但雪总归是雪，它的柔弱承受不住太阳的光芒，便在无奈中慢慢地融化了。雪化完后，天气渐渐有些暖意了，大漠深处涌来的风已让人感到春那甜润的气息了，可大漠上却仍看不出一点儿要走向春季的景象。

白杨树抽出叶芽的时候，楚平安看到被他喂肥得走路都艰难的老母猪肚子大得快拖地了，他仔细看母猪的乳头，两排共十二个奶头都发红发涨，他就知道老母猪快生了，便每天都注意它的动静。副连长也来猪圈看了母猪，他用脚尖轻轻地碰了碰母猪肥大的肚子说，看这架势不下一个整窝才怪呢。楚平安知道整窝就是十二个奶头下十二只小猪，见副连长这样说，他就很高兴地应和着是呀是呀，说不定是个整窝。这样说时，楚平安心里就特别盼望母猪早点儿生。

老母猪生小猪那天刮了一整天的风，黄黄的沙尘把天空厚厚地蒙了层浑浊的颜色，大漠中这样的天气每年都有无数次。那天楚平安就格外注意母猪的动静，到晚上睡觉时心里都不太踏实，听着屋外呼呼吼叫的风声爬起来又去看母猪，打手电筒一照，老母猪很不安地蠕动着，肚皮一抽一抽地颤动，楚平安知道母猪快生了，不敢离开，就一直蹲在猪圈里。半夜风刮得厉害的时候，老母猪开始生了，许是因为剧痛，老母猪嗷嗷吼叫着，尖厉的声音划破了风沙粘住的天空，那种惨惨的声音楚平安从来没有听过，他被母猪那痛苦的样子和那种尖厉的叫声骇得慌了手脚，忙冲进风沙的夜里去喊副连长，敲了半天的门才听见副连长用刚睡醒过来的那种嗓音很气愤地说母猪生产很正常，叫我做啥?

楚平安就惶惶地说，好像——好像是生不下来，母猪叫得很瘆人呢。

副连长说，猪和人一样，生产时都要疼的，那是头生了好几窝的老母猪，不会有事的。

楚平安心稍安些，却又问，那咋办?

副连长就说叫卫生员去看一下。

楚平安就去叫卫生员。卫生员很不情愿地爬起来，慢慢地穿了衣服，一连骂楚平安咸吃萝卜淡操心让他受这份罪，一边和楚平安去猪圈。那时候母猪还在尖叫，全身颤抖着。卫生员就对楚平安说不像难产，你把母猪喂得太肥了，生产就困难些，这是常事。说完卫生员就又转回去睡觉了。

楚平安不敢离开，他看地上流了不少血，母猪生产的地方露出一个圆乎乎的东西，可就是出不来。他看到母猪全身都是水，湿湿地在电筒光下闪亮。母猪痛苦地四蹄在地上拼命蹬着，楚平安又急又慌，忙忙乱乱地转了几圈后就蹲下试着用手去拉母猪胯下那黑糊糊的圆东西，却拉不动。母猪痛苦的样子叫他实在看不下去，狠着心把电筒放地上用双手硬往外拉，依然拉不动。母猪不再蹬了，它用一种凄惨的目光看着楚平安，凌厉的叫声慢慢就变得弱了，变得绵长而凄哀，让楚平安的心在一阵慌乱之后又一阵荒凉和怜悯，他的眼中就慢慢地蓄满了泪水。

母猪死的时候，天快亮了。

天亮后，连里的几位领导都到了猪圈看死母猪，副连长看着鼓胀的老母猪气得直骂楚平安是狗日的。

楚平安头低垂着，他昨晚一夜没睡，末了却仍然叫副连长这样一骂，他觉得很委屈，就说，副连长我不是狗日的，母猪的死也不能怪我。

副连长就更生气，指着楚平安骂狗日的不怪你怪谁？谁让你拼命喂母猪把它喂死了，今年完不成上面要求的三个人平均一头猪的任务，你给我生小猪去。

楚平安心一酸，泪水一下涌出来了，他觉得自己很不走运，或者是自己真的太愚笨，走来走去都遇上些不开心的事，让人看不起。一想到从新兵连开始到现在老母猪的死，楚平安就无法控制自己，竟哭出声来。

母猪杀了后，从它肚子里取出了一头比平常小猪要大得多的长鼻子小象，取出的小猪加上那头象也不够整窝，才有七只。

楚平安那时候完全被那头小象镇住了，看了半天，上去就踩了一脚死象，骂了句都是你这怪物害死了我的老母猪。

楚平安不再养猪了。

连长把楚平安叫去，他看着楚平安那副怯怯的样子，想说上几句楚平安又忍住了，摇了摇头叹了口气。指导员常嘲笑连长接的兵就这素质，弄得连长心里很气。

连长说：“楚平安啊楚平安，我可真服你了！你干啥我都不放心了，干脆你到连部给我当通信员算了。”

楚平安低着头，声音细细地说：“我听连长的。”

连长点上一支烟，抽了几口，才说："连部可不像班里，要有眼色，勤快点不会错的。你其实不笨，就是太老实。当通信员对你有好处，可以锻炼你。"

楚平安很感动，想对连长说他保证干好这个工作，但嘴动了动又说不出来。连长对他一直很不错的，他该对得起连长。连长接兵时，楚平安因为太瘦被那几个医生拨来拨去直欣赏得差点流泪，连长正好进去，看楚平安那副瘦样，也忍不住笑，问楚平安是不是太缺饭吃，经常饿肚子，楚平安说饭倒每顿吃饱，就是没吃好的。连长又问医生楚平安有没有毛病，医生说除了过瘦其他正常。连长当即就说体检规定没有瘦这一条，这个兵我们要了，只有受过苦的兵才是好兵。楚平安就这样当上兵了。

楚平安当通信员，指导员和副连长都不同意，副连长说这样的兵连猪都喂不好还能当通信员？

连长说："怎么没喂好？猪不肥壮吗？母猪难产又不是他一棒子打死的，何况他那一夜未睡又不是不尽心。"

副连长就不再言语。

指导员却说："先抛开猪的事吧，楚平安这人也实在太笨，到现在走队列还同手同脚。"

连长说："我正是考虑他训练跟不上，才叫他当通信员的。楚平安人倒很勤快。"

楚平安就当上了通信员，把被卧搬到了连部和连首长们住在了一起。每天早上起来也不用出操，只打扫连部的卫生，给连长指导员们准备好洗脸水，挤好牙膏放好，等收操后连首长们洗漱完倒掉水后，他才抓紧时间洗脸刷牙，然后赶紧去伙房打来几个人的饭菜端回连部。早上时间紧，楚平安刚开始不太适应，这个叫那个唤，有时碰在一起，他就愣在那里有些不知所措。后来他就想连长人好，就先干连长吩咐的，副连长在老母猪事件上很伤他的心，就把副连长排在最后，再遇上几个人一起叫他时，楚平安就按这种先后去执行。

起初楚平安不敢和连长指导员们坐在一起吃饭，给他们盛好饭站在旁边看着他们吃，连长叫他一起吃，他说等会儿再吃，连长就发火了，说叫你吃你就吃，部队也是你的家，在家里人人平等。指导员和副连长就都笑笑叫楚平安快坐下吃，原来通信员也一样是在连部吃的。楚平安这才怯怯地坐下吃了，可他每次都没吃饱，连长问时，又每次都惶惶地答吃饱了。只等饭后送剩饭菜到伙房时，他才又赶紧吃些。

干通信员偷不得懒，好在楚平安也是个闲不住的人，在家干惯了活儿，就手脚麻利，把连部收拾得干干净净，连房子中间那个火炉都擦得锃亮。连长很满意，吃饭时说楚平安比原来的通信员勤快多了。指导员看了看楚平安，没说话。过了会儿就叫楚平安吃过饭把他床下的衣服洗一下，他因为下周要上政治教育课得准备教案，衣服换下来有一个礼拜了也没顾上洗。

楚平安没说话。吃过饭收拾完他就把指导员的衣服拖出来洗。这一洗开了头，副连长的衣服也叫他洗，刚开始只洗些外衣什么的，后来，裤头袜子也叫他洗。连长看了，轻轻叹了口气骂了一声“他妈的”，再无话说。楚平安就继续洗。连长却从没把衣服拿出来让楚平安洗过，而且他也不准楚平安洗。

当通信员让楚平安最自豪的时候，是连里开班排长会，让楚平安去一个个通知的时候。楚平安看到他每叫一个排长或班长时，他们都很快地整衣服戴帽子往连部走，并且有时对他这个传达人还谦和地一笑，他心里就有种说不出的兴奋。他不再是当初那个尽受人嘲笑让人轻视的楚平安了。

开会时，楚平安也一样可以听会议的内容。连部开会和班务会不一样，连部的会只有班长以上的人才能参加，他不是班长却一样可以听会议内容，他一会儿往炉子里添煤，一会儿给连长指导员杯里倒水，没事时他不离开，也没人说他。开完会楚平安就去和老乡周胜利与杨树明说连部会上的事。其实也就些训练站岗之类的事，哪个班得表扬了哪个班受批评了。他说这些时，周胜利和杨树明都很认真地听着，周胜利还说楚平安你混得可比我们强。他就感到很满足。

但到开党员会时，指导员每次就把他打发出去了，因为他楚平安连团员都不是。

五

在连部没有事干的时候，楚平安也常到训练场和伙房去转转，看看训练和做饭，但他去得最多的地方是猪圈。猪又瘦了，猪们还是炊事班代喂，醋糟也不经常去拉了，猪吃不饱，见有人来就干干地叫唤着。

刚开始楚平安可怜那些饿猪，有时到伙房后还帮着炊事员去喂它们，他看着那些又变得瘦瘦的猪，就想起自己以前把它们喂得那般肥硕，又想如果不是老母猪的死，他肯定还一直当他的猪倌，就不会有他当通信员的经历；不会有听到连部会议内容向周胜利和杨树明说时自己内心的那份满足和他们那羡慕的神态；也不会在连部吃饭了。人哪，人真说不来自己的命运。

说起在连部吃饭，楚平安就越发感到在连部的好处了。连队每周要吃两三顿玉米面发糕，每到这时，炊事班都给连部单另蒸些白面馒头，每次连里首长都说官兵一样不要搞特殊，但每次又都照吃不误。这样楚平安也就跟着沾光吃白馒头，就是平时，连部还加一个肉菜半个汤什么的，楚平安和连里首长享受一样的待遇，他就把这些事写信告诉了老爹，让老爹为他的这份殊荣也高兴高兴。老爹果然很高兴，给他写信说村里人都说他儿子有出息哩。

天气渐暖的时候，上面通知部队要搞一次野营拉练，为了适应部队野外艰苦环境下生存的能力，一般在野外做饭和宿营。

楚平安作为通信员，在拉练前几天被招到营部做了两天拉练中通信员知识培训，培训只是简单地识别一些旗语和传达命令的有关事项。楚平安两天也就学会了，听营部书记员强调连队通信员的重要性，传达各种命令的神秘感，楚平安一下子觉得自己很重要了。一觉重要，他就很自豪，比刚当通信员通知各班排长开会要自豪得多，这次他可是给连长指导员传达营里的命令呢。

拉练开始了。连和连之间都拉开一段距离，团里营里首长都有车在前面带路，连长和战士们全凭两只脚，全副武装步行前进。

在望不到边沿泛着白碱的荒野里，拉练队伍倒像一支出征的部队，场面很壮观，刚开始还叫人能产生一阵军人的自豪和激动。但一天还没走下来，大家就失去了兴趣，枪和背包全负载在身上，在干燥的茫茫漠野上行走，那种单调与身体的疲惫叫人生出走不到尽头的失望来，那种军人的威风和豪壮慢慢在队伍中就找不到了，队伍变得有些稀稀拉拉了。

楚平安是通信员，就没有背背包，本来跟在连长后面给连长背着枪、水壶和挎包，腰里插着两面小旗。后来副连长走得热了，也把自己的枪、水壶和挎包给了楚平安。

八连百号人拉开的距离却有三四百米，团里营里的车不时在他们队伍前前后后地跑，下达一些快跟上快跟上的命令后，掀起一股股白尘就消失了。连长就来了气，叫声通信员，让楚平安跑步去通知后面的指导员让队伍跟上，稀稀拉拉的像什么样子。

楚平安就回身往队尾跑，身上的物件叮叮当当乱响，他就用双手按住枪和水壶，跑到队尾，向指导员传达了连长的话。

指导员一听就气不打一处来，看着楚平安身上多了的一把手枪和水壶，就问是谁的。

楚平安回答是副连长的。

指导员便不说话，脸阴阴的。过了好一阵子指导员才叫了声通信员。

楚平安连忙答到。

“你通知连长，让前面压住步子，后面跟不上。”指导员说。

楚平安看了看队尾的战士们，都是炊事班和勤杂班的，背负着全连的吃食，负载比战斗班还重，走起来确实不轻松。就又跑步赶到队伍前面，向连长传了指导员的话。

连长不说什么，过了会儿营里小车又来下令让队伍跟紧，连长火气就显得很大，吼了一声通信员，传令后面跟紧。

楚平安就又跑到队尾，传了连长的话。

指导员把帽子摘下提在手里，气呼呼地骂了声“他妈的”，随即又取下自己的枪和水壶给楚平安背上。

楚平安就背上，瘦瘦的身体压着三把枪三个水壶和三个挎包，看上去就像是一棵没长大的小树上挂满了东西，有些可怜又有些滑稽，指导员看了看不时从队伍旁边过去的吉普车，就说，坐车的真不知走路的累，光知道催命似的一个劲儿催，我们走了一天路，哪能跟他们坐一天车的比。

楚平安见指导员这样说，知道指导员心里也有苦衷，一直提不上副营，家属就随不了军，情绪一直不太好。楚平安没有吭气，在这种情况下，他一般不会吭气的，他也知道自己话说不到地方，他坚持一个原则，少说话为好。

指导员见楚平安没吭气，就叫楚平安再到前面，去给连长传话，压住步子，弟兄们这会儿又饿又累，不要走得太急。

楚平安细颠着步子跑到队伍前面，准备向连长传指导员的话时，连长用眼神制止了他。楚平安发现连长这时候很有点儿英武之气，走在全连的最前面，看不出一点儿乏累来，很像一个指挥员的样子。楚平安就想，这才像个军人，关键时候，有点儿电影里军人的味道，哪像指导员，走在队尾，疲惫不堪，还一个劲儿叫压住步子，如果真是上战场，还不误了大事?

连长发现了楚平安的眼神，就走出队列，看着楚平安身上挂的一大堆东西，又气又好笑，终于还是笑了，就要过自己的手枪水壶，自己背上，对着自己的连队喊了声：同志们，再加把劲儿，快到宿营地了。

这时，连长双手卡在腰里，像欣赏自己刚写的一幅字或者画的画，欣赏着自己的兵。连长的样子，叫楚平安看了，就想成了连长这时候是在享受，是那种很认真很自豪的享受。楚平安就看得很痴迷，心里就想着，当个连长真好！当个连长就有别人无法享受到的这种自豪。

连长似乎看透了楚平安的心思，就拍了拍楚平安的肩头，说，楚平安，你看，你只看到了我这个当连长的自豪劲儿来，可你没有看到这个队伍的精和神来，你在队列里走，只是一个分子，你站在旁边，感觉就不一样了。你看，这队伍像啥?

楚平安看不明白，就摇了摇头。

连长挥了一下手说，像一条带子，荒漠上绿色的白杨树带一样，是荒漠的魂，是一条生物带。每当我看到这样的生物带，就很激动，更何况是在这种荒漠上，一队士兵，这样走着，像绿色的生物一样流动着，我的劲儿就来了，这是久居大漠的人对生物的特殊感情。

楚平安当然不懂，对连长的什么生物带听得迷迷糊糊。

连长拉了一把楚平安，又追到队伍前面，边走边说，你现在是一个生物，加入到这个带子里，就成了群体，就成了生物带存在的一分子，就感觉自己存在的重要了，所有生物在群体里，生存起来就容易多了，可叫你一个人站在这个带子的外面，感觉就孤独了，要生存起来也就难多了。你看着一个生机勃勃的群体，就会激动的。

楚平安听得云里雾里，不甚明白，却对连长生出了不少佩服来，连长懂得真不少。

连长就又说，你现在理解不了，时间一长，经得事多了，就懂了人这个生物在这个带子里的含义了，人本身就生存在一个带子里，为了生存和一定的意义，就有了不同的生物带，这个道理，你以后会明白的。

楚平安虽然听不明白，还是一个劲儿地点头。他上的学不多，但对生物这个词还是懂点儿的，但把人也当作生物，又说成群体就是带子之类，他一时理解不了，更别说什么生存和意义了。他只知道，出来当兵，说是为了尽义务，其实也是为了见世面、闯前程。虽然大家都不说破，可心里都明白，谁都想生存得好点儿，都想着干出一番前程来，改变自己的命运。可他心里也有个底，凭自己的这副笨样，能闯出个前程吗？能在这个带子里长期生存下去吗？

队伍到黄昏前才到了指定的宿营地。战士们累得一个个往地上一坐，就不想起来了。这时，营里却通知立即搭帐篷准备野炊，帐篷是卡车送来的，按班发到各连。

连部帐篷搭好后，连长就叫楚平安去通知炊事班给每人发一块压缩干粮先填肚子，然后开伙做饭。

楚平安正想去通知，副连长又叫住说带些压缩干粮来，肠子都快粘到一块儿了。

楚平安回来后，想到前两天在营部培训的要求各连通信员一到宿营地要密切注意营部方面的旗语，以便联系，拉练到了宿营地后为了保密不再用语言传达口令。楚平安就站在帐篷外面边吃压缩干粮边注意着营部方向的动静。

营部的帐篷搭在一个秃山包上，那样的秃山包周围不太多，离连部也不算远。楚平安看到一个通讯兵正在帐篷外面调着电台天线，几个兵出出进进，很乱，看不清哪个是传令兵。

楚平安正注意着营部动静，听到副连长用一种很大的声音叫他，他忙进去。副连长吃着压缩干粮要他的水壶喝水，楚平安这才把身上的东西全部卸下来，依次放在连里首长的行军床上，又急急忙忙去观察营部方向。

这时指导员从行军床上弹起叫楚平安快去弄些水来，他要洗脚，指导员说他的脚磨出泡了，很疼。

楚平安就拿上盆子到炊事班去弄水，一边跑着一边回头看着营部驻扎的那个山包。

给指导员弄来水，副连长也要，却没了盆子，楚平安就到炊事班硬要了两个菜盆给副连长和连长各端来了一盆水。这时他看到了营部方向打出了旗语，他仔细辨认了一会儿，只是问各连开伙没有，他回了没有开伙的旗。刚回完，那面又打，是叫连长，楚平安数了旗语，是叫七连，他想下次该叫八连长了，就特别注意着，可这时连长却叫他去催炊事班，加快做饭速度，太阳快落了。

楚平安这回倒着步子往炊事班走，眼睛盯着营部方向，不想一下子被绊倒，一看是一棵红柳，他呼地生出一股气来，爬起来将红柳踩倒。红柳却又软软地起来了，他就更生气，骂了句“狗日的你也这样”，硬是将那棵红柳踩倒在地。他踩的时候看了看营部方向，这时他看见打出叫八连的旗语，同时也发现天开始黑了。

六

楚平安就是那次拉练之后才对通信员的职务开始感到厌烦的。他发现自己就和荒漠里的骆驼刺一样，在自身生存环境中无法挺立。

“五四”青年节前夕，连里要发展一批团员，指导员对楚平安说，你也不写个申请，这次可没你的份了。

楚平安一直忽略了写申请的事，或者说他根本不知道要写申请，他其实很想入党，他也想参加党员会听听党员会的内容，但入党必须先入团。

连长说：“楚平安工作表现不错，补一个申请吧。”

副连长也同意连长的意见。

指导员却不同意这样做，他说加入组织的事一定要按照规定办，如果这样做了就有不把组织当一回事之嫌。

连长就不好再说了。楚平安就没入上团。

楚平安慢慢就从另一种意义上读懂了大漠上风的肆意和肆意的风下干枯的荒漠中那些生存的生命。

到了八月份，通信员楚平安就明白了不少连队的事，也就显出了不少以前没有的精明。

再给指导员副连长洗衣服时，楚平安不再自己动手洗，每次都叫几个同年兵洗，到了吃发糕的时候，他打着连长或指导员的旗号让炊事班多蒸些白面馒头，等吃过后，把多的白馒头给几个同年兵留着，谁吃谁洗衣服。就这，好几名同年兵还争不上。连队每周吃发糕是个秘密，不定是哪顿吃，真吃的时候，有些人吃不下去，想吃白馒头却还不定能争上洗衣服哩。

楚平安学精了。

连长说楚平安人不但胖了，也聪明多了。

有次，楚平安到操场去看训练，无意中走了几步，却发现自己再不是同手同脚了，他想硬走出同手同脚来，心想这也许就是感觉不同了吧，都快当一年兵了，骨子里也有军人味儿了，气质上也就成了军人了。

楚平安就不是以前的楚平安了。

指导员的家属从老家农村来部队了，带着三岁的女儿，指导员家属长得不很漂亮，不过指导员也就那样，一对眯缝眼，有事没事就用指头抠鼻子，一点不显精干。

指导员就搬到临时来队家属房睡大床去了。

连长开指导员玩笑说，别太过火，细水要长流。

指导员很高兴，叫楚平安过去帮着收拾一下房子。临时来队家属一般都自己开伙做饭，锅灶都全，就差油盐等实际性东西，指导员给了楚平安二十块钱，让他到营部去买。楚平安就去伙房向炊事班要了一大堆油盐、米面、菜肉等东西用纸箱装了抱到指导员屋里，并把二十块钱还给了指导员家属。指导员家属让了让，就收了。

第二天指导员来连部见了楚平安，问，你昨天在哪买的东西?

楚平安先是红了红脸，又笑了笑，也不回答，指导员也就不再问。

楚平安也就每天到伙房取菜肉送到指导员屋里，有时还帮指导员家属择菜，扫地，但饭熟了从来不吃，说他还要给连长副连长打饭就走了。指导员家属有次就对指导员说这个通信员真不错，人老实还勤快。指导员笑笑说他比以前能干多了。

指导员家属走后，指导员又搬回连部睡了，有天指导员对楚平安说你这段时间表现很好，组织上考虑让你加入团组织，这对你思想上是个提高。

楚平安愣了愣，说：“指导员，我还没写入团申请书哩？”

指导员却说：“没关系，你补一个就行了。你是特殊情况，特殊对待。”

楚平安就入团了。

副连长有天就对楚平安说你小子入团可真迅速啊。

楚平安说：“指导员说我是特殊情况特殊对待。”

副连长冷笑了一下，说：“特殊情况？你什么情况特殊？你小子也会玩这把戏了。”

楚平安就不知怎样说了，就不言语用探询的目光看着副连长。

副连长就问：“你老实告诉我，指导员家属来队时油盐肉菜是在哪买的？”

楚平安不假思索地说：“是在伙房拿的！”

这时连长走了进来，问你们说啥东西。

副连长笑了笑，马上转换了话题，说楚平安还是挺老实的。

连长说：“那当然，你不看看是谁接的兵。”

楚平安不好意思地笑了笑。

楚平安原来穿四号衣服，裤子短了些，换冬季服装时就换了三号的，他比以前胖了些，衣服穿在身上也看不到多么空洞了。他上营部买了一双平板黑布鞋穿上，整天在连部出出进进，倒也与其他的兵有了些区别。他不参加训练劳动，衣服也比以前穿得干净了，一身装束显得精干了不少。因为楚平安是连部通信员，战士们在他跟前也不随便说啥话，怕他告诉连长指导员，他每天又分发全连的信件，怕他压信，好多人对他还极客气，特别是同年兵很羡慕他，心里不服这个当初没人要的同手同脚的同年兵如今却比他们混得要好。

十月底，树叶开始落的时候，老兵开始复员了。连里作复员动员，研究复员人选。支部开会时，原来会打发走楚平安的，可现在到冬天了，又该生炉子了，楚平安添煤，给首长们续水时，也没人打发他出去，他就磨蹭着干这忙那地听了许多有关老兵复员的事。

楚平安听到老兵复员要留下一批骨干继续服役，其中有三班长。楚平安知道三班长一直不想复员，他家在农村，又很穷，想留下来等机会转个志愿兵什么的。

支部会研究最后还没定下具体走与留的人员。连里老兵中农村的多，农村兵不想复员的多。那几天里许多人四处打听着消息，有问楚平安的，楚平安就笑笑，说不知道。

三班长也找楚平安打听过消息，楚平安心说你也有这样问我的一天，他想起以前在三班的事，就对三班长也来问他有一丝愉悦，他没有告诉三班长情况。

这天，楚平安一个人坐在连部练字，他已闲下不到处乱转悠了，喜欢没事时练练字看看书。连长指导员常告诫他要多学习，还说他一手字跟狗爬一样难看。他练了一阵子也不见好，但他还是坚持着练。

一个人打报告进到连部。楚平安见是三班长，就说连长指导员都不在，副连长到团里去了准备送老兵。

三班长笑了笑，很不自然。过了会儿才说："我知道连长和指导员不在才来的。"

楚平安就停下手中的笔，不解地看着三班长。三班长从身后拿出两个纸包，放到桌子上，说："这是给连长指导员的一点心意，我想请你转交给他们。"

楚平安看了看两个纸包，明白了三班长的意思，就说："班长，还是你自己给吧。"

三班长又笑，很不自然地说："我不好给，他们谁在谁不在都不好，只好请你了。"

楚平安看到三班长对他也有那种谦恭的笑，并且还用了两个“请”字，他心里就很舒坦，就说，“那你放这儿吧。”

三班长推了推纸包，说：“是这样，这个包给指导员，那个给连长，你给我找个时间私下给，可别同时，你比我方便。”

楚平安看纸包上有名字，想了想，点点头说好吧。

三班长临出门时对楚平安说：“楚平安，以前……很对不起。”

楚平安笑了笑，没说话。

快开饭时，连长和指导员一块儿走进了连部。

楚平安就把纸包拿出来也没往别处想，按上面的名字分别给了连长和指导员，说是三班长的。

连长和指导员相互看了看，又都看了看两个不同的纸包。

连长说了句，这像什么话？都送上礼了。

指导员先动手打开给他的纸包，里面包着一条毛毯。

连长也打开纸包，见是一条花被面。

指导员把毛毯和被面扔在一起，递给连长一根烟，点上后说，三班长也真是的，想留下继续干是好事，却来这一手，就把咱看扁了。随后叫楚平安把这两件东西退回去。

连长闷头抽着烟说，铁打的营盘流水的兵，三班长家里穷，想在部队闯前程哩。可现在部队除了考学，别的出路几乎没有，志愿兵也不是说转就能转上的。

指导员说，让三班长走吧，他来这一手，丢咱农村兵的人哩，出来当三年兵了，还没改掉农民意识，这是军队，不是生产队。

连长只是抽烟，没吭气。

指导员唤过楚平安，要他将东西送还给三班长。想了想，又说了声，还是我去送吧，这会儿他思想波动大，还得给他讲清楚。

三班长就复员了。

副连长送老兵回来后对楚平安说，三班长恨死你了。

楚平安问恨我做啥?

副连长看着楚平安,好一会儿才说,你小子可真损!

副连长对楚平安的态度虽然比以前好了许多，但对楚平安的许多做法还很反感。

楚平安想到了三班长,他并不觉得这样值得三班长恨他,可副连长说三班长一路上把楚平安的祖宗三代都骂绝了，那天走到库尔勒兵站住下,他吃饭前往被子里塞了一个烟头,回来后被子和床已经烧成一堆灰,满屋子的烟,被兵站罚了二百块钱。楚平安听了后惊愕地看着副连长,过了好长时间才说真没想到。

副连长说，你连你自己都没想到做了些什么？三班长临上火车时,哭得泪人似的。

楚平安就不语,心里很难受,闷了两天,还偷抽了连长的两根烟,烟很呛,抽完后晕了好长时间,过后又想想三班长,想想三班长原来待他的那副样子,还有三班长的这种不正当做法,慢慢内疚之心也就淡了。

七

新兵再下连队的时候,楚平安这批兵就很自然地成了老兵。

老兵楚平安已不是新兵时候的楚平安了。他这时候也学会了抽烟，虽然他在心里一直记着老爹在家里抽着旱烟，他也寄过几次津贴,可爹回信说钱都攒下准备给楚平安日后找媳妇用,爹说他抽旱烟就中,纸烟没劲儿。开始抽烟后的楚平安才知道抽烟很费钱,可不抽又觉心里慌得很,抽那用报纸卷的莫合烟,劲儿大不说,好像低人一等,就咬着牙买一般化的烟抽。

新兵下连后，连长见楚平安日常工作虽也干着却不像以前那样勤快麻利,就对楚平安说,通信员工作看起来平凡,而且琐碎事杂,时间长了就烦了。

楚平安听连长这么说,就忙说:“我没烦。”

连长说:“要不你下班里,这些杂事再找个新兵干。”连长是商量的口气。

楚平安就给连长发了根烟说,连长,如果我干得不好,请你指出来,我改。

连长抽着烟说,不是,不是,你干得一直很不错。

楚平安照样干他的通信员,他心里很清楚如果他不干通信员还会变得和以前一样,木头似的让别人嘲笑轻视指着他说真笨。在连部他学到了不少东西,他觉得自己有不少长进,最起码他学会了怎么看这个世界,看他生存的这环境中的人与物,而不再像刚当兵时傻乎乎的。

这时候,楚平安想自己现在才叫真正的军人。

一个四连的老乡给楚平安来信说他当副班长了,楚平安把老乡的信看了三遍时就抽了三根烟,然后把信往口袋里一塞,到外面转了一圈,他看不到日子有什么特别之处,但他能看到现在就是不同于以前了。他四处转的时候,见连队的角角落落都是那样熟悉,熟悉得像他生活了十七年的家乡一样了,他奇怪咋这么快,才一年多时间就熟悉到这种程度,部队就是不一样,人适应得快,无论从感情上还是思想上。

秋天时,指导员有天对楚平安说连里准备发展一批党员,人选将从思想成熟的团员中产生。

楚平安看着指导员,等待下文,可指导员不再说话,只是抽烟。

楚平安没有向老乡透露出这件事,他自己到指导员办公桌上翻出一沓入党申请书来,拣了一份读起来顺口的抄了一份,申请人换成了自己的名字,交给指导员。指导员看了一遍说,写得不错,很有诚心。

楚平安给指导员点上烟,试着问了句:“指导员,你看我够不够条件?”

指导员吐了口烟，说："你工作干得不错。"

楚平安这时就不言语，他知道这时候不能用人通常的那种假谦虚，否则，对方马上会给你提出许多不痛不痒但能影响你情绪的缺点，你就会落个全身心的不舒服。

指导员扔掉烟头儿后，果然说："连部的人嘛，怎么着也得考虑。"

楚平安准备说两句感激的话，指导员却突然又说出一句："这件事你心里可得有数。"

楚平安愣了一愣，但他已不是以前的楚平安了，他想了想，笑笑对指导员说："指导员你放心，我有数。"

连长的老婆带儿子来部队探亲。连长老婆长得很中看，就是连长儿子长得胖乎乎，一对小眼睛看上去有点怪怪的味道。连长抱着儿子亲了好长时间，就把铺搬到了临时来队家属房去住了。楚平安去帮忙收拾房子。

连长老婆叫楚平安代她去买些油盐米菜，楚平安去炊事班要了东西装在纸箱里，趁指导员给全连人去上政治课时，抱到了连长屋里。

正在铺床的连长老婆回头问楚平安，咋这么快?

楚平安说，给连长办事，不快咋行。

连长老婆就很高兴，看了看箱里的东西，叫楚平安帮她把床重新拼一下，不然上面褥子铺不平。楚平安帮着把床铺好后，才把连长老婆给的买东西的钱还给她。连长老婆不解，楚平安就说连长已给过钱了，还说今后凡是买这些东西就找他，他是连长的通信员就是替连长服务的。

第二天，连长见到楚平安后说，你狗日的。

没有下文，楚平安就笑笑，以后按时从伙房把油盐米菜给连长老婆送去，连长老婆每次留他吃饭，他都找个借口推掉了。

直到有个星期六，连长弄了好多菜叫指导员、副连长和楚平安一起去喝酒时,楚平安推不掉才去了。

在喝酒时，楚平安原来不会喝酒，按新疆酒场规矩硬被灌了三杯,他尝到酒的辛辣后,脸发烧发红很难受,但他心里却相反热乎乎地很舒坦。

副连长见楚平安三杯酒下肚,说话正常并不断给大家倒水,没多大反应,就连说楚平安这狗日的能喝酒,平时是装的。副连长特别强调了楚平安特会装,这狗日的看起来老实,其实精着呢。

连长就说,楚平安确实变了许多。

连长老婆在一旁说,小楚很精干,办事也利索。

指导员不说话,只是抽烟,到再喝酒时,指导员却让楚平安代他喝。

楚平安想代就代,有啥了不起的,大不了回去多睡会儿。

副连长却不愿意,对楚平安说代了指导员的也要代他的。

楚平安就放下指导员的杯子，他知道这不仅是喝不喝谁酒的问题。

连长端起酒杯打哈哈,说别为难楚平安了,咱们还是自己喝吧。

指导员没说话,端起酒杯一口气灌下去。副连长这才笑着说,这才像个指导员的样子。

指导员一直不言语,楚平安心里就很不安,几次想开口给指导员说代他喝酒,但都没说出口。

那天指导员就喝多了，到最后红着眼睛说他妈的在部队上干结婚和没结婚一样,有什么意思,不如转业算了。

连长就说,转业了老婆就永远待在农村了,再熬吧,明年上面该考虑我们了,咱们正连都满三年了。

指导员说,熬,就是熬,还是狼多肉少,到咱们头上……

副连长说,还是咱好,单身一人,没那么多烦恼,不顺心了就转业,到哪里还不是个国家干部。

连长说,说那些干啥,咱喝酒,把这三瓶昆仑特消灭了才是今天的首要任务。

于是几个人就压着声音敲杠子，不敢划拳，怕声音大了战士们听到影响不好。

这场酒喝得就很压抑。

连长老婆住了一个月就走了，说回去该秋收种冬麦了。

连长老婆走后，副连长对楚平安说，你狗日的真变得太精了。

楚平安说我怎么太精了？

副连长看了看楚平安，再没说啥。

楚平安望着副连长，几次想问一下副连长指的是哪个方面，又忍住没开口。

后来，发工资时，连长让司务长扣了他二百块钱，说是他老婆来队期间的伙食费。司务长惊讶地说，嫂子来队期间没在连队食堂吃饭呀？连长说，油盐米菜都是拿伙房的，是我叫通信员拿的，都记着账。司务长就不扣连长的钱，连长坚持一定要扣，司务长就说，要扣也扣不了这么多呀？连长说，我老婆和儿子俩人吃了一个月，多啥呀，扣吧！司务长说，那就扣一百块行了，我们干部在食堂吃，每月才扣三十多块钱。连长笑了笑说，可我老婆儿子不是干部，他们可不能吃了大家的伙食费。司务长无奈，就扣了连长二百块钱。司务长在连部会上给大家讲了这事。

当时楚平安听了，很吃惊，连长咋还这么认真？要交油盐米菜的钱，也交不了这么多呀，连长家属吃用了多少东西，他心里最清楚，连长这样做，楚平安心里就不安了。趁没人时，就对连长说，连长，嫂子来队住了一个月，油盐米菜都是我从伙房拿的，我心里有数，也不用交那么多钱呀？

连长说，不算多，他们两个人吃了一个月，尽是白米细面，你小子拿的都是超标准的食物。

楚平安望着连长，心里很不舒服，憋了半天，才说，连长，这事我没弄好。

连长哈哈一笑，说，怪你啥哩？拿东西交钱，天经地义，我只是让你代劳了一下。你只是把标准提高了，让你嫂子吃了一个月的美食。

可我……楚平安心里总觉得对不住连长，连长家在农村，二百块钱对他不是个小数目。

连长说，你别再说了，你心里想的啥我清楚，但我得心里有个标准，做人得讲良心，更何况我是连长，不能沾战士们的那点伙食费。就是我不当连长，也不能贪这个便宜，不说影响好坏，起码得对得起这些远离父母的兄弟。我一个拿几百块钱工资的连长，占连队的小便宜，那跟喝兵血有啥两样？

楚平安就说不出话了，从内心里，他对连长又增加了一份敬意，他前后想了想，连长确实是个讲原则有良心的好人，尤其是在对待自己这样的一个笨人，既像兄长一样的处处照顾着，却从不违反纪律地给他提供适合他能力的工作机会。碰上这样一个连长，楚平安心想自己该知足了，自己一个笨得连队列都走不好的农村兵，算是交上好运了。从此以后，在楚平安心目中，连长就成了他学习的榜样，他甚至想，如果今后自己有机会在部队继续干下去，就要像连长一样做人，当一个好兵。

研究发展党员时，指导员提出楚平安的入党问题暂不考虑，全连工作表现突出的老兵班长太多，党员名额有限，像楚平安这样的战士，工作干得也不错，思想认识也提高得很快，但他有点滑，又在连部当通信员，如果发展了，恐怕战士们有意见。连长说，发展党员的事，要军人大会评议，听大家的意见，至于楚平安同志，也成熟了，当了两年多兵干了两年通信员，没出差错，表现还可以，就放到会上大家评议吧。

指导员说，我说的意思是楚平安是连部的人，争议肯定要大些，发展他，是个敏感问题，这两年，他的工作干得不错，可群众基础差些，我是听了个别人的意见才这么说的，也不是我不同意他入党。这事当然得讲民主，我一个人说了不算，大会上评议时，大家评上他，就发展他，我没意见。

结果，军人大会上一评议，几乎没人投楚平安的赞成票。

楚平安就没入上党。老乡周胜利却得了好多票，最后被确定为党员发展对象，并且时隔不久，又当上了副班长。

楚平安心里就很不平静，一起入伍的老乡，人家入了党又当了副班长，自己一头都没粘上，总觉不是个味儿。他就去找连长，说连长你让我下班里去吧。

连长说，你的心理我了解，干通信员讨不到大家的好，这很正常，但你要正确对待，今后还要好好工作，尤其是要和大家打成一片，不要只为连部的人服务，而疏远了群众。当然，现在好多人入党动机不太纯，把入党当作增加政治资本，这样的思想不能有。到现在我还没发现你有这种思想，你只认为自己干得不比别人差，想证明自己这方面的能力，这样就好，只要你有信心，就有机会加入组织的。

楚平安说，可我现在这样，大家都不投我的赞成票，以后恐怕也难。

连长说，我会考虑的，你先干着，等明年初，我叫你下班里去，凭你现在的工作态度，你不比别人差，迟早会得到大家认可的。

楚平安就点了点头，继续干他的通信员。他又多长了个心眼，把连长的话琢磨了好长时间，觉得连长说得对，他也没闹情绪，只是注意观察了指导员，别叫指导员对自己有看法，就没说过一句没入上党的牢骚话，却在闲时，常去各班走走，和大家说说笑笑，他想这样算是和群众打成一片吧，加强了群众基础。但他内心里，还是想早点加入党组织，不然，当三年兵，连个党都入不上，就比同年兵差了一截子。

八

来年春天，指导员探家时，把老婆女儿带来了，仍然住临时来队的家属房。这次指导员没叫楚平安帮着收拾房子。也没叫他去买油盐米菜，楚平安也就不去揽这些活儿。倒是指导员老婆还认得楚平安，几次叫楚平安去吃饭，楚平安推脱了几次，叫得久了，他就去了一次。到吃饭时，指导员很热情，不时给楚平安夹菜，弄得楚平安倒不好意思起来。指导员就对楚平安说入党的事不是他不同意，而是大家没评议上他。

楚平安就笑笑，说这事都过去了。

指导员家属临走时，楚平安就给指导员的丫头买了一身很不错的公主服，指导员不在时他送给了指导员家属，指导员家属很高兴，说小楚你真是好兵。

楚平安说好兵也没能入上党。

指导员家属说，你们指导员经常和我说你是个老实人哩。咱农村人就凭老实吃饭的。

楚平安就说，还是嫂子理解咱。

指导员家属临走时对指导员说，楚平安是个人精。

指导员说这还用你说。

连长提出来让楚平安下班里工作，说都三年老兵了还当通信员，使唤起来我们都不好意思了。

连里干部都想到了楚平安一直给他们洗衣服，内裤今年都不好叫他洗了。是该换通信员了。

副连长说，楚平安训练跟不上，下战斗班恐怕跟不上。

指导员说，让他下勤杂班。

连长说，也行，给个副班长干吧。

指导员却说，勤杂班班长复员后一直没班长，我看楚平安就可以当班长，他在连部干得不错，也是老同志了，具体叫他管管菜地的事。

连长说，就按指导员说的办。

楚平安就把通信员工作交给了一个新兵，把铺搬回了勤杂班。一到勤杂班，楚平安又回到了原来的位置上，心里踏实了不少。又当了班长，心里也舒坦了些。

菜地很小。楚班长下了一番苦心种上菜，这年的黄瓜和西红柿长得很不错。

半年后发展党员时，楚平安光荣入了党。在“七一”那天握着拳头在铁锤镰刀面前跟着指导员宣读了入党誓词。

楚平安觉得种菜比当通信员要轻松多了，他又是班长，带着勤杂班的“老弱病残”把菜地弄得很像回事。副连长没事时到菜地转了转，对楚平安说你总算干了些正事。

楚平安给副连长发根烟，说，咱农民也都这么说，把地侍弄好了才叫干正事。

副连长就说我不是这意思。

楚平安笑笑突然说，副连长你该当连长了。

副连长骂了声狗日的你胡说些啥？副连长骂时却很高兴。楚平安就和副连长开了会儿玩笑，玩笑开得叫勤杂班几个人很羡慕，说楚班长真了不起，和副连长都敢那样说话。

最后，副连长看着菜地白菜长势不错，就说楚平安你狗日的今年别复员了，留下种菜算了。

楚平安就很随便地说，复员不复员就是那么回事，反正在哪都是和土地打交道。

九

老兵快复员时，辛连长接到命令调团部当军务股长。辛连长很高兴，走时在连里为他送行时喝醉了。

副连长当了连长。

新连长上任后就不到菜地转了，有时楚平安和新连长碰上面，新连长也没有要停下说话的意思，楚平安就笑笑，走了。

司务长提升当了副连长，新副连长常到菜地和勤杂班转转，对勤杂班的懒散作风很不满，批评了楚平安几次，楚平安不太理新副连长的茬儿，原来他当通信员时就从不怎么理会司务长的。司务长也不在连部住，接触得少。

临近老兵复员时，楚平安去了趟营部，在营部给军务股辛股长打了个电话，说他不想复员。

辛股长说你好好干，我不会叫你复员的，你家那地方的情况我还不清楚?

楚平安就放心地回到连里，继续在菜地里率领那几个兵干活。

研究复员人选时，新连长提出让楚平安复员，指导员说楚平安工作不错而且军务股辛股长来电话叫把楚平安当骨干留下。

新连长说，留那样的人干啥？是军人军事训练跟不上倒像个农民。

新副连长说，楚平安种菜很不错。

新连长说这是部队不是农村。

于是就报了楚平安复员。

过了两天，楚平安的复员报告被打了回来，是辛股长用电话通知的，军务股专门搞老兵复员的事。

楚平安就留下了，他当兵到第三年零四个月的时候，他接了一个电话，后来辛股长有一天坐着小汽车拿了个调令把楚平安拉走了。辛股长说楚平安是个好兵，这样的兵应该在部队多作贡献。楚平安被调到了离团部很近的一连工作。他在一连继续种菜。

辛股长的老婆孩子也随军了，辛股长常打电话叫楚平安去他家吃饭。楚平安每次去时都提两瓶“昆仑”特曲，能和辛股长喝到半夜。

这年部队改编，要从各连抽出两个连的兵力改编成武警，到塔克拉玛干沙漠边缘的劳改农场去看犯人。很多兵听说要去的地方环境艰苦，又是看犯人，都不大愿去。

楚平安却坚决要求去看犯人。他把这个想法告诉给辛股长。辛股长说，你离开这里以后想转个志愿兵，我可就说不上话了。

楚平安说，转不转志愿兵，我现在看得不重了，我只是不想再种菜了，当个种菜的兵，还不如去当个看犯人的兵。

辛股长说你要考虑好。

楚平安却说，老连长，你还记不记得那年拉练时，你给我讲的那个生物带了？

辛股长一愣，说，你提那个做啥？

楚平安说，我一直想着这个生物带子，你说得太好了，人生存在一个带子里，时间长了，没有多大变化，其实也就孤独了，你原来只说站在带子外面，会孤独的。

辛股长不认识楚平安似的，望着他。

楚平安又说，人这个生物是活的，不能在一个带子里一直生存着。

辛股长愣了半晌，才说了句“你小子”却没了下文。

楚平安就说，老连长我考虑好了，我不是那些白杨树，我想挪窝。但我忘不了以前的那些日子，也忘不了你这个老大哥，是你这个老大哥影响了我，你在我的心目中，占着重要的位置。

辛股长望着楚平安，过了好长时间才说，你考虑好了，就去吧，也许你的想法是对的。看来，部队真能把人锻炼出来，你已经不是以前的楚平安了。

楚平安就到了新改编的队伍里。为此，团里还把楚平安当作自愿要求到艰苦环境去工作的典型，表扬了他。

走之前，楚平安专门到八连去了一回，算是告个别。八连指导员情绪不是太好，新连长却干劲冲天，对楚平安说到新单位好好干，会有好前程的。

十

楚平安转为武警后，新单位了解到他种菜有一套，就发挥他的特长，又叫他去种菜，继续当他的勤杂班长。

楚平安就有些后悔，到哪里都是一个种菜，还是当不上一个正儿八经的兵，就很沮丧。给辛股长写了信去，说他有些后悔了，还是干种菜的行当。辛股长马上回信说，别泄气，新单位新环境，千万要干好工作。

楚平安情绪不好，菜只种了一半好，没用多大劲儿，年底，却因为他种的菜好，中队被评为先进后勤单位。为此，楚平安还立了三等功。

楚平安喜从天降，高兴地给爹写了一封信，告诉他立了三等功。他没想到种菜也能立功。

爹马上回信说，立功喜报也收到了，村长送去的，全村人都羡慕呢。还说下次努力立个四等功，五等功，叫乡长送喜报来，爹说到那时要杀头猪请全村人吃哩。

楚平安捏着他爹的信，哭笑不得，他爹还以为有四等、五等功呢。

楚平安掩饰不住满心的喜悦，来到菜地后面的荒滩上，望着远处排碱沟边上的丛丛红柳，红柳正是开花的季节，一嘟噜一嘟噜的粉红色花朵在枝头拥挤着，特别惹眼。楚平安怜爱起这些红柳花来，虽闻不到这种小花朵的香味来，他心里却比闻到花香更舒坦，因为他发现，这些红柳一丛一丛地拥挤在一起，就形成了一条粉红色的带子，它们都在吐露着大漠特有的花的季节。

新单位刚组建，干部缺编大，要提一些党员骨干充实基层干部队伍。楚平安因有三等功，优先被定为提拔的干部苗子。

楚平安被保送到教导队培训了半年，回来后提成了少尉司务长，因他是干后勤的，就当了后勤干部。

楚平安感慨万千，当即给他爹写了封信，用特快专递发走，告诉他提成了干部的消息。

同时，楚平安给辛股长也写了封信，告诉这一喜讯的同时，他在信上写道，我想告诉你，生物带的含义，还有另一层意思……

（《小说月报》2000 年第 10 期选载）

战　友

李西岳

一

正月初六，是献州市原在步兵第28团服役的战友聚会的日子，这个规矩是在韦铁柱发迹的那年定的，当时他们还成立了一个组织，全称叫“献州市28团战友基金会”。那一年，韦铁柱开的“温泉宾馆”正式营业，他把“献州市28团战友基金会”的牌子极其庄重地挂在了宾馆门口。财大气粗的韦铁柱眼都不眨地拿出十万元，作为基金会的启动资金，后来大家又凑了一部分。因为韦铁柱拿了大头，基金会又是他操持着成立的，他也就顺理成章地当了会长，当时还确定了副会长、秘书长等人选。基金会第一次全会明确规定，基金会的资金主要用于战友聚会开支。最后，秘书长张树文很当回事儿地补充了一句，找小姐一律自费，咱不惯那色毛病。

今年的战友聚会有一个重要内容是不可忽视的，那就是至今还在部队当团长的梁金虎回家过年来了，当年献州市坐一个车皮到28团当兵的一共五百多人，到目前为止，留在部队的就剩下梁金虎了，梁金虎提干以后在外面找的媳妇，家里又没了老人，难得回来一趟。秘书长张树文认为，这次要有声有色地聚一聚。

初六上午，张树文和梁金虎赶到献州市，他们先到了韦铁柱家，韦铁柱家就住在温泉宾馆旁边，是方圆三亩地的一个大庄园，庄园里

有两座别墅，其建筑风格还有点异国味道，这让在部队扛着两杠仨星的梁金虎有点儿找不着北，尤其见了红光满面、西装革履、胖得像弥勒佛似的韦铁柱，他简直不敢认。这就是当年在献州要饭出身的韦铁柱？这就是连单杠三练习也完不成，被连长称为“大秤砣”的二班副？他握住韦铁柱的手，就是说不出话来。韦铁柱先开口了：“梁团长，别来无恙吧？”张树文接过话来说：“你过年吃饺子没少蘸醋吧，怎么这么酸巴？”张树文这一插话，梁金虎也来劲了：“你发财发福还不行呀，怎么还发酸？本来我进了你这院，就像刘姥姥似的，你这一酸，我更找不着感觉了。”韦铁柱把梁金虎往沙发上一按：“你知道吗，我对你小子有意见。战友们到献州，哪个不是先到我这儿报到，你倒好，下了车，打个的回家。我这虽然没好车，怎么也比破面的强吧。你看不起我是小事，有失上校团长的身份是大事。”梁金虎上去又一次使劲握韦铁柱的手：“老兄，我的，明白。”三个人哈哈大笑起来。

大笑之后，三个人热火朝天地扯了一阵，张树文看了看表，问韦铁柱：“韦大会长，中午怎么安排？”韦铁柱说：“还是老规矩。”张树文又问：“还是在战友厅吗？”韦铁柱说：“在献州第一桌，今儿人多，战友厅坐不下。”张树文：“都通知到了吗？”韦铁柱：“都通知了，就有一个狗日的找不着人。”张树文：“是刘正伟吧？”韦铁柱：“知道你还问？家里电话没人接，手机不开，呼又不回。狗日的，一当官儿就长架子。你再找找。”张树文：“喳，臣遵旨。”韦铁柱：“你他妈这酸劲儿不比我大？”

电话响了，是温泉宾馆小姐打来的，说韦总的客人已到齐，请他马上过去。等韦铁柱他们赶到温泉宾馆时，战友们大部分都到齐了，有二十多人。今天梁金虎是主客，他自然成了大家关注的对象，有的和他将近二十年没见面了，辨别好半天，才能叫出名字，等一一对上号，客气话没几句，粗话就先上了桌，紧接下来就是又拍又打，骂骂咧咧，服务小姐问了几声上什么茶，竟没一个人听见。

这是地地道道的“献州第一桌”。整个房间有五十多平米，墙壁和顶篷雕梁画栋，有写实，有写意，图案与颜色很考究，颇有皇家气势，宫廷风派。正面墙上是一幅山水画，左有假山真松，人工瀑布飞流直下，九曲回环之处，清水绿草，卵石可数，鱼翔浅底，妙不可言。中间便是“献州第一桌”，直径十来米长，中央摆设各种鲜花，桌上是各式各样的宫廷般讲究的餐具，各种凉菜和小点心，都已上齐，专等客人享用。

韦铁柱见梁金虎眼睛不够使似的乱看，捅了他一下说：“怎么样，比 28 团的首长灶如何？”梁金虎说：“得，你别让我小巫见大巫啦。”书铁柱站起来说：“这算什么，你留下来住两天，我陪你到我下面的企业转一转，这温泉宾馆虽然是献州市唯一的一家星级宾馆，但只是我下属的一个公司，我下面还有汽车配件城，房地产开发公司。最近，我又在你们村旁边买了三百亩地，准备开一个‘纪晓岚故居度假村’，纪晓岚不是献州人吗？咱也沾沾大清国第一才子这位老祖宗的光。”

梁金虎眨了眨眼说：“你现在是地主呀，还是资本家？将来押着你游街，至少要戴两顶高帽儿。”

韦铁柱哈哈一笑：“你没见，我现在赶紧积德行善，就是怕将来被减租减息，杀富济穷。”

张树文凑过来对韦铁柱说：“就差刘正伟了，到齐了整二十八个。”

有人说：“不等他了，不就是个破市长吗，还是个副的，不来拉倒。”

有人说：“起码有几次战友聚会，他都没参加了，干脆把他开除出基金会算了。”

韦铁柱摇了摇头对张树文说：“对寻呼台小姐说，连呼八遍，直到把机子呼炸了为止。哎，署上梁金虎的名字，拿上校团长吓唬吓唬他，外来的和尚会念经嘛。”

张树文刚把电话打出去，门外就传来呼机的叫声，刘正伟紧接着嘟嘟囔囔地走进来：“还呼？再呼就呼炸了。”

韦铁柱接过来说：“炸了活该，旧的不去新的不来，献州财政再紧张，还是给市长买得起呼机的吧。”

刘正伟直奔梁金虎，双手紧握，显然比在电视上接见乡镇干部热情得多：“对不起，梁上校，让你久等了，也对不起大家。嗨，在基层当这个小官儿，也不分过年也不分十五，一天到晚脚丫子朝天。”

韦铁柱招呼大家：“市长到了，咱们就座吧。今儿谁也别谦让，金虎坐正座，其他人随便。”

梁金虎说：“不，应该让刘市长坐正座。”

刘正伟把梁金虎拉到正座上：“战友聚会，不分这长那长，什么狗屁官儿。就是分，也是你这上校团长官儿最大。别忘了，咱献州是县级市，再说，你又是远道来的，理当为上宾。”

大家坐好之后，两个小姐开始给每个人斟酒，韦铁柱对小姐说：“把小杯子撤了，都换大杯子，今儿都放开啊，喝死拉倒。”

每人一大杯倒满，一箱“五粮液”就空了。韦铁柱开始发表祝酒词：“今儿是战友聚会，与往年不同的，就是金虎回来了。金虎是咱们献州五百兵至今还留在 28 团的唯一一个，所以，金虎算是佼佼者，28 团的团长终于让咱献州人当上了，来！咱们共同举杯，向他表示祝贺！”

韦铁柱说完站了起来，刘正伟说：“咱们还是老规矩，过电，上网。”说着，往桌上磕了磕酒杯。韦铁柱说：“不行，今儿破例，第一杯必须站起来喝。今儿正好二十八个人，都是 28 团的兵，咱今儿还光拉 28 团的话。站起来喝，代表咱们对老部队的感情和态度。”大家都站了起来，相互碰杯之后，都深深地下了一大口。

共同科目进行完，接下来是单独活动。韦铁柱本来想发动大家灌一灌梁金虎，结果这号令或者暗示还没发出去，大家就争先恐后了。每个人敬一口，就够梁金虎受的，何况他又是实在人。大家的话题始终没离开 28 团，没离开傻乎乎的新兵生活，没离开打山洞的艰苦岁月。说着说着，一会儿哭了，一会儿笑了，嗓门大得吓人，每个人都像疯了，服务小姐们被弄得一惊一乍，不知道该忙些什么。

梁金虎只有招架之功，没有“还手”之力，喝得脸像关公，但身子不晃，言语不乱。两箱“五粮液”下去之后，韦铁柱走到梁金虎跟前，过去把他军装的风纪扣解开："梁大上校，这不是在部队，该放松就放松啊。大家都敬你了，你是不是也代表28团官兵敬大家一杯呀，你可是有这个资格的呀。"刘正伟附和着说："对，对，铁柱这个建议好，在献州喝到28团官兵敬的酒可是不容易。"

大家都有秩序地回到自己的座位上，等着喝梁金虎代表28团官兵敬的酒。

梁金虎却把酒杯往桌上一蹾，趴在桌子上呜呜地哭起来。

韦铁柱拽了拽梁金虎的胳膊："你这个熊团长，把28团的脸给丢尽了，哭！哭！28团是这种作风吗？"

梁金虎却哭得更厉害了。

张树文站起来对大家说："你们别逼他了，我知道他为什么哭，28团撤销了。"

韦铁柱喊了一声："什么？"

梁金虎哭着说："去年整编被撤销了。"

韦铁柱举起杯子猛地摔在地上："28团撤销，你还当什么鸟团长？你还回来干什么？"

大家都像傻了一样地看着气冲斗牛的韦铁柱，看着泣不成声的梁金虎。

刘正伟愣了一会儿，突然站起来把一大杯酒喝下去了，然后自言自语地说："小老虎团，就这么说没就没了。"

韦铁柱也嘟嘟囔囔地说："打孟良崮，打淮海，打上海，打上甘岭，都是主攻团，光锦旗就挂了一屋子，怎么说撤就撤了？"

张树文摇着头说："这么好的部队给撤了，上级肯定有后悔的时候。"

韦铁柱也哭了，脸上的肌肉不住地抽搐，泪水在灯光的辉映下越发晶莹，他用餐巾纸擦了擦眼泪说："在28团当了三年兵，打了三年山洞，抱风钻，睡帐篷，啃窝头，那洋罪把我下辈子人的都受下了……当时是骂着娘离开部队的，可二十年过去了，几乎每天晚上做梦都梦见，跟谁说起那段历史都觉得自豪得不得了。28 团呀 28 团，你……"

大家都低着头，不做声，"献州第一桌"出现了从没有过的静穆。

二

"起床啦！快！起床啦！"天还黑得透透的，韦铁柱他们那帮新兵被带兵的喊醒。

他们紧张无序地穿好衣服，打上背包，站好队，接受点名。

"韦铁柱！"

"到！"

"张树文！"

"到！"

"梁金虎！"

"到！"

"崔二臣！"

"到！"

"刘正伟！"

"到！"

…………

"上车！动作要快！"

带兵的对刘正伟说："你这名字能不能改一改，还没到部队，就成政委了。"

刘正伟说："是俺爹给起的，俺爹念过私塾。"

新兵们偷着笑。

天黑，看不清脸，韦铁柱他们互相拉扯着上了车，大家有些慌乱，踩脚或被踩现象时有发生，但谁也不敢说话。人上齐了，带兵的又点了一次名，交代了一些注意事项，火车就启动了。

火车有节奏地运行着，天黑，车厢里关着灯，新兵们互相看不清脸,只看见每个人头上的大皮帽子随着火车的节奏,晃来晃去。黎明前的黑暗,正是补回头觉的好时光,但新兵们谁也睡不着,都有些按捺不住的激动,激动的原因是第一次坐火车。献州不通火车,坐火车,要到离献州七十公里的瀛州,而那个年代见过火车的乡下人极少,韦铁柱却是其中的一个。韦铁柱见过火车,是因为他到瀛州火车站讨过饭。他六岁上死了爹,十岁那年,娘扔下他和哥改了嫁,嫁到哪儿,不知道,据说是去了东北。哥娶嫂子那年,他正好初中毕业,考高中需要住校,住校需要钱,新过门的嫂子嫌家里消费太大,整天闹脾气,他只好辍学回生产队劳动,他还没到娶媳妇的年龄,嫂子就提出跟他分家,而分家没房子,盖房子又没钱,哥和嫂子很严重地吵了一架,性情刚烈的他一摔门离家出走。他在献州城衣食无着地流浪了一天,傍晚扒一辆货车去了瀛州,在瀛州还是找不到事做,他就在火车站乞讨为生,那年月虽然穷,但好心眼的人多,跟谁要都没空过手。另外,在车站可以每天看火车,看上下车的旅客,还可以看别人丢弃的废报纸或者刊物。可以说,精神的物质的,在车站都能享受得到,但这样的好日子不到两个月,他就被哥哥揪回家了,哥还向他许诺:年底让你当兵。

天已大亮,新兵们像窗外的景色一样活跃起来,韦铁柱打开窗户,把头探了出去,一阵凉风吹进车内,窗帘们纷纷舞动起来。带兵的突然揪住他的耳朵把脑袋拽了进来,并高喊一声:“你不要命啦,前面过来火车会把你的脑袋削掉!”韦铁柱把车窗关好,看了带兵的一眼,心里嘟囔了一句:“有那么严重吗?”

列车运行到中午停在一个小镇上,带兵的招呼新兵们下车吃饭,韦铁柱他们扯着衣服下了车,排成队等着吃饭,饭是雪白的大米饭,菜是红烧肉,基本上管够,韦铁柱吃得一塌糊涂。吃饭时间仅给了一刻钟,点完名,韦铁柱他们又扯着衣服上了车。列车继续运行,大概中午吃得太饱,车刚开,好多人就睡着了,车厢里很是宁静,不知过了多长时间,突然有人喊了一声:“快看,北京!”

韦铁柱率先睁开了眼睛,这时已近黄昏,新兵们都清晰地看到了

“北京站”三个大字。韦铁柱推了一下张树文:“北京到了,我们要下车了。”火车喘了一口大气停下了,新兵们纷纷站起来,整理行囊,有的已向着门口走去,然而,车门却没开,带兵的说:“大家都不要动,十分钟以后,车又要开了。”

韦铁柱忍不住地喊了一声:“首长,我们不是上北京部队吗,怎么到了北京不让下车?”

带兵的说:“北京部队大着呢,老实坐着你的。”

新兵们都规规矩矩地回到了自己的座位。

火车又启动了,没多长时间,天黑了下来,车厢里的灯亮了,新兵们在摇晃中,又昏昏入睡。韦铁柱和张树文是一个村的,一上车,就紧挨着坐在一起,他睡不着,小声问张树文:“你说这车是朝哪儿开?”张树文说:“是往东北。”韦铁柱紧锁着眉头说:“不是去内蒙古吧?”

火车一声长鸣,出现穿山洞的声音,新兵们都没听过,没感觉过,既陌生又新鲜,也有些畏惧。

张树文问韦铁柱:“这山洞都是人打的吧?”韦铁柱说:“是又怎么样,那是铁道兵的事,咱们去的是北京部队。”

火车走了一夜的山路,穿了一夜的山洞,天亮前,在一个叫热河的车站停了下来。新兵们拉扯着下了车,站前有一溜“解放牌”汽车并排着,有几个穿皮大衣的解放军在走动。新兵们又是排队点名。天冷,在献州老家没有这么硬的风,刮在脸上像刀剜似的,在火车里的热气一下子都跑光了。带兵的让新兵们放下帽耳,站好队,不一会儿,一个大官模样的人挥着手讲了几句话,南方口音,新兵们基本上没听懂。讲完,发给每人一件破皮大衣,有的颜色发黄,有的露出棉絮,穿在身上特像战场上退下来的国民党残兵败将。带兵的命令新兵们上卡车。

卡车出了热河城,上了盘山公路,继续往北。

山上光秃秃,灰茫茫,没树,没植被,没人烟,有石头,有风,有积雪。

“这里还属北京部队管?”韦铁柱心里嘟囔道。

车像蜗牛似的往上爬，新兵们冻得直跺脚。

下午两点左右，卡车下山驶入凤凰山镇，进了写有“提高警惕，保卫祖国”字样的营房。

新兵们下车，因为脚被冻麻，有的一下车就跪在地上。

新兵们排好队，又是点名，这回是分开点的，点名的人好像比新兵们一路上见的官都大。点完，就像扒拉羊羔子一样，把被点过的人弄在一起，让人领走。韦铁柱他们还是在暗里拉着手，生怕被分开，但初中的同学刘正伟、崔二臣还是被人拉走了。还好，他和张树文、梁金虎，还有几个不认识的新兵，上了一个毛驴车。毛驴车继续往山沟里边走，赶车的老兵说：咱们去二连，有十来里路就到了。

三

韦铁柱和张树文在献州下车的时间是下午三点，献州离冯家庄不到三里路，不着急不着慌地走，有半个钟头也到了，他俩没白在山上施工三年，临退伍前，每个人都利用工作之便，弄了一条榆木扁担，还弄了一些献州没有的山货，连被子衣服，还有一些乱七八糟的东西加在一起，也就够一挑子了。

一辆三轮车过来，车主招呼他们：“复员大兵，去哪儿？坐我的车吧。”

韦铁柱说：“不坐。”

车主下车说：“你俩这么多东西，雇一辆车，值！看你们是复员大兵，咱优惠点儿。”

韦铁柱把扁担放下，很不客气地对车主说：“你他妈找地界儿把嘴涮涮，那复员大兵，也是你一个臭三轮车夫叫的？”

车主骑上三轮车一边走一边回过头来说：“有这股子牛劲儿，你怎么不在部队提干呀？”

韦铁柱说：“那也比你强，我好赖还当了三年兵，就你这鸟样儿，连他妈营房大门都不让你进！”

张树文对韦铁柱说："跟这种人一般见识干什么？没劲。”

两人把行李物品挑上，像两个赶集的挑夫，大步流星出了献州城。

快到冯家庄了，张树文忽然停下来对韦铁柱说："咱俩是不是先找个僻静的地界眯一会儿，等天黑了再进家。”

韦铁柱说："咱又没做什么缺德事，有什么怕见人的？”

张树文说："当了三年兵，就这么回来了，我总觉得脸上臊不搭的。”

韦铁柱说："铁打的营盘流水的兵，有什么臊不搭的？”

张树文说："我怎么觉得咱俩像安德烈。”他想起了他俩当新兵时在28团图书馆借的那本苏联小说《活着，并且要记住》。

韦铁柱说："那怎么一样？安德烈是逃兵，他才躲在山洞里不敢回家。不过，咱俩真的是安德烈，你可比我强，你的纳斯焦娜会偷着给你送饭。我要藏在山洞里，还不让狼给啃个精光。”

张树文说："没事儿，到那时候，纳斯焦娜，咱俩伙着用。”

两人大笑一通，挑着担子昂首挺胸地进了冯家庄。一帮孩子紧追着他们，像看卖货郎似的。

韦铁柱虽然三年没回家，但对自己家那三间小屋记得还清清楚楚，小屋小院都没什么变化，变化的是人，他当兵走的时候小侄子刚满周岁，现在都认不出来了，嫂子还给他添了个小侄女。嫂子对他说："哟，铁柱回来了，怎么没提前来个信儿？”

韦铁柱说："决定我们复员很突然，没来得及。”说着，赶紧拿出提包里的东西给侄子、侄女吃。

不一会儿，哥回来了，哥说:"回来啦，兄弟，这是复员啊？”

韦铁柱说："是，哥。”

嫂子接过来说："不是说现在部队上兴转志愿兵吗？咱这没爹没娘的，部队不给照顾照顾？”

韦铁柱说："那也是根据部队需要。”

哥说:“回来就回来吧,早晚得回来。”

嫂子却叹了口气,那口气叹得韦铁柱心里直发凉。

晚饭吃完,天就黑透了。三年没见,兄弟之间却没更多的话说,嫂子的脸一直都不怎么好看,只有小侄子和小侄女,围着韦铁柱闹,让他讲打仗的故事,他瞎编了一大通,总算把两个小家伙糊弄着睡着了。和张树文分手时,两人商量好,吃过饭,一起到同学朋友家转转,九点钟了,还不见张树文过来。韦铁柱想,人家有未婚妻,说不定这会儿,早找地方亲热去了,我傻等他干什么,干脆,睡大觉。

韦铁柱回了自己当兵前住过的小西屋,屋里灯不亮,他找不着蜡烛或者煤油灯,他把打火机点着,把炕上乱七八糟的东西弄走,打开自己的背包躺下了。

韦铁柱躺下没多长时间就睡着了,但很快又被哥和嫂子的吵闹声弄醒了。

“不分家,你说怎么住,跟一个光棍小叔子住一明两暗,别扭不别扭?”嫂子说。

“铁柱刚复员,咱就要分家,你就不怕人家笑话?再说咧,他还没成亲呢。”哥说。

“我们还得给他娶媳妇呀?咱把话说明了,哥嫂是哥嫂,可不是爹娘。”嫂子说。

“就算分家,咱又没房子,让他上哪儿住?”哥说。

“让他添钱盖房子。”嫂子说。

“他当了三年兵,哪来的钱?”哥说。

“他不是有复员费吗?怎么也有个百儿八十的吧,先让他拿出来。”嫂子的声音渐高。

“这不好……”哥的声音渐弱。

韦铁柱再也听不下去了,当兵前被嫂子逼得去要饭,在28团战友们中间,谁都知道他韦铁柱是要着饭当的兵。他想趁当兵的机会离开家,离开哥嫂,一辈子不回来,可当兵毕竟不是长久的出路,提干需要进军校，自己没那文化水儿，尽管打山洞很苦，还是想在部队多干几年，偏又赶上部队整编。他知道，自己回到这个家意味着什么。他也想过进家之后，哥嫂对自己的态度，但怎么也没想到，进家门第一天，嫂子就闹着分家，跟当年逼着他出去要饭没什么两样。他心里有一股火苗直往上撞，他以紧急集合的动作穿好衣服，下了地，他本想冲到哥嫂屋里闹一通，甚至把那个叫做嫂子的女人从被窝里揪出来狠狠揍一顿，但他走到门帘底下，站住了，他想起了自己早死的爹，想起了改嫁的娘。如果，他们当中有一个还在这个家里，自己也不至于……他猛地摔了一下门，跑了出去。哥在被窝里喊："铁柱，铁柱……"

四

韦铁柱他们这帮新兵下连的第二天，步兵第 28 团接到上级命令，该团的中心工作将由教育训练转为执行国防施工任务，时间为三年。究竟执行什么样的国防施工任务，上级没明确，据说还保密。

在家参加过根治海河的韦铁柱、张树文、梁金虎等献州兵，曾就"国防施工"一词进行了分析。认为所谓"施工"，无非是筑堤挖渠，修路刨沟，而加上"国防"两个字，就有了一定的神秘色彩。他们分析来分析去，最后认定，反正把这一百多斤交给部队了，爱怎么使唤就怎么使唤吧。一直上不去单杠的韦铁柱还说："施工更好，每天训练还得体会动作要领，甩得胳膊大腿都别扭。"

拂晓，二连官兵从凤凰山镇出发，经过两天的徒步行军，来到施工驻地窟窿山，住进了前施工部队的简易营房，从地图上看，他们从凤凰山又往东北方向延伸了一百六十公里。这里的山更高，风更硬，四周更荒凉，相比之下，凤凰山镇，倒像都市了。

部队经过一天的修整，开始进行施工动员。指导员讲政治挂帅，连长讲大干快上，副连长讲安全第一，副指导员讲活跃部队文化生活，但还是没有人明确施工任务究竟是什么。

第二天，连队开来了一辆卡车，运来了风钻、小推车、钢钎、洋镐、铁锹、雷管、炸药、导火索，还有安全帽、棉工作服等物品。

兵们每人发了一套工作服，实际上就是军需仓库回收的旧棉衣，油黄颜色，脏兮兮的，跟在热河下火车时发的旧大衣差不多，只是没露出棉絮。紧接着每人又发了几米长的导火索，分别扎在腰间和小腿上。换上这身装束，不像解放军，倒像石油工人，或者小炉匠。

“他妈的！是打山洞。”韦铁柱首先做出了判断。

“就是咱们坐火车穿过的山洞？”张树文问道。

“没错。”韦铁柱说。

“你不说那是铁道兵干的事吗，我们可是北京部队呀？”张树文想起了韦铁柱在火车上说的话。

“鬼才知道呢。”韦铁柱无可奈何地说。

上班的第一天，连长终于在全连军人大会上明确，我们执行的国防施工任务，就是打坑道。这跟韦铁柱的判断相差了两个字，但没实质性的差别。

为了加快施工进度，连队实行三班倒的工作制度，每班作业八小时，连队打乱建制，四排的十、十一、十二班，分别配属到一、二、三排。一个月后，三个排的上班时间，做统一调整。

韦铁柱他们所在的三排，一开始就轮的晚班，起先是土层作业，不算累，就是冻得要命，稍不干活，就坚持不住，所以，兵们只有争先恐后，奋不顾身。但开始掘进速度慢，有时还停电，活供不上干，兵们只好挤在一起凑热量。猫耳洞般的洞口，放不下一个排的兵，老兵往里头挤，新兵只好围着洞口跑步，跑半天，还是脚手冰凉，只有半夜那顿白菜叶子疙瘩汤的夜餐，才使大家有效地回暖了一下，但几泡尿撒过之后，热量又跑光了。

随着坑道掘进的深入，猫耳洞变成了掩体，掩体变成了山洞，山洞可以挡风，而且冬暖夏凉，外面刮风或者下雪，兵们就不那么遭罪了，在停电或休息的时候，兵们靠着洞壁，半躺半卧，打着哈欠小憩，犯困了,还可以眯一小觉,那应该算是一种了不起的享受。

到窟窿山的第一个礼拜天,刘正伟、崔二臣来到二连与韦铁柱他们会合,都说这兵当亏了,刘正伟是非农业户口,他说要知道打山洞,叫爹也不来。大家在一块儿发了一顿牢骚,只有韦铁柱不同意他们的观点,但他没做任何反驳,他怕人家当面揭他是要着饭当的兵,给顿饱饭就知足。

但没多久,三排出事了。

准确的日期,应该是开工的第二十七天,也是实行机械化掘进的第一天,就在土层结构与石头结构的结合部,出现了塌方事故。那天正好是三排当班,塌方是撬一块大石头引起的。爆破手爆破之后,排完烟,安全员进洞进行安全检查。不一会儿,安全员从洞里出来向排长报告,说洞顶上有一块大石头张牙舞爪的,怕是会掉下来。排长进洞察看,命令先把大石头撬下来,再进行清渣,这项艰巨而光荣的任务自然落在了新兵们的头上,自告奋勇的新兵们使尽了浑身的力气和全部的智慧,使那块大石头变得松动,但并没有掉下来。好出风头的韦铁柱想出了一个主意,把小推车摞起来,人站上去,把钢钎插到石头缝里,用力从上往下撬。这个方案得到了排长抽过一阵闷烟后的批准。实施这个方案的当然又是首当其冲的韦铁柱,随着一声巨响,那块张牙舞爪的大石头终于掉了下来,新兵们躲闪及时,并没受到丝毫的伤害,但由于大石头的剧烈震动,受到牵连的土块和碎石,一股脑儿地从天而降,随着一股闷雷般响动滚过,山洞上方露出了天空,一股原子弹爆炸般的蘑菇云,渐渐形成,向着露出的天空绽开。

就在这一刹那,站在小推车上面的韦铁柱率先惨叫了一声“娘呀!”随着几辆小推车的坍塌,他被甩出了好远,紧接着他就觉得自己的身体随着土块石块往下落。后来,他就什么也不知道了。

韦铁柱清醒过来的时候,发现自己的半截身子被土埋着,兵们在排长声嘶力竭的指挥下,正在他身体周围用手扒土。他看见张树文一边扒一边流泪，还不住地喊叫："铁柱，铁柱哇！"看到眼前的这一幕，韦铁柱竟笑了，他想一下子从土层里蹦出来，但下半截身子却纹丝未动。排长异常激动地喊："快！快往外拉！"韦铁柱被兵们七手八脚地拽了出来，他嘴里不住地喊着："鞋，我的鞋！"

排长命令卫生员对韦铁柱进行紧急抢救，卫生员趴在韦铁柱身上准备进行人工呼吸，韦铁柱却一个鲤鱼打挺，蹦了起来，紧接着就疯了一般地在山上乱跑。张树文使出吃奶的力气一边追一边喊："铁柱！铁柱！"排长额头上渗着大汗，看着韦铁柱那不寻常的举动，战战兢兢地问卫生员："这个新兵是怎么回事？"卫生员说："他没事。"排长这才擦了一把额头上的汗。

排长命令部队集合，连着点了三次名，发现一个没少才罢休，然后又挨个验伤，除了韦铁柱脚脖子有长十厘米、深两厘米的硬伤之外，其他人都安然无恙，排长长长地松了一口气。

一排来接班了，走在队列前头的是梁金虎，他大概知道三排出现了塌方事故，知道了韦铁柱被埋在了洞里，当见韦铁柱笔直地站在队列里时，上去打了他两拳。

趁三排长和一排长介绍塌方经过时，梁金虎、韦铁柱、张树文三个人爬上了山顶，一路上三个人谁也不说话。张树文要搀韦铁柱，韦铁柱不让。

张树文问韦铁柱："你害怕不害怕？"

韦铁柱没说话。

梁金虎对韦铁柱说："真他妈悬，你差点没来个出师未捷身先死。"

韦铁柱接过来说："看来你们是王八狗熊泪沾巾喽。"

张树文说："你俩别酸了。咱当兵才两个多月，铁柱就来了个大难不死，真不知道这几年兵能不能平平安安地当下来。"

梁金虎问韦铁柱："你想不想家？"韦铁柱说想。

梁金虎又问张树文："你呢？"张树文也说想。

梁金虎说:“这僻静,又没外人,咱仨就在这哭一场吧。”

这个建议得到了两个人的积极响应,不知是谁先带的头,三个人放开嗓子号了起来……

五

韦铁柱退伍回家的第二年,生产队解散;土地分给了个人,社员也改叫村民。也就是在这一年,他和哥分了家,当时没房,又盖不起,他就借宿在一个远房的叔叔家。生产队解散后,牲口棚成了闲散住房,经村委会协调,鉴于铁柱是退伍军人,在部队上又立过功,牲口棚暂时归铁柱住,等他有条件盖了房子,再归还集体,时间不限。牲口棚一共七间,其中有一小间是原来饲养员住的,没多久,铁柱就搬到了老饲养员的炕上。

韦铁柱没心思在庄稼地里干活儿,就找张树文商量,想出去打工。那时候,打工这个字眼儿刚刚有人叫,冯家庄还没有人出门呢。张树文犹豫地说:“出去,我们干点什么?”韦铁柱说:“嗨,你放心,不会让你跟我一块儿要饭,一个大小伙子,到哪儿还挣不了口饭吃。再说,我们毕竟还当了三年兵。”张树文还是低着头不说话。韦铁柱急了:“你是不是舍不得刚娶的新媳妇?”这下,张树文来了火性:“×!不就那块臭肉吗,有啥舍不得?”

韦铁柱和张树文大清早赶到了献州,关于下一步往北还是往南的问题,两人意见不太一致,经过一番争执,还是没有统一意见。最后,韦铁柱想出了一个听天由命的办法,他把身上的水果刀拿出来;嘴里振振有词地念着:“哪里生财,刀把冲外。”一边念一边把刀子扔了出去,刀子落地,刀柄朝北。韦铁柱大喊一声:“去瀛州!”

上了汽车,韦铁柱无比自豪地对张树文说:“当兵前,我在瀛州要过饭,大街小巷我都熟。”他的嗓门挺大,惹得满车厢的人都朝他看,他一点也不在乎,觉得当年要饭的历史很值得张扬。

下了车，张树文问韦铁柱往哪儿走，韦铁柱不忙着回答，却不住地朝四周看，嘴里嘟嘟哝哝地说：“四年没来，瀛州变化真大。”

有人过来问他们，用不用车，住不住旅馆？

韦铁柱摆摆手，继续往远处看。

韦铁柱拉着张树文的手走出了车站，穿过马路，躲过车辆，走进了一个小胡同。张树文不住地问韦铁柱，这是往哪儿走，找谁，干什么？韦铁柱一概不答，只顾往前走，好像他早就有了既定目标，前边有人等着管饭，等着有现成的工作干。

刚拐进胡同没多远，后边过来一个骑自行车的中年男人拍了一下张树文：“哎？老弟，对不起，请问，你捡没捡着一条金项链？”.

张树文摇摇头说：“没捡着。”

中年男人满脸愁容地说：“真他妈倒霉，价值一千多块钱的东西，说丢就丢了，回家怎么跟老婆交代，这是为她过生日买的。”中年男人说着，下了自行车，自言自语地又嘟哝了几句什么东西，低着头，很仔细地寻找着，没走多远，又回过头来，看了张树文一眼。

张树文对韦铁柱说：“城里人真有钱，那么贵重的东西，说丢就丢了。”

韦铁柱说：“就是。一条项链，比我的家当都值钱，他老婆的脖子，也不知道是什么材料制成的？”

张树文说：“咱俩没运气，有运气的话，咱捡着，做买卖，就不愁没资金了。”

韦铁柱说：“算了吧，世上哪有房梁上掉馅饼的事儿，就是有，就正好落在咱嘴里？”

两人继续没目的地低着头往前走。

“哎！二位找什么呢？”迎面一位三十来岁的女人笑着对他们说。

“没，没找什么呀。”张树文说。

女人从口袋里拿出一条项链在他俩面前晃了一下：“这是你们俩谁丢的吧？”

"我们没……"韦铁柱话没说完,想起了刚才找项链的那个中年男人,"对,是我丢的,谢谢你,大姐。"

张树文用陌生的眼神看着韦铁柱,韦铁柱朝他挤了一下眼睛。

女人走到韦铁柱跟前,拿着项链说:"看好了,是不是你的。"

韦铁柱接过来看了看说:"没错,是我的,我给老婆过生日买的礼物,还没到家,就让我给弄丢了。"

女人又麻利地把项链从韦铁柱手里拿了回来,说:"你们男人真粗心,价值一两千块钱的东西,怎么说丢就丢了?"

韦铁柱赶紧说:"谢谢大姐,谢谢大姐。"说着又去女人手里取项链。

女人把手背在身后,满脸露出矫情与媚态,语气也有些酸不拉叽地说:"这么贵重的东西,就要物归原主了,你打算怎么谢我?"

韦铁柱说:"你说吧。"

女人说:"我可是真正的拾金不昧,如果交给警察,你还得拿有效证件去取,那太麻烦。这样吧,你看看你身上有多少钱,东西也行。"

韦铁柱顺手从口袋里掏出三十块钱,说:"大姐,对不起,我身上就这点钱。"

女人的脸变了:"你打发要饭的哪,三十块钱,就想把一两千块钱的东西换走。再掏掏,看有零的没?"

韦铁柱又掏了掏口袋,拿出来皱皱巴巴的几张毛票递给女人:"大姐,我实在没钱了……"

女人毫不客气地接过来,简单地点了点,然后对张树文说:"这位兄弟呢?"

张树文说:"我没钱。"

女人笑了笑说:"我跟你们开玩笑呢,如果我要图钱的话,把一两千块钱的项链昧下不就得了,要你这几十块钱干什么?好吧,再见!把东西保管好,别再弄丢了。在瀛州,你上哪儿碰上我这样的好心人去?"女人把项链给了韦铁柱,骑上自行车走了。

韦铁柱望着远去的女人,得意地笑了一下,然后搂着张树文的肩膀说：“这不，房梁上掉馅饼了吗？”

韦铁柱搂着张树文找了个僻静些的地方蹲了下来，他无比激动地拿出项链在张树文面前晃：“看了没，这就是咱俩做生意的启动资金。”

张树文把项链从韦铁柱手里夺过来，用力过大，项链被扯断了。韦铁柱吃惊地说了声：“假的？”

韦铁柱拿过项链仔细看了看，拿牙一咬，项链上出现了几个很深的牙印。他恍然大悟般地叫了起来：“妈的！上当了，刚才那个男人和这个女的是一伙的。”

他俩继续心不在焉地往前走，在一个货摊旁边，停了下来。韦铁柱指着一副跟他兜里一样的项链问货主：“多少钱一副？”货主说：“三块钱。有心要吗？还可以再便宜。”

韦铁柱使出吃奶的劲，十分懊丧地往自己脸上抽了一巴掌。

六

韦铁柱临危不惧，勇于排险，且大难不死，在二连和整个 28 团都有了名气。有人问他当时有什么感觉。他说，我实实在在地尝到了天塌地陷活埋人的味道，并说，那味道好极了。

韦铁柱用大难不死的代价换来了烫手又烫眼的三等功喜报，兵们一股脑地表示羡慕，而新兵们尤其是献州新兵们则按捺不住地表示嫉妒，因为大家都知道韦铁柱是要着饭当的兵，一个要饭花子率先走进立功受奖的行列，是很不可思议的事。

礼拜天下午休息，八连的崔二臣，九连的刘正伟，还有当兵前就认识的几个老乡，都翻山越岭汇集到二连，看看韦铁柱伤得怎么样，而更重要的是看看韦铁柱的立功喜报和证章、证书。屋里人多，再说新兵过多会对老乡影响不好，张树文提议大家到山上转转。谁知这次老乡会晤，气氛并不友好热烈，围着山头转了半天，竟没什么话题。快分手的时候，崔二臣握着韦铁柱的手说：“保重，献州的第一大功臣。”

从字面上看和语气上分析，都没什么毛病，但韦铁柱怎么琢磨都觉得不是个滋味。更奇怪的是，一向爱说爱逗的刘正伟，临走的时候，竟没说一句话。

韦铁柱心里很别扭：怎么好端端无话不谈的老乡，让一张立功喜报给隔开了呢？这我要是提了干，他们还不把我当仇人，现在这人都怎么了？

真正理解韦铁柱的是张树文，等老乡都走净了，他陪着韦铁柱说了一大堆知心话，最后把韦铁柱说哭了："×他妈，王八蛋才想立这个鸟功。老子只要平平安安地当满这三年兵，囫囫囵囵地回老家，就他妈敲打鞋帮子念佛了。"说着，把立功喜报和证书撕了个粉碎，扔了老远，然后趴在地上号啕大哭。

张树文过来拉韦铁柱，韦铁柱突然从地上一跃而起，死死地抓住他的脖领子，凶相毕露地说："树文，咱俩是光着屁股长大的，我在家没爹没娘，哥嫂也不拿我当人看，可以说是舅舅不疼，姥姥不爱。我问你，我上次要死在山洞里，你给我收不收尸？"

张树文被韦铁柱揪得一阵趔趄，紧接着浑身抖动起来，他从没见韦铁柱这么张牙舞爪气急败坏过。他战战兢兢地说："我收，我收。"

韦铁柱仍然没松开张树文："你给我说句良心话，我撬那块石头，是不是为了立功？"

张树文说："不是，不是。"

韦铁柱这才松开张树文，自言自语地说了一句："这才是真正的战友。"

张树文收拾了一下被韦铁柱揪过的领子，通红的脸上淌下两行热泪，他上去抓住韦铁柱的手，动情地说："铁柱，咱现在不仅是老乡，咱们是战友，同一战壕的战友，知道吗，铁柱？战友，就意味着荣辱与共，生死相依。"

韦铁柱死死地抓着张树文的手，也动情地哭了："打山洞和打仗一样，都有人命危险，说实话，我不怕死，怕死就不来当兵。可我心里害怕的是，我活着的时候缺爹少娘，死了，别再落个孤魂野鬼。”

张树文想了想，说：“铁柱，咱俩都写份遗书怎么样？”

韦铁柱不解地问：“遗书？”

张树文说：“对，写遗书。你是孤儿，如果你死了，我把你的骨灰抱回家安葬……”

韦铁柱接过来说：“你是独子，如果你死了，我为你爹娘养老送终。”

张树文说：“自当兵的那天起，咱俩的命算是绑在一起了。”

两人互相交流了一下带泪水的眼神，手不由得握在一起，接着又进行了长时间的拥抱。当时，两人只是很激动，谁也没有足够的思想准备，会进行这一系列的举动，举动结束，俩人像是都有些不好意思。

七

韦铁柱和张树文在瀛州某胡同租了一间最便宜的平房住了下来，白天没事出去瞎转，转了好几天，没找到合适的事做，眼看着房租就交不起了。有一天，韦铁柱躺在屋里百无聊赖地说：“要不是当过三年兵，我真想再去要饭。”张树文说：“去吧，我陪你。”韦铁柱从床上爬起来说：“算了吧，咱俩的人丢得起，28 团的人可丢不起。”

张树文在小摊上买了一本书，他觉得上面有一个故事含义很深刻，就讲给韦铁柱听：捕猴者在一个小洞内放进食物，小洞勉强能伸进一只猴爪，抓到食物之后，爪子就再也拔不出来了，傻猴却不懂得放弃，结果便被逮住了。张树文最后提纲挈领地说：“看来做人要学会放弃。”韦铁柱脸红了：他很聪明地想起假项链的事。张树文得理不饶人地说：“还是那句名言更深刻，手莫伸，伸手必被捉。”韦铁柱把身子扭过去：“你杀了我吧，那样更好受。”

吃了午饭，韦铁柱莫名其妙地借来了一辆三轮车，对张树文说：“放弃归放弃，但为了生存，看来咱俩要真正转变观念了。”

张树文说:“你先转吧,我跟着你。”

韦铁柱说:“走,收破烂去!”

第一天,两人收了一些纸箱、酒瓶和废报纸之类的,回来算了一下账,净挣八块钱,点完钱,两人躺在床上大笑。这是到瀛州十几天来,第一笔可观的收入,又细算了算,正好是第三年兵一个月的津贴费。算完,两人又是一阵大笑。

第二天,两人交了好运。邀他们上楼的是一家大老板,进了门,见家里十分阔气,卫生又不是一般的整洁,他们不敢进屋,像两个哨兵似的站在门口。韦铁柱问:“先生,你们家有什么破烂儿……”

老板把他俩让进屋,说:“我什么破烂儿也没有。”

韦铁柱说:“那您叫我们上来干吗?”

老板笑了:“我往楼下看你们俩老大半天了,你俩根本就不是收破烂儿的。你们都当过兵吧?”

他俩局促地说:“是,是的。”

老板往墙上一指:“看了没,不客气地说,在你们面前,我可是老兵。”

两人往墙上一看,是一张老板穿军装放大的照片。他俩同时站了起来,仔细看了一会儿。张树文惊奇地叫了一声:“老板,你在 28 团当过兵吧?”

老板扬起眉毛问:“你怎么知道?”

张树文:“铁柱,你看,老板后面不就是凤凰山的二郎庙吗?”

老板站起来握住张树文的手:“你俩也是 28 团的?”

韦铁柱抢过来说:“我们刚从 28 团退伍回来。”

老板又握住韦铁柱的手:“哎呀!这可是地地道道的战友。”说完,老板让保姆上茶,上烟,上水果,聊了一阵凤凰山和 28 团的话题之后,老板说,“什么也别说了,你俩明天到我公司上班。怎么,能赏这个光吗?”同时,发给他俩每人一张名片。两人看着名片,看着老板,知道了老板姓冀。老板说:“我不留你们了,明天上午八点,我在公司等你们,名片上有地址。”谢过冀老板,他们诚惶诚恐地下了楼。

第二天上午八点钟，他俩按照冀老板名片上提供的地址，赶到了“赢州市珠光建筑仪器经销租赁有限公司”，冀老板早就在办公室等他们。一进门，冀老板让他们坐在沙发上，年轻精干的男秘书给他们每人上了一杯茶。冀老板从抽屉里掏出两本书递给他俩，说：“你俩先从理论上武装武装头脑。”他俩接过来一看，书名是《从军人到商人》，书很薄，印刷却很精致。张树文首先在书名上发现了老板的名字，无不羡慕地说：“老板，这是您……”冀老板说：“自个儿花钱出的，不过，你们俩可以看看。”冀老板把烟掐灭说：“都当过兵，咱说话就直来直去吧。我请你们俩来，目的不是让你们给我打工，是让你们跟着我锻炼锻炼，学学怎么做生意。咱毕竟是当兵的出身，不能在部队白受教育，所以，违法乱纪，坑人害人，对不起天地良心的事咱不干。咱靠的是真诚，是信誉，还有军人的作风和意志。”

俩人频频点头。

冀老板转了一下转椅，又从抽屉里拿出两份材料分给他俩：“这是咱们公司各种仪器的报价单，从明天起，你俩就围着赢州市各建筑工地转，找老板、包工头，不管用什么办法，只要把合同订出去就行。”

两人接过报价单，一页一页地翻着。

冀老板看了看他俩说：“怎么样？”

他俩赶紧说：“行，行。”

冀老板又转了一下转椅，手里拿着个小东西来回摆弄着说：“关于待遇吗，每人月薪一百，免费吃住，另外嘛，按每个人完成利润的百分之五提成，这是到目前为止，公司最高的报酬。”说完，又把秘书叫了进来，“你去给他们各印一盒加急的名片，职务都是部门经理。”

他俩听了，面面相觑。

八

张树文从文书的抽屉里偷出两张印有“绝密”字样的两张封条，

给了韦铁柱一张，两人找了个山旮旯把遗书认真地看了几遍，然后封了起来。遗书需要长期保存，第一不能丢，第二绝对不能让任何人发现。关于在哪儿存放更为保险的问题，两人一时没了主意。最后，张树文想出了一个主意：放在小包袱里。小包袱放在储藏室，由文书专门保管，每个人都有登记卡，取用时间又非常严格，是个既保密又安全的地方。韦铁柱赞同这个方案。

最近，政治气候有些不大对头，报纸和电台都在报道：某国不断在边境上挑起事端，制造流血事件，中国军队准备自卫还击。

韦铁柱查了查中国地图，然后跟张树文偷偷推测：28 团在地图的鸡脖子上，那个边境在鸡屁股上，相距几千公里，天遥地远，鞭长莫及，就是真打起来，恐怕也没 28 团的份儿。

张树文愣头青似的问了韦铁柱一句：“你怕打仗？”

韦铁柱恼了：“王八蛋才怕打仗呢，打仗不比打山洞光荣？”

张树文不好意思了：“这还没打仗呢，你急什么？”

韦铁柱说：“我这人，你骂我祖宗八辈儿可以，说我贪生怕死不行！”

两人从小同学到一起当兵，没记得红过脸，战争在前，因为一两句话，就发生了前所未有的不愉快。

28 团准备打仗的气氛越来越浓，二连接到上级命令，停止掘进，转入训练。科目有队列、投弹、射击、刺杀、班进攻等，另外还增加了体能训练，每天早晨进行五公里越野，这是很要命的科目，因为连队伙食太差，三五天见不着肉星，白菜、土豆里见不着油星，主食也是以粗粮为主，在越野途中为数不少的人虚汗淋淋，有的甚至晕倒在地。

连长、指导员都在担心：兵们这样的体力，将来仗怎么打？

韦铁柱不怕拼体力，他有的是力气，每次五公里越野都跑在最前头，但他怕技术性、技巧性太强的科目。比如单双杠，新兵训练的时候上不去，现在还是上不去。有一次连长对他进行单个教练，练习卷身上，拉臂、收腹，可两条腿就是不往上走，连长在他屁股上踹了一脚，上去了，可很快又掉下来了，一连上了几十次，还是上不去。气得连长说：“南斯拉夫有个铁托，我们二连有个秤砣。”还有练刺杀，刺出去胳弯肩斜屁股往外撅，连长用枪托捅了一下他的屁股，他又朝另一个方向撅。兵们偷笑，连长也笑了：“我怎么看，韦铁柱都像X狗的架势。”兵们憋不住大笑。而韦铁柱也有韦铁柱的强项，射击每次都是优秀成绩，掰手腕儿，摔跤，全连新兵老兵都不是他的个儿，所以，他也曾拍着胸脯大言不惭地说：“谁也别牛，一旦上了战场，咱看谁打死的敌人多。”

梁金虎是全连新兵中军事技术最好的，他利用礼拜天教韦铁柱上单杠，但示范做了一百遍，韦铁柱还是上不去。梁金虎不住地咂嘴，一点脾气也没有。

二连接到上级命令：部队进入一级战备。

种种迹象表明，部队真的要打仗了。

一天，连队吹起了紧急集合号，通信员通知，不带武器和背包，全连官兵扎腰带到连部门前集合。

连长在队列面前大声说：“接到上级命令，在部队参战之前，要进行一次点验，点验的重点内容是战士的小包袱，看有没有私藏的危险物品，以保障携、运物资的安全。”

点验开始，文书和连部的五大员把兵们的小包袱一一抱了出来，按序列摆在了地上。

张树文使劲捏了一把韦铁柱，韦铁柱明白了他的意思，与此同时，他也想到了小包袱里的遗书。

小包袱在连长的监督下，按序列依次打开，点到谁的小包袱时，连长就命令谁出列接受检查。点验工作非常细致，每件衣服都一一展开，连长还要在口袋里亲自摸一摸，大概是看一看有没有私藏的子弹。

连长终于发现了韦铁柱和张树文小包袱里面被密封的信封，问，这是怎么回事。韦铁柱镇静地回答：“报告连长，里面是家信。”连长拿在手上反复地看了看，又问：“家信能上升到这么高的保密程度？”韦铁柱说：“报告连长，烽火连三月，家书抵万金。”连长说：“好，我倒要看看这家书到底值多少万金。"说着就要从一头撕开。韦铁柱控制不住地大声道："报告连长，私拆他人信件是犯法的。"连长没生气，用陌生的眼光看了看韦铁柱，笑了一下，说："你这个新兵蛋子，上单杠像秤砣，刺杀一副×狗的架势拿着，可胆子倒不小，连我这个当连长的都敢教训。"

点验完，连长让韦铁柱和张树文，拿着保密的信封到连部去一趟。

进了连部，报告之后，他俩把保密信封呈在连长面前。

连长让他们俩坐下，示意通信员出去，连长背着手在屋里踱了几步，静静地看了他俩每人一眼，突然以严肃的口气说："你俩不告诉我，我也知道这里面是什么东西，是告状信，对不对？"

张树文先吓了一跳："不，连长，绝对不是。"

韦铁柱拿起自己的信封，猛地撕开，拿出遗书递到连长手里："连长，你看，这是告状信吗？"

连长终于笑了，他接过来看了一下，脸上掠过一丝紧张与惶惑，甚至更复杂的表情，然后对张树文说："你的也是遗书？"张树文也站起来，把自己的信封撕开，把里面的遗书拿出来递给连长。

连长反复地看了看，以沉思的状态，又背着手在屋子里踱起步来。

韦铁柱说："连长，我求求你，你可得给我保密呀。"

张树文也附和着说："是的，连长，你可别给我们传出去。"

连长回过头来的时候，眼睛好像有点发红。连长坐下来，用手揉了揉眼睛，然后朝天看了看，紧接着又朝天吹了一口长气，这一系列的动作完成之后，连长的情绪稳定了许多，但说话的声音还是跟往常不大一样："快打仗了，好多人都在写请战书、血书，你们俩没写。现在我倒觉得，这遗书比请战书、血书更有分量。"

连长说完，让他们把遗书收起来，回班里去。他俩刚走，连长又把他俩叫回来，紧接着又把文书喊进来，给了他们每人一个带有"绝密"

字样的封条。

离开连部之前，他俩给连长敬了一个很庄严的军礼。

出了连部，迎面碰上梁金虎。梁金虎问他们信封里究竟装的什么东西，弄得全连官兵都嘀嘀咕咕的。韦铁柱眼睛一眯说，无可奉告。

九

韦铁柱和张树文在冀老板的公司干了一年多，先后为公司创利润五十多万元，冀老板对他俩很赏识，工资、奖金都如数兑现，还经常请他俩出去吃饭，总之，他们与冀老板的关系处得很融洽。一年多下来，他们也分别有了一万多元的存款，在八十年代初，这是很可观的数目，特别对于韦铁柱一个一人吃饱全家不饿的穷单身汉来说，简直是天文数字，每次点完钱，他都让张树文捏他一把，看看疼不疼，捏疼了，他就嗷嗷大叫，叫完了，就躺在床上乱滚，一边滚一边说："这是什么世道，我一个穷要饭的，也他妈成万元户了。"张树文也躺在床上说："这辈子忘了老婆，也不能忘了冀老板。"韦铁柱接过来说："忘了爹娘也不能忘了冀老板。"张树文纠正说："不！爹娘一辈子不能忘，没爹娘，哪来的我们。"韦铁柱不打滚了，他用很正经的眼神望着张树文，他知道，张树文是个大孝子，特别是父亲去世之后，他变本加厉地加重了对母亲的孝顺，这次出门打工，张树文与其说是离不开新结婚的媳妇，倒不如说是离不开常年痨病的母亲，这一点，韦铁柱都看出来了，但他没有切身的体验。他从小没父母，记忆中没享受父母之爱，也不知道该怎样孝敬父母，总之，他对孝敬两字体会很淡。看了一会儿，他问张树文："这些钱，你打算怎么花。"张树文没假思索地说："给我娘看病，让她过两天好日子。"韦铁柱耐心地看着张树文，没话可说。

当他俩又完成一笔生意，把支票交到冀老板手里时，冀老板又像往常一样，说中午请他们吃饭，他们也没推辞，等到中午，冀老板的车来了。一上车，冀老板就对司机说："去赢州饭店。"他俩用疑惑的眼神看着冀老板，不知道冀老板为什么要大动干戈，大舍血本地犒赏他们，因为过去他们都是到公司旁边的小吃部，既经济，又实惠，喝起来也挺痛快。

他们三人在小姐的引导下进了一个小包间，入座后，冀老板开始点菜，点的都是高档菜，有好多菜，他俩既没吃过，也没见过，甚至没听说过。点完菜，小姐问：“点什么酒水？”冀老板毫不含糊地说：“来瓶茅台。”

他俩吓了一跳，接着脸上都不自然起来。

趁着菜还没上来，韦铁柱捏了一把张树文，说了声：“上趟卫生间。”张树文心领神会地说：“等等，我也去。”进了卫生间，韦铁柱就悄悄对张树文说：“你看出来没，冀老板要开了我们。”张树文没有任何思想准备地道：“怎么可能，我们不是干得挺好的吗？”韦铁柱说：“你没听说吗，犯人临上法场的时候，都给好东西吃，今天冀老板这么破费，肯定是要开了我们。”张树文低着头说：“不会吧。”

菜上齐了，冀老板端起酒杯来说：“来，为我们这一年多的合作成功、愉快，干一杯！”

冀老板率先干了，他俩看看冀老板，也一滴不剩地干了，没喝过茅台酒，一杯下去，倒没尝出什么与其他酒不同的味道。

冀老板招呼他俩吃菜，还给他俩往小盘子里夹，接着又招呼酒。三杯酒下去，冀老板果然言归正传了：“你们俩跟着我干了一年多了吧，说实在话，这是我们公司最景气的时期，但我有个想法一直想跟你俩谈谈，我想让你俩单独干。”

趁冀老板没在意，韦铁柱朝张树文挤挤眼，张树文无可奈何地会意了一下。韦铁柱有些激动地站了起来：“冀老板，咱们是老乡，也算是战友，作为老大哥，你觉得我俩有什么做得不对的地方，就直接指出来，总不至于到了炒我们鱿鱼的地步吧。”张树文接过来说：“冀老板，我们有缺点，有毛病你骂我们，打我们都行，千万别开了我们呀。”

冀老板笑了笑：“你们这是哪儿的话呀？打一招你们进我的公司，

我的目的就不是为了给我创多大的效益，我是想带带你们，让你们在商海里闯一闯，少给那些昧良心的人交点学费，尽快缩短军人与商人之间的距离。还记得一见面，我给你们俩的那本书吧？那里面都是我的亲身经历。”冀老板点着一支烟，接着说："这一年多，我看你们真的锻炼出来了，不管销售上、管理上，还是公关方面，都摸出一些道道儿了，能够挑摊儿单干了。”

韦铁柱说："可我们觉得跟你干得很好，很愉快。”

张树文补充说："也很长出息。”

冀老板往烟灰缸里掸了一下烟灰，说："从感情上和我实际需要讲，我还真舍不得你们，但你们想过没有，给人打工，一辈子也锻炼不出来，也发不了什么大财，当初，我就是这么走过来的。”

韦铁柱说："冀老板，我们宁可不发大财，也要跟着你干。”

张树文说："是呀，冀老板，凑到一块儿，是我们的缘分。”

冀老板自己喝了一杯酒，把酒杯往桌上一放，脸上出现了少有的严肃："这个问题不讨论了，回去就给你们结账。”

一大桌子饭菜都剩下了，有几个叫不上名字的菜根本就没动，很破费的宴会，几乎是不欢而散。

等醒过酒来之后，韦铁柱和张树文明白了冀老板真正的良苦用心，他俩很快找冀老板结了账。冀老板说："如果你们要干老本行，我给你们租门脸，需要贷款的话，我去找行长。另外，仓库先用我的。总之，凡是你们为难的事儿，找我就行了。在瀛州，可以说没你冀大哥摆不平的事。”

韦铁柱说："谢谢了，冀老板。一旦需要的话，我们找您就是了。”

张树文说："是的，冀老板，您对我俩的恩情，我们一辈子还不完。”

冀老板充满真情地说："这话说到哪儿去了？都在28团当过兵，都在凤凰山喝过白毛风，这还有什么可说的。”

一番话，说得他俩心里暖烘烘的，尤其是韦铁柱，出来打工之前，他投奔过在献州某机关当个小头目的叔伯哥，想在他麾下谋份差事干，可人家把话封得死死的，一点活口也没给留。后来，他又找了一个在乡政府当差的同学。韦铁柱说，我给你们来看大门吧。那同学光笑，一句话也不往正题上扯，害得韦铁柱白白请了顿饭。通过结识了冀老板，他得出了这样的结论：世界上人际关系有千万种，而关键时刻，只有战友靠得住。

告别了冀老板，他们搬到了新租的住处，因为有了钱，因为以后还要做生意，甚至要做大生意，他们在郊区租了一个有两亩地大的四合院。关于以后做什么生意的问题，张树文极力主张还搞建筑仪器的销售和租赁，理由是有了基础，而且原来的客户可以顺理成章地俘虏过来。韦铁柱却十分成熟地摇了摇头，说就是再到火车站要饭，也不能搞本行了。他的理由是：绝对不能和冀老板造成竞争的态势，同行是冤家，那种釜底抽薪以怨报德见利忘义落井下石过河拆桥卸磨杀驴六亲不认坑爹害娘的事，咱当过兵的人，绝对不能干，打死也不能干！

张树文发呆地看着韦铁柱，尤其是韦铁柱说话时叉腰挥手的动作不知道什么时候学的，感觉有点伟大领袖的味道。

接下来，他们到外面跑了几天，又坐在屋里反复论证，经过一番争论和推测，他们最后达成统一意见：搞一个汽车修理配件公司。他们考察过了，随着赢州经济的飞速发展，大街上的高级轿车越来越多，而赢州市内还没有一家像样的个体汽车修理公司，几家国营汽车修理厂，门难进，脸难看，不管大小毛病，没一个礼拜，车别想开出来，这是韦铁柱在和一位个体司机聊天时听说的。所以，在赢州市开一个气派张扬并有一定规模的汽车修理公司，一定大有作为。

决心下定之后，他们意气风发紧锣密鼓地加快了筹备工作，并定下有关重大事宜：

公司名称：退伍大兵汽车康复美容责任有限公司

董事长：韦铁柱

总经理：张树文

广告词及名片注释：董事长韦铁柱讨过饭，当过兵，打过山洞，写过遗书

特别说明：对军车及退伍军人的车，价格优惠百分之八十。

办公司需要启动资金，两人各拿出一万五，以价值三万元的固定资产到工商管理部门注册，回来后，张树文不大好意思地说：“铁柱，都说，战友战友亲如兄弟，但亲兄弟也要明算账，咱俩之间也立个合同吧。”韦铁柱觉得张树文说得也有道理，买卖好做，伙计难搭，好多一起搭伙计做生意的朋友，都经历了这样一个痛苦的周期：搭伙，红火，散伙。有的不欢而散，有的甚至反目为仇，大打出手，归根到底，都是为了钱，钱既是合作者追求的终极目标，又是诱发各种矛盾的万恶之源。对于男人来说，虽然金钱关和美人关同样难过，但韦铁柱与张树文毕竟和别人不一样，他们在军营里曾共同有过生与死的体验，接受过比金钱更宝贵的东西。

想着想着，韦铁柱把手伸进抽屉，拿出了几年前在部队立下的遗书，他问张树文：“你的，还在吗？”张树文赶紧说：“在，在。”说着也拿了出来。韦铁柱接过来看了看说：“咱俩的合同就在这上面签吧。”

张树文张着大嘴不错眼珠地望着韦铁柱。

十

步兵第 28 团奉命返回营房。

凤凰山出现在兵们面前，她呈现出陌生的美丽，在兵们的感觉中，这种陌生的美丽，此时此刻蕴含着一种峻冷与悲壮。

某日，二连接到团司令部的作战命令：部队按作战弹药、干粮携行基数标准，夜间零点出发，摩托化行军，务于凌晨五时前到达某某集结地域。

临战状态充满着凤凰山脚下这座孤零零的营房。

部队整装待发。

此时，韦铁柱心里是踏实的，他甚至有某种得意感，乐得直蹦高。×他妈，这回这兵不白当了，上去打一仗，尝尝枪林弹雨，闻闻炮火硝烟，看看尸横四野，死了也值！反正自己无亲无故，赤条条来去无牵挂，有遗书为证，死了又有人给收尸。能在服役期间赶上一次战争，不能说不是军人莫大的幸运。他之所以得意，倒不是想通过战争的参与行为，使自己达到成为英雄或者将军等等某种目的，他是想让自己更合乎军人的称谓，使自己的军旅生涯更有质量和意义。自从打山洞以来，他心里一直就很憋气，整天从山洞里往外推石头，这叫什么鸟军人，说残酷点，简直跟劳改犯差不多。还有练刺杀，连长老是说自己跟×狗的架势差不多，可自己在家练过擒拿格斗，这回到战场上抓几个俘虏回来，每天当肉靶子练，我不信架势纠正不过来。

在别人热血沸腾，或者六神无主的状态下，韦铁柱表现得特别冷静。回到营房的第二天，连队放了半天假，他拉着张树文上了一趟三营，找刘正伟、崔二臣聊了一会儿。马上就要打仗了，互相道个安慰，说不定，仗打下来，就见不着谁了。这场会晤，大家都挺沉重。之后，他俩去了照相馆，当时等着照相的人很多，请假的时候，连队只给了一个半小时的时间，他俩等得着急，韦铁柱猛然挤到前头对老板说："给我们先照。"

等在后面的人急了："还解放军呢，一点儿也不自觉，凭什么加塞儿？"

韦铁柱火了："我们照遗像，你们谁照？我紧着他！"

韦铁柱和张树文拿到照片一看，两人都绷着脸，是两张十分合格的遗像。他们马上把"遗像"和遗书放在了一起，按韦铁柱的话说，这下就成龙配套了。之后，韦铁柱对张树文说："冲锋的时候，咱俩别挤在一块儿，要是都报销了，到时候谁给谁收尸？"张树文满脸复杂的情绪："俺那苦命的老娘谁管呀？"

零时零分，部队吹响了紧急集合号，处于与一级战备状态的兵们戴上伪装帽，全副武装集合完毕，也就是在同一个时间，老天下起雨来，雨点不大，但很密，紧接着又刮起了风，兵们的第一感觉是冷。

风雨中，指导员声音洪亮慷慨激昂地在做战前动员：我们步兵第28团是全军著名的“小老虎团”。我们二连是红军连队，有着光荣历史和优良传统。抗日战争中，被授予“大功连”；解放战争中被授予“大王庄战斗英雄连”；抗美援朝战争中，被授予“上甘岭战斗模范连”。建连以来，共涌现出英雄集体十一个，英雄个人二十三个，二等功臣以上的三十三个……“这次我们一定要发扬红军连敢于打硬仗、打恶仗的优良作风，不惜抛头颅，洒热血，誓死捍卫祖国领土的完整和民族的尊严，为英雄连队的称号增添新的光彩。同志们，有没有决心啊？”

有！

出发！

兵们动作迅速地上了车。

汽车很快上了盘山公路，发动机吃力地喘着大气，听声音，随时都有爬不动的危险。天越阴越黑，小雨变成大雨，雨点很沉重，砸得篷布“嘭嘭”直响，车厢尾部挂起了雨帘，溅在兵们脸上，没有人说话，也没人去擦。车厢里很静，无论老兵新兵都不说话，也没有人睡觉，兵们都紧紧地抱着手里的枪，低着头，想着个人的心事。大家都明白，这次紧急出动，不是拉练，不是演习，不是去打山洞，是上战场，上战场是动真格的，不是闹着玩儿的事。车厢里空气很沉闷，三排长起头唱了两首歌，企图鼓舞一下士气，但兵们唱得不太响亮。三排长又起了一首《洪湖水浪打浪》，刚说完：“预备起！”连长从驾驶楼里探出脑袋骂上了：“深更半夜的，浪什么浪？”连长这一骂。兵们倒笑了。

汽车还在喘着大气往上爬，韦铁柱心里骂了一句：“就这破车，还上前线？开不到前线，就成一堆废铁了。”他心里着急，真想把脚伸到驾驶室里，替司机去踩油门，他恨不得一下飞到前线，当天就和敌人交上火，打它个天翻地覆痛快淋漓。

“老解放”、“嘎斯”车、“东风240”们终于爬上了山顶，狠狠地喘了口大气，曲里拐弯地下了山。

韦铁柱往外看了看，天还在下雨，除了汽车的灯光，什么也看不见。他突然小声问张树文："你说，这车是往哪儿开?"张树文说："肯定是往南呗。"韦铁柱说："不对，是往西。"张树文不耐烦了："打当新兵一上火车，你就判断方向，判断来判断去，不还是打山洞吗？"韦铁柱不接张树文的话茬，又仔细往外看了看，自言自语地说："完了，完了，今天的情况是假的。"张树文吃惊地问："什么，假的，不是去南方打仗？"韦铁柱还是自言自语地说："×他妈，老子白高兴一场了。"

雨在下，车在爬，车厢里依然沉闷。

天刚发亮，雨停了，部队到达了指定地点，休息待命。天大亮，炊事班架好锅灶，准备野炊。

早饭后，部队接到上级命令：任务有变，暂回营房待命。

韦铁柱捏了张树文一把："怎么样，我说情况是假的吧？"

十一

韦铁柱和张树文商量，一起回趟家，目的是为公司招人。

他俩第一次回家是出来打工的五个月以后，那时候通信工具还不十分发达，往家联系不太方便，刚安顿下来，张树文就想回去看看，韦铁柱骂他想老婆，没出息，张树文也就硬撑着没再提。五个多月之后，他们都有了三千多块钱的积攒，这回是韦铁柱提出回家的，他说无论如何也该回他的牲口棚里看一看了，闹不好老鼠们都四世同堂了。回家前，他们到商场转了转，每人买了套西服，到理发店很像回事儿地理了理头，回来对着镜子一照，很有些大老板的气派，但临回家的那天晚上，韦铁柱又突然对张树文说："明天还穿军装。"张树文不解地问："怕露富？"韦铁柱说："就你那俩钱儿，还叫富？你别问了，我光棍一条都不怕，你媳妇孩子都有了，还怕什么？"

他俩像半年前退伍回家一样，只是没扁担挑着行李，但打扮和表情似乎都有些狼狈。

韦铁柱先到了哥家，还跟刚从部队退伍回来时一样，把买来的小吃分给侄子、侄女，俩孩子搂着他的脖子玩耍，轮着班叫叔叔，弄得他心里很热。哥买了菜打算包饺子，嫂子说:“又没肉，包什么饺子?就是一个丸儿的肉饺子，恐怕铁柱在外面也吃腻了。”就这样，包饺子变成了贴饼子熬白菜，但韦铁柱吃得很香。吃完饭他打算回牲口棚里睡觉。哥说:“就睡在家里吧。”嫂子很快接过来说:“屋里又没拾掇，怎么睡呀?”韦铁柱站起来要走，哥无可奈何地说:“那就再坐会儿吧，咱哥俩说会儿话儿。”哥对他说，邻居给他提了门子亲，人家什么彩礼也不要，就是闺女腿有点瘸，你今年二十五了吧，再不订，往后就不好说了。韦铁柱没说话，临走的时候，哥逼他表态。韦铁柱有些傲慢地说:那闺女让她娘先养着吧。他走到窗台根底下，就听嫂子说，哼，出去两天半，你看牛的，好像外头有十个八个大闺女跟着跑似的。

韦铁柱出了门，迎面碰上张树文，韦铁柱毫不客气地说:“今天我上你家睡觉去。”

韦铁柱和张树文这次回来主要任务是招兵买马，为了显示一下所谓的老板风度和投资环境，他们在献州宾馆住了下来，要了一套总统间。

他俩经过商量，决定“招兵”的主要对象是28团的退伍兵，一是跟战友合作心里有底，二是为家庭贫困的战友谋条生存之路。他们首先找到了崔二臣，崔二臣在部队上学过修车，而且技术还不错，在部队的时候跟他俩的关系处得还算可以。崔二臣刚退伍回来，为跑工作把退伍费都搭进去了，还没个着落，一听韦铁柱他们在瀛州办了汽车修理公司，当然一万个乐意加盟。接着，崔二臣又向他们俩推荐了几个懂车的战友，韦铁柱招贤纳士伯乐识马般地把他们一一招来，有的已经有了工作，当时有些犹豫。韦铁柱极有煽动性地说:“战友战友亲如兄弟，你在人家那儿，干一辈子都是个打工仔，到咱们公司可是翻身当家做主人，大家都可以参加公司的管理、决策。”崔二臣看了看手表说:“韦总，你别狗掀门帘全靠嘴上的功夫，天不早了，你先把脑袋给我们喂饱了吧。”

韦铁柱在献州宾馆为战友们订了一桌很破费的饭，正要开喝，就听门外有人喊了声：“报告！”推门进来是两个穿军装的人。韦铁柱仔细一看，竟是梁金虎和刘正伟。刘正伟上去使劲给了韦铁柱一拳：“真他妈不够意思，战友聚会，把我俩给甩下了。”韦铁柱问：“你俩什么时候回来的？”梁金虎说：“刚下车，见了个熟人，说你在这请客，我们拔腿就来了。”韦铁柱大笑了一阵说：“看来，是福不是祸，是祸躲不过，不怕贼偷，就怕贼惦记着。得！小姐，来！再加两双筷子。”刘正伟和梁金虎一左一右挨着韦铁柱坐下。韦铁柱看看他俩，一本正经地问：“你俩都老实交代，‘共军’都给了你们什么官衔呀？”崔二臣诡秘地说：“没给个师长旅长干干？”大家像“八大金刚”似的大笑起来。刘正伟拍了一下桌子：“别笑了，你们都中了韦大秤砣的奸计了，听说，他要把你们一网打进他的公司，别到时候让他把你们卖了，哥几个再帮他数钱。”大家又大笑不止，人都笑出了眼泪。刘正伟首先收住笑容，说：“该言归正传了，我俩还是小排长，慢慢进步吧。哎，韦总，赶紧给我们分名片呀。”梁金虎看了韦铁柱递上的名片，不大理解地说：“×，铁柱，怎么把你那点底儿都抖落到上面了？”韦铁柱煞有介事地说：“这就是退伍大兵特色，你别看，这可是一种别具一格歪打正着的广告手段。当别人都拉大旗做虎皮，急功近利往自己脸上涂脂抹粉的情况下，你突然来个揭丑亮短真诚透明和盘托出，说不定会取得出其不意的效果。”刘正伟很佩服地点点头，然后竖起大拇指：“高，高，实在是高！”

酒喝得很热烈，很疯狂，没多会儿，都成了红脸关公，但好像还都没醉，说话都有板有眼。梁金虎说：“当兵的，都直肠子，我有一言相告，作为战友，你们在一起搭伙做生意，可要注意友情为重。买卖赔了，不见得有人笑话，要是因为钱闹掰了，可丢咱28团的人。”韦铁柱点点头。崔二臣拍了拍胸脯说：“别人不敢保证，我崔二臣要见利忘义，天打五雷轰！”要散席的时候，韦铁柱说：“大家都把通信地址留一下，常保持点儿联系。”

十二

步兵第28团接到上级命令：返回窟窿山，继续执行国防施工任务。

随着战争气氛的淡出，兵们的情绪发生了起伏性变化，当再穿上工作服，戴上安全帽，腰里扎上导火索，少气无力地走进坑道时，几乎都找不到打山洞的感觉了。

最有情绪的就是韦铁柱，他认为自己是被耍弄了，具体是让谁给耍弄了，他说不清楚，反正他心里很憋气，要打就打，不打就拉倒，干吗还搞假情况，像孩子玩游戏一样。从这点上看，部队也真没劲，没正经。

指导员给部队上政治课：革命战士是块砖，哪里需要哪里搬。打仗是革命需要，国防施工也是革命需要。战场上有炮火硝烟，山洞里照样有生死考验……

韦铁柱几乎一句也没听进去。

在一个很美的黄昏，献州部分老乡在山旮旯里偷偷地搞了个小聚会，此时此刻，这个小旮旯有些“聚义厅”或“忠义堂”的味道。在会上，吃商品粮且领先当上班长的刘正伟，声色俱厉地批评崔二臣为争学司机的名额，不惜写告状信往下踹自己的老乡，接着又批评韦铁柱和张树文，往小包袱里藏遗书，这本身就是贪生怕死的表现，是懦夫行为。韦铁柱想辩解，张树文死死地拦住他。大家都不说话，会场像死一样地寂静。过了一会儿，韦铁柱还是说话了，不过，他没反驳刘正伟，而是批评了另外一种现象：“有的老乡不注意维护战友的形象，往家写信什么都说。比如，我上单杠像秤砣，刺杀像×狗的架势，家里的同学是怎么知道的？好几个同学都来信……”他的话还没说完，大家就笑得不得了了。

接下来，又有人批评了一些老乡之间闹不团结的现象。最后，刘正伟总结说：老乡之间，要团结，不要分裂；要光明正大，不要搞阴谋诡计。团结就是力量，团结就是形象，团结就是胜利。

这次聚会气氛很紧张，几乎充满了火药味儿。

后来，有人把这次聚会说成是具有历史意义的献州老乡的“遵义会议”，韦铁柱却说是“庐山会议”。

那次聚会之后，刘正伟、梁金虎去了军教导队，一年半回来之后，直接提干。崔二臣进师司机训练队，是聚会之前的事，那天聚会他没参加，估计他要在场，刘正伟的话要有些收敛。这是入伍近一年来，献州老乡“人事”上最大的变动。对这些变动，韦铁柱、张树文在一起嘀咕了好几次。

十三

“退伍大兵汽车康复美容公司”开张，请冀老板剪的彩，充分证明了韦铁柱、张树文不是过河拆桥的那种人，冀老板祝他们生意兴隆财源滚滚。公司员工清一色的献州退伍大兵，可以说是团结一心竭诚合作，再加上韦铁柱市场意识比较强，善于捕捉信息，决策果断，又有较高的信誉。刚开张就成了一笔比较大的生意，为公司净赚十多万，全体员工无不欢欣鼓舞。

公司旗开得胜，客户盈门，不到半年的时间，在瀛州有了些名气，韦铁柱赶紧再接再厉乘胜前进，扩大经营规模，生意日见红火。

没多久，瀛州市“呼啦”一下，崛起了好多家汽车修理配件公司，而且大部分都比韦铁柱的公司规模大牌子硬花样多，有一家占地二十亩的“汽车配件城”甚至就在韦铁柱公司的大门口。“退伍大兵汽车康复美容公司”面临严重挑战，客户被分流，营业额逐渐下降，而且公家修车换件大部分都是签单，讨债成为公司的一大负担，直接影响了资金周转。

又过了些年，社会上出现了一些很不尽如人意的现象：公安、工商、税务、交通等有关职能部门，要经常作些打点，不然说不定哪天就冠冕堂皇莫名其妙地找你点儿什么事；公家修车的公开要回扣，甚至讨价还价；个体老板们又要泡歌厅，又要洗桑拿，打发不高兴，别想把钱拿走。韦铁柱不明白：这社会怎么了，物是人非，人心不古，变化之大，实在让人猝不及防胆战心惊。

韦铁柱和崔二臣之间产生矛盾，崔二臣向韦铁柱提出了三项主张：一、要适应社会环境的变化，不择手段地投入到竞争中去；二、要扩大经营范围，是买卖就做，是钱就赚，不能一棵树上吊死；第三个最重要，他要毛遂自荐当副总，主管经营。第三个问题，他提过几次了，韦铁柱一直没答应。他说，咱这个官，又不像部队，必须有命令，咱这都是虚的，有事儿商量着办就行了。崔二臣不客气地问：那为什么你和张树文都有官衔？韦铁柱没说话，为这事，崔二臣一直耿耿于怀。

崔二臣在公司管财务，他早就为韦铁柱太抠门心里不太痛快，每次审发票都一张张慢节奏地仔细翻，有时翻过去又翻回来，有一张发票不大清白就问个底儿掉。崔二臣说他抠屁股嘬指头，不像个大老板的来头，花点儿钱就像从他肋条上往下剔肉一样。而韦铁柱也对崔二臣的大手大脚早有看法，他发现崔二臣报饭费的数额越来越大，有人反映他把泡小姐的钱开在饭费里了。还有，崔二臣总爱给大伙儿讲泡妞儿的故事，还十分逼真地大肆渲染某些撩拨人的细节。有人问："你是怎么知道的？"他就说听某某讲的，但大家都发现他晚上善于单独行动，有时甚至夜不归宿，回来就编一大堆瞎话。韦铁柱经常敲打他："拉家带口，出门在外，别做得太过火喽。"

后来，公司接连发生了两件让韦铁柱十分难受的事。一是崔二臣携公司十万元巨款不辞而别，起因是，崔二臣向韦铁柱提出要做一批摩托车生意，摩托车是外国产的，用民船运过来，在沿海城市靠岸，他已和海关的朋友联系好，可以免一切检查，只要交上十万元的押金，货就可以到手，客户已找好，一转手就挣几十万。韦铁柱摇摇头，说：

“这明显是一批走私货物，犯法的事不能干。退一步说，就是你能够逃过海关检查，也保证不了是不是要被骗。”崔二臣嘟嘟囔囔地说：“每天都喊抓住机遇，而机遇来了又优柔寡断，典型的农民意识！”说完，一甩手，走了，晚上一个人在外面喝了点闷酒，回来跑到韦铁柱屋里，醉醺醺地说，为白天的事向他道歉。韦铁柱说，都是战友，在一起这么多年了，谁不知道谁，道什么歉？第二天，崔二臣不见了，临走的时候，他从一个欠账的客户手里要走了十万元钱。事出之后，大家义愤填膺，都谴责崔二臣太不仁不义了，战友聚会的时候，他抢着表态：“我要是见利忘义，就天打五雷轰。”这跟“语录不离手，万岁不离口，当面说好话，背后下毒手”的那位两面派野心家有什么两样？有人提出要去城里追他。韦铁柱却很有大家风度地说：“天要下雨，娘要嫁人，由他去吧。”

另一件事，是张树文要离开公司，原因是他母亲患哮喘，家里没人照应，这之前，他经常回去看看，但母亲的病太缠手脚，家里离了人不行，他怕两头跑着耽误公司的事，就提出脱离公司。对张树文的走，韦铁柱的感情是复杂的，他甚至想哭，他提出先给张树文两万元钱给老母亲治病。张树文说，不用了，我手里还有钱，谁不知道，现在公司是负债经营。晚上睡觉的时候，韦铁柱把自己的三千块钱，偷偷塞进了张树文的口袋。

十四

韦铁柱他们当足三年兵的时候，28 团执行国防施工任务也要结束了，三年服役期满，走留问题摆在眼前。跟韦铁柱熟悉的献州兵中，只有刘正伟、梁金虎提了干，其实大部分献州兵都干得不错，有的甚至已经代理干部职务，就连韦铁柱这有名的“单杠大秤砣”在第三年头上也当了骨干。至于这些干部苗子们为什么没提干，主要是军队的干部政策有了变化，直接提干冻结，一律经院校培养。刘正伟、梁金虎赶上了个尾巴，倒吸了一口凉气般地穿上了四个口袋，献州兵们羡慕不已，有的则怨天尤人，韦铁柱倒显得有些无动于衷，自己在家要过饭，能够走进中国人民解放军的行列，就十分地感恩戴德了，压根儿就没产生过提干的奢望，但他不想离开部队，想多干几年，一是这身军装还没穿够，二是家里无依无靠，回到家没个着落。指导员找他谈话的时候，他如实反映了自己的情况和想法，态度很恳切，甚至连“服从组织安排”的客套废话都没说。指导员说，做好两手准备吧。

年底，军队实行整编，凡是服役期满的战士无特殊情况，一律安排退伍。韦铁柱的两手准备变成了一手准备：走。

韦铁柱和献州的战友们最后一次爬上窟窿山的时候，不是集体哭，而是骂大街，你一句，我一句，抑扬顿挫，刚柔并济，清一色的献州骂法：

“×他个八辈儿祖宗，下辈子有人跟我叫亲爹也不来了！”

“部队有什么值得留恋的，当了三年兵，打了三年山洞，吃了有一吨石灰面子，真他妈倒八辈子血霉！”

“早上出操，晚上点名，外出请假，一年四季就这身破绿皮，可他妈受够了！”

“一个月挣那几块鸟钱，还不够妇女买卫生纸的呢。”

“当了三年兵，媳妇耽误了，儿子、孙子都他妈耽误了！”

“……”

列车高叫着驶出隧道，车厢里变得明亮起来，退伍兵们昏昏欲睡。

韦铁柱在照镜子，他一边照一边自言自语地说：“这一摘领章帽徽，真他妈难看。”

张树文眯着眼睛漫不经心地说：“一到家，赶紧换身衣服。像你这块头儿，穿身西服，肯定震一溜胡同。”

韦铁柱摇摇头：“真想象不出，我穿什么衣服比军装更好看。咳。”他说完，眯上了眼睛。

不一会儿，过来两个不认识的退伍兵，其中一个很不礼貌地摇了摇韦铁柱："哎，打会儿扑克吧，待着怪没劲。"口音是地道的南方人。

韦铁柱慢慢睁开眼睛，看了看那个退伍兵，又用脚踢了一下张树文。张树文打了个哈欠说："打就打呗。"

他们四个和别人调换了一下位置，坐在了一起。南方退伍兵对韦铁柱说："×，都退伍了，风纪扣还系那么紧干什么？又没人检查军容风纪了。"韦铁柱笑了笑，没说话，也没解风纪扣。

大家开始抓牌。

南方退伍兵不甘寂寞："你们是哪个团的？"

韦铁柱说："28 团的。"

南方退伍兵说："×！那熊包部队，只能配打山洞。"

韦铁柱把抓在手里的牌"啪"地摔在桌子上："你说什么？"

南方退伍兵弯着身子把掉在地上的牌捡起来，说："我×，你急什么？我说 28 团，又不是说你。"

韦铁柱说："你骂我祖宗八辈儿可以，但你骂 28 团是熊包部队不行！"

张树文接过来说："告诉你，28 团不是熊包部队，那是'小老虎团'！"

南方退伍兵把手里的牌放在桌子上："我×，你们的集体荣誉感可真够强的，你们骂我们 29 团是龟孙，我都不拦着。都复员的人了，还护着那熊包部队干什么？"

韦铁柱"噌"地站起来，上去揪住了南方退伍兵的脖领子，用手指头点着他的脑门说："你再说 28 团是熊包部队，我他妈把你揍个半身不遂！"

南方退伍兵毫不示弱地说："说了，28 团又不是你们家的，团长又不是你亲爹。我就说，28 团是熊包部队。"

"我让你骂！"韦铁柱满脸通红，眼里冒着火星，挥起拳头朝南方退伍兵的胸部打去，接着，他猛地一用力把南方退伍兵提了起来，正要往地上摔时，列车长过来了：“当兵的，别打架！”

十五

韦铁柱的公司倒闭了，他把所有的资产做了折旧处理，所得的钱还了贷款，支付了全体员工的工资。最后，只剩下一辆桑塔纳轿车，折腾完，他有些狼狈地开车回了献州。

韦铁柱回到献州以后，没回冯家庄，而是在郊区的一个战友家住了下来。他开始连门也不出整天闷在屋子里琢磨事。一是面壁思过，反思自己失败的原因；二是琢磨下一步做些什么事。他不会就此罢休，不会就此认输，相信自己会有一天东山再起。在这期间，有战友开的公司请他去当副总，甚至连名片都给他印好了，他谢绝了。他想起冀老板的话，给人打工，长不了多大出息，何况经过这些年的折腾，成功也好，失败也罢，算是积累了经验，吸取了教训。总之，绝对不是从零开始，到零结束，绝对不是一个简单的毫无价值意义的循环往复，而是螺旋式上升，波浪式前进。

过了些日子，他到农村考察，和农民交谈，请教农业专家，之后，他想了许多问题：中国是农业大国，优势和发展潜力在农业，而中国农业的发展方向和出路，绝对不是现在的分田耕种，散兵游勇，这样不仅远离农业现代化，也使农业作物选择品种的范围受到限制，更影响到农业收入。因此，必须成规模发展，搞大面积耕种。

经过反复酝酿，韦铁柱决定在市郊附近承包二百亩土地，大面积种棉花和油料作物。

他首先把这个想法告诉了刘正伟。

刘正伟在教导员的位置上干了五年，再也熬不上去了，他叔叔是县委常委、政法委书记，给他打电话，让他转业，趁着说话还算数，给他在献州安排个好位置。这样，刘正伟没费多大劲，就当上了献州市政府办公室主任。这是个很扎眼的位置，刘正伟乐不可支，也踌躇满志，在部队上没熬成“刘政委”，在地方还可以熬成“刘市长”、“刘书记”，反正这辈子只能当官了。

刘正伟很赞同韦铁柱的大胆设想，在献州还没第二个人敢承包二百亩地，现在农民们普遍种地积极性不高，原因是投入太大，回报太低，所以，都出去打工，简单种一种，够吃的和交公粮的，就完事了，有人承包他们的地，都巴不得呢。刘正伟直截了当地问韦铁柱：“有什么需要我帮忙的？”韦铁柱说：“贷款。”刘正伟说：“多少？”韦铁柱说：“二十万。”刘正伟毫不含糊地说：“小菜一碟儿。”刘正伟还问起崔二臣的事，韦铁柱叹口气说：“一年多了，一点音信也没有。”刘正伟说：“你想没想过要起诉他，那可是一笔巨款？”韦铁柱皱了皱眉头，咂了咂嘴，说：“我真想象不出，两个战友对簿公堂，是什么滋味。”

二百亩地很快承包到手了，韦铁柱要做的第一步是：打井。

韦铁柱做梦也没想到，这眼机井竟救世主般地给他带来了好运，当井锥掘进到一千八百米的时候，抽出来的竟是高达九十五摄氏度的温泉水。在选择打井位置之前，他没请水利专家勘探，没请风水先生审看，完全是自己很随意地用脚一点，位置就定下了。紧接着，韦铁柱下决心又在附近打了一眼，结果在一千八百米处，又打出了温泉。

温泉，这在缺水的献州是从古未有的奇迹！

有关专家对温泉进行了化验，水里含大量的硫、碘、锰等元素和矿物质，对关节炎、风湿、腰肌劳损等慢性疾病有着较好的治疗作用，对此，献州、瀛州等地媒体都做了详细报道，没多久，香港、深圳、珠海等地的大老板纷纷跑到献州，和韦铁柱商量投资立项，共同开发温泉资源。

韦铁柱经过和有关人士反复考察论证，决定建一个“献州第一温泉度假村”。

“献州第一温泉度假村”改变了韦铁柱的命运。

十六

有了“献州首富”、“献州纳税第一大户”、献州人大代表、政协委员等头衔的韦铁柱，请献州的一位书法家写了一幅中堂挂在了客厅，内容是：穷不倒志，富不癫狂。

等支配完工作，他喜欢把门关严，一边抽烟一边琢磨事，想得最多的是自己的战友，是打山洞的部队生活。他无数次地重复着一个梦：他和一帮战友一起回到凤凰山和窟窿山，那山都变成红色，像爆发的火山，把整个世界都映得通红透亮，分外耀眼。他经常和张树文、刘正伟商量，有生之年，一定实现这个梦魂牵绕的愿望，回凤凰山、窟窿山看一看。

他经常有事没事掐手指头数自己的战友，有时会在纸上挨个写，从连长、指导员到每个新兵老兵，挨个写一遍，记不起来了，就打电话问张树文，有时是深更半夜，张树文说他是神经病。他纠正说，不，是相思病。

他想得最多的是张树文，张树文不管是在部队还是在一起做生意，对他可以说是言听计从，俯首帖耳，两人合作很愉快。度假村开张后，他打算让张树文来当副总，但张树文说什么也不干，原因是，老娘没人伺候。他抽时间去了一趟张树文家，这次去张树文家，他一连好多天心里都不好受，一进门，他才知道什么是“凄凄惨惨戚戚”，张树文的母亲患哮喘病卧床近十年，现在已转成肺癌，就等着咽气了。为给老娘看病，他变卖了家里一切可以变卖的东西，借得到处是债，现在是家徒四壁，贫困潦倒。雪上加霜的是，老婆未能与他分担家庭的不幸，带着孩子嫁了人。张树文每天门不出，事不做，人不见，全天候全方位尽心尽责任劳任怨地侍候老娘。这个家，炕上是上气不接下气的老娘，炕下是骨瘦如柴面目憔悴的树文，这哪像个家？一见面，韦铁柱就拥抱并捶打着张树文，声音哽咽地说：“树文，我恨死你，你为什么不跟我说一声，你眼里还有我吗？”张树文木木的，一句话也不说。韦铁柱说：“你看看，这个家，什么都没有了。”张树文说话了，声音很小：“有老娘。”韦铁柱瞪大眼睛看着张树文，同时在用心揣摩着他的话，他鼻子感到发酸，心里发闷，嗓子眼里发堵，他生怕张树文接着问一句：“你有吗？”他什么话也没说，甚至不知道该说什么，他默默地离开了张树文的家。一上车，他伏在方向盘上放了声地大哭了一场，回市里的路上，他不住地大喊：“我有钱，可我有娘吗？我有娘吗？啊？”张树文母亲去世了，城里的战友，他一个也没通知，守灵的只有他和几个远房弟弟。出殡那天，正要起棺，街上开来了一大溜轿车，呼呼啦啦下来几十号人，每人一身跟张树文一样规格的孝服，这些人对着棺材趴下就哭，看热闹的人都听得清清楚楚，领头的韦铁柱哭的是亲娘……

之后，韦铁柱生了一场大病。

十七

在一个很好的天气，韦铁柱回了一趟冯家庄。哥和嫂子都在，一进门，他就说：“哥，嫂子，我来接你们进城。”哥说：“不了，在乡下待着挺好。”韦铁柱说：“哥，你不要有什么想法，咱爹死得早，咱娘又改了嫁，是你带我长大的。现在，我混出个人样儿来了，不孝顺你和嫂子，还孝顺谁呢？”哥不说话，嫂子低着头，像是做什么活儿，听到韦铁柱说这些话，她悄悄地出去了。

韦铁柱把没考上高中的侄子带走了。

一路上，他有一种失落般地疲惫，心里有些乱，但还不算糟糕。

回到献州，他没直接进家，而是进了温泉宾馆。门卫过来给他开车门，他没进宾馆，却对着“献州市28团战友基金会”的牌子发呆。

（《小说月报》2001年第8期选载）

父亲和他的警卫员

石钟山

一

父亲终于老了。

七老八十的父亲，再也不活力四射了，他只能站在自家门前惆怅地望着远方。他在等一个人，这个人究竟是谁没人能够知道。

父亲离休后，便住进了这幢小楼。那时他还算得上年轻，从不与先他一步来到干休所的那些老人为伍。那一时期，他总是显得形单影只，离休后的大部分时间里，父亲总是很闲暇的。闲暇的父亲，在干休所的花园里总是舞枪弄棒，打打杀杀的，看得那帮老人也跟着一惊一乍的。给父亲当过参谋长的老尚看不惯父亲这一套，就冲父亲说："老石，拉倒吧，都这么大岁数了，歇歇吧，你以为你还年轻呀。"

父亲不理老尚，老尚其实只比父亲大几岁，早离休几年，因此老尚就显得很稳重，每日里手里端了个茶壶，走到哪儿喝到哪儿，茶壶里泡的是西洋参什么的，名曰保健。老尚等人，要么就是吵吵嚷嚷地围在一起下象棋，为输赢争得脸红脖子粗。还有，老尚等人要么就打太极拳，在父亲眼里，这都是老娘们儿干的勾当。因此，父亲和这些老什么们很合不来，也不正眼瞧他们，自己该干啥还干啥。

父亲手里有两样传家宝。一是一把东洋刀，那是在日本人手里缴获的，刀的主人是日本的一个大佐，父亲当团长那会儿，全歼了大佐

的部下，又活生生地把正准备剖腹自杀的大佐活捉了。这把东洋刀自然就成了父亲的战利品。那会儿父亲的上司是林彪，林彪当年也是很赏识父亲的，将这把东洋刀赠给了父亲，作为父亲永久性的纪念。

父亲另一件宝物是一支二十响盒子枪，这是和国民党作战时缴获的。当然也是作为战利品被领导奖给了父亲。

父亲从一名通信员，一直干到军区的副司令，用过的枪他自己都记不清了，但他唯独喜欢这支盒子枪。这枪单发、连发都能打，握在手里沉甸甸的，手感很好，更重要的原因是这支枪救过父亲的命。父亲这两件宝贝，一刀一枪伴随着父亲走过了大半生。这一刀一枪给父亲的战争岁月带来了莫大的荣誉。和平岁月里，这一刀一枪给父亲增添了无穷的快乐。

每天早晨，在干休所院内一隅，人们经常可以看到父亲舞刀弄枪的身影。父亲先舞东洋刀，那把刀被父亲保养得很好，白生生的晃人眼睛，父亲就舞着这把刀，看得人眼花缭乱。老尚一干人等在一旁就咋舌，一边咋舌一边说:这老石，把自己当成小伙子了。

众人听了老尚的话，就都一起丰富地笑。父亲不理这一干人等。该咋地还咋地，待出了一身透汗，父亲这才收刀收势，喘息两口之后，又拿出了那支盒子枪。父亲把这支枪已经把玩得出神入化了。美国西部电影经常有牛仔们把玩枪的镜头，无非是拔枪，上膛，枪在手里出两个花样，然后射击。这一切在父亲眼里简直是小儿科，父亲的枪把玩得实用、娴熟，具有极强的审美性。枪先在盒子里装着，父亲伸手抓枪，抓枪的一瞬，完成了子弹上膛的动作，这时枪已在手，枪口在父亲眼前那么一划，他的射击面已是三百六十度了，在他的眼前绝没有射击的死角，想当年，盒子枪里装满二十发子弹，只要父亲枪口这么一晃，不出几秒钟，眼前，左右的十几个人便成了枪下鬼。

父亲玩枪玩刀玩出了艺术，玩出了快感，玩出了审美。就连老尚等人不大苟同父亲玩刀弄枪的人，看了父亲的表演，都咋着舌说:这老石，嘿，还真有一手。

父亲在一片惊叹声中收势换式，这时的父亲，脸色潮红，微汗顺着鬓角在阳光下晶莹闪亮。父亲在玩刀弄枪时，外衣早就脱下来了，搭在椅子背上，父亲自从来到部队，就没穿过一天老百姓的衣服。此时，父亲穿的是绿军裤，白衬衣，袖子挽着，很干练也很青春的样子。父亲不玩了，很随便地把外衣搭在肩上，左手握刀，右手提枪，头也不回地向自家楼门走去。父亲的背影就像一个小伙子，干练而又利索。老尚等人望着父亲的背影，不无羡慕地说：这老石还和当年一样。

父亲没离休时，就把三个孩子先后送到了部队，先是林去了边防哨卡；后来海又去了海岛，那是个孤岛，一年半年也不下来一次；就是女儿晶也去草原当了一名骑兵。犬父虎子，他相信三个孩子都会比自己有出息。父亲对待孩子，从不婆婆妈妈。父亲把孩子接二连三地送到部队，就万事大吉了，连信也不去一封，更别说和什么人打招呼了。父亲在孩子们面前说得最多一句话就是：路是自己走出来的，想当年我十三岁参军……父亲回想起当年，总是这样做开场白。父亲一这么开场，孩子们便纷纷地逃离了父亲，孩子们不爱听父亲讲古，他们听得太多了。只有母亲无路可逃，她成为了父亲忠实的听众。有时母亲也烦，就说：老石你别说了，都说过一千遍了，累不累呀。父亲正说得兴起，刚讲到二十七岁当团长，单人匹马，到土匪窝子里和土匪谈判的事。母亲的话明显地打击了父亲的积极性，因此，父亲就没好气地说："爱听不听，我又没扯你耳朵，你可以走哇。"

母亲果然走了，到楼下的厨房里准备午饭去了。父亲就不说了，他还说给谁听呢？于是父亲这时就想起一个人来，那个人就是曾和他出生入死几十年的警卫员小伍子。在孤独的时候，父亲异常思念小伍子。

后来母亲就去世了。母亲死之前，拉着父亲的手说：老石呀，我比你小十几岁，原以为比你能活，没想到却要比你早走了。以后就没人听你讲古了……

父亲含着泪拉着母亲的手，欲说还休的样子，母亲又说：老石呀，我不在了,让孩子们回来吧,对你也有个照应。

父亲没说什么,两滴泪水落在母亲苍老的手上,两滴泪水似对母亲一生的总结。母亲终于闭上了眼睛。父亲站起身挥挥手,擦干眼泪,该干啥还干啥。

父亲并没有遵循母亲的遗嘱,孩子们几次要求调到父亲身边来,都被父亲拒绝了。同时也拒绝了干休所领导对父亲的关心,父亲这个级别的领导,离休后是可以配炊事员、通信员、司机的,父亲一个也没要。母亲去世后,干休所领导考虑到父亲一个人生活不方便,打算给父亲配一名炊事员,买个菜做个饭,打扫个卫生什么的,也被父亲拒绝了。父亲提出了唯一的一个请求,那就是要求到干休所食堂入伙,没成家的干部战士都在食堂就餐。父亲对这个食堂已羡慕好久了,现在机会终于来了。从此以后,只要听到一声哨响,那是干休所食堂开饭时间,人们就会准时地看到父亲端着碗,向食堂匆匆走去的身影。

刚开始,干休所领导考虑到父亲的级别和年龄,单独给他开设了一个雅间,每顿饭都是四菜一汤,营养搭配合理。父亲却不愿意,硬要和干部战士们一起吃,每顿都是两个菜,是大锅炖出来的,父亲却吃得香甜无比,他舔着嘴唇说:俺老石就爱吃这样的汤菜。样子也是喜笑颜开的。看他那样子,盼望这样的生活已经好久了,母亲的去世在父亲身上一点也看不到一丝一毫的阴影,相反,这种无拘无束的生活给他带来了前所未有的快乐。

父亲仍玩刀弄枪,脸色红润,腰板笔直,走起路来虎虎生风。那时父亲毕竟还算年轻。现在父亲终于老了,人们再也看不到他那生龙活虎的身影了。父亲的脸上时常写满了悲哀,站在自家的院门口,期盼着一个人,有时也回想起当年那些风光的岁月。父亲想起这些时,往事历历在目,恍似就发生在昨天。这时会看到父亲的嘴角挂着一缕微笑。

二

父亲十三岁那一年放下了放牛的鞭子，参加了革命。那天下午是决定父亲命运的时刻，如果不是遇上了革命队伍，遇到其他队伍，他也会毫不犹豫地随队伍走去。那天父亲给东家放牛，两头发情的公牛为争夺一头母牛，顶了一中午架，累死在了山坡上。父亲知道无论如何没法向东家交差了，他就开始哭泣，无助地哭泣，只有牛听得见父亲的哭声。

这时山下正过队伍，无路可去的父亲，只好扔下放牛的鞭子，一耸一耸地随着队伍走了。就在这支队伍过去不到一个时辰，另外一支队伍也途经于此，那是一支国民党的部队，所以说父亲的机遇在一个时辰间就发生了天翻地覆的改变。

十三岁那一年，父亲还没有枪高，胡子连长把一杆长枪掼在父亲怀里时，那杆枪差点把父亲压趴下。胡子连长就笑了。他摸着父亲的头说：打仗还差点，当我的通信员吧。父亲就成为了胡子连长的通信员。父亲当通信员时，没有武器，只有一把砍山刀，说是砍山刀，只比砍柴刀大上一号，共产党的部队有逢山开道、遇河搭桥的优良传统，砍山刀，就是逢山开道的那一种刀。于是十三岁的父亲，扛着砍山刀，不分昼夜地去营里领通知，汇报敌情，山间小路、田头地边都留下过父亲一耸一耸的身影，成为了当时部队一道新奇的风景。

单说那一次，父亲的连队被鬼子包围了。连长让父亲去营里搬救兵，那时部队都化整为零，和鬼子开展游击战。那是个月黑风高的夜晚，远处有零星的枪声在身后时隐时现，那时鬼子还没弄清我方的兵力，双方只是冷不丁地打冷枪，相互试探着。

父亲爬过了一座山，面对一条河时，发现了蹲守在那里的几只狼，狼是饿狼，红了眼睛，它们原本发现了一个猎物，不料那猎物就在它们眼皮子底下消失了。几只狼正在那里气急败坏地运气，这时，它们就发现了父亲。头狼嗥叫一声，群狼立刻抖擞精神朝父亲围了过来。父亲以前并不怕狼，以前放牛时，也见到过狼，那时是白天，牛群哞吼一阵，他也会虚张声势地扔几块石头，狼就吓跑了。这次不同，没有牛群助阵，又是晚上，遇到的又是群狼，父亲就手足无措了。他刚开始并没觉得有多么恐惧，连队被鬼子包围了，几十个人的性命系在他一个人身上，如果天亮前，搬不回救兵，几十个人说不定就让鬼子包肉馅了。父亲一急，就不那么害怕了。他弯下腰，学着吓唬狗的样子捡起了一块石头，向狼群扔去，狼群不仅没有被吓跑，反而更近地包围了他，星光下，前后左右足有六七只狼团团将父亲包围住了。父亲看到了狼绿森森的眼睛，甚至闻到了狼们呼出的腥臊胃气，父亲害怕了，冷汗顺着脊梁沟嗖嗖地冒了出来，汗浸了前胸后背。此时的父亲一副不知如何是好的样子，他蹲在地上，冲着狼群哭了起来，他一边哭一边骂：狗日的狼，咋这时候挡我的道呀。

狼们自然听不懂父亲的话，更不理解父亲此时的心情，它们的目的单纯而又明了，那就是恨不能一口把父亲撕扯得七零八碎，来填补它们饥饿的肠胃。

远处的枪声又隐约地传来，父亲猛地清醒了过来，他想起了自己的使命，抓起了砍山刀，直到这时，他才想起一直提在手里的砍山刀，越过河，再走十几里山路，就到营部了。眼前的几只狼却拦住了他的去路。突然，父亲闭上眼睛，挥舞起手里的砍山刀，一边咒骂，一边喊叫着向前跑去，他骂：狗日的狼，跟你拼了。他喊：好呀，咋这么多狼呀！

狼们突然被父亲的变故弄愣了，它们先看见父亲坐在地上哭，它们以为这回到嘴的肥肉不会跑了，没想到，父亲突然站起身，手舞砍山刀，疯了似的冲过来。狼们惊怔了，这一瞬间，父亲已冲出狼群，哗哗啦啦地蹚过河消失在山林中。待狼们回过味来，父亲已经一头撞开营部的门。

自那以后，父亲说死也要有属于自己的一支枪。父亲把这一希望冲胡子连长说了。胡子连长背着手在屋里转悠了半天，才说：那你就到敌人手里夺去，夺到啥样是啥样的。听了连长的话，父亲就做起了夺枪梦。

那时部队还不能正面和敌人交手，虽说三天两头地打仗，但打的都是游击战，敌追我跑，有时连敌人的面都见不到。夺敌人的枪谈何容易，整个一个没机会。父亲为此苦恼了很长时间。

机会终于来了，父亲又接到了连长的命令让他去一个镇子里取一份情报，这个镇子被鬼子和伪军占领着，但有组织在地下活动。父亲的任务是到镇子里“老来兴”中药铺去取一封信，父亲说：有柴胡吗？有人答：有，要几两？父亲再说：要三两三钱。这暗号就算对上了，那人会交给父亲一张镇子里敌人的兵力图。父亲很顺利地找到了“老来兴”中药铺，也很顺利地拿到了情报。父亲本可以出城了。父亲那年十四岁，还是个孩子，又没有穿军装，进城出城都不会引人注意。就在父亲走在街上，准备出城时，他看到了一个伪连长，屁股后头挂着盒子枪。盒子枪在伪连长屁股后头一摇一荡的，父亲的眼睛就直了，他做梦都想有这么一支盒子枪。事后想起来，父亲此时的举动简直走火入魔了，伪连长后头跟着一个警卫员，背着长枪，蔫头耷脑地在伪连长身后走着。伪连长此时想在街上打秋风，先是在一个馒头摊前立住脚，拿起一个馒头，咬了一口，又把馒头扔在脚下，嘴里骂骂咧咧的。卖馒头的汉子，咧着嘴皮笑肉不笑地冲伪连长笑着。伪连长不看那汉子，把脸瞄向一个卖香烟洋火的老头儿，伪连长就像电影里经常出现的镜头一样，拿了一包烟、一盒火走了。老头儿就喊：老总你还没给钱呢！

随在伪连长身后的伪军，冲老头儿龇了一回牙，骂了句什么，老头儿才不敢吭气。这期间，父亲一直随在伪连长的身后，他眼里只剩下那支盒子枪了，盒子枪到哪儿，他就跟到哪儿。后来，伪连长钻进了一个茅厕里，半天没有出来，那个伪军踱到一个茶摊前一屁股坐下，咕咕噜噜地往肚子里灌茶水。

父亲急中生智，捂着肚子也钻进了茅厕，伪连长还在蹲坑，他一定是有便秘的毛病。父亲进去时，他还瞪着眼，攥着拳，吭吭哧哧地和自己较劲。父亲想也没想，也蹲在了伪连长一旁，伪连长缓过一口气，冲父亲吼道：小毛孩子，凑什么热闹，滚一边去。

父亲不滚，他眼睛一直盯着那支盒子枪，此时那支枪套在伪连长的脖子上，枪在胸前晃悠着。父亲觉得机会来了，他脑子里只有一个想法，那就是把盒子枪弄到手。父亲赤手空拳，连砍山刀都没带，突然他看见了脚下的石头，那是茅坑旁垫脚石，父亲毫不犹豫地搬起了石头，伪连长正一心一意地和肚子里一堆杂碎较劲，没想到父亲会把石头砸向自己的头。他只“嘿哧”了一声，便掉进了茅坑里，父亲顺手把盒子枪揽到自己的怀里。父亲抱着衣服里藏着的盒子枪走出来。他看见那个伪军仍在那儿喝茶、吃瓜子，哔哔剥剥的，有声有色的样子，伪军连眼皮都没有撩一下。

父亲一口气跑回了连队，从此父亲有枪了。父亲这种行动，受到了连长的表扬，同时也遭到了批评。批评就批评吧，反正父亲从此拥有了一支属于自己的枪。

这支枪一直随着父亲走南闯北，东打西杀。此刻，那支枪仍旧挂在父亲的床头。父亲终于老了，他再也玩不动枪了，但父亲每天都要雷打不动地擦那支枪，然后望着那支老枪，想着自己青春年少时的往事。

老年的父亲想起往事时，心头便蒙上了一层尘埃。对青春年少的向往，加深了父亲的悲凉。

父亲站在自家门前，冲朝他张望而过的年轻人背影说：看什么，看我老了是不，你早晚也有这一天。

父亲一面怀想着青春，同时也嫉妒着青春。他更加急切地想见到一个人。

三

父亲的命运发生改变，是给麻子团长当警卫员时发生的。那一年父亲十五岁，他给胡子连长当了两年通信员后，个子长了半头，胳膊腿的骨节正是咯咯巴巴生长的时候，十五岁的父亲已出落成一个准小伙子了。一次去团部送信，麻子团长看中了父亲，于是父亲就成了麻子团长的警卫员。

警卫员有警卫员的准则，他要保证首长的安全，这是至关重要的一条。警卫连长已明确地和父亲交代过这一准则。警卫连长说：团长的命就是全团一千多号人的命，要是团长有个三长两短，我拿你的脑袋是问。

父亲知道自己的脑袋宝贵，团长的脑袋更宝贵，于是父亲一点也不敢马虎。麻子团长打仗时有个习惯，总是要到前沿阵地去，指挥部形同虚设，麻子团长有望远镜也不用，一定要用自己的眼睛看到才作数。这样一来，团长的危险性就加大了。有几次父亲随团长去前沿阵地，仗打得正激烈，子弹嗖嗖地从团长头顶和父亲头顶飞过。团长端着一把枪，一边指挥一边射击。有一次，敌人的子弹把团长的帽子都打飞了。父亲就有些着急，随在团长屁股后头喊：团长，回去吧，这也不多你一个。麻子团长一打仗，眼睛就充血，脖子上的血管一道道地努突出来。父亲的喊叫，他根本没有听到，换句话说，就是听到了，根本没往耳朵里去。

这事之后，父亲遭到了警卫连长强烈的批评，父亲有些委屈，辩解着说：团长根本不听我的。连长就说：你是个死人呀，不会用力气呀。父亲不知怎么冲团长用力气，两眼茫然地望着连长。连长就给父亲做了个示范，他用肩膀一扛父亲，就把父亲扛倒了。然后连长拍拍手说：就这样。

接下来父亲就明白了，人都扛倒了，接下来的事还不是自己说了算，可以把团长绑起来，也可以把团长背下去，他不会管团长愿不愿意，保卫团长的安全就是他的工作。父亲心里有数了，再见到团长时他就忍不住地想乐。麻子团长不明真相地说：小石头，你笑啥？父亲不语仍笑，心说：团长你就瞧好吧。

瞧好的日子终于来临，那年代，三天两头地打仗，麻子团长冲锋陷阵的机会就很多，团长又一次上阵地，父亲自然劝不住，只能尾随着团长上了前沿阵地。战斗打响的时候，父亲就冲团长吼：回去，你给我回去！这次父亲得到了制服团长的要领，喊叫起来的底气就很足。团长正忙于察看敌情，不理会父亲，父亲的身体挡住了团长的视线，团长还恼火地拨拉父亲：一边待着去。

父亲真的火了，他学着警卫连长的样子，用身体去扛团长，没料到的是，团长纹丝没动，自己倒被团长撞了个跟头，父亲有些恼羞成怒了，他爬起来，再接再厉地向团长撞去。团长也烦了，扔下手里的双枪冲父亲吼：小石头你干啥，耽误了军情，老子毙了你。

父亲趴在地上就没词了，他恼怒、羞愧、委屈，眼泪在父亲眼里打着转转。他仰着头望着灯塔一样的团长，这才明白，凭自己十五岁的身体是无论如何撞不倒团长的。警卫连长交代他的话父亲仍清楚地记得，团长的命就是全团一千多号人的命，想到这，他又向团长扑去，这次他抱住了团长的腿，一下子就把团长扑倒了，也就在这时，一颗炮弹飞了过来，在他们身边爆炸了。父亲救了团长一命，要不是父亲这一扑，那颗炮弹说不定会要了团长的命。

就这样，团长也挂彩了，两块炮弹片击中了团长的大腿，战场上的情形也很危急了，鬼子分三面包围了阵地，部队已开始后撤了。接下来，保护团长的任务，责无旁贷地落在了父亲身上。团长足有一百八十多斤，对于十五岁的父亲来说简直是泰山压顶。那时的父亲也说不清到底哪来的力气，总之，他背着团长，一鼓作气跑了二十多里山路，一直到接应的部队出现，父亲一头栽倒了，他从胸膛里吐出了一口鲜血。接下来，便人事不省了。

父亲醒过来的时候，第一眼便看见了团长，团长的腿上裹满了绷带，团长正不错眼珠地望着父亲。父亲见到团长，突然“哇”的一声哭了起来，他一边哭一边说：团长，我以后不给你当警卫员了。

团长含着泪，一边笑着说：小石头，以后我一定听你的。

这件事，让父亲和团长成了生死之交，在战争年代，警卫员和首长结下这种生生死死交情的动人场面，不计其数。当父亲当了团长之后，他也和警卫员小伍子，谱写了一曲悲悲戚戚、轰轰烈烈的人性交响曲。

麻子团长不久就当上了师长。警卫员仍然是父亲，那年，父亲已年满十八岁了。虎背腰圆不敢说，总之，父亲浑身的肌肉条条块块的。父亲身体里经常涌动出一股燥热，他想喊、想叫、想跳，三天不急行军一次，父亲就觉得有劲没处使。五天不打仗，父亲就搬师部所在地村头放着的石碾子，他把几百斤重的石碾子搬来搬去，一直搬得满头是汗，他才平静下来。

父亲现在不用仰着头去望师长了，他现在只要轻轻一扛就能把师长灯塔样的身体扛倒了。每次打仗时，师长再也不敢和父亲耍威风了，而是赔着笑脸，央求父亲：石头，让我去看一眼吧，要不然我心里没底。父亲板着脸，一棵大树似的站在指挥部的门口，师长一看见父亲就一点脾气也没有了。然后他像一头磨道上的驴子一样，在指挥部里团团乱转。战斗打响的时候，电话早就接通了。这时，指挥所里电话铃声不断，师长不习惯冲电话发号施令，他接电话时，就冲各团各营发火：外面的情况我也不知道，你让我下啥命令。说完摔了电话，然后虎视眈眈地望着站在门口的父亲。父亲不怕师长，也和他对视着。直到师长一双目光柔和了下来，半晌又哀求地说：石头，让我去看一眼吧，就一眼，行不？

父亲见师长这样子，硬下的心也软了。便说：那你得听我的，我说回来就回来。

师长就说：行，行，听你的。

直到这时，师长又像出笼的小鸟一样自由了，他呼吸到了战场上的硝烟，于是，师长就又是师长了。在阵地上停留时间的长短，父亲会依据情况而定，有时父亲让师长撤下来，师长不听，父亲一扛就把师长扛倒了，然后抓猪似的抓起师长就走，师长就无奈地说：我×，小石头，你跟我来这一套，你等着。

父亲不听师长那一套，等战斗结束了，师长说什么他都听，此时，师长却得听父亲的。师长和父亲两人的感情就在这种吵吵闹闹中增进着。

一晃，父亲给师长当警卫员已有五六年，父亲早就想着下到部队去了。父亲也喜欢打仗，在战争中才能成长。师长也觉得把父亲留在自己身边太屈才了，也想找个机会把父亲放到部队里锻炼锻炼。

父亲终于离开了师长，到部队当上了一名尖刀连的连长。

父亲又和师长见了几次面，每次见面师长都抓住父亲的手摇了又摇说：小石头，我想死你了。一旁的警卫员就补充道：师长晚上做梦都喊你的名字。父亲听了，眼圈红了。把师长的警卫员拉到一旁，千叮咛万嘱咐，无非是师长的安全，以及师长的生活规律，喜好等等。警卫员就一脸愁容地说：石连长，别的都好说，一打仗师长就不听我的了。

父亲望了眼警卫员，警卫员又瘦又小，他想扛倒师长是不可能的。父亲就说：那你就抱师长的腿，像死狗一样地缠住他。

警卫员就点头。

父亲就又说：师长要是有个三长两短的，我拿你是问。

警卫员就一脸严肃地说：石连长你放心，我知道师长的命比我命重要。

父亲还想说什么，忍住了没说，重重地拍了拍警卫员的肩头。

又是一个不久，在一次遭遇战中，师长牺牲了，连同师长的警卫员，一块儿被鬼子的炸弹击中了。父亲得到这个消息后，两天没吃下饭去，他一直念叨着：要是我在就好了。

师长的墓地就草草地建在了那座秃山上，直到解放后，师长的墓才移到烈士陵园。每年的清明节，父亲都要为师长去扫墓，在师长墓前坐一会儿，点上支烟，放在师长墓前，父亲说，师长，小石头来看你了。父亲望着袅袅的香烟，觉得师长的魂就在身边。

父亲说：师长，抽口烟吧。

父亲还说：师长，石头想你呀。

父亲还说：师长，还记得当年吗？

老年的父亲，回想最多的就是当年，那时父亲和他的战友们都很年轻。年轻的岁月就有了许多让人回忆一辈子的事。

四

父亲当上团长那一年，有了自己的警卫员。第一任警卫员就是小伍子，按父亲自己的话说：这小伍子咋长的呢，跟我一个德性。

那年小伍子二十岁，长得圆头圆脑，短胳膊粗腿的，在给父亲当警卫员前，小伍子已经当满四年兵了。警卫连长给父亲选警卫员时，一眼就相中了小伍子，父亲也相中了小伍子。小伍子来到父亲身边几个月后，父亲就喜欢上了小伍子。他说小伍子和自己一个德性。

天津战役结束后，部队暂时在山海关有一个时期的休整。部队放几天假，父亲就显得没事可干，这儿遛遛那儿看看，父亲不管到哪儿，小伍子总是不离左右。

一天晚上，两人躺在炕上就说到了吃，那时部队整日打仗，饥一顿，饱一顿的，肚子里没啥油水。一说到吃，马上引起了两人的共鸣。小伍子吧唧着嘴说：要是能吃碗肥猪肉该多好哇！

小伍子来了兴致，趴在父亲身边说：团长，你能吃几碗？

父亲想了想说：大海碗，能吃两碗吧。

小伍子说：团长，我能吃三碗。

父亲说：吹牛。

小伍子说：不信咱比试比试。

父亲说：你要是输了怎么办？

小伍子说：我要是输了，打仗的时候我不管你三次，你爱去哪儿去哪儿。

父亲兴奋了，爬起来和小伍子击了掌。

第二天，部队接到了开拔的命令，因此，各部队都要改善伙食，父亲所在的团部，也买了一头猪杀了。有了猪肉，父亲就和小伍子赌了一回吃。肉是炊事班长盛的，满满两大海碗，肉上面撒着蒜末，又浇了一层黄酱。父亲看了眼小伍子，小伍子又看了眼父亲，两个便开吃，第一碗，两人吃得风卷残云，连头都没抬一下，而且吃出了肉的滋味。

父亲把空碗递给炊事班长时，还抹了一下嘴说：好久没有吃到这么香的肉了。小伍子一边嚼着肉，一边在嘴里唔唔着，同时也把空碗递给了炊事班长。

两人吃第二碗时，速度明显慢了下来，你看我一眼，我看你一眼，半晌之后，第二碗吃下去了，父亲打了个嗝，把空碗又递给炊事班长，小伍子随后也把碗递给了炊事班长。父亲扭头冲小伍子说：还吃不吃。

小伍子若说不吃，那就是输了，小伍子是不服输的，便梗着脖子说：说三碗就是三碗。父亲就冲炊事班长挥挥手，炊事班长就又去盛肉去了。

第三碗肉父亲吃得异常痛苦，一边吃一边骂小伍子：你这小子，尽吹牛，你吃，你吃。父亲一边说话一边顺着嘴巴子流油。

小伍子也异常痛苦，但他却笑着，故意气父亲：团长吃不下就算了，反正我还能吃。

第三碗吃到一半时，父亲说什么也吃不下去了，把碗推到一边，看着小伍子把自己那半碗像咽药似的吃了下去。

接下来的事情可想而知，那一晚，肥肉撑得两个人睡不着，两人托着肚子孕妇似的在院子里转着圈走，后来口渴，又喝了几碗凉水。后半夜，两个人便逃命似的往茅房里跑。父亲一边跑茅房一边在心里骂：小兔羔子，看以后怎么收拾你。

小伍子一边跑茅房一边在心里乐。

第二天，部队出发时，父亲被折腾瘦了一圈，腹泻仍没止住，队伍向前开进，父亲需要打马扬鞭地找僻静地方解决拉肚子，小伍子也是。有时父亲刚回到队伍中，小伍子又急三火四地往路旁的草丛里钻。气得父亲大骂：你他妈蹲在那儿拉吧，就别回来了。知道事情真相的人，就哈哈大笑。

父亲这个团是尖刀团，没走多一会儿，就和敌人遭遇了，于是开战。父亲自然奋不顾身地往第一线冲，小伍子不离父亲左右，奋不顾身地往下拉父亲，两人在阵地上撕撕巴巴争执着。

这一仗从下午一直打到晚上，敌人才开始退却。几个小时过去了，枪声一停，父亲突然想起拉肚子的事，几个小时竟没拉一次肚子。父亲这么一想，又感到内急，又慌慌地找地方方便。小伍子也似受了传染，也随着父亲方便去了。两人蹲在一个弹坑旁，父亲说：日怪，打仗时咋不拉肚子。小伍子也说：邪了，枪声一停又来了。

两人提上裤子，你看我一眼，我看你一眼，突然大笑了起来。

三大战役结束后，部队暂时没什么仗可打了，父亲的部队又被调回到了东北。东北的深山老林里仍盘踞着不少土匪，当辽沈战役打响时，捞到实惠最多的就是土匪了，当时谁也没顾上这一群一伙的土匪，当时国民党撤退时，遗弃了不少武器弹药，土匪们借着情况熟悉，捞了不少武器弹药，土匪们的武装就今非昔比。

这些土匪都是一些亡命徒，国民党在时与国民党为敌，借着地形熟悉，又加之山高路险，国民党也对他们无可奈何。

现在他们又轮到与共产党为敌了，因此，父亲的部队得到了收缴土匪的命令。第一仗父亲就碰上了一个钉子，一伙土匪，据说有百十号人马，占据着大孤山，土匪头子叫胡占山。山高路险，父亲的部队几次进攻都没能拿下来，父亲还从来没有打过这样别扭的仗，脱光了膀子，抢了挺机枪向山上一阵狂扫。土匪们躲在暗处，父亲的进攻自然收效不大，大部队一连围困了土匪七天，也不见土匪下山投降的迹象。急得父亲团团乱转。

正在这时，小伍子报告父亲，说是山上有一个小匪要见父亲。父亲见到了那个小匪，那小匪捎来胡占山的话，说是早就久闻父亲的大名，要投降可以，但有个条件，一定让父亲单枪匹马上山去谈判。

父亲当下就答应了这小匪，并放他回山上去回话。小匪一去，众人急了，说什么也不让父亲一个人上山。最着急的还是小伍子，他撸袖子挽胳膊地说：团长你不能去，要去，我自己去。

父亲知道要想说服这些土匪，自己不亲自出山是不好办的，说服众人容易，因为他是团长，他的话就是命令，可想说服小伍子却并不容易，小伍子是他的警卫员，保卫他的安全是小伍子的责任。

那天，父亲在小伍子面前没说什么。第二天一早，父亲一个人偷偷地出发了。还没来到大孤山，父亲就发现了小伍子，小伍子腰里别着双枪，手里还拿了一把砍山刀。父亲知道这样带小伍子去，一定谈不成，说不定还没走到土匪窝里，就被土匪暗枪给算计了。父亲无论如何不能带小伍子去。父亲就立住脚，等小伍子走近，生气地让小伍子回去，小伍子自然不回去。

两人便仇人似的相向站在山坡上。

小伍子说：要么带上我，要么你就回去。

父亲说：我不回去，你回去。

小伍子说：团长，这帮土匪啥都干得出来，我不在咋行。

父亲说：我说一个人去就一个人去。

…………

两人互不相让，于是两人就那么仇视地对望着。父亲知道，不制服小伍子自己就不能上山，不上山，土匪就不会投降。想到这，父亲向小伍子扑去，小伍子明白了父亲的用意。他也想制服父亲，只有那样才能保证首长的安全。两人就真刀真枪地干上了，一会儿父亲把小伍子放倒了，一会儿小伍子又占了上风，两人撕巴了好长时间，父亲终于制服了小伍子，并用小伍子的腰带把小伍子的手脚捆了起来。

小伍子就绝望地喊：团长，你不能去呀。

父亲拍拍衣服走了，他回头看了眼小伍子，父亲说：等我回来。

小伍子用绝望的目光望着父亲。

胡占山早就拉好了架势等父亲了，其实父亲早就出现在小胡子们的视线里了。父亲径直被小胡子领进了一个山洞，阴森森的山洞使父亲一连打了几个冷战。

刚一进洞口，一个黑大汉一把抓住了父亲的手，亮着嗓子说：石团长，有种。俺早就想见你一面，你打蒋介石打出了名。俺佩服英雄。

父亲断定这人就是胡占山。

父亲挣脱那人的手道：不知叫我来有何贵干？

胡占山一挥手，顿时有人捧着一坛子高粱烧酒走过来，还有人手里提了一只鸡。胡占山接过鸡，从腰里拔出刀，一挥手就把鸡的脖子抹下去了，然后把鸡血倒进酒坛子里，又倒出两碗白酒冲父亲说：石团长，干。

父亲只好接过酒，一饮而尽。

胡占山抹着嘴说：石团长，果然豪气。我这人就服从比我强的。

父亲笑一笑，这时又有小伙子倒上了第二碗，父亲一仰脖又干了。

胡占山又说："我们降你心服口服，你能一个人来山上，说明你这人有胆量。我胡占山今天算是开了眼了，明天，我一准带人下山。"

正说着，洞口一阵大乱，还没等父亲明白过来，只见小伍子光着膀子，右手握着枪，左手也握着枪，奋不顾身地冲了进来，几个把门的小匪被他冲得七零八落，东倒西歪。

小伍子看见了父亲，长吁了一口气。

胡占山也明白了什么，端着碗酒走到小伍子身旁说：这位兄弟义气，我说石团长咋老打胜仗呢，原来是好汉手下没弱兵呀！

那天晚上，父亲和小伍子就留在了山上，胡占山设宴招待了他们。父亲和胡占山两人都喝得大醉，小伍子任胡占山好话说尽，一口酒也没碰。他手持双枪一直站在父亲身边。

第二天，父亲带着胡占山和众土匪往山下走时，看见一团的人马已经把大孤山围得风雨不透了。还有一个炮营在准备试射。他们不知父亲的安危，父亲不下来，他们马上就要杀上山来了。

五

老年的父亲，一直期盼的那个人就是警卫员小伍子。

当年的小伍子，一口气给父亲当了许多年警卫员，一直到战争结束。后来小伍子到营里当了名副营长，后来又当上了团长，不久，小伍子就转业回到了地方。

小伍子给父亲当警卫员的那些年时间里，他们的友谊被传为佳话，广泛在部队里流传。有些事情，许多人都不相信会是真的，但的确发生了。

父亲的部队解放天津的时候，父亲接到了一个棘手的任务，那就是让他处理那些无家可归的妓女。都新社会了，妓女这行当，伤风败俗不说，重要的是影响社会治安。那时天津大小妓院不下几十个，暗娼就不用说了。

那时父亲还没有结婚，面对着百十号老老少少的妓女们，他感到头疼，也感到震惊。这些女人每日里和男人打交道，从早到晚就是床上那点事，她们看男人时，目光是麻木的，也带着挑逗。父亲一出现在妓女们面前时，就有妓女说：长官，别假正经了，咱们来一把吧。父亲在生死面前毫不含糊，说冲锋就冲锋，可面对妓女，他一点脾气也没有了。听了妓女们明目张胆挑逗的话，他顿时脸红脖子粗的。随在父亲身后的小伍子断喝道：不许胡说，我们首长可不是那样的长官。

又有妓女说：是男人都一样，要不你来一把也行，然后放我们走，你们该干啥干啥，我们干啥你们也别管。

小伍子在女人面前也明显的经验不足，和父亲一样红头涨脸地说：你们，你们……小伍子已经说不下去了。

回到办公室的父亲，气得把枪摔在椅子上，他一脚踩着凳子，一口气喝光了一碗白开水，然后大骂：一群猪，一群狗，要是不怕犯错误,老子真想一梭子扫了她们。

气话归气话,父亲是不能干犯错误的事的,上级也知道,这些妓女不改造好,放入社会将来还是个隐患,于是就命令父亲给这些妓女办班。父亲就给这些妓女办班,先把她们集中到一个操场上,周围是放哨的士兵,中间放了张桌子,桌子后面坐着搞宣传的干事。干事都很有文化,写了讲稿,讲稿的题目是:重新做人。宣传干事讲了一通新社会的妇女要自珍自重等话题。妓女们没人把宣传干事的话当真,她们坐在操场上,嘀嘀咕咕,冲周围的士兵挤眉弄眼,有两个年龄大的妓女,不知羞耻地亮出了自己白花花的奶子,看得士兵们低下头去。宣传干事看自己起草的稿子不见效果,便念毛主席的《将革命进行到底》。部队学习毛主席这篇讲话时,个个都群情激奋,热血呼呼地在身体里流淌,让人们想喊想叫,但把这篇著名的讲话念给妓女们听时,她们仍然无动于衷,有个妓女,当众扒下裤子在操场上撒尿,引来众妓女母鸡下蛋似的笑声。

父亲终于忍不住了,他掏出枪,冲着天空就是三枪,这下把妓女们镇住了,她们一时不明白发生了什么,很惶然,也很惊悚地望着父亲。父亲说:你们别给脸不要脸,你们想咋地?妓女们不想咋地,关键是她们没有这个觉悟。

父亲在妓女面前显得束手无策,最后他想出一个招儿来,那就是军管。把妓女们集合起来,像军人似的站成队,让士兵们操练她们,为了增加气氛,父亲集合起所有的部队,荷枪实弹地站在一旁。

妓女们刚开始有些害怕了,她们不知道部队要怎么处置她们。刚开始,操练她们的士兵让她们往东,她们不敢往西。一时间,妓女的队伍竟走出了几分模样,父亲觉得有些满意,掂着手里的盒子枪,冲小伍子笑了。小伍子见父亲开心,他也很愉快。

几日下来,妓女们又我行我素了。她们见部队并没拿她们怎么样,好吃好喝地伺候她们,她们又放松了下来,于是把队伍走得稀里哗啦,败叶残柳。

部队没时间和这些娘们儿磨洋工了，一个命令下来，遣返这些妓女。有些妓女有家的，是家在解放区的还好办，有部队出路条，给路费，那些家不在解放区的，又没有家的就不好办了。细究起来，这些妓女们大都是穷苦出身，有的是为了还债，卖给妓院，有的是被人拐来的，不管出于什么，她们一到了妓院做起妓女的行当，就全不顾廉耻了。

妓女们被遣返了一批，还剩下一些没着没落的妓女不好处置，于是上级又来了命令，在报纸上登广告，有意娶这些妓女为妻的，政府可赠大洋五元，作为安家的费用。一时间很多人都来娶妓女。这些人，有许多想法，有的是真找不到老婆的，还有的人是冲着那五块大洋来的，更多的人是抱着好奇的心理。

政府本着对妓女负责的精神，对每位前来的男人都要面试，回答几个问题，才能让他们领人。这些男人都被叫到父亲面前。

父亲问：你没老婆？

男人答：没有，真的没有。

父亲又问：你愿意娶这样的女人？

男人又答：愿意，真的愿意。

父亲还问：是真心的？

男人再答：我都打了半辈子光棍了，有个女人肯嫁我，我就是下辈子当牛做马也值了。

父亲挥挥手，有人就带着这个男人去选妻子了，男人在妓女面前走一遭，再走一遭，他们平生还没见过这么多漂亮女人，他们眼热了，心跳了，妓女在他们眼前个个赛天仙，先不说妓女们有多漂亮，单是妓女们的打扮，他们就没见过。在他们眼里，妓女们个个穿着洋气，又烫发，又戴戒指的，他们看花了眼，然后随便地指着一个妓女说：我就要她了。

那个妓女便被带了出来，又领到父亲面前。父亲说：你愿意和他成亲吗？

妓女有时点头，有时摇头。点头就算成了一对，摇头的，再让男人去挑。这些妓女们对自己的未来已没有更高期望了，几年，十几年的皮肉生活，多多少少的她们都积攒了一些私房钱，有男人肯娶她们过日子，她们就心满意足了，她们一般不挑剔男人，只要觉得男人还年轻，有一把子力气，人又忠厚，就称了她们的心。

找到了合适女人的男人，一手拿着大洋，一手牵着女人，呼着“共产党万岁”的口号欢天喜地走了，过日子去了。

在处理妓女的过程中，小伍子找到了父亲。不是小伍子看上了妓女，而是他替他哥哥走个后门，看能否有希望让他哥哥也来挑一名妓女回家过日子去。

小伍子是中原人，中原闹灾时，他们一家逃荒到了河北。在逃荒的路上，父亲得瘟疫死了，就剩下他和哥哥，那年他十岁，哥哥十五岁。哥哥靠给东家打工养活着小伍子。十五岁的时候，小伍子参军了。哥哥现在还是一个人待在家里，这么多年了也没什么积蓄，讨不起老婆，三十来岁的人，还打着光棍。

父亲听完小伍子叙说，便一拍大腿说：你咋不早说，怕是好的都被人选走了。

小伍子得到了父亲的首肯，一面通知哥哥来天津领人，一面和父亲一起为哥哥选女人。

选来选去，父亲替小伍子的哥哥选了一个女人，这人叫小凤，家是南方人，今年二十一，她是被一个远方亲戚拐到天津被卖到妓院里来的，她到天津已经四五年了。刚开始，父亲并没注意到小凤，她一见人就低头，不像别的妓女见到男人就说骚话，她在父亲面前知道脸红、低头。父亲觉得小凤这人行。

很快小伍子的哥哥就来了，领了小凤，领了政府发给的五块大洋欢天喜地地走了。那次，小伍子的哥哥冲父亲说了许多感激的话，当然也跟多年不曾谋面的小伍子说了许多私房话。

哥哥领着女人走了，小伍子的心也踏实了。后半生的哥哥总算有着落了。那些日子，小伍子很高兴。

没几日，父亲突然接到了一份报告，是在天津不远郊区一个山洞里，发现了一具女尸，从穿着打扮上看，这女人很像是父亲部队改造过的妓女。妓女出事，父亲是有责任的，马上就派人调查此事，结果确认那妓女是小伍子哥哥领走的小凤。很容易看出，小凤是被人掐死又扔在山洞里的。小伍子的哥哥被带到了部队，小伍子的哥哥很快就招了，他是图财害命。杀了小凤，把小凤随身的细软都卷跑了。这件事影响很坏，给妓女们下一步教化工作带来了难题。上级很气愤也很震惊。下令，把谋杀小凤的人枪毙以示警戒。

得到这个消息后，小伍子哥哥哭了，小伍子也哭了。小伍子最后一次去看哥哥，哥哥说了许多后悔话，但也说出了真话，他说：小伍子，哥咋地也不能娶个妓女给你当嫂子呀，哥就是为了她的钱，有了钱，哥就能给你找一个清白的好嫂子。

小伍子一边哭一边说：哥，你好糊涂哇。

命令就是命令，小伍子的哥哥马上就要枪决了。枪毙小伍子的哥哥前，小伍子突然找到父亲说：团长，让我去执行吧。

父亲怔住了，他望了小伍子半晌，小伍子也望着父亲，此时，他眼里已没有泪水，有的只是仇恨。父亲点了点头。

枪毙的现场很隆重，因为这件事惊动了整个天津，执法也自然要隆重些，以正压邪。

行刑地点就在训练过妓女的操场上，小伍子的哥哥一被带上来，他便呼天喊地地说自己后悔了，不该干这丧良心的事，一切都已经晚了。小伍子站在哥哥的身后，举着一支枪。小伍子脸上没有表情。哥哥回头看了眼弟弟，白着脸说：弟呀，你真下得去手嘛，当年我有一个饼子分你半个。

小伍子说：哥，别说这些了，这我都知道，你还有啥就说吧！

哥说：弟呀，我死了，你每年给我烧些纸吧。

小伍子点了点头。

哥又说:哥后悔呀!

小伍子望着哥的白脸。

哥还说:弟呀,我在那边等你,到时咱们还是兄弟。

父亲在一旁听着,眼睛也湿了,他担心小伍子下不了手,正准备换人。这时,小伍子手里的枪响了。

那次,小伍子和父亲抱在了一起,小伍子呼天喊地地说:团长,这世上从此没我的亲人了。

父亲打断小伍子的话说:胡说,我就是你的亲人。

从此,父亲把小伍子当成了亲人。

年老的父亲回忆起当年这一段,仍然心绪难平。他日思夜想地想见到小伍子,因为小伍子是他出生入死的战友、亲人。

六

小伍子救过父亲的命。

父亲在东北收编土匪时,真正地打了一仗。在东北九台县,有一股号称陈氏三虎的土匪,这股土匪,是陈姓的三个兄弟组成的,老大陈大虎,老二陈二虎,老三陈三虎,号称东北三虎,手下有几十个七七八八的小土匪。陈氏三虎在九台一带民愤极大,吃大户、绑票什么事都干,最可气的是,三个兄弟经常轮奸平民百姓的女人。他们不分老幼,只要有些姿色的让他们发现了,想方设法捞到手里,三个兄弟以抓阄的形式分出先后,然后轮流强奸女人。每次抓到的女人,掳到自己的山上,待的时间长短不等,这要看三个人的情绪,玩出兴致了,就多玩些日子,没什么兴致,三两日便把女人放了。

每次陈家兄弟都很讲义气,都不让女人空手下山,或在女人兜里装两块银元,或背一袋米回家,总之,不让女人空手下山。这些女人的命运可想而知,有些烈性的女人,还没走到家里便向一条河跳进去,随波逐流了。也有的女人,上有老下有小,忍气吞声地活下来,整日里以泪洗面。一时间,九台县地面上鸡犬不宁,女人听到陈氏三虎的名字,恨得牙根儿发痒,许多年轻女人或有些姿色的女人,头不梳脸不洗,以一副人不人鬼不鬼的形象过着生活。

父亲剿匪进入九台县之后,便有许多女人男人找到父亲的部队哭诉,字字血,声声泪的,听得父亲一愣一愣的。父亲就背着手,气得直哼哼。一旁的小伍子,也把牙齿咬得咯咯响。父亲很快下了决心,要以最快的速度铲平这股土匪。

当时上级对待这些土匪有个政策,那就是,团结大多数,铲除一少部。能收编的收编,不能收编的,就地解散,少数罪大恶极的,可以就地正法。

陈氏三虎这股土匪与别的土匪有些不太一样,他们没把共产党的部队放在眼里。当年国民党部队曾围剿过他们,他们一不跑二不逃,就驻扎在陈家大院里。那个陈家大院被这股土匪经营得堡垒一样,有土围子,有炮楼,还有暗堡什么的,可以说这一切机关暗道,陈家大院里应有尽有。

当年国民党部队用一个团的兵力,围着陈家大院打了七天,愣没把陈家大院打下来,为此还死了百十名士兵。那一仗,陈家大院的土匪才死了三个人。

陈氏三虎在大院里囤积了足够吃一年的粮食,因此他们心里很有底数,自然没把父亲的部队放在眼里,他们要和父亲决一死战。

父亲的部队是在掌灯时分把陈家大院围上的,然后派人上前去喊话,说是喊话其实就是做思想工作,交代一些政策,让他们举手投降,从轻发落等。

陈氏三虎也轮流向外喊话,他们的话语轻蔑而又张狂。他们说:姓石的你们听着,别跟我们扯犊子,有能耐你就攻上来,要是输了给你牵马提鞋,别的,你少扯。

他们还说:不怕死的就来吧,装什么相。

…………

父亲就火了，三个营的兵力，分梯次排布在四周，父亲大小仗打过不下百次了，他不信就这一股小土匪，就这么个土围子拿不下来。父亲一挥手，喊了声：打！于是就真刀真枪地干上了。三个营的兵力，千百号人，一齐射击，枪声就听不出个数了，刮风一样，疯叫成一团，火光四起。就这样一直打到天亮，部队没能前进一步。在这期间，部队打过几次冲锋，都被胡子们给压制住了。父亲的部队射击时，他们并不还手，躲在暗道里观察动静，只要部队往前进攻，进入他们的射程他们才还击，他们个个都是神枪手，百发百中，一夜下来，部队就死伤几十人。

父亲的汗就下来了，他知道自己遇上对手了。父亲围着土围子转了一圈又转了一圈，小伍子自然不离父亲左右，他用身体护卫着父亲。父亲用手不停地扒拉着小伍子，小伍子就用肩膀扛父亲，有几次差点把父亲扛倒。父亲就急赤白脸地说：都啥时候了，你还跟我整这套。小伍子不管那套，保卫父亲的安全是他的职责。好在，土匪们并没有打黑枪。转了几圈的父亲，心里有了底数，他让人准备炸药，天黑的时候，他又轮番让部队佯装进攻，另一部分人，就在脚底下挖洞子，那洞子一夜之间就往前推进了几十米。白天睡觉，晚上又一面进攻一面挖洞。几天之后，约摸那洞子挖到陈家大院下面了，父亲才让人往洞子里填炸药。填好炸药后，是某一天的凌晨，部队一下子不打了。一切都沉寂了下来，陈氏三虎被父亲的举动弄愣了，不知发生了什么情况。

父亲又派人开始喊话：给你们最后一个机会，快出来吧，要不然，你们就没命了。

陈氏三虎等土匪自然不听这一套，他们想父亲的部队一定是没招了，才说这样的话。

陈氏三虎等人就冷笑着说：拉倒吧，你们回家抱孩子去吧。

父亲站在清晨的微光中，冷笑了两声，他挥了挥手，部队便往下撤了，一切都按照计划行事，显得有条不紊。

陈氏三虎以为父亲部队真要撤了，于是又张狂地喊：别急着走哇，大爷为你们送行了。于是，从七围子里射出一排子弹，这是最后一排子弹，接着只听到惊天动地的一声响，陈家大院在烟尘中，顿时灰飞烟灭了。

父亲的部队喊杀着冲进了残破的陈家大院，这一炸，陈家的三兄弟，老大老二被炸上了天，唯独剩下了三虎，他从烟熏火燎的土里爬出来，当即被俘虏。

因陈家三虎罪恶多端，父亲决定枪毙三虎。小伍子等人把三虎带到了父亲面前，父亲要亲自问话，他觉得陈家三兄弟虽罪恶多端，但敢作敢为，就这么个土围子，让他打了四天，也算得上是个对手了，只要是对手，父亲就欣赏。

三虎面不改色心不跳的样子。

父亲说：你不怕死？

三虎说：怕死有啥用，人不早晚得一死，二十年后，我还是条汉子。

父亲对三虎这种毫无惧色的样子，有些感动了，父亲欣赏这样一个不怕死的硬汉，父亲动了收下三虎的念头，要是有这样一个不怕死的汉子为自己冲锋陷阵，父亲一定会感到很快慰。父亲说：我要是不杀你，愿不愿意参军，给你个最新做人的机会。

陈三虎刚开始还瞪着眼睛，后来他就低下了头，算是默认了。陈三虎于是成了父亲部队的一名士兵。

为此，小伍子曾提醒过父亲：团长，这人咱不能要，咱们杀死了他两个哥哥，他能跟咱们一心？

小伍子没什么证据，完全凭的是直觉。

父亲没把小伍子话当真，他想，先让三虎在部队里锻炼一番，说不定，以后还能当个尖刀连长什么的。

后来果然就出事了。

一次阵地战中，陈三虎朝父亲打了黑枪。父亲这次又到前沿阵地指挥了，敌人攻得很猛，阵地丢了几次，又重新夺了回来。父亲根本没注意到陈三虎。小伍子看到了。父亲他们路过陈三虎那个班时，陈三虎抬了一次头，小伍子一望见陈三虎的目光便打了个激灵。心里就觉得有什么地方不对劲。

陈三虎觉得时机已到，他想，趁乱打死父亲，替两个哥哥报仇，那时，兵荒马乱的，没人会想到是自己人干的。

小伍子完全是下意识地在陈三虎枪响时向父亲靠了一步，结果那一枪让小伍子挨上了。小伍子在倒地的瞬间，看到了陈三虎以及陈三虎收回的枪，他手里的枪也响了。陈三虎哼都没哼一声，脑袋便开花了。

那一枪差点要了小伍子的命，子弹从肺叶中穿了过去。小伍子住了两个月的医院。那一次，父亲抱着小伍子的头，流下了眼泪。

七

天下没有不散的宴席，给父亲当了多年警卫员的小伍子，终于离开了父亲。在这期间，父亲动过多次让小伍子下部队的念头，他总觉得把小伍子留在身边可惜了，应该让他到大风大浪里接受锻炼。可事到临头，父亲又舍不得了，小伍子更是不放心父亲。父亲张罗着让他离开时，小伍子也试着挑了几个接自己班的人选，这些人选都是从班排连的士兵中层层挑选出来的，先在小伍子的带领下，在父亲身边干了些日子，名曰考察，可考察的结果，总不能让小伍子满意，不是话多了，就是话少了，要么就是父亲的东西放在什么地方，一时又找不到，总之，在小伍子的眼里，这些人没有一个合格的。父亲自然也感到别扭，不停地发脾气。小伍子就说：拉倒吧，我不走了。这句话正合父亲的心意，于是小伍子就不走了，几次三番之后，小伍子一直在父亲身边待了下去。

先是打完了三大战役，最后剿匪也结束了，本以为天下太平了，那些日子小伍子准备离开父亲，父亲也准备让小伍子走，部队都找好了，让小伍子去连队当连长。正在这时，朝鲜战争爆发了，一切计划又落空了，父亲又带着小伍子去了朝鲜。风风雨雨地在朝鲜又战斗了几年，终于回国了。此时，父亲已经是军区的参谋长了。和平年代的父亲，身边一下子多了许多人，秘书，参谋，公务员。小伍子这个警卫员显得就不那么重要了，他每日里仍全副武装地出现在父亲面前，可小伍子已经是英雄无用武之地了。父亲终于意识到，该让小伍子走了。小伍子也知道，他再留在父亲身边已经不合时宜了。

那天晚上，父亲举行了一个家宴为小伍子送行，母亲特意提前一个多小时从文工团回来，为两人做了一桌的酒菜，父亲特意交代母亲，一定要做两碗白肉，多切蒜末。母亲也知道小伍子和父亲的情谊，如果没有小伍子，父亲说不定已经死过几次了。

父亲和小伍子一上桌就看到了那两碗白肉，父亲说：小伍子，干吧。

两人就先埋下头稀里呼噜地吃肉，吃到一半，小伍子抬起头来，已经是泪流满面了。白肉让他们想起了当年。

父亲也泪眼蒙眬了，父亲把两个人的杯子倒满了烧酒。父亲说：干了它。

两个人咕咚一声又把酒干了。

父亲说：伍子，你就是我老石的影子，明天你走了，我的魂就没了。

小伍子说：首长，你是我的主心骨，我走了，就没主意了。

父亲说：瞎说，你还是军人，啥时候想见我，家里的门永远向你敞开着。

小伍子就左抹一把泪，右抹一把泪地说：首长，我舍不得你呀！

父亲放下杯子，豆大的泪滴也滚落下来，两人就抱头痛哭了一回。一旁的母亲看到此情此景也是泪眼蒙眬了。那天晚上，小伍子就睡在了家里，他和父亲躺在了一张床上。战争年代，两个人一直这么睡过来的，那时小伍子浑身上下的每根神经都是醒着的，只要父亲一有动作，他总是能及时醒来。

现在用不着小伍子这么灵醒了，两人就漫无边际地聊天。

小伍子说：等再打仗时，我随时出现在您的身边。

父亲说：伍子，我会想着你的，你放心。

小伍子说：首长，我舍不得离开你。

父亲说：你岁数也大了，也该成家生子了，过日子了。

小伍子说：首长，我会想你的。

父亲说：明天我会去送你。

…………

第二天，父亲果然送小伍子下部队了。出发是很隆重的，两辆吉普车载着父亲和小伍子走了。一个警卫员到部队任职，还从来没有这么隆重过，别说小伍子现在是位副营长，就是师长去任职，也从没有这么隆重过。小伍子任职那个部队就是父亲当年带的那个团。父亲把小伍子放在自己的老部队，心里踏实。

小伍子离开父亲刚开始那几日，父亲真的是丢了魂似的。上班时，公文包明明就放在茶几上，他非得去柜子里翻找，到了办公室，茶杯里的水，不是热了就是凉了。于是，他就喊：伍子。

服务员就应声进来了，父亲这才恍过神来，忙冲服务员说：小李，麻烦你，给我沏杯热茶。

服务员小李不知父亲为什么这么客气，忙去倒茶了。

那些日子，父亲真的感到很别扭。

小伍子经常来看父亲，一来就和父亲说部队下面的事，父亲就很感兴趣地听。有时候小伍子来不了，会把电话打到办公室或者家里和父亲谈上一会儿。说完部队的事，父亲就说：伍子你也老大不小的了，该成个家了，要不我给你张罗？

小伍子忙说：不用，不用，到时我找好了，请首长过目。

不久，小伍子果然把一个浓眉大眼的姑娘带到了家里，父亲上眼下眼地看了姑娘一眼说：中，我看就是她了。

小伍子也咧着嘴说：那就是她吧。

这姑娘是搞妇女工作的，在区里很活跃。小伍子是经人介绍认识的，有了父亲这句话，小伍子很快就结婚了。

小伍子后来又当上了团长。不久，赶上部队整编，小伍子便离开了部队，转业回了老家。那时小伍子已经有两个孩子了，手牵一个，怀抱一个，来向父亲告别。

父亲就说：伍子，到了地方上好好干。

小伍子说：首长，我舍不得离开部队，舍不得离开你。

父亲背过身去。部队整编，他也想过小伍子的出路，试图把小伍子安排到别的部队，可别的部队那些团长，资历都比小伍子老，动哪个都不合适，这时父亲后悔是自己耽误了小伍子，要不是为了自己，让小伍子早到部队摸爬滚打的，也就有了资历，现在说什么都晚了。只能让小伍子走了。

小伍子终于离开部队，回了老家。

不久，小伍子就来信说，自己回到老家的县里，当上了书记。父亲得到这个消息，很高兴，吃白肉，喝烧酒，自己把自己给灌醉了一次。从那以后，小伍子三天两头给父亲来信，谈地方上的事，小伍子每前进一步，父亲都为小伍子感到高兴，每封信小伍子都说自己想念部队，想念父亲。父亲又何尝不想念小伍子呢，有时父亲做梦还喊着：小伍子，牵马来。父亲的记忆仍停留在战火纷飞的战场上。

这么想着小伍子，小伍子突然在一天夜里敲开了家门。父亲被眼前的小伍子吓坏了。小伍子人不人鬼不鬼地出现在父亲面前，他头发蓬乱，衣衫破碎。小伍子一见父亲就说：首长，救我。

父亲不知道，一个县委书记怎么弄成了这样。原来一帮造反派，造了县委的反，把小伍子抓了起来，并说他手里有人命，是他和哥哥当年联起手来，杀了那个妓女。造反派要就地正法小伍子。现场都准备好了，召开一个全县公审大会，小伍子得知这一消息，头天夜里就跑了。小伍子毕竟给父亲当过多年的警卫员，他是个训练有素的军人，借着夜色，他一口气跑出了县城。白天他不敢走，只有等到晚上，他扒火车，昼伏夜行，跑出县城的第一个念头就是投奔父亲，他知道，只有父亲才能救他。

父亲听了小伍子的遭遇，也火了，他一拍桌子道：没王法了，你就住在我这儿，看他们能把你怎么样？

小伍子就住在了军区大院里，没多久，那些造反派打听到了小伍子的下落，先是派人，拿着公函来和父亲交涉。父亲连这些人见也不见，把送进来的公函，几把就揉碎了。

后来造反派见软的不行，就来硬的，来了十几辆卡车，拉来了几百号人，这些人手里都拿着枪，他们要到军区大院把小伍子抢走。

父亲一见这阵势，也火了，立马叫来警卫团长，让他带人去对付这些造反派。有了父亲的命令，警卫团长胆也壮了，他带了一团人来了一个反包围，把这些造反派团团围住了，并命令他们半小时内撤出军区，否则，后果自负。警卫团还朝天上放了一阵空枪。这些造反派哪见过这个阵势，不到半小时就屁滚尿流地跑了。

小伍子倒是安全了。家里人又被造反派当了人质。父亲得到这一消息后，在办公室里转了三圈，他亲自打电话，叫来了侦察连长，如此这般地面授计策，侦察连长得令去了，带了一个班，潜进小伍子老家的县城，没几日就把小伍子一家人偷了出来。

从此，小伍子一家就住进了军区大院，父亲派人收拾出两间房子。小伍子一住就是几年。后来人们就有意见，父亲听了意见就说：伍子是咱们部队出去的，咱们不管谁管。父亲这么一说，就没人再说什么了。

直到地方局势稳定了，小伍子又可以回去当书记了，父亲才送小伍子走。小伍子走时，抱着父亲大哭了一场，一边哭一边说：首长，是你救了我，救了我一家呀。

父亲说：伍子，别说这话，当年你救我多少次你还记得吗？

从此，父亲和小伍子的感情又加深了一层。

八

许多年过去了，老年的父亲和老年的小伍子，他们的情谊没有淡化，反而又加深了。

先是父亲离休了，住进了干休所。后来小伍子也从地区专员的位置上退了下来。闲下来的两个人，长时间地泡在电话前，说一些陈芝麻烂谷子的旧事。说着说着，两个人就动了感情。

小伍子就唏嘘着说：首长，我想你，也想部队呀。

这么多年了，小伍子一直把自己当成部队的人，他的梦都留在了部队。

父亲说：伍子，现在没事了，真想和你在一起。

小伍子说：首长，孩子大了，去了国外，不需要我费啥心思了；老伴身体不好，等我一身轻了，我就去找你。

小伍子的孩子很有出息，一个去了加拿大当律师，一个去了美国加州读博士。当年那个浓眉大眼的姑娘，现在身体是一天不如一天了，先是半身瘫痪倒在了床上，后来又得了哮喘病。小伍子一心记挂的就是老伴了。

父亲在母亲去世后，一直不希望孩子们回到身边的原因就是，他在等待小伍子。老年的父亲，时常让自己的思绪在逝去的时光里荡漾。他怀念过去，怀念青春，怀念那战火纷飞的岁月，回忆和战友的情谊。只有小伍子来到父亲身边，父亲的生活才是完整的。小伍子会让父亲感到青春时光真实可信。

父亲一天天地盼着。

小伍子不时地把老伴的病情通报给父亲。

小伍子说：又去医院急救了一次。

小伍子还说：看来老伴真的是不行了。

父亲觉得小伍子就近在咫尺了。

两人这种心理，多少有些罪恶感，他们似乎都盼着小伍子老伴快点离开人间，好让他们相聚。可两个人又都没有意识到这种罪恶。

终于，小伍子老伴去了。小伍子急不可待地终于出现在父亲面前。

小伍子出现在父亲面前是一天早晨，小伍子背着一个包，一步步向父亲走来。父亲拖着拐棍立在门前，他看清了小伍子，奇迹出现了，父亲扔掉了拐棍向小伍子走去。

父亲说：伍子，真的是你，可把你盼来了。

小伍子说：首长，我来了。

四目相视，他们都泪眼模糊了。

两人跟失散多年的亲人似的，重新又聚在了一起，从此，他们掀开了生活的新篇章。

小伍子的到来，使父亲一下子年轻了起来，父亲不仅扔掉了拐棍，还让干休所的人们，重又看到了他舞刀弄枪的身影。刀还是那把东洋刀，枪自然也是那二十响的盒子枪。父亲的身手明显不如以前了，但父亲毕竟又举起了刀枪。

每天早晨，小伍子背上挎着刀，手里提着枪，陪着父亲来到草地上。父亲伸出手，小伍子便把刀递给父亲，父亲看着白生生重新被小伍子擦拭一新的刀，就很满足的样子，父亲就舞刀，一会儿，又一会儿，父亲气喘了，便收了刀，小伍子接了过来，随手把枪递给父亲，父亲又眼花缭乱地玩那支枪了。

小伍子就在一旁叫好。

老尚等人也今不如昔了，身体已是江河日下，老尚拄着拐棍，老眼昏花地走了过来，看了眼父亲，又看了眼父亲，终于看清了父亲，便惊诧地说：老石，枪又舞弄上了，我看你是越活越年轻了！

父亲就说：老啦，要是早十年……

父亲的后半句话就不说了，老年的父亲也不愿提当年勇了。

小伍子毕竟比父亲年轻，父亲舞枪弄刀时，他一直在旁站着，做出随时接应父亲的准备。虽然父亲老胳膊老腿了，但还没有倒下去的意思，手脚仍利索。一直到父亲大汗淋漓了，小伍子才走过去，接过父亲的枪和刀，提在手上，挎在身上，随着父亲向家里走去。

随着小伍子的到来，父亲的身影又成了干休所一道风景。人们纷纷对父亲侧目。后勤部李部长等人就说：老石，俺们以为你不行了，咋地，又活过来了？

父亲说：×，你才不行了呢，不信咱们比试比试，看谁活的时间长。

白天的时候，父亲就和小伍子坐在自家院子里，父亲躺在椅子上，眯着眼睛望着太阳，秋天的太阳照在身上暖烘烘的。小伍子坐在父亲一旁，手脚麻利地擦刀，擦完刀又擦枪。

父亲说：七城那一仗，那才叫痛快，我要上阵地，你偏不让上，结果咱俩摔了起来，咋样，你不是个儿吧？结果把你干倒了，我冲上去了，抱着机枪好一顿突突。

小伍子说：我看你都急红眼了，有意让给你的，要不我能把你摔趴下。

父亲听了这话，坐了起来，瞅着眼前的小伍子说：咋地，你还不服是不是，不服就试试。小伍子放下枪道：试试就试试。

两个老人都站了起来，他们又抱在一起。抱在一起之后，他们突然放声大笑起来。

父亲的青春又回来了。

（《小说月报》2002 年第 4 期选载）

上校的女儿

——《喀喇昆仑二十八烈士》之八

徐广泽

一

她是上校团长马天明的女儿，今年二十岁。她有一个好听的名字，叫玉洁，听到这个名字，会使人联想到喀喇昆仑山上玉洁冰清的雪。

马天明这个团就是守防喀喇昆仑山的，山上有四百公里长的一段边防线，左与印度右与巴基斯坦接壤。

喀喇昆仑山是一块多事之地，六十年代那上面打过一次大仗，平时的小纠纷、小摩擦基本就没断过，到现在每年还要来上一两次。所以，在那个地方驻防，当官的当兵的都很辛苦，还有点儿危险。

马团长一年四季山上山下跑，多数时间都是他妻子带着两个孩子在家过日子。除女儿玉洁外，他们还有个儿子，叫玉昆。

三个月前的一天，团长夫人带女儿去浴室洗澡。女儿有抽风病、虽然犯的次数不多，但说不准什么时候犯，不敢让她一个人去，每次洗澡母亲都要跟她一起去。

浴室有盆池，也有淋浴，她们洗的是淋浴，淋浴安全。

正洗着，玉洁忽然说："妈，我脖子里出了几个疙瘩！"

母亲摸了摸女儿的脖子，果然摸到几个小拇指头肚大的疙瘩。她

仔细看那几个疙瘩，既不青，也不红，不用手摸，猛一下还看不出来。

母亲问："疼不疼？"

女儿说："不疼。"

母亲又问："痒不痒？"

女儿回答："也不痒。"

不疼不痒的，恐怕不是什么好东西！母亲心里这样想，但没说出来，洗完澡回到家里，她给卫生队长打了个电话，让他过来看看。

卫生队离家属院不远，没一会儿，卫生队长就带两个医生来了。

三个医生轮流看了看摸了摸玉洁脖子里那几个莫名其妙的疙瘩，互相交换了几个眼色后，卫生队长说："可能是结核。那样吧，明天让吴医生陪玉洁到十二医院检查一下。"

十二医院在喀什，喀什是南疆军区所在地。

第二天，吴医生就带玉洁去了喀什，坐的是卫生队的救护车。

叶城离喀什不远，早上走早点儿，当天晚上就回来了。

两天后，十二医院给卫生队打电话，说化验结果出来了，玉洁脖子里那几个疙瘩是淋巴肿瘤，恶性的。

一听到这个结果，团长夫人当时就哭了起来，边哭边说："你们一定要想办法救救玉洁，我和老马欠这孩子的太多了，我们不能再欠她了……"

二

团长两口子确实欠女儿太多了！

马天明一当兵就上了喀喇昆仑山，从当新兵到当连长，他在温泉、河尾滩、神仙湾、空喀山口几个海拔五千米以上的哨卡都待过。

那时候他还年轻，只知道海拔高了缺氧，人难受，待久了会掉头发、掉牙，指甲会塌成一个小勺子，不知道还会影响到生育功能和后代的质量。

有一回，他妻子从内地来队探亲，领导打电话让他下山休假，一下山他就稀里糊涂地让妻子怀上了孩子。

这个孩子就是玉洁。

玉洁生下来就有抽风病，平时挺心疼的小姑娘，说不定啥时候就抽一次风。抽起风来眼珠子往上吊，嘴角吐白沫，两只小拳头攥得紧紧的，身上的肉绷得跟石头一样硬，有时候浑身哆嗦，有时候又一动不动，吓人得很。

那两年，国家有个特殊政策，在边防艰苦地区工作的干部，允许生第二胎。由于这个特殊政策，玉洁出世的第三年，她弟弟玉昆也出世了。

玉昆出世的时候马天明还在哨卡当连长，哨卡连长是离不开哨卡、离不开连队的。他妻子一个人在山下带两个孩子，累得害了一场病。

马天明没办法，就把玉洁送回老家，让父亲帮他带。

马天明的老家在内地一个偏僻的农村，生活和医疗条件都比较差。

玉洁五岁那年，马天明被提升为副营长，终于从山上调了下来。条件好一些了，他就赶快回家接女儿。

马天明见到女儿时，发现女儿又黄又瘦，他几乎认不出了。但他又不能埋怨他的父母，父母都是上了年纪的人了，帮他带孩子也不容易。

马天明把玉洁接回部队后，带她到医院检查了一下，医生说她有贫血病。

在不断的看病吃药中，玉洁一天天长大了。她是一个文静秀气的姑娘，一米六几的中等偏高个儿，瘦削，窈窕，由于贫血，脸上缺乏血色，白中透黄，有一种病态的美。一些看过《红楼梦》也见过玉洁的兵，就在背地里说玉洁是“团长家的林黛玉”。

玉洁上完初中就不再上学了，这个地方偏僻，教育水平不高，考不上大学,上高中也没多大意思,还不如早点儿当兵多混几年军龄实惠,这里的干部子女多数走的都是这条路。

看到同学们有的考了呼图壁军医学校，有的当了电话兵、卫生员、打字员,玉洁很羡慕,就对她爸爸说,她也想当兵。

按说,团长的女儿当个兵、考个军医学校的中专护士班,根本不算个事,只需他交代一句话,就把事办了,可是马团长却没敢交代这句话。

他对女儿说:“玉洁,爸爸知道你喜欢穿军装,想当兵,可是你的身体不适合当兵。不管当啥兵,都是要训练的,我可以让你当兵,可是我没办法不让你参加训练,哪有不训练的兵？当护士得上山实习,当通信兵得背单机线拐子爬高上低,当打字员一坐就是三四个小时,这你都受不了。兵咱不当了,我给干部股长说一声,让你到幼儿园当老师去……”

玉洁想了想,觉得爸爸说的没错,于是伤心地哭了一场,就到幼儿园当老师去了,不再提当兵、上军校的事……

玉洁在幼儿园当了四年老师，她也从一个十六岁的小姑娘长成了一个二十岁的大姑娘。

三

去年十一月老兵复员时,有一天,一营周营长来找团长。

周营长也是从山上下来的,马团长在神仙湾哨卡当连长的时候,周营长曾是他手下的一个班长。他既是团长的老部下,又是团长一手提起来的,所以两个人的关系比较密切。

周营长问团长:“玉洁有二十岁了吧？”

团长说:“上个月刚过的二十岁生日。”

周营长说:“二十岁的大姑娘,该找对象了！”

团长却说:“二十岁的姑娘,不算小也不算大,找了不早,不找也不晚。”

“有个小伙子，我想给玉洁说一下。不然的话，把这个小伙子放走太可惜了！”周营长说。

“啥样的小伙子，你说说我听听！”团长没表示反对也没表示赞成。

周营长说：“半年总结的时候，我们营上报两个直接提干的班长，你还记得吧？”

“怎么不记得！那两个班长原来团里都打算用的，可是后来军区给我们团分了五个步校边防队毕业的排长，用不了那么多了，所以后来只提起了一个。”

周营长说：“提起来的那个就不说了，没提起的那个马上就复员走了，这个兵走了太可惜了！”

团长说：“可惜的多了！好兵很多，不可能都留下当干部，哪年都得走一批好兵。”

“这我知道，每年确实都要走一批好兵，不过我觉得你应该留下一个好兵。”

“我留下一个好兵做什么？”

“当女婿呀！”

“团里那么多干部你不介绍，给我介绍一个战士当女婿！”团长不满地说。

周营长说：“你想让我给玉洁介绍干部是不是？那太容易了，不要说全团了，我手下就有几个现成的排长，还都没找对象，我说哪一个他都不敢不同意。”

“那你为啥不说？”团长问。

周营长说：“我是考虑找对象这种事不像完成别的任务，不能强迫命令。要是玉洁正正常常的，我早把我那几个排长给她介绍了。可是玉洁不是不太正常，不是有病嘛！不正常就得采取不正常的办法，所以我才想把这个班长介绍给玉洁！”

“不是说让玉洁找一个战士，找一个班长不好，主要是找一个战士问题太多。是战士就有个复员问题，复员了又有个安排工作问题，我哪有时间和精力去干这些事！找一个干部，这些问题不是都不存在了吗？”团长说。

“找一个战士确实问题多，可是你把他提起来不是就没问题了？”

“先找一个战士，再把他提起来，那跟直接找一个干部、找一个排长还不是一样？”

“不一样，”周营长耐心地给团长解释说，“找一个现成的排长，人家可能嫌玉洁有病，因为人家完全可以找一个身体没病的城市姑娘。皇帝的女儿不愁嫁，团长的女儿也不愁嫁，可这只是一方面，还有另一方面。现在看在你是团长的面上，人家不说什么，对玉洁也好，可是你总不能永远在这个团当团长吧，你一旦调走、转业、退休，没有这层关系、没有这个面子了，人家会不会还像以前那样不嫌弃玉洁，对玉洁好，那就不好说了。所以那个靠不住，只有找一个忠厚老实，同时又特别感激你的人才保险。我已经了解过了，那个班长的老家在内地一个偏僻的农村贫困山区，他自己也不想回。你要把这样一个马上就得复员的班长留下来，还把他提成干部，他会感谢你一辈子的，让他当你的女婿，他会把对你的感激转移到玉洁身上，肯定会心甘情愿照顾玉洁一辈子的。毛主席老人家那句话说得一点儿不错，世界上没有无缘无故的恨，也没有无缘无故的爱。这件事如果能成，不光玉洁有了一个好对象、好爱人，团里也多了一个肯定不错的干部，于公于私都只有好处，没有坏处！”

团长说：“难得你想得这么周到。不过这毕竟是孩子的事，还得看玉洁自己的意见。再说，玉洁有贫血病，抽风病也没彻底治好，也得跟人家说清楚。”

周营长说：“我已经跟那个班长说清楚了，那个班长表示，他不嫌玉洁有病，他会好好照顾玉洁一辈子的。现在就看玉洁看上看不上人家了。”

“要不要我安排个时间，让他们两个见一见？”周营长问。

团长说：“等我回去征求一下玉洁的意见再说吧！”

团长回到家里，对玉洁说了这件事，问她想不想见见那个小伙子。

二十岁的姑娘，也已经开始考虑这件事了。玉洁想了一会儿说：“只要你和周叔叔都说好，我也没意见！”

“那我就对你周叔叔说一声，让他安排你们见一见？”团长说。

玉洁说可以。

在周营长的安排下，玉洁跟那个小伙子见了两回面。刚见完第二回面，玉洁就悄悄对马团长说：“爸，你就把他提起来吧！”

团长一听，就知道女儿已经看上那个小伙子了，于是就给周营长打电话说：“你们再打一个直接提干的报告，没排长位置了，就让他到机关当参谋吧，军务上正好缺编一个参谋。”

“行，我们马上办！”周营长答道。

三个月后，玉洁就成了一个军务参谋的未婚妻。

可惜的是，不幸的玉洁虽然有了意中人，却无福分当新娘子，真的成了“团长家的林黛玉”。

四

玉洁先被送到乌鲁木齐总医院，一个月后又转到了北京一家肿瘤医院。

恶性肿瘤就是癌症，得了癌症，送到哪里也没办法了。到北京两个月后，陪玉洁到北京治病的吴医生给团长打回来电话，说玉洁不行了。

一个月前，乌鲁木齐总医院把玉洁往北京转的时候，团长就有心理准备了，一接着吴医生的电话，他就急忙问：“玉洁知道不知道？”

“她也知道了，”吴医生在电话里说，“玉洁知道后，表现得倒很冷静，她别的什么也没说，只提出了两个要求。”

“什么要求？”团长问。

“玉洁说，她死的时候，想穿上一身军装。活着没当上兵，死后她想穿着军装走！”吴医生说。

团长听了，好大一会儿没说出话，等他平静下来以后才说：“你告诉玉洁，一定满足她的这个要求！”

“玉洁还说，她上小学的时候就很崇拜毛主席，经常对她的同学们说，她爸爸见过毛主席。这次到北京治病，她原来还想着等病好了，一定去毛主席纪念堂看看。现在看来等不到病好了，她想在她死之前去纪念堂看看毛主席，跟毛主席在一起照张相。”吴医生说。

团长马上说：“那你就带她去一趟毛主席纪念堂吧！”

吴医生说，他带玉洁去毛主席纪念堂不难，可是让她跟毛主席在一起照相恐怕不行。他去过毛主席纪念堂，里面不准照相，并且有警卫战士守着，戒备得很严。

团长这才意识到，这件事并没他想的那么简单，只好说：“那再想别的办法吧！”

可是，马团长想得脑子疼，也没想出一个好办法来。一急之下，他给政委打电话说：“政委，团里的工作你一个人招呼几天，我请一个月假去北京一趟，我要亲自带玉洁去毛主席纪念堂照相！”

“你亲自去人家也不让照！”政委说。

“管他让照不让照，先照了再说，大不了把我抓起来，通知军区去北京领人；大不了给我个处分，把我这个团长撤了。反正我不能让玉洁就这样带着遗憾走，我要满足她的所有要求！”团长口气很冲地说。

政委知道团长的脾气，也知道他对女儿的歉疚之情，惹急了他真敢那样干，真那样干就糟了。

“那可使不得，至少说现在还没到那一步。你先别急，我给军区打个电话，让组织上帮帮忙，实在不行了再说。”政委出主意说。

政委立刻给军区打电话，把玉洁的病情和她最后想去毛主席纪念堂照相的事说了一遍。说完玉洁的情况，为了引起组织的重视和同情，他又特别说了马团长的情况：

“我们团长是兰州、新疆两级军区和全军树立的老高原、老基层、老边防‘三老’先进典型，连续两届的全国人大代表，在世界最高的军事哨卡——神仙湾哨卡当班长时，还受到过毛主席接见。他女儿的病就是因为他在高海拔地区守边防时间过长影响的。请组织看在他为国戍边多年，有过特殊贡献的分儿上，满足他女儿的最后心愿。满足他女儿的最后心愿就是满足他的最大心愿，满足团长的最大心愿也是满足全团官兵的最大心愿。像马团长女儿这样的情况，我们团或轻或重还有不少，如果这件事解决不好，会使很多人心寒、失望的……”

军区的人说：“这样的事我们以前还没碰上过，毛主席纪念堂不在西北，也不是我们管的，我们是没办法。这样吧，我们把这个情况给总政报告一下，看他们是什么意见！”

“你们向哪里报告都可以，但一定要快，我们可以等，团长的女儿已经等不及了！”政委叮嘱道。

过了两天，军区的电话打来了，电话里说，他们给总政汇报后，总政首长做了如下批示：

“这是一个实实在在的思想政治工作，做好了，可以激励边防军人以苦为荣、安心戍边的积极性。如果做得不好，会影响和挫伤广大边防军人的积极性。一定要把这个特殊的思想政治工作做好。可把这位边防团长的事迹材料上报一份，附上立功、受奖、当代表、受国家领导人和其他首长接见的证书、照片，由群工部门出面，跟毛主席纪念堂管理部门联系。照相工作可由军报派人实施。”

军区指示边防团，立即按总政首长的批示去落实。

政委通知宣传部门，把马团长过去做报告、当代表的材料找出来，重新整理一份上报；同时让马团长赶快把他的各种奖状、奖品、奖章、证书、照片找出来，派人带上去北京。

当战士和连队干部时获得的各种立功受奖证书、奖状、奖章，受军区、军委、中央首长和国家领导人接见的照片，有些马团长保存起来了，有些没注意保存，现在已经找不齐了。

马团长回到家里，发动妻子帮他一起找，不管大奖小奖、不管被哪级领导接见的照片、在哪种报纸上发表的文章，凡是能找到的，他都找出来，让人往北京送。

两口子翻箱倒柜找了几个小时，虽然时隔多年，已经无法找全了，但重要的证书、奖章、照片都找到了。

第二天，团里就派干部股长带上这些东西去了北京。

干部股长到北京后，找到总政群工部门，群工部门派人带上介绍信和马团长的材料、证书和奖章，去跟毛主席纪念堂管理部门联系。

毛主席纪念堂的领导已经接到了总政首长的电话，他详细看了群工部门派人送来的东西后，当即表态说：

“过去我们还没有过这样的先例，因为这个姑娘是全世界最高的军事哨卡——神仙湾哨卡连长的女儿，是一个国守防戍边作出过特殊贡献的边防团长的女儿，今天破一次例，你们就带她去照一张相吧——只能照一张！”

因为只能照一张，为了防止出现意外，保证万无一失，军报派出了技术最好的摄影记者，带上最好的相机，去执行这个特殊的任务。

五

玉洁听干部股长和吴医生说她可以去看毛主席纪念堂，可以跟毛爷爷一起照相时，非常高兴，一夜都没睡着觉。

由于做过化疗，现在玉洁的头发比原来少了很多，身体更虚弱，脸色也更黄了。

为了把这最后一张相照得好看点儿，第二天玉洁早早地就起来了，她对着镜子，仔细把头发一根根梳整齐、扎好，在脸上搽了些油脂，化了个淡妆，又挑了一身自己最喜欢的衣服穿上。

做完这一切后，她又对着镜子看了一会儿，想想再没事可干了，就安静地坐在床边，等着来人带她去毛主席纪念堂。

她耐心地等了一个多小时，吴医生和干部股长来了，他们扶着她下楼、上车，然后坐车去天安门广场。

他们到达天安门广场时，发现毛主席纪念堂已向游人开门，门前列着两列长队，正很有秩序地缓缓走进纪念堂，瞻仰毛主席遗容。军报派来的摄影记者也已经在那里等着了。

干部股长掏出介绍信，走过去递给守护在毛主席遗体前的警卫战士，警卫战士接过去看了一遍说：“领导已经通知我们了，今天游人比较多，你们尽量快点儿照，不要耽误时间长了。”

说完，一个警卫战士走到正在进门的游人队伍面前，让他们稍微等一下。

看到游人被挡在了门外，干部股长和吴医生赶快把玉洁扶进门，在安放毛主席遗体的水晶棺前站好。摄影记者迅速挪来挪去地调整好最佳角度，由于室内光线亮度不够，他不得不把闪光灯打开。

看到玉洁站好位置，摆好了姿势，摄影记者提醒一声：“姑娘，自然一点儿，注意了——”随即按下了快门。

随着闪光灯一亮，摄影记者说了声：“好了！”

照完相，玉洁转过身，走到近处，仔细看了一会儿毛主席的遗容，才让吴医生和干部股长扶着出了纪念堂。

第二天，摄影记者就把照片送来了。玉洁拿过照片，眼睛盯着看了半天也舍不得离开，脸上露出满足的表情。

拿到照片的当天晚上，玉洁给她爸爸打了个电话，说她不想在北京住了，她想回新疆，想回家。

马团长知道，这时候在北京住也住不出什么名堂了，就说：“想回就回来吧！”

于是，玉洁就在干部股长和吴医生的陪同下，回到了新疆叶城的家里。

半个月后玉洁就死了。

玉洁死后，按照她的意思，给她穿了一身新军装，埋在了位于叶城郊区的烈士陵园里。

烈士陵园很大，里面埋的不光有烈士，也有因公牺牲和病故的军人；不光有军人，还有老百姓。不过军人是一片坟地，老百姓是一片坟地，互不掺杂。

玉洁虽然穿了一身军装，却不是正式的军人；她虽然不是军人，可又不是一般的老百姓。挖坟坑的人在去烈士陵园前，都没想到这件事，等到了烈士陵园，才想起不知道该把玉洁的坟坑挖在哪片坟地里。回去请示团长，团长说："玉洁喜欢当兵，就让她跟当兵的在一起吧！"

（《小说月报》2002年第6期选载）

我们的战友遍天下

衣向东

一

这时节的乡下，到处披红挂绿，涂金抹银，人在田边地头走，随便伸手一抓一捋，就是满把的果实。被果实的香气熏染了的暖风，吹拂到邻近城市的一个个窗户里，那些整日在楼群里忙碌的男女，也便知道自己走进又一个秋天了。

对于营长何长贵来说，这个秋天的色调过于灰暗，秋天里的果实似乎离他很远，如果按照他的心情，这个秋天最好别来。当然，他不能阻止季节的变幻，也就只好低头走在秋天的人行便道上，脚下踩着一些绵软的落叶，任乱糟糟的心绪无边无际地继续生长。其实，何长贵不是那种容易为季节伤感的人，但是他现在确实觉得秋天太凄楚了。

如果你是何长贵，心情也不会好到哪里去。一个营长转业后被安排到运输公司开卡车，的确有点儿让人丧气，虽然他最初意识到自己的工作不会安排得太好，但也没有想到差到这个分儿上。大概负责翻阅转业干部档案的人，发现他刚当兵的时候开过两年卡车，就把他划给了运输公司，也算人尽其才了。据说，眼下的运输公司是个好单位，每月能够按时发工资，很多下岗工人还在请客送礼磕头，排着队等待进去，你何长贵心里委屈什么？眼下就这工作，不愿去就在家里闲着。

就这样，何长贵被强行推进了这个秋天，不管他的心情如何，他都要从这个秋天开始适应兵营以外的生活了。昨天，他去公司跟领导们见面，像新兵一样点头哈腰了一番，今天便踩着街道旁边的落叶去正式上班了。

秋天的空气爽朗透明，空气里传来的各种声音就显得清晰而悠长，他的脚故意寻找着落叶踩去，仿佛自己走路只是为了去踩一些落叶，为了倾听落叶在脚下发出的声音。

但是，脚下铺满落叶的路并不长，很快就走完了，他叹息一声，终于抬起头，横穿马路，朝着马路对面的运输公司走去。

根据何长贵的估计，他到运输公司虽然没有给自己明确职务，但怎么也要放在哪一个办公室当差，而且第一天上班不会有什么事情可做，也就是让他熟悉一下自己的工作环境和一些同事的面孔，随便喝一杯茶，熬不到中午，办公室的什么人一定会吵嚷着让他请客喝酒。何长贵觉得初次和同事们见面，喝酒是必要的，在饭店里你碰碰我的酒杯，我碰碰你的酒杯，说一些很多场合都说过的话，从此自己就是他们当中的一个，可以和他们说笑了。于是，离开家时他特意做了准备，给兜里添了几张大票子。

事情却不像何长贵想象的那样丰富。何长贵上班后，还没有跟什么人打上招呼，负责派车的一个小头目就交给他一辆带拖挂的大卡车，让他跑一趟长途，当时旁边的几个司机就瞅着何长贵笑，那笑中似乎隐藏了许多的奥妙。

何长贵犹豫了一下，对小头目说，能不能……过几天再跑长途？多少年没有摆弄卡车了，手生，熟悉个三五天最好。何长贵说完，担心对方误会自己刚上班就要奸偷懒，又补充说，如果开小车倒无所谓，这么多年一直摆弄小车，喝上半斤酒照样开。

小头目摇摇头，说我这里没有小车开，想开小车找市长去，市长那里有小车。

话说得有些离谱了，很明显是在寒碜何长贵。说起来，这小头目也不是成心跟何长贵过不去，他第一次与何长贵打交道，彼此还没有在情感上结下一些疙疙瘩瘩的硬块，地方人说话就这方式，喜欢使用讽刺手法，喜欢旁敲侧击，抓住你的尾巴揪一揪，让你难堪一阵子，让大家快乐一阵子，即使双方是好朋友，嘴皮子下面也不留情面。

其实，这话如果对别的司机说了，别的司机或许会说一通荤话，说市长手里是有"车"，个个都水灵灵的，但都是市长亲自开，你敢开你去开，你开了市长的"车"，市长不日了你娘才怪哩。不过小头目忽略了何长贵刚刚转业回来，对地方上的说话方式还不适应，况且正为工作安排的事憋了一肚子的委屈。何长贵怎么也没有想到能让一个正营职转业干部开卡车，所以听了这话就愣在那里，半天不知道该怎么应对，脸上起了一块一块的红斑。

何长贵在部队是出了名的牛脾气，当连长的时候，连里有个关系兵，对什么事情都满不在乎，总是一副牛烘烘的样子。有一年年底，上级下来对连队进行军事考核，关系兵发现前面的一个兵做错了动作，就在队列里哧哧地笑起来。遇到这种情况，指挥员最多瞪关系兵两眼，继续下达口令，等到考核结束，回去结结实实收拾这小子。但是何长贵不等考核结束，就喊了停的口令，然后走到关系兵面前，对着关系兵的屁股就是两脚。当时旁边有位首长正在监督军事考核，关系兵就对着首长喊叫起来，说，连长你凭什么打人？上级三令五申不准打骂体罚战士，你怎么还打骂体罚？何长贵的牛脾气被关系兵激起来，冷笑了一声说，上级的规定你比我都清楚，你知不知道在战场上不听指挥该怎么处置？训练场就是战场，我今天不枪毙你就算宽大处理了！说完，又要抬脚踢，监督考核的首长说，算了算了，何长贵你不想干了？不想干了就打转业报告，别在我们眼皮子底下故意折腾！

那个关系兵得意地看了何长贵一眼，朝地上啐了一口唾沫，等待何长贵的反应。

何长贵转身朝训练场外走，谁都不知道他要干什么，愣愣地看着他走进楼里，转眼把自己的背包扛出来，对着训练场上的首长说，正好年底到了干部转业的时候，我到团里交了转业申请，就去赶火车。

那时何长贵的家属还没有随军，看他这架势是准备扛着铺盖回老家。当时那位首长就蒙了，何长贵是团里辛辛苦苦培养的苗子，哪能说走就走？但是首长又不能亲自上去拦他，那样就有失了首长的风度。

不过首长有办法不亲自上去，要不就不是首长了。首长把脸拉长了，对连队的兵说，你们愣着干啥？还不赶快把你们连长留住！事情就这么简单，首长的脸形简单变化了一下子，就把皮球踢到兵们身上。

连队的兵都扭头恨恨地看那个关系兵，尤其一些即将退伍的老兵，目光像锐利的刀子，一眼一眼地剜着关系兵。兵们可以不在乎连长、班长，但是绝对在乎老兵，老兵是一个连队的灵魂。关系兵紧张了，知道事情闹大了对自己绝对没有好处，于是颤颤地追到何长贵面前，说连长你别走你再踢我一百下都行，只要你别走。何长贵站住了，本来他就知道自己走不掉，即使他把铺盖扛到了团里，还要扛回来，他只是想证实自己并不怎么在乎转业。

不过转业了的何长贵心里明白，地方和部队的思维方式不同，如果你刚上班就拍屁股走，没有人上前挽留你，走就走了。他转业的时候，许多熟悉他的战友都劝过他，到了地方要把自己的牛脾气改一改。何长贵想，要改就从上班的第一天改吧。

他的脸色渐渐地恢复了正常，开着卡车回家跟家属打招呼去了。

二

想到家属，何长贵免不了长一声短一声地叹息一阵子。家属生儿子时正是冬季，因为身边缺少照顾的人，儿子出生十几天，家属就下床做家务，两条腿落下了病。现在儿子九岁了，家属的病根也扎了九年，似乎根深蒂固了，遇到阴冷天气，两条腿就不会走路了。还有她的肺病，阴冷天里总是气闷咳嗽，憋得脸红脖子粗的，让人看了都觉得难受。

何长贵转业的时候，家属说最好留在北京，她到医院看病方便，何长贵却坚持转业回老家。如果留北京，他必须按战士退伍，在北京自谋职业，也就是找个单位打工。这算什么？一个三十六岁的男人整天低三下四给人去打工，要熬几十年，这种日子太漫长了。何长贵觉得转业回家找个体面的工作，工资虽不高，但是小城市的消费低，日子会过得很滋润。他再三安慰她说，你放心回去，我会让你过得很滋润。说来说去，还是何长贵在兵营待久了，视野狭窄，把打工的人看得比较低贱，端着营长的架子放不下来。现在他后悔当初没听家属的话，留在北京最差也是开小车吧？

何长贵把卡车开到离家很远的地方停下了，步行走回家，他担心被邻居看到自己开着大卡车，挺没有面子的。他现在住的房子是临时租用的平房，租用的时候，他曾对房东说，我在这儿住不长，等到工作落实了，单位怎么也要给两间楼房住。房东知道何长贵是个营长转业回来的，觉得怎么也要分在政府里上班，于是对他就特别热情，指望着日后能从这个何营长身上沾点儿光。

何长贵一边朝家走，一边骂自己，说还想房子哩，分你个狗屎吧！

回了家，何长贵没有告诉家属自己开卡车跑长途去，只说公司安排自己去徐州出一趟差，三四天就回来了。家属虽然觉得突然，但是这么多年她把夫妻分别的事看得像喝一碗凉水那样平常，并且心里还想，刚上班领导就安排他出差，说明对他很重用呢。家属就拖着条病腿，一瘸一拐地去厨房准备给他煮几个鸡蛋带上。他忙阻止家属，说赶着要走，说完就急急忙忙出了屋子。

出门他的眼睛就湿润了，觉得家属跟了自己吃苦耐劳地熬着，自己却不能给她带来一些幸福和惊喜，太没有用处了。

何长贵开着卡车去了张家庄，找到了一个叫张振钧的人，这个人在乡下收购了十吨苹果，要贩运到徐州。烟台是有名的苹果产地，这季节，乡村的苹果像土豆似的堆成了山，等待着运往外地，运输公司的生意也就到了最兴隆的时候。

张振钧见了何长贵，一个劲儿上下打量他，看到最后就扑哧一声

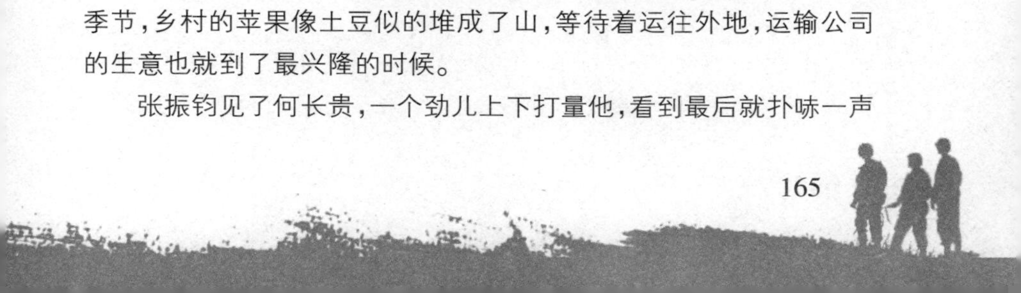

笑了。何长贵回家没有换下上班时的衣服，担心家属看出破绽，只是提了一件军用棉大衣，找了一本中国交通图揣在怀里。张振钧觉得这个司机很有意思，跑长途还穿着一身像样的西服，皮鞋擦得亮亮的，比领导的专车司机都讲究。何长贵并不知道张振钧笑什么，似乎也不想知道，他看着堆在院子里山一样的苹果箱子，板着脸说，什么时候装车？张振钧看了一下手表，说都快吃午饭了，吃了午饭装车吧，傍晚装完，跑一个晚上就杀到徐州了。听你的口音不是地道的本地人吧？何长贵说，不是本地人是哪里的？总不会是联合国的吧？张振钧咧了咧嘴，觉得这个司机的脾气有点儿怪，就不再问什么，对着屋子喊一嗓子，说淑娟，你抓紧准备午饭。

屋子里走出叫淑娟的女人，三十出头，很有些姿色。她瞅了瞅何长贵，就把缠在她身上的一个四五岁的女孩放下来，说你在外面看着咱家的苹果，别让人偷跑了，然后转身进屋子准备午饭。那个小女孩就很认真地守在苹果旁边，警惕地盯着。

何长贵的目光从女人身上转移到眼前的四间瓦房上，瓦房的屋顶和墙皮很破旧了，与铝合金的门窗显得很不协调，显然门窗是后来装修的。

张振钧走到何长贵面前，递给何长贵一支烟，说进屋子喝茶吧。何长贵跟在张振钧后面进了屋子，又朝厨屋里的女人瞟一眼，扫视了干净利落的房间，说，你也不像这个村子的人呀。张振钧学着何长贵的声调说，不是这个村的，还能是联合国的？从小出生在这里。

何长贵坐到炕上，才发现对面墙上的相框里，有张振钧穿着中尉军服和厨屋里的女人还有外面守着苹果箱子的小女孩的合影。

你是转业回来的？何长贵有些惊奇地说。

回来两年了。

怎么待在村里？

不待在村里待哪里？回来把我安排在工具厂，给了个车间主任的位置，没干到半年厂里就发不下工资了，好在老家还有四间破房子，我干脆来了个退后一步走，带着老婆孩子回家，单独操练了，别的不说，一年搞个一步两动，往外运带拖挂的一卡车苹果，就比上几年班划算，有了钱再到市里买房子去，活人不能让尿憋死呀，这叫农村包围城市。

何长贵愣了半晌，说，你什么职务回来的？张振钧说是连职，何长贵就叹息一声，说你连职回来给了个车间主任，比我好多了。张振钧又笑了，明白何长贵也是转业回来的，就问何长贵是什么职务，得知是个营长，感到不可思议，连连摇头说不可能，营长怎么也给个派出所副所长干干，现在的派出所所长肥得流油。

带着一脸无奈的何长贵，把今天上班的情况讲给张振钧听，张振钧气得骂了许多难听的话，最后给何长贵出主意，让他去市委找市长汇报情况，说到这时候了你怕什么，就去和市长理论理论，看他怎么回答，这些事情说不定市长并不知道，全是下面那些小鬼搅和的。何长贵嘴上没有说什么，心里却觉得有道理，现在找谁都没用，只能去找市长了，如果市长不给个明确答复，就找上级政府，找新闻单位，总之是要找一找的。

吃饭的时候，张振钧把何长贵的情况对自己的女人说了，那女人也只能叹息一阵子，然后给何长贵碗里夹了一些菜，算是对他遭遇的同情和补偿。

既然都是转业军人，他们就像一家人一样亲切起来，说了一些部队的事情，感叹了一些转业后的遭遇，骂了一些人的老娘，午饭就这样结束了。

午饭后，张振钧张罗着装车，让何长贵在屋子里睡觉，晚上有精神跑夜车。何长贵只迷糊了一会儿，就起身出了屋子，担心装车的没有经验，装不好车半路出麻烦。

几个乡下人正忙碌着，有两个人在卡车上码箱子，何长贵绕着卡车转了一圈，就知道车上的两个装车的人很专业，张振钧和女人在车下搬运苹果箱子，女人的额头有了密集的汗珠，脸色绯红，不停地提醒搬箱子的人动作要轻，当心挤压坏了苹果，像呵护孩子一样用心。看到何长贵后，她用略带责怪的语气说，回去睡你的觉，夜里要跑个通宵，休息不好吃不住劲。

那口气，完全是母亲训斥小孩子的样子。

何长贵笑了笑，他今天还没有这么舒心地笑过。尽管他没有困意，但仍是很听话地朝屋子走去，边走心里边说，女人总有操不完的心。

太阳落山的时候，卡车在张振钧女人的目光里驶出了村子，那女人一直站在门前张望着，目光越放越远，终于在村外的山坡顶停住了。卡车在坡顶也就剩下拳头大的一个黑影，飘忽着一抖，消失在山坡另一面。这女人便也揉揉累酸了的眼睛，慢悠悠地蹭回屋子。从现在开始，她那颗心就一直悬着了，悬到男人回来的那一天才会落下。

三

走出女人视线的张振钧，等到卡车从山路上转到了柏油路上，就像出了笼的鸟欢叫起来，全不知女人为他悬着的心。他转业两年，说话带着明显的地方特色，荤的素的都有，但多数何长贵并没有听到耳朵里去。何长贵很多年没有开卡车，到徐州的路又不熟悉，所以把车开得很拘谨，对于张振钧的那些笑料反应迟钝，有时听到张振钧自己忍不住大笑的时候，估计是一些好笑的事情，忙跟着笑了两声。

夜里十点多，何长贵把卡车开到济南郊区的一个小镇，张振钧说肚子饿了，就在这个小镇吃饭。他指挥着何长贵把卡车停在一排饭店前，卡车没有停稳，就有几个女孩子围上来，趴在车窗上喊叫，说，吃饭吗大哥？吃饭吗大哥？里面有休息的地方。再后来，就不客气地拽了他们的胳膊朝屋子里拖，这个也拽那个也拽，比见了亲爹还亲。张振钧微笑着挥挥手，把身边的女孩子像轰赶苍蝇似的赶开，拽着何长贵径直朝春燕饭店走去。

这家春燕饭店一定有点儿特别。

果然，张振钧走进饭店，就问老板娘在不在，一个女孩子闪身去了后院喊“春姐”，片刻从后院走来一个三十多岁的女人，看到张振钧略微愣了一下，立即欢喜地说，张连长来啦，我估摸着今年你该路过这儿了。张振钧笑着夸奖她好眼力好记忆，说老板娘这是我的领导，你要照顾好呀，他比我官大，是个营长。又对饭店的一个女孩子说，你在门口照看一下我的车。

老板娘朝何长贵笑了笑，对张振钧说，你看怎么照顾才算好呢？像照顾你一样可以吧？何长贵有些慌神了，不等张振钧回答，就说饭菜越快越好，我们急着走哩。老板娘又笑，说我们不会留你的，这个小店养不住你们。

张振钧点了菜，老板娘拿着菜单到后面厨房安排去了。张振钧瞅着闪去的老板娘，问何长贵，你说这个老板娘还行吧？饭菜要等一会儿才上来，你要有别的想法，就到后面去找她，只说你饭前有个喝奶的习惯，她就明白了。何长贵剜了张振钧一眼，说我就知道这个饭店是你的窝，这种事你不止干了一次了，是吗？还是个连长哩，堕落得太快了。说到这里，何长贵突然想起张振钧的那个叫淑娟的女人，想起她在门口翘首送行的姿态，于是又重复了一遍，说你还是个连长哩！

这时候，老板娘转了回来，坐在桌子前陪他们两人喝茶，看到张振钧哧哧地笑，就问怎么回事。一问，张振钧笑得更凶了，她看他歪鼻子挤眼的样子，一定是说了她什么话，就瞪他一眼，说你看看你这模样，坏笑。

张振钧终于止住了笑说，他把你当成了那种人，你再晚出来一会儿，他就到后面找你去了。何长贵的脸红了，自己也不知道为什么脸红，说你别听他胡咧咧，他自己有这个想法，却推到我头上了，这人！

老板娘朝对面的饭店撅了撅嘴，说想要，对面的饭店里有，我们饭店里不进这些鸡。

张振钧看着何长贵说，你知道这个老板娘是谁？是咱们家属，她那口子在新疆的一个部队基地当兵，让她随军她不去，那地方也真的没有必要去，还不如咱们这儿的农村舒服，我是想看看你这个营长腐化到什么程度了。

何长贵暗暗松了口气，心里说，你这小子想出我的丑，我手下的连长哪一个能把我当猴耍？

饭菜上来了，老板娘急忙招呼两个人吃饭，何长贵这才大胆地看了老板娘两眼。

两个人离开饭店的时候，老板娘问何长贵明天什么时候能返回来，说返回来的时候还在这儿落脚吃饭吧，自己家开的饭店，吃起来放心。何长贵说明天下午就能赶过来，到时候一定进来吃饭。老板娘站在门口送他们走，看车启动起来，张振钧从驾驶室里朝她招手，她也举起手来挥动着，一直把卡车挥出了很远，何长贵的心陡然被感动了，觉得夜里落脚这么个小店休息片刻，倒很温暖，虽然与老板娘第一次相见，那感情似乎一下子就天长地久了，以后再路过这儿不进去看一眼，就有点儿缺乏人情味儿了。

何长贵和张振钧赶到徐州，天才蒙蒙亮，趁着警察还没有上班，悄悄地溜进城里的水果批发市场，那边的水果贩子的头目已经带着人等候了，呼呼啦啦一阵子就卸了车。张振钧留下来处理一些事情，把苹果钱争取一次性带回去，何长贵就一个人开着卡车往回返。这时候，徐州城的人们陆续起床了，他们当然不知道有个叫何长贵的转业营长，开着卡车在他们城市的马路上有多处违章。

摸天摸地好不容易转出了徐州城，在城外随便吃了早饭，何长贵紧踩了几脚油门，不到中午就又看到了春燕饭店，估计老板娘的名字就叫春燕了。他并没有停下车，只是减慢了车速，朝饭店看了几眼，没有看到老板娘的影子。此时他已经很疲劳，眼皮有些僵涩了，是应该在这儿吃了饭，然后睡一会儿。

但是他心里正想着另一件事情，就是想尽快回去见见市长。

四

市政府大院离何长贵住的地方并不远，何长贵没有回家，直接开着卡车去了市政府门前，这时候离下班时间也就半个小时，他要赶在市长下班前见见市长，然后再把卡车开回公司，踏踏实实地回家。跟市长见了面，对于他的工作安排或许会有新说法，家属问起来的时候也有些脸面，至少给家属一些希望。他知道回去后家属一定要问上班的情况，家属对他到哪里出差出的什么差也会问到的，她一直关心着他上班后的工作分配。

他把卡车停在政府门前，就朝政府的大门走去，一个保安拦住他，问他找谁，他说找市长，说得很有气势。年轻的保安瞅了他一眼，又挑着眼看停在前面的卡车，然后斜睨着眼说，你到传达室登个记，先跟市长的秘书联系一下。

传达室的老头打了电话，市长秘书的办公室没人。何长贵说能不能直接跟市长联系，老头摇头，让他再等一等，看看市长秘书下班前能不能回办公室。他有些焦急了，转身又向保安请示，说我有急事，下班前必须见到市长。保安不慌不忙地摇着头，说没有提前约好，不能直接找市长，市长不是什么人想见就可以见到的。保安的那种漫不经心，很让他生气，他干脆不理会保安，低头朝大院里走。保安推了他一把，说，你想闯进去？死了心吧！

一股怒火蹿上心头，这种脸色这种语气，他已经厌恶了，一个在市政府门前看门的保安都可以瞟着他开的破卡车，对他横鼻子竖眼，转业回来经受的许许多多的屈辱，突然间都和眼前这个骄横的保安联系在一起，都算在这个保安的账面上了。他缓慢而有力地说，我就要闯个样子给你看看！

何长贵朝大门口走了几步，保安毫不犹豫地拽住了他的胳膊。这一瞬间，何长贵静止不动了，只要再一动，两个人的火气撞在一起就要爆炸了，这是何长贵不想看到的事情。

看大门的老头忙从传达室的窗口伸出头来说，你别跟他较劲，他是受过训练的保安，你能较得过他？走开吧，明天再来。老头的这句话就成了导火索，何长贵撇了撇嘴角，气愤地说，保安有什么可以显摆的，我当兵的时候你还在家搅和尿泥玩呢。何长贵一个鹞子翻身，头向后一仰，很有力量地撞在保安的下巴颏上，保安哎哟一声，还没有痛痛快快地叫喊出来，何长贵的胳膊肘已经点击到保安的左肋。保安后退两步，蹲在地上站不起来了。

何长贵甩手进了院子，回头看到传达室的老头正扶着那个叫喊的保安，看保安一脸痛苦的样子，何长贵估计胳膊肘用力重了一些，说不定把保安的什么地方撞坏了。

去市长办公室才知道，市长出差不在家。何长贵叹息一声，心里开始琢磨怎么应付大门口的事情，正想着，对面几个警察蹿进楼来，从何长贵身边跑过去四下寻找。何长贵就说，是不是找我呀？别找了我在这儿。正说着，传达室的老头气喘吁吁地跟过来，一个警察说是他吗？传达室老头点点头。几个警察抓住何长贵的时候，他一动没动，这多少让警察有些失望。

何长贵没想到事情闹大了，准确地说是被市民传播大了。

第二天，一条令人震惊的消息快速传播着，说有一个营职转业干部，因对工作安排不满，身上带着炸药，开了卡车朝政府大院闯去，把拦截他的保安人员当场撞死，然后冲进市长办公楼，多亏市长躲避及时，才逃过一劫。这样一传，何长贵就成了蓄意杀人犯了，而那个保安就成了英勇无畏的英雄。

那个保安也确实受了伤，左肋骨被何长贵的胳膊肘撞伤了，在医院躺了几天，又回家躺着去了。

两天后市长从外地回来，听了下面极不负责任的汇报，最初觉得何长贵真是胆大包天，竟敢闯市政府大院，还把门前的保安打伤了，应该严肃处理。但是市长后来仔细一问，问题就出来了，市长略有些吃惊，说一个营职干部安排去开卡车，也太离谱了。

市长立即召见运输公司的领导，批评他们一点儿大局意识都没有，一点儿政治敏感性都没有，转业干部安排得好坏，直接关系到部队的稳定，一个营职干部总要安排得差不多。运输公司的领导说，他们给何长贵安排得很好，准备让他担任一个车队的队长，现在正是运输忙季，几个车队的队长都出去跑车了，何长贵上班的那天，正好有客户用车，车队没有司机，就抓住他临时出去跑一趟，等他回来后再找他谈话。市长叮嘱运输公司的领导，要妥善处理好这件事，如果真的像外面传说那样，一个营长回来安排开卡车去了，影响很坏。

公安那边正准备严肃处理何长贵，市长打过去电话，说何长贵虽然行为过激，但动机并不是炸张三李四，不要小题大做。公安部门就把何长贵送到看守所，拘留了十五天。

五

何长贵在拘留期间，家属拖着病腿去看过他一次，何长贵看到她的眼睛都哭肿了，人也瘦了一圈，就说你哭什么，我过个十天八天就出去了，你再别往这儿跑了，在家把孩子看好。

家属点着头，又流泪了。何长贵看着家属脸上的泪水，心里就酸楚起来，后悔当初没有听她的劝，如果转业留在北京就没有这些乱糟糟的事情了，想着回老家安安稳稳地过日子，没想到又让家属跟着担惊受怕。

这时候，何长贵很希望家属能责怪自己几句，但是她什么都没说。她就是这样一个女人，没有多少牢骚，自从和他结婚后，从来没有责怪他什么，她明知道是他的错，她就是不指出来，似乎对他从来没有什么要求，把所有的委屈都装在心里。

除家属之外，还有一个人到看守所看过何长贵，这个人叫丁辉，曾经是何长贵营里的班长。丁辉从传闻中获知有个转业的营长叫何长贵，心里就犯嘀咕，猜想是不是自己的营长转业回来了？就跑到看守所看望他，还带着自己的女朋友小姬。

何长贵并不认识丁辉，他当营长不长时间，丁辉就退伍了。但是他到丁辉连队的时候，丁辉见过他，听说他和自己是老乡，丁辉曾想去营部认认老乡，但是连队这个事情那个事情的，三拖两拖就拖到了退伍，丁辉一想也就算了。

何长贵毕竟当过丁辉的营长，可以勾起丁辉对兵营的许多回忆，因此丁辉听到传说就愣住了，心里七上八下的，急忙告诉了女朋友小姬，说这个闯市政府大院的人很可能是我的营长哩，我的娘呀，这个人在部队可是呱呱叫的，怎么会弄成这个样子，我得去看看是不是他。小姬说，去看看就去看看，我也跟你去。

小姬这个女孩子很有点儿意思，留着一个男孩的头型，曾经渴望当兵渴望得要死。她和丁辉认识一年多了，丁辉第一次吻过她之后，问她要什么礼物，她不假思索地说，把你那套新军装给我吧。

现在的女孩子，对军装能迷恋到这种地步，真够可以的。

丁辉在看守所看到何长贵，骂了一句脏话，说营长没想到真的是你，我是你的兵丁辉。

何长贵自然不知道丁辉是他的兵，也不知道这个丁辉从什么地方冒出来，要做些什么，所以无法张嘴说话，只是打量着丁辉和小姬。

等到丁辉把该说的都说了，他才明白眼前这个人确实是自己的兵，这个时候面对着自己的兵，他觉得很不自在，叹息了两声，说谢谢你们来看我。丁辉问他在看守所里需要什么，明天就给他送来，他摇摇头，说你不要再来了，我什么也不需要。

何长贵说完，沉默着不再说话。丁辉说，营长你在想什么？你有什么事情就告诉我，兴许我能帮你一把。已经很久没有人叫他营长了，听到丁辉这么叫他，他心里感到很舒坦，很熨帖，虽然他现在和丁辉都离开了部队，但是他还是喜欢丁辉这么叫他。为了表示对丁辉的感谢，他也叫了声丁班长，说丁班长，我想带兵训练，想出去跑跑步。

丁辉退伍三年了，退伍第一年的时候，还有几个憨头憨脑的新兵给他写信，在信中称呼他丁班长，这几个新兵成为老兵后，就再也没有人给他写信叫他丁班长了，现在听到自己的营长喊他班长，一下把他从沉寂而琐碎的生活中喊醒了，这种沉寂而琐碎的生活正不断侵蚀着他敏感的神经，如此下去很快就会把他剩下的那点儿兵味腐蚀干净。营长的这声叫喊把他打捞出来了，他热血沸腾，挺了挺胸脯，像站在队列里的一个士兵一样精神抖擞。

这时候，丁辉的女朋友吃惊地重复了一遍说，你想带兵训练，你怎么能想……丁辉瞪了小姬一眼，小姬看到丁辉一脸的严肃，就急忙闭上了嘴。丁辉挺着胸脯说，营长你别着急，等你出来后带着我训练带着我跑步，我到现在盖的还是部队的军用被子，每天早晨还坚持出早操，还坚持把被子叠得方方正正有棱有角，不信你出来后到我那儿去看看。

何长贵惊喜地说，是真的？那好、那好，是个好习惯，和我一样呢。

丁辉激动得不知道说句什么话才过瘾，他看着女朋友小姬说，我找到我们营长了。

丁辉的话让人听起来，好像他是一个地下党或是与组织失去联系的什么人物，今天终于找到组织了，找到党了。

丁辉接下来又说，营长，我一定要把你接出去。这句话的语气很重，似乎他要上刀山下火海，把他的营长从狱中搭救出去。他被自己的这句话感动了，眼睛里有了泪花。

何长贵也泪眼模糊了，没想到自己手下还有这样好的兵，如果现在自己和他还在兵营多好呀，自己一定好好带着这个兵，把他千锤百炼成一块好材料，自己重点训练培养的那些骨干，现在都在兵营牛烘烘地带兵，把兵也带得呱呱叫。这样想着，他又叹息一声，觉得自己出去后，还是要把丁辉带一带，虽然不是在兵营，但是带一带总比不带好，这个小子是块好料，怎么当初在部队的时候没发现哩？

总之，两个人的心情都是那么激动。

出了看守所，丁辉发现天空突然变得辽阔起来，阳光也闹哄哄地包围着他。这季节的阳光虽然明亮耀眼却不灼热，抓挠得他浑身痒痒的、暖暖的，他的心就在阳光的温暖里豁然舒展开朗。他觉得这是他退伍后遇到的最好天气了。

小姬很容易就从丁辉的气色里看出了他的变化，就揶揄他，说像见了亲爹似的，把什么都忘了。小姬的意思很明显，丁辉见到了营长把她冷落了。小姬虽然揶揄着丁辉，但她心里并不气恼，知道她在丁辉的眼里，有着营长不能代替的引力，因此说笑到最后，她就突然生气地说，去找公安局长那孙子，让他明天放人。

小姬这句话有些粗鲁，不像女孩子说出的，但小姬就是这么一个爽朗性格的人，况且她说的这话，也并不狂妄，她的舅舅在另一座城市里，应该是公安局长的上司。当下，两个人分了工，小姬负责去找公安局长，丁辉去何长贵家里，看看营长的家属有没有需要帮助的，他们想得很周全。

六

何长贵的家属自从他被拘留后，就在家闲不住了，她感觉到这个家庭正发生着什么，已经完全不是何长贵当营长时的光景了。她的病腿一直折磨着她，随军到北京四年多，都在家闲着。现在似乎不行了，于是她就嗅到了猪头肉的味道。

她的父亲在世的时候，是烧制猪头肉的高手，晚上把买来的几个猪头收拾干净，用各种大料包裹起来，放在锅里煮，她的睡梦里就洋溢着香喷喷的猪头肉味道。她知道那些大料的配方，有时父亲身体不适，她还替父亲操持过这种活计。父亲死后，她再也没有闻到这种猪头肉的香气了。她觉得该让这种猪头肉的香气，在这座城市的街头飘散。

那天快到中午的时候，丁辉去了何长贵家里，看到何长贵的儿子刚放学回家，一个人在灶上摆弄饭，丁辉说你叫什么名字，你妈妈去哪里了？儿子说，何春雨，我妈妈在老镇的胜利桥头卖猪头肉。丁辉看了看表，十一点半了，就说，你妈妈该回来吃午饭了吧？说着就坐在椅子上准备等一会儿。何春雨说，我妈妈中午不回来，她才出去一会儿。

丁辉想了想，就走出屋子，顺着马路朝胜利桥走，远远地看到有一堆人，再朝前走了二十几米，就闻到从那一堆人缝中散出来的香气。胜利桥附近有几个大厂子，正是下班时间，一拨一拨的人群走出厂门，通过胜利桥分散到各条马路去，走到桥头就被猪头肉的香气牵引过去，你一斤他四两的提了回家。昨天中午和傍晚，何长贵的家属已经在这儿卖了一天，曾经买过的人知道了这猪头肉的特别，现在一面让何长贵的家属过秤，一面向旁边的人说这肉的好处，总也说不明白，就说你们吃吃看，下酒最好。

站在一边的丁辉，一直站在那里看着，并不急于走过去，他担心耽误了她的生意。到后来，何长贵的家属就注意到旁边站着的这个小伙子，等到猪头肉快卖完时，她就抬头对着前面的丁辉说，哎，别等了，再不买就没有了。大铝锅周围，还有许多人排着队，肯定会有人买不到，但是大家都抱了希望等待着。

丁辉就笑笑，说不慌，你卖你的，没有了就算了。

何长贵的家属就不再理会丁辉，继续卖她的猪头肉，只是偶尔抬头瞟一眼丁辉。猪头肉终于卖完了，周围的几个人带着些遗憾离去，何长贵的家属抬头看到丁辉仍旧站在那里，就用刀背敲敲铝锅，敲出空空的声音，丁辉还是一动不动地站着，她就收拾了家什说，没有了，傍晚再来吧。

她把一些家什收拾到一个小三轮车上，正准备走，丁辉就叫了一声嫂子，说我是何营长的兵，我上午去看过何营长了。她愣在那里，打量着丁辉，不知道说过这番话的丁辉要做什么，而且因为提到了正在看守所的何长贵，她的脸色有些微微涨红。丁辉忙说，嫂子我来看看家里有没有事情让我帮忙，有没有……她推着三轮车就走，说没有真的没有，谢谢你了。

她加快了步伐，再也不肯回头了。在她的背后，丁辉盯住她一瘸一拐走着的病腿，目送她消失在胜利桥的那边。

第二天，丁辉和小姬又去看望何长贵，告诉他公安局长那边已经答应放人，不过要再拖一天，局长的意思，这件事情影响很大，既然拘留了人，怎么也得关几天挡挡人眼，免得被别人说三道四的。

小姬对何长贵说，我们明天来接你出去。丁辉说，营长家里不能没有营长，可不能再拖了，如果他们再拖怎么办？小姬幽默地说，好办，让何营长出去，我进来顶替他几天。

丁辉就笑了说，对，你就这么干！

何长贵也笑了，他觉得小姬很可爱，问了小姬一些情况，说丁班长你真行，有眼力有魄力，能认识并且能管理小姬，说明你在部队没有白当了班长。何长贵还说，其实早一天出去晚一天出去无所谓，就是只在这儿待了一天，也是被拘留过，心灵上的这块伤疤是留下来了。

丁辉这才想到何长贵出去以后怎么办，现在这个样子再回到运输公司，很没有意思。想了想，丁辉就说，营长你想过没有，你不能去运输公司上班了。何长贵瞟了他一眼，明白丁辉的意思，这几天何长贵也在琢磨出去后的事情，但是一直没有琢磨出个所以然。运输公司是不能回去了，刚上班就被拘留，这张脸更没有在单位蹭来蹭去的资本了，但是不去运输公司去哪里？也像连长张振钧那样贩卖苹果？贩卖苹果也要有个路子呀。

何长贵叹息一声，没有话。

丁辉说，营长如果愿意的话，到我那里干吧，我自己承包了一个地方，你出去后考察一下，如果愿意你就当经理，咱们一起干，你比我有能力，咱们即便成不了大款，也总比上班挣那几个钱多。旁边的小姬也很高兴，赞成何长贵入伙搭帮，大家一起折腾。

这个丁辉，说起来也是个人物，退伍后只上了几天班就辞职了，承包了一个倒闭的副食品公司，一年租金十万。副食品公司的地方不错，在城边的一个居民区里，宽宽敞敞的一个大院子，里面有十一间平房，还有一个不大的冷库，生意看起来红红火火，名声在外，其实并没有挣到钱。小城市的副食品生意不好做，大街小巷的个体小商贩比天上的星星还多，他承包了两年，也就靠着出租冷库和从外地贩回一些蔬菜倒卖，每年为交十万的租金愁断了脑筋。

何长贵听了丁辉的介绍，觉得值得考虑。心想自己手下的班长都敢辞了职单打独斗，自己是个营长哩，权当重新入伍当新兵，再拼杀出一条道路来。

七

公安局长果真把何长贵提前五天释放了。丁辉和小姬去看守所接了何长贵，直接去了副食品公司大院，让何长贵里里外外看了个遍。看完后，何长贵站在宽敞的大院中间，有些兴奋地说，好大的院子，可以摆开两个排的兵训练，说着，他就在院子里跑了一圈，然后呼哧呼哧地跑到丁辉面前，说明天去帮我搬家，我要搬进来住。

丁辉一挺胸说，是，营长！

院子里的平房，丁辉住了两间，算是他的办公室和宿舍，晚上他要住在这里看守这个院子，还有五间空闲着，到了忙季，要雇几个男女青年打工，就让他们临时居住，其他房间塞了些杂七杂八的物品。何长贵和丁辉当即收拾干净两间屋子，感觉比何长贵租赁的那两间平房还亮堂。

何长贵没有几件家当，半上午的时间就把家移到食品公司的大院内。家属到了中午工厂下班时间，依然去胜利桥卖猪头肉了，他就和丁辉、小姬在屋子里喝酒，吃的是新出锅的猪头肉。他们一面喝着酒，一面合计下一步怎么走，干些什么营生。丁辉说，咱们是副食品公司，正好我嫂子会烧制猪头肉，是个好项目，以后不要让嫂子出去卖了，咱们雇几个人干，嫂子在一边指导，大批生产后批发给小商贩，咱们的生意肯定红火。丁辉又对小姬说，你也搬过来跟我一起住，帮帮嫂子的忙，也可以给嫂子做个伴。

小姬瞪了丁辉一眼，说，没结婚就在一起住？瞧你说得这么轻松，我不干。丁辉说，你看你这个人，还谦虚什么，又不是没在一起住过。你身上的一草一木我都清楚，也就是结婚证没有领，“车”早无照驾驶了。

这种话，在喝酒的时候说一说，是很正常的，何长贵不好多说别的，只笑，只喝酒。

小姬倒也不觉得有多少难堪，他们恋爱一年多了，这年月能坚持到一年多才被“驾驶”了的女孩子，已经很坚强了。不过，她嘴上却不甘心被丁辉占去太多的便宜，就说，那我也还不是你的人，搬过来可以，我单独住。

丁辉连连点头，不与小姬争执了，让她尽快搬过来，担任公司的会计。小姬在电大学的是会计专业，虽然学得稀松，但是给这么个私营公司当会计，那点儿知识还是有剩余的。

自然，丁辉让营长当总经理，自己降职为副总经理。

何长贵沉默了半天，说只卖猪头肉不行，如果只卖猪头肉，用总经理、副总经理和会计，实在太浪费，我们毕竟不是皮包公司，还要弄点儿别的。再说了，这么个小城市能吞下多少猪头肉？你总不能让每个市民天天都吃猪头肉吧？再好的东西吃多了，也会倒胃口。

丁辉说，蔬菜还可以搞。何长贵问丁辉的冷库能放下多少斤蔬菜，说如果搞蔬菜，可以采取两种办法，一个是利用外地和本地的蔬菜差价，把外地的蔬菜运进来，在蔬菜市场上当天处理掉，另一个是在立冬前，采购一些季节性蔬菜存放在冷库里，赶在春节前抛向市场，利润比较大。丁辉说，存放二十吨没问题，可是存放二十吨蔬菜，需要一大笔资金，上哪儿弄这笔钱？何长贵说这个你别管，我有办法。

何长贵心里合计着，自己转业的安家费还没动用，再加上过去家属从嘴边抠下来的一些钱，能有五万块，足够储存蔬菜了。但是何长贵没有说出来，他不打算说出这笔钱的来历，只说他可以先弄个四万五万的。

丁辉立即高兴起来，营长就是营长，丁辉毫不怀疑营长的能力，觉得有营长在前面撑着，将来的日子一定很灿烂。

何长贵想起张振钧来，觉得如果让张振钧加入这个公司就好了，但他知道张振钧不可能跟他们合伙干，张振钧不需要他们。不过，他们可以和张振钧那样收购苹果运出去，他们这儿的苹果闻名全国，这个生意不能不做。

后来，何长贵和丁辉商定，公司成立三个门市部：一个副食部，一个蔬菜部，一个水果部。副食部的经理就让何长贵的家属担任，其他两个部门的职务暂时空缺。这时候，何长贵觉得不太对，自己的家属都当了部门经理，让小姬当会计不妥，就说应该设个办公室，让小姬出任办公室主任。

等到何长贵的家属卖完猪头肉回来，家里的三个人在醉眼蒙眬中，已经把公司的骨架搭起来，而且给公司起了个名字，叫“复转军人服务有限公司”。她刚一进家门，他们立即向她宣布了对她的任命。

何长贵的家属笑了笑，没有什么表示，对她来说，不管是经理还是其他什么的，总之她要卖她的猪头肉。她对何长贵带兵和管兵的能力是信服的，至于他当公司的总经理就有些让人担心了，现在的总经理和推销员大都是一个人，像她这样卖猪头肉的也可以说是总经理。

但是她没有说出来，没有给他们几个人浇冷水。她想，丁辉真是不错的人，他还能认识营长，在营长有难的时候帮助一把，现在又住进丁辉院子里，已经很感谢了，至于其他的就不要奢望了。

丁辉看到嫂子抿嘴笑，以为嫂子已经同意了，他就让嫂子和他们几个人都伸出手来，把手搭在一起，就算是个就职仪式。何长贵的家属没说什么，笑着把手搭在那些手上面，照着他们的要求认真地做了。

接下来，何长贵让丁辉尽快招兵买马扩大队伍，收拢一些退伍战士和转业干部充实到公司来，说别的人不招，只要有困难的复转军人和他们的家属，争取到明年把公司扩大到一个营的兵力。

何长贵转业后还不能去掉身上的兵味，这让家属有些担心，但是她又不能多说什么，也就只能笑一笑，继续去摆弄她的猪头肉。

八

一个当过几年兵的人，要想一下子把身上的兵味去掉，还真不是件容易的事情，因为他在兵营里浸泡的时间太久，这种兵味已经渗透到他的血液他的灵魂中去了。

何长贵当了快二十年的兵呀。

早晨醒来的何长贵，如果不出去跑步，浑身的筋骨就伸展不开，一整天都觉得不舒服，所以转业后他照例定点起床，绕着城市街道跑步。自从搬进了丁辉的大院，他就不需在杂乱的街道上跑步了，起床后绕着大院一圈一圈地跑，丁辉见了，也就跟在他后面。有时，小姬起床起早了，也会嬉笑着学着前面两个人的姿势，跑出个一二一。

何长贵的家属起得再早，也没有跑步的那份心情，她的腿即使没有毛病，也不会跟着他们瞎哄哄。她起床后要忙着给儿子弄饭，让儿子吃了上学，还要给何长贵、丁辉和小姬准备饭，这个公司几乎变成了一个家庭，眼下对于她来说，这个公司的成立，就是多了两张嘴吃饭，别的就没有什么变化了。

她的腿有毛病，她却说跑步的那三个人心里有毛病。

何长贵跑完步，慢慢溜达的时候，溜着溜着就进了丁辉的宿舍，在宿舍里四下看看，然后对着丁辉的军用被子左瞅右瞧，这时候的丁辉就紧张地站在一边，观察何长贵的脸色，等到何长贵的目光从被子上移开，他才小心地问，还行吧营长？何长贵就说，凑合着吧丁班长。

一天早晨跑完步，丁辉突然对何长贵说，营长你是全团的优秀教练员，你能不能教练给我看看？何长贵犹豫着，说优秀教练员是没错，可是我教练谁呀？丁辉就站到何长贵面前，说营长你教练我呀，我当兵的时候还没有得到你的教练呢。

何长贵就真的拉开了架势。

时间久了，便形成了一个习惯，跑步后训练个一步两动什么的，两个人交流一下过去在部队的一些训练经验，然后检查室内卫生。他们之间仍旧喊营长和班长，总经理和副总经理的称呼，他们几乎没有使用过，只是在外交场合，两个人相互介绍的时候，才偶尔称呼一下。

这日子过得便有了一些滋味。

公司正式注册后，他们就招聘了十几个退伍兵，何长贵给家属的食品部派过去四人，其余的都安排在蔬菜部，任命其中的一个姓罗的为蔬菜部的经理，姓罗的兵在部队干过上士，也就是专门负责连队副食蔬菜采购的，还算是懂业务，人长得结实憨厚。罗上士带领几个退伍兵，用丁辉的那辆大头三轮车，到一二百里地之外运回蔬菜贩卖。

几个退伍兵从来没有做过生意，担心做不好，说，如果赔了本怎么办？何长贵就鼓励他们，说有什么难的？还能比你们当兵难吗？拿出你们当兵的劲头，没有干不成的事情！

事实上，外面的蔬菜和本地的差价并不大，如果拉回来的蔬菜能全部卖完，除去几个人的工资，公司一天也能赚个二百多块，但是拉回来的蔬菜很少能全部卖掉，因为蔬菜市场有一个帮派控制着，对他们新来的商贩故意排挤，搞得你无法经营。

罗上士向何长贵反映了几次，何长贵就对丁辉说，该到我们创牌子的时候了。

那天早晨，他们统一穿上了军装，十几个人一起去菜市场卖菜。他们都剪了个小平头，把他们带有照片的退伍证，镶嵌在一个玻璃框内，竖立在菜摊前，旁边还立着一块招牌，介绍“复转军人服务有限公司”成立的情况，明确公司的服务宗旨：缺一罚十，假一赔百，顾客至上，信誉第一。

这招牌货真价实，一下子就把顾客招揽过去了。那些蔬菜市场上的菜霸，一看清一色穿军装的战士，就有些惧怕，再看那块招牌，知道这个摊位的老板，就是传说开着卡车撞击市政府大门的那个营长，市政府大门他都撞了，这个城市还有他不敢撞的地方？于是几方面的菜霸谁也不敢去招惹他们了，蔬菜市场就这样被他们打开了，而且创出了自己的牌子，许多人很快就知道菜市场上有了一个复转军人蔬菜摊，知道那个撞击市政府大门的营长到市场卖菜了。一个营长转业后卖菜，很容易引起人们的同情和关注，都觉得这个营长不容易，又都觉得这个营长是条汉子。这也算是名人效应吧。

副食部那边却有些棘手，何长贵的家属不愿意把烧制猪头肉的秘方传授给派到食品部的四个兵，一直自己干着。她一个人烧制猪头肉，一天最多烧制四个猪头，根本不用别人帮助。问题就来了，既然已经列为公司的食品部，那么所有的经济收入应该归公司，也就是说，何长贵家属每天出去卖的猪头肉钱，应该上交到小姬手里，但是何长贵的家属一直没有交，丁辉和小姬也没有过问。

何长贵觉得这样下去不行了，现在公司刚成立，总得有个规矩，不按规矩办事，公司很难继续发展，过不多久就解体了。

何长贵利用晚上睡觉前的时间，正式跟家属提出这个问题，说这些日子的收入，应该如数交给小姬，以后采购新鲜的猪头，以及购买烧制猪头肉的所有用料，都去小姬那里提取，猪头肉卖完后，要把现金都交到小姬手里，一天一结算，到了年底，大家根据公司的年利润分发工资。

家属听完何长贵的话，吃惊地看着他，看到他一脸认真的表情，明白他是以公司总经理的口气跟自己谈话了，这才意识到自己当初漫不经心所犯下的错误。她确实一直没有把公司当回事儿，现在公司却成了一个金箍，把自己套住了。自己拖着病腿，辛辛苦苦卖猪头肉挣来的钱，要全部交给公司，她心里那份苦滋味是可以想象出来的。

她沉默着，半天不说话。

何长贵见家属没反应，就说，你说是不是应该这样呢？家属不能不回答了，她声音极轻地说，听你的。

家属说完这句话，眼泪就流了出来。何长贵看到她腮边的眼泪，明白了她心里的委屈，觉得很对不起家属，这么多年来，她什么事情都听他的，从不争议。何长贵就想劝慰她几句，告诉她公司一定会发展起来的，总有一天能还给她更多的钱，让她幸福地生活，但是他一直没有说出口。

第二天家属就把自己的钱交给了小姬，小姬不收，家属硬是交了。虽然每天的收入全部交给了小姬，但是家属依然自己烧制猪头肉，自己去胜利桥销售，她始终不把烧制猪头肉的秘方传授给别人。

这样，分到食品部的四个兵就闲置下来，没事的时候，何长贵就带着他们在大院子里训练，最初是出于对兵营生活的一种回忆，带有一定的娱乐性，后来就越来越正规了。有时，何长贵的家属推着三轮车出去卖猪头肉，从他们身边走过，扭头瞅一眼自己的男人，看到自己的男人很严肃地下达着口令，她就轻轻叹息一声，心里责怪他的糊涂和痴迷，但她并不多说什么，由他高兴着去做吧。

九

食品部的四个兵当中，有一个曾经在张家口部队服役了十三年，是个专业军士，他对丁辉说张家口有他的许多战友，一起当兵的战友现在都是营级干部，很多在机关里管事，可以找他们销售苹果。丁辉忙说，这是条路子，你快点儿联系，有没有在机关管理处的？管理处负责机关的福利，可以给随军的干部分发苹果。专业军士就联系了，说还真有一个，许多战友都说他们跟地方的联系很多，他们帮助销售一车苹果没问题。

丁辉就跟何长贵商量，说食品部的兵都闲着，是不是可以弄车苹果到张家口，不图挣钱，只要不赔本就行，可以用这车苹果走走关系，打开张家口的苹果销售市场。何长贵心里犹豫不定，张家口那个地方他去招过兵，一个穷地方，能不能吃得起一级苹果？运去一些三级苹果或许还有人买。眼下也该到南方贩运一些蔬菜回来，存放在冷库里，等待春节前的好价钱。

不过，既然丁辉已经提出来了，也该让他们折腾一下，如果部队能要一部分，基本上就能保本，部队买东西只要质量好，在价钱上总是不太讲究。何长贵点了头，丁辉带着副食品部门的两个兵到乡下收购苹果，小姬也跟着去了。

何长贵开始做准备，要在丁辉他们的苹果发往张家口后，他带着两个兵出去贩运一车蔬菜回来，两条战线同时推进。

丁辉带着几个兵到了乡下，发现每个村子都有人收购苹果，挂出的牌子都是“珠海收购点”，一问，才知道老板叫张振钧，是张家庄的人。张振钧就是雇佣何长贵的卡车去徐州的时候，在徐州认识了一个珠海的客商，客商让他收购一个车皮的苹果发往珠海。张振钧回来后，就在十几个村子布下了收购点，大批量地收购苹果。

丁辉带着几个兵下去，就与张振钧的收购点冲撞在一起。张振钧在这一带已经收购了两年苹果，有着很好的信誉，每次苹果发走后的一个多月，就能把钱全部给果农付清。现在收购苹果的客商，很少有一手交货一手交钱的，都是先拉货后付钱，你爱卖不卖。这地方漫山遍野都是果树，到了苹果丰收的季节，走进一望无际的果林里，到处都能闻到苹果的香甜，闻到苹果腐烂的气息。稍有烂斑点的苹果，三五天内就变成一堆烂果酱，因此这个季节，烂苹果就成了家家户户肥猪们的主要口粮，它们很卖力地帮助主人突击消灭有了烂斑点的苹果。对于果农来说，他们当然希望自己的苹果尽快被客商拉走，却又担心拉走了苹果得不到钱，所以他们都选择比较安全可靠的客商。

丁辉他们是新面孔，刚敲锣开张，果农们对他们抱有戒备心理。丁辉吆喝了两天，没有收购到苹果，就改变了收购方式，当场交货当场付钱。这一招比较灵验，果农当场就可以拿到票子，所以丁辉的收购点一下子就火爆起来。

很快有人给张振钧通报了信息，说有一家客商跟他抢生意，他的摊点冷落了。张振钧亲自到了丁辉的收购点查看，立即吩咐他的摊点，把苹果的收购价钱平均每斤提高一毛。别看一毛钱不太多，果农可是看得很重，每个果农家里都有一两万斤苹果，算下来就是一两千块，对果农来说，这就不是个小数目了。

果农又从丁辉的收购点拥向张振钧那边，丁辉就像一条池塘里的鱼，被抽干了水之后晾晒在那里，翻着一对白眼睛吐着气泡，没脾气。丁辉不敢跟着张振钧涨价，现在的收购价已经是张家口那边的最高报价，再也不能冒险了。

何长贵听说是张振钧在做鬼，就去找他商谈，说张连长呀，咱们都是转业干部，关照一下，给我们个方便，我们也就要十吨货，对你来说根本不受什么影响。张振钧笑了，说何营长的脑子转得真快，我说让你单干吧，你就选择了跟我一样的行当，是不是跟着我到了徐州一趟，看出了一些窍门了？何长贵急忙说，你放心张连长，我的货不是发到徐州，不会跟你争抢市场。

张振钧心里想的不是何长贵去哪里销售，也不是眼下的十吨苹果，这一带虽然村村都以苹果为主要经济支柱，但是苹果和苹果还有区别，张振钧占领的这一片村子的苹果，颜色鲜红，味道香甜纯正，肉质细腻爽口。何长贵干上了这一行当，以后这几个重要的苹果产地，就多了一个强劲的对手，他们很快会从十吨扩大到几十吨，收购价钱就不是他自己说了算了。张振钧就对何长贵说，你跟我争抢地盘也没有关系，咱们虽然都是转业干部，但是生意归生意，这是两码子事，生意场就如同战场，如果你感情用事，讲什么战友情哥们儿义气，我劝你最好别做生意，否则你能赔得临死都穿不上裤子。

这些话的弦外之音，何长贵已经听明白了，何长贵就点点头，说张连长，你也算当过兵的人？你还是个连长哩！

张振钧说，我现在不是连长了，我是一个苹果贩子，我的眼睛就盯着苹果蛋子。

何长贵生了一肚子气，没有办法，只好让丁辉转移了地方，到了那些土壤比较差的村子去收购苹果。

丁辉就记住了张振钧，说迟早要收拾一下这家伙。

十

丁辉和专业军士去了张家口，何长贵也带着两个复员战士去南方贩运蔬菜，一路还算顺利。

但是张家口那边，却出了问题。苹果拉去后十多天，才卖了五十多箱。专业军士的战友也帮忙了，多的推销了十几箱，少的也就是一箱两箱的。何长贵知道后，感觉不太妙，催促丁辉尽快处理，争取批发给水果贩子，别想着挣钱了，只要不赔本就行。

又过了半个多月，丁辉来电话，说苹果销售没有多大的进展，部队内部一箱也没有推进去，水果贩子给的价钱比在家里收购价还便宜，专业军士连急带气，已经病倒了，发了高烧。张家口太冷，存放在仓库的苹果，靠近门口的已经冻坏了。

何长贵放下电话，闭上了眼睛，那些苹果便在他眼睛里滚动，最后堆成山一样的狗屎酱。他惊得急忙睁开眼睛，山一样的狗屎酱慢慢地化开了，化成了一个女人的影子，他仔细一看，小姬站在他的眼前，目不转睛地看着他，他就把本来要呼出的一声叹息憋了回去，对小姬说，我要去一趟张家口了。

小姬的神色有些严肃，她很少有这样严肃的样子。她说，丁辉这人总是太自信，把许多事情看得那么简单，这样下去还不赔死了，总有一天要把我赔掉。

何长贵笑了，说怎么会赔死呢，不会的，丁辉这小子聪明哩，可惜我在部队不认识他，像他这样具有典型军人气质的人，事业不成功才见鬼呢。

小姬嘘了口气，说我也去张家口。何长贵急忙摇头，说我现在就去赶长途车，到烟台买硬座火车票，去北京再倒长途车，你一个女孩子跟着不方便。小姬说，你不要拦我，我说去就一定要去你拦我也没有用，我就是变成花木兰也要去，我这就回去收拾东西。

小姬出去后，何长贵的一声叹息，悠长地叹出来。他知道自己拦不住小姬，就跟家属打了个招呼，把公司的事情交给蔬菜部的罗上士照料，带着小姬就走了。

一路的辛苦就不必说了，也就是这一路的辛苦，何长贵对小姬有了新的认识，这个女孩子有极强的韧性，能适应艰苦的生活环境，很让他感到惊讶。

到了张家口，那里正下着小雪，刮着强劲的西北风，天气冷得很。也怪，张家口离北京并不远，却完全是两种气候。他们为了寻找丁辉的住处，在马路上走了二十多分钟，雪花像小刀片似的割在他们脸上，小姬的脸色被折腾得紫红紫红的。

见到了丁辉和专业军士，何长贵就急着去仓库看了苹果，一看心里就凉冰冰的，对丁辉说，我们明天就把苹果运到北京水果批发市场，再在这里拖下去，这车苹果就栽在这儿了。

他们在当地雇了卡车，第二天就把苹果拉到了北京水果批发市场，租了一间简易棚子放下了。

北京的水果批发市场上的苹果堆成了山，市场上的生意比较淡，市场价也不高，从各地运来的苹果都吆喝着是烟台苹果。何长贵心里七上八下了，虽然自己的苹果是正宗的烟台货，但是北京人没有几个懂行的，他们觉得颜色红个头大的就是好货。当然，水果贩子是懂行的，有几个水果贩子要把何长贵他们的苹果一起买了，价钱比现在的市场价压低了两毛。

何长贵咬咬牙，准备甩出去，但是丁辉却上来了牛脾气，死活不卖，专业军士也不答应。他们算了一笔账，按照现在的市场价，除去运费、纸箱钱等费用，已经要赔一万块了，再压低价钱就赔惨了。丁辉说，春节前水果市场的价钱一定能提起来，我们在这儿挺一挺。何长贵明白他们俩的心情，他们想在北京把苹果卖个好价钱，捞回一些面子。

何长贵也就同意了，但是家里冷库的蔬菜应该上市了，他让丁辉几个人都回去，自己带一个战士留下处理苹果。他说自己在北京当了快二十年兵，熟悉这里的情况，这里还有一些很不错的战友，可以跟他们联系联系，让他们帮帮忙。丁辉坚决不走，丁辉不走小姬也不走，何长贵就把他们留下，让其余的人回去处理蔬菜。

把他们送走，何长贵就给一个战友打电话，他当新兵时和这个战友在一个连队，后来又一起考取军校，毕业后分到一个连队当排长，感情算是深厚了。现在这个战友是个团副，也算是团里的首长，何长贵想让他给部队买一些苹果，春节作为干部的福利发下去。

电话打通了，战友说，老何你也不是不知道，团里的团副有什么权力？是个跑腿的差事，再说，现在部队管得很严，不允许分发任何东西，实在是帮不上这个忙。何长贵的心一下子凉了，嘴上却说没关系，不行就算了。电话那头的战友，听起来挺热情，再三邀请何长贵到团里去玩，说老何你来，我在团招待所请你吃饭，咱们找几个战友聚一聚，我一个团副吃顿饭的权力还有。

何长贵心里正乱糟糟的，哪里还有心情聚会，就说过几天再说吧，我要把苹果处理完。战友大概听出了何长贵的不满，就连忙道歉，说你还有什么事情我能帮忙的，你就告诉我。何长贵犹豫了一下，说能不能找两床被子来？晚上要在水果市场看守苹果。战友当即答应了，说这个好办。

第二天，战友就让一个连长给何长贵送去两床被子和两个大棉垫子，何长贵把这些东西铺展在简易棚子里，晚上准备睡在里面。丁辉和小姬也坚持要睡在棚子里，何长贵劝不住，也就同意了。棚子的大门是一个铁栅栏，他们就找了纸箱子封堵了一下，三个人一起在里面经受寒冷的考验了。

晚上，水果市场的管理员巡视市场，发现他们三个人，就奇怪地说，我们这儿不允许住人，你的摊位由我们统一看管，你们不知道？何长贵急忙赔着笑脸，说我们农民挣个钱不容易，能省一个是一个，希望你老多关照。

管理员五十多岁，身体也还硬朗，他看看何长贵，说，我用你三箱苹果。他说的是用而不是要，但是何长贵心里明白，又不能说什么，就笑一笑。管理员又说，帮我搬过去。何长贵看了丁辉一眼，说你快帮着管理员搬过去，管理员以后还用苹果就来搬。

丁辉不满地搬了三箱苹果，送到了市场治安管理办公室，里面的一个小炉子烧得正旺。丁辉就坐下来烤火，想尽量把这个寒冷而漫长的夜晚在火炉边打发掉。

坐在火炉边，丁辉就找一些话题跟管理员聊聊。大概管理员一个人待着也挺寂寞，便很有兴趣地跟丁辉聊上了。这一聊，管理员才知道丁辉和何长贵的身世，就说我也当过兵，我是副团退休的。既然大家都是当兵出身，管理员就为刚才的三箱苹果很不好意思了，急忙说，你们以后每天的租金少交十块钱吧。又说，你去把你营长叫来烤火，我明天给你们找几个水果贩子试一试。

丁辉去跟何长贵说了，何长贵激动地对小姬说，你看你看，我们的战友遍天下，走，烤火去。

围着温暖的火炉，三个人谈论的话题一直没离开兵营，他们正好是六十年代、七十年代和八十年代入伍的三代兵，因此各自说起当新兵时的故事，格外有趣。到最后，何长贵感慨地说，在中国，从事军人这个职业的人最多，每年兵营都有一批兵转业退伍，像流水一样流到社会上，每一个家庭追溯到上三代，准有人当过兵，这个群体太庞大了。

第二天，管理员真的介绍了一些水果商贩去了何长贵的摊位，虽然没有大批量买的，但是他们卖的速度比过去几天快多了。当然，何长贵真正感激管理员的，还不在这儿，而是管理员介绍的那个广州客商。管理员说有一个广州客商每年到山东收购苹果，这个客商与管理员有一些亲戚成分，明年让客商与何长贵联系。就是这个客商，改变了何长贵公司的命运。

何长贵庆幸遇到管理员这样的老战友，当兵的人之间有一种共同语言，虽然不在一个地方当兵，但是只要在兵营里浸泡过，身上就有着同一种味道。有几天，何长贵发现一些当兵的到水果市场买苹果，看到他和丁辉都穿着军用大衣，就来到他们摊位前，连价钱都不讲，多的要十几箱，少的一两箱，搬着就走。何长贵就对小姬说，你信不信这些当兵的知道我们也当过兵？他们能闻出我们身上的味道。

小姬就凑到丁辉身上嗅，又低头闻自己，说真的不是一样的味道。

离春节还有一个星期的时候，何长贵终于处理完了苹果，他还没有忘记留了两箱，带着丁辉和小姬去了战友家里，毕竟人家借了两床被子给你，不打招呼就走不太义气。

战友还没有回家，他的老婆说他正从机关往回走呢。战友老婆看到何长贵和丁辉各自搬着一箱苹果进了屋子，就说家里的苹果吃不完，前几天刚买了十箱放在凉台上。何长贵一边把苹果往凉台上搬，一边说我们的苹果是正宗的烟台苹果，你尝尝就知道有什么区别了。正说着，看到凉台上的一堆苹果和他们的相似，仔细一看，就是他们卖的苹果，何长贵心里就疑惑起来。

战友的老婆还在责怪她男人，说，那个死心眼的，不知道犯了什么病，一次买了十箱，还被人骗了，买回来的苹果是冻的，许多苹果开始烂了。

何长贵坐不住了，给丁辉使了个眼色，站起来对战友老婆说，我们还有事情急着办，就不等副团长回来了。

三个人匆忙下楼，正遇到赶回来的战友。战友一看何长贵要走，就急了，说怎么要走？我赶回来就是要请你出去喝酒，咱们很久没见面了，真想你哩。何长贵还准备寻找理由走开，战友拽着他就朝前面的军车里拖。

这时候，何长贵瞥了一眼司机，觉得好面熟，再一想，就是前几天去他们摊位买了十箱苹果的兵。何长贵一下子明白了，愣愣地看着战友说，我来卖苹果，你怎么还去掏钱买呢？太不够意思了。

战友也愣了一下，估计何长贵已经知道了，就说，我没有本事帮你处理，就发动咱们的战友买，买不多，能买一箱你就少一箱，反正我们也要吃苹果。

何长贵的眼睛发胀，泪水直往外滚，他极力憋住那些泪水，不让泪水自由泛滥，狠着声音对战友说，你他妈真操蛋！你买十箱苹果你吃得完吗？我的苹果你还掏钱买，真是操蛋透了！

战友见何长贵激动的样子，脸上的笑不太自然了，憨憨地说，二狗子也买了十箱，二狗子差一点儿要买二十箱哩。

二狗子也是何长贵的战友，在一个营里当教导员。

何长贵揉了一下眼睛，说你闭上嘴巴，还不赶快请我喝酒去，把二狗子也喊上。

战友就有了精神，说对对，喝酒去，喊上二狗子那操蛋兵！

十一

罗上士带着家里的人在何长贵他们返回去之前，把存在冷库里的蔬菜处理完了，算下来赚了两万多，何长贵听了非常满意。

但是蔬菜也不是那么好卖的，当时何长贵的家属看着压在冷库里的山一样的蔬菜批发不出去，心里慌张，就不卖她的猪头肉了，从冷库拉了蔬菜到市场上吆喝，天不亮赶到菜市场，一蹲就是十个小时，她本来就有病，经过这样二十多天的折腾，身体几乎散了架。

何长贵的这个春节过得比较沉闷，家属一直躺在床上，半夜里经常叫唤，何长贵要把她送到医院，她又不答应，就在家里硬熬着。她不想让何长贵转业后的第一个春节在病房里度过，一家三口怎么也得过个团圆的春节。

终于熬到机关都上班的时候，家属熬不住了，就住了医院。经过一系列的彻底检查，主治医生就把何长贵叫到办公室单独谈话。何长贵自从和医生单独谈话后，就再也没离开病房，一直陪着家属，把公司里的事情交给丁辉管理。

两个多月后的一天，家属感觉自己熬不过多少日子了，就对何长贵说，我跟着你这么多年，从来没有对你提什么要求，我现在能不能跟你提一个呢？何长贵忍着自己的泪水，说你提你提，我一定答应。

家属沉默了一会儿，轻轻地嘘出一口气说，我死了，你可以第二天就找别的女人，我不反对，只要对孩子好就行，但是有一点你答应我，我知道你的心还在部队那边，孩子长大后，你不能让他去当兵，做什么工作都行，就是不能当兵去。

家属抬眼看着何长贵，等待他的回答，何长贵急忙点头，把流到嘴边的泪水抿到嘴里，点着头，说一定答应你的要求。然后，家属把烧制猪头肉的配方告诉了何长贵。

半个月后，何长贵的家属死了，留给他的是遗憾，他欠家属的感情债永远无法偿还了。后来，当他的公司红红火火之后，这份遗憾就更加厚重，他的成功、他的荣耀，对这个为他操劳快二十年的女人没有任何滋润。

何长贵家属死了，丁辉和专业军士哭得鼻涕一把泪一把的，两个人都觉得她的死与自己有关，如果他们折腾的那车苹果不在张家口搁浅，大家都在公司集中精力处理蔬菜，她就可以继续卖她的猪头肉，不必起早贪黑蹲在寒冷的菜市场吆喝。现在苹果赔了钱，还把总经理的家属赔进去了，这个责任太大了，两个人就放声大哭，像哭亲娘那样子。小姬在何长贵家属死后，也似乎成熟了很多，不再孩子似的跟丁辉赌气了，时时刻刻地想着照顾何长贵和那个上学的孩子。

公司的那些退伍老兵们，心里也都沉甸甸的，知道何长贵和家属为了公司所付出的代价，于是尽心尽力地工作着。何长贵把烧制猪头肉的配方告诉了几个战士，副食部的战士们试验成功后，就大量烧制批发了。蔬菜部那边也越干越红火，他们还在郊区租了菜地，从外地引进了蔬菜新品种，开始搞试验田了。公司在当地很快有了一些名气，许多有专业有技术的复转军人，抢着要求进公司工作，公司的力量一天天壮大起来，分工也越来越细，几个部门都设立了办公室。

这些当兵的人在一起，总改不了当兵人的习惯，时间不长，就把蔬菜、水果和副食三个部门叫成一连、二连、三连，把总公司叫成了营部。他们觉得这样听着舒服，这样干着有力气。他们当中许多人原来的工作单位很好，但是知道了有这么一个复转军人服务公司，就把工作辞掉了，到这里来并不是为了挣钱，只是想品尝一些兵味，重新过一过兵营生活。

那些没有当过兵的人，无缘进入公司，就经常跑到公司门口去瞅，看看这些当兵人是怎样升降国旗，怎样出早操，怎样训练……觉得有趣，或者可笑，总之是感到新鲜。

七月末的一天傍晚，何长贵在大院里转圈，琢磨着在大院内盖一栋三层小楼。公司发展很快，办公的地方越来越拥挤，院子里的平房也太破旧了。但是公司的那点儿钱根本不够盖楼房的费用，而且几个生意项目也等着用钱，何长贵就想到银行贷一笔款。贷款不是一件容易的事情，需要领导批条子，这时候他又想到了市长，觉得还得去见见市长。他知道现在见市长比过去容易多了，因为他们的公司已经引起了市长的关注。这么多复转军人集中在一起，弄得像一个正规部队，而且生意也越来越红火，不能不让当地政府关注了。

正琢磨着，丁辉从外面回来，显得一惊一乍的样子，对何长贵说，营长你知道吗？张家庄的张振钧死了，我还没收拾他他就死了，这就叫报应。何长贵吃了一惊，急忙问怎么死的，丁辉就详细讲了。

张振钧是从珠海的一个大酒店的楼上摔下去死的，现在死的原因不明，有的说因为他被客商骗了，二十多万块钱一分没有拿到手，客商却不见影子了，死的前几天，他到当地公安部门报案，但是公安部门一时去哪里寻找客商？在珠海，二十几万块钱不能算钱，但是对于张振钧来说就是一条命，家里的果农都等着他回去，拿不回钱，那些眼巴巴等钱的果农，还不把他吃了？一急之下，他就跳了楼。还有一种说法，说是他追着客商要钱，把客商逼急了，就从楼上把他扔下去。张振钧的家属淑娟去珠海料理后事，当地公安部门对她解释说，没有任何迹象证明是他杀，从现场分析来看，确实是自杀。

何长贵听了丁辉绘声绘色的讲述，似乎僵硬在那里了。丁辉在夜色里没有注意到何长贵的脸色，说现在张振钧家里热闹了，他家属从珠海回来后，果农不知道她带回了多少钱，都抢着去家里要，家里的门都被挤破了，一些值钱的东西早被抢光了，圈里的一头未成年的肥猪也被扛走了。

听到这里，何长贵突然站起来，说我们去看看，不管怎么说，他是我们的战友，转业回来折腾了几年，没想到折腾到了这地步，也不知道老婆孩子怎么样了。丁辉了解营长的脾气，也就不说什么了，喊了小姬一声，三个人就奔张振钧家里去了。

十二

张振钧的院子里，有五六十人耗在那里，站着的蹲着的，喊着的骂着的，屋子里也挤满了人，里面传出女孩子的哭声。

何长贵和丁辉走进院子里，立即引起了院子里人的注意，他们以为又来了个新债主，都扭了头看。何长贵朝屋子里挤的时候，一个果农就说，甭挤，挤进去也没用，一个子儿也没有。另一个说，有钱给，也得按照欠账的早晚，一个一个地还。

何长贵站在门口朝屋子里看了一眼，发现披头散发的淑娟坐在土炕里面，手里握着一根绳子，随时都准备上吊自尽的样子，那个哭叫的女孩子就抱住淑娟的胳膊。何长贵的脑子里嗡的一声，血液快速朝头顶涌去。再这样闹哄下去，肯定还要出事。但是，在这样乱哄哄的场合里，他又无法劝慰淑娟，他就对院子里的人说，你们知道没有钱，就别在这儿等了，有一天家里有了钱，自然会还你们的账，如果你们现在逼得紧了，把这个女人逼出个三长两短，大家一分钱也拿不到。

要债的人听明白了，何长贵他们不是来要债的，好像是张振钧家的什么亲戚，就都围拢过来。这些日子，张振钧家的亲戚都远远地躲了，害怕引火烧身，现在终于有了露面的，果农们似乎看到了某种希望。有个年轻人说话高声高气，对何长贵说，她一个女人家，什么时候会有钱？我们等上一百年也是白等，如果她是个黄花姑娘，说不定还能挣回二十几万。

丁辉听了，忍不住骂了一句，放你的屁！丁辉这么一骂，就骂出了问题，那些心里憋着气的果农，都朝丁辉冲过来，局面眼看就要控制不住了。何长贵就大声喊，说你们还想要钱的话，就都静下来听我说，不想要钱，你们爱怎么闹怎么闹，我们拔腿走人！

人群就一下子静下来。

何长贵看了看丁辉，小声说，这件事我们不能不管了，你说呢？咱们先私自做主，回公司再开会研究吧。丁辉明白了营长的意思，犹豫地说，这是一笔不小的数目，我们公司还不被压垮了？何长贵说，如果大家都不同意，我自己承担，这个你放心。小姬在一边插嘴说，我也算一份，要背一起背。丁辉不好说别的了，说营长我是为了公司考虑，我个人没有问题，也算一份。

人群里已经有聪明人开始说话了，说如果我们回去，这钱跟谁要？你们能负这个责任吗？果农们知道淑娟一个女人家，是无法偿还这么大的债务的，他们非常希望有人能站出来替淑娟说话，承担这个责任。何长贵说，你们放心回去吧，钱一分也不会少你们的，但是不是现在，而是明年的秋后。

一个看起来有点身份的老头，被一些果农推到前面，跟何长贵说话。老头说，我们不是要逼她，可我们那么多钱也不能白扔了，既然你这么说，我们现在就走，保证不再来闹了，别说明年秋后，就是等到后年秋后都行，不过我们到哪里找你？总得给我们个手续吧？何长贵从地上捡起一块红砖头，在张振钧家房子的白墙壁上写下公司的名字和自己的名字，说你们拿着欠条到公司找我，我给你们改换欠条。果农们虽然有些疑惑，想了想也没有再好的办法，就很快走散了。

屋子里安静下来，小姬就把女孩子抱起来，然后劝慰淑娟，想把她手里的那根绳子要下来。淑娟抬眼看了看何长贵，说何营长你们走吧，那些钱你们不要管了，我一死什么都没了，你们要管，就把这个孩子抱走吧，我现在活着没有多少意思了。

何长贵故意把话说得很轻松，说你看看你说的什么话，为这十万二十万的钱值得吗？你什么都不要考虑了，啥事情都没有。

不管他们怎么说，淑娟手里的绳子就是紧紧握着，坚持说自己感到活着没有意思了，活着不如死了好。她说，你们谁也不要劝我了，我就是现在不死，明天也要死，你们不能天天看着我吧。

几个人走到另一间屋子商量对策，丁辉有些泄气，说看样子她铁了心，没有什么用了，就像她说的，今天不死明天死，我们拦不住她。何长贵说，明天再说明天的话，其实人犯糊涂的时候就是这么一阵子，过了这阵子什么事情都想得开，我们今晚就别走了，睡在这里，小姬过去陪着她睡，我和丁辉在这边，有情况就赶快喊我们。

小姬有些惊恐地看着何长贵，说我这个人爱犯困，她趁我睡着了上吊怎么办？再说，如果我半夜醒来，一看屋子里吊着个人，我准能吓死。小姬说，其实劝女人的事情最好是男人做，女人在精神脆弱的时候，很希望得到一种保护，一种力量，所以最好你们……

何长贵打断小姬的话，说那好吧，你们带着孩子在这边，我过去陪着，你们赶快弄点饭给孩子吃。

其实何长贵心里也在想，眼下只有自己可以劝劝她，毕竟他们见过一次，年龄相差又不大，是比较容易沟通的。何长贵走到淑娟的屋子，关上了门，对淑娟说，别在那里犯糊涂了，也不为孩子想一想，赶快睡觉吧，明天跟着我回公司，我家属病死半年了，我儿子上学没人照顾，你去照顾这两个孩子，在公司干点儿自己能干的事，真是的，天塌了有高个子撑着，什么大不了的事？何长贵说完这些话，就再也不多说别的，上去给她放下了蚊帐，自己拖了一条草凉席铺到地上，像在自己家里睡觉似的，把身上多余的衣服脱了，拉灭了灯倒头便睡。

他的眼睛自然不会闭实，黑暗里竖着耳朵听着淑娟的动静。淑娟在他脱衣躺下的时候，就惊讶地瞪大眼睛看他，不知道这个何营长要干什么，等到他躺下不动了，并且发出了均匀的呼吸时，她才明白他要在自己的屋子里睡一夜。最初，她还琢磨等到何营长睡熟了，把绳子朝房梁上一搭，三两下就结束了一切，但是在等待何营长睡熟的过程中，这女人的心理就起了变化，人性的一些东西开始苏醒了。她听到睡熟的何营长条件反射地拍打着身上的蚊子，拍得噼啪响。她心里一阵感动，觉得这个何营长真是个好人，不能让蚊子左一口右一口地咬他，于是就起身找出了蚊香点燃了，轻轻放在他的身边。

何长贵眯缝着眼睛，看着她轻轻地挪动，等到闻到了蚊香之后，他知道她不会有什么大问题了，于是就踏实地去睡，一会儿便发出鼾睡声。

女人坐在他身边，听着他的鼾睡声，觉得这声音很好听，再后来，她就轻轻地哭泣了。这一哭，浑身就酥软了，紧张的神经也松弛下来。

何长贵醒来的时候，窗外有了亮光。亮光从窗户上投到蚊帐里，清晰地显出了淑娟睡着的身子，那根绳子就搂在她的怀里。何长贵把眼睛凑在蚊帐上朝里面看了两眼，动作很轻地爬起来穿好衣服，拉开门出去了。开门的时候，躺在蚊帐里的淑娟动了动身子，她也醒了，却没有起来。

那边屋子的丁辉和小姬，听到营长起来了，也急忙起床，三个人都站在院子里。丁辉仔细瞅着何长贵的脸，嘻嘻地笑，说没事了吧营长？营长就是有办法。何长贵撇了撇嘴说，你们看我们是不是今天就把她们母女带回公司？

丁辉就止住了笑，说当然今天带走，放在这儿说不定又出什么事，我们把她放在哪个连队？何长贵想了想，说就放在营部吧，交给小姬管理，让她到伙房做饭，伙房正缺个炊事员，顺便让她照看一下我儿子何春雨。丁辉急忙说，是个好办法，顺便也照顾一下营长。

何长贵瞅着院子说，这个院子挺大的，今年秋天在这儿给广州的客商收购苹果，屋子做仓库，真是个好地方。

三个人正打量屋子，却猛然发现屋子顶上的烟囱，冒出了炊烟，他们都惊讶地朝厨房那儿看去。

十三

北京水果市场的那个管理员，给何长贵介绍的广州客商，是个不到二十六七岁的女人，今年五六月份的时候，已经跟何长贵的公司联系上了，双方谈定了条件，只等收苹果的季节了。

女客商只是让公司作为她的代理人，在当地代收一个车皮的苹果，与果农打交道现货现钱，收购完之后，每斤苹果付给公司一毛钱的劳务费。按说这钱并不多，但是公司处于发展阶段，这种没有任何风险的小钱当然要挣。

因为现货现钱，收购起来比较容易，收苹果的季节，公司就在淑娟的院子前设了收购点，附近村子里的果农，都抢着把自己的苹果送过来，担心错过了这样的好机会。何长贵派了二十几个退伍兵，在院子前架起了五个磅秤，不到半月的工夫就收齐了，给广州的女客商打电话，让她来发货。女客商因为有别的生意缠身，又知道苹果都存放在几间屋子里，也就一拖再拖，迟迟没有来。

由于果农每年都担心自己的苹果积压在家里卖不出去，所以只要有客商现钱收购，即使价格低一些也要尽快卖掉，把苹果换成了钱捏在手里才踏实。于是，这一带的苹果很快运出去，晚来的一些客商竟然收购不到苹果了，苹果的价格就一路上涨，最后每斤比何长贵他们收购的贵了四毛，确实出乎人们的意料，卖得早的果农后悔不迭。

何长贵堆在院子和屋里的苹果，一下显得格外引人注目，一些客商找到公司商谈，希望以高价转卖给他们。公司的一些人很高兴，建议转让给别人，至于广州客商那里，公司把本钱还给她就行了。

何长贵当然不同意转让给别的客商，但下面几个部门的负责人有一些不同意见，他就召集公司几个部门的头头开会商量。会上，丁辉首先反对，说这样做违反了游戏规则，也砸了我们公司的牌子，我们都是当兵出身的，不能不讲信誉。有人立即反对丁辉，说这是做生意，有钱就赚，广州那边已经违背了协议，没有按照规定的时间取货，这不能怪我们。丁辉听了这话，突然想起死去的张振钧也曾经这样说过，就把公司与张振钧打交道的事情讲给大家听。最后，大家都觉得应该遵守与广州客商的协议，维护公司的声誉。

广州客商得知苹果价格上涨后，担心何长贵他们把收购的苹果转让出去，急急忙忙赶过来，看到给她收购的苹果完好地保存着，又知道许多客商要高价收购这些苹果，公司坚决不干，她就很感动地对何长贵说，何总是个讲信誉的人，你的公司将来一定兴旺发达。

这位很有魄力的女客商把货发走后，她自己并没有马上离开，而是在公司住了两天，与何长贵、丁辉和小姬等人聊了聊，这女人便有了新的想法，对何长贵说，如果你们公司愿意的话，我想跟你们合伙干，我在广州也有一个公司，咱们每年除了收购苹果，还可以干别的，广州的市场我负责，这边的市场你们负责。

她被这个特殊的集体里的一些特殊的事情震撼了，当然也被何长贵的人格魅力震撼了。

何长贵当然求之不得，当即答应聘请她为公司的副总经理，她临走的时候，邀请何长贵他们有时间到广州考察一下她的公司。

广州的女客商走后，公司的人便传说这个女客商还是一个单身，据说她要给公司投资，在院子里盖一栋办公楼和宿舍楼。有人就去问何长贵是不是真的，何长贵笑了说，前一个说法我不知道真假，后一个倒是真的。

猜测就来了，说那个广州小姐看中的不是咱们公司，而是营长，她要来我们公司长期居住了。

于是许多人就替淑娟惋惜起来，说其实淑娟跟着营长比较合适，一些女人还私下替淑娟出主意，让她主动靠近营长，尽快能与营长结合起来，如果等到那个小女人搬来居住，事情就麻烦了，那广州女人毕竟年轻漂亮呀。淑娟红着脸笑笑，并不说话，仍旧细心地照看着营长的儿子何春雨。何春雨几乎每天夜里都是睡在淑娟的屋子里，就像她的儿子一样了。

日子就这样滑了过去。

院子里的楼房盖起来了，里面有广州那个女老板的办公室和卧室，但是她很少在这居住，只是有事情就赶过来，办完事就走了，她的大部分业务在广州，这儿好像是她出差时的招待所。

不过，她预言的没有错，复转军人服务有限公司几年后就成为当地最有名气的大公司，下面设立十几个分公司，拥有复转军人和家属七百多人。他们每年隆重的活动是“八一”建军节和年底的军事考核，这两个活动，地方政府的领导必定要参加的。

何长贵和淑娟，一直没有像人们希望的那样结合起来，他们都各自生活着，许多人并不知道究竟为什么，只有丁辉和小姬了解内情，但是他们都不肯说出来。

十四

何长贵的儿子在淑娟的照料下一天天长大了，何长贵在淑娟的关心下一天天衰老了。

儿子何春雨报考大学的时候，拿着一张报考志愿表回家征求何长贵的意见。何长贵仔细看了几遍，又把表格递给儿子，不说话。儿子说，爸爸你说哪一个学校好呢？何长贵犹豫着，终于说，你已经大了，还是你自己选择吧。

儿子就接过表格填写，何长贵抻着脖子看，似乎很紧张。儿子毫不犹豫地选择了某陆军学院，他才松了一口气，对儿子开玩笑说，咱们很快就成为战友了。

说完，何长贵看了一眼挂在墙上的家属的照片，眼睛立即湿润了。

（《小说月报》2002 年第 8 期选载）

东营盘点“兵”

李　骏

东营是我原来在新疆当兵时驻守过的营盘。那里没有其他的特产，除了一年四季爱刮风下雪。我在东营一共待了三年，那是一个我后来在人生旅途上无数次爱回顾的地方。因此，东营戈壁滩，久而久之便成了我心灵上的一块永远醒着的冻土。

我爱做梦，多次做梦都是回了东营，踏着雪，或者唱着一首没有调子的歌。

梦回吹角连营。营内的一切，后来一次次苏醒在我的记忆里。我把我们营的人都写透了。他们说，那些事，我们都忘了，真亏你还有心记得。

过去，我生活在其中时，是忽略了的。但离开了那块土地后，不知为什么，一切反而更加清晰地印在我的梦里。有一天，我出了营门走进跟前生活的这个大都市，看到街头巷尾里的那些怡然自乐的人们，我们习惯地称之为“老百姓”，这些老百姓，曾经是若有若无地闯入过我们的军营生活，若有若无地影响或带给了我们生活中另外的一些色调。于是，遥隔了几千里的营地和营地里的“编外”人物，有一天在我的记忆里走了回来，让我在曾经置身的那个真正的沙场上，有了一次大“点兵”的机会。

澡堂的大爷

出了团部，再往东走上两里，便是东营。东营躺在戈壁滩上，孤零零的像个多年未娶媳妇的光棍。但是有了兵，这里便活了。东营的边上，也就几百米，有一个化工厂，很大。那里每天收购棉花，堆得像山似的，人扎个猛子进去，能见着才怪。我们连的老兵说，那些棉花是用来造炸药的。我根本不信，因为以我有限的经验，我觉得柔软的棉花只能用来制造五光十色的衣服。如何造炸药？我一直认为老兵是在瞎白话。不过新兵有了新的看法，一般是不能说出来的。否则老兵说，新兵蛋子，才当几天兵？大有一副他走过的桥比我们走过的路多的样子。

不管这个说法是否属实。有一点是我们大家都知道的。那就是化工厂里是一个小社会，里面有工作间、贮藏间、休息室，有厕所，有饭店，当然少不了舞场、澡堂以及理发室和小卖部。

舞场我们是不敢去的。我们去的而且是请假后才能去的，只有澡堂、小卖部和理发室。我每个月的津贴少，加之那时提倡节约，况且在那地方除了洗漱用品外根本用不着花钱，所以小卖部我也很少去。

去得多的是澡堂和理发室。

澡堂不大，自制式的那种，摆在化工厂的一角。从外面看去灰不拉叽的，还以为是个厕所。

管澡堂的是一个维吾尔族大爷。大爷长满胡子，老是一脸的笑。老远，看见了穿军装的，便喊，雅大西，来了。我们说来了。大爷便把手横在胸前，做出一个请的姿势，手里的烟袋这时便叮当作响。我们掏钱，买票。才两元，不贵。到团部那边去洗澡来回还得两元的车费呢。再说，遇到纠察有时还说不清楚，没准拉上车关上禁闭，教育几天才放出来，不值得。

大爷一边收钱一边说，军人优惠，民工三元。我们说，军民一家，不收也可以吧？大爷做个鬼脸，吐了吐舌头说，这是建筑费和水费，成本价。成本收回来了，你们洗便可以不要钱了。当然，你们要是暂时没有，可以欠账。我们说，你不怕我们赖着不还？大爷笑了说，你们，雅大西，一个个顶呱呱的。我们便笑。大爷一边笑一边发给我们发一张奖券，说，我这儿好，洗澡可以抽奖。我们常常说，算了吧，这样你的成本收不回来了。大爷说，碰碰运气，小伙子，一个个运气都好。我们乐着抽了，多半是没有运气的。其实最好的运气，也不过是一支牙膏，或者一个圆镜。大家都乐一乐。我们便跟着笑一笑，进去了。

澡堂不大，却很干净。冬天的时候，戈壁滩上全是风沙，干燥而又乏味。从训练场和劳动场上下来，小伙子们都是一身的臭汗。能洗上澡，那才叫舒服呢。水打在身上，嗞嗞作响，都沁到皮肤里去了。因此，我们爱待在里面不出来，洗完了还想让热水再泡上一会儿，一边洗一边大声地唱歌，要么是《达坂城的姑娘》，要么是《花儿为什么这样红》……澡堂里乱哄哄的，其实一句话也听不清楚。洗来洗去也就忘记了节约用水的习惯。维吾尔族大爷便喊，雅大西，雅大西，快点出来，要停水啰……

我们装作没听见。大爷便着急了，几个热水器，可外面还等着一排人呢。他看到我们还在水下打闹，便钻进来说，雅大西，雅大西，你们的连长来了啊！我们一听，连忙擦身子，穿衣服。等我们晃晃悠悠地出来了，大爷却在那里笑。我们说，连长呢？大爷说，连长？他骑着车，从这里过去了。我们知道上当了，便和大爷闹着玩。大爷说，你们汉族小伙子，真不赖，把情况说说，明日我给你们介绍个相好的。我们说，真的吗？他说，那还有假？一定漂漂亮亮的。我们便高兴地握了手，要往回走。大爷说，坐一会儿，坐一会儿，我们聊聊天……其实他那里也没有座的，我们便站着，顺着老头子喜欢的话漫无目的地谈一阵。老爷子一边抽烟，一边拍我们的肩头说，我年轻时，厉害着哪，上天山采药遇到狼，打得它们趴在地上哭……

我们说，老爷子，你是厉害。你也打过虎吧？

那不在话下。你看看，你看看。他一边说一边挽起袖子，露出伤疤让我们看，然后说，这是让天山上的熊咬的，我都没怕过……

我们说，你瞎吹了，天山上哪里有熊呢？

没有……没有我带你去看看……

我们便笑了。一边笑一边要走。老爷子看到今天没有人再来了，便说，你们扣好衣服，别着凉了。

我们一边说感谢，一边往外走。老爷子说，欢迎下次再来！

我们说，一定，一定，下次把水再烧热点……

老爷子说，那当然，雅大西来了当然要烧热点，下次一定来啊，奖品要提高档次了……

我们握了手，就听到班长叫集合。我们便迅速地站成一排，因为班长说出来就要注意形象。所以我们排成队，向右转时，老爷子也跟在队伍的屁股后，一边学着我们走路一边摆手喊"一二一"。周围的人一见就笑了。老爷子有些不好意思地走出队列，向我们挥手说，走好啊！别掉队啊！然后每次他都要站在那儿，看着我们走到拐角消失为止。

我们班长说，一个好老头儿，年轻时当兵没当上。到老了还想当兵啊！

班长说完便要借此事教育我们一番，要我们珍惜来之不易的军旅生活。班长的话几年来总是那一句：同志们哩，记住哩，当兵的后悔三年，不当兵的后悔一辈子！

我们听了只是偷偷地乐。一边乐一边把步子走得更军人化一些。

走到大门口，便有人对班长说，班长，我要理发。

班长挠了挠头皮，装出思考的样子，最后才说，那当然，我们照例是要理发的……

于是大家走出化工厂，到大门口的理发室里理发。

理发的女人

不知从什么时候起，兵们都不喜欢在班里理发，班里理发大家都觉得没意思。班长说，你们这些新兵蛋子，所谓的理发，就是在东营待得太久了，想到外面见见女人罢了。兵们听了不说是也不说不是，但连长知道他们是怎么想的。

连长说，你们去放放风也可以，但要班长带队。于是每个班的班长都报名要求带队。

指导员说，这样不行吧？连长说，这样可以减少打架和骂娘。你没看到冬天太长了，他们的脾气都上来了。指导员便笑着说，你老婆在四川，敢情你的脾气也来啦。连长说，扯，哪儿跟哪儿呀。

大家便集了合，由班长点了人数，出来了。理发室就在化工厂的大门口，两间屋子，一间工作室，一间起居室。简单得任何东西都不能多出一件，也少不得一件。

兵们进了理发室，都是规规矩矩的，一路上的玩笑没了。理发的女人一边让座一边擦椅子说，来了。兵们便叫了嫂子说，来了，麻烦你了。嫂子说，不麻烦，你们这是照顾我的生意，解放军好呀。

兵们便老老实实地坐下。其实理发的是一个三十多岁的女人，也没有什么好看的。好看的在她的手，她的手下理出来的小伙子，一个个看上去蛮精神的。兵们在东营那兔子不拉屎的地方长年看不到一个女人，现在坐在人家的椅子上理发，头上便像触电一样。其实人家不知比自己大多少岁。可兵们不计较，兵们只是规规矩矩地坐着。看到头发纷纷扬扬地落下来，旁边没有理的便指手画脚地议论。这个说这里还得剪一点，那个说可以了。女人便笑着说，反正又没有女人看你们，又不是要见女朋友，有什么要紧。兵们便说，嫂子你可不知道呀，这关系到军队的形象啊。嫂子便乐了。

嫂子理发收的钱很少。她一边理一边与兵们拉家常，比如家是哪里的呀？家里有几口人呀？到这里当兵习不习惯呀，等等等等。兵们大都老实，什么都说了。下次嫂子就会问，你妈的凉气最近没复发吧？听说什么药很管用啊，你可记着点。或者说，你家给你说的那门亲事怎么样了？女孩寄来照片了吗？要给人家多写信。或者说，你们队伍最近的口号喊得特别响，吃得好吧？

兵们一五一十地答了。个别兵滑头，明明是四川的，偏偏说是湖北的；明明家里是农村的，却偏偏要说是城市里的。回到家，班长便要个别开会，批评这种不好的思想。班长一批评，兵就说，我怕她瞧不起咱。班长说，人家人好着呢，你不能骗人家。兵便说，下次不敢了。班长说，那是，小小年纪，思想要对头。

嫂子有一个孩子，女孩，跟在她身边。她丈夫因为这个便对她很不好，打打骂骂的，她一急一气，离了婚，从大老远的老家跑到这里来学理发了，一个人带着孩子。兵们知道后，对嫂子的丈夫一顿瞎骂，这个说他没有良心，那个说他不得好报。嫂子一听泪便要下来了。这时兵们便转移视线，逗嫂子的孩子玩。

孩子很可爱，兵们没有一个不喜欢的。他们没事休息时，有时也把孩子带到营区里玩。孩子很淘气，兵们给她买吃的，哄她。嫂子下次见了便说，你们不能惯她，从小惯坏了不好。兵们说，嫂子你放心吧，兵营里长大的孩子，根正苗红，出不了问题。嫂子听了心里喜滋滋的，脸上便红润了。孩子见了兵们便直叫爸爸，大家都乐，谁也没把一个孩子的话当一回事。

孩子是没什么事的。嫂子却差点出事了。一个流氓在嫂子店里闹事，想调戏她。嫂子不从，流氓便把店里的东西砸了。兵们听说后在嫂子的店外转了几天，等流氓来后，几个兵围了上去说，这是我们的嫂子，你下次识相点。流氓说，大哥，我啥也没干呀？一边说一边跑了。从此再也不敢来。可兵们不放心，有时上团部去从这里路过，都要到嫂子的店里去看一下。也不是亲不是故的，让嫂子很感动。下次给兵们理发时她再也不愿意收他们的钱。兵们说，你靠这个生活，那怎么成！于是把钱丢在屋子里便走，有时整数也不用找。嫂子的店便这样保留下来了！

第三年，嫂子和一个退伍的志愿兵老刘一块儿走了。志愿兵把她娘儿俩带到了老家陕西。连长说，也不知他们是怎么认识的，还真没看出来。指导员说，反正人走了，没出问题就行。

兵们心里却酸酸的。有时候大家提起来，便说，不知她和老刘过得好不好？也不写封信来，孩子长得咋样？

其实大家都是怪想她们的，不愿说出来罢了。

“三突出”

兵们喜欢到化工厂的大门口理发，并非只为了理发的嫂子——他们到那里去，还是为了借理发室，可以看到大门口走进走出上班下班的姑娘们。

化工厂的姑娘多的是。但兵们几乎所有的目光，都重点集中在一个汉族姑娘的身上。那的确是一个漂亮姑娘，我敢说我们后来那一茬的兵在提起新疆时，每个人都会说到那个姑娘的美丽。在上千人的厂里，她显得特别突出，因此大家把她叫做“三突出”。换我们连一个兵的话说，她走到哪里，哪里的表便停止走动了，哪里的目光便碰上磁场了。连里的兵到那儿去多半是为了看她，这一点我们都是晓得的，为此连长还曾让我去侦察过。我以往听到兵们在连里说时并不相信，但那次我侦察时，眼都看傻了。乖乖，我再也没有见过那么漂亮的女人了。女人不高不矮，不胖不瘦，要个子有个子，要身条儿有身条儿，要脸蛋有脸蛋。一句话吧，后来我回到城里，见过的女人成千上万，却再也没有见过那样的女人。以致我回来给连长汇报时，还结结巴巴的。连长说，你到底是怎么回事？我说，连长，谁要是娶上那样的女人，简直美死了。

连长吃惊地看着我，我不好意思地跑了。

其实并不只是我一个人这样想，我敢肯定我们连里的每个人都在这样想，因为他们常说，谁要是娶了这样一个老婆，那简直是祖坟上冒了青烟。

是的，一个女人漂亮起来，你就找不到修饰她的词句了。因为不知用哪句词来说好。我看到我们连的兵，每当看到她从马路那边的门口过去时，便有要吹口哨的欲望。更有甚者，还在她下夜班的晚上，抱了吉他坐在戈壁滩上弹，听上去十分忧伤。我们却没有笑话他，因为我们每个人心里都有个小九九，也就不好意思笑别人了。可那个姑娘路过时连脚步也没有停过，听到了与没有听到毫无区别。我们连的兵便在心里自卑了。原来，在女人面前自卑是那样难受的一种感觉啊。你明明那样心急如焚地爱着一个人，又不敢告诉她，而且她根本不知道，连看都没有看你一眼，你说这是一种多么难受的感觉！

这个让人美死的姑娘后来嫁给了一个看上去并不怎么样的小伙子，这一点是我们谁也没有想到的。那个小伙子每天骑着一辆破旧的自行车，穿一身一般的衣服，走起路来摇摇晃晃的，根本看不出有什么好来。因此兵们对“三突出”的打分一下子低下来了。

他们说，这屃，怎么骗到手的。

在好长的一段时间里，我们一直认为“三突出”是上人家的当了，是让人骗到手的。这事在连里议论了好长时间，对她的打分也像一条波浪线一样，时高时低。最后弄得连长也有了兴趣，连长说，什么样的一个女人，让你们像过年似的？要降低我军的战斗力？便坚持要和指导员一起去看。指导员说，我老婆在身边，不能揪住小辫。连长说，那我去看一下。指导员说，可别犯错误。连长说，看你说的。年轻的连长便也笑着去看了一次，回来后却什么也没有说。指导员问咋样。连长说，你自己去看吧，别走不动。指导员不以为然地笑了笑说，天下还真有那样的女人？全是你们吹的。他不信，也不去看。这件事就算过去了。

我本来在心里也是暗暗喜欢她的。我相信那可能是我喜欢的第一个女孩子，但是我对谁也不敢说。有一次，我在去团部的路上还遇见了她，便鼓起勇气说，你好！她说，你好。一脸的笑。我的心跳起来了。我说，我们连的兵喜欢看你呢。她说，我知道，你也喜欢看吗？我脸红了。本来我想说非常喜欢看的，但是我只是脸红了。她便用手拍了拍我的肩说，谢谢你们连的兵，他们真可爱。

我感到肩上热乎乎的，像一股电流击中了一样。于是我在那茫茫的戈壁滩上跑了起来，一边跑一边觉得她的手还停放在我的肩上。从那之后，我觉得任何一个女人拍我的肩或拉我的手我都没有那么激动过。

回来后，我对连里的人说了，连里的人都不相信。他们说，你看看，你看看，这小子吃不上天鹅肉，便异想天开了吧？我说你们不信就算了。于是躺在被子里想她拍我的肩时的感觉，觉得肩上的那个地方还热乎乎的。

"三突出"出嫁的那天我们指导员看见了，他伸出了舌头说，我的天哪，从哪里来的呀？

连长听了乐呵呵地笑。

我敢说，我们连里每个兵那天晚上都失眠了。因为他们眼睁睁地看着他们的梦中新娘，嫁给别人了。那天晚上，至少有几十个人都明里或暗里骂了新郎，觉得他不是个东西。大家把那个与自己毫无关系的新郎说得狗屁不值，好像自己才是最好的新郎官儿。

从此，到理发店门口理发的人少起来了。特别是理发的嫂子被我们连的老兵带回老家后，新的女人尽管比她年轻，但基本上没有人再去了。

我离开新疆的那一年，又见到过一次"三突出"，她那时已做了妈妈。我们连里的新兵们此时已变成了老兵，肩上又加了几道杠，他们便又觉得她的孩子很可爱而她又美丽起来了。但是，大家自始至终都瞧不起新郎官儿，觉得他真的不怎么样。

钢铁厂的女工们

东营的院子，原来是很大的，能装得下一个团。但自从团部搬到县城那边后，留下我们一个营的人马镇守，这里便有一帮地方的人进来了。他们买了这块现成的土地和营房，迅速组建起了几个小厂。这其中，便包括刚建成的一个小型炼钢厂。钢厂不大，但口号叫得很响，墙上到处贴着“一流”之类的字眼。我们第一次看到钢厂的人上班的时候，看着那稀稀拉拉的一帮队伍，禁不住直笑。但后来，我们便不笑了，因为钢厂的人干起活来，甩开膀子是非常卖力的。一个两层楼的小高炉，一天到晚冒着黑烟；年轻的小伙子整天满脸的烟灰，却还唱着情歌，看上去让人发笑。但最让人佩服的还是钢厂里的铁姑娘们，穿着鼓鼓囊囊的衣服，夹在小伙子们中间热火朝天地铲煤、投矿石，忙得不亦乐乎。

按说，我们东营可能会永远像以往那样寂寞下去的，让一帮男人的臭味充塞着。但有了炼钢厂，这里便从早到晚地热闹起来了。我承认那时我们并不特别关注那些男士，在一个少有人烟的地方，住着一大帮男人还关注男士的话，肯定不是正常的。因此，我们的目光特别喜欢投到那些穿着鼓鼓囊囊工作服的女工们身上。我们那时觉得她们一个个都非常漂亮。

钢厂的女工们每天嘻嘻哈哈的，从我们营旁边走过去上班。我们营的人往往是条件反射似的立正，向这些可爱的女人们行注目礼。但是女人们只是漫不经心地望兵们一眼，便迈着轻盈的步子飘然而过。即便如此，我们那时还是觉得这些女工们特别的漂亮。她们上班时开玩笑的声音以及唱歌的声音，能穿过戈壁飘到我们这边来，让我们对青春怀有了许多美好的梦想。

钢厂的女人们大都是一大早便上班的，因为那时候的天气还凉爽。到了中午，太阳火辣辣地射下来，让人受不了。每天早上，女工们打着哈欠从我们的窗后走过，我们甚至闻到了她们昨天夜里洒的香水味。那时，兵们便会一个个莫名其妙地从床上坐起来。到了中午下班时间，女人一边走路一边哼着歌。她们的歌声非常美妙，而且旁若无人地唱着。个别的兵们有时虚伪地骂上一句说，这些娘儿们……其实他们的心里巴不得女工们能那样唱，而且像军营里一样，声音唱得越大越好。

女人们唱的歌大部分都是新疆民歌，兵们听了觉得格外的舒服。后来兵们都回到了内地，他们听到了最高级的音响里传出的歌曲，但怎么也没有在戈壁上听到的那么迷人。我知道我们迷上那群钢厂的女人们了。当早上钢厂冒出青烟时，当上午钢厂冒出火焰时，我们便远远地看到了女工们映红了的脸，那是世界上最生动、最有血肉和最健康的脸。

尽管女人的笑是非常可爱的，尽管她们的身上每天都穿着脏兮兮的衣服，尽管她们的脸上流着的汗水带着黑色，尽管她们的目光只是有意无意轻轻地掠过我们年轻的脸膛，我们却是一个个真诚地爱着她们的。有时候，兵们坐在屋子里，说起某件事而争吵不休的时候，只要有人提起了钢厂的某个女工，大家的注意力便马上转移了。

“那个爱在头上插一朵花的小姑娘，你看她走路的样子，一定是谈恋爱了……”

“是呀，我看像，不过男的是谁呢？”

“总不会是钢厂里的小伙子吧？”

“那也说不定，你看那些炼钢的小伙子，一个个壮得像头牛一样……”

兵们的话匣子便这样打开了。钢厂的欢乐带来了他们的欢乐。兵们都希望钢厂兴旺起来。那时候，出入钢厂的大车每天叫个不停，运进来的矿石堆成山一样躺在那里，黑黝黝的发亮。运走的钢铁也成批成吨的，看上去钢厂马上就会像墙上的标语一样，立即腾飞起来。可是好景不长，钢厂不知为什么停下来了，起初钢厂每天吐出的铁水少了，后来发展到一个星期不吐水了。上班的女人和男人越来越少，再后来，钢厂里除了那个看门的老头，一个人也不来上班了。因为没有了女人，钢厂里便渐渐地长满了蒿草。因为那里曾是我们的营地，地面上都是过去运来的沙土，所以杂草长得特别旺盛。在那一堆堆的铁矿石下，也有小草伸出了头来。啊，女人们，她们再也不来了。兵们再也听不到她们的歌声和笑声了。因此营区里刮胡子的男子汉们又少起来了，不到检查军容的时候，男子汉们便让胡子杂乱无章地翘在嘴角上。同时，他们在闲下来时，又莫名其妙地开始说粗话了。

有一天我实在忍不住去问了那个看门的老头。我说，钢厂怎么不炼钢了呢？老头喝着酒说，人家说技术不过关，钢质不好，卖不出去。

我回来对兵们说了。一个兵说，啥卖不出去，我敢保证女人们炼出的钢，绝对比男人们炼出的好。

另一个兵说，是呀，是呀，我要是老板，我就把她们的产品全包了。

然后兵们静坐在那里，向着钢厂张望。最后，他们把目光定在那些疯长的野草上，有人使劲儿地骂了一声他妈的。

日子便这样不紧不慢地走着。有天黄昏，我又忍不住去钢厂那边散步。这次我没有碰到那个爱喝酒的老头子。那堆铁矿石却还在那儿堆积着。我走过去时有些莫名的忧伤。我抚摸了那些矿石，感觉到它们全是热腾腾的，有些发烫，好像要燃烧起来。我便感觉到心在猛然跳动，仿佛又看到了高炉里那曾熊熊燃起的烈火，看到了高炉下一泻如注的铁水，看到了女工们举着铁锹往高炉里铲矿石，一边铲一边高声地唱歌。我便想起了那些一路踏歌而来的女工们……

不知她们到哪里去了？

后来我回到了城市，看到大街上的那些穿着奇装异服的女人们，尽管她们看上去比那些戈壁滩上的女工们漂亮，可是一点儿也不吸引我们。我明白，我把那些女工们的笑脸带回来了。而她们，本来应该属于内地，只是因为她们的父母，曾在一个非常的年代选择了非常的理想，把她们的一生带到了那里罢了。

有一个退了伍的战友后来给我写信，他在叙了旧后告诉我说，我爱着那些脸上流着黑色汗水的钢厂女工们，我觉得她们是世上最美丽的女人……

我的看法和他一样。

穿橘红色衣服的石油勘探者

他们是最后一群在东营里定居的。其实说定居也不准确,因为他们天生就像一群流浪者。这从他们的脸上便可以看出来。我们最初与他们没有来往,因为他们咋咋呼呼的,看上去整天很忙碌。后来我们开始接触,是因为他们不得不到我们营区里来借水用。

东营里没有井。因此一切用水都是我们用生活车从团部那边拉来的。团里给我们每个连一天一车水,多了团里的水便不够用了。没有水,再强壮的生命也会像胡杨树一样枯萎。新疆人告诉那些流浪者说,你们一定要记住,有水的地方肯定有生命,有生命的地方就会有水。

他们都穿着橘红色的衣服。脸上都是一脸的风沙,嘴上都是大胡子,长得很壮,他们是一群爱说爱笑的人,我后来去过许多地方,再也没有见到过像他们那样爱笑的人了。城里的人好像活得个个非常深刻,找不到一张笑脸。那时这些勘探者的笑容让兵们很羡慕。兵们离家久了,照例是想家的。大年夜一曲《想家的时候》唱起来,往往便会有人哭。但那些勘探者好像天生就是要出来流浪的,因此很少看到他们脸上有忧伤。我那时刚看了一本吉卜赛人的书,总以为他们和那个种族差不了多少。

他们都是早出晚归的。机器一动,一大帮人便出门了,跑到戈壁滩上打洞,然后量来算去的。他们一天到晚的忙,弄得灰头黑脸,因此他们只有在晚上才能到我们营里来借水用。我们教导员开始有些不同意,但我们营长说我们要体谅他们,他们是在为祖国作贡献,是在吃大苦出大力。教导员还想说些什么,好心的营长一甩手,走了。教导员便不再说了。

其实我们每个兵都是喜欢他们的,因为他们能给我们带来许多动人的故事。自从营里规定所有人员不许再到化工厂那边后,我们便觉得这些石油工人是我们的一本翻不完的故事书。他们的故事带了太多的传奇，有些传奇得让人不可思议。可我们都相信那是真的，因为这些男人们很豪爽，能大块大块地吃肉，大碗大碗地喝酒。他们很有钱，但他们说，钱是他妈的什么东西！

他们都是三十到四十来岁的人，说话的样子让我们这些年轻的兵们很羡慕。他们抽烟很厉害，姿势也很潇洒。因此兵们没事时喜欢围着他们，叫他们老同志，叫老同志讲上一段。他们很能讲，国内国外，天上地下，陆上海里，讲得头头是道。兵们当了听众，一边给他们续水，一边听着听着便喜欢咂着嘴唇，显得不满足的样子。特别是哨子声响起时，兵们便觉得时间过得太快，但还是要再听一会儿，实在是时间的棍子打来了，他们才屁股一抬，没命地扯开腿向营区里跑。

我后来离开那里时才发觉，那些石油工人什么都对我们讲过，但从来没有在我们面前提到过女人。这是一件让我非常奇怪的事。他们都三十到四十岁，中间同样没有一个女人，而且一年四季也不回家，他们不想女人吗？他们家里没有女人吗？

我当时不知道。我只记得有一次过春节的时候，他们与我们一起联欢，听到中央台里向大家拜年的时候，他们才像我们一样，大家一齐都哭了。同样的哭，是在他们打出了第一口油井的时候，那时那些三四十岁的男人们，搂在一起，像小孩般的长号，发出了天山上的狼一般的嗥叫。

于是我记起了有一天夜里，当月光浮上来的时刻，他们中间不知谁吹起了笛子，格外让人忧伤和悲凄。我想，那个他们从未讲过的故事，一定是与女人有关的故事。因为，人最痛苦的东西，总是永远留在了上了锁的心里。

后来，我在其他的地方碰见了那些穿着橘红衣服从事勘探的石油工人，总是觉得格外亲切。我想起了当兵时一个应该问却始终没有问的问题来，那就是，啊，老同志，你们，还有你们的女人和孩子，都好吗？

我后来再也没有见过他们其中的任何一个人了。

菜地上的婆孙俩和她们的狗

在钢铁厂的东边，还有一片菜地。那里原来是我们团部的菜地。团里迁走了后，我们东营想继续耕种，但团里说要支持地方建设，便把那块菜地也支援出去了。

我们原以为菜地里肯定会有一些身强力壮的人来。可是没有，那么大的一片菜地，竟然只有一个老太婆和她的孙女在管理着。老太婆是上了年纪的，精瘦精瘦的，有时候风一大我还真担心会把她吹走了。我的担心自然是多余的，因为她不仅没有被风吹走，反而在那一片地上种出了特好的青菜。起初，我没有注意到她的孙女，因为每天出入菜地的，只有她一个人，还有她后面跟着的一条狗。狗是黄里带黑，一见生人就叫。我一看便知道那不是在部队上长大的狗，因为部队上的狗见了穿军装的人，是不会叫的。所以，我们远远地戒备着，尽量不走近菜地。

我第一次见到老太婆的孙女时吃了一惊。那天黄昏，我们放假了我照例在晚饭后到旷野上去散步。只是那天我突然想去看看菜地，因为那时天气渐渐变冷，见不到一丝绿色。长时间没有绿色，容易使人情绪冲动和激动，还有些东西压在心上，沉甸甸的。我去的时候，天还很亮。当我站在菜棚边，发现菜棚开了一个口子，我以为是风吹开的，便想把薄膜拉下来盖住。但刚刚动手，我便听到了一个女孩儿温柔的声音，你想干什么？

我吓了一跳，她也吓了一跳。我说，我以为风把塑料棚扯开了……她才一笑，低着头，脸上挂满了羞涩。那是一个很漂亮的女孩。

我那时候才知道老太婆还有这样的一个孙女。我们连的一个姓陈的四川兵经常帮她干活儿，但他从未告诉我老太婆有一个孙女。我后来回去问他，他才红着脸承认了。我说，你为什么不早说呢？他说他害怕别人说闲话，因为他经常帮老太婆干活儿。我说，那不是好事吗？他说，可是有人认为我是看上了她的孙女。

我看着他，仿佛不认识似的。其实他非常老实，一个老实人有一个老实的想法也是正常的，而且有些可爱。陈还告诉我说，老太婆的丈夫死了，儿子和儿媳都回到内地去了，孙女坚持要留下来陪着她，在当地县城里上中学。陈还告诉我说，老太婆是开发新疆时进来的，年轻时是一个美丽的女兵。因为后来兵团就地转业，许多的军人找不到老婆。上级想尽了办法.最后便采取了一个在今天看来有些荒唐的行政措施。有一天夜里，上级命令女兵们待在帐篷中，然后让许多男兵进来，说是让他们选对象，摸着了谁便是谁，出去了无论对方怎么样都不能反悔。有一个男兵进来摸着了她的手，把她领出去了，她开头有些傻乎乎的，后来才知道上面用这种方法给她们介绍对象。她们是有理想的一代人，于是她想也没想就和这个从未见面的男人结了婚。婚后他们过得很幸福。他们那一代人有他们独特的幸福。后来我在兵团听到了不少这样的故事。让我感到奇怪的是，这些让现在的人看起来有些荒唐的婚姻，其结果却是非常稳固的，他们生活得非常幸福。比现在的人和谐、美满多了。但是，到了他们的后代，却有不少人想尽了办法，要回到原来的故里。

按政策，老太婆也是可以回去的，但是她不愿回去，她要留在这儿。留的想法让我非常感动，她留在这里的目的，就是为了在每年的清明，给已经故去多年的老头子扫墓、烧纸钱。

我后来在一次帮老太婆劳动时与她有了交谈。老太婆说，我那老头子呀，对我可好着呢。我要是走了，他一个人孤零零的，咋办呢？

老太婆一边说，一边在脸上挤满了幸福。在谈到老头子对她好时，她苍白的脸上有了一丝红润。我后来对幸福观念的改变就是从那时开始的。那时候，老太婆的狗不再咬我了，我和陈每次来时，她的狗总在我们身边蹭来蹭去。说实话，我开头并不喜欢那只狗，因为它不漂亮，而且有一次还差点咬伤了我。但后来我改变了这种想法。因为有次深夜，当一个偷菜的人进了菜园后，这只瘦弱的小狗，拼死咬住了那个人，并吓走了他。我一下子对它另眼相看了。更让我们感动的是，一个雪夜里，大雪压倒了老太婆的帐篷，是这只狗跑到我们班的窗下通风报信，它叫个不停。最后陈起来了。那只狗咬住他的衣裳不放，他跟着它，看到老太婆被压在棚下，差点冻死了。我们赶紧把老太婆送到卫生队。这件事我和陈一直到离开部队，也没有对任何人讲过。我们那时没有典型的意识，那些会宣传典型的人，也不爱到我们这个戈壁滩边上的营区里来。因此，这件好事我们全记在了狗的身上。我们都是些平常人。

老太婆没有什么大的愿望，她只是想，孙女什么时候考上大学了，她就可以闭上眼走了。她常常对我们说，多好的孙女啊，多好的孩子啊！

那时候，她的孙女，那个十七岁的小姑娘，会在一边说，奶奶，你不要这样嘛……

十七岁的姑娘那年上高二。我们连的兵常常会在钢铁厂那边的废石边遇到她。她常常在那边读书。我们连的兵听到了，总是要从旁边绕一大圈弯过去，以免打扰了她。以至于陈常说，我们连的兵，别看一个个看上去很粗野，实际上文明得很。

我离开新疆的时候，上高三的姑娘也考上大学走了。从此，在那个菜园子里，只剩下了孤零零的老太婆。后来，我们那一批的兵一个个都退伍走了，也不知那个老太婆，现在到底怎么样了。她还活着吗？算来，她已到八十有四的高寿了。她，她的孙女以及那只黄里带黑的狗，现在都还健康吧？

围场边上的维吾尔族人家

那些人经常出入我们的营区里。因为团部不在这儿，加之我们营里有几个维吾尔族士兵，因此，附近的维吾尔族巴郎和女人们经常到我们营里卖葡萄、哈密瓜、西瓜或凉皮什么的。加之我们连的一个名叫吐尔逊的维吾尔族士兵，找了一个女友就是附近村子里的，因此她带来的一帮人很快和我们连的兵混熟了。

村子说近，其实离我们也有十多里路。那些男人们，喜欢赶着羊群跑过来与我们聊天，或比力气。那些女人们，喜欢用一篮子的葡萄或核桃，来换我们的鞋子和旧衣服。最初的时候，我看到她们穿着鲜艳的衣服，觉得非常好奇。后来，我对班长说，女人们打扮得那么光鲜，男人们怎么穿得那么随便呢？班长说，你可别小看了他们，他们有钱得很呢。

维吾尔族的女人喜欢打扮，有时候，一个老太婆穿着艳丽的衣服，还抹着口红，出现在身边时让人吓一跳。她们有意思得很，总喜欢拍一下我们的肩，表示友好。我们连忙躲开，生怕连里的领导看见了，批评我们不注意形象。但有一次我还是挨连长的批评了。那天我干完了工作后，坐在饭堂后面的台阶上看书。因为那一年我准备考军校，所以我经常在那里看书。我们连的兵们对我很好，遇上我看书时，他们就在一边坐着，听我背公式或背时事政治。有时，他们友好地坐在我身边，把手放在我的肩上，却从不打扰我。什么时候来的，什么时候走的，他们都不说话，我也从不回头去看他们。所以那天傍晚，当我看书正投入时有一只手忽然搭在了我的肩上，我连头也没回，以为是连里的战友。因为他们常常这样。可这时却听到了连长在喊，喂，通信员，你干什么呀？我说，看一会儿书。便想站起来，一起身，却呆在那里了。原来，搭在我肩上的手不是战友的，而是一个经常到我们连里来的维吾尔族妇女的。我吓了一跳。那个妇女认识连长，她嘿嘿地朝连长直笑。连长脸上却一脸严肃。他说，你到我的办公室来一下。我去了，说我真不知道……连长平时很相信我，但那次他还是审问了好长时间，后来吐尔逊过来解释，连长才放过我了。原来，吐尔逊想开我一个玩笑，便想了这个鬼点子。吐尔逊说，你看书太认真了，我想看你是真读进去了还是装样子……

这件事后来在连队里成了笑话。从此大家都认为我是一个书呆子。他们没有想到，我们连的这个书呆子，后来竟然成了写我们团和我们连的第一个人。

我考上军校走时，吐尔逊请我到他家里去做客，为了表示庆祝，他父母在他家的院子里还举行了一个舞会，他们村子里的漂亮女孩们都跑来跳舞。女人们的舞都跳得非常好，而男人们，则一边弹着冬不拉，一边亮开喉咙粗犷地唱歌。那个曾开过我玩笑的女人，把她的孩子拉到我的身边说，小伙子哟，你要是回来，我把这个女儿嫁给你吧，你看她多漂亮啊……

尽管我知道她们喜欢开玩笑，可我的脸还是红了。其时，院子里葡萄长得正好，葡萄架上挂满了一层又一层的果实，闻上去，四处飘荡着丰收的果香。

多少年后，我还记得那葡萄架下的香味，还有吐尔逊送我走时流泪的目光。只是我贪恋大城市的生活，毕业后好多年没有回去。吐尔逊后来退了伍，在他们村当了队长，结婚生了孩子，还给我寄过一大堆葡萄干。

最好的葡萄干，是属于新疆的。

东营基本上有大半年都是在下雪的。但是，在我的心里，因为有了东营周围的那些东西，使我觉得东营好像一直没有下雪。其实无数次，我待在自己的房子里，站在窗前望窗外那一望无垠的大雪，充满了无限的忧伤。

我离开东营的那个夏天，连队里出车到昆仑山上去了。那天夜里我们连的老兵请我喝酒。我奇怪我这个喝一两便上头的人，那次喝了半斤还没有醉。酒后我围着东营走了一圈，眼泪不停地掉。我想不到，我竟然在那里度过了最美好的三年岁月。在那三年里，东营里一切的一切，都在我的心灵上刻下了深深的印痕。那是我十七岁出门远行时，在成长的岁月里留给了我最深回忆的地方。

后来，我走后，我们团已在团部那边为东营盖起了大楼，东营的人马全部搬过去了，那里已彻底交给了地方。后来到那里当兵的人，再也不会知道东营里有些什么样的故事了。他们只是从团志上知道，我们团曾在东边的戈壁滩上待过。至于那里的化工厂，化工厂里的维吾尔族大爷，“三突出”，还有理发的大嫂，钢铁厂的女工，种菜的老太婆和她的孙女以及她们的那只黄里带黑的狗，甚至包括在那里驻守过的已不知到了何方的老兵们，再也不会有人知道她们与他们的故事和心事了。

我一直认为东营是没有雪的，如果有，它也只是下在了我们的心里。然而，那已是很久很久之后的事了。我们那时已在另一个地方，认识另外的一些人，过着另外的一种日子。

（《小说月报》2003 年第 1 期选载）

五色丝带

黄雪蕻

我们五个同年兵，别人都说好。当初我们一起被一辆卡车拉来，新兵集训就在这个山沟里的通信连。新兵集训结束后，其他新兵都拉回市区的连队，独我们五个就留在这个部队。我们都是安徽兵，又住同一间宿舍，所有人都觉得我们应该好，我们也觉得应该好，应该好得形影不离。

我们五个，分别叫高萍萍、王丽、金娜、陈力、王红(排名不分前后)。现在描述，我也不敢妄评哪个最美哪个最丑，反正我们打心窝里都觉得自个儿最美。我好像说过金娜最美，陈力就沉默，其他人则惘然愤然；如果金娜为了报答也这么夸我，她们就更不屑地起哄，瞧不起我们互相吹捧；又好像有谁夸过王丽美，当时没人说别的，但两天后洗澡我却忍不住指着王丽的腿笑起来。王丽的腰细，腿却老粗，我们都叫她“大象奶奶”。我们就这样，女人之间都这样。

我们几个新兵集训时常常扎成一堆儿看信、想家、思春，彼此嘲笑、打打闹闹、掉眼泪，那时我最恨我们班长，让我们天天跑五公里，冲刺回来后个个累得哈哧哈哧的，心都要炸裂了，还命令我们再来五百个“高抬腿”、二百个“兔子跳”。尤其我们几个，跑得慢，总拖后腿，天天都要过这道鬼门关。终于有一天，我坚持不住，昏倒在地，其他几个做“兔子跳”的也立即跟着倒下。我一会儿就苏醒了；我想我们都醒了，可我们只有硬着头皮装昏下去。我们大哭大笑眼泪鼻涕直流，四肢抖个不停——我们的苦肉计结束了“兔子跳”，又迎来了俯卧撑、正步定姿、立正塞牌等无穷无尽的折磨。还有一次，我们几个像同时着魔，在队列行进中总有这样那样的孤僻动作，越吼越怕越出错。最后我们几个被统一打了背包让滚，滚下山滚回老家去！当然如果我们真滚了，那新兵集训队可就出了大事故，可当时我们哪里懂得水深水浅，只站在营区边集体哭，伤痛欲绝，死去亲人般。我们当时就说如果部队真开除我们，我们死都不回家，我们一起流浪去新疆去西藏去西双版纳，我们今生今世在一起，把逃兵的命运紧密联结，永不分离。

等我们真的如愿以偿在一个连队一间宿舍中撞来撞去时，才发觉友谊的维持与巩固是多么艰难。第一次生气好像因为上下铺，谁都不愿意住上铺，可总得有人住吧，住上铺的人肚子自然气得鼓鼓的。第二次好像因为是表扬，一样的上机房值班跑操开会帮厨搞菜地，为什么表扬她不表扬我，为什么表扬我不表扬你？渐渐地，不快活的小事就数也数不清了，在我们的讲话呼吸与笑声里隐隐约约，像空气中琐碎的尘埃，像满天嗡鸣看不见又烦死人的蚊子。我们三年相处的生活，是诗歌中五株女儿绿的迎春柳，是小说中五个女兵的故事，是交际学中有关暗战智斗的无数例题。

那些数不胜数的“鬼事”散发着嫉妒烧柏油的焦煳味、小心眼烤电线的刺痛味、耍虚伪熬胆汁的苦辣味。好像有一天分队长过生日，我和谁合买了一套餐具做礼物，我捧着，我们去给她。可就在敲门的瞬间，任务发生变化，变成她捧着恭敬地交给了队长。我的心随即堵了好几天，反复愤怒地想，她捧着?！队长会不会根本没意识到有我的份儿！好像又有一次，我们几个下山去镇上玩。明明只是一个小镇，我们也臭美，带着便装跑到营区外换上。那天陈力和金娜都穿着红裙子，我则土里土气，真令人沮丧，偏偏陈力还要扯着我一路走。实事求是，陈力那套比金娜的漂亮，可我忍不住对陈力夸金娜的裙子漂亮，用这种方式来灭陈力的威风。两分钟后陈力借口上厕所出来就拉住了别人的手，一下午再没理我。再好像有一天，宿舍里跑出一只蟑螂乱窜一气，她们只在惊叫，我却冲上去把它踩成了堆肉泥。第二天金娜就在食堂嚷——我们宿舍有蟑螂吔——再用手指我，她，好勇敢，一脚把它踩碎喽。我笑，顺腿一脚呗。谁知金娜却开始再三再四地讲，直到把这件小不点事演化为一宗惨案。在周六党团日活动时，她又半真半假说着玩，有人问她怎么不踩，她说她从小到大不杀生，妈妈杀一只鸡她都要掉眼泪。所有的人指责地看我，怪我杀人不眨眼，我气得打摆子，又理亏词穷发作不得。还有一次王丽找我借钱。她已经是第三次了，我本来想拒绝，又惴惴不安，最终怕得罪人还是借给了她。虽然每次只是借几块钱，可还是在我心中压上了三块大石，催讨的话如鲠在喉，不吐不快。但又不知如何提起，那种苦恼，有甚说甚，似乎也不亚于争党员当班长此类关乎命运的大事。终于绝望，碰上一个忘事包，权当被抢劫了吧。岂料几个月后忘事包居然想起来还给了我，我捏着那十几块钱险些热泪盈眶。就在我喜从天降时却发现高萍萍一脸难堪、欲言又止，甚至眼角下都有疲惫的淡青色，我几乎都认为她有什么身世之谜要告诉我了。但在我再三追问后却换来自己一个大红脸，原来很久前我曾向她借过十块钱，结果忘了个一干二净。原来我在被别人折磨时，也折磨了另一个人。这件事的后果使我一度想成为自给自足不借不还不买不卖的山顶洞人，至今绝不借钱给别人也绝不向别人借钱。饶是如此，我有时面对一个同事有话要说时仍忍不住会心惊胆战、疑云四起，嗫嚅着边问边回忆，最近我我我，我没借你的钱吧？

如果要啰嗦，简直可以说个三天三夜。可以肯定她们几个如今要回忆也有一丈八的检举信要念。三年中间，我分别和她们的每一个要好过，又分别和她们的每一个不要好过。至于五个中再组织小集体小帮派更是聚散无常、朝合夕散。我们的友谊线今天把1和2连接，明天又把3和4连接，这里一根那里一根，满屋子的关系像蜘蛛网一样错综复杂。可别人都觉得我们挺要好，一天到晚欢声笑语，我们也始终对外宣称我们是“铁姐妹”。暗战是升级的，越来越残酷的。尤其到了第三年，入党、考学、立功、提干等事关前途的大事纷至沓来，利益纷争的鬼火更是把我们的心熬出了毒汁。

我们有一个当了班长，会先得到党票，考学会加分，立功也优先。我们就先恨她，不买她的账，处处孤立她。有次她男朋友从外地来看她，她没请假就溜出去会他，不晓得哪个告了黑状，于是班长被撤销。换上的班长也不晓得是不是参她的那个，但无论如何两人的怨是结定了。我们互相拆台，比着去讨好领导，过年回家争着给领导带土特产。我们彼此相看时连平常假装的友谊也没了，空气中到处弥漫着敌视的气味。

我在部队一直是苦干加巧干，第三年底我们通信站上报士兵骨干提干名额时居然上报了我。啊呀呀，我嗅到我们老王家祖坟冒的青烟味，真是又惊又喜又怕，于是提心吊胆地等。之所以提心吊胆完全是怕自己一骄傲就惹恼命运之神，让我竹篮打水空欢喜。在我战战兢兢等提干命令时听到一些谣言，说我跟什么首长要好才得到这个名额。据说匿名电话甚至打到上级干部部，说我这不好那不好，最后来个通用的生活作风有问题。

在我痛苦又满怀希望之中，她们几个退了伍。晚会上，都在哭，就我不！我一滴泪也不流。她们几个在我眼中变成了几只大鳄鱼，挂着假眼泪，打着偷偷摸摸害死人的匿名电话。这是段至今无解的往事，可能是谣传，也可能确有其事。

然后我们就分开了。我做我的小军官，她们奔她们的前途。她们基本都留在了这个城市，有的当机关话务员，有的分在院校收发室。我们各个都陆续结婚。我这个小机关干事委实并不比她们好到哪里，可我很少与她们来往的冷淡却换来了一些后遗症。于是流传一个笑话，说我提干后忘本，回到我农场老家，见我娘先娇滴滴喊一声，妈咪，我回来喽！又问，我爹地呢？我娘说，你大呀，你大在猪圈锄粪呢。有人学给我听，我好气又好笑，不晓得是她们几个谁说的。

我们一年基本能相聚一次，在我们战友的婚礼或其他战友聚会上。我们还在斗来斗去,知道我们五人中有人要出现时,就拼命地化妆打扮,不是去烧包,而是要把对方比下去。可惜我跟高萍萍先败下来,我们无可救药地发胖,我原先挺自负的好皮肤也有了雀斑。我们越丑一点儿她们就对我们越亲热一点儿,可我只看到她们眼中幸灾乐祸的光亮。于是我们找别的东西自夸。我们盲目夸自己的工资福利,明明只有一千多块钱工资硬说成两千,明明过年发两桶油硬说成两箱外带烟酒水果与厚红包。我俩以此捍卫自己的尊严,打击她们的气焰。我们就这样断断续续地相聚着斗争着。直到有一天我们五个再相聚时忽然吃了一惊,因为我们再没理由骄傲了。无论高矮胖瘦,我们的面颊不知不觉有了辛苦的皱纹,腰肢出现了轮胎肉,脊背也被生活的重担压得有些弯曲。我们中间有人下岗,有人离婚,有人夭折了孩子。不知不觉十年过去,我们每个人都发生了各式各样的悲欢离合。现在我们不用再争斗了,我们无可挽回地衰老了。

我们在岁月催人老的狼狈中突然感到了彼此的温情与善意。我们几个突然决定回老连队看看。老连队离我们这个城市有一百多里路,我们坐长途车去,到那个小镇再爬上那座山,就回来了。连队营房翻了新,大概的样子没变,可人全换了,从连长到战士,没一个认识的。我们去从前的机房看,值班的女兵把我们一顿呵斥,不得乱闯军事禁地!我们无法摆老兵的架子回击,物去人非,我们再无权进入喽!于是我们去后山玩,找到我们当年的“乐园”。“乐园”是后山森林中的大片藤树。那些藤树长得有人的胳膊小腿那样粗,盘旋环绕,枝叶茂盛,自成一片洞天福地。更妙的是,有几棵藤树盘旋垂环,形成几架天然的秋千架。现如今那秋千架老了些粗了些,却仍在半空晃荡着。我们攀上去,坐好抓牢晃起来,都微闭双眼感慨万千。蓝天白云绿树碧藤,我们希望能荡回时间深处一个叫少女的年代中去。

我们中的谁突然惊叫,指给我们看。我们挤过去瞧,也都低低叫一声。那是系在一根藤上的五根丝带,是我们当年系上去的。那时我们新兵集训结束刚成为小列兵,快乐得不行,从机房下班后像出笼的小鸟跑来后山玩，发现了我们的藤树乐园。我们在藤上绑了五根丝带，象征着我们五个。我们说这是友谊的见证，我们要像这丝带一样紧紧系在一起，不分开，永远要好。十年过去，那根藤粗了些，五根丝带又旧又灰，如同五根破绳，可我们仍然认得它们。我记得我系上去的是黄色，并且是中间的那根。而那红色的绿色的紫色的也同样分辨不出色彩了，可我们肯定都晓得哪一根是自己的。

这些丝带那么难看，那么脆弱，几乎要腐烂，可仍然没有断掉。却原来，不管我们怎么忘掉那一次的誓言，变得虚伪势利自私、钩心斗角不宽容，可那五根丝带是不肯同我们一起变心的。它们好像忍受折磨苦其心志等在这里，就专门等我们来看似的。而这一等，就是十年。

我们五个相互看看，我们的眼中突然就闪出了莹然欲滴的泪光。

（《小说月报》2004 年第 3 期选载）

布衣将军

——谨以此作献给中国人民抗日战争胜利六十周年

徐锁荣

一

每年的这一天，当月牙儿挂上柳梢，长江潮水涌进古运河，蟋蟀在老墙根唱起小曲，我就会手拿一支芦花，悄悄走到你的瓦屋前。本来，我想去花店，买束康乃馨什么的，可又不敢去，我晓得江边小镇有家鲜花店，里面的花儿都是从南方空运过来的，品种齐全，要红的有红的，要白的有白的。我不敢去花店，是怕吓着那个卖花女，再说我说话也结巴，一句三个字的话，得分六回说，还说不囫囵，不把那个卖花女吓死，也会把她烦死的。所以我没有去，当然，最主要的，是你喜欢芦花，我捧着芦花来看你，你一定会高兴得像个孩子。

你的老瓦屋，就坐落在长江边。你朝看水东流，暮看日西坠，太阳在你头顶来来回回，像个车轱辘似的转动，三转两转，六十年的光阴就转过去了。这六十年里，我每天都蹲在潮头数太阳，数着数着，我就晓得六十年过去了。可是，瓜洲江面的那一道道故事，就像昨天刚刚发生，还是那般鲜艳，那般活灵。

那是一九三七年。一九三七年是我们中华民族永远不会忘记的年份，那一年，在中国发生了很多惊天动地的事，当然，最大的事莫过于南京三十万中国军民惨遭日军大屠杀。我的这个故事也发生在那

一年，但却至今无人知晓，它总是躲在历史的角落里，跟人闪躲着迷藏，就连我们的历史教科书和档案馆里也找不到它的丁点踪影。

那是阴历七月的深夜，长江正在涨潮，潮水撞击着江心的瓜洲岛。岛上白龙道观大殿上，鹤发童颜的抱一道长正跟你下围棋。将军与道家，走的似乎不是一条道，怎么会坐到一起？开始，我对这个问题也是吃不透，自从当上水兵成为你的部下，才真相大白，可是在你跟道长下棋的时候，我还不认识你。但这个故事却开始了。

在故事开始之前，我得交代一下有关背景。那几天，上海战事正吃紧，谢晋元率领的四十九路军正跟日军打着巷战，而日本海军太平洋舰队的大力丸号航母，正泊在长江口，甲板上停着的数百架飞机，就像搭在弦上的箭，随时准备起飞，对六朝古都南京进行轰炸。三天前，你率领民国海军西海舰队大小几十艘军舰到瓜洲江面抛锚扎营，在长江筑起一道遏止日军西进的屏障。布阵完毕，你就登岛进了道观，跟抱一下起了围棋，在这之前，执白棋的你跟道长已有言在先，如果白方赢了，那么瓜洲就有望守住。可是那盘棋从黄昏落子，一直下到第二天二更，执白一方不但没有能赢，反而被黑方团团围住。望着棋盘，一种不祥的预感突然涌上你的心头。

抱一道长似乎看出你的心事，将手中执着的一个黑子儿放回棋钵。本来，那个子儿只要投向棋盘，白方就会面临黑云压城之势。抱一从蒲团上站起，背着手在大殿上来回踱步，道：冯将军，胜败乃兵家常事。抱一的话，说的是棋局，可你却听出了弦外之音。你长叹一声：我们的舰队禁不住失败，守不住瓜洲江面，南京就岌岌可危，我将无颜见江东父老！你说着，突然拱手跟抱一告别：道长，我有军务在身，不便久留，这盘棋就留着以后慢慢下吧。抱一点了点头，将你送出道观。

三更天，你回到正在大江心锚泊的旗舰。踏上甲板，就围着舰舷缓缓踱起了步子。这已是你多年当舰长的习惯了，从你当舰长那天起，每临子夜时分，你都要围着军舰舰舷走上一圈，当上舰队司令长官后，你的这个习惯还是没有改变。子夜时分，阳气下伏，阴气上浮，此时在军舰甲板上走一圈，你不仅可以感受大自然的神籁，还能听到这座钢铁城堡的呼吸，当然，围着舱面走过一圈后，你还会下到水兵舱，挨个舱室走一遍，这些大大小小如罐头盒的舱室里有熟睡水兵的鼾声，还有汗臭脚丫气味以及男性荷尔蒙的味道，这些味儿浓烈黏稠，甚至还有点呛鼻，可是你却闻得有滋有味，如果哪天不闻到这些气息，你夜里的睡觉就不踏实。

你走到前甲板，看见值锚更[1]的老水兵阿福，正趴在舰舷边朝江心张望，阿福见你来查更，一个立正，敬了礼，随后转过身子，眼睛一眨不眨地看着江心。此时，长江正在落潮，抛向江底的锚链被潮水拉得嘎嘎直响。阿福发现，有一只大海龟正顺着锚链朝军舰甲板爬来。海龟爬得很慢，攀几步，就停下来观望一阵，用眼睛打量着这个浮在江面的庞然大物。阿福本想打开探照灯，将海龟看个仔细，可是那刻军舰实行着灯火管制，甲板上哪怕是一截烟头的光也不准泄露，他只好趴在舰舷旁，静静观察。当然，要处置一只海龟，也只需举手之劳，比如说用绳头系着铅砣子的海军撇缆砸一下，海龟准得失身落水，或者用海军桨捅一捅，可是阿福没有这样做，而是一动不动地趴在那里看着。西海舰队的官兵，都是经过英国皇家海军学院严格训练过的，在那个号称日不落的国度，哪怕路上躺着一条狗，行人和汽车都会绕过它，关爱生命似乎成了国民的下意识行为，哪怕是一只猫、一只小鸟。海龟是海洋珍稀动物，皇家海军的人文教程课上，专门设有如何保护海洋动物的教课。再说海龟又是吉祥之物，是长寿之物，开战前夜，有只海龟朝军舰上爬，这可是好兆头。

潮水中的锚链，嘎巴紧直，像一张从江底一直通向甲板的绳梯，海龟终于顺着这张梯子爬上了军舰，刚落上甲板，阿福就举起手中的冲锋枪顶住了它的脑门。那刻，阿福突然觉着不对头，因为面前的海

---

① 锚更，军舰抛锚时负责看守水中锚链情况的值班人员称为锚更。

龟一落上甲板，就直起两条腿立了起来。

就在这时，海龟突然开口说话了：长、长官，别、别开枪……

海龟一开口，阿福傻眼了，他没想到，顺着军舰锚链爬上甲板的，竟是一个少年。少年浑身脱得精光，将衣裤用一根柳条捆扎在头顶，在朦胧的夜雾里，真像是一只海龟。少年刚说完话，随即就倒下了。

你走到少年面前，低声喝问阿福：怎么回事？

没等阿福开口，你就蹲了下来，久久地看着横躺在甲板上的少年。当然，少年也看着你。江雾稍稍散了一些，一弯残月从夜空剥离了出来，照着你那张略显清瘦的脸。在少年的眼里，你与其说是一个将军，还不如说是一个道人，你那一身儒雅风范令少年终身难忘。这时候，又有好几位闻讯赶来的军官围着你蹲下身子，其中的一个军官说：司令长官，这事由我来处理，你先回舱室歇息吧。

你仍蹲在那里，轻声问那少年：你从哪里来？连问了几声，少年还是不吱声，你身后的一个军官突然拔出别在腰带上的手枪，喝道：你要是再不说话，我就毙了你！这么一喝，少年终于开口了：长官，你、你就、就开枪吧，本来我也不、不想活了，不过要痛快点，就朝这儿打、打！说着，就伸出右手食指，按着前额，轻轻地点了两下，当点到第二下，他的手突然像抽筋似的抽搐着，随后就垂下了，眼睛也闭了起来。

这下，围在少年周围的官兵就唧唧喳喳议论开了，有的说，这小子装死，干脆把他扔进江里算了；有的说这孩子没准是江边的难民，想上舰来讨口饭吃的；有的说会不会是小日本派来的奸细，想上军舰来摸点情报？七嘴八舌之际，你却伸出一只手，在少年的肚子上摸了一下，道：这孩子肚皮都贴着脊梁骨了，是饿昏了。说着就命令舰上的军医端来一杯水，灌进少年的嘴里，随后又喂了一杯热牛奶。过了一会儿，少年的眼睛终于缓缓睁开，定定地看着你，突然从嘴里蹦出一句话：长、长官，我要、要报仇、仇……

司令长官，这个少年就是我。其实我不说你也晓得。那天夜里，我被官兵抬进水兵舱，躺在铺上跟你说起了自家的遭遇，你听了后，就将一只拳头狠狠地砸向军舰舷壁。当你砸下那一拳，我就一头跪在你的面前，道：长、长官，你收、收下、下我、我吧！

二

我原先也是一个兵呢。十七岁的那年，我考入空军笕桥航校，学的是飞行。一年后，当我开着初级教练机在杭州上空转了三圈，稳稳当当地落向跑道后，教员却向我宣布了停飞的命令，让我去地勤维护飞机，理由是我只要一紧张，说话就结巴。起先，我并没有意识到自己还有这个毛病，就连航医也没有发现，可是教员这么一宣布，我就连平时说话也结巴了。维护飞机就维护飞机吧，反正也是为国效力。那时候，日本兵已经逼近了上海，笕桥机场的飞机也是频频起飞，跟日本人打着空战。看着从跑道跃上蓝天的飞机，我就恨不得给自己也插上一双翅膀，跟着弟兄去跟小日本的空军在天上较量一番。

日本鬼子真张狂，在吴淞口登陆后，很快就将大上海团团围住。我的家就在长江边上，离上海只有二百来里路，尽管淞沪的巷战打得昏天黑地，可江南乡村，却还是牧歌阵阵，鸡犬之声，彼伏此起。那天早晨，我娘和我姐出门走亲眷，姐撑着一把红纸伞，娘提着一个蓝地白花的包袱，姐和娘走在江堤上，这一红一蓝两团颜色就缓缓移动。江南女子出门，都喜欢带把红纸伞，手里有把伞，天落雨了可以挡雨，太阳大了就能遮阳，如果既没有落雨太阳也不毒，就拿在手里做个装饰，想不到这把红纸伞，却给姐和娘带来了杀身之祸。

江堤上，杨柳青青，芦苇簇簇，姐走在娘身后，胳肢窝下夹着的红纸伞映在万绿丛中，煞是惹眼。姐出身农家，土生土长，可谓是清水芙蓉，天然去雕饰，长成十八岁，已经出落得楚楚动人。姐只要一出门，就像汉乐府诗《陌上桑》里所写的那个美女罗敷："行者见罗敷，下担捋髭须。少年见罗敷，脱帽著绡头。耕者忘其犁，锄者忘其锄。来归相怒怨，但坐观罗敷。"姐走过村庄，村里的小伙就会朝姐唱情歌；姐走过稻田，田里薅草的男人就会直起腰来打号子；姐走上江边小桥，桥上纤夫就会停下脚步。姐腋下的红纸伞像是一片红云飘过江堤。姐走着走着，忽然听见前方传来踢踢踏踏的声音，脚下的江堤也颤颤悠悠，姐没有见过大世面，闹不清这声音来自何处，姐只顾埋头走路，姐只要上了路，总怕有人看她，尤其是害怕男人的眼光。那声音却越来越近，长江潮头似的涌来。当姐抬起头，一匹蒙古马就似一堵墙横在面前。蒙古马四条腿比房柱子还要粗，胸前的肌肉块块鼓突似岩石，鬃毛似茅草一般，在风中瑟瑟作响，姐的目光顺着马脖子朝上爬着，当爬过马头，身子一下就吓软了。

蒙古马的马背上，坐着一个男人。当然，肩背步枪，头戴鸭舌帽的装束，倒没有吓着姐，令姐浑身发软的是帽子两边的两片护耳，呼扇呼扇就像猪耳朵，男人的脸藏在护耳里，两只眼睛射出蛇芯子似的绿幽幽的光芒。那刻，姐就像被施了定身法，想走两条腿却怎么也迈不动，不但迈不动，还一阵阵发软。这时候，马背上的男人终于说话了：花姑娘的，大大的好的！男人说的话，姐姐听不懂，被马隔在另一边的娘也听不懂，不过娘从男人的眼神里，已经看出这是一只野兽。娘从马的另一侧绕了过来，一把拖过姐就准备逃跑，可是已经来不及了，男人从马背上跳了下来，将枪上的刺刀顶住了娘的胸口。男人说，我的、是日本皇军的，来建立大东亚共荣圈的，你们的要好好犒劳犒劳我的！

娘听到这里，一下子明白，站在面前的就是日本鬼子。前些日子，娘只是听人说，日本人已经从长江口登陆，正在跟中国军队在上海打仗，没有想到，鬼子就到了眼前。正想求鬼子饶了她们娘儿俩的命，鬼子兵却用右手握着步枪，左手指着姐，嘴里叽里呱啦说道：花姑娘的，性交性交的！娘没有听懂鬼子的话，傻傻立在那里。鬼子见娘没有反应，便解开裤子，从裆里掏出那东西，晃了两下。这么一晃，娘就明白了。那刻，伟大的母性突然使她做出了一个惊人的决定。娘扑通一声跪了下来，道：你实在要来，那就来我吧。娘跪下后就伸出两只手解着腰带。娘边解腰带边说：就来我吧，反正是一样的。我的闺女还是黄花闺女，将来还要嫁人，你行行好就饶了她吧！

没等娘把腰带解下，鬼子就哈哈大笑，头摇得像拨浪鼓：你的不行的，我的要花姑娘的。那刻，姐就站在娘身后，听说鬼子要糟蹋她，姐当然是宁死也不依，转过身子就跑，可是没等跑出十多步，鬼子就翻身上马，一扬鞭就追上了。鬼子伸出一只手将她拽上马背，返回到娘面前，朝地上一扔，随后就跳下马背，将姐压在地上，用枪顶着她的脑袋，道：不性交性交的，就死了死了的！

姐闭着眼，两只手死死绞在胸前。

鬼子一看姐姐不依，便用刺刀挑开她的两条裤腿，接着又挑开了裤带，鬼子挑的过程中，姐姐就伸出手来抵挡，你来我挡，两只手就被刺刀划得鲜血淋漓。一看这架势，娘一下就跪到姐面前。娘说：姑娘，我们就吃了这个哑巴亏吧，你要是不依，不但你没命，娘也没命了，好死不如赖活啊！你就看在娘的面上，依了他吧。姐听到这里，两只手就再也不划拉了，随后就闭上了眼睛。是啊，娘养育自己十八年，娘的养育之恩还没有来得及报，如果不吃这个亏，不但自己一命呜呼，娘的命也得赔上。娘——娘——姐姐哭着，将两只手摊到了江堤上。

长江江堤，芳草萋萋，此时的江南岸，没有晓风残月，只有刀光剑影，江堤下的芦苇绿涛滚滚，似潮水般拍击着堤埂。日本鬼子用刺刀挑开了姐的蓝地白花的褂子，又挑开贴身的红汗兜，鬼子像用刀剥一棵刚刚出土的春笋，将姐姐剥得一丝不挂。鬼子兵扔下步枪，忽然发现自己另一只手里还牵着马缰，枪是死的，马可是个活物，枪扔下不会跑，可马要是扔了缰绳，万一溜了缰，追都追不上。这个鬼子兵是随着小分队沿着江堤侦察中国海军布防情况的，没有想到他们趁着夜色从吴淞口出发，沿途却没有碰到中国军队。天刚蒙蒙亮，这伙鬼子就躲进江边的一片竹林歇下脚，准备夜间再行动，鬼子兵只留下一个哨兵在竹林边放哨，其余的都放倒了各自的战马，躺在林子里睡觉。那片竹林有几十亩大，别说是躲十几个人，就是藏一个团的兵力，也绰绰有余。早晨，当太阳从竹林梢头升起，放哨的鬼子兵就看见了夹在姐腋下的红纸伞,便骑上蒙古马追了过来。

此时,鬼子兵将一切都准备停当,只是手里还牵着缰绳,他想将马系到树上,可是周围却找不到一棵合适的树,江堤下方,倒是有几棵水柳,却全长在水里,鬼子兵想将事情做得便捷一些,忽然灵机一动,就将缰绳绕到腿脖子上,随后就打了一个死结,准备完事后就立即翻身上马。鬼子兵将一切过渡都省略了,其中包括自己的坐骑。

一直跪在江堤上的娘这时抬起了头,先是看了看天,那是江南七月的天,一碧如洗的苍穹,有画眉鸟飞过,看到了天,娘就想起一句古话:苍天有眼。青天白日,做这等作孽事,将来娘也得遭雷打。她得遮遮天眼。想到这里,娘就伸手去拿那把扔在江堤的红纸伞,随后立了起来,走到马头前,将伞轻轻撑了起来。娘在撑伞前,就闭上了眼睛。因为马头前方,就躺着姐,还有那个日本鬼子。鬼子兵已经将裤子褪到了膝盖处,光光的屁股撅得老高。

娘在撑伞的当口,嘴里长长念了一声:阿弥陀佛——

这句话刚念出口,那匹蒙古马突然长嘶一声,两只前蹄腾空而起,一下将鬼子兵倒着吊了起来,随后就飞身越过姐的身子,在江堤上狂奔如飞。蒙古马被红纸伞吓惊了,红纸伞在马的眼睛里不知成了什么怪物,这一撒蹄就再也止不住了。江堤上铺着青石板,被马倒拖着的鬼子兵脑袋一下接一下砸向堤面,没砸几下,就像一个西瓜似的砸烂了,白白的脑浆黏黏糊糊,在青石板上冒着热气。

蒙古马狂奔了一阵,这才扫着长尾返回那片竹林。

蒙古马一惊,娘就拉起倒在堤埂上的姐。姐还是姑娘身,鬼子还没来得及糟蹋姐,可是姐的裤子已经被刺刀挑烂,娘脱下自己的外裤,给姐穿上,收拾停当就朝家跑。刚跑到村口,鬼子的骑兵就顺着江堤追了过来。

那天,鬼子兵杀红了眼,从村口的头一家,一直杀到最后一家,整整一个村子的老老少少全倒在日本人的屠刀下,日本兵杀完一个,就用军刀劈开一个脑袋;劈开一个,就将脑瓜子捧到战马嘴边,让它们舔冒着热气的脑浆。日本骑兵队骑的全是一式的又高又大的蒙古马，可是那天，所有的战马没有一匹伸出舌头。在日本兵杀人的过程中，一直让姐和娘跪在地上，让娘儿俩看完杀人的全过程，这才举起军刀，将两人的脑袋砍下。在这之前，我的爹也被砍了头，一村的百姓，只有奶奶活了下来，那天姐和娘出门后，奶奶就一直坐在家门口，瞪着一双只有白没有黑的眼睛朝天望。奶奶后来对人说，那天一大早，我的眼皮就跳，我晓得这天要遭祸呢。奶奶后来就听到村里到处响着喊哩喀喳的声音，像是满地的西瓜遭了大刀的砍劈，再就是小孩的哭声和大人的哀号声，奶奶不晓得村里发生了什么事。

将军，那天夜里当我被军医救醒后跟你说起家里的遭遇，你突然拔出挂在腰间的海军佩剑，举过头顶，像是要找个地方砍下去，可是那刻，围在你身子四周的，全是你的部下——民国海军西海舰队“夸父号”军舰的官兵，你举着军刀没处下刀，突然将刀刃按着左手食指指肚，吼道：不把狗日的日本鬼子赶进东洋大海，我誓不为人！话落血出。这时候，老伙夫连忙端来一只盛着半碗白酒的大海碗，接着你手指滴下的血滴。随后，甲板上的官兵都学着你的样子，用军刀割破指肚，滴在碗里。军刀最后一个传到我手中，我滴完血后才明白，这叫歃血为盟。

日本鬼子血洗小村的第二天傍晚，我从笕桥机场赶回村奔丧，奶奶眼睛痴痴地望着远方。奶奶听见了我的脚步声，嘴里喃喃道：嘎子，你怎么才回来？怎么才回来啊——

我扑通一声跪下，双手抱着奶奶的两条腿，就哭起来。我只是流泪，却没有哭出声音，后来，泪就干了，化作了两团火光，在瞳仁里晃动。埋了阿爹阿娘和姐的尸体，我就跑到江边，脱下的衣裳扎在头顶，跳进江里。在这之前，我已经晓得，西海舰队已在瓜洲布阵，准备跟进入长江的日本海军决一死战。我决定改行当海军，是因为海军可以面对面跟日本鬼子决战，而空军地勤只能在后方，如果不跟鬼子面对面拼杀，我肯定要被憋疯的。

从此，我被安排在旗舰前主炮班，当上了一名炮弹搬运手。我没有海军的技术，也不会操作火炮，在航校的预科班，我曾在杭州湾学过驾驶水上飞机，可是海军的军舰上没有配备这种飞机，我只好搬运跟我差不多高的炮弹，以此来发泄心里的仇恨。刚分到班里，我只要一有空，就抱起一颗教练弹围着甲板转圈，如果哪天不抱一下，就会莫名其妙地发火。

三

西海舰队的大小几十艘军舰，都呈犄角之势在瓜洲江面抛了锚，军舰披了伪装网，并插上芦苇树枝之类的植被，远远望去，就像是大大小小的岛屿，布满江面。七月烈日，酷似火球，军舰在烈日下烤了一天，到了晚上，就像个蒸笼，水兵舱里吊铺连着吊铺，睡着二百来号士兵，汗味脚丫子味还有屁味，都闷在这个铁罐子里，可是水兵们只要头挨着枕头，就会打起鼾，我却睡不着。空军地勤的宿舍虽然是上下铺，可比起这串成串的吊铺来，还是天堂似的。睡不着又不能上甲板纳凉，你下了命令，夜间除了值更的，任何人都不得在甲板上走动，以免暴露目标。

那天深夜，我又被舱里的气味熏醒了，后来像被鬼扒了眼，怎么也睡不着。躺在吊铺上，我就想娘，想姐和爹，当然想得最多的，还是奶奶。奶奶虽然是个瞎子，可提水煮饭都能自理，我想奶奶是因为家里已经断了顿。我本来答应奶奶，等上了军舰当上水兵，拿到津贴就上岸送银子给她老人家，可是穿上水兵服都十天了，我一分钱津贴也没拿到。我人在舰上，心却在岸上。三更时分，我悄悄滚下吊铺，上身套了件海魂衫，下边穿了条短裤衩，走上前甲板。那刻值锚更的是我的班长阿福，我跟他说明了情况，请了一个小时的假，说是要上岸看看奶奶。阿福听说后，就走进伙房，拿了两个大馒头，塞到我手里，道：嘎子，没有什么好送给奶奶的，这两个馒头，就让她老人家先填填肚子吧。我接过馒头，顺着锚链下到江里，踩着水上了岸。

村里阴气浮动，家家的门都半敞着，却没有一点火光，被鬼子砍了头的乡亲们都被邻村赶来的人埋了，可外村人没有一个人敢待在这里，说是村子里一到夜间到处都是无头的冤鬼，乱叫乱喊，哭着号着，要申冤要报仇。我走过一家家门口，走过一家，就跪下来朝着门里磕个头。我把村里人家全磕遍了，才朝自家的家门走去，推开虚掩的破门，看见奶奶正跪在一个稻草编的垫子上，双手合十，面朝土墙神龛里摆着的一尊观音像，嘴里念着阿弥陀佛，念一声，就喊一声：我的儿——我的儿媳——我的孙女——奶奶已经七天粒米未进了，奶奶的声音就像蚊子叫，奶奶的身子跟一具木乃伊毫无二致。

奶奶——我轻轻喊了一声，老人家就睁开闭着的眼睛，问道：嘎子，你怎么来家了，你不是上了军舰去打日本鬼子的吗?

我抽空回来看看你。我说着，就将那两个大馒头塞到老人家手中。

奶奶接过馒头，凑近鼻子轻轻闻着，道：好香的馒头啊。

我听见奶奶的肚子咕噜咕噜直打鸣，道：这是军舰上的馒头，你吃吧。

奶奶听说是军舰上的馒头，本来张开的嘴又闭上了，道：得留着，给你爹你娘你姐吃，新麦都上来了，可他们还没有赶得上吃今年的新面馒头。

我说，奶奶你先吃一个，给爹他们留一个。奶奶说不，先供了他们我再吃。于是我就将那两个馒头摆到桌子上，又在馒头旁搁了三双筷子，随后就朝着桌子跪了下来。

供完了先人，我就将其中的一个馒头掰开，一点一点送进奶奶嘴里。喂下那个馒头，我就安顿奶奶睡下，接着又顺着锚链爬上了军舰。我把时间卡得分秒不差。

我的双脚刚踏上前甲板，就听见耳边传来叭——的一声脆响，声音响过之后我才意识到自己被扇耳光了，我捂着麻辣的半边脸，看见舰长已经站到面前。

你上哪儿去?舰长喝问道。舰长夜里查铺,发现我的吊铺空着,便围着甲板寻找,正巧碰着了顺着锚链爬上甲板的我。

我上岸去看了看老奶奶。我道:哪个晓得,这一仗打下来,我还能不能活?再说,家里也断顿了,可是这个月的津贴还没有下来,我原来打算,等领津贴,给奶奶买些米,好让灶膛里的火再生起来。

我刚说到这里,甲板上突然响起一声怒喝:让一个家里断了顿的水兵上前线打仗,天理难容!我抬起头,看见你不知什么时候已经站到舰长背后。你喝完后,就背起手在甲板上来回踱步,踱了几圈,对站在一旁的秘书官说:你身上还有没有钱?

秘书官从包里掏出两块银元,你接过后,一下子拍到我手里,道:嘎子,我这个司令官没有当好,这几个零钱,你先拿着送给老奶奶,聊解无米之炊!

我接过银元,突然面朝你跪了下来,道:冯司令,我代表奶奶谢你了!

什么谢不谢的?你是我手下的兵,赡养老人是我们每个当晚辈的责任。你说着,便命令舰长:赶快派汽艇送嘎子上岸!

舰长连忙命令帆缆兵放下随舰汽艇。

你又问舰长:这个月的军饷怎么到现在还没有发下来?

我也不清楚,我已经让军需官向国防部催过几次了。舰长说。

国防部怎么说?

国防部说还要再等几天。

还要等?再等下去我的水兵只好领着祖母去讨饭了!你说着,突然对站在身后的秘书官说:拿出笔和纸来,我要直接给委员长发一份电报。话音刚落,秘书官就从口袋里拿出了笔和纸。你沉吟片刻,道:

委座:

瓜洲决战迫在眉睫,我西海舰队军舰已经抵达前线,官兵都摩拳擦掌，准备痛击日寇。可是舰队官兵，至今还没有拿到本月津贴，旗舰有一水兵，家中老祖母已经断炊，作为全国抗日统一战线的总指挥，不知委座听到这一消息有何感慨？古来将者，皆爱兵如子也，不爱兵，兵何以为国拼命？乞望火速发出本月军饷，以解我水兵老母之无米之炊，后顾之忧！

唯伏尚飨！尚飨！

西海舰队司令 冯定波谨启

你刚口授完毕，握着笔的秘书官便说道：司令长官，津贴之事，让旗舰的军需官催问一下国防部即可，你直接给委员长发电报，而且，口气又这么硬，会不会……如果给你套个动摇军心的罪名，那可就……

没等秘书官说完，你就吼道：叫你记你就记！天塌下来由我顶着！

你说完这句话，放入江中的汽艇已经启动了引擎。我顺着绳梯爬上汽艇，只听得轰的一声，汽艇就箭似的射向江岸。

在那间草屋里，当奶奶从我手中接过两块银元，揣进怀里，又用手摸着捎去的一袋白面，便问我道：嘎子，这银元是哪个送的？我说：是我们的司令长官。奶奶听着，不住地点着头，道：嘎子，听长官的话，为你爹你娘你姐报仇！

司令，那天夜里回到舰上，我总也睡不着，水兵舱里闷热难当不是我失眠的原因，我是担心你为了舰上官兵发的那份冒犯上司的电报，会给你的仕途蒙上阴影，我上舰后就听说，你在海军乃至整个军界口碑极好，那年头，南京政府里流传着这样一句话：前方吃紧，后方紧吃。国民党政府像一棵大树，从里到外，已经蛀空，你却不赌不嫖，两袖清风。为了我的瞎眼奶奶，你丢了乌纱帽，那可就是我的罪过了。我真不该将家里的实情告诉你，让你发了脾气。那几天，我总是心事重重，每当躺到床上，耳边响起你口授的报文：……唯伏尚飨！尚飨！

三天后的一个早晨，江面上突然下起了大雾，几米开外就什么也看不清，那刻，我正在值瞭望更。所谓瞭望更，就是负责观察天空和江面，一旦发现情况，要马上向舰长报告。我站在舰首，忽然看见江面上漂来一只大鸟，由于雾气很浓，那鸟忽隐忽现的，鸟背上还时不时传来一阵阵男人的说话声，听上去就像是猫头鹰在叫，咕噜咕噜怎么也听不懂，于是我迅速爬上了前桅杆，举起挂在胸前的望远镜观察。

大鸟顺着潮水越漂越近，我看到大鸟的翅膀上印着两个红色圆球，大鸟趴在江面，优哉游哉地浮动，像一只硕大的芦雁。又漂了一阵，我突然看清，那是一架水上飞机，两个圆球就是太阳旗图案。

我看清了这一切就腾出一只手，伸向挎在腰间的手枪枪套。一边掏枪就一边想，小日本的飞机怎么落到了江面上？我刚掏出手枪，就看见飞机上的两个飞行员已经从前后座舱爬了出来，站到机翼上，其中的一个飞行员正一边朝军舰观察，一边在本子上画着什么，而另一个飞行员则拉开皮裤的拉链，朝江里撒尿。俩人办着事，叽里呱啦说着话。我一边听着，就一边猜。一边猜，就一边看着那个撒尿的鬼子。鬼子兵撒得耀武扬威，两只手像端冲锋枪似的端着胯下的家伙，我看见那家伙就想起阿娘和阿姐，想起娘和姐我的脑门儿就轰隆轰隆响得像打雷，脑门儿上的青筋似泥里的蚯蚓蠕动，一股股热血直朝着脑门儿涌来。我在那刻已经做不了自己的主了，好像有另外的一个人在指挥着我。

我举起手枪，朝着鬼子胯下的家伙瞄准。

鬼子那家伙很快就卡在手枪准星上，那家伙在我的眼里是那般的丑陋和龌龊，那般的猥琐和歹毒，它比蝮蛇的脑袋还要毒，比蝎子的嘴还要辣，比老鹰的喙还要狠，如果再容忍它在这个世界上横行，我准得要疯掉！我扣着手枪扳机的右手食指轻轻朝里勾着，只听得叭的一声脆响，顿时就感到无比痛快和淋漓，我那越过手枪准星的目光看见鬼子兵的两只手像按一只垂死麻雀似的突然捂着胯下，一股鲜红的液体就从指缝间流了下来。

我又瞄着鬼子脑门儿打了一枪，鬼子就像喝醉了酒似的，身子摇晃了几下，一头栽倒在江里。站在机翼上的另一个鬼子看到同伴倒下,立马钻进飞机后舱,随后,江面上就传来一阵阵滴滴嗒嗒的声音。

我的这一枪,改变了整个瓜洲战局,后舱的那个鬼子兵循着枪声发现了披着伪装网的旗舰，并迅速用电报向在长江口锚泊的航母报告了军舰的方位,而这一切我当时还没有意识到。

当时我只是觉得挺解恨,挺过瘾,当手枪枪管里的子弹顺着膛线飞出去后,我的脑门儿再也不轰隆轰隆闹响了,脑门儿上的青筋也不鼓突了。我看着那个鬼子兵栽入江心后,就顺着桅杆哧溜一声滑上甲板,准备向舰长报告情况,然后就跳下江去活捉那个飞行员。我不能再将那个鬼子打死,我得要留个活口。

我刚滑下军舰前桅杆,鬼子兵已经用最快的速度发完电报,正从后舱爬向飞机前舱,开始启动引擎准备逃跑。飞机螺旋桨桨叶轰的一声就转动起来。眼看着鬼子要开着飞机逃跑,我急得像热锅上的蚂蚁围着前主炮打转,因为距离太近,前主炮已经没有射击角度,再说我一个人也没法操纵一门大炮。鬼子已经将飞机启动起来,只要一拉驾驶杆,飞机就会倾着江面滑向天空。这时候,舰上的官兵都睡得跟死了一般,闷热的夏夜加上蚊虫叮咬,官兵们几乎整夜没有睡着,五更天的觉是最香的。

我正急得在甲板上团团转,忽然看见前甲板盘着一堆缆绳,突然灵机一动,顺手就朝手上一拎。我握着缆绳在空中舞了几下,随后就朝着机头方向一扔。那一刻,水上飞机的螺旋桨桨叶正像风车叶片似的转动着,从空中落下的缆绳刚挨着叶片,很快就似蜘蛛网缠飞蛾似的缠住了桨叶。鬼子兵不得不爬出前舱,站到机头上解着缆绳。可是缆绳一旦缠住桨叶,用手是解不开的。鬼子正像只没头苍蝇似的捣鼓着那根韧性十足的绳子,我便扎入江中,一个猛子潜游到飞机机腹下方,悄悄从江里伸出一只手,抓住鬼子的脚脖子,轻轻一拽,将鬼子拽下了水。那个鬼子膀粗腰圆,力大无比,而我个子又小,根本不是他对手,俩人刚扭到一处,鬼子就骑到我的背上,一下接一下将我的脑袋朝水中按。江面上的响声，很快惊动了旗舰上的官兵，阿福带着几个水兵从舰舷跳下江，游到飞机附近。水兵个个都是浪里白条，有的跨上鬼子的脖子，有的在水下拽着鬼子的脚，一次次用水呛着这个野兽，仅仅几个回合，就将他拿下。

鬼子被江水呛了个半死，被水兵拖上军舰，扔在甲板上，待了一会儿，就摇摇晃晃立起，冲着围住他的官兵嘿嘿冷笑起来。

鬼子这么一冷笑，就把官兵们激怒了，阿福从舷壁上拿过一把太平斧，走到鬼子面前，喝道：给老子跪下！

鬼子起先还梗着脖子，不肯下跪。阿福一下举起太平斧，他这才跪了下来，嘴里却叽里咕噜说着夹着汉语的日本话：你们的这个！我们的这个！鬼子说你们的这个时，就举起一根小拇指；说我们的这个时，就举起大拇指。举完后又说：我们的大日本海军的太平洋舰队的飞机的，能把你们的军舰的炸烂的……说着，就手指天空，道：马上的，我们大日本帝国的飞机的、就要飞来的……

这时候，你和舰长已经走上前甲板，看着俘虏那副趾高气扬的样子，你突然抽出挎在腰上的佩剑，高高举过头顶，可是佩剑横到空中后却定在那里，道：先把他带下去！

鬼子被押走后，你突然走到我面前，抽出右手，朝着我的脸劈过来：你贻误了整个舰队的战机！你的手掌结结实实地打在我那张充满孩子气的脸上，发出了一声竹子爆裂般的响声。事后，舰上的水兵说，冯将军带兵这么些年还是头一回打自己的士兵，你的手掌收回后，我的脸上就清晰地留下五根指印。

我挨了这一掌，胸脯挺得更高，道：司令长官，我愿意将功补过！

我说完后就转过身，像一只青蛙，一下就跳入江中。

浑黄的江水很快就淹没了我的身影，眨眼间，我又从飞机的机腹下蹿了出来，顺着飞机浮筒爬上了座舱。当舰上的官兵明白了我将功补过的意图，我已经坐进前舱，启动了引擎。当然在这之前，我已用水手刀割开了缠着螺旋桨的缆绳。

水上侦察机的螺旋桨在迅速飞转，坐在驾驶舱里的我抬起右手，朝着甲板上的官兵轻轻挥了挥，就将飞机滑向江心。飞机螺旋桨越转越快，卷起的狂风在江面上吹起一阵阵巨大的浪花。

我驾驶着那架水上侦察飞机起飞的时候，瓜洲江面的浓雾已经渐渐散尽，我以前在航校曾经开过这种轻型的水上飞机，但没有在江上开过，是在海上开的，驾驶水上飞机的关键是要避开波浪，而此时的江面却是微波不扬，长江仿佛专门为我这个中国海军水兵铺展了一条平坦的跑道。我加大油门，飞机狂吼着在江面上奔跑起来，机翼下方的两只浮筒像两片犁铧，将江面犁开两道深深的沟壑。

飞机的速度越来越快，后来就似一只白鹤在江面上展开翅膀飞奔，而那两只刀状的浮筒就宛若白鹤的两只脚蹼，踏点着波浪。江面上有沙洲，有芦苇，再说江面也是弯弯曲曲，不像大海那么宽阔。我驾着飞机开始总有点摇摇晃晃，我双手死死握着驾驶杆，眼睛死死瞪着前方的江面，握着驾驶杆的手使劲朝后拉着，整个身子也朝后仰了过去，眼睛几乎要凸出眼眶，门牙已经将下唇咬出一道血印。

水上飞机的螺旋桨搅着江面上的大气，拉着飞机迅速朝前奔跑。

飞机终于摆脱了江水的纠缠，一下子跃上了天空。飞机腾空后，我先是围着旗舰转了一圈，在旋转的过程中，我压了一下驾驶杆，将机身倾斜过来，探出身子朝着甲板上的你和舰长挥了挥手，声嘶力竭地喊道：司令长官、舰长，我把奶奶交给你们了——

飞机一下子就钻进了云层。

四

我飞走之后，日军战机迟迟没有飞临瓜洲上空，长江江面出奇地平静，就连那些平时一到黎明就蹿出水面飞扑小虫的白条子鱼，也都静静潜伏在江底。三天后，一个金发碧眼的英国女记者坐着一条民船登上瓜洲岛，顺着山道走进道观大门。那刻，抱一道长正在大殿打坐，女记者走到他面前，深深鞠了一躬，用一口流利的汉语介绍了自己的身份，随后就亮出记者证让道长过了目，问道：尊敬的道长，有情报分析，中国海军西海舰队司令长官冯定波将军正带着他的舰队在这一带江面泊锚待命，我听说你是将军的至交，能不能带着我去见他一面？

大敌当前，冯将军战事繁忙，恐怕很难见到他。抱一说：据我所知，冯将军一向不接受记者采访。

我此次来贵地，主要还不是采访冯将军，而是要向他透露一个重要情报：日本太平洋舰队的一艘航母遭到中国海军的攻击。女记者说到这里，抱一便问道：请问记者先生，那条航母是怎么遭到中国海军攻击的？

是中国海军的一个士兵，将人身作炸弹，击中了航母，现在，那条航母已经被拖回日本了。女记者说着，就从包里拿出一份外国报纸，递到抱一面前。那份报纸上印的英文字母，抱一当然看不懂，但登头版的一张照片，却看懂了，那是一艘航空母舰，粗大的烟囱已经成了卷了边的花篮趴在甲板上。金发女郎见抱一像看天书似的瞅着报纸上的文字，便说：这是我采访到的独家新闻，三天前，中国军队的一名飞行员驾驶着一架日本的水上飞机袭击了长江口的日本太平洋舰队，当他飞临航母上空时，舰上的日本水兵都纷纷摘下头上的水兵帽朝着天空挥动，都以为是他们的英雄返航了，就连舰队司令也站到了前甲板，朝着天空挥动手臂，司令的另一只手里，还拿着刚刚由译电员收到的有关西海舰队在瓜洲江面布阵的电文。飞机围着航母转了一圈，并没有按照以往的惯例在舷边的海上降落，然后再顺着放下的滑行道滑向航母甲板。而是突然一个鹞子翻身，呈垂直姿势朝着航母俯冲下来，一下子扎进了航母的烟囱。

女记者说到这里，抱一便连忙带着她出了道观，坐着她上岛时租来的那条民船靠上了旗舰。在军舰前甲板，你接待了女记者。几句寒暄后，女记者便从包里掏出那张报纸，递到你面前。你接过报纸。细看。你留过洋，自然看得懂英文报纸，你看完报的那条配着图片的新闻，突然摘下军帽，低下头沉默着。

你的身后，站着一排排的官兵，你摘下军帽后，官兵也跟着摘下了军帽。当天傍晚，你在瓜洲江面举行了隆重的葬礼，我的五尺之躯已经与长江口的海水融为一体，在那片海域，已经找不到我一块碎骨，一点肉星，但在夸父号军舰上，我使用过的床头铁柜里，还存放着一套从未穿过的水兵服，一顶新军帽。你命令水兵将这套衣帽包在一块白布里，然后由你双手捧着，轻轻放入江中。

当我的衣冠抛入江面时，旗舰上的水兵都朝着天空鸣响排枪，并降半旗志哀。

你看着江里随波漂泊的衣冠，突然将身子探出舷外，喊道：嘎子，你就放心地走吧，你奶奶的抚养你不用操心。本来，我开着飞机朝着航母烟囱里扎钻的那一霎，眼睛一直睁得很大，睁得几乎要掉出眼眶，当我在那冒着黑烟的烟囱里羽化之时，我的眼睛也没有闭上，我唯一放心不下的，就是奶奶。有你这句话，我的眼睛就闭上了，闭上后我就回忆着那个瞬间。那是我一生中最快乐的一瞬，也就是从这一霎开始，我才算得上是中国真正的男子汉，没有枉为男人一场。中国有句古谚：士为知己者死。我开着那架小飞机飞向长江入海口的时候，嘴里情不自禁地唱起了一首流传的歌儿：大刀向鬼子们的头上砍去！全国抗日的同胞们，抗战的时候来到了——后边的歌词就不会唱了，那刻，飞机真像一条小船，在气流中摇摆不定，上下颠簸，我双手死死握着驾驶杆，像驾驭一匹烈马。飞临长江口，就看见那条航母的烟囱，正朝天空吐着黑烟，航母的甲板上，停满了飞机，就是这些铁蝗虫，将长江流域搅得昏天黑地，撒下炸弹，扫射百姓，这条航母上载的全是一帮野兽，就连那个脑壳摔成破西瓜的鬼子兵，也是从这条航母上登的陆。在笕桥机场，我曾目送一架架战友的飞机起飞，轰炸日军太平洋舰队，可是中国的空军数量太少了，根本不是日本人的对手，再说也接近不了航母，现在，我终于开着小日本的飞机接近了这个海上城堡。我围着航母转了一圈，看见甲板上的士兵疯狂地挥动军帽朝我致意。这帮王八犊子，以为是他们的英雄返航了，给他们带来了瓜洲江面中国舰队布阵情报了。想得好美啊，狗强盗！

我在航母上空转了一圈，就开始升高，将飞机升成了天空中的一个小黑点，随后一推驾驶杆，于是飞机就像一只朝着地面俯冲的老鹰，照着那个黑洞洞的大烟囱垂直扎下来。当飞机钻进烟囱，甲板上那些手舞足蹈的鬼子兵一下就呆住了。只听得轰——的一声巨响，航母甲板就鼓起了一个大包，浓烟烈火腾空而起。那一瞬，一种从未有过的快感从我的脚跟一直传到天灵盖，随后我就什么都不晓得了。

我终于羽化了，化作了一缕青烟，朝着天空升腾。

八天后，从日军太平洋舰队另一艘航母上起飞的机群就飞临瓜洲上空，对江面展开了地毯式的轰炸。你率领全体官兵在江面上抵抗了一周，西海舰队终于全军覆没，大小几十艘军舰全被炸沉在江底。那是中国抗战史上打得最惨烈的一场战役，舰队的官兵，打尽了舰上的炮弹，最后只好用冲锋枪朝着天空的日本战机扫射，就差跟日本飞行员拼刺刀了。

旗舰沉没后，你被幸存的水兵扶上了瓜洲岛。

天黑之后，你乘坐一条海军舢板，在江面上巡视着。

此时的长江，已是一片混沌，浑黄的泥沙在江流中翻上滚下，给沉入江底的军舰盖上了厚厚的宛若帷幛的水层，江面上凝浮着一层厚厚的血迹，数不清的江鸥围着军舰沉没的水域上下翻飞，发出一阵阵惨烈的叫声。你坐在舢板船头，一手托着摘下的军帽，一手握着挎在腰间的那柄海军佩剑，眼睛凝视着前方的江面。

半夜时分，从江里捞上来的官兵遗体已经在道观天井排得整整齐齐，身上穿着雪白的海军礼服，官兵们的寿服，是抱一道长带着童子帮着穿戴的，遗容整理妥帖后，就排得齐齐展展，平躺在地砖上，官兵们的神态都很安详，有的甚至还带着微笑，身子挺得笔直，两只手的中指卡着裤腿中缝。官兵的遗体摆好后，旗舰舰长就先你一步进了道观，每走到一个官兵的面前，就伸出右手，轻轻抹下睁着的眼皮。

也真是怪了，那天夜里，殉国官兵的眼睛都瞪得像铜铃一般，没有一双是闭着的，说不清他们是输了这场战争而死不瞑目，还是什么别的原因，反正是所有官兵的眼睛都睁得很大，样子看上去挺吓人。本来，在整理遗容之时，抱一道长曾试图让童子将官兵的眼皮抹上，可是每当抹到一个，那个的眼皮就像安了弹簧似的，刚刚抹下，随即又翻了上去。抱一见此情景，便吩咐童子暂且不要动手，说是他们是在等待自己的长官。舰长走到一个官兵面前，伸出的手刚搭上眼皮，那双眼皮就很顺从地合上了，但一松手，却又悄悄地睁开，任凭怎么揉抹，就是合不严。官兵的眼睛不闭，舰长的心里也不是滋味，竟蹲在地上轻声地说道——

兄弟们，你们个个都是好样的，你们没有给我丢脸！你们没有给中国海军丢脸！你们没有给中国人丢脸！我晓得，你们这个月的军饷都还没有拿到，政府是亏待你们了，可是请你们放心，你们的军饷我一定从国防部要回来，送到你们家眷的手里！从今往后，只要一有空，我就去看望你们的慈父慈母，看望你们的家眷，看望你们的孩子！每年清明节，我就带着弟兄们来这里为你们烧香磕头。你们是为国家牺牲的，是为咱们中华民族牺牲的，是很光荣的，我为有你们这样的好水兵而感到自豪！弟兄们，你们就把眼睛闭上吧……

兄弟们，你们为啥还不合眼呀，你们心里还有什么事，就对我说呀……

舰长问过三遍，官兵的眼睛还是睁着，一双双深似海洋的眸子在月光下泛着幽幽灵光。日本海军的重磅炮弹，不但炸沉了西海舰队的主力军舰，而且也将在江面上布防的其他中小型军舰全都击沉，而江岸上的炮台掩体也都被夷为平地。军舰上和炮台内好多官兵，都被炮弹掀起的巨大气浪甩进了江里，很快就被江水卷走。那些日子，沿江的百姓随时可以看见江面上漂着的海军官兵尸体，善良的百姓看着自己同胞浮在江面上，都用竹竿将其捞起来，悄悄埋到了江堤上，但也有一部分没有来得及打捞的，就随着江水朝着长江入海口的方向漂去，有的后来就被日本军舰发现了，鬼子兵将其捞上后，就挂到江边的柳树上，浇上汽油，随后就点燃焚烧，以此来恫吓抗日的中国海军官兵。在那些弥漫着焦煳气味的七月里，从瓜洲至长江口沿岸，被日本鬼子烧焦的中国海军官兵的尸体随处可见。

舰长问到第四遍，抱一道长就走到他身后，轻声说：舰长，弟兄们肯定是在等司令长官，没准司令一到，他们的眼睛就闭上了。

四更时分，你从江心回到道观天井，脱下军帽托在手中，挨个从官兵身边走过。你的脚步走得很轻，就像往日夜深人静之际在军舰上查铺似的，担心会惊醒了他们。每走到一个水兵面前，就蹲下身子，抻一抻水兵服的护胸，整一整头上戴着的水兵帽，理一理搭在肩头的金锚飘带，摸一摸那一张张年轻的脸蛋。仿佛躺在地上的官兵们就要出征，你是来为他们送行的。你挨个整完他们的遗容，就站到官兵排成的方阵前，轻轻地说：弟兄们，你们就先走一步吧，百年之后，我们再在瓜洲江面会师！到那时候，我这个当司令的喊了口令，你们可得回得响亮一点！

你话音刚落，那一双双眼睛全齐刷刷合严了。

五更时分，你在瓜洲岛为殉国官兵主持了隆重的海葬，本来，按照海葬的仪式，只要将尸体缠上雪白的绷带，轻轻推入江中就可以了。这一回，你命令在每个阵亡官兵的背后，绑了一块石头，让他们入水为安。

五

一九四九年早春的那个四更天，你跌跌撞撞走进道观大殿，脱下穿了十多年的将军服，换了一身粗布道服，盘腿而坐，跟抱一道长下起了围棋。那盘棋，还是十多年前的那个残局，后来，抱一道长就将那个残局一直保留在棋盘上，等你来接着下，可是这一等，就是十多年。这盘残局又从四更天一直下到天亮，还是没有决出胜负。真是棋逢敌手，将遇良才。

第二天凌晨，南京的报纸在头版登出了一条震惊中外的消息：西海舰队在长江起义，司令长官冯定波将军突然失踪去向不明。

第三天早晨，当解放军南下的脚步像春雷一般轰轰隆隆碾过长江江堤，我的奶奶正坐在土灶前烧早饭，门外突然响起笃笃的敲门声。那刻，奶奶正朝灶膛里塞着一把稻草，老人虽然是个瞎子，可一应家务活儿，都做得井井有条，地上也扫得干干净净，老人的眼睛没有光了，可她的手就是眼睛，她的脚就是眼睛。老人将一把稻草塞进了灶膛，用火叉子压着，就走过来开门。

柴扉刚刚打开，奶奶就听见门外扑通——响了一声。

奶奶晓得，这是有人朝她下跪了，可她不晓得这个人是谁，便轻声问道：你是哪个？

我是您儿子。门外跪着的人说。

我的儿子早就进黄土了。奶奶说。

那我就是您孙子。门外跪着的人说。

我的孙子自从瓜洲决战的前夜出了家门，就再也没回来过。奶奶说。

现在他回来了。门外的人说。

孙子十年不见了，孙子出去的那一年才十八岁，一晃眼十年就过去了，奶奶听上去感觉孙子的声音好像一下子苍老了许多。奶奶朝门外跨了一步，道：你让我摸摸看，是不是我孙子。

奶奶的手轻轻地朝前伸着，奶奶摸到一个剪着平头的脑袋，奶奶的手在头顶轻轻摩挲着，道：孩子，你的头发怎么这样的硬啊，就像是板刷儿似的，可是那一年你去江里打日本人的时候，奶奶摸着你的头发，还像小孩子一样柔软呢。

奶奶，都十年过去了，孙子的头发不但硬了，也白了。门外的人说。

你的头发都白了？让我再摸摸。于是奶奶又伸出手，在那板寸头上轻轻抚摸着。她摸着摸着，就说：你是老了，头发是白了。

奶奶，您能摸出我的头发是白的吗？门外的人说。

当然能摸得出来，奶奶的眼睛就长在手上。奶奶说：都十年过去了，你怎么才回来啊？

奶奶，人在江湖，身不由己。门外的人说，不过从今往后，孙子就不走了，我给您养老。

奶奶一把将门外跪着的人扶起，拉进了屋里。那人扶着奶奶坐下来，随后从灶台上拿起一把搁在那里的梳子，给奶奶梳着头。

这个人，就是冯将军你。

你刚站到奶奶身后，忽然看见老人满头的银丝上闪着一个个小亮点，后来你才发现，老人头上长虱子了，而老人家里的唯一的一把篦子上面的齿也只剩了几根，你用手将头上的虱子一一捉掉，随后就一下接一下梳起来。

你给老人梳好头，给水缸挑满水，买好一月的米面，随后就去道观隐居。

那天上午，你正在天井里跟抱一道长下着那个残局，刚走了两步棋，山门外就走来一个胡子拉碴的陆军干部，要求见冯定波将军。守门童子听后，道：冯将军正跟道长下棋。说着，就将干部挡在门外。

来人其实就是刚刚组建的人民海军 W 舰队代司令邓龙。解放大军过江后，邓龙就将舰队机关移往南京，开始接收在长江起义的西海舰队，收编了起义的军舰和官兵，却找不着舰队司令。邓龙在来海军之前，是野战军的一个军长，摆弄机枪大炮和步兵，对他来说是张飞吃豆芽——小菜一碟，可是让他领导一个舰队，却是老虎吃天无从下口。于是便微服出行，沿江寻访，最后终于得到你在道观隐居的消息，当即带着随身的秘书和卫兵上了瓜洲岛，却想不到被童子挡了驾，只好在门外干等。他本来以为，一盘围棋，撑死了半天也该下完，却没有想到那盘残局，从早晨一直下到傍晚，还没有决出胜负，决不出胜负，邓龙只好在门外等待。这下秘书就有点不耐烦了，将童子拉到一旁，道：

你去跟冯将军禀报，就说舰队司令求见！

童子却不吃这一套，道：别说是舰队司令，就是天皇老子，也得等冯将军把棋下完了。

秘书商量不通，只好陪着司令干等。

那盘棋从上午一直等到傍晚，还没有下完。

邓龙和秘书卫兵又从晚上等到第二天早晨，还是没有决出胜负。

这中间，童子曾让他和随员先去客栈歇息，可邓龙却一直候在门外。

第二天中午，童子才走出门来说，冯将军的棋下完了。

邓龙带着秘书卫兵跟着童子走进大殿，远远看见你和抱一道长都歪在蒲团上睡着了，于是悄悄闪到一边，对童子说：就先让冯将军和道长睡吧，等睡醒了，我再拜见。

那天，你和抱一道长睡到傍晚才睁开眼睛，俩人醒了后，就躺在蒲团上打着哈欠，又伸了一阵懒腰，随后就坐起来，面对面在蒲团上打了坐。童子刚端上茶水，抱一道长就脱口吟了一句诗：窗外江涛远。

你接着吟了下句：殿内钟鼓近。

道长接着又吟哦：道人枕云眠。

你随口接道：高士踏波行。

道长：有酒小神仙。

你：无忧大快乐。

道长：伯牙弹琴瑟。

你：子期听心音。

待两人对完诗，道长才问守在一旁的童子：有没有客人来访？

童子将邓龙领到道长和你面前，说：这位客人在门外守了一天一夜，又在大殿上守了一天了。童子禀报后，邓龙就双手抱拳，走到两人面前，行过拱手大礼，自我介绍道：我是 W 舰队代司令员邓龙，因军情紧急，特来打扰将军和道长。

话音刚落，你和道长连忙从蒲团上立起，道长先是朝邓龙行了道家的拱手礼，而你则是面朝邓龙，行了军人的注目礼，随后拉着他的手在蒲团上打了坐。

邓龙还从来没有打过坐，自然就不会盘腿，于是你就扳着他的两条腿，硬是像扭麻花似的扭了过来，将他安置下来。邓龙盘腿坐定后，就开门见山对你说：冯将军，人民海军刚刚组建，百废待兴，说句不怕见笑的话，我这个当代司令的，只是一个土八路，要摆弄这么一个大舰队，还真是有点力不从心。将军几度留洋，是中国海军的儒将，我此次来叩拜，就是想请将军出山，助我一臂之力，至于将军的官衔，只要你开口，组织日后就一定满足你的要求！

邓龙说完，就拿眼睛定定地看着你。

你低头沉思片刻，道：多谢邓代司令看重，末将虽然喝过几天洋水，那也是过去的事了，再说，我又是旧军队的人，再度出山，恐有不妥。

邓龙道：将军虽是旧军队的人，却是出污泥而不染，将军的为人，如日月经天，江河泻地，不但我清楚，组织上也是知根知底的。况且，将军的爱婿，已经先将军一步，举义归属我海军。

爱婿正当年，可末将已经老矣！

你话音刚落，邓龙就说：将军不老，将军不老啊！

我都年过半百了，还不老？你说。

年过半百，正是天命之年，将军的文韬武略，正可用于人民海军的建设，我邓龙可是思贤若渴，如冯将军不应我的盛情，那我只好一头撞死在这大殿的柱子上了！邓龙说着，就伸展双腿，从蒲团上站了起来，将身子转向大殿里的一根柱子，嘴里自说自话道：我邓龙请不出冯将军，还有什么脸面当一个舰队的代司令！说着，就朝着柱子撞了过去。

你一跃而起，一把拉住邓龙的衣袖，而抱一也像一阵风似的站到了柱子前。由于你拽住了邓龙衣袖，因而前进的速度就有所减缓，邓龙撞到柱子前，正好被抱一一把抱住。

俩人拉着邓龙，又重新打了坐。

你说：邓司令不计前嫌，请我出山，我冯定波自是不胜感激，只是末将有一老母，需要赡养送老，以尽我孝心。

冯将军说的老母，是不是在瓜洲血战中开着飞机去撞日军航母的嘎子的奶奶？有关老人的赡养事宜，我已经作了安排，将军不必亲自操劳。邓龙说。

既然邓司令如此盛情，我看将军就出山吧！抱一说，就冲着邓司令这“程门立雪”的义举，你这员老将也该助司令一臂之力啊！

既然道长也有话，我只好恭敬不如从命了！你这句话刚出口，邓龙就走上前，一把将你搂到怀里。

你刚到南京报到，海军任命你为W舰队副司令的命令就下达了。

你上任后，每月都要带着钱粮来江边看望老人。而每当进了家门，头一件事就是给老人梳头。那个年月，乡村还没有用上肥皂，更不用说是洗发膏之类，女人们洗头，用的都是皂角树上摘下来的皂荚豆，皂荚豆带着碱性，放在锅里用清水一煮，锅里的水就变得滑润无比，就像溶解了的肥皂粉，用它洗头既可以去油腻，又能滋润头发，而且洗过后也不用再用清水汰。

你进了老人家门，就先坐到灶门口熬皂荚豆水，将皂荚水熬得不浓不淡，给老人将满头白发洗得干干净净，随后就搬张凳子放到门外的太阳下，搀着老人坐下来，用黄杨木梳子给老人轻轻梳理。

你一边梳着，一边寻思着找个话题将我为国捐躯的事告诉老人，十多年了，再也不能瞒着老人了，可是每次临到开口，总是欲言又止，你担心老人承受不了这样的打击，因为老人已是八十高龄。可我又是老人唯一的亲人，如果一直瞒着她，就太不人道了。

那一天，你又来到老人家，进门后又像往常那样，搀着老人在门外坐下，先洗了头，接着就拿起梳子梳起来。你一边梳，一边小心翼翼地寻找着话题：

奶奶，您想不想孙子？

想。老人说。

您想不想见到孙子。你又问。

想见到他。老人说，昨天夜里，我还梦到他了。看见他长高了，也长胖了，我这心里就比什么都高兴。

可是您孙子……你刚说到这里，老人就接上话头，道：我孙子是好样的，他不会给国家丢脸。

是的，您孙子是好样的，他是一条男子汉。可是他……

你正想把话说下去，老人又接上话头，道：你不要再说了，我晓得他是一条好汉；我也晓得，他回不来了，我什么都晓得了，你也不要再说了；你也不要难过，你手下能有这样的兵，应该感到光荣才是。

后来，你再也没有说话，只是轻轻地梳着老人的银丝。阳光下，只有梳子梳过银丝时发出的沙沙声。

那刻，仿佛满世界都是这样的声音。

你给我奶奶梳了十年的头，老奶奶就作古了。你厚葬了老人，自己也老了，到了离休的年纪。你的职务是副大区级，又是对人民海军组建作出过重大贡献的高级将领，在离开现职的时候，组织上曾向你征求将来定居的去向，你对那个夹着皮包代表组织来找你谈话的干部说，我干了一辈子海军，当然离不开水，离休了，只想找个有水的地方居住下来。

干部说：我们海军的干休所，遍及沿海城市，厦门、上海、青岛任你挑选！

我不喜欢城市，再说人老了，也经不起闹腾，就让我告老还乡吧！你说，家乡民风淳朴，没有城市里的那些个虚情假意，再说生活也方便，身体乏了，走到哪里都能活动胳膊大腿，不像城市进公园还得买票；走在马路上，得时时提防着那些大大小小的不停排放着烟雾的汽车；肚子饿了，随便走到哪家，都能讨口饭吃，不用像城里的那些离休老干部那样，要去商场购买；走在路上，就是拉泡屎撒泡尿也方便，不似城里，逛大街逛出了屎尿，上厕所也得排队，在乡下朝庄稼地里一站就能办理。

告老还乡？回你的老家草桥镇？干部说，你回老家定居也可以，我们跟地方协商一下，给你在草桥镇买块地皮，盖幢小楼，让你在那里颐养天年。

你说：乡下的地，多是多，可那要种庄稼，不能随便占，就让我住祖上传下来的老房子吧。住着老房子，脚能接着地气。你说的老房子，其实就是你祖上传下来的坐落在长江边的三间瓦屋。

哪能让你住那样的老房子，再说那样的老房子，住进去就有诸多的不便。干部说：再说，你这么一级大干部，住在那里，组织上也不放心，要是有个头痛脑热的，看病也不方便。

人住到乡村去，没准也就没有头痛脑热的毛病了，现在我们很多干部的病，都是在城市里待出来的，整天头痛脑热，脾气也会越来越坏，心态就会越变越糟。你说：我恳请组织能满足我的请求！

干部说服不了你，只好说：既然首长如此高风亮节，那我只好恭敬不如从命了。

你办完离休手续，就一身轻装回了老家，住进了老瓦屋。更多的时候，你是住在白龙道观，整天跟抱一道长喝茶论书下围棋。每个月的头一天，你总是在五更天就来到道观后山的祭坛，点燃随身带来的香，插在一只石头香炉里，面朝长江跪着磕头，嘴里轻声喊着瓜洲血战中阵亡官兵的名字。

（《小说月报》2005 年增刊 5 期选载）

地图上的大乌苏

徐　岩

一、向北

柳木没说什么就坐上了向北开的火车。

她知道火车是一直向北开的，要经过覆了雪的千里荒原和无数的山峦，比如卢旗沟、大固其固、牵牛岭和望月等，这些一闪而过的小站的名字令她激动不已。

金水在手机短信上给她发过这些个地名，那是他回来探亲又返回部队时坐在火车上跟她用手机聊天时说给她听的。

当时，柳木站在阳台上，一边看短信一边想象着这些地名，她就想每一个人的前面，都有东西在等着。这是多么好的事情。金水在短信里说：我在遥远的大乌苏，等待着一只鸟回归树林。

柳木在收到这条信息后，很久，没有再收到金水的信息。她知道那是金水的手机信号中断了，载着金水的火车正驶进莽莽苍苍的群山之中。

柳木便在心里说，是什么样翅膀的鸟能飞过那些大山飞到她梦中的大乌苏呢？

柳木是个不错的音乐教师，金水是个边防警官，两个人在一年前金水回城里探家时相恋。

十几个年轻人参加音乐文化沙龙，他们喝红酒吃水果沙拉，听理查德·克莱德曼的钢琴曲，不知是谁提议每个人都唱首歌，轮到金水时，他推辞说我真的不会唱歌，旁边坐着的一个女孩替他解围，说你朗诵一首诗也行啊。金水想了想，就站起身朗诵了耶胡达·阿米亥的诗《夏季开始了》。

他说，“夏季开始了，在古旧的墓园里，蒿草已经枯干，又一次，你可以圈读墓碑上的文字了。”

没有掌声，金水悄悄地在微摇的烛光里坐下，他觉得自己的脸比桌前的那杯酒的颜色还红。钢琴曲再次响起时，身旁的女孩笑着跟他碰杯，将酒喝尽了，然后说出去走走吧。

俩人在夜的街路上走，金水不好意思地说我真的不会唱歌。

女孩说，你的诗朗诵得很好，就是诗句太灰暗了。没想到你一个当兵的竟然还知道以色列诗人的诗。

就是女孩的后一句话，让金水不敢小瞧她了，有一点可以肯定，女孩的阅读量很大。后来他知道了女孩叫柳木，在南环区一所小学当音乐教师。

那一次，金水告诉柳木，他在遥远的北陲边防当兵，是个中尉，他服兵役的地方叫大乌苏。柳木说真好听的名字，有机会一定去走走。

俩人在二十天的假期里相互有了好感，确定了暂时的恋爱关系。

金水在回去的火车上收到柳木发给他的短信，柳木说她的第六感觉告诉她，这辈子会跟一个军人生活在一起。金水却在心里想，这不可能，他这辈子不可能脱下他挚爱的军装，不可能离开边防，而这就注定要导致他的婚姻不会太顺利。说句实话，大乌苏太艰苦了，有哪个城里女孩愿意来呢？

两个人临分手时，金水问柳木说，我要回部队了，你需要我做什么？柳木说你做两件事吧。第一，每个月给我写封信，每封信里给我讲一个关于你们边防警官的故事。见金水点头答应了，柳木就说了第二件事。柳木说你抱我一下。柳木的话让金水吓了一跳，忙将话岔开说，讲什么故事都可以吗？柳木没说话，而是突然间伸出双臂，将金水抱住了。柳木抱得很紧，使金水感觉到了柳木浑身的颤动，他费了很大劲才将两个人分开，柳木说，第二件事我替你完成了，你回去就用心做第一件事吧。

柳木坐上火车时，才给姐姐发了个信息，说自己利用这个寒假去看金水。姐姐的电话跟着就打进来了。

姐姐说你怎么不跟妈说一下，她几天见不到你会着急的，你也不是不知道妈的脾气。

柳木说，这不将任务交给你了吗姐？就跟妈说我去省城进修了。

姐姐嗔怪着说，说你去省城进修恋爱课吗？

柳木用哈哈的笑声给了姐姐答复，姐姐总是拿她没有办法，在姐姐和母亲面前撒娇，会是相同的效果。

火车一直向北。

火车就像一匹马，在广袤的荒原上不停地奔跑。

柳木的心也成了奔跑的马儿，她拉琴的十根手指仿佛也要奏出如蹄音一般优美的音乐。柳木在省城读师专的时候，父亲去世了，她赶回去给父亲送行，父亲的遗体被火化完后，亲友们往回走了，她却不走，在殡仪馆后面的树林里，她不顾亲友的劝阻而拉起了带去的小提琴。她一门心思要给父亲拉一段哀乐，她拉得泪流满面。

柳木在心里说，家里唯一的男人没有了，父亲是我们的顶梁柱啊。

父亲是个转业军人，在工厂里做了大半辈子车间主任，勤勤恳恳地做工做人，很让她们姐妹敬重。她从师专毕业当了一名音乐教师后，会选择金水这个边防军人做恋人的原因也在于此。

让柳木一下子爱上金水的是，按照俩人的约定金水给她在信中讲的第一个故事。

金水在第一个故事中说：大乌苏很美。

大乌苏在黑龙江的地图上只是一个瓢虫般大小的圆点。

金水特意问柳木说，你知道什么是瓢虫吗？然后他自顾自地解释说，瓢虫就是那种在深秋的季节里满天飞舞的小甲壳虫，虽然它们都是一些没有血肉的昆虫，但却被当地的鄂温克人称为“爱情使者”呢。

金水还在洁白的信纸上画了一只背上有七个黑圆点的瓢虫给柳木看。

柳木看后在哑然失笑的同时，心里说，哪一个会不知道，不就是花大姐吗。

金水说大乌苏只不过是一个小镇子，镇子里有一多半的民居是木刻楞房子，住着鄂温克人的后裔。他们的哨所就驻扎在离镇子不远的苏嘟噜河边。越过苏嘟噜河向北就是黑龙江。挎着冲锋枪站在哨楼上执勤，会有很简朴的高高在上的快乐。金水说他是副站长，站长叫赵木祥，军衔是上尉，本地人，自然在本地娶了老婆。哨所里还有七个兵。他说，其实也没什么故事好讲，但答应了你，就凑合着讲吧，就讲讲哨所里这些个大大小小的兵。

金水先讲了站长赵木祥。

金水说赵木祥是他的领导，肩上的黄牌上钉着三粒银星，金水在括号里注明自己是中尉，黄牌上是两粒银星。金水说他刚来哨所当排长的时候，正赶上赵木祥娶老婆，赵站长娶的老婆是鄂温克族，在镇卫生院上班。按鄂温克族的风俗，新娘子要骑在配了马鞍的白马上由新郎牵马坠镫，在镇子外面兜上一圈子方可入洞房。赵站长牵着马驮新娘子出了镇子，回来的时候两个人却双双骑在了马上。新娘家的一个堂兄生气了，说赵站长坏了他们族的习俗。赵木祥说不是我想破坏，你问问你堂妹子，是她舍不得我在前面走，硬拉我上的马。新娘的堂兄便拿眼睛看新娘，新娘竟红着脸点了头。气得新娘的堂兄转身回家了。

金水说他目睹了站长赵木祥娶老婆的过程，赵站长犟，硬是将新娘方的习俗破了。事后他说，他牵着马走到镇子外面河套边上时，故意装着崴了脚，才骗得新娘子将他拽上马背的。他说少数民族的风俗习惯应该尊重,但他是名军人啊,而结婚那天新娘家里又非得让他穿着军装娶亲,那为了身上这套军装,可就得想想办法了。

在金水到大乌苏哨所一年之后，他知道了他们赵站长娶老婆的详情。

那时候,赵木祥是哨所里唯一的干部,天气热,有三个兵不知怎么吃东西就中毒了，被送进了乡卫生院，当时值班的女医生叫妤肃虹,后来成了赵木祥的老婆。女医生手脚麻利地给几个人检查,确定是食物中毒后,安排住院输液。急得不成样子的赵站长一边催她,一边骂人。女医生没理他,待将几个战士安顿好了,才将他拽到值班室训了几句,什么"你这领导怎么当的"、"食堂卫生抓得不好"等等难听话一出口,倒把赵站长给镇住了。女医生说你嚷嚷什么,要是抢救不及时,你就等着负领导责任吧。女医生最后这一句话把赵站长给吓住了,可不是吗?哪个士兵出了事,他都担当不起,人家父母将孩子交到部队上了,不就是让你当亲儿子一般对待吗?结果是那个女医生跟他一直忙碌,看护了一天一夜,三个兵才陆续出院。赵站长跟乡干部打听,那女医生叫什么名,说要给她写表扬信,说红纸都买好了。乡干部说叫妤肃虹,并说你还写什么表扬信啊,干脆请人家吃顿饭算了。赵木祥果真在乡政府食堂摆了几个菜，答谢了女医生。席间敬酒的时候,赵木祥说,多亏你了妤医生,我代表全哨所的边防官兵感谢您。没想到俩人一人一瓷碗酒,当的撞了一下后都喝见了底。乡干部说我看你们两个连喝酒都旗鼓相当,还都单身一个,干脆对象得了。当时赵木祥喝多了酒,头有点晕乎,就说对就对,我一个扛枪的还怕她一个拿手术刀的不成? 而女医生说,你不怕是不是,那你敢跟我喝对杯酒吗?在鄂温克族你要是跟女人喝了对杯酒就说明定了亲。赵木祥立马就跟女医生喝了。后来俩人结了婚,赵站长才逗老婆说,是上了你的套。女医生其实早就喜欢赵站长了,正找机会托人提亲呢,没想到赵站长却自己送上门去。

金水在给柳木的信上说,他的第一个故事讲完了,故事的男主人公是他的领导,女主人公是他们这些兵的嫂子。嫂子就在前几天跟他金水说,要给他介绍一个鄂温克族女孩呢。柳木收到信后,就给金水织了件毛衣寄去了。毛衣里放了个小纸条,写着几个字:跟那个鄂温克族女孩约会时千万要穿上,别冻着。

二、飞鸟和昆虫

柳木的班级里送进来一个耳朵稍稍失聪的学生,校长说他叫刘浪,是个民工的孩子,民工带家眷来城里盖大楼,因安全措施不力,不慎从楼上掉下来摔成重伤。婆娘得在医院照看病人,小孩就被理亏的包工头花钱托人送进学校来寄读了。

柳木给孩子们上的是脚踏风琴课,用音乐带着孩子们像鸟一样地歌唱。

可刘浪听不懂,刘浪的耳朵有些失聪,有好多次她都看到孩子们唱歌的时候,刘浪两眼直直地望着窗外的楼群发呆。柳木的心便有了痛感。

刘浪是住校生,晚饭后,柳木会带着他去校园的体育场上走,俩人跟姐弟一样。

这时候,金水给他来信了,信中正为他讲第二个故事。

故事是平淡的。金水在故事中说,站里一个叫顾大新的老兵要复员了,他在大乌苏当了六年兵,是个汽车驾驶员。开哨所里唯一的一台北京吉普车,半月一趟跑县里往回拉给养。临要复员的几天里却给站里交代出一件事来。

顾大新是天津人,家住塘沽三井口的小巷里,平时不善言语,主要爱好是抽烟卷,一根接一根地抽,当然他抽的是廉价的纸烟。顾大新当第三年兵的时候,他的小对象来部队上了,刚开始两天,俩人好得跟一个人似的,可要走时却吵起架来。顾大新还摔了喝水的杯子。后来大家把那女孩送走后,顾大新才说了打架的原因,那女孩要他年底脱军装复员回家。顾大新说他哪舍得这身军装啊，布料虽简单，就是普通的绿涤卡，可穿上就觉得有种庄重感。顾大新的话把我和站长赵木祥的眼圈说红了。

说起来顾大新还是个多面手，既开吉普车，又开哨所里的四轮车。开吉普车是每半个月去县城的大队拉一趟给养，开四轮车是每天都要拉后勤的两个兵去苏嘟噜河西面的两块菜地干农活。

大乌苏两面是青山，一面是清冽冽的水，苏嘟噜河的水和黑龙江的水。来大乌苏不能直接坐火车到达，火车道铺到十八站就铺尽了。去大乌苏只好再转乘汽车。兵来了之后想再多走一些地方，却是走不出去的，是汪洋的水将人圈住了，就只好站在水边上揉揉眼睛，品尝一下想家的滋味。两个或三个兵就会自己跟自己说，不想某一个地方和某一个人吧，也不被某一个地方和某一个人想起。自己就是自己的亲人，战友就是战友的亲人。

就像老兵顾大新，他是一个很普通很普通的士兵，他闷着头不说话，他抽烟卷抽得牙齿都黄了，他为了一套舍不得脱掉的军装把对象谈崩了，他开吉普车跑几十里路或开四轮车去菜地风里雨里地给大家伙拉回给养和青菜，可临要复员的时候跟站领导交代了一件事情。

就是让站长赵木祥或者副站长金水接替他做一件事情。

老兵顾大新说其实这事情简单着呢，每两个月帮镇子里孔玉海老汉去县上给在外省一所监狱服刑的儿子寄一百块钱。孔玉海老汉的腿残疾了，在家里靠打制割田的镰刀，等人上门来收购换钱维持生活，老伴又有哮喘病，只好求助于顾大新。

站长赵木祥问顾大新是咋知道孔老汉需要帮助的，顾大新说是开车去老人家里给后勤班磨切菜刀时知道的，就将这件事揽了过来，并已经帮着寄了一年多的钱。

金水在第二个故事结尾时说，让他和站长赵木祥都没有想到的是，顾大新不仅帮孔老汉夫妇给服刑的儿子寄一百元钱，还每回都多寄上五十元钱。这是顾大新复员走后，站长赵木祥跟新分来的驾驶兵去县上邮局接着往外省那所监狱寄钱时，营业员透露的。营业员说，每次都是那个黑脸的老兵来填汇单，而且每次都是一百五十块，这次怎么就少寄了五十呢？回镇子里去问过孔老汉后才得到了答案，那就是顾大新每一次都从自己的津贴里拿出五十元钱加在了里面，一年零七十天，顾大新就拿出了四百元钱，每月只有一百多元津贴费的一个老兵，四百多元钱让他自己花，是很能派上用场的，他却给了一个素不相识的需要帮助的正在服刑的年轻人，而且到自己离开部队都没有说一个字。

金水跟柳木说，你是个音乐教师，你能用琴声感染你的学生，部队是不是也可以形容成是一所大学校和一座大熔炉，在潜移默化地改造着她垂爱的士兵，顾大新又算不算是一个无声的音符呢？

金水在信的末尾说，顾大新算不上是个优秀的士兵，他在刚入伍的时候还和同年兵为争看电视节目打过架呢。

金水说大乌苏的秋天过去了，那些个黄瓢虫也都隐匿起来，随着大雪的降临，鸟也飞走了，从此，哨所里的弟兄们开始想念一些人，一些如飞鸟一样飞走的人，他们就是老兵顾大新和比顾大新更老一点的兵。

三、再向北

柳木感觉到了从车窗透进来的冷风，火车越往北开车厢里的温度就越低了。

有一大半的车窗玻璃都凝上了冰霜，使她根本就看不清外面的景色。

柳木不是想看景色，她是想看金水跟她在手机短信里面说的那些个小站的站名。金水说过，你凭窗就能够看到立在站台上那些粉了白漆的站牌上写的站名，诸如大固其固、望月、牙克哈尼，可那是夏天才能够看到的，火车在夏天是能够打开车窗透空气的，而柳木这次去大乌苏则是冬天。柳木便拿出手机给金水发短信。

柳木跟金水说火车已行驶了六个小时零九分钟，她该到哪儿了？

金水半天才回信说，可能是刚过了小庙台，再往前一点，也就是二十分钟后，就该到呼中了，你的手机也该没信号了。果然二十多分钟后，柳木的手机就没信号了，她干脆关了手机看书。

柳木临要出发的前一天，给金水打电话，问需要给他带点什么。金水说哈尔滨的红肠，要秋林的，来十斤。冬姜片两盒。几本杂志，必须买的有《收获》《花城》和《读者》。可买可不买的有《恋爱婚姻家庭》《女友》。再买九顶纯毛线的滑冰帽，要大号的。柳木说，颜色呢？金水在电话里喊，问她说什么。柳木说问你帽子的颜色。金水听清了，说蓝色或草绿色都行。

两个人已经谈了半年多的恋爱。通信。用手机短信。再就是打电话。柳木每月给金水写两封信。金水回一封，但每封信里都要给柳木讲一个故事。金水的信比柳木每月少一封是有原因的，邮差去送大乌苏的信件报刊，要二十天一趟，这样柳木的信也就两封一起到达。读起来跟一封一样，像电视剧，月初来的是上集，月半来的下集。上下集加起来看倒是过瘾。

金水给柳木讲的第三个故事只有一百多个字，他说大乌苏哨所里前两天来了个大校，就是肩上的黄牌是两条红杠的，红杠上缀了四粒银星，大队的领导给哨所里的兵们介绍说是黄副总队长。大校是来看营房的，说哨所的房子该维修了，过了冬就拨款来。大校还顺便看上等兵李景生。你猜大校是李景生的什么人？天老子呀，说出来惊呆了我们，大校竟是上等兵李景生的亲舅舅。

金水说，大校走时给李景生一百块钱，还嘱咐他省着点花。李景生来哨所快两年了，没谁提过他是黄副总队长的亲外甥啊，就连他自己都没说过，难怪领导走后，站长赵木祥暗地里骂李景生是个一杠子压不出屁来的闷葫芦，早知道他有这亲戚，那站里哪方面不借点光呀。

柳木回信说这只是鸡毛蒜皮的小事，这哪是故事，故事讲出来得感人。尤其是军人的故事更得有血有肉，得血气方刚，得惊天地泣鬼神。柳木一连在信中说了三个不算。就不算故事。

金水说不算也得算，现在是和平年代，和平年代的军人只有奉献少有牺牲。

柳木想起金水走后的又一个周末。

她跟同学又一次去那个文化沙龙时，有人问她，跟那个朗诵诗的当兵的还联系吗？柳木理直气壮地说联系啊，正考虑着什么时候结婚呢。大多数人都笑了。有一个跟柳木熟识的女孩说，你会付出代价的。柳木没说什么，她说当兵的没在，我替他表演节目吧。然后柳木就站起身，轻松而舒缓地说：你不被更好地理解，你也不理解得更好，必死性不是死，而是蓬勃的生命。然后她告诉沙龙里的人，这依旧是以色列诗人耶胡达·阿米亥的诗《夏季开始了》。柳木说，这是参加过战争的诗人写的诗，你们认为不好吗？

火车一直向北，向着边陲小镇大乌苏轰隆隆地行驶，闪亮的车窗内是一张张安静的面孔，一种祥和而无声的倦气在他们的脸上氤氲。

四、深夜

夜深一些时，大乌苏也跟着睡了。

远处的江，银带一样翻转着身子，缓慢地流淌，有谁能知道那竟是一种很深的疼痛。

寥寥无几的几粒星星，是江岸荒甸子里一些小的灯笼。

站长赵木祥带着两个兵伏在船舱里，他们刚刚接到线人报称，有人要在这几天的禁捕期里趁黑夜越界捕鱼。

他跟副站长金水轮换着带班已经潜伏了四个夜晚。

难熬的不光是漫长的秋夜，还有那些凶猛的蚊虫的叮咬。

赵木祥点燃第三根烟卷时，江面上有了动静，两条机船从不足五十米的黑瞎子湾冲出，径直奔邻国的内河驶去。站长赵木祥扔掉手里的烟卷，果断地启动巡逻艇追上去。在离主航道十几米的水面上，巡逻艇将两条渔船兜住，借着水光渔船上的人都看清了持枪怒目而视的两个士兵和驾艇的赵木祥。

其中的一条船突然就有了变故，原本应该掉头往回驶的，却径直穿过巡逻艇斜着朝主航道驶去。站长赵木祥没办法换挡急追上去，在渔船越界几米的地方，巡逻艇将渔船再一次截住，因浪大了些，渔船回拐时竟翻入江中。两个落水的渔民有一个浮上来，被士兵抛下救生圈救起，另一个被冲走，巡逻艇又兜了两圈，终未发现，只得回返。

在这个晚秋时分，大乌苏哨所成功地阻止了一起非法越界捕鱼事件，站长赵木祥却因一个渔民的丧生而受到处分，停职检查。

金水没有将这件事作为故事讲给恋人柳木听，他暂时挑起了哨所勤务工作的担子。他继续带着士兵去江边潜伏，一直熬过禁捕期，才舒了口气。

金水去县城看了在边防大队停职的赵木祥，给他带去一条烟卷和他老婆妤肃虹给做的满满一罐子肉丝酱。金水看到站长赵木祥的眼睛都熬红了，精神却好。金水跟赵木祥咬耳根子说，我已让上等兵李景生给他舅打了电话，估计处理你的结果很快就会下来，不会太重。

金水回哨所的第三天，站长赵木祥被大队的小车给送回来了，官复原职，当然李景生给舅舅打的电话起了作用，但更主要的原因是落水的那个渔民没有被淹死，而是随浪被冲到下游，撞上柳毛丛子醒过来，加上他水性好，竟在三天后踩水流游了回来。

站长赵木祥回哨所后没在单位吃晚饭，而是拉着金水的胳膊回了家，大嗓门地让刚得了惊喜的老婆弄菜，说多弄几个，我们哥儿俩好好喝几杯。

金水说，站长你大难不死，必有后福。

站长赵木祥说后福个啥呀，那个渔民要是淹死了，你哥我就得脱军装转业。

金水看到站长赵木祥偌大个汉子竟委屈得掉下了眼泪。

五、还是向北

柳木下了火车，眼睛就被漫山遍野的积雪晃得生出了眼泪。

站台上没有几个旅客，就连车厢里也都没有几个旅客了，天亮时分，列车员便进车厢里来朝旅客们喊，起床了，太阳都晒屁股了，还懒着哪？说这话不算什么，因为不管你是从哪里来的旅客，上了这趟向北的火车就已经进入了北国荒原的地界，东北方言的豪气会让你耳目一新。但说这话的是个梳羊角辫的年轻女孩却该另当别论了，你想想，一个年轻女孩能跟旅客说出这种粗犷不遮掩的话来，那真叫绝了。

柳木坐在靠窗的边座上。柳木已经收拾好了她随身带的东西，正给金水发短信呢，听到女列车员的喊声把她吓了一跳。女列车员长的不美也不丑，面皮白净，手里拿个黑色的票夹子，沿车厢的每个隔断走，不时就吆喝一声。柳木想女孩是常跑这趟车啊，泼辣惯了。

经过半天一夜的旅行，火车到了终点站十八站，下了车的柳木被两个穿军装的战士接出站台。柳木说这么大的雪啊。那两个战士提着行李只管朝她乐。柳木说，你们乐什么呀？难道我说得不对吗？其中一个矮胖的兵说，这才哪儿到哪儿啊？等你到了大乌苏你再看那雪吧，大了去啦。两个战士说完就率先出了检票口。

柳木坐上绿帆布棚的吉普车后还是觉得冷，她觉得这冷绝不同于一般的冷，而是那种直接浸入骨头的冷，群山逶迤，白雪遍野，连天空都不动了，好在她怀里揣着金水写给她的信呢，那是临走时收到的一封，她还没舍得看呢，她要带着见到金水时，让他亲自读给她听。

路上几乎没有行人，吉普车碾压着厚厚的积雪缓慢地行走着，像孩子们课本上描写的蜗牛。

柳木记得上封信中金水还给她写了一首诗，有几句是这样写的：/“秋天从我的檐下走过/带走闪光的红莲和云影/就像一次愉快的爱情已经结局/冬天随后就到/清冷的雪栖落瓦顶/夜晚的哨所点燃灿烂的灯/从这以后天寒地冻/我们将从心中取得财富/来打发冬天严酷的勒索。”

柳木在来大乌苏哨所之前，跟主管教学的教导主任吵了一架，原因是那个叫刘浪的民工的孩子，在学校寄读了半年后，突然被通知退学了。刘浪收拾好东西后去找了柳木，还柳木音乐课本，因为刘浪是临时寄读，没有课本的，柳木给他找了一本。还书时柳木才知道刘浪要退学了，问来接他的母亲，方知包工头找人情将事故的责任压到了最小的限度，只给了他们一点赔偿金。事情解决后孩子上学的事便不管了，学校也只好取消了刘浪的寄读资格。柳木知道后去找了主管教学的教导主任，教导主任却以包工头撤回了寄读费为由给了她简单解释。柳木便跟主任吵了起来，最终也无能为力，因为区里文教方面的文件上是有规定的，不收乡下来的没户口的寄读学生，学校之所以刚开始时收了刘浪，是因为包工头找了区有关领导说了话。

柳木想，难道民工的孩子就不是孩子吗？

她将那本音乐教材送给了刘浪，还将自己的一条绿毛线的围巾裹在刘浪的脖子上，一直将他们母子俩送到公共汽车站点。

柳木想，一个人不管你多么富有，那都不算富有，关键是你要有一颗爱别人的平常心，这是金水在信中写给她的。随着时代的变迁，通讯设备也发达了，很少有人写信并相互邮寄了，可读信，尤其是读恋人的信依旧是充满了幸福。

金水就是在一个大雪的天气里给柳木讲他的第四个故事。

金水说，柳木你听着，现在我来给你说说我们的后勤班长孟德福。辽宁辽中人，小胖子，人长得精神，浓眉大眼的，逢人就说他是二级厨师。听站长赵木祥说孟德福刚入伍时身材适中，纯漂亮小伙儿一个，再加上军装一衬托，真是帅气呀。本来是训练执勤的料，却死活缠着站长赵木祥要进后勤班，说他在家时跟他二姑开过小酒馆，能掂大马勺还能揉馒头。站长赵木祥说他是心知肚明，孟德福这小子是怕苦思想作怪，但考虑到后勤班还确实缺人手，怎么着都得配齐，去一个会点儿的总比不会的强吧，既然他孟德福能毛遂自荐，就说明他多少能有两下子，就让他去了后勤班当了名炊事员。

果然拿得起放得下，饭菜做得还挺合战士们胃口，这就一做三年，直到当了后勤班长，带新炊事员了，却给哨所弄出点事来。金水说可愁坏了站长赵木祥，这小子还真能耐，把身体吃胖了不说，还在驻地附近找了个对象。

金水说他跟着站长赵木祥去了那闺女家，在镇子东头，要翻一道山坡。是一户姓毓的人家，两间木刻楞房子坐北朝南。那房子还真有特色，都是用原木一根根垒起来的，原木与原木之间结合得严丝合缝，从墙根到房顶竟都是清一色的红松木。据说整幢房子都见不到一根铁钉，都是用松油浇铸的，经风雨之后墙上都生了苔藓，结实而防虫蛀，房子的特点是冬暖夏凉，典型的鄂温克木刻楞。

毓家是开豆腐坊的，做出来的豆腐远近闻名。小胖子孟德福是三天来一次坊里买豆腐而与这家的闺女结识的，什么叫日久生情啊，渐渐地俩人竟好成了一个人似的。

豆腐匠老毓很赞成这桩婚事，已经准备倾其积蓄为女儿办婚事了，金水跟随站长赵木祥去了解情况时，见院子里已经堆了些新采伐的木头，想必是要给闺女盖房用的。

豆腐匠老毓不在，婆娘和闺女在家。

见孟德福的领导都来了，很热情，又搬凳子又沏茶的，还直夸小孟懂事。

站长赵木祥沉着脸说明了他和金水的来意，强调战士在部队附近是不能搞对象的，何况再有两个月小孟就要复员回老家了，这言外之意是好事还能长远吗？

豆腐匠老毓的闺女听站长说他们的事就躲里屋去了，婆娘却说复员了也没关系，他们会娶上门女婿，也舍得让闺女跟着小孟回老家过日子，末了，老毓的婆娘说了一句话，吓了站长赵木祥和金水一脑门子汗。

豆腐匠老鲩的婆娘说，我倒要知道你们部队是啥意思，我们家的闺女怀了小孟班长的娃呢。

俩人回到哨所，气得满地转圈，豆腐匠老鲩的婆娘说的话要是真的，那孟德福这小子就算完了，三年兵白当了不说，临复员还真就得领个农村女孩回老家。立即找小胖子孟德福，事情竟然跟豆腐匠老鲩的婆娘说的一样，孟德福丝毫没有隐瞒的意思。

站长赵木祥气得在小胖子的屁股上狠踢了一脚说，你他妈的不长脑袋是不？说吧咋办？孟德福揉了揉屁股说，娶了呗。

原本是想留下孟德福转士官的，这下子却做黄瓜菜凉了。

金水说多亏孟德福到复员期了，要不就得酿成事故，他们送孟德福复员走那天，小孟跟他们说实话，这个媳妇娶得值，没花一分钱不说，临回辽宁老家时，老丈人还给了他们有三块砖头那么厚的钱，让他们去那边琢磨着开个小酒馆啥的。要是在他们老家那边，娶房媳妇没个三万五万的你是甭想。

站长赵木祥说你倒是值了，拿哨所的钱三天两头地买豆腐，到最后给自己弄房媳妇回家，站里却损失了。站长赵木祥的话将跟前的几个人都说笑了。

金水在信的末尾跟柳木说，你瞧见我们大乌苏哨所的兵没有，都挺有能耐的，走到哪儿都受老百姓尊敬，说白了就是职业神圣啊。

六、是花朵也是果实

金水将柳木要来哨所探望他的消息跟站长赵木祥说了，赵木祥便在一个周末的晚上把金水叫到了家里。赵木祥说你嫂子今晚在镇卫生院值夜班，给咱俩弄好了酒菜，让咱俩喝点。金水说，我值班怎么能喝酒呢？你不值班你喝点。赵木祥说不是新来了实习排长吗，我让他替你代着班呢，挺长时间没喝了，咱哥儿俩就整点。金水拗不过站长，俩人就坐下喝起来。

金水说我对象要来了，她非得这季节来，冰天雪地的，能待得惯吗?

站长赵木祥说大城市里的女孩，金贵着呢，哪能待得惯啊，拿你嫂子来说吧，她要是不是土生土长的，哪儿能看得上我这个穷当兵的。

见金水愁眉不展的样子，站长赵木祥便闷头喝酒抽烟，一袋烟抽完之后，赵木祥给金水倒上酒，再跟金水碰了杯酒后，脸膛紫红地附在金水的耳根处说，知道找你来干什么吗?

金水摇头。

赵木祥说教你一招撒手锏，然后跟金水说这次来，你就招待她喝酒，找机会把她拿下。

见金水没吭声，就急得抓耳挠腮地说，就是将生米做成熟饭，女人呢，只要你把她煮熟了，那她就是一粒软米，任凭你怎么嚼都成，她就会死心塌地跟你过日子了。

金水听后说，站长你不是喝醉了吧？那是咱当兵的干的事吗?

事后金水也想过，要不要听站长赵木祥的，将生米做成熟饭，但柳木却没有来成大乌苏哨所。柳木要出发的时候，不少地方都因天降暴雨而发洪水了，黑龙江更是水浪滔天，所有的部队都进入战备状态，大乌苏哨所的官兵也都上了抗洪抢险第一线，站长赵木祥的计划也跟着泡了汤。

洪水退去后，金水回了趟家，母亲病故已经两个月了，他接到母亲病故的电话时正跟哨所的兵们在大堤上巡夜呢，他在电话里跟哥哥说，抢险回不去，你们就多劳心送母亲走吧，别忘了替我给母亲磕几个头。挂了电话后，金水让战士们先回去，自己则坐在风雨交加的大坝上失声痛哭。

他是母亲三个儿女中最小的一个，也是离母亲最远的一个，当了七年兵只回去过两次，父亲去世早，是母亲一手把他拉扯大的，他当兵了，进了军校，成为一名军官挣钱了，却没能让母亲享一天福。

军人，自古都是忠孝不能两全。

回家的第二天，柳木陪他去了市郊的殡仪馆，取出母亲的骨灰给母亲烧了纸，然后回哥哥家里吃饭。哥告诉他，母亲将房子留给了金水，让他将来结婚成家时用。母亲留下的是一座楼房，里面的老式家具仍旧留有母亲慈祥的气息。

柳木问金水，你要是想家就回来吧，我可以找我四叔，他或许能帮上你。

柳木的提议被金水摆手拒绝了。

那天晚上两个人去了汉水路的一家火锅店，几瓶啤酒便把金水喝醉了，被柳木扶回家后，吐了个一塌糊涂。柳木给他洗了脸，又帮他换了衣服躺下，然后想留下来陪他，被金水拒绝了。金水说他太难过了，母亲的走给了他巨大的打击，他没想到母亲会这么快走，他还要成家把母亲接到身边好好伺候呢。

柳木说我还是留下来吧，你不会有什么事吧?

金水说你可千万别打我转业的主意。

金水要走的时候将房钥匙交给姐姐保管，说你们要是想住就住吧，我说不定要在边境安家呢。

姐姐说你要是在那儿安家了，我就跟哥帮你把房子卖了，把钱汇给你派个用场。

金水走的时候，柳木跟金水说，我想去你们哨所看看。

金水说等冬天吧。

七、向北

大乌苏又下了一场大雪，雪被悬浮于低处的蒸汽熏得高高矮矮错落有致。连苏嘟噜河也彻底被雪覆盖了，像鸟的一大块肚皮，使得河套有点冷清。

哨所的塔楼被风凛着，成了镇子里真正的制高点。

从这个月开始，站长赵木祥和副站长金水加上一个实习排长，都轮流上哨所的塔楼顶替战士值勤。老兵一走就是两三个，哨所里人手就不够用了，干部顶替战士上岗值勤是大乌苏哨所多年来留下的传统。

金水站在哨所塔楼的顶层观察屋里看四周的景色。

苏嘟噜河就是一条带子，依附在阔大的黑龙江边上，闪着白霜。

身后的小镇子在黄昏时分已经被淡蓝色的炊烟笼罩。

冬天深了，在边界，那些手指不能触及的地方，正被冷风冰凉的梳子胡乱地梳理着。望远镜的镜头里，有人从镇子里出来，挎了筐直接走进哨所，将距离拉近了，知是给后勤班送白菜的王家三婶。

金水掏出手机，还是没信号，虽说是站得高，但大雪封了山之后，就不灵了，他已经有好几天跟柳木联系不上了，上午还跑镇邮局给柳木挂长途，也因信号不好，几次都没接通。

金水不得不承认，自己也真是有点爱上了柳木。他觉得柳木虽说是城里女孩，天资又高，但没有架子，重要的一点是也喜欢他，喜欢他的职业，这就足够了，至于她能不能跟他到大乌苏来像他一样扎根边防，那自然是另外一码事。

去年抗洪抢险结束，金水回去祭奠去世的母亲，临走时柳木送他，俩人在巷子里拥抱，柳木说你娶了我吧。金水说我不能舍弃哨所的。柳木说知道，就像我不能舍弃你一样，我兴许会跟你去大乌苏。当时金水抱着的是柳木温热的身体，他知道这是一个有血有肉的大活人啊。金水就在那会儿被感动了，他下了决心要好好待柳木。

回哨所后金水收到了柳木四叔写来的信，他才知道柳木的四叔是城里某人事部门的一个领导，问他想不想调转，就是回内地的任何一个部队都行，由柳木的四叔来办。

金水客气地写信回绝了。

金水利用午间休息的空闲又给柳木写了封信，给柳木讲了第五个故事。

金水语调舒缓地说，给你讲讲大乌苏的冬天吧，讲讲我们的兵踏雪巡逻的事情。他说，大乌苏边境线长着呢，从野猪滩到北口子要走上两天一夜，途经八岔河、龙甩弯和荣边亮子等大小十几个打鱼点，要勘察四个界碑。去年雪比今年大，班长赵忠厚和老兵魏棋子俩人沿江巡逻遇上了大烟泡，连对讲机也失灵了，在小黑通岛附近走迷了路，被困在了一个闲弃下来的鱼窝棚里。赵忠厚他们试了几次，都会走回原路，还不敢往陌生的地方走，怕掉冰漏子里去。雪不停地下，等金水他们蹚着没膝深的积雪找到两个兵时，老兵魏棋子被深度冻伤，最后左小腿神经萎缩，只好按病号处理提前复员回老家了。

金水说这就是我们大乌苏的边防战士，在祖国最北部守疆卫国的战士，他们从不会计较什么，巡逻迷路后两天多没吃东西，只是吃雪充饥，没有力气躺下时怀里还紧抱着自己的执勤用枪。

金水讲完这个故事后跟柳木说，你看完了会掉眼泪吗？多好的战士啊，你说我能舍弃他们回城里吗？肯定不能。

金水最后说，我把战士们在哨所黑板报上写的诗念几句给你听吧：爱她，让她的心知道；爱她，让她的亲人知道；爱她，让她的国家知道。

柳木接到金水的信时，她所在的城市刚下了一场雪，雀雀般的小学生们在铺了薄薄一层雪的操场上嬉戏着，柳木就在心里说，金水，雪再大一点我们就放寒假了，到时候我就会坐上向北的火车，去看你了。

八、轻描淡写

再有几天就是大乌苏鄂温克族人的传统节日米阔勒节了。

镇子却被一个突来的意外事件缠住了。乡里的两个管保卫的干部来哨所里说，一个外省籍持枪杀人犯跑到大乌苏来了，不是藏进镇子周围的几个村屯就是躲进了附近的大山里。乡干部是来沟通情况的。站长赵木祥一边往本子上记情况一边分析说，要躲只可能躲到老百姓家里去，藏山里不可能，别说是内地跑来的，就是本地的猎户也躲不了几天的，何况眼下正是大雪封山的时节。

他们说着的时候，大队也打来电话，通报了关于杀人犯的情况，命令哨所全体官兵要配合当地政府和公安机关围堵逃犯。

哨所的九名官兵除留守外，分了两个战斗小组，到江边和界河处设伏。

金水带的小组是三个人，带了七天的干粮和水，昼夜赶到鸭蛋河口界江处，搭窝棚潜伏下来。时值三九，冷正是无限大无穷小的时候，像要将人冻成冰杆杆，风肆无忌惮地扫过荒草甸子，逐浪旷野。

三个人一直潜伏了六天，睡草帘子盖皮大衣，啃冷面包喝凉开水，困了拿雪擦脸，等待着逃犯出现。金水跟两名战士说这就是咱们立功的机会，任务完成好了，说不准会像站长一样闹个奖章戴戴。要知道，你可能就是当三年或者五年兵都不一定能赶上一次立功的机会。

金水还利用潜伏空闲的时间给柳木写信。

金水趴在木窝棚里的草铺上，用圆珠笔写道：这是我们设伏的第五天了，逃犯还没有露面，逃犯是个穷凶极恶的家伙，他手里不但有命案，还有支锯短了木柄的猎枪，如果真的相遇，我们可就要真刀真枪地干一场了，我是组长，我要先上，我的后面才是我的战士。这也算是一个故事吧，一个再真实不过的故事。金水抬起身，抖了抖压麻了的胳膊肘，再伏身写下去。金水说，柳木你不知道的，虽然是和平时期，但也经常有危险出现，需要我们边防军人挺身而出。这是北方，要是在南方，边防警官每天都会真刀真枪地跟毒犯较量呢。

金水写着写着笔就不出油了，冷风将圆珠笔芯冻住了。金水便将半页纸小心地叠好，放进上衣口袋里，去旁边的河岔子换岗。

第六天上午，县公安局指挥部的人喊通了金水的对讲机，说任务结束，撤回。

回到镇子里才知道，逃犯从镇北越过苏嘟噜河，往大口门方向逃窜，遇到那里的公安设伏小组，打伤两名抓捕人员后被设伏人员开枪击毙。

回哨所休整期间，肩上有两粒银星的大队长来了，明里是来蹲点检查工作，暗里却是来替替站长赵木祥和金水。大队长是带兵干部出身，懂得野外设伏的辛苦，就住了三天，天天领兵提枪上哨所的塔楼执勤，临走时才让炊事员把他带来的猪肉拌子割开来吃。

九、再向北

柳木坐着哨所的吉普车到大乌苏时已是吃晚饭的光景了，驾驶员将车开进院子，为柳木打开了车门，拉她下了车。哨所门口的一个个子矮小的兵笑着朝她喊，说嫂子，快进屋接金副站长电话吧，都打过来几分钟了。柳木觉得挺奇怪，明知道她来了，而且是千里迢迢地赶来，不迎接她却打来电话。柳木随个子矮小的兵进屋时问那个兵说，你们金站长没在哨所吗？个子矮小的兵说，在河边的塔楼上带班执勤呢。

柳木说，塔楼离这儿远吗？个子矮小的兵说不远，就两里路。

柳木说，那还接什么电话，你带我去看他吧。说完就抓起桌上的电话听筒挂了机。柳木转身跟个子矮小的兵出门奔塔楼走时，屋里的电话铃声又响了起来，一直跟着他们走。

坐落在苏嘟噜河边的塔楼有十多米高，是室内建筑，由一层层水泥的转梯旋上去的。柳木上到六层时金水便跑下来接她了，俩人牵着手一直登上塔顶。还没站稳呢，柳木便将金水紧紧地拥在怀里。金水则冲着下面的转梯喊，通信员，回去让曹排长来替我，就说你们嫂子来了，我得带她去站长家吃饭。下面的转梯上便有了重重的脚步声。

两个人才红了脸，坐在两张高脚的木凳上往远处望。

远处是覆了雪的荒草甸子和同样是覆了雪的河套和江岸，灰白的苇草在旷野里随风舞着，拨开一些薄的积雪。再远处便是一些火柴盒般大小的黑房子了，在他们的视线里上升或者下降。金水告诉柳木，那些小黑房子就是另一个民族的另一座村庄。

柳木说，那村子叫什么来着？你跟我说过的。

金水说，叫格列涅沃。

柳木说，原来这就是大乌苏，只是一种简单又含蓄的美。

金水说，让你失望了吧？

柳木笑着摇摇头说，我早就料到了，要不然我不会来。

俩人下塔楼时，金水说，让你带的东西带来了吗？

柳木说带来了，你要冬姜片和滑冰帽干啥？

金水说冬姜片是给站长的，他去年患上了老寒腿。滑冰帽官兵们每人一顶，出早操时用，保暖还轻便。

两个人出了哨塔便拐上了长满了灌木丛的回镇子里的小路，柳木一不小心便摔了个跟头，被金水拽起来后就耍赖不走了，非得要金水背她不可。金水说只能背你过这一段路，拐了弯就没有树遮蔽了，塔楼上的曹排长和兵能看见的。柳木搂着他的脖子说看见了又能怎么的，你背自己媳妇不应该吗？金水被柳木的话说得不吭声了，金水便在心里想，自己真就像戏文里的天蓬元帅一样捡了个媳妇？

金水说住过了这段，以后你还来大乌苏吗？

柳木说来呀，一年两次，寒、暑假都来，看我老公来。

金水的心呼啦一下子就热了起来。

俩人拉着手进镇子的时候，柳木说到站长家你少喝点酒，晚上回去你还得给我念信听呢。

金水说也就是象征性地喝点，回哨所还得晚点名呢。

（《小说月报》2006 年第 8 期选载）

美发史

王　棵

在始祖岛，我们管太阳叫老婆。这是相对风和雨而言的。怎么说呢？你看！风就跟抽筋似的，冷不丁地今天疯狂发作，明天又消停了，有时候十天半月别想觅见它的影踪，等我们快要把它忘掉，它又跑过来跟我们腻味。这不正经的熊玩意儿最不靠谱，从来不把我们当回事，却又热爱骚扰我们，它就是个让人爱了恨、恨了爱的情妇。雨是个同样糟糕的货，它就像爱情本身，隔三差五地往岛上闯，濡湿我们的心，叫人沉默着，心却烧灼得不行。所以只有太阳是老婆：谁都知道它早上从东边爬出来，晚上猫入西边的海面，什么时候它在哪里，我们心里始终有数。它巡逻在我们头顶，监控着大家的一举一动，又总那么热烈，沉得住气，敦厚，死皮赖脸，让人放心，偶又令我们烦躁得想揍它一顿。

有段时间我很不习惯这个不动声色的“老婆”，我固执地待在房子里，避开窗户，贴墙坐着，叫它看不到我。我其实只是想把自己藏起来，好使劲想想未来。未来那么多，如何使它不太空洞，这是每个人都要考虑的大事。他们都用千篇一律的话安抚我这个新兵。时间长了，就适应了，刚开始总这样。只有老贝不跟我说一句话。他对我的忧伤视而不见。像他那么老的兵，当然懒得理会我这种不好玩儿的新兵，我猜是这样。但有时候我把眼睛的余光定在他那儿，却发现他正用揣测的目光凝视我。他的目光比太阳还要无所不在，令我无处藏身。

也许他在关注我的发型吧。作为岛上最受人推崇的“理发师”，他不可能忽视我的头。换个说法，他这种老土的“发型师”，面对我刚刚从大陆捎来的新颖的发型，难免好奇。也许他是在妒忌呢，我精心修剪的发型，对他掌握的呆板的理发技术而言，难道不是一种挑衅？他一定迫不及待地要把我这个发型毁掉，用他那套古旧的理发技术。

我想其实每个人都想消灭我的发型。理由很充分：现在我是一个兵了，不是个可以恣意妄为的老百姓，所以我务必赶紧换成一个合格的男兵发型，刚健型、稳健型、青春型、奔放型，仅此四种。但它们其实只是一种：短、利索、庄严、简洁明了，与我过往对发型的热烈态度暗中对抗。无需老贝亲自出马，我的新颖发式都会被群众雪亮的眼睛干掉，只是时间早晚问题。老贝完全可以不吭气，耐心等待即可。事实正是如此，到始祖岛一个月后，我不得不在指导员的最后通牒下坐到了老贝面前。这是下午，岛上十二个人全体出动，集中在老贝的房间里，等待老贝将每个人的头整饬一新。始祖岛上有规定，两周必须理一次发。第一次全岛理发，我靠使性子蒙混过关，这第二次，我再也逃不过去了。

那个下午我像根狗尾巴草，粘在其他十一个人屁股后。我们的“老婆”越过窗户在老贝的房间地面上投下亘古不变的影子，又楞、又硬，让人反感。老贝在地心竖了把椅子，让我们沐浴在“老婆”的监视下。指导员说，排好队，一个一个上。他自己先坐了上去。老贝用一块湖绿色的围布扎紧他的脖子，握紧推剪，煞有介事地在他头顶倒腾起来。我坐在队列后，望着一站一坐、一动一静的老贝和指导员，觉得他们的组合机械得有点荒谬。尤其老贝，一言不发、表情凝重地盯着指导员的头和自己手中的推剪，动作严谨而规范，俨然一副专业理发师的样子，不和谐在于：他自己却是个几乎完全谢顶的秃子。

我认为老贝大可不必把自己那么当回事。在大陆，他那三板斧的理发技术不可能有任何市场。在这里倒好，他成了人人敬奉的宝。每个理发日，我们挖空心思对他说悦耳的话，以博他一个好心情，噢！当一个人不得不把头交给老贝，只好对他谦卑。我认为这种不得已而为之的局面，是这个与世隔绝的岛造成的，这毫无疑问。那一天我看着前面的人一个个走上前去，把自己交给老贝，心里越来越不耐烦。我想起在大陆上，自己可以毫不犹豫地挑任何一个手艺高超的美发师傅的毛病，能选择任何一家中意的发型店，而现在，这一切皆成空气，我将要委身于一个发型杀手的霸权之下，这都是始祖岛造成的，我讨厌这里。时间笨头笨脑地过去了，很快就要轮到我。我珍视的发型将要牺牲在老贝的三板斧下，与此同时，我十九年来随心所欲的美发史将告终结，想到这里我一阵心悸。我抽搐着扭了几下身子，向老贝投去怨怒的一瞥。我的动静太大，老贝停了下来，与我四目相接。事后多日，老贝告诉我，正是我这不寻常的一瞥，使他的心里一亮。这就是他的目光开始尾随我的原因。

老贝原先不是个秃子，就像始祖岛西北角那块被我们唤作“冷将军”的礁石在几万年前并不那么朽蚀一样。春天的一个晚上，我和老贝去灯塔合站一班岗，他给我说起了他也曾有过的茂密的一头魅发。老贝说：

我这辈子特别想做一件事：留一头长发，现在看来，这只能是白日梦了。其实我本来有机会留长头发的，波浪型、大披肩，像搞摇滚的那样。怪只怪我小的时候胆子不够大。十八岁前，我们那会儿，只有小流氓才敢把头发留那么长。我可不想让人当怪物，有贼心没贼胆，从来都是头发刚触到耳朵皮，就紧紧张张地到理发店去。但头发不一定非得那么长才好看对不对？我当兵那年，社会上流行的郭富城头，不长也不短，当时特别叫我喜欢。我留那个头型好看得很哟，每天早上起来，用梳子把头发分成三七开，打上摩丝，再用两个指头捏住一缕来，落到额头前面，那个帅劲，用现在的话讲是酷毙了，简直是万人迷。

接着就当兵了嘛。老贝说，那是一九九一年冬天，我知道部队上对头发的长度有要求，上运兵车前，我抓紧时间去人武部对面的发廊把头发剪短到自己能容忍的限度。可还是不符合军容风纪要求。到新兵连的当晚，班长就把我扯出来，三下五除二，把我的短版郭富城头剃成了板寸。那叫什么板寸啊？我那个班长，手艺太臭，剃头推子都拿不稳，别说理出型了，剪整齐的能力他都没有。那时候用的还是手动的推子。推子又钝，班长平均推两下，推子就会被头发卡住，他一扯，几根头发连皮带肉被推子带出来，叫我的头疼了好些天。我到部队后剪的第一个头难看得我想死。我当时很恼火，拿自己撒气，破罐子破摔了，一狠心就请班长拿出剃刀，索性刮了个光头。

新兵连结束我就到始祖岛上来了，直到今天。大陆上的班长理发水平就那样，岛上就更不怎么样了。你可以想象得出，我多少年没留过一个像样的发型。你看过"文革"时候的纪录片没？差不多就是那个样子，阴阳头，比那稍好点吧。你猜我当兵前十年最盼望的一件事是啥？当然是有船来。船一上来我好跟着上去找个发廊理个好头啊。但首先这里离大陆几百海里，船一年难得来一两次，再有大家得轮着上去，所以跟船上去理个好头的想法基本上还是做梦。对的，两年有一次休假的机会，可刚把头发攒长点，修出个像样的发型，假期就结束了，很快回到岛上被那些不负责的推子推出个怪头型。

刚上岛的那几年，那边有一个鸟粪公司——老贝的头在黑糊糊的夜色中往岛的西南角一指——鸟粪公司长年保持三个人在，清一色的小伙子。他们不是当兵的，头发的长短用不着限制，因此他们虽然谈不上有什么发型，但头发想留多长就多长，也挺让人羡慕的。那些年我特别喜欢去和鸟粪公司的人拉呱儿，动不动就伸出手来摸他们的头发，搞得他们最后见我都躲得远远的，私下里我听说他们笑我有病。后来因为岛上的鸟越来越少，鸟粪公司从岛上迁走，我连过一下眼瘾和手瘾的机会都没了。

老贝从塔楼里站起来，我跟他走到外面。我们站在空旷的夜色里。老贝抬手往海浪轻声嘶鸣的远处一指，说，有一年，附近海域在搭一个钻井平台。那年不断有地方的运输船途经始祖岛海域。天气不好，比如遇上了"情妇"，他们就会到岛上来歇歇脚。那些船员都是刚从大陆过来，一水的时髦发型。一看到他们我难过得要死。

我总在等机会留一个合意的发型。有一次，我在夜里产生一个胡闹的念头，我想如果我得一场大病，必须去大陆住一年两年的院，那不是天天可以去发廊了？可是——老贝突然怪里怪气地笑了起来，他说——当兵十年后，我开始掉头发，很快就掉成了现在这个样子。

始祖岛上来了一个巨型"情妇"，名唤梅莎，从大陆发来的电报上称，它从印度洋上来，中心风力高达十五级。遇到这种不知趣的"情妇"，我们只好关紧房门，在屋里面面相觑。祸不单行，"爱情"也乘虚而入，没日没夜在岛上穿行，叫我们夜不能寐。这是在春末的五月，不经意我在岛上生活四个多月了。"情妇"和"爱情"并肩在岛上横行，使我们乱了方寸。不得已，我们只好没日没夜地谈心。一天夜里，老贝跟我说起了他经常站在一边窥视我的原因。他先从自己的谢顶说起。

老贝说，起先他非常失落。趁着一次休假的机会，他遍访名医，从乡村德高望重的老中医到省级医院的专家教授，回来的时候带了满满一挎包的药，可是没有用，头发逃难一样一个劲儿地向空中飞散，不几年，他眼睁睁地看着自己变成了一个十足的谢顶。有一阵子，他很难过，一次次地向西北角跑去，坐在"冷将军"上，望着海面玄想前尘往事。开始他只是沮丧，由发型梦的彻底破灭联想到更多的破灭。有一天他盯着一个战友的头，顿然有所领悟。接着下来的一次休假，他自费去美发学校，狠狠地学习了一些剪发技术，再上岛时他捎来一只墨绿色的工具箱，内装全套的理发器械：电吹风、剃刀、圆棒、驳发器、电推剪、牙剪……他是这么想的，自己已经注定圆不了发型梦了，但以己度人的本事还有，就把心思专注在别人的头上吧，为一茬一茬前来守岛的战友们造福。

只要老贝用心，没有做不好的事。很快老贝就是个极受欢迎的小岛“理发师”了。始祖岛当然不可能设有专门的理发师，原先岛上剪头，一直沿袭互帮互助的老传统。每个人本来都有自己固定的角色：报务兵、油机兵、帆缆兵、声纳员、冲锋枪手、炮兵……没有一个人堪称合格的理发好手，这就是老贝之前人们的发型草率得令老贝难过的原因。现在好了，有了老贝，大家都可以拥有一个体面的头了，尽管由于与世隔绝的原因，老贝只能理出那么几种发型。老贝感慨道，说也奇怪，看着战友们的头一个个精干起来，他慢慢就接受自己的谢顶了。这大概就叫情感转移吧。他不知从哪里学来的这个词汇。

那天夜里老贝开始向我坦陈窥视我的原因。他说，你看吧！我第一次给你理发的那天，从你眼里发现了痛苦。也可以说是绝望。我一下子想起了我自己。那么多年来，我总为不能留一头合意的头发而伤感。反过来说，这是对头发的爱啊。只有爱自己的头发，才能爱理发。你明白我的意思吗？到年底，我就要退役了，这几个月来，我一直在物色合适的人选，来接我的班。通过观察，我觉得你最合适。这岛上，应该一直有一个理发的高手。

老贝要退役，这是众所周知的事。这个岛上没有四期士官的编制，老贝现在是三期最后一年，由不得他不退。我没料到他把心思用到了我身上。老贝说他看到我就想到了从前的自己，我看到他还总想到我自己呢，想到那些拥有许多破灭的未来。我怎么可能去接老贝的班呢？一想到那些必将出现的破灭，我就想快快离开这个岛。照我对自己的了解，一完成两年的服役义务，我将毫不犹豫离开始祖岛。

我听着外面的风声，保持沉默，让老贝洞悉我的抗拒。我要他趁早死了这条心。老贝却在自说自话。他说，十一个人里，只有你最合适了。你爱惜自己的头发，比谁都爱。不像李福建，胡乱在他头上剪几下，他都乐呵呵的。他最不在意好看不好看。你在意，难看的话你会难过，会伤感，会联想到很多。只有特别爱惜自己头发的人，才有培养价值。更何况，在这个岛上，你年纪最小，兵龄最短，由你来接我的班，在这里的时间最长。

我不做声，但老贝还是看出了我的抗拒。几天后的一个早上，我们从菜地上回来，走到临海的一块小丘边，他叫我与他背对着坐了下来。天空辽远，老贝折了根灯芯草，衔在唇间。他说，想想你自己吧。在这个世上活着，最重要的是能以己度人。设想一下，你有了一手理发的好技术，岛上每一个人对自己的头都可以少一点失落，这是多么值得一做的事不是？这岛上不见得必须要有一个理发高手，就像人不是必须要理个好头一样，但有了还是和没有不一样。你想想是不是这样？

不足零点五平方公里的始祖岛上有许多怪异的名字：老婆、情妇、爱情，那块容易让人想到冷兵器时代的礁石冷将军。营房后有一棵硕大的抗风桐，当之无愧是岛上的树王，人们亲切地叫他肌肉仔。东部海滩甚为平整，与树林相接处是长长的一片野菊花，那种繁花似锦的景状让人想到遥远的盛唐，于是它们就统称为唐朝。那只经常落在营房门口地上的红嘴鲣鸟叫美毛张，海上偶尔出现的那些鱼、海豚、海龟，都有各自的绰号……我不知道这些名字诞生于何时，它们让我产生一种莫可名状的情绪。有一次，我和老贝说到了这件事，老贝说我给你说说老虫吧。

老虫是比老贝还早的一个老士官，据说长得比一般女人都要漂亮。他在岛上当了二十一年的兵，上岛的时候不到二十岁，离开时恰好三十九。老虫最大的特点是爱说女人。但始祖岛从来与女人无关，于是他给能看到的东西都编上性意味明显的绰号。岛上的怪名字多数出自他口。老虫最喜欢大言不惭地宣称，如果不是因为始祖岛，他可以一天换一个女人。有意思的是，直到离开始祖岛，他都没碰过一个女人。人们的解释是，他要求高，上岛的机会不多，越成天琢磨女人的人可能对女人要求越高，这样他把有限的几次找女人的机会都错过了。在当兵的第十六个年头，老虫悄悄对自己的某个战友说，他那玩意儿不能使了。他的女人梦就像一只虫子，在岁月中彻底风干，及至风化了。

老虫的故事令我透不过气。我抬头看天，对那个被唤作“老婆”的东西产生极大的惧意。不仅对它，眼前的一切，都令我毛骨悚然。我眼睛发黑，看到空气中充满轻盈的气泡，轻声地爆裂着。我猛地回头，看到老贝期待的眼神。老贝说，你愿意吗？

他是多么顽固，还在不依不饶地游说我接他的班。这个时刻，他的问询无异于火上浇油。我站起来，步履沉重地走开，一个星期没和他说一句话。

我想我是自私、卑微的。我没有力气去考虑别人，只能想到自己的未来，任谁怎么说都没有用。老贝没放过我。一个星期后，我们去树林里巡逻，老贝邀我坐到草地上，递给我一支烟。他稍作让步了。这样吧，我们不谈以后，你先跟我学着，把理发的本事学好点。就算你只想尽两年义务拍拍屁股回去，时间总还长着，你现在才第一年呢。先跟我学，这总可以吧？我不说话。老贝一脚把我踹翻在草地上。这个都不可以？那么我告诉你，这是命令。

夏日七月之后，我不得不成了老贝的跟班。每个理发日，老贝必定伸出他的巨手，将我拎到他的房间里。他说，你站着，认真看，别给我玩儿小心眼儿。我知道你在想什么，我们都是这么过来的。来！这个头你理。这次可以理得很臭，但下一次，再一次，你的手还那么臭的话，看我怎么收拾你。

我拿起老贝的电动推剪，手抖得厉害。我听到底下的头在向我发出警告：哥们儿！你那手悠着点，你不是在耕田，是理发，我这可是头。老贝笑了，屁股拖着椅子坐到我边上。我把手里的头往外摆了摆，好使它对着我们的“老婆”。在这个时候，“老婆”是可亲的，它的明媚使人与人之间产生信任，别的许多时候，它让我们感受到的，也许仅仅是灼热。我稳住手腕，让电动推剪斜成一个角度。推齿切割头发的声音蓦地传来，一些发屑向炫目的空中奔散。我闻到一阵新鲜的气味，它们使我精神大增。老贝说，很好闻，是不是？所以，你喜欢理发，我看得没错。好好干，你会越来越棒的。那种气味令我欲罢不能，我热切地盯着手里的头，心里竟然充满兴奋。有一阵子，我停下来，转头扫视周围的十一个人。我看到的是一片敬重、期待和夸赞的目光。来了一个“情妇”，扭动着跑进来，在屋中央停住，一溜烟又跑出去了。我的脸在烧。那个理发日，所有的头都由我主理，当然最后也都得由老贝重做修整一遍。寂静的始祖岛突然喧闹了。

在九月来临的时候，老贝警示我说，加把油，再过三个月，我就要走了，到时岛上的头就完全交给你了。我本能地抗拒着，但无力跟他辩驳。我们到小岛东部“唐朝”的下面去游泳。海那么静，如此广大。面对着眼前的这片海，我常感到时间是静止的，没有过往和未来，一切都被省减、虚化。老贝说，你仔细听，听到了什么？是不是在这里，连自己的心跳都能听得见？我慢慢在沙滩上躺下。老贝也从水里站起来，走到我身边，与我并排躺下。我别过头去，看到这个谢顶的中年男人却满身汗毛，像穿着件毛背心。这个“老背”，以他一身的不和谐，和谐了始祖岛。我不能想象成为他这样的人。直到那日，我仍然不能想象。十二月老贝离开了始祖岛。他把那只墨绿色的工具箱偷偷塞到了我的床下。老贝离岛后的那夜，我半夜爬起来，打开工具箱。望着那些充满双手气味的器械，我一阵惊悸。

过了冬天就是另一个春天了，我忽然变成了一个老兵。我的理发技术越来越好。有一只看不见的手在主使着我，每一个理发日我拿起推剪站在某个安静的头之上，我热爱胡思乱想的脑袋突然一个急刹车，停在眼前。房间静止，空气充沛。我的眼里只剩下那些头。我屏住呼吸，小心移动手中的推剪。实践出真功夫啊，当春天变成夏天，我已经是一个老练的理发好手了。在先前的很多时候，他们都会提到老贝，怀念他那双沉静的手。有人说，在那些时候，当老贝的手抚过他的头，他会变得特别放松。现在，他们也这样对我说了。你的手真暖和。他们说，有了你，我们会忘记老贝的。说着闭上眼睛，在剪刀与头发的交合中忘记一切。

我得好好想些事情了，不仅仅是自己的未来，还有更多与我有关的未来。冬天快来的时候，我终于等到了一次探家的机会。站在大陆上，感觉天旋地转。闭上眼睛，深吸气，再睁开眼睛，我看到世界又静止了。我认识了一个女孩，给她讲始祖岛上的老贝、我们的老婆、情妇、爱情、美毛张、肌肉王、唐朝、冷将军，所有远方的时光。我向她细致描绘老贝那只墨绿色的工具箱。女孩瞪大眼睛，说这一切让她感到神奇。因为这些神奇，她容许我把脸埋进她浓密的发丛。我钻行在她的发丛里，用她的发帘蒙住眼睛。一种馨香令我沉醉，我用力地将她搂住，仿佛搂住一个象征。北方的冷空气在我们身边徘徊。我说，我可能要哭了，会弄脏你的头发，你不介意吧？她温顺地静立在那里，想协助我完成一个仪式。我却只是说说而已。后来我把脸抬起来，向她微笑。

两年的义务兵役期就要结束了，我该离开，还是继续？休假期快要结束的一天，我站到一幢大楼前，望着飘动在楼腰间的美发培训班的横幅走神。我最终没有像老贝曾经做过的那样，走进那幢楼。回到始祖岛，他们都奔出来，对我说，你怎么才回来？我们的头发都长成什么样了，你看看。我把老贝的工具箱拿出来，对着空中哈了一口气。抖开围布，拉开凳子，我说，来吧！现在开始给你们理。一个头移到我的手下，那么郑重地停止在那里。我抖动指头，活动沉寂多日的剪刀，春夏秋冬在剪刀的棱面上折现出来，我看到自己投射上去的脸：嘴微微张开，眼睛瞪得老大。

（《小说月报》2008年第9期选载）

勇　士

裴指海

一

连长忘了他的名字，也忘了他老家是哪里的，只记得他姓陈，官兵们都叫他“陈傻子”，连队的花名册上也是这么写的。连长第一次点名时，看到这个名字时愣了一下，皱着眉从花名册上抬起头，眯着眼睛看着面前黑压压的士兵，声音忽然低了下来，有点犹豫不决地喊出了这个名字：“陈傻子。”接着，他的眼睛茫然地看着面前的士兵们，以为不会有人答应的，这算是什么名字呢？有谁会叫“傻子”呢？

没想到的是，连长的话音刚落，队伍中应声响起了一个瓮声瓮气的声音：“在！”这声音像一颗手榴弹一样在空中爆炸，纷飞的弹片击打着每个人的耳膜。队伍好像被这声响亮的应答声震住了，静得只能听到士兵们的呼吸声。但士兵们很快就反应过来了，他们顾不得严肃的队列纪律，纷纷扭头打量这个叫“陈傻子”的士兵。

他站在最后一排最后一个，个子很高，长得也很粗壮，军装并不是很合身，他的身体仿佛要把它绷开了一样。事实上，他上衣最下面的一个扣子已经掉了。他对那些好奇的目光没有一点感觉，脸庞黑黑的，甚至朝每一个向他张望的士兵都笑呵呵的。他的笑容是真实的，仿佛大家一齐看他是对他的欣赏和赞扬，让他很开心。

连长的目光落在这个士兵身上，像被磁铁吸住了一样仔细地审视着他。这个士兵笑容里没有多么复杂的内容，一眼就能看到底，就是一种单纯的笑。连长咳了一下，士兵们立即扭过头，收起脸上的笑容，立正站好，瞪着双眼看着连长，等他训话。这是一刹那的事情，每个士兵听到长官的暗示，都会立刻恢复军人的本色，但那个叫陈傻子的士兵反应慢了一拍，仍旧带着笑容东张西望，当他碰到连长威严的目光时，居然还没反应过来，而是侧过身看了一下身边的士兵，这才赶紧把胸挺起，绷着脸直直地看着前面。连长没有心思再点名了，把花名册卷了起来，走到了陈傻子的跟前，但他比连长高了一头，连长要和他说话必须抬起头来，这种感觉很不好。连长只好低着头，背着手在他面前走来走去地问："你就叫陈傻子吗？爹妈有没有给你起另外的名字？"

陈傻子立刻答道："报告连长，人们一直都喊我傻子，我爹我妈也是这么喊的。我来当兵时，保长让我叫陈傻子。"

陈傻子的声音仍旧很大，他的唾沫星子甚至飞到了连长的脸上。连长皱着眉头看了看他，心里有点恼火，一个连里摊上这样一个士兵，真够倒霉的。这能怪谁呢？抗战已经打了五年，官兵伤亡惨重，征兵却是越来越难了。那些有权的家伙们，通过军队的关系，弄来服役证明就可以让自己的子弟逃避兵役；而那些有钱的人家，就出高价给兵贩子，雇人来替代其子应征。看看吧，连傻子都被送来了，这仗还怎么打？

连长很恼怒地瞪了陈傻子一眼："我向你问话时，声音不用那么大，知道吗？"

陈傻子又露出笑容，声音低了一些："是，连长。"

连长已经不想再和他啰唆了，从看到他第一眼就有点讨厌这名士兵了。按照连长的带兵原则，本来是会把每一个士兵都当作自己的兄弟的，任何连队都是一个整体，只有像兄弟一样团结在一起，才能保存自己战胜敌人。但他对陈傻子一点都爱不起来。连长把头扭向一边，试图让自己安静下来。他在心里告诉自己，这是一个活生生的人，一个士兵，将来要在战场上和你一起冲锋陷阵，一起冒着弹雨向敌人冲去，随时都会像其他人一样战死的，你应该把他当作兄弟。想到此，连长甚至还有那么点内疚，我这样讨厌自己的士兵，算是一个合格的军官吗？连长下意识地回头看了看陈傻子，陈傻子正抻着脖子，瞪着眼睛，很茫然地看着他。连长在心里叹了口气，他还是没办法让自己喜欢上这个士兵。他摇了摇头，准备把这个士兵从脑袋里甩开，但他突然又想起了一个问题，便抬起头，直直地盯着这个傻子，眯着眼睛问他："你是自愿来当兵的，还是被兵贩子弄来顶替别人的？"

陈傻子立刻回答："报告连长，我是替我们镇长的儿子来当兵的。我爹我妈不让我说，镇长也不让我说！"

连长愣了一下："那你怎么又说了？"

陈傻子说："报告连长，我在家时不说，现在我到了部队，以后就和大家在一起了，我就不能说谎了，军人不能说谎！"

连长就站在那里不动了，太阳毒辣辣地照着他，脸上的汗水不停地往下淌着，军装紧紧地贴在身子上，箍着脖子，令他有点透不过来气的感觉。他觉得自己的脑袋有点不够用了，上上下下地打量着陈傻子——他仍旧像根木头那样直直地戳在那里，眼睛直直地盯着前面，一动不动。他脖子上有一层厚厚的黑色污垢，脸上还有一道擦过鼻涕残留下来的污迹。连长厌恶地扭过头，走了两步，又紧绷着脸折了回去，绕到陈傻子身后，抬起脚重重地朝着他腿弯里踹了一下。让连长意外的是，这个傻子并没有像他想象的那样站立不稳，踉跄着向前倒下，相反自己的脚像踹在了石头上一样反弹了回来。那名士兵仍旧站得直直的。而连长第一次当兵时，在练习立正的时候，班长也是这样猝不及防地给了他一脚，他毫无防备地一下子被踹倒了。连长有点疑惑了，斜着眼睛看着他问："你从前当过兵？"

陈傻子说："报告连长，我在二营四连当过兵！"

连长咬着嘴唇打量着他，果然当过兵！按道理说，一个当过兵的新兵被补充过来，应该是件让人高兴的事，这样可以省去许多训练，一上来就可以打仗。但事实并不是这样，他们让人更头疼。那些兵贩子弄来的士兵，大多数连个字都不认识，什么都不懂，把自己当作可以赚钱的商品，被送到军队后，会像老鼠一样寻机逃跑，然后回去再和兵贩子勾结准备再次当兵。在和日军作战中，许多部队刚和敌人接火就开始溃散了，不能不说和这些兵没有一点关系。战场上就是这样，一个士兵的溃散，往往就带动整个部队溃散。第十军绝不应该这样，二连也不应该这样，一定要找人死死地盯着这个叫陈傻子的士兵，如果在战场上他有逃跑的迹象，立即枪毙掉！

连长冷冷地看着他："你是在哪个部队当的兵？"

陈傻子这才扭头看了一下连长，脸上又露出了那种笑容："报告连长，我这个人笨，不知道那个部队是什么部队，只知道我在二营四连。"

连长眯着眼睛，面无表情地问："那你当了多长时间的兵？"

其实连长心里已经有了答案，一个连自己部队番号都不知道的士兵，他能当了几天兵？能当上一个月兵就不错了。

陈傻子的声音里分明有了点自豪："报告连长，我当了一年半的兵！"

连长愣了一下，来回走动的脚步又停了下来，仰着头看着这个傻乎乎的士兵，他居然当了一年半的兵？当过一年半兵的家伙居然连点轻伤都没有，这怎么可能呢？他要是知道部队番号就好了，这样，他所在部队打过什么仗，命运如何，一切都会清楚的。连长很想知道这个兵过去有什么经历，如果不是那种老兵油子，当过兵的总比那些毫无战场经验的新兵要好。连长想启发陈傻子多说一点，就问："你在哪里当的兵，打过什么仗？"

陈傻子说："报告连长，我在山东沂蒙山当的兵，他们天天打仗，我是伙夫，没打过仗。"

连长的身子一下子僵在那里了，瞪大眼睛看着他："沂蒙山？你当的是八路军？"

陈傻子惊奇地扭过头，眼睛活过来了，甚至忘了他还在队列中，兴奋地抬起手比划起来："对对，我当的是八路军！我们班长叫赵大炮，可惜他在大青山死掉了……"

整个队伍"哗"地乱了。士兵们扭头看着陈傻子，有的人是好奇，有的人是惶恐，更多的人看着连长。连长的脑袋那一刻空白了，呆呆地站在那里，过了好大一会儿才缓过劲来，他也不知道自己该怎么办，愣愣地问陈傻子："你是共产党？"

陈傻子眨了眨眼，迷茫地看了看连长，嘴巴嚅动着："什么共产党？"

连长死死地盯着他，连他脸上任何一点细微的表情变化都没有放过。但连长还是有点失望了，陈傻子一点都不像是撒谎的，脸上没有任何内容，单纯得像一个不懂世事的小孩儿。连长摇了摇头，觉得自己多虑了，松了一口气——虽然他当过八路军，但他连共产党是什么都不知道，还有什么不放心的？

连长还有点不明白，像他这样在部队怎么能待一年多的时间呢？那些打仗神出鬼没的八路军能容下这样一个傻子吗？连长完全不带任何审问的意思，而是好奇地问他："你在八路军里都打过什么仗，你怎么离开了八路军？"

陈傻子说："报告连长，我没打过仗，我当的是伙夫。我们在大青山被日本鬼子包围了，部队要突围，我们班长让我走的，让我能回家就回家，回不了家以后再转着找部队。我们班长突围时被鬼子打死了，我就只好回家了。"

连长上上下下地打量着他，除了看上去有点傻，他并没有什么毛病，长得很结实，应该是块当兵的料子。连长感到有些奇怪，在他印象中，部队战斗兵员都是很珍贵的，多杆枪就多一份战斗力。那些炊事兵们都是一些老兵，有些人已经四十多岁了，很少有部队把年轻力壮的士兵放在炊事班的。连长问："你们部队怎么不让你去打仗？"

陈傻子终于有点不好意思了，黑黑的脸膛一下子涨得通红，不安地看着连长，声音也有些低了："我不会打枪，我打枪时，没有一发子弹打在靶子上。他们说子弹宝贵，就不给我发枪了，让我当伙夫。"

连长感到有些好笑，八路军也真是，不就是子弹打不准吗，这有什么呢，没有士兵天生就会打枪，神枪手都是用子弹喂出来的。连长心情突然就有点好了，甚至笑了笑："陈傻子，你放心好了，我一定会让你扛枪打仗的！"

陈傻子听了连长这句话，突然冲着连长跪了下来，在地上咚咚咚地磕了三个响头，抬起头来，脸上已经挂满了泪水，呜呜地哭着说："连长，你是个好人，我一辈子都忘不了你！"

二连的士兵们都愣在那里，连长也有点手忙脚乱，忙弯下腰，把陈傻子扯了起来，说："陈傻子，你给我记住了，你是个男人，还是个军人，不能随便就跪下来！再说，当兵就是为了打仗，我不给你发枪，难道还要给你个烧火棍？"

陈傻子站起来，"啪"地给连长敬了个礼。

连长有点哭笑不得，陈傻子敬的军礼很标准，但那是八路军的军礼。

陈傻子声音洪亮地说："报告连长，我一定好好打仗！"说完，用衣袖抹了一把眼泪，泪水和鼻涕都沾在了衣袖上。

连长皱起了眉头，说："陈傻子，你以后注意点，不要再用袖子擦汗擦鼻涕什么的，不说爱护军装，起码你也该知道讲点卫生了，解散以后你先去洗个澡！"

陈傻子立刻立正敬礼："报告连长，是！"

二

前国民革命军的连长李茂才现在就坐在我身边，他已经九十多岁了，但身体很好，老人的儿子说，他每天早上都要出去走上一小时的路，吃饭时还要喝一盅白酒。老人坐在椅子上，身子挺得笔直，两手放在膝盖上，仍像一个标准的军人。老人的儿子还对我说，老爷子几十年都是这样，部队那一套，改都改不掉了。比如说吧，每天晚上睡觉时，他都会把衣服按顺序摆好，放在床头。就是冬天，天气再冷，也不会把衣服盖在被子上。老人听到了这句话，扭头斜了儿子一眼，嘟哝了一句："你知道什么？我们那时天天要打仗，晚上要随时出发，衣服按顺序摆在床头，穿起来迅速，当兵的都是这样！"

我是来采访老人抗战事迹的。每年的八月份，在抗日战争胜利纪念日里，报社总要做一整版纪念抗战的专题，过去我们都是利用现有资料，介绍一些"平型关战役"或者"百团大战"就行了。今年我们报社换了一位新总编，年轻得没有道理，但他的确有自己的思想，他说今年纪念抗战胜利的专题就不用现有资料了，咱们采访一些参加过抗战的老兵，弄它一整版。他甚至还想好了题目："老兵不死"——这是二战时的美军太平洋战区司令麦克阿瑟说的，原话是："老兵永远不死，只会慢慢凋零。"

以前都是我做的这个专题，这次也不例外，于是我就找到了前国民革命军的连长李茂才。我们这个城市很小，找不到参加过抗战的八路军老战士，找到李茂才也是没办法的事。好在报社领导也同意了，他们说，现在欣逢盛世，政治开明，只要打过日本鬼子，都是民族英雄。

我对李茂才并不熟悉，我只是听说有这么一个人物，黄埔军校毕业生，参加过长沙会战、常德会战、衡阳保卫战，后来的事情我就不大清楚了。他家在离我们这个城市几十里外的一个叫木扎的小村庄。

李茂才说，你写我没什么意思，我们家虽然现在和村里其他人一样，但我们家从前是地主，你有什么可写的？你就写写陈傻子吧，他从小就是苦出身，打起日本鬼子比谁都狠。我们在衡阳整整打了四十七天，打得衡阳每天的天空都是红的，我们连的官兵全死了，就我一个人活下来了，你写我有什么意思？你还是写陈傻子吧，我们连他老家在哪里、甚至连他名字都不知道，但他是个英雄。我这当军官的没什么好说的，仗都是那些死去的士兵打的。

我有点不甘心，说了许多好话，但他仍不肯讲述自己的抗战故事，他只愿意给我说说陈傻子。我有点失望，一个傻子一样的士兵身上能有什么故事呢？他的儿子五十多岁了，也在旁边帮忙：“爹，你就讲讲你自己吧，你年纪也不小了，裴记者如果把你宣传出去了，你真成了英雄了，以后说不定还能公费看病呢……”

老人有些生气了，他用拐杖狠狠地捣着地面，重重地说：“你爹是那样的人吗？我占国家这个小便宜干什么？全连的兄弟都死了，我这六十多年是白捡的，我还怕个病！”

他说着咳了起来，脸色发红，脖子上露出了青筋。我有些紧张，他毕竟是个九十多岁的老人了，不能让他太激动了。老人都像小孩一样，你不能和他对着干，你只能顺着他。我忙说：“李老，那你就讲讲陈傻子的事吧。”实际上我已经做好了准备，就让老人讲，过一会儿，我再找个借口溜走。在我们新闻圈里，最头疼这种死倔死倔的采访对象，你让他讲什么他偏不讲，对付他们的办法只有一个，那就是赶紧溜走。但这也不能做得太明显了，起码的礼貌还是要有的。

但我一下子就突然听进去了，我凭直觉觉得，这个陈傻子“有料”。

李茂才说，我活到九十岁了，这辈子什么都经历过了，但我没做过亏心事，我只打过日本鬼子，没有打过共产党军队，衡阳保卫战一打完，我们军就完了，我就回家来了。只有我自己清楚，我这双手是干净的。

他看了看我，我忙点了点头，在采访本上写了这样一句话：回去首先搜集衡阳保卫战的相关资料。

李茂才说，我那次说话不算话，没有让陈傻子扛枪，还是给了他一根烧火棍，让他去炊事班当了一名伙夫。

三

那时部队正在休整，新的战事尚未展开，陈傻子所在的二连开始训练新兵。

连长李茂才这才着急了，这个陈傻子除了立正最标准，其他的都不怎么样，就连最简单的齐步走他都不会，左脚一迈，左手也跟着伸出去了，这叫“同手同脚”……班长下了“向左转”的口令，别人“刷”地转过来了，他却过了好大一会儿，才转过来，一脸灿烂地看着班长嘿嘿笑。一次两次还算正常，每个新兵都是这么过来的，但十多天过去了，陈傻子还是这样，常常引得队列里一片哄笑。这时，陈傻子通红着脸站在那里，喃喃地说：“我真笨，我真笨。”班长气得没办法，单独把他拎出来操练。

陈傻子在二班，二班长是个老兵，是打仗打出来的，作战是没得说的，就是脾气有些暴躁。班里有这样一个士兵，他觉得丢人，一下子火了，上去踢了他一脚：“你到底长没长脑子？”

陈傻子也不躲，让班长那一脚结结实实地踢在了身上，他立正的姿势一点也没变，大声地说：“报告班长，我弄不好队列，但我可以杀死敌人，我有力气，不怕吃苦，也不怕死！”

班长还有点不解气，在他头上拍了一巴掌：“我还真没见过你这样的木头脑袋！还杀死敌人呢，你不把弟兄们拖累死，我就谢天谢地了！”

陈傻子看着班长，虽然红着脸，但还是小心翼翼地嘿嘿笑着。

连长李茂才就站在一边，皱着眉头摇了摇头，他当兵以来，什么人都见过，但没有见过像陈傻子这么笨的人。不过连长对陈傻子并没有灰心，十个指头都不是一样长，有些人反应快，有些人比较迟钝，陈傻子只是有点笨。这个傻子说的其实也没错，上了战场，肉搏时就得靠力气，还要靠不怕死。八路军弹药不多，不让他拿枪是有道理的，但自己连并不缺少弹药，让他打掉几箱子弹，不信他的射击技术上不去。

但连长李茂才还是想错了。他至今还觉得这事有点奇怪，打枪要的就是感觉，几箱子弹打下来，再笨的人也会找到点感觉的，十发子弹至少能打上一两发吧。但事情就是这么怪，陈傻子少说也打了百十发子弹，但就是一发也打不到靶子上去，子弹都不知道飞哪里去了。准确地说，他连瞄准都不会，一发都打不上去，哪怕是瞎猫碰上死耗子地擦上靶子的机会都没有。班长气极了，指着靶子吼了起来：“那是日本鬼子，你知道不知道？想想他们要杀死我们的父母，强奸我们的姐妹，你就不恨吗？”

陈傻子愣愣地说：“报告班长，我没见过日本鬼子……”

班长火了：“那我站到靶子那里去，你打我一枪行不行？”

陈傻子又露出了他那种笑容：“报告班长，你是我班长，连长说了，我们要像兄弟一样，我不会打你的。”

班长愣了一下，直起身子，把头扭向了一边。阳光照着班长，班长的目光里有了一些柔和的东西了。他又看了看陈傻子，摇了摇头，叹了口气：“陈傻子啊陈傻子，你真是个傻子啊！”

那天，二班长跑到连部找到连长李茂才，说什么也不想要陈傻子了。说这样的兵没法打仗。你在冲锋时，他要是在你后面，你肯定不放心；他要是一开枪，谁知道他的子弹会飞到哪里去？连长，你把他弄走吧，他人不坏，就是脑瓜子太笨了。

李茂才咬着嘴唇看着窗外，外面的哨兵正站得直直的，古铜色的脸庞闪闪发光。他非常明白，战争太残酷了，日本军队的装备要比中国军队的强多了……每场仗打下来，都是伤亡累累，一个连队，甚至一个师，说没就没了，谁知道下场仗什么时候又要开始打呢，每一个战斗兵员都很重要。李茂才看了看正在眼巴巴地盯着他的二班长，说：“我想了想，还是把他放在你那里吧，他有力气，打枪不行，将来打仗肉搏时他肯定行。”

二班长还是摇头："连长，我们又不是天天要肉搏，他真的连一发子弹都打不到靶子上，真是邪门了，就像枪和他有仇一样……我看还是把他放到炊事班吧。"

李茂才还想坚持："他真的有那么笨吗？"

二班长气呼呼地说："你要是不信，就到射击场去看看，我站在那里让他打，他就是打一百发子弹，子弹能擦着我的衣服角，我就要他了。这事真他娘的邪乎了，我还从来没见过有哪个兵连一发子弹都打不中的。你说他是个傻子吧，他什么都懂；你说他不是傻子吧，他怎么就这么笨呢？"

李茂才说："那我明天就到射击场去看看。"

第二天李茂才赶到了射击场，他走到了陈傻子的跟前，一声不吭地把他的枪拿过来，连任何依托都不要，就站在那里稳稳地端着步枪，推弹上膛，瞄准射击，一枪打在了靶子上日本兵的人中。这样的枪法，几乎是狙击手的水平了。周围的士兵们目光灼热地看着他，热烈地鼓起掌来。军队靠的就是实力，军事技术水平高，就有威信，反之，就只能让人看不起。他面无表情地把枪又递给了陈傻子："枪是好枪，没一点问题。打枪就这么简单，你打一枪给我看看。"

陈傻子趴在地上，把枪握在手里，涨得通红的脸上突然渗出了汗水，紧张得手都颤抖了，枪口晃个不停。

李茂才皱起了眉头："陈傻子，你紧张个什么啊，这又不是真的日本兵，你闭着眼睛扣扳机就是了。"

陈傻子回头看了一下连长，一脸可怜巴巴的神情："报告连长，我很笨，打不好的。"

李茂才朝他笑了一下，拍了拍他的肩膀，说："你别紧张，瞄准，然后扣扳机就是了，很简单的。"

陈傻子又趴在了地上，过了好大一会儿，他的手不再颤抖了，枪口也稳稳地指向了靶子，但等了半天，仍旧不见他击发。

李茂才有点奇怪地弯下腰问他："你怎么了，陈傻子？"

陈傻子扭过头看着连长，几乎要哭了：“报告连长，我忘了是闭左眼，还是闭右眼。”

李茂才愣愣地看了看他，射击训练已经十多天了，他居然连闭左眼还是右眼都不清楚，怪不得二班长总是抱怨这兵太笨了。李茂才的耐心彻底没有了，没好气地踢了他腿一下，声音很大地说：“你给我记住了，闭左眼！”陈傻子放下步枪，又把手伸到前面，比划起端碗吃饭的动作来了。周围的士兵们再也忍不住了，捂着嘴哧哧地笑了起来。李茂才真是快被气疯了，强忍着怒火，捏着陈傻子的下巴，把他的脑袋抬了起来，另一只手在左边晃着，咬着牙恨恨地说：“这边，你闭这边的眼睛，好不好？”

前后折腾了五六分钟，陈傻子终于开了一枪，那发子弹又不知道飞哪里了。他把枪放下，侧过脸看了看二班长，又看了看连长，露出了一脸讨好的笑容，喃喃地说：“我真笨，我真笨。”

李茂才在心里叹了口气，也许陈傻子真的不是块当兵的料子。他强压着心头的恼火，尽量装作平静的样子，淡淡地说：“你还是去炊事班吧。”

陈傻子垂头丧气地把枪交给班长，然后收拾了东西就去了炊事班，跟班里的弟兄们告别时，甚至还露出了他那一脸傻乎乎的笑容。士兵们还跟他开玩笑：“傻子，你可要做好饭啊，不要连米都倒不进锅里了。”陈傻子忙慌慌地说：“不会，不会，我能倒进锅里。”

几十年后，当我听完这个叫陈傻子的士兵的故事后，对李茂才说，是不是陈傻子也不知道自己天生不是块当兵的料子？

李茂才老人想了一会儿，点了点头，说，可能吧。连里的弟兄们总拿他开玩笑，时间长了，干脆连他的姓也省了，就直接喊他“傻子”了，他也答应得很干脆，从不生气。再苦再累的活儿，有没有长官在，他都一个样儿地干。有人要他帮忙，叫他一声就行，从不嫌脏嫌累。别人欺负他了，他也不生气，还是傻乎乎地笑。我们都没有见过像他这么老实的人。

但陈傻子还是一下子在师里出名了。

陈傻子最怕进讲堂。部队有时要请长官来讲一讲抗战形势什么的，每当这个时候，陈傻子就直直地坐在那里，军姿比谁都标准，但你怎么看都不像那么回事。他瞪着眼睛，使劲地盯着前面，但目光却很空洞，一脸茫然。往往上面还没讲五六分钟，他已经睡着了，他就有这个本事，头抬得直直的，眼睛也睁着，但他就是睡着了。冬天天气那么冷，他还能睡着。有次他竟然还打起了呼噜。那次我们师长讲得正来劲，听到呼噜声，脸色一下子沉下去了，问："这是哪个士兵？现在是什么时候？现在是民族存亡、人人都要为国尽忠的时候，居然有人能睡着？这是谁？"师长声音很大，但就是这，他还是不醒。我着急地做手势使眼色，让陈傻子旁边的人把他推醒了。他一激灵，竟然从凳子上摔了下来，全场哄地笑了。师长的眉头皱得更紧了。我们团长也是一员猛将，是师长的老部下，忙给师长解释："他是一个傻子，脑袋特别笨，什么都听不懂，但人很老实，也很能干。"陈傻子听出来是在说他，就好像长官是在表扬他一样，他朝着大伙嘿嘿地笑。师长摇了摇头，没再理他。时间一长，整个师都知道有这么个傻子了。

陈傻子已经勾起了我的兴趣，我很想听下去，但太阳快落山了，我们还要急着回市里，报社的司机已经等得不耐烦了，不停地在门外摁着喇叭，一点礼貌都没有。老人说，你还是走吧，小年轻等不及了。

我说，李老，那我明天还来，继续听你说陈傻子的故事。

老人说，好啊，我以为这些事情再也没人听了，会跟着我一起到棺材里去，谁知能有这么个机会，我很高兴，其实应该谢谢你。

我忙顺着竿子往上爬，说，李老，那你也应该讲讲你的故事嘛。

老人摆了摆手，我没什么事，我只答应给你讲讲陈傻子的事。你还是走吧，我也顺便到外面转转。

我以为老人是要送我，忙按住了老人，说不用送不用送。

李茂才的儿子说，我爹天天都要出去绕着村庄散步，就是刮风下雨也不间断。年轻时是跑步，现在只能走了，乡亲们都说是出操呢。

老人说，你别听人家瞎扯。我鞋带松了，你帮我系好。

儿子说，你不就是走会儿路嘛，松就松了吧，还系什么啊。

老人把脸一沉，哼了一声，说，你爹一辈子啥时候趿过鞋？

四

部队很快就被拉到了长沙会战的战场上了。

上尉连长李茂才若干年后才知道，第三次长沙会战，是中国军队打得最精彩也是最扬眉吐气的一次胜仗。

当李茂才带领第二连向长沙行军时，并不知道即将开始的就是一场恶战。

陈傻子也不知道，他担着两个放着蔬菜和大米的箩筐，如果不是身上那身军装，和乡下的老百姓没什么区别。他脸上还留着被做饭的烟火熏黑的痕迹，与汗水和在一起，变成了一条条灰不拉叽的道子，就像山上层次分明的梯田。那副担子可能有近百斤吧，压得扁担都弯了，但不知道是哪个兵偷懒，还把自己的枪让他背着。陈傻子很愿意给人背枪，再多也不嫌累。他没有枪，也许行军时能背背别人的枪也是一种安慰吧。李茂才甚至有点可怜他了，连枪都没有的兵，算是什么兵啊？真还不如回家种地去。陈傻子看见连长在看他，忙朝连长笑了笑。

李茂才忙把头扭向了一边，他对这个兵没什么恶意，但也绝对没有多少好感，他喜欢的还是能打仗的兵。士兵们都紧张地走着，脚步踏在十二月里干燥而冰冷的土地上，腾起了一股股尘土，没有人抱怨，也没有人欢呼。老兵们对即将到来的战争已经麻木了，而新兵们则充满了兴奋和激动，人人都有拼死的决心。李茂才自己也有，每次上战场，他都准备着战死。日军火力优势让他从来不敢心存侥幸，只要能杀死一个日本鬼子，他就觉得自己死得值了；杀死两个，那就是赚了，死了也能安心地闭上眼睛了。

日军开始进攻长沙了。

日军的大炮猛轰，飞机不间断地轰炸，硝烟弥漫在整个战场上，民房屋顶被炸到半空，瓦片和土块像雨点一样落下。房子烧起来，滚滚浓烟伴着被炮弹、手榴弹炸起的沙土，遮蔽了天空，几米之内连人都看不清了。整个二连被日军的火力彻底压制了，许多兄弟被倒塌的工事压在了下面。日军的火力凶猛，士兵们只能埋头趴在战壕里，被动地等着日军冲锋接近时才能伸出头来朝鬼子射击。伤亡到处都是，喊杀声、爆炸声、伤兵哀叫声响成一片。

一直到了下午两三点钟时，轰炸仍旧没有停下来的迹象。连部的传令兵奉命给各排传达命令，猫着腰在战壕里跑着，但跑出没有多远，一发炮弹落下，把他一下子炸到了半空，整个身子在空中就被炮火撕碎了，成了碎片的军衣像落叶一样被风吹着旋转落下来，上面溅满了斑斑点点的血迹。

李茂才眼前一阵发黑，这个传令兵才刚满十八岁……

正在这时，炊事班通过火线把饭送上来了。那些伙夫都是老兵，有的甚至打过十几年的仗了，只是年龄大了，体力跟不上了，才把他们放在了炊事班里。他们都是很能打仗的家伙，放下扁担，顺手从地上捡起一支枪就朝敌人射击。陈傻子手里拿着扁担，一会儿看看那些正在射击的炊事班的老兵们，一会儿看看其他士兵，子弹在他身边啾啾地响着，炮弹在身边爆炸着，他好像聋子和瞎子一样，一点也不知道躲避，一脸茫然地站在那里。他终于看到连长正趴在工事边用驳壳枪射击着，脸庞被硝烟熏黑了，只有两只眼睛还在闪闪发光，嗓子已经吼得嘶哑了。陈傻子眼睛一亮，终于找到事情干了，他慌慌张张地把手在衣服上蹭了蹭，弯下腰从筐子里拿出了两个馒头，跑到了连长跟前，带着一脸讨好的笑容把馒头递给了连长："报告连长，该吃饭了。"枪声炮声震得李茂才耳朵嗡嗡地响，根本就没有看到陈傻子，也没听到陈傻子的喊声。陈傻子有点不甘心，他向前边蹭了蹭，趴在了连长的身边，把脑袋凑到他耳边喊着，拿着馒头在李茂才的眼前晃动着。李茂才终于看见了馒头，他惊诧地扭过头，接着就看见了那张傻乎乎的脸庞，他肺都快被气炸了！他吼了一嗓子：“你他妈的在干什么？还不快给我杀鬼子！”

陈傻子愣了一下，慌慌地跑回来，把馒头放在筐子里，从旁边一个战死的士兵手里取下步枪，跑到工事边，使劲地朝敌人瞄准着……

敌人的攻势有点缓下来了，李茂才松了口气，刚要坐下来喘口气，又看见陈傻子仍旧趴在那里，一会儿闭左眼，一会儿又闭右眼，手里拿的枪抖个不停，不知道是害怕，还是紧张。不管是哪种，这种兵都是孬兵！李茂才的火气腾地就上来了，冲过去给了他一脚：“连枪都不会用的笨蛋，你给我滚远点！”陈傻子连看他都不敢看了，忙慌慌地放下枪，往后退了两步，尴尬地把手放在衣服上搓了搓，这才傻乎乎地朝连长笑了笑，喃喃地说：“报告连长，我也想杀敌人，可我不会用枪，我真笨，我真笨……”李茂才有点厌恶地瞪了他一眼：“你给我滚下去，别在这里烦我！”陈傻子愣了一下，又扭头看了看阵地，低着头走了回去，坐在了挑饭的担子旁边，一声不吭地盯着地面，谁也不知道他在想什么。

六十多年后，李茂才回忆往事时，还对这个傻子恨得咬牙。到处都是伤兵，躺在地上哀叫痛哭，这个傻子居然就像没听到一样，连去看看都不知道，就知道低着头坐在那里，好像他不是一个士兵，而是个被炮弹掀过来的木头桩子。每个士兵身上都有急救包，他要是真的有点用，他应该去帮那些伤兵简单包扎一下，实在不行，扶着人家说几句安慰人的话也行啊。那时我就真想一枪崩了他，我朝他吼了一声：“你他妈的不会帮帮受伤的弟兄们吗？”他愣了一下，好像受惊的兔子一样，立即跳了起来，跑到伤兵跟前就忙活起来了。他干得其实不错，他不会包扎，但他有股蛮劲，扛着伤员就往后面的野战医院跑，还别说，他那次还真的救了不少人。这个人其实并不是不好，就是有点傻，什么事你非得说了他才知道干；你不说，他自己绝对想不起来。踢一下，挪一步，说实话，我还真没见过这么笨的人。

部队在长沙守了三天三夜，第四天，日军的进攻更加疯狂。中国军队守军的工事已经全部被日军的炮火摧毁，近一人高的战壕被瓦砾填平，但部队仍然顽强地坚守在阵地上，士兵们只能趴在瓦砾堆上抵抗敌人。敌人一发炮弹落下，除了嚣张乱飞的弹片，还有令人厌憎的瓦砾碎片，它们借着爆炸的气浪猛烈地朝四处飞溅，击打到棉军装上，立即在棉军装上咬出了一个洞。如果是打在头部，它就有可能成为一颗子弹，夺去士兵的生命。伤亡越来越大，不断地有人倒下，而日军的攻势越来越猛。日军并不冲锋，就是躲在远处用机枪射击，用优势炮火轰炸。看不到敌人，只能被动地趴在瓦砾堆上等死，眼睁睁地看着一个又一个士兵被击中，蠕动着身子在血泊中挣扎、号叫，看着被炮弹击中的士兵连枪带着瓦砾被抛向半空，然后重重地落在地上……

这仗继续打下去，迟早会顶不住的。团长把头上的钢盔猛地摘下扔在地上，他解开衣领扣子，抓起了电话，要通了师长：“师长，这样下去，我的人就要被打光了！我准备弃守为攻了，我们全团准备集体冲锋！”师长说：“敌人的火力太猛，出击恐怕不行，反而会增大伤亡！”团长说：“师长放心，我亲自带队冲锋，宁愿战死沙场丢掉这条命，也不要这样白白死掉！大不了和敌人同归于尽，杀身成仁。我去把阎王的闺女娶过来！我已经考虑过了，也准备好了，我不会再向你请示了，也不会要你增援，你就当我们团全死光了！”师长还要说什么，团长就“啪”地挂了电话，命令各营连做好准备，听到冲锋号一响，全团出击。

号手吹响了冲锋号，同时，各营连的号手们也吹起了冲锋号。十几个冲锋号，悲壮凄凉，刺向长沙上空，枪声炮声都听不见了，耳朵里只有尖利的冲锋号声。每个人什么都不想，热血冲上了脑门，最胆怯的士兵也迎着子弹站了起来，受了轻伤的士兵摇摇晃晃地也要向前冲，躺在地上的重伤员艰难地蠕动着，嘴里也在喃喃地喊着含糊不清的杀敌声。官兵们纷纷地从瓦砾堆上爬起来，呐喊着朝敌人冲去，杀声震天，冲入云霄，仿佛要给天空捅个洞。

二连在一营长的带领下向前冲锋。

几十年后的李茂才已想不起这个营长的名字了，只记得他是山东人，个子高高的，说话粗声粗气，但很风趣，就是子弹在身边乱飞，他也能面不改色地和士兵们开着玩笑。李茂才说，这很重要。在战场上，官兵精神都很紧张，紧张到一定程度，就会产生畏惧心理，进而麻木，轻点的反应迟钝，严重的甚至会丧失勇气。一个优秀的指挥官，最重要的是能掌控官兵的情绪变化，想方设法地让他们松弛紧张心情。一营长就有这个本事，几句话一说，就把官兵逗笑了。

那次是一营长亲自带着三个连队反击，官兵们迎着呼啸的子弹向前冲着。李茂才看到一营长也边冲边射击，他愣了一下，冲了过来，拉住了营长："营长，你是指挥官，冲锋陷阵是我们的事情，你还是下去吧，我们能攻下来！"营长一把把他的手甩开了："别管我，带着你的弟兄们往前冲！"

但他们刚冲出不远，一营长突然倒地了。李茂才忙冲了过去，营长的胸前中弹，鲜血像箭一样地射了出来。一营长在地上滚来滚去，蓬乱的头发上沾满了树叶和尘土，一只手拿着枪，一只手紧紧地攥着一颗手榴弹。李茂才跪在他跟前，把他的头放在腿上，用衣袖擦去他嘴角汩汩地向外冒着的血花，着急地叫着："营长营长，你怎么样？"士兵们朝着这个方向冲向敌人，也借此挡着更多射过来的子弹。营长睁开了双眼，他想把手指指向敌人，但却只能稍微地向上抬了抬："不要管我，杀杀杀！"说完，喷出了几口鲜血，脑袋无力地垂了下去。

李茂才站了起来，他用衣袖擦去脸上的鲜血，大声地吼了起来："弟兄们，营长阵亡，他临死之前只留下一句话，要我们杀杀杀！弟兄们：上刺刀，杀杀杀！"一营官兵都吼了起来："杀杀杀！"他们打开明晃晃的枪刺，杀声震天地向敌人卷去！

这时，李茂才看到了陈傻子，他不知道怎么也跟着冲来了，手里还拿个扁担，脖子上青筋暴跳，扯着喉咙吼着"杀杀杀"地向前冲着。李茂才眼睛一阵湿润，这个傻子，拿着扁担又有什么用呢？他刚想把头扭过去，突然看见陈傻子一头栽倒在地上，扁担远远地甩了出去。李茂才的心扑通一沉，完了，这个傻子完了。但还没等他眨眼，陈傻子又站了起来，他茫然地四处张望，到处找他的扁担。李茂才吼了一声："傻子，从地上捡支枪！"陈傻子看了他一眼，又看了看地上，到处都是战死或受伤的士兵扔下的步枪。陈傻子弯下了腰，但他没有捡枪，而是捡起了两颗手榴弹，一扬手就扔了出去。李茂才愣了一下，眼前发黑。这个傻子，离敌人阵地还有七八十米，扔什么手榴弹啊，这下好了，肯定要伤着正冲在前面的弟兄了。他急忙抬起头去找那颗手榴弹，它高高地飞了起来，越过了无数正在冲锋的士兵的头颅，在空中划了一道优美的弧线，在七八十米外敌人的头上突然爆炸了！

李茂才愣了一下，这是在落点上空爆炸呀，很少有人能投出这样的手榴弹，这样一来，弹片散布面积更大，根本就无法躲避，你就是趴在地上，照样能在你的背上咬出一个洞来。李茂才还没醒过神来，陈傻子手中的第二颗手榴弹又投了出去，还是像第一颗一样，又是在落点上空爆炸！这两颗手榴弹下去，敌人的枪声立即稀拉了不少。陈傻子根本就没意识到他手榴弹的威力，还是不停地弯腰捡着手榴弹，向前投着，甚至连方向都没变。李茂才激动地追了过去，一边弯腰捡着手榴弹给陈傻子递着，一边用手指着冒着火光的日军机枪阵地大声地叫着："傻子，往这边投！傻子，往那边投！"陈傻子看着他，朝他笑笑，很听话地按着李茂才说的方向投着手榴弹，敌人的机枪一挺接一挺地哑巴了，一营官兵杀声震天地冲上了阵地！双方展开了白刃格斗，士兵们压抑多时的仇恨迸发出来，什么都不顾，哪怕日军士兵的刺刀捅过来了，仍旧扑上前去，把刺刀狠狠地捅进对方的身体，刺刀折了，就倒拿步枪，抡起枪托狠狠地朝敌人的脑袋上砸去……日军终于溃退了。

战斗结束了，陈傻子又去挑送饭的担子时，李茂才叫住了他："傻子，你就不要去炊事班了，到连里一起打仗！"

陈傻子愣愣地站在那里，过了好大一会儿才反应过来，他朝着连长笑了，脸有些红了，不好意思地说：“连长，我不会打枪，就会扔手榴弹……”

李茂才也笑了：“你不用打枪，就是让你扔手榴弹的。”

李茂才说，我就是从那时起开始真正喜欢他了。这家伙和枪好像有仇，但却和手榴弹很有缘分，能把手榴弹投到七八十米外，全团，甚至全师都可能找不到第二个！他从前没有投过弹，但你稍加指点，他就立刻掌握了投弹的要领，不但投得远，而且还很准。李茂才说，我真后悔，新兵训练时，先是训练队列、射击，一看他射击不行就把他赶到炊事班了，根本就没机会让他投弹，真可惜了一个好兵。

在接下来的两天里，陈傻子简直成了二连的英雄，只要敌人一上来，士兵们就把成堆的手榴弹堆在他身边，他也不知道累，闷着头一个劲地投掷手榴弹，偶尔朝着给他递手榴弹的士兵笑笑，别人也忙带着很佩服的神情朝他笑笑，他就投得更加有劲。敌人也很凶悍，成堆地往阵地上冲，但陈傻子的手榴弹一飞过去，他们就会慌成一团，因为他们根本没法躲。按照平常的经验，趴在地上就行，但陈傻子的手榴弹是凌空爆炸的，根本就没办法躲，威力甚至比一门迫击炮还厉害。二连这仗就打得轻松多了。谁也不知道陈傻子到底投出去了多少颗手榴弹，他自己也不知道，实际上他连一百个数字都数不到。

日军终于退下去了。

李茂才关切地问陈傻子：“傻子，是不是累了？要不，下去休息一下，弟兄们能顶住敌人的。”

陈傻子朝连长笑了一下说：“报告连长，我不累，就是胳膊有点疼。”

李茂才把他的手拉了过来。陈傻子的手上已经磨出了血泡，血泡又被磨破了，流出了血水。李茂才摇了摇头，心疼地说：“傻子，你看看你，手都磨成这样了，你怎么也不吭一声？”

陈傻子低头看了看，朝连长嘿嘿地笑了笑，说：“报告连长，我自己也不知道磨出血泡了，一打仗就什么也忘了，手不疼，就是胳膊有点疼。”

李茂才看了看他的手腕，有点红肿了，便说：“傻子，你把胳膊从棉衣里退出来让我看看。”

陈傻子很听话地解开了棉衣扣子，但他的胳膊却怎么也退不出来，他咬着牙，使劲地扯着棉衣袖子，但还是脱不掉。他好像又做错了什么，脸红红地看着连长，傻乎乎地笑着。李茂才过来帮他拽，但他使出了浑身的力气，也没能把他的胳膊退出来。陈傻子有点不好意思地说：“连长，不脱了吧，我胳膊又不疼了，你就不要看了吧。”李茂才说：“不行，如果肿得厉害，你得到医院看看。”最后用剪刀剪开了，周围的士兵们一下子愣住了，陈傻子的胳膊已经肿得像小腿肚一样粗了，整个胳膊像烧熟了一样红彤彤的，皮肤因为虚肿而变得薄而透亮，仿佛吹口气就能把它吹破了。李茂才他们吃惊地看着陈傻子，胳膊肿成这样了，他居然眉头都没皱一下，也没吭一声。陈傻子很真诚地看着连长，大大咧咧地笑了：“报告连长，我现在真的不疼了！”

这个傻子啊！

李茂才说到这里时，眼睛里已经有泪花在闪烁了，他在使劲地克制着，不让它们流出来。军人都想让自己看上去坚强一些，他虽然是个老人了也不例外。李茂才说，那天我听陈傻子这么一说，泪水就哗地涌出来了，多么好的士兵啊，我们忽视他，甚至故意欺负他，他从来都没吭过声，甚至再恶意地对待他，他都不记仇。我们一直拿他当傻子，他也笑呵呵的，实际上他才是一个真正的士兵！

李茂才说，我们以后还是喊他傻子，但含义已经完全不一样了，是一种昵称了。包括我们长官在内，全连的官兵们都很尊重他。我也觉得从前亏欠他的太多，根本就没把他当过一个真正的士兵，谁都看不起他，这对一个军人来说，是件非常耻辱的事情。大家心里想的和我一样，行军时都不让他背枪了。傻子饭量大，有时饭不够了，别的士兵也都假装自己吃饱了，尽量让着傻子。军队就是这样，只要你能打仗，你就是瘸子瞎子，也不会有人看不起你的。那时我还在心里想，以后他有任何要求，我都会满足他的。

但我没想到的是，打完长沙会战后，陈傻子碰到的第一件事需要我做主时，我就拒绝了他。陈傻子也没别的要求，他就想收养一个两三岁的小孩子，可这哪行啊？我们是来打仗的，又不是开保育院的。你说说，我能答应他吗？说到底，也只有傻子才会有这样的念头……

五

长沙会战胜利结束，我们团长被晋升为少将师长，我们军被命名为“泰山军”。

尽管是个胜仗，但官兵们心情都不是很好，因为弟兄们伤亡太大，而日军仍旧源源不断地从北方开来，伺机发起更凶猛的攻击，他们就像夏天繁殖迅速而又无处不在的苍蝇一样挥之不去。一天不打败鬼子，我们就一天也睡不好觉。李茂才说，那时官兵人人都知道这场战争事关整个民族生死存亡，所以弟兄们打得都很英勇，大都抱了必死的决心，宁愿和敌人同归于尽，也不愿苟活。我们后来孤军守卫衡阳四十七天，到最后弟兄们没有一个放弃阵地的。

老人说着，眼中泪花闪烁——他又回到了那个战火纷飞的年代。

部队奉命撤出长沙。第二连走在长沙破烂的街道上，到处都是死伤的平民，到处都是悲痛的哭声。这对军人来说，看到的听到的都是折磨，无法保卫家园，对军人来说是种耻辱。第二连的士兵们都低着头匆匆走着，尽量不去看那些尸体和痛哭的百姓。队伍就要走出长沙了，这时他们就看见了那个小男孩。

在一间倒塌的民房前面，一个妇女被炸死了，鲜血已经凝结成黑色。她瞪着眼睛，无神地盯着天空，身上趴着一个两三岁的小孩，呜呜地哭着。小孩身上的棉袄已经破得不像样子，露出了肚皮和胳膊，鞋子也不见了，脚丫冻得像胡萝卜。他的嗓子已经哭哑了，但还是一个劲地摇着母亲，喊着“妈妈”。嘶哑的声音像锯齿一样来回在士兵的耳朵里钻来钻去，他们站在那里，看看那个小孩，又忙慌慌地把头扭开，去看天上飘着的云彩。李茂才的鼻子有点发酸，但他能有什么办法呢？他摇了摇头，说："走吧，我们走吧。"队伍又开始向前蠕动了，谁也没想到，陈傻子突然就跑了出来，他把身上挑的担子放在一边，解开了棉军装的扣子，把小孩抱了起来，紧紧地贴着自己的胸口用棉军装裹了起来。那个小孩瞪大眼睛看着他，使劲地朝棉军装里面缩了缩，竟然不再哭了。

第二连的官兵都愣在那里，都以为陈傻子只是抱抱这个小孩，但他们没想到的是，陈傻子解下了背包，把一个箩筐里的锅碗盆勺拿了出来，背在了身上。他把自己的被子铺在了箩筐里，把小孩放了进去，紧紧地裹了起来。

连长李茂才张大了嘴巴看着他，愣愣地问："傻子，你这是干什么？"

陈傻子咧嘴笑了："他挺可怜的，我想收留他。"

李茂才低头看了看那个小孩，小孩眨着眼睛看了看他，又看了看陈傻子。小孩的眼睛大大的，睫毛长长的，这是一个很漂亮的小男孩，李茂才也很喜欢，但到处是战争，军队怎么能带着一个孤儿行军作战呢？李茂才把脸扭向一边，他硬起心肠，口气很坚决地说："傻子，你把他放下！"

陈傻子困惑地眨了眨眼睛说："报告连长，他家的房子塌了，母亲死了，你让我把他放在哪里？"

李茂才说："你从哪里抱的还放到哪里去。你是一个军人，这事不用你操心，地方政府会来照料这些孤儿的。"

陈傻子朝四周张望了一下，破败的长沙城，除了哭声和冰冷的寒风的呜呜声，宛若一座死城，他朝连长笑了笑说："连长，地方上管事的人都跑掉了，谁知道他们什么时间能回来啊。要是没人管他，这个小家伙恐怕连今天晚上都活不过去了！"

李茂才知道他说的是实话，如果把这个小孩留在这里，他肯定熬不过这个晚上，不是饿死，就是冻死。但他还是有点生气了，这个傻子真是个木头呆子，怎么这么认死理呢？你是一个军人，是在战场上杀敌的，不是收留孤儿的。李茂才瞪了他一眼："傻子，这不关我们的事，我们是军人，只要打好仗就行了。"

陈傻子弯腰挑起了担子，小孩左右张望，坐在箩筐里让他感到好奇。陈傻子抬起头对连长说："你总是对我们说，我们军人要不怕死，尽职责，我们是为民族生死存亡而战。人民遭苦受罪了，我明明知道，我要是不救他，他就要死掉，你说我该不该救他？"

说完，甩开脚步就走了起来。

李茂才愣了一下，这个傻子不是最怕听长官训话吗？他连师长讲话时都能睡着了，自己随口说的这几句话，他怎么就记着了？他说的是有道理，但还是不能让他这样做，这会给连队的行军作战带来很大的麻烦。李茂才忙追了上去，很诚恳地看着他，认真地说："傻子，你很善良，心眼好，我没意见。但我问你，咱们随时要打仗，你也知道，一打仗你就不能在炊事班待着，要到战斗班里投手榴弹，那这个小孩怎么办？战场上枪弹无眼，要是伤着了他怎么办？"

陈傻子一下子愣了，他张着嘴巴瞪着眼看着连长，嘴巴嚅动着："这，这个，我，我没想过……"

李茂才叹了口气，他想了一会儿，说："傻子，你看这样行不行，咱们到了下一个驻地，如果是城镇，就送到专门收留孤儿的地方；如果有老百姓愿意收养，咱们就送给人家养着，你看行不行？"

陈傻子皱着眉头，看了看那个小孩，又看了看连长，最后使劲地点了点头："连长你真好，我听你的。"

李茂才笑了，这个傻子，虽然有点倔，但你不得不承认，他傻得可爱。

陈傻子给那个小孩起了个名字叫"丢儿"，就跟他的"傻子"一样简单可爱，二连的士兵们也都这么叫了。他还逗着让那个小孩叫他"爹"，小家伙竟然也这么叫了，陈傻子一听到，就欢喜得不行，把小孩高高地举起来，然后再抱在胸前，用胡子去扎小孩的脸蛋，小孩被逗得咯咯地笑。陈傻子的举动很快感染了所有的官兵，大家没事就聚在他们周围，争着带那个小孩玩，开心的笑声让每个人的心情都充满了阳光。这在随时都有可能战死的冰冷现实里，多了一丝难得的温暖。陈傻子这时最开心了，他坐在一边，笑呵呵地看着大家，目光不时地落在小孩的身上，慈祥得真像一个父亲了。

李茂才坐在不远处看着傻子，突然有点不安，全连士兵的情况他差不多都摸了一遍，哪个士兵家里有什么人，有什么经历，他了解得八九不离十了，但偏偏是这个陈傻子，他到第二连已经一年多了，但他连他家里有多少人、父母在不在都不知道。李茂才觉得自己这个连长亏欠这个士兵太多了，他走过去挨着陈傻子坐了下来，问："傻子，想家不想？"

陈傻子愣了一下，看了看连长，又抬头看了看远处苍茫的群山、寂寥的天空，脸上露出了迷茫的神情，喃喃地说："报告连长，我很想家。"

李茂才笑了一下，又问："你家里都有什么人？"

陈傻子开心地笑了："报告连长，我有爹有娘，还有两个哥哥，两个弟弟。"

李茂才说："傻子，你被兵贩子弄到部队里来，你爹妈舍得吗？"

陈傻子想都没想就说："舍得。我们家里穷，我第一次当兵时，就是部队从我们村庄过，我爹说，到部队有口饭吃，你到部队去吧。我就跟着他们走了。第二次当兵时，兵贩子到我们家说，如果我去替我们镇长的儿子当兵，可以给我们家很多钱。我爹一下子就答应了。"

李茂才愣了一下，说："你爹你妈没难过吗？"

陈傻子说："他们不用难过。我能到部队找口饭吃，家里还能得到钱，这样的好事到哪里去找？"

李茂才说："你爹你妈没想过你有可能会战死或者被打残废吗？"

陈傻子说："报告连长，他们想过没想过我不知道。我死了也没啥，我家兄弟多，他们都比我聪明，他们会给我爹我娘养老送终的。”他盯着自己的脚看了一会儿，抬起头看着李茂才，又很认真地说，“连长，你放心吧，我也不会被敌人打残废的，如果这样的话，我就身上别上两颗手榴弹和他们一起死，反正我不会残废着回家拖累我爹我娘他们的，我们家穷，会养不起我。”

李茂才呆呆地看着陈傻子，心里有点发酸，他很真诚地看着陈傻子，低低地说：“傻子，你放心好了，我不会让你死掉的。把日本鬼子打出中国了，你会完完整整地回到家里的。你如果不想回家，就跟着我，有我吃的，也就有你喝的。”

陈傻子看着连长，摸了摸头发乱得像杂草一样的脑袋，说：“连长，你对我真好。”

天空中飘起了雪花，雪越下越大，越积越厚，很快没到了膝盖，士兵们艰难地从雪中拔出腿，再落下去时，又深深地陷了进去。整个大军像条在雪地中慢慢蠕动的蚯蚓，艰难地行走着。士兵们的体力消耗都很大，陈傻子再有力气，身上背着几十斤重的炊具，挑着近百斤的担子，也有点吃不消了，粗浊的白气不停地从口中呼出，走得踉踉跄跄。风雪很大，那个坐在担子里的孩子小脸被冻得通红，尽管陈傻子用棉被把他捂得严严实实，但露出来的鼻子和嘴巴上还是结了一层冰。更严重的是，小孩开始咳了起来。

陈傻子不得不面对一个严重的事实：他必须把这个小男孩留下来。

李茂才找到陈傻子商量这事时，陈傻子愣愣地看了看连长，又看了看那个小孩，小孩的脸颊红彤彤的，有些地方已经发暗，那是即将长出冻疮的迹象。大军每天都在辗转行军，陈傻子也清楚他不可能再带着这个小孩到处跑了，如果继续这样下去，会拖累连队的。陈傻子眨了眨眼，看了看连长，喃喃地说：“那就把他送人吧……但要找个好人家，别像我们家那样穷就行了……”

李茂才长长地松了口气，忙说："这是当然的，你放心好了。"

小孩最终留在了当地一个大户人家里。李茂才带着陈傻子到了那家，那是个四十多岁的男人，已经有了几个子女，李茂才有点担心他不肯收留，给他讲了情况，并说，如果他不想收留，就麻烦他想法送到政府收留孤儿的机构，就算帮抗日大军的一个忙。那个男人倒很乐意，说你们放心，各位将士在前方卖命打仗，我们这些小老百姓为大军做点事也是应该的。这个小孩就留在我这里，我一定会把他养大成人。

多年之后，李茂才说，那时老百姓真的对我们很好，也愿意帮助军队做点事。我们当然也很感激他，要留下一些钱作为抚养费，他不但说什么都不要，还要让我们留下来吃顿饭再走，说是聊表敬军心意云云。我们当然不能在他那里吃饭了，我向他道了谢，给陈傻子使了个眼色，准备告辞了，但陈傻子看了看我，又看了看那个男人，磨磨蹭蹭地不肯走。我瞪了瞪陈傻子，他愣了一下，怯怯地缩了缩脖子，慢慢地跟着我出了门。看样子他和那个小孩是有感情了。那个小孩也很乖，就站在那里，皱着眉头，睁大眼睛看着我们，目光里恋恋不舍，但不哭也不闹。陈傻子的泪水在眼里打着转。我怕再待下去，他又后悔了。这个傻子，脾气也像驴子一样倔，他要是后悔了，我还真没办法，就催着他快走。他终于还是没能忍住，泪水淌了出来，他抹了一把泪，又跑回来对那个男人说："老爷，我求你一件事……"我有点哭笑不得，他是个军人，那时我们这些抗日军人在老百姓中威信很高，哪里有军人向别人喊"老爷"的道理？那个男人果然被吓了一跳，一个劲地冲着陈傻子摆手："小兄弟你千万不要这么称呼我，你们为国家流血牺牲，让我们这么称呼你们才是。你有什么事，尽管给我说，我一定答应你。"陈傻子脸涨得通红，低着头，声音像蚊子一样低低地说："我喜欢这个孩子，我想打完仗把他带回老家。你能不能帮我写个字条，把你们的名字，还有你们村庄的名字写下来，我将来来找你们。"我吃了一惊，想不通这个傻子怎么会有这么个想法，他竟然还想到了那么远？好在人家通情达理，满口答应了，回屋一会儿就把字条拿过来了，让他放心，他随时都可以把孩子带走。

我们一起向村外走着，我问陈傻子：“你将来真的要回来把他领走？”

陈傻子点了点头，说：“连长，他没爹没娘了，怪可怜的，我想把他养大，我会对他很好的。”

我抬起头来，望了望远方，天地间一片白茫茫的，干枯的树枝无力地伸向天空，偶尔有一两只麻雀匆匆地划过天空。我心里有点沉重，但愿这场可恶的战争快点过去，让陈傻子能真的带着这个孩子回到老家。

李茂才说，陈傻子回到连队，又把那张字条掏了出来，仔仔细细地端详着上面的每一个字，不时地露出开心的笑容。他根本就不识字。我看过那张字条，那一家人并没有骗他，地名和人名写得清清楚楚。陈傻子把那张字条整整齐齐地折好，把棉衣拆开，把那张字条塞了进去，又把棉衣缝了起来，然后用手捏了捏，好像恐怕它跑掉了一样。他抬起头，看见了我，有点不好意思地朝我笑了笑。我也朝他笑笑。我觉得这是一件好事，他活着有目标了，也就有了奔头，这会让他很充实的。我那时做梦也没想到，第二连的弟兄一个不剩地全死了，陈傻子也死了，就我一个人活了这么长时间，成了一个糟老头了还活着……

回忆往事，李茂才已经泪满流面：“我这个最好的傻子士兵最后还是战死了，他死得惨啊，连一块骨头和肉都找不到了……”

六

一到衡阳，连长李茂才就把陈傻子编入了步兵第一排。他现在是一名真正的士兵了，当然得有支枪了。陈傻子拿到那支枪，咧开嘴朝连长笑了，他低头看着那支枪，那是支从日军手中缴获的“三八”大盖，几乎是新枪，刺刀铿亮，枪身也比“汉阳造”长一点，看上去更结实，子弹的穿透力也很强。连队这种枪不多，但考虑将来有可能肉搏，陈傻子有力气，能更好地发挥它的威力，所以李茂才就让他扛了这支枪。陈傻子抚摸着枪托、枪身和刺刀，眼神迷离又激动。

李茂才笑着说：“傻子，武器就是军人的第二生命，你可得把它保护好啊。”

陈傻子紧紧地握着枪，“啪”地朝连长敬了个礼：“报告连长，人在枪在，除非我死了，谁也别想从我这里拿走这支枪！”

陈傻子高高兴兴地走了，一边走着一边端详着那支步枪，目光里都是欣喜。走了一会儿，他看看四周，确信周围没人，突然跨开大步，向前猛地一刺，然后又回头向后刺，接着干脆挥舞起来。舞了一会儿，他又把那支步枪紧紧地抱在了胸前，仔细地抚摸着，一个人站在那里嘿嘿地傻笑着。

衡阳保卫战很快就打响了。

六十多年后，李茂才坐在老家的屋檐下晒着太阳，回忆着衡阳之战，浑浊的泪水缓缓地流了下来：“那一仗打得太惨了！弟兄们外无援军，内无粮弹，就是盐水泡饭吃着，还得到敌人身上搜集弹药，但就是这样，弟兄们坚持了四十七天！你知道衡阳之战吗？”

我已经知道了。我在前一天回到市里以后，就赶紧上网搜索了有关衡阳保卫战的资料。在衡阳保卫战中，中国军队第十军以一万八千余人的兵力，被两个师团的日军包围在小小的衡阳，激战四十余天。八月一日，日军集结了约五个师团的兵力猛攻，日军第十一军司令官横山勇由长沙飞赴衡阳亲自指挥攻城。他给各师团长下了死命令：必须在三日内攻下衡阳，否则一齐在前线剖腹自杀。但事实上，中国军队第十军一直血战到八月八日十一时才告失败。

第二连连长李茂才亲身经历了整场战役。

在近一个月的战斗中，第十军死守阵地，与日军反复争夺着每一寸土地，以连为建制地与敌人同归于尽者不在少数。

衡阳的防御圈还是越来越小了。

日军集中了两个师团，轮番地向中国军队的阵地冲锋。在激战中，中国军队坚守的城西西禅寺被日军攻破。一营奉命收复西禅寺据点，营长亲自指挥。冲锋号一响，士兵们跃出了战壕，呐喊着向西禅寺冲去。日军的机枪吐出了一串串火舌，后方的日军也拼命地打着排炮，炮弹像冰雹一样落在周围，腾空的泥块雨点般地砸了下来。一营的士兵打得英勇顽强，前面的倒下来了，后面的继续冲锋。眼看就要接近了西禅寺，谁知又进入了雷区，地雷密密麻麻，几乎每脚都能踩响一颗。在密集的弹雨中，在一颗接一颗的地雷爆炸声中，第十军士兵们一个一个地倒下去了。

团长在指挥所里用望远镜看着，急得嗓子都哑了，吼着让一营快冲。他话音还没落下来，敌人的一发炮弹打了过来，只听轰隆一声，树枝劈里啪啦地折断着，烟尘蒙住了双眼，就像许多人把他抬了起来，又重重地摔了下来。当他清醒过来，这才发现弹着点就离他们五六米，他和参谋长被推出了几尺远，弹片把他的裤子穿了好几个小窟窿，浑身全是土。卫士的右腿被弹片削去了一大片，骨头也露出来了，坐在那里捂着伤口，两眼瞅着团长说："团长，我走不动了！"

日军的炮火猛烈地轰击着，整个阵地弥漫在硝烟中。团长刚从地上爬起来，只见一个士兵跌跌撞撞地顺着战壕跑了过来，脸上被硝烟熏得黑黑的，身上到处是鲜血，看到团长就哭着喊："副师长死了，副师长死了！"副师长是在师指挥所看到一营攻击受挫，就带着卫士猫着腰顺着战壕跑了过去，在离一营指挥所三十多米的地方，日军的一排炮弹打了过来，一发炮弹正好落在他的身边，他当即就倒在了血泊中。

团长脸上青筋毕露，眼里冒火："参谋长，你带二梯队给我冲！"

日军的炮弹像冰雹一样落下来，砖瓦石块乱飞。第二连在参谋长的带领下，呐喊着冲了上去。快要接近日军阵地时，参谋长突然一愣怔，右脚好像踩在了沙发上，只觉得地皮猛地一软，一阵咝咝的弹簧声随即从他脚下钻出来。他像被钉住了一样,两脚再也不敢移动了。参谋长知道自己已经踏上了日本造的“王八雷”。这种地雷很危险,为了增多踏响的机会,导火机构的形状就像一个大大的老鳖盖,在盖子下面装有弹簧,当你踏上的时候,它并不立即发火,只要你一抬脚它就爆炸了。

连长李茂才叫了起来:“参谋长,你怎么了?”

参谋长大声地说:“走开!走开!我踩着地雷了!”

李茂才忙慌慌张张地向他跑过来,参谋长吼道:“你找死啊,快给我滚开,快去杀敌!”李茂才正在犹豫,参谋长向前一扑,地雷爆炸了……

李茂才带领第二连冲上了西禅寺,白刃肉搏开始了。听不到了枪声,听不到了炮声,甚至也听不到了士兵们的喊杀声,眼睛里都是亮闪闪的刀子,都是呛鼻的火药味,浓烈的血腥味。陈傻子端着步枪,但他根本没有了刺杀的动作要领,他把刺刀当大刀挥舞着,刺刀被碰撞得到处是缺口,他干脆把步枪倒拿过来,用枪托狠狠地砸向鬼子戴着钢盔的头颅上。枪托砸断了,他从腰里掏出了一颗手榴弹高高地举了起来,不但是他对面的敌人,就连李茂才也吃了一惊,双方混战在一起,这个傻子怎么想起要用手榴弹呢?鬼子惊骇地看着他,他跳过去,手榴弹狠狠地砸在了他们的脑袋上了。陈傻子一抓到手榴弹就像变了一个人,手榴弹仿佛成了他身体的一部分,他灵活地跳动着,狠狠地朝鬼子砸去……

敌人溃退了,残敌拼命奔上西关的大石桥。李茂才带领第二连猛打猛冲,大石桥上到处都是中弹鬼子的惨叫和挣扎,有些鬼子慌不择路地往河里跳,也被打死在河中。不一会儿,约有一百多具尸体从西到东横七竖八地盖满了大石桥。周围寂静下来了,桥上的血水淌到河里,河水很快殷红一片。

二连只剩下四十多人了,个个都成了血人,只有两只眼睛还在闪闪发光。陈傻子的手掌上皮肉已经翻起来了,整个手被鲜血染红了。

士兵们疲倦地靠在战壕里，无精打采地低着头，脸上带着大战过后的茫然。陈傻子好像还有使不完的劲，他用纱布把手包扎好，就开始跑来跑去，不停地整理着弹药。有人就说："傻子，你也歇歇吧。"他忙朝人家嘿嘿地笑了："我不累，真的，我一点都不累。"李茂才心里有点感动，他们经历过无数次这样的战斗，没什么好怕的了，但对陈傻子这样没上过几次战场的人来说，这是很难得的。抱着必死决心的军人，没一个人不会打仗的。李茂才说："傻子，你的手怎么样？"

陈傻子低头看看自己的手，然后朝着连长咧开嘴笑了："没事，就是一点皮外伤，它自己会好的。"说完，还抡了抡胳膊。

电话线架起来了，师长直接把电话打到了二连，告诉李茂才："西禅寺是衡阳的第一道大门，敌人一定会拼命把它夺回去，守住这个据点比攻下来更困难些。你们对此要有个思想准备，抓紧时间改造工事，坚决守住它。"

李茂才立即指挥士兵紧张地改造工事，到处都是石头、水泥，铁镐铁锹一下去就冒火星。工事还没有全部完成，日军又开始对西禅寺据点进行猛烈反扑，敌机也来轮番轰炸、扫射。

天气炎热，砖块石头晒得烫手，炮弹爆炸后的硝烟、掀起的尘土，再加上汗水，把每个士兵的脸都染得黑黝黝的。最后连汗水也没有了，脸上只有一层白白的薄薄的盐霜，用手一抹就像细细的沙粒，皮肉钻心地疼。空气中弥漫着硝烟和干燥的尘土，呼吸起来，就像是一把沙子灌进了气管，士兵的嘴唇像熟透的桃子，不停地崩裂着，血一流出来，就在原处结成了干痂。最要命的是没有水喝，士兵们的喉咙干得像要冒火，连咽口唾沫都困难，不少士兵在战斗中昏倒。由于敌炮的轰击，西禅寺几乎变成了一座孤岛，后边部队组织了几次送水，都被敌人的炮火拦了下来。

日军被打退了，但他们稍加整顿，又开始了新一轮的猛烈轰击。陈傻子看见旁边一个士兵被炸伤了，忙跑过去，打开自己的急救包，那个伤兵却推开了他的手："水……水……给我水……"

“有！有！”陈傻子慌慌地摘下水壶，摇了摇，没有水。但他还是把空水壶对在伤员的嘴上。伤员感到水壶是空的，壶嘴也是热乎乎地烫人。他有气无力地用手推开了水壶，仍旧小声地说：“水……水……”

陈傻子急得眼里冒火，一点法子也没有，只好伸手在战壕里的阴凉处，用手挖开表面的碎石块，抓起了一把多少有点凉气的沙子，准备捂在伤员的嘴上，他希望这点湿润的凉气能够对他稍微有些帮助，但他手里的沙子刚接触到伤员的嘴，伤员的脖子一软，脑袋耷拉下来了。陈傻子眼里充满了悲伤，他眼泪汪汪地转身看着连长，喃喃地说：“又走了一个……”

李茂才看着陈傻子，心里一阵发酸，低低地说：“我们从当兵那天起，注定迟早都要死的。就是死，连长也会和你们死在一起的。傻子，你怕不怕死？”

陈傻子摇了摇头：“连长，你放心吧，我会和你死在一起的！”

李茂才笑了笑，说：“傻子，别想那么多了，能不死，我们就不要死，多活一刻就能多杀死一个鬼子，杀敌越多，我们才死得越值。”

陈傻子使劲地点了点头：“连长，你说的我都懂，我不怕死，但我能多活一会儿就多活一会儿，多杀鬼子为弟兄们报仇！”

李茂才扭过头，几乎要落泪了：他根本就不是一个傻子，他是一个真正的士兵！

衡阳已经完全变成了一座臭城。城里城外的尸体很快膨胀发臭，吸引了无数绿头苍蝇，它们嗡嗡地叫着，声音铺天盖地。没有弹药了，二连就让一部分人掩护，一部分人爬到敌人的尸体旁，把他们身上的弹药取过来。他们刚猫着腰跑到大石桥，就踩上了已经膨胀发臭的尸体，脚再拔出来时，绑腿上都沾满了腥臭的稀泥一样的东西……

讲到这儿，李茂才喃喃地说，我当兵以来，打了那么多仗，从来没有经历过像衡阳保卫战那么惨烈的战斗……都死了，打到最后，我们的人都死了！

那是七月十八日。

日军先后有一名师团长和旅团长战死，日军杀红了眼，把火炮推到中国军队阵地前百米左右射击。陈傻子和士兵们一道投弹，旁边专门有个士兵给他揭手榴弹盖都供给不上了。敌人的火炮终于被打掉了，攻势弱了下来，但中国军队支援的部队依旧没有上来。李茂才让剩下的人补修工事，并命令把手榴弹集中在一起让陈傻子使用。他还没有布置完，敌人又一轮攻击开始了，炮弹从头上飞过去，机枪子弹也在头顶上嚣张地叫着，抬不起头，也没法动弹。李茂才回头看了看衡阳城内，到处是呼啸的枪弹声和漫天的硝烟，几十米外什么都看不到了，他已经不再指望硝烟中能冲出援军来了。脚下到处是鲜血，到处是死去的士兵，李茂才倚在战壕边，他默默地数了数，包括伤员在内，大概只剩下二十来名士兵了，弹药已经没有多少了。整个阵地被日军的炮火轰击得连一棵小草都找不到了。二连已经没有力量守住阵地了。李茂才掏出一支烟，狠狠地抽了两口，甩掉了烟屁股，瞪着血红的眼睛看着剩下的二十来名士兵，低低地说："弟兄们，今天就是咱们拼死的时候了。把枪里的子弹全部打完，上好刺刀，准备和鬼子肉搏！谁也不许自杀，要死就和鬼子一起死，杀死一个鬼子够本，杀死两个就是赚了！弟兄们，有没有拼死的决心？"

二十来名官兵一齐低低地吼道："有！"

李茂才让大家先不要开枪，等到鬼子距离三十多米时，已经清清楚楚地看到他们黑压压的钢盔时，几十个手榴弹一齐甩了出去。但鬼子仍然往上拥着。枪里子弹打光了，李茂才大喊道："弟兄们，上刺刀，冲上去和小鬼子拼了！"

士兵们打开了刺刀，端着步枪，冲出了战壕，呐喊着扑向敌群。敌我混在一起，双方展开了肉搏，阵地陷入了一片混乱，到处都是惨叫声、喊杀声……

李茂才说到这儿，突然问我："你知道肉搏时是什么样子吗？"

我摇了摇头。我想象不出，战争离我是很远了。

李茂才说，肉搏时一点都不可怕。最害怕的时候是在战前和战后。战前都不知道结果如何，脑子里总是晃动着血肉横飞的场景，越想越害怕；一场大仗过后，精神松弛下来了，再去看战场，遍地死尸，许多熟悉或者不熟悉的弟兄都死掉了，自己侥幸活了下来，但下一次可能就没这么幸运了，这时也会害怕。真要面对面地肉搏了，反而什么都忘了，闷着头杀吧，一刺刀捅进敌人的身体，再拔出来对付下一个。有时自己挨上一刀了，都不知道疼了，有些可能还是重伤，比如大腿上被捅上一刀，要是平时，早就躺下来了，那时反而还真没事，根本就感觉不到疼痛，甚至有时连自己受伤了都不知道，还能照样拼刺刀。那次肉搏，弟兄们很英勇，都杀红眼了，真是分不出敌我了，一个人端着明晃晃的刺刀朝你冲过来了，你举起枪要迎战时，却发现那是自己的弟兄；旁边一个人踉跄着要倒下去了，你以为是自己人，刚要伸手拉他一把，却发现是戴着钢盔的鬼子。手榴弹也扔来扔去，不知道是自己人扔的，还是鬼子扔的，突然一团火光在我面前一闪，感觉到那些弹片嘶叫着向我扑来，我还没反应过来，就倒了下去，接着就什么也不知道了……

等到李茂才再醒过来，阵地上只剩下陈傻子一个人在闷头厮杀着，身上脸上溅满了鲜血，他根本就顾不得去擦一下，喉咙已经嘶哑了，但仍旧在喊着“杀杀杀”，挥舞着步枪和剩下的三四个鬼子搏斗着。李茂才想站起来，却动弹不了，他艰难地扭过头，地面上千疮百孔，到处是弹壳和刺刀、破烂的枪支，遍地尸体。李茂才的脑袋嗡地响了一下，血管几乎要爆裂了，空气中的硝烟和血腥味几乎让他窒息了：二连的弟兄全部战死了，甚至连一个蠕动的伤兵都没有。陈傻子仍旧在闷着头拼杀着，他刚刺倒了一个鬼子，另一个鬼子的刺刀捅进了他的腰里。李茂才张开嘴巴想呼喊他，嘴里冒着血沫子，什么也喊不出来；他想伸出手，胳膊却软软地耷拉在一边。他的胸口也在汩汩地流着鲜血。他把手放在上面，想堵住那些伤口，但那些滚烫的鲜血很快就渗过指缝，染红了整个手掌。突然，阵地上又冒出了一片黑压压的钢盔，李茂才有点蒙了：敌人又上来了？完了，二连完了，陈傻子完了，我也要完了。他刚要闭上眼睛，突然吃惊地看到那些戴着钢盔的部队端着枪向鬼子捅去……

那是三连丁排长带着二十多名士兵上来了。陈傻子从一个鬼子身上拔出步枪，他直起腰，吼了一声，瞪着血红的眼睛，向着那个丁排长捅了过去。丁排长吃了一惊，忙用手里的步枪把陈傻子的刺刀格开，冲着他叫了起来："陈傻子，你他妈的看看我是谁？"

陈傻子跌跌撞撞地站住了，听到那个排长的喊声，愣了一下，端着步枪呆呆地看着他，然后又扭头看了看周围那些士兵，突然嘴巴一咧就哭了起来，他边哭边骂："你们这帮怕死鬼，敌人攻上来了，你们都跑了，现在敌人全死了，你们又回来了！你们平常说杀敌报国，一打起来就跑了，你们太不要脸了！"

李茂才叹了口气，陈傻子杀红了眼，把丁排长他们当作二连的弟兄了。他想招呼陈傻子，他嘴巴嚅动着，冒出的依旧是血沫子，他什么也说不出来了，甚至都没人看到他，他一身鲜血躺在尸体中，和那些战死的士兵没什么区别。

丁排长走到陈傻子跟前，拍了拍他的肩膀："傻子，你不要骂了，我是三连的。你可以下去了，我们来守阵地。"

陈傻子瞪大眼睛看了看丁排长，揉了揉眼睛，又盯着丁排长看了一会儿，有点奇怪地问："你真的不是我们二连的，你怎么来了？"

丁排长说："你们二连的弟兄都是好样的。你还是下去吧，这里就交给我们了。"

陈傻子急了："不可能，他们怎么会全死了？"

说完，陈傻子慌慌地向四周张望，到处都是二连官兵和敌人的尸体，整个阵地散发着刺鼻的硝烟味和血腥味。他跑到一个士兵尸体前，把他的头抬了起来，放在膝盖上，用袖子给他擦去满脸的污血，哭着喊着那个士兵的名字："陈小虎，是我啊，你怎么了？你醒醒啊。"

陈傻子在阵地上来来回回地跑着，几乎把每个士兵的尸体都看了一遍。二连的确没有一个活着的了，就连二班长也战死了，陈傻子抱着他的尸体号啕大哭，嘴里含糊不清地骂着。他终于找到了连长李茂才，磕磕绊绊地扑了过去，把李茂才抱在怀里，他以为连长也死了，大声地哭着，使劲地喊着“连长”。李茂才感到自己身上的血都快流光了，没一点力气，他只能艰难地朝着陈傻子眨着眼睛，告诉他，自己还没有死。陈傻子惊喜地叫了起来：“丁排长，丁排长，我们连长还活着！”

丁排长忙赶了过来，让卫生兵赶紧给李茂才包扎。陈傻子紧紧地抱着他，泪水不停地淌下来，滴在李茂才的脸上，冰凉冰凉的。李茂才死死地咬着牙，两眼茫然地瞪着天空，心里充满了悲愤：二连的弟兄们都死了，都死了，老天，为什么不让我也死了呢？

敌人又开始攻击了。

丁排长大声地对陈傻子说：“傻子，你也受伤了，快背着你们连长下去吧……”

陈傻子站了起来，恶狠狠地说：“我们全连人都死了，我要在这里给他们报仇！”

李茂才说到这里时，长长地出了口气，说，我们那时根本就没办法下阵地了，日军炮火严密地封锁了我们撤下去的道路。丁排长他们带来了充足的弹药，陈傻子腰部的伤口被卫生兵草草地包扎了一下，又和丁排长他们一起抗击日军的进攻。他的手榴弹再次发挥了威力，手榴弹一飞过去，鬼子就慌慌张张地四处跑着躲避。丁排长他们把手榴弹都集中在他那里，让他一个人投。丁排长他们完全把他当作了一个宝贝，三四个士兵都围在他身边，日军的炮弹呼啸着过来时，那些士兵都会扑过来把陈傻子压在下面，用自己的身体保护他。日军的炮火实在是太猛烈了，没过一会儿，陈傻子身边就已经死了两个士兵了。陈傻子急了，他把那些士兵往旁边推，推不走就用脚踢，嘴里冲着丁排长大喊大叫：“别管我，你们自己打自己的，管我干什么？”

丁排长说：“傻子，这也不是为你一个人，这是为了多杀敌人，你比我们这一排人都管用，我们死了你也得活着！”

李茂才说，但就是这样，还是有一发炮弹落在了陈傻子的身边，可能他已经引起了日军的注意,炮弹就是来打他的。扑在他身上的士兵有一个被当场炸死了,一个重伤,陈傻子的左手也被炮弹炸断了,是活生生地被炮弹片从手腕处削掉的。他侧着头愣愣地看了看掉在地上的手掌,又抬起滴滴答答地流着鲜血的左手看了看,好像有点不相信一样。卫生兵给他包扎时,他抬起右手看了看,右手还紧紧地攥着一颗手榴弹,没有一点事。他又把脸扭向我,还朝我笑了笑,说:“连长,我这只手还没事,还能投弹!”我那时感觉好一点了,至少有点力气了,想让他过来,坐在我身边休息一会儿,但我张了张嘴巴,咳出了一口鲜血,喉咙和肺都很疼,还是说不出话来。我只能伸出一只手,艰难地朝他摇了摇。他根本就没看到,摇摇晃晃地站了起来,鲜血顺着他的大腿淌了下来。他身上没有一片完整的衣服了,也没有一块干净的地方,不是鲜血就是混着鲜血的尘土。他还没把手榴弹举起来,就“扑通”一声摔倒了。丁排长扶着他坐下,捋起裤子,他的大腿上皮开肉绽,露出了白森森的骨头。陈傻子的脸一下子苍白了,他惊恐地抓着丁排长的胳膊叫了起来:“排长,我要残废了!”

陈傻子的确伤得不轻,他试着想走两步,但脚刚一放下,就疼得龇牙咧嘴地叫了起来。像陈傻子这样的汉子,能让他疼得叫起来,那伤就不是一般的轻伤了,有可能是骨折了。李茂才喃喃地说:“我到今天也不知道他到底是不是大腿骨折。那是一种最讨厌人的重伤,战场上最怕的就是这种伤,你就是爬,那种疼也是直冲脑门,疼到你的骨子里去了。但陈傻子那次居然还真的爬出去了几十米……”

丁排长说:“傻子,你就躺在这里别动了,剩下的仗我们来打,一会儿就把你送到医院里去……”

陈傻子摇了摇头:“你们别管我了,你们打仗吧。弟兄们都死了,我今天也不准备活了,也要同他们死在一起了!”

日军越来越近了,丁排长顾不得他了,爬到战壕边指挥士兵们抗击着。陈傻子爬了过去,趴在战壕边,举起一颗手榴弹向日军投了过去,但那颗手榴弹在十多米左右的地方就落下来爆炸了。他显然已经没有力气了。陈傻子愣在那里，脸色变得更加苍白，他咬着嘴唇，嘴唇上的鲜血渗了出来，他茫然地回头看了看李茂才，又看了看丁排长，喃喃地说："我没用了，我没用了，我投不成弹了……"

丁排长说："傻子，你杀死不少敌人了！你受的伤已经不轻了，快下去吧！"

陈傻子慢慢地爬了回来，低着头一声不吭地坐在了那里，一会儿看看自己断掉的左手，一会儿看看右手，脸色越来越难看，泪水不停地涌了出来。李茂才想安慰他，但喉咙就像有块烙铁一样烧着他，他嚅动着嘴唇，什么也说不出来，只能发出低低的嘶嘶声。陈傻子抬头看了看他，又看了看正在冲锋的鬼子，他咬了咬牙，突然翻身向着西北的方向跪了下来，咚咚地磕了几个响头，泪水淌在脸上和鼻涕混在一起，但他也顾不得擦，哭着叫了一声："爹、妈，我的胳膊被打断了，腿也瘸了，要成一个废人了，我不拖累你们了。还有丢儿，我也不能去找你了，我要和鬼子一起死了！"然后转身又对着李茂才磕了三个头，用袖子擦了一把泪，"连长，你对我最好，我也不能拖累你，我和弟兄们一起去了，下辈子我给你当牛当马报你的大恩大德了！"

李茂才说，我一听，就知道这个傻子要干什么了，我想叫住他，想对他说，打完这场仗，就是军队不管他了，他跟着我，我们家是大户人家，就是用一个零头，也能把他和我都治好的。缺只手有什么？腿瘸了又有什么？如果他不让我们家养着他，就是摆个小摊，照样能过日子，谁也没拖累。真的，我就是这么想的。我还想，如果我们能活下来，我就把他当作我的亲兄弟，让他这一辈子都跟着我，有我吃的，就少不了他喝的，谁也不能欺负他！我艰难地蠕动着，想爬到他身边，就是抱着也要把他拖下来，但我根本就动弹不了。

丁排长他们的注意力全部都放在了战场上，根本就没发现陈傻子。他抓了三四颗手榴弹，别在腰里，慢慢地爬出了战壕，向着日军爬去。丁排长终于看到他了，大声地叫了起来："傻子，你干什么？快回来！"陈傻子头也不回地大声喊道："排长！你们就不要管我了！我战死后，请排长将我的尸体与我们连阵亡官兵埋葬在一起。如果不能抢回我尸体，就让红头苍蝇子子孙孙吃掉也罢。”

陈傻子继续艰难地向前爬着。丁排长着急地叫了起来：“傻子快回来，等敌人过来再杀死他们！”他着急地要冲出战壕去拖他回来，旁边的士兵赶忙按住了他。到处都是敌人乱飞的子弹。

士兵们几乎都忘记了射击，都瞪大眼睛看着陈傻子。丁排长吼了一声：“都别愣着，快掩护傻子！”士兵们拼命地射击着、叫喊着，尽可能地吸引日军的火力。陈傻子埋头向前爬着，离敌人越来越近了，他的身子突然震动一下，看样子又负了伤，但他略为停顿后，仍向敌人爬去。就在离敌人几米远的地方，陈傻子突然站了起来，谁也不知道他从哪里来的力气，拖着一条腿踉踉跄跄地扑过去，冲入敌群中，高举握着手榴弹的右手，直立不动。日军士兵们呆呆地看着他，他们甚至忘记了开枪……

阵地上官兵大叫：“傻子！手榴弹出手哇！”

他们的叫喊声还没落下来，只见轰的一声巨响，手榴弹在傻子手中爆炸。硝烟过后，什么也看不到了……

李茂才说，那颗手榴弹一响，我眼前一黑，一下子晕了过去。我再醒过来时，已经到了衡阳城内的野战医院了。后来守军弹尽粮绝，被迫放下了武器，部队被日军解散，弟兄们各奔东西了，我也就回到老家来了，再也没看到过陈傻子了。只是事后听说，陈傻子和敌人同归于尽后，我们师长曾经让人把他的尸体抢回来，也不知道是真的还是假的。

我抬起头来，眼睛有些酸疼。我喃喃地告诉老人，这是真的。

我从口袋里掏出了几页打印稿，这是我在网上搜索“衡阳保卫战”时意外得到的材料，是第十军预十师师长葛先才撰写的回忆录《长沙·常德·衡阳血战亲历记》，他在里面提到了这个傻子士兵。当他得知陈傻子与敌人同归于尽后，曾叮咛阵地官兵，设法将傻子遗体抢回，与第二连的官兵葬在一处，遂其遗嘱心愿。但在火线上，无论敌我双方之间战死者，皆无法抢回尸体，否则只有增加伤亡。日积月累，故尸积如丘，绝非形容之词。傻子遗体在三天之后盖上了一层层敌尸，看不见了……

葛师长在回忆录中还讲道："傻子从容就义者才是大勇，有几人能够做到！但我军衡阳之战则不足为奇。我记忆中，三十团有一位连长身负重伤行动维艰，敌人冲了过来，他先将手榴弹准备好，卧地装死，俟敌人将要冲至身边，咬牙忍痛，一拉信号线索，手榴弹握在手中爆炸，与敌皆亡……"

老人瞪大眼睛认真地听着，不时地点着头，当我念完后，他已经是满脸泪水了，他望着无边的大地，喃喃地说："好，好啊，一命换敌数命，又是视死如归从容就义者，智仁勇俱备，他值得了！"

我看了看老人，他的头发已经全白了，眼睛也有点混沌了，但他的头颅还高高地昂着，身子挺得直直的，像一个真正的军人。是的，老兵是不死的……

我对这些已经尽了自己最大努力的军人们除了表达尊敬，还能做什么呢？所以我就写了这篇报道《老兵不死——抗战英雄陈傻子》。我把写好的稿子给了总编，没过一会儿，他把我叫了过去。我一看到他兴奋的神情就知道有好戏了。果然，他很激动地说："这是篇好稿子，你把一个民族英雄挖掘出来了，我们应该把这个文章做大，有机会你再去采访李茂才，争取让他也把自己的抗战事迹讲出来！"

我当然也很激动，死去的人已经死去，我们只能缅怀。但如果能为活着的人做点事情，我觉得意义会更大一些，也会让我们自己的良心好受一点。我是想立刻把这个消息告诉给李茂才，我甚至还想，他肯定也会很高兴的，说不定就真的把自己的事迹也给我讲了。他身上肯定有说不完的传奇故事。

（《小说月报》2008 年增刊 3 期选载）

海军往事

陆颖墨

长 波

如果你走进海湾里那座长波台，就会被那一座座高耸的天线震撼。每座天线有一百多米高，战士们每个月都要爬到天线顶维护。更多的是你看不到的，全在山洞里面，据说山洞里的机房比一个电影院还大。潜艇在水下远航时，只有长波台发出的电波才能传到千里之外，再进入海底。指挥部也只有通过长波台指挥远航的潜艇。

在这里，有一件怪事，常常会听到官兵之间问候不是你吃了吗？而是照了吗？照什么呢，一问，说是照镜子；再细问，才知道他们说的镜子是一个人，这个人或者说这个镜子，现在长波台的官兵还都没有见过。

他姓霍，是建设长波台时的总指挥，大家都叫他霍总。

那是上世纪六十年代初，长波台刚要开工建设，援建的苏联专家到这片海滩点个卯竟撤走回国了，大大小小一千七百多箱设备零件就堆在工地上。

之前，刚组建的人民海军潜艇是依靠苏联的长波台，所以说，长波台的建立，关系到中国的主权。到现在这个份儿上，不管多艰难，中国人也要把自己的长波台建起来。海军迅速抽调力量组建了一个指挥部，一时，荒凉的海滩热闹起来，除了两个工兵团，还来了大批的知识分子，都是全海军挑出的宝贝疙瘩。别看住着工棚，随便抓一个，不是清华、北大的，就是哈军工、西军电的，手气好时还能碰上个刚刚留苏回来的博士、副博士。当时大家奇怪的只是，上级派来的一把手霍总却是一位在长征路上才开始识字的大老粗。

霍总在战争年代的传奇故事很多，如过草地时，他七天七夜不吃饭，居然没有饿得晕倒，出了草地，还能马上投入战斗，空腹空手夺来两支步枪；再比如，百团大战中，他能单身爬入炮楼，用一颗土制手榴弹让七个鬼子都举了双手。还有一些可能是传神了，说泸定桥十八勇士中有他，太行山用步枪打下日本飞机的也是他。不管怎么说，无论普通战士，还是知识分子，对老革命的尊重和对英雄的崇拜是毫无疑问的。

刚来那几天，几乎所有的人都是在仰视着霍总，他在指挥部的地位也无人可比。有一件小事可以为证，那时条件差，全指挥部的小车只有一辆，是苏联的嘎斯吉普。霍总左腿上留着弹片，在方圆十几公里的海滩转悠全靠着这辆吉普。他不坐的时候，那辆车就停着，没有规定别人不能坐那辆车，但没有人会想起去坐那辆车。

但是越来越多的人发现了霍总的文化水平。最明显的标志是经常说错别字，如果说把“造诣”说成了“造脂”还可以理解的话，那么在一次交班会上把“注意灼伤”说成“注意约伤”，在场的人只有面面相觑了。知识分子的嘴巴比一般的军人要活跃，渐渐议论就多了，霍总这样的文化水平能不能当好这个总指挥，确实叫好多人捏把汗，毕竟这个工程的科技含量太高，而且是那么重要。

开工誓师大会是在海边的一片沙滩上举行的，主席台也就是架起的几块木板。系在两根木杆上的会标，让海风吹得猎猎作响，两千多名官兵都坐着小马扎，黑压压的一片。大会开始前，全场起立，唱起了《义勇军进行曲》，当时，大家唱得都很豪迈，也很激动。指挥部参谋长宣布开会后，霍总开始讲话。他一张嘴，就让全场振奋起来。

他说：“同志们，你们知道这个工程是谁批准的吗?!”台下一片寂静，大多数人都张大嘴巴等待结果。

他顿了一下，抬高嗓门儿说：“是伟大领袖毛主席亲自批准的！”

顿时台下的人都挺身坐得笔直，好像长高了一截。

他又说：“现在有人拿我们一把，只有靠我们自己了。如果我们完不成任务，毛主席就会睡不着觉。我们能让毛主席睡不着觉吗？”说着站起来用右臂猛地一挥。

台下传来了雷鸣般的吼声“不能！”

一时间，整个海滩让一股豪迈之气震撼，仿佛潮水也退了一大截。这时，霍总又是人们传说中的霍总了。他喝口水，坐下来，拿出准备好的稿子，开始部署任务。

麻烦来了。

他刚念到第二节，就出了个错别字。当时全场还沉浸在豪迈的气氛里，没有什么反应。等他念到那些专业名词时，那些知识分子竖起耳朵，拿着笔记本用心记录时，出错的频率一下子增多了，有时一句话中会念错两三个字。

台下出现了嗡嗡的议论声。霍总自己不知道发生了什么事，疑惑地停下来，看了看台下。由于他的目光，台下暂时又安静了，可他刚开口念了一会儿，台下又嗡嗡地议论起来。他忽然觉察到什么，右手翻开第一页时，翻了两次才翻过去。但他还是稳得住，清清嗓子又接着念了下去。下面记笔记的由于许多次听不明白，只好停下手中的笔，一个个满脸迷茫。

突然，他再一次念到了“频率”俩字，念的是“步卒”，终于有人听明白了，前排有个调皮的开发了艺术细胞，说了句“我们不是步兵是海军”，周边上的几个人忍不住哧哧笑了起来。

霍总自然听到了，脸上再也挂不住了。他是个直性子，突然把手中稿子朝前面用力一摔，大声说：“写的什么破玩意儿，没法念。”

全场惊呆了。

稿子散了一地，让风吹得满地跑。主持会议的参谋长带着几个兵费了好大的劲，才一张张捉了回来。参谋长满头大汗地把稿子理好，用目光请示霍总。这时的霍总喘着粗气谁也不理，用手撑着脑门儿，满脸涨得通红。参谋长咳了一下，对台下说："我先做个自我批评。这稿子是我带人准备的，昨天晚上搞得匆忙了些。字体比较潦草，笔误也比较多。霍总年龄大了，眼睛老花，念起来不方便。现在由我来替首长念完。"然后，参谋长就念了起来。

霍总还是保持那个姿势，一直到参谋长念完。

参谋长收起稿子，请示霍总："是不是散会？"

霍总看了他一眼，突然说："我说几句，刚才参谋长有几句话讲得不对。"

参谋长一下子紧张了，在场的人也都紧张了。

霍总从参谋长面前把稿子又拿过去，然后面对台下举起来："哪有什么笔误？哪有什么潦草？大家都看看，这稿子写得很好，字体也很工整。"

参谋长一脸尴尬。

霍总缓了口气："同样的稿子，为什么我念不下去，而参谋长念得好好的呢？你们说。"

这时候，自然没有人会站起来回答他的这个问题。

他说："很简单，就因为参谋长上过高中，有文化；而我小学都没上过，没文化。这下好啊，大家都可以看到有文化和没文化的区别了吧。"他停了一下，又说："在座的，文化程度有高的，也有低的。我想啊，这长波台咱中国人没搞过，文化程度不论高低，都要拿镜子照自己身上的不足。低的自然要学。为了让别人不笑话我们，为了让毛主席能睡得着觉，高的也要学。从今天开始，我带头学，因为你们的文化都比我高，都是我老师。"

全场起立，自发地响起了雷鸣般掌声。从此以后，找自身的不足和抓学习成了这支部队的传家宝。一代又一代的人都把这个故事的主人公当作一面镜子。

彼　岸

要说这龙凤岛上的居民，海虎是老资格了。

海虎是一条军犬，纯种的德国黑贝。打从海军陆战队驻守龙凤岛以来，海虎就一直住在这里。兵换了一茬又一茬，海虎总是站在码头热泪盈眶地看着它那些身穿海洋迷彩服的伙伴消失在海天相连的地方，又含情脉脉地迎来了新的伙伴。

一晃十年过去了，海虎老了。

驯犬员王海生是七年前上岛的。前任把海虎交给海生时，他还是个新兵，如今已是三期士官。在岛上论资格，海生仅次于海虎。别看现在在礁盘上巡逻，是海生牵着海虎，海生刚上岛头一年，上礁盘都得要海虎带着。这龙凤岛在南中国海的南端，方圆大小不会超过两个足球场，四周都是白花花一片珊瑚礁。那礁石像花一样绽放在海面，可每个海石花缝隙之间多是几十米深的海沟，谁要是一失足掉进去，出来的可能性几乎没有。特别是涨潮时，不少珊瑚岛礁在水下，巡逻走上去，哪儿能不能落脚，哪儿要避开，一般士兵不摸个一年半载是不会清楚的。这种情况下，都是要靠海虎来做向导。

海虎退休的命令是一艘地方的水船带上岛的。一同上岛的还有一条军犬训练基地毕业的年轻黑贝，名叫金刚。海生虽然心里有准备，但没想到上级的动作这么快。他赶紧找到守备队长，要求他马上请示上级，把海虎再留下来一段时间，就当是超期服役。

队长是去年刚从军校毕业后上岛的，年龄比海生还小两岁，对老同志海生的意见自然不好当面否决，就劝他："老王，我知道你和海虎感情很深，要不战友们怎么都把你们俩叫兄弟。"

海生不否认他和海虎的兄弟关系。海虎原来叫大宝，听起来像一个化妆品的名字，正因为战友们这么说，他索性把它改名叫王海虎，和自己一个系列。

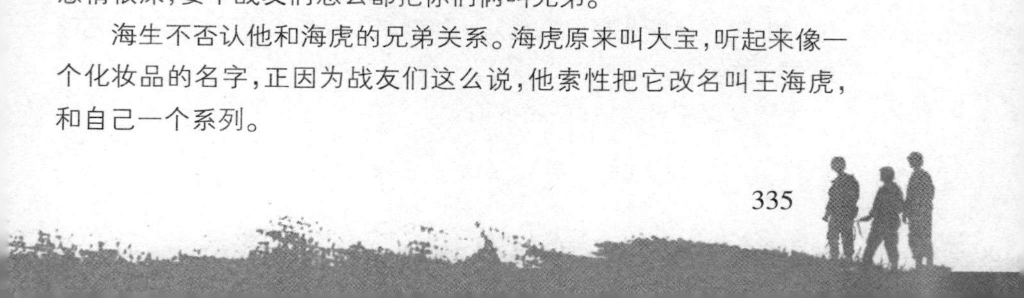

队长装模装样的叹口气:“谁都讲感情。可你想过没有，就算这狗,王海虎同志,和你一样真是个人,人也要退休的呀。你放心,我问过了,海虎退休回大陆后,就进了军犬休养队,有人伺候着它,何苦让它在这吃这么大的苦。”

其实这些海生都知道，他想了想说:“我感情上不想让海虎走是一方面,主要还是咱龙凤岛现在离不开它。”

队长一愣,马上笑着说:“扯淡。金刚不是上来了吗?再说了,真没有军犬,咱海军陆战队就守不了这么个小岛了?”

海生说:“队长，你看咱们上岛的队员，现在基本上是一年一轮换,连几任队长也是两三年就高升走了,所以,你也快升了。”

队长笑着揍了他一拳:“哄我有意思吗? 净拍不花本钱的马屁。”

海生一脸认真地说:“我听我师傅说，海虎刚到龙凤岛也是两眼一抹黑,有两次上礁盘也是差一点掉到沟缝里,一年半以后,它才完全熟悉地形。你说,要是我这兄弟一走,这礁盘上巡逻安全可要你伤脑筋了。你别看着我,我是指望不上的。大家说我是活礁盘,那才扯淡呢,没有海虎,我可不敢上礁盘。”

队长看海生不像是自我贬低的样子,还真有点疑惑了。忽然,他想起了什么:“好你个王海生,差点让你糊弄住了,前几天你这弟弟居然爬到我的床上,你说它老了,眼睛花了。咱们陆战队巡逻还非得让一条老花眼的军犬领着?”

这回海生心虚了,这狗确实眼睛老花了,其实他也早知道,队长只是刚发现罢了。不过,他有招,回头叫了一声:“王海虎同志。”

海虎马上跑了过来。海生说:“快去把视力表拿来。”海虎一溜烟不见了,不一会儿,叼来一张大家常见的视力表。不过,这视力表一看就是海生用钢笔描出来的,上面的 E 字都长得不太周正。他打开一个小木箱,笑着对队长说:“这也是水船刚带上来的。”说着,掏出一把眼镜,有十多副。

“你这是干什么?”队长纳闷了。

海生把视力表用饭粒粘在了椰子树上，让海虎在五米处坐好。他拿起一副眼镜，用橡皮筋给海虎戴上，像模像样地测起视力来了。

战友们都觉得好玩儿，围过来看怎样给狗测视力，都说海生这么闹着玩儿太有创意了。

海虎戴上老花镜，像模像样地伸起前右爪上下左右地挥舞，等换到第五副眼镜时，它的视力达到了一点五。这小子肯定让海虎对着视力表训练好长时间了。

“好了，你不当飞行员，这二点零就不指望了。”海生拍了拍海虎脑袋说，转身问队长：“怎么样，你还能说它视力不行吗？这叫老狗伏枥，志在海疆；海虎暮年，壮心不已。”

队长又好气又好笑，但是完全被海生这番真情和心血感动，他不声不响去了趟队部，回来后对海生说：“请示一下，就让海虎在岛上再待一阵吧。我汇报了它的作用，让它带带金刚。”

海生惊喜地抱起海虎：“快亲队长一下。”

海虎似乎也明白了，还真张开了嘴，友好地露出白森森的牙齿。队长闪身连连摇手：“好好好，心领了心领了。”转身忙他的去了。水船上的船员看到岛上这条戴着老花眼镜的军犬，都感到新奇，围过来和它合影留念。

于是，礁盘上经常看到海虎领着金刚在熟悉地形。

水船走了没两个礼拜就出了事，还真亏得海虎。

是菲律宾来的三号台风。台风来的时候，巨浪滔天，大雨瓢泼。海虎测视力的那棵椰子树，一头秀发随风飞舞一下就成了板寸，战士们防台风都有经验，躲在钢筋水泥碉堡里没有出来。

事情出在台风刚走。防台风时两边窗户都要打开，风带着雨从这边进去再从那边出来，自然就有一些雨点落到桌子上，值班室的值班日志放在抽屉里让渗进的雨水淋湿了。通信员见台风走了，雨也停了，火辣辣的太阳又出来了，赶紧把值班本放在窗台晒干，没想到，忽然来了一阵怪风，把本子吹跑了。这风来的很不地道，一点征兆也没有，更不用说预报。这是南中国海上自生自长的土台风，常常跟着洋台风屁股后来偷鸡摸狗，小通信员没经验，一下子中了招。

那值班本像个方“轮胎”朝海边滚去，等几个战士追到海边，值班本已到了海里。情况非常紧急，要知道不少国家的侦察船只经常在这片海域出没，这本子要真落到他们手里，麻烦就大了。因为这时涨潮，太危险，没法行走，也没法游，战士们无法下水。就在这时，海虎一下子扑向海面，它优美地扭动着身子，熟练地在水面上跳跃，每一次都准确地踩上水下的礁石，不一会儿，就一口叼住那本日志，在大家的欢呼声中返回。突然，一个大浪打了过去。等它再从浪里出来时，行动有些迟缓。海生知道是海水把海虎的老花眼镜打模糊了，心一下子提了起来。但海虎没有让大家失望，它叼着值班本，凭着自己的感觉，又跳跃起来，很快回到了岸上。队长从它口里取出值班本时，激动而又深情地抱着它亲了一下。

第二天早上，海生发现海虎走路后边右腿有些瘸，一看，居然右腿根部有个一寸左右的口子，而且红肿了。海生急了，要知道，虽然现在是初春，可岛上的温度却有四十多度，要是伤口处理不好，海虎很危险。他赶紧从卫生员那里要来碘酒和消炎药，搬来一把椅子，让海虎坐上去，命令它抬起前爪直立起来，尔后，用药棉蘸上碘酒。

当碘酒涂上伤口时，海虎一阵惨叫，它是伤口部位被碘酒刺疼。慌乱中，海虎用前爪把海生推开，刚好抓到海生额头，划去了一块皮。不一会儿，鲜血顺着海生鼻梁流了下来。海生捂着额头朝门外跑了几步，又回过头来用另一只手拍拍吓呆了的海虎：“没事，没事。”

因为岛上没有狂犬疫苗，海生受伤的又是头部三角危险区，因为海岛到大陆有两天两夜的航程，上级很快派直升机把海生接走了。

海生一走，海虎开始不吃不喝了。

开始，大家也没太在意，觉得一时的事，虽然它知道自己误伤了海生后悔，虽然它想念海生，但毕竟是狗，肚子饿了吃东西是本能，饿极了还能不吃?

这样到第三天,大家知道了问题的严重性。队长让大家想办法,海生的战友们各自拿出自己珍藏的宝贝,有排骨罐头,有牛肉罐头,还有红烧肉罐头,一共十几种,放在海虎面前。任凭香味环绕,海虎的鼻子居然没有丝毫反应,更不用说喉结了。到天黑时,由于天气太热,这些罐头只好让金刚当自助餐了。

从军用长途里得知海虎已饿了三天,海生在医院里急得脸都白了,赶紧找到医生,要求出院。医生训了他一顿:“你没拆线就想着出去,再说还有一针狂犬疫苗没有打,你不要命了!上级批准用直升机救你来医院,你以为是闹着玩儿的?”

他只好偷偷溜到码头,到处打听有没有到龙凤岛的船只,一连三天,都没找到。他急得真想跳进海里游回去。第三天晚上,总算找到一只去金沙岛的水船。海生苦苦哀求终于把船老大打动,同意多绕半天航程,把海生送到龙凤岛。

那两天的航程,对海生来说,是两周,两个月,乃至两年,漫长而又焦虑。等两天后水船靠上龙凤岛码头,没等跳板摆好,海生就飞一样奔向海虎的住处。

犬舍里,队长和几个战士正在摇着一动不动的海虎,队长用手在试它的鼻孔。海生心里一阵激灵,全身都凉了,冲过去扒开他们,大叫:“海虎!海虎!”

忽然,海虎缓缓睁开了眼睛,耳朵也慢慢竖了起来,它看到海生,眼珠子顿时闪亮起来。海虎抬起身,居然,吃力地挣扎着站起来了,它没有停止,继续吃力地把自己的两个前腿抬起来张开,像人一样直立起来,一头扑在了海生的怀里。

海生紧紧地抱住它,眼泪止不住掉下来。他喃喃地说:“好海虎,想死我了,快吃东西吧……”忽然,他停住了,感到海虎全身重量都压过来,两只手没抱住,海虎整个身躯像泰山一样塌了下去。

舱　门

试验进行到四个半月的时候，上将来到了潜艇支队。

这是一次潜艇远航模拟试验，参加试验的官兵都在挑战生理和心理的极限。这艘远航的潜艇其实是一个模拟舱，五十名官兵要在里面待满五个月，所有的事情只能由他们自己处理，哪怕是像阑尾炎这样的简单手术，也要舰艇医生在艇内自己解决。模拟的潜艇并不在海里，是在离海边二十米远的大试验厅内。在已经试验的四个多月里，潜艇遇到了台风引起的涌浪，遇到了不可预测的暗流和礁石，甚至还遇到了敌方的跟踪和攻击，艇长带着大家都闯过来了。

但是，专家组从观察屏幕里看到，艇员们绝大部分时间是在面对寂寞和烦躁。他们还自办了远航简报，每期都以电报的方式传出来，最近的一期上居然有这样三篇小文章，是《怀念阳光》、《梦中的月亮》和《在一片蓝天下》。专家们非常理解，阳光、月亮和蓝天已离他们非常遥远了。

将军此次是专门来海军部队调研的，因为首长忙，调研时间只有三天，在支队只停留半天。他的到来，让整个支队乃至海军、舰队都非常重视。因为像总部机关这样级别的首长下来调研，在支队历史上还是第一次。调研要求不要机关陪同，所以机关陪他最大的官就是舰队的作战处长。处长以前是这个支队的参谋长，他悄悄地打了支队长一拳，说："老兄，给你带个话。舰队首长交代，这次调研，潜艇部队就你们一家，你可得给海军露脸。"

将军在码头上一下车，就钻进了一艘新改装的潜艇。在艇员宿舍舱，他拍着狭小的吊床说：潜艇一远航，潜艇兵要在这儿住上几个月，艰苦是难以想象的。"他回头对支队长说："我是陆军出身，坦克经常坐，头一回钻进潜艇。刚才你还说我个子高大，怕进来难受，劝我不要进来。你看，不进来我能看到这些吗？"

支队长笑笑说："唉！再苦再累，我们这些搞潜艇的都习惯了。"

“你们是习惯了，可是好多人不仅不习惯，还不一定能理解呢。”将军说，“你们知道吗，两年前，全军部队伙食费调整时，有的部门还跟我提出来，说潜艇兵的伙食标准和飞行员的一样，是不是太高了，要有差距。说实话，我当时还真犹豫了一下，想了想还是让他们上潜艇体验了一回出海。他们回来后向我汇报说，潜艇兵确实太艰苦了，那点伙食费根本就不高。”

将军说的事情在场人都知道。那回，总部来的几个人听说真能跟潜艇出一次海，而且还能下潜，高兴得够呛。可也就下潜了一个多小时，在海底遇到了小小的涌浪，他们晕船晕得连胆汁都吐出来了，潜艇只好提前返航。

听支队长把这事又说了一遍，将军点头笑了笑说：“这些他们都回来说了实话，我问他们潜艇兵吐不吐，他们说也吐，不过我们吐完就躺着不能动了，而潜艇兵一边吐，一边还在战位上操作执行任务。多好的伙食吃下去，只要出海遇到风浪，都吐出来了。所以说呀，两年前我就想到潜艇上来看一看。”

大家不知道两年前那次总部机关来调研，出一次海的意义这么重大，更感动首长对潜艇兵的关心。其实潜艇兵都已经习惯了寂寞，这种寂寞包括远航几个月不出水面，更包括他们的艰苦不为人了解，更不为人理解。飞行员都被称作天之骄子，而他们呢，他们自己开玩笑，称自己为黑鱼，老在水下钻来钻去的，因为潜艇的形状与黑鱼有点像。

将军高大的身躯费劲地爬出潜艇，眯着眼睛看了好一会儿天空，然后上了码头，回头问作战处长：“你们现在最长能在水下远航多久？”

作战处长回答：“全舰队的潜艇最长的一次执行任务是在水下三个月。”

支队长说：“不对，应该说至少四个半月。”

将军一时间没有明白。作战处长明白了，赶紧说，“首长，支队正在进行一次时间为五个月的模拟远航试验，现在已经四个半月了。”说着，指指不远处那个试验大厅。

一行人很快就进了试验大厅。从屏幕上，可以看到艇员们在各自的战位上工作，他们丝毫没有也不可能知道舱外有一群人在注视他们。试验专家组组长王教授是海军著名的潜艇医学专家，他用简短通俗的语言汇报了潜艇远航时不同阶段对官兵生理和心理的影响，汇报了专家组得出的初步结论；而且简要地介绍了下一步对艇员训练更加科学化、人性化的设想，包括饮食结构和生活习性的培养和转变。

将军听着很新鲜，特别感兴趣。他若有所思拿起艇员自办的简报翻了起来，碰巧看到上面有一篇短诗，题目是《永远的黄桃》，再一看，内容是歌颂黄桃的。

他有些不解，问王教授："黄桃？这个兵怎么会对黄桃有这么深的感情？还'永远'。"

王教授还真没法回答这个问题。支队长想了想，说："会不会这样，我们在远航的时候，主要是吃罐头，罐头有荤有素，还有水果。你要是吃上几个月，那罐头都咽不下去。还真是，我和这个作者一样，比较能接受的还就是黄桃罐头。"说着，脸上竟露出一丝孩子般的笑容。

边上的作战处长竟然也跟着说："嘿，怪了，我出海时也最爱吃黄桃罐头。"陪同在边上的几个支队领导也都说自己远航时爱吃黄桃罐头，细心的人可以看到他们的喉结都在羞涩地滑动。

王教授一下子像捡了个大宝贝，激动地说："你看你看，我看到这首诗，就没往这想。这可是个新发现，没准儿这黄桃会成为解开潜艇兵远航饮食课题的一把钥匙。"

将军当然非常高兴，想了想，对随行人员说："计划改变一下，今天晚上我就住在这里，住在这个模拟舱里去，和潜艇兵们好好聊聊，今天运气不错，肯定还能摸到不少珍贵的第一手资料。"

大家都慌了神，将军这么大年龄，那么高个子，要在模拟舱中窝一夜，应该是非常难受的，而且按照训练计划，今晚潜艇要遇到涌浪，模拟舱要晃动起来，将军他能受得了吗？这个责任谁也不敢负。支队长把情况向将军汇报了，坚决要求他不要进舱。

将军笑了笑：“到了舱里，看不到天了，也不怕天塌下来了。我们总部机关来的那几个人都晕过船，我就不能晕一下？我想进去吃两个黄桃罐头，你们还舍不得吗？”然后他收起笑容，认真地说：“刚才，我想了很多。你们这个试验搞得很好，对广大潜艇兵来说是件大好事。对我来说、对全军来说意义还不仅仅如此，我们还有不少战士在雪山上一待半年，在无人区一待几个月，还有野外生存，还有在山洞里待很长时间，这些官兵的生理和心理，我们都要好好地研究。你们说，我今天碰到这么好的机会，再放弃走掉，不是太可惜了吗？”

边上的人听到这些，一时还真不知说什么好，王教授红着脸忽然冒出一句：“首长，你不能进去，不是怕你吃苦，是因为现在潜艇模拟的是水下航行，这种环境下外人是不能进去的，如果舱门打开，就意味这次试验结束。”

将军听了一愣，想了好一会儿，像下了什么决心似的说：“好家伙！你看支队长劝不住我，你想出这么个理由。有那么悬乎吗，你蒙不住我，我今天一定要进去。”

首长说得这么坚决，大家更不好说什么了。于是将军去换作训服，做进舱的准备了。支队长也要去准备，王教授一把拉住，再次强调说：“我必须对试验负责，我是不会打开这个舱门的，你下命令也没用。”

支队长自然明白这些，上个月，海政有个编导从北京来，死缠硬泡要进舱去体验生活，给王教授写了好几首诗，表达他对潜艇兵的真情，王教授感动地和他拥抱之后还是不同意，气得这位编导满怀遗憾走了，但支队长还是诚恳地说：“我知道你是在想我是势利眼，拍上面马屁，以牺牲试验效果来讨好首长。说心里话，开始，我和你的想法是一样的，坚决不能打开舱门，但是现在这个舱门必须打开。总部首长来参加我们这个试验，机会是可遇不可求的。为了总部决策部署好全军其他兄弟单位的试验，我们做出点牺牲，是应该的。”

王教授张了张嘴，也就不再说什么了。这时，将军已做好准备过来了，王教授用电报的形式通知艇长：“首长要进来，准备开舱。”

一分钟后，艇长回电：“请下达试验结束命令，否则不能开舱。”

支队长急了，又电：“是总部首长，上将。我命令你开舱。”

艇长很快回电：“我现在执行试验命令，任何违反试验规则的命令都是错误的命令，我拒绝执行。”

支队长一下不知道怎么办好，等在舱门口的将军说：“发电，立即打开舱门，如不执行命令，解除艇长职务。”

没想到，刚才和蔼可亲的将军一下子变了脸，而且这么严厉，在场的人都吃了一惊。支队长更加紧张了：“赶紧按首长指示发报。”而后，他对将军说：“这个艇长非常优秀，舰队已经上报提拔了。”显然看出他是怕这个事情影响到艇长的进步。

偏偏这时候，艇长回电：“我必须遵守试验纪律，没有试验停止的命令，我不会开舱。试验结束后，我愿意接受任何处理。”

支队长急得直冒汗，抓着头皮无奈地说了一句：“下达试验结束命令吧。”

这时，将军说：“停止下达命令。”

他笑了，笑得非常灿烂：“试验比我想象的还要成功，我们的潜艇兵比我想象的还要勇敢，还要优秀！我刚才是给他们出了个难题，我还真替他们捏把汗，真担心把他们难倒了。这样吧，我有个愿望，试验结束那一天，我还来，进舱内吃黄桃罐头。”

远　航

西昌舰要走了，是最后一次远航。

舰长肖海波下达起航命令时，眼睛像是飞进了小虫子，眨巴了好几下，细心的副舰长发现了，明白那是怎么回事，于是自己的眼圈也红了起来。

西昌舰悄悄地驶离了海军博物馆的码头，它走得很沉重，似乎满腹心事。在舰桥上的肖海波看了看手表，已是凌晨两点，他朝左前方张望了一下，整个城市都熟睡了，父亲这时候真的已经睡着了吗？会不会从梦中惊醒？

父亲叫肖远，今年七十多岁了，是西昌舰的第一任舰长。三十多年前，国产的西昌号驱逐舰刚刚服役下水，就参加了那一场著名的海战。激战中一颗炸弹在后甲板爆炸，不知震坏了机舱的哪个部件，引起高压锅炉管道着火和严重泄漏。当时情况很危急，一旦高压锅炉爆炸，西昌舰只有沉没。根据险情，剩下的时间只有九分钟，机电部门一片紧张和慌乱。要命的是能够处置这种情况的两位老水兵都是海战中的新手，他们更知道形势的危急，一时都蒙了。一个由于过度紧张，双手不停地发抖，工具都掉到地上；另一个脸色苍白，满头大汗，手里捏着工具在原地转圈。边上的人急得不知怎么办好，甚至有人提出赶快弃舰。这时，舰长肖远从舰桥冲到机舱，抓住两人的衣领，一人一个耳光，而后说：有我在这儿，不要急，慢慢弄。还真怪，两个水兵很快就镇静了，熟练地开始抢修。突然，舱面又传来一阵爆炸声，头顶的一根横梁朝两个水兵砸了下来。肖远冲过去，用身体挡住了。西昌舰得救了，肖远在医院躺了三个多月。以后的日子，无论是他担任支队长，还是舰队司令，只要西昌舰一起航，肖远受伤的腰部就会隐隐作痛。

昨天上午，在海军博物馆隆重举行了西昌舰退役仪式。选定这个日子也是因为肖远，他在舰队医院已经住了一年多了，记不清的化疗和放疗，已经让他铁塔一样的身子虚弱不堪。本来，医院坚决不同意他再走出病房，但是，海军和舰队首长认真研究，觉得这个仪式必须有肖远参加，并要求卫生部门拿出保障办法。经过气象部门的预测，昨天的海边无风，温度终于达到二十八度，是三月份以来唯一的好天气，终于符合医院提出的要求。

肖远从救护车上下来时，身穿已脱下九年的海军中将军装，一群医护人员带着各种抢救设备，用轮椅把他推上了甲板。西昌舰的每一任舰长都跟在他的身后，依次走上军舰。现任舰队司令员宣布西昌舰退役命令后，肖远缓缓地站立起来，给后任的八位西昌舰长点名。而后，他用沙哑的嗓子慢慢地说了起来，讲得很平静，只是详细地讲西昌舰年龄、吨位、各个部位的尺寸，以及西昌舰执行的每一次任务和受过的伤。排在最后的肖海波看到身边的几位老舰长泪流满面。这么多年，父亲从来没有表达过他对西昌舰的特殊情感，他不明白父亲在和军舰作最后告别时，依然没有表达，甚至没有评价西昌舰。原以为父亲会流泪，但是没有。他命令自己也别流泪，但眼前还是模糊了……

不到半个小时的讲述，肖远喘着气停顿了十多次，护士用手绢不停地擦拭他额头上的虚汗。临下舰时，肖远摸着舰首的主炮喃喃地说：再见了，老伙计，我们都退了……等我出院了再来看你。但边上的肖海波知道父亲不可能再看到这个军舰了，父亲的病情他很清楚，不可能再出医院了。正因为这样，大家才告诉他西昌舰要永远待在这个博物馆。父亲更不可能知道，这个军舰也马上要离开博物馆，去执行他最后一次任务。

肖海波已经被任命为新的西昌舰舰长，这是国产最新型导弹驱逐舰。新舰已经下水。最后一次试验成功后，就要服役。这个试验就是要验证舰上新型导弹的打击能力，如果仅用一枚导弹能击沉一艘驱逐舰，新西昌舰就合格了。而老西昌舰就是这次试验的靶舰。肖海波面临的是，他只有亲手击沉老舰，才能驾驶新舰进入人民海军的序列。

肖海波当然知道，过去，老西昌舰只要一起航，父亲腰部就会疼，所以担心老西昌舰离开博物馆无法瞒住父亲。为这件事，他专门与他父亲的主治医生商量多次，医生们研究了半天拍着胸脯说保证没有问题，因为首长的癌症已到晚期，浑身都在剧痛，每天晚上需要注射镇痛剂才能入眠。他腰部原来的隐隐作痛和现在的病痛相比,可以忽略不计,自然也不会再察觉了。肖海波还是不放心,为了万无一失,上级批准西昌舰选定在凌晨出发,这时候父亲已经在药物的作用下进入深睡眠了。

西昌舰缓缓地沿着海湾航行,除了左边远处海岸边偶尔冒出的点点渔火和航标灯,剩下都是漆黑一片,大海也仿佛睡着了。负责夜间值班的副舰长劝肖海波抓紧回自己的舱室休息,因为明天下午到了目的地,还要指挥新西昌舰参加重要的试验。

肖海波回到舰长室,躺在铺上,刚睡着没几分钟,就莫名其妙惊醒。这是以前从没有过的,他觉得有什么不对,赶紧起身穿衣奔向舰桥,问正在指挥驾驶的副长有没有异常情况。副长让他问愣了,说一切都很正常。肖海波看看确实没有什么事,但就是不想离开舰桥。他找了个理由,笑着对副长说:新西昌舰靠电子信息系统指挥,指挥室在舰艇中心舱室,外面什么情况都在屏幕上一目了然,上舰桥来的机会也不多了,我就在这再待一会儿。刚说完,信号兵报告左侧海岸边山头有信号。

副长说:“是不是睡迷糊了,这个山头上没有信号灯塔。”

肖海波也知道信号兵肯定弄错了,这段航道他太熟悉了,左边山头是……忽然他身子一激灵,跳了起来,赶紧拿起望远镜朝山顶看去,马上呆住了。

山顶上有一个小亭子,亭子里有几个人,父亲肖远坐在轮椅上,正用手电朝军舰发着信号,反复只有两个字:去哪?

肖海波知道舰队医院就在山那边,医院离这个山脚有几公里,这倒并不要紧,因为有公路。问题是山脚到山顶的石阶路有一公里多,父亲是怎么上去的。无论是抬、背,医护人员固然辛苦,父亲的病躯要承受多大的痛苦和危险,更不用说现在夜里海风很大,很冷。这一切他没法细想,因为父亲的信号还在问他,他必须赶快回答。

父亲果然没有被瞒住,镇痛药能镇住癌症病痛,却无法割断西昌舰对他的牵引。他觉得关于西昌舰的一切，他是无法隐瞒父亲的，现在只有将全部真实情况告诉父亲。但是他遇到一个技术难题。因为这次导弹试验密级很高，信号灯的语言是全世界统一的，如果现在用信号灯告诉父亲，那就会严重泄密，怎么办？

他想起了自己小时候，常常和一帮小伙伴们光着屁股趴在沙滩上，等待着父亲们出海归来。那时，国产驱逐舰还没下水，父亲还是快艇艇长，记得有一次，因为小伙伴的父亲没有回来，父亲对那小伙伴说：“你爸爸远航去了，去了很远很远的地方。”多年以后，肖海波才知道那个叔叔在战斗中牺牲了。他马上对信号兵说回信：军舰要去远航，要去很远很远的地方，但只走很短很短的时间。

父亲似乎明白了什么，但依然不死心，又问：远航？

肖海波回答：是的，就像我小时候那个叔叔远航一样。

父亲那边又问：为什么？真是最后一次了吗？

肖海波回答：是最后一次，也是第一次。

父亲那边停了一会儿，又问：第一次什么时候？

肖海波回答：很快，但是军舰变年轻了，就像您当年第一次见他一样年轻。

父亲好一会儿没有回信，军舰快要驶远了，肖海波命令放慢航速再等待一会儿，终于父亲回信：我真羡慕它，能在轰轰烈烈中远航。

军舰渐渐远去，山上再也没有信号发出，肖海波这才发现自己刚刚读懂父亲，这时，他在望远镜里惊讶地看到，父亲的眼角闪着亮光。这是他第一次看到父亲流泪。

一个月后，按照肖远的遗嘱，在我国最新型的导弹驱逐舰——西昌舰上为这位老舰长举行了海葬。

（《小说月报》2009年第6期选载）

孤　哨

卢一萍

10 月 2 日

我一个人守这个哨卡已经有十三天了。

我把枪抱在怀里，半睡半醒地坐在向着 Y 国方向的那个瞭望孔前。我觉得身体困倦，而头脑却异常清醒。

四周的冰雪把外面的天空映照得格外明亮。

我全副武装，走出哨卡，靠在水泥墙上，寒冷但清洁的晨风迎面吹来，使人心旷神怡。

我俯视着群山，众多的山峰都在脚下，像海涛一样翻涌着。晨辉铺到了我的脚下，东面的天空一下子变得如此的近，我觉得自己稍探下身子就可以掬起霞光来。最后，天地间醉人的红色愈来愈浓，像煮沸的血。

远处的冰峰不再那么虎视眈眈地逼视我了，柔和的霞光使它们少了横空出世的霸气。

我忍不住大声吼叫起来，但只吼叫了一声，就觉得被什么东西卡住了脖子，回不上气来。

我这才知道，在这莽莽高原之上，是没有我激动的份儿的。在这里，你必须屈从于它的强大，小心翼翼地、心平气和地生活。

10月3日

强劲的风一早就开始刮，到擦黑时才安静了，好像是因为圆月即将出来的缘故。风止后，尘沙重归于大地，天地间并不混浊。

那轮月亮白天就已静静地待在半空，专等太阳落下去后放出自己的清辉。夜幕降临后，它就在天空露出了自己的面容。它那么大，那么圆，离我那么近，好像是这高原特有的一轮。那些沉睡了的、凝固了的群山被那一轮圣洁的月亮重新唤醒了。我感到群山在缓缓移动，轻轻摇摆，最后它们旋转、腾挪，弯腰舒臂地舞蹈起来，它们似乎还边舞边歌唱着什么。

那是宇宙唯一的声音吗?

月光之中，一切都显得那么真挚，一切都露出了真理的面目。

它如同跨越了一切界限的史诗，如同超脱了一切尘世藩篱的天籁。而这，氧气只有内地一半地方，孤身独影地站在这个星球的肩头才可以听见。

——是的，距此三百里处，才有一个连队，八百里处，才有一个小城，尘世猛然间隔得那么遥远。

这很有质感的月光，使我不愿回到哨卡里去。我如同一尾鱼，畅游在一部激昂的交响乐中。又感觉自己在飞，如一只鹰，直上云霄，冲破长空，荡散浮云。

10月4日

那晚月色的美丽和大山的神奇灌醉了我。我不知道我是什么时候回到哨卡的，也不知道是什么时候入睡的。只记得那晚做了一个梦，梦见自己抱着一轮晶莹剔透的明月在群山间飞奔，跑着跑着，听到一声枪响，那枪弹穿透了我，我没感觉到痛，只看见血喷了出来，把怀中的月亮染红了。我回过头去，看见一群人在追我，他们红发赤面，穿着红色的长袍。然后，染血的月亮像一个盘子一样，在我怀里碎了。

我只觉得这梦很有意思，这也是我上哨卡以来做的第一个比较完整、清晰的梦，我有些珍惜它。

从那晚到现在，我除了做好自己的本职工作外，几乎没有去思考别的。我被一种类似诗歌一样的情绪拍击着。那本就是真正的诗歌，击中并迷醉了我的灵魂。我从中领悟了驻守在这里的价值和意义。

我一丝不苟地注意着周围的一切，时刻警惕着，我认真详尽地记着观察记录，准时向连队汇报。并擦拭自己的武器，进行体能锻炼。我现在可以绕着土坪跑上五十多圈而不会头晕了。另外，我还自觉地练习在新兵连学到的一些基本战术。我觉得自己的日子过得蛮充实的。

但不知为什么，我今天想起了连队，想起了家乡和亲人。他们像疾风一样一遍又一遍地从我头脑中掠过，我担心自己的身心已在自觉不自觉中感觉到了强烈的孤独。

10月11日

今天上午，群山一片宁静，太阳对这里的寒冷无能为力，但它的光辉仍旧照耀出了一个明晰的世界。早饭后，我吃了点荠菜罐头和压缩干粮，正用战备锹平整哨所前的土坪，忽然，一阵呜——呜——的声音从远方传来。我一听就知道，又要起大风了。

六号哨卡正处在风口，一年有三分之一的时间刮着七八级以上的大风。一刮风，那些沙石和不知积了多少年的雪就会被掀起，铺天盖地而来。这时，不管你在哪儿，都必须尽快找个避风的地方躲起来，前年六号哨卡的陈玉清就是由于没躲得及，被风刮起的一块拳头大的石头击中脑袋，抢救不及而死亡的。那风把人掀翻、按倒更是常有的事。

那声音由北而来，吼声如同山洪暴发。太阳也好像一下子被风抹去了，群山顿时陷入了一种黄昏样的昏暗之中。被风卷起的积雪和沙石如同一群狂暴的褐色猛禽，张牙舞爪地向哨卡扑来。我赶紧躲进哨卡之中。随后我听见了被风刮起的卵石乒乒乓乓击打哨卡的声音。有泥沙倾泻在哨卡上的沙沙之声。这风一直刮到下午才停。我出去一看，那积雪和沙石铺了一尺多厚。待天黑定，风又起了，似乎比白天更甚，在黑夜中越刮越猛，如数万只饿狼的凄厉嗥叫，让人感到越来越恐怖。我感到这哨卡似乎也时时有被风拔掉的危险，它如同一叶被大浪狂澜肆意颠覆的舢板，一种遭受毁灭的感觉如同厚重的钢锭从四面八方砸向我。

马灯被风吹得晃动起来，散发出橘红色的光，显得祥和而又宁静。

我看着自己墙上的、随着灯光晃动的影子——他默坐在那里，枪靠在他的脸上。我把头稍稍仰了仰，做出一副视死如归的样子。

外面的风仍在呼啸着。我想起了生存和死亡，它们似乎闪耀着同样的光芒，如同坟头上盛开的花朵以及土地里掩埋的人，它们构成了一个和谐的整体。

炉火已经熄灭了。寒冷从四壁渗进来，湿而黏，如发臭变质的水。

整个大山都在摇撼，都在咆哮。

我心中莫名其妙地飘过一阵伤感。它像秋天里池水的波纹，一圈圈在心中扩散开来，留下了一丝飘浮的隐痛的痕迹，然后消失了。

我想，我必须得入睡了。但是我的思绪却穿过外面的大风去了很远的地方——那由金色和绿色主宰的乡村。

已经零零星星下了好几场雪，雪线已向山下逼去，我希望下一场雪会把整个世界笼罩起来，我希望这一天早些到来。我现在盼望看到下雪，那飘扬的每一朵雪花都是一个生命，它们是舞蹈着的，毫无秩序，充满活力。整个世界都会换上新的容颜：洁白、纯净。那时，即使无月无星的夜晚也不会全是黑暗的，雪光将把空间照耀得格外明亮。

10 月 19 日

今天一早醒来时，外面传来了簌簌刷刷的声音，我知道我期盼中的大雪终于下了。

从今天起，六号哨卡就正式与外界隔绝了。我要下山，山下的人要上来，只有明年 5 月开山之后才有可能。这里已成了汪洋雪海中的一点孤礁。

我准备穿好衣服后，到外面去看看，这时，电话铃响了。这一次的电话是主动响起的，以前大都是我每日汇报情况时打电话给连部。

电话是文书打来的。

"凌哨长，你好！"

"你好，文书！有什么事吗？"

"连长昨天带人去看你了，我想问一下，他到了吗？"

"连长还没到，我也没有接到过他上山的通知。"

"他计划是去了四号哨卡后，再去你那儿。"

"昨晚这儿已下雪了，现在已封了山。"

"那，他们可能就不能上山了，现在正往回返呢。"

"有可能，连里没事吧？"

"也没啥大事，就是冯卫东死了。"

"冯卫东死了？你可不能开这样的玩笑！"

"我没开玩笑，他一跳，就死了。"

"一跳……就死了？"

"是的，10 月 14 日那天的大风把通往防区的电话线刮断了，他跟通信班去查线，他从电杆上下来时，看着只有一米多高，图省事，往下一跳，就没起来了，说是高原猝死。"

"怎么会这样啊……"

"冯卫东死后，指导员向上面打了报告，看能不能追认为烈士，上面还没有批……"

我垂下手臂,觉得黑色的话筒异常沉重。

“还有,喂! 喂! 凌哨长! ”

我拿起话筒。

“还有,六号哨卡上头已宣布撤销了,连长已告诉你了吧? ”

“什么? 你说什么? ”

“我说呀,六号哨卡上头已宣布撤销了。”

“撤了? 不可能吧? 我……我知道了,谢谢你告诉我。”

我觉得自己彻底垮了。这是一个被雪光映照得多么白亮的日子。雪下得那么欢畅,它不可一世地往大地上倾倒着,它要把大地严严实实地裹起来,它是那么从容不迫,那么充满信心,带着一种战争狂式的热情和自信……

“冯卫东……你只一跳, 一跳, 你他妈的就不知道在这世界屋脊上是不能随便跳的么? 一跳……就死了,冯卫东轻轻一跳,就死了……”

我走到哨所外,风雪如冰冷的、被激怒了的巨蟒,紧紧地缠着我。

我开始痛恨这绵延不绝的群山,觉得它空有一副庞大的身架,却没有任何有意义的内容。“空洞、苍白、冷血!”我原以为可以一口说出许多贬低它的词,却只想到了三个。

“冯卫东,这场雪,它是为你而下的……”

积雪已可没膝了,我向远方的冯卫东久久地默哀。

我的心中流淌着一条呜咽着缓缓往前的黑色河流,它穿过积雪,在积雪的衬托下,显得格外的分明。

狞笑着的雪,越堆越厚,似乎要埋葬我。

10 月 30 日

这些天,大雪和大风都没有停。积雪已挡住了我的瞭望孔,哨卡已有半截埋在了雪里。我想,要是没有风把下的雪刮走一些,那雪怕是早就把这个哨卡掩埋了。

我常常记起冯卫东的一切，生命脆弱的现实活生生地摆在面前，我心中总有挥之不去的伤感。加之这个哨卡撤销的事已得到了确定，支撑我生命和信念的东西顷刻之间全都坍塌了。

袁小莲鲜艳的双唇不时在我眼前闪耀，如千里雪原里一枝独秀的花朵。然后，它蔓延开去，长成好大好大的一片。它们那么生动地开放着，欢快地舒展着柔嫩的花瓣，飘出那花特有的芬芳。它们开放得那么广阔，凡是我关于袁小莲的思绪所到的地方，它们都开放着，一直到她那充满甜味的、温暖的气息里。

我开始感到难以忍受这里的空寂和荒芜。但我仍相信自己一定会战胜这一切。我觉得，我应该是为了战胜这一切而来的。

11 月 14 日

我每天早上八点、中午十二点、晚上十一点半都会准时地拿起话筒，把“六号哨卡一切正常”的情况报告给连里，当我意识到这已不需要时，常常要痴愣地站上半天。我给连长去过几次电话，想从他那里听到六号哨卡撤销是没有的事。

其实，我是想听到人的声音。好像只有这样我才能证明自己还活着。

在以前的日子里，我没有留意这里有没有活物，半个多月来，我一直在寻找，但我一次又一次地失望了。这里只有辽阔的死亡。在每一个白天，我用望远镜仔细搜寻着能够纳入我视线的每一寸土地和每一片天空，希望能发现一只飞奔的羚羊、一匹踽踽而行的野马、一只长嗥着的老狼、一只搏击着云天的老鹰，或者一只老弱的兔子、一群残破的乌鸦、几只小小的山雀，可是没有。

没有活着的东西。

我怀疑，我真的活着吗？

永远是铅灰色的天空，永远是白雪裹覆的山脊，永远是狂啸的寒风，永远是肆虐的狂雪。

有时，希望风来一阵，风却静止了；希望云的飘动，云却消散了；希望日头暖一点儿，它却越发的冰凉了。整个空间就这样可怕地静止着，感觉不出一点儿动，也感觉不出一点儿声息。

面对这个由水泥铸成的挺立在山顶上的哨卡，已不用怀疑，它现在存在的意义就只是因为它的孤寂。如今，我像一个在无边无际的惊涛骇浪中驾着无舵小舟、漫无目的地漂荡着的渔人，我被一种漫无边际的虚空越来越紧地包裹着。我怀疑自己最终会不会成为一只蛹，看不见孤寂之外的一丝光亮。

在雄奇壮阔的群山中，我连自己作为一星尘埃的重量也感觉不出。在这种辽阔的景象面前，生命渺小得几近于无。此时，四面都是绵延无际的雪海，它一直绵延进灰褐色的烟霭里。这的确像是波涛汹涌的大海，在很多时候，我的确听到了它们惊天动地的涛声。那涛声让我泪流满面。

在强大无比的大自然面前，我还没有真正交手就失败了。我多想这样安慰自己：那泪只是面对强大的大自然的一种感动，而不是因为别的什么。我想，作为一名身陷此境的人，纵是用这样一种自欺欺人的方式来安慰自己也是可以理解的。

11 月 15 日

寒风尖啸着，狂雪紧裹着哨卡。

我坐在炉子前，望着跳跃的蓝色火苗，我看见连长的脸在炉火里对着我笑。

我知道我想念起连长来了。

我想对他说些什么。我说："连长……"但我不知从何说起了。

我记起他说他打过仗，因此知道什么叫死亡。他说，在战斗中，死亡是一种常识。

我还知道连长是个真不容易的人。这是我无意中知道的，可能只有我知道。那是我当通信员不久，连长喝醉了酒，他脱了衣服——他第一次脱光了衣服睡觉——他以前无论寒暑总是穿着内衣和衬裤睡觉。我发现他身上有几处令我肃然起敬的枪伤。我怕他着凉，要拿起床单给他盖上时，我惊呆了——我发现连长没有那玩意儿！我留意他裆间只有一个手术后留下的近似于“×”状的暗红色伤疤。

从那儿以后，连长看见我似乎就在躲闪什么了，以后就变得烦躁不安，最后就越来越喜怒无常了。有人告诉我，他把我弄到六号哨卡来，就是因为我知道了他的秘密。

“哎，我怎么想起了这些事情呢！”我对自己说。

连长那次从四号哨卡回到连里后，我问关于六号哨卡撤销的事，他说，他是在临上四号哨卡前才知道六号哨卡要撤销的命令的。他说他知道这个消息后非常高兴，准备把我接回连里，没想后来下了大雪，没法上山了，让我只管好好地在山上待着，注意自己的身体和枪弹不丢失就行，别的可以一概不管。

我记得我当时听了他的话，一下就傻了。

1月7日

我没有留意元旦已经过去了。

我原计划半个月换洗一次衣服，现在也觉得没有必要了，甚至认为洗脸也是件多此一举的事了。

这是些多么苍白空洞的日子！我听见日子是那种用钝锯锯木头的声音。我不知道该干什么，我不知道能做些什么。一会儿拿起枪，一会儿扫扫地，一会儿痴看着燃烧的炉火。

“巡逻去吧！”我对自己说。

“巡逻？”我问自己。

“是的……扫雪去，马上就去！六号哨卡的全体人员跟我出去把雪扫了。”

这积雪的确太厚了，浮雪已被风卷走了一些，没卷走的还可以没人腰际，下面还有好厚一层被大风筑牢实了的硬雪层。

我就这样和大家在稀薄的空气里，在零下不知多少摄氏度的严寒里干着终于可以一干的事。

我心中的寂寞随着自己流下的汗水慢慢地消散了，我觉得自己一下轻松了许多。

“唉，怎么会没事做呢？这里有多少雪可以扫呀。”

可是，当我回到哨卡，里面的清冷，里面的孤灯，又使我清醒过来了。好在寂寞就要完全把我包裹住的时候，劳作的疲惫使我睡着了。这是我真正的一次熟睡，那是多么幸福呀。可惜只睡了两个小时，电话铃就把我弄醒了。

我很恼火，同时，又有些高兴。我想，连里这么晚来电话，一定有好消息告诉我。何况，我也希望听到另一个人的声音，我准备和来电话的人好好聊一聊。我拿起了话筒。是连长的声音！他问：“凌五斗，你怎么样啊？”

声音多么亲切！

“报告连长，我还好。”

“枪和子弹没出事吧？”

“没有，枪完好无损，子弹一颗不少。”

“那就行。”

我怕他把电话挂断了，我希望与他说说话，我说：“连长，你还好吧？”

他没回答我，他已把电话挂掉了。

“我×！”我记得我是第一次骂这句脏话。

我握着话筒，盯着雪光映照得惨白的墙壁。我忽然看见有什么东西在房间里舞蹈，它们狞笑着，发出猫头鹰在深夜的那种叫声。哨卡外似乎也是，到处都是。

“得睡着，睡着就没事了，这一定是白天太累的缘故。”

我抱着枪，钻进被子，一闭眼，它们又在眼前出现了，它们还扑向我，用冰冷的舌头舔我的脸。

一种类似电流一样的东西穿透着我的身体，一切的运动都是那么快，如闪电一般。我奋力挣扎着，却很徒劳。我的双手在沉重地挥动，我的双脚在沉重地踢蹬，我的嘴在大张着呼喊，我喊陈忠于，喊袁小莲，喊连长，喊我的娘……我终于醒过来了，我猛地坐起来，虚汗湿透了内衣。我痴愣了半天，把马灯点上，披上大衣，把枪重新抱在怀里。

虚汗止了，但身上十分难受，像穿着一件涂了冰凉糨糊的衣服，心紧张得噗噗噗直跳。身体已虚弱得没了一点儿力气。

夜是这样的死寂，一切声音在此时都停止了。一切都死了，雪就是裹尸布，裹着整个死去的世界。鬼魂在外面潜伏着，准备随时进来把我掳去。

1月16日

从那儿以后，我就不敢在夜里睡觉了。我在白天睡觉，却只能迷迷糊糊地，怎么也睡不踏实。心中的那种警惕，现在虽不需要了，但它还时不时地鸣叫开来。

我一直处在这种境况中，我已觉得自己轻得像一片羽毛。

“我不能就这样完了，我得想点儿办法。”我对自己说，我觉得自己的声音都是飘忽的，我感觉不出那是我自己发出的声音。

外面的雪，下狂了。

“我得做点儿什么。”我对自己说。

我支撑着下了床，在房间里吃力地转着，想找点儿事干。这些天一直坐在床上，腿一走动，竟有些颤抖起来。

我觉得应把床重新铺一下。这床是我上山时李清平他们帮着铺的,我应该自己铺。我揭掉床单,把褥子翻过来,在铺板上看见原先糊在上面,又撕去后留下的残破的报纸,只留下了几行陈旧的文字:

〇〇他家有高龄的奶奶、生病的母亲、〇〇〇女友,但他还是积极响应祖国的号召,为了〇〇〇〇〇〇〇大领袖毛主席,保卫党中央,保卫文化大〇〇的〇〇果实,保卫我们伟大的祖国和人民,他毅然〇〇,远赴边关。

再也看不见别的文字了。但我终于看到了印刷的文字,我的心中不禁有些高兴。不管这些文字记载的什么,都闪耀着人类文明的古老光辉,都让我感到亲切。

1月30日

没事的时候,我就盯着残报上那几行文字看。

虽然这些字使我的精神稍稍有了些好转,但我晚上仍然害怕入睡。这种整日昏昏沉沉的日子使我痛苦无比。

我多么渴望能有一个安睡的夜!

我想,人们之所以在晚上睡觉,总有其深刻的道理。一切真实的东西在夜里都被隐藏或者虚化了,面对被隐藏和虚化的世界,我们除了更多地想到恐惧外,是难以体会到事物存在的其他意义的。因此,人们选择了用沉睡来替代夜的恐惧,一入睡,令人恐惧的世界就暂时从意识中消失了。那是多么美好的事情。可我在夜里却睡不着。我开始怨恨起连长来,假如他那天晚上不用电话吵醒我,我就可以一觉睡到天亮,这一切也就不会发生了。

"我必须调整自己,一定要设法在夜晚睡去!"我狠狠地、大声地对自己说。

今天天一亮,我决定白天就是再困也不睡觉。

我觉得我应该做事，我应该在哨所外修上一些掩体，如果打仗了,就可以用。

我吃了些罐头,然后扛上战备镐,先铲了积雪,刨出地表来,冰冻的地表跟石头一样坚硬。我费了很大的劲,才挖了脸盆大的一个坑。直到挖到卵石层,才省力一点。我记起了中学地理课讲的,这高原很多年以前曾经是一片大海。我就一边吃力地干着,一边想着这美丽的大海变成险恶的大山的事。我感到不可思议。美丽的大海,怎么会变成这个模样呢?一望无际的蔚蓝色的波涛不快不慢地向天际涌去,海里游着千奇百怪的鱼类,海底生长着迷人的珊瑚和海藻,海上飞翔着轻盈动人的海鸟。可现在呢,它只留下了自己朽败的骷髅。如此广阔的地方,竟养不活一丝绿色,除了那垂死的灰褐色和惨然的白色外,什么也没有。辉煌的、充满生机的大海的踪迹已无处可寻了。

还没到中午,我就感到饿了。这使我感到很高兴。我热了一个驴肉罐头,将它全吃完了,还觉得饿,又吃了一个。吃了午饭我又干起来,到傍晚,吃了简单的晚饭,就满怀信心地准备入睡。我想,我白天又困又累,今晚我是一定能睡着的。我把枪放在身边,躺了下去。

“睡吧,今晚好好地睡一觉,五斗。”我充满爱怜地对自己说。

“我就要睡着了,我就要睡着了,我今天这么累,从昨天晚上到现在,我都没迷糊一下,我怎么能睡不着呢?”我微眯着眼睛,给自己鼓劲。

“我今晚一定会睡得非常好的,一定会。我会做一个很好的梦,梦见这里的雪化了,变暖了,山全变绿了。到处都是郁郁苍苍的森林,林间跑着身上印着梅花的鹿群;在森林的上空飞翔着五彩的鸟群,它们的鸣啼欢乐婉转,它们一年四季都在森林里飞来飞去,永不离开。六号哨卡的周围,天天都有鲜花开放。在森林的边上,就是一座城市,那是一座全由木屋组成的城市,没有一点水泥和钢筋的影子。这座城市没有四溢的污水,没有飘浮的黑尘,也没有弥漫的废气。城市到处都有绿树、青草、鲜花和鸣叫的鸟儿；没有电话，洁白的鸽子传递着信息；没有汽车，街上行走着梅花鹿拉的鹿车；也不要电灯，到了晚上到处都挂上点着彩烛的灯笼。我就住在这个城市，住在自己用樟木修成的小屋里，屋子里长年弥漫着香樟的气味，木屋四周围着彩色的木栅。阳光暖暖地照着木屋四周的花朵以及喷着晶莹水柱的喷泉。我坐在一把木靠椅上，显得舒心而平静。在六号哨卡时那残酷的孤寂，留在脸上的痕迹，也被这座真正的城市用母亲加情人般的手抚平了。我在那阳光中昏然安睡。有只洁白的鸽子栖在我的肩头……当然……木屋里住着我的母亲和妻子。妻子……究竟是袁小莲，还是谁呢……是袁小莲。只有她。她有含蓄而迷人的笑，有温柔甜美的声音，轻盈飘洒的步态，直垂到脚背的长裙……嗯，小莲……我该入睡了，我该入睡了……"

我睡了，睡得不深，因为我还能知道自己对自己的这种入睡充满了忧虑，担心那些可怖的东西重又来临。没过多久，我终于彻底醒来了，我把枪抱得那么紧，马灯也没有吹灭，我对这种景象充满了哀伤，我似乎哭过。我的身体是这么劳累，而头脑却时时处于一种痛苦的清醒状态。

"明天，明天再修，整天都不休息，那一定会成功的，一定会，我在晚上就能睡熟了，一定能睡熟。"我安慰着自己。

2月4日

中午，我挖好第六个掩体，我觉得自己的整个身体已被分割成了无数个碎片，头脑里传出一阵阵轰鸣之声，我觉得自己已经不行了。我对自己说："得赶快回到哨卡里去。"

我踉踉跄跄地撞开门。靠在墙上，就觉得天旋地转起来，并且越转越快，最后，我就什么也不知道了。

醒来时，四周漆黑，全身冰凉，头脑里像塞满了废铁烂铜，又像一个充了气的气球，悬在空气中。所有器官都像被什么东西卡住了，手脚如铁棍一样难以弯曲，身体里的血全都冰冻了。

“我还活着么？……这是我的肉体，还是我的灵魂……”

我感到有一丝轻松感从身体内升起，我觉得自己超脱了，我想我现在再也不怕失眠，再也不怕寂寞了，我飘荡的魂魄可以四处飘飞了。

我静静地躺着。我想睁开眼。我的眼前出现了一团朦胧的白光，慢慢地，它清晰了，我辨认出那是一轮月亮。

“这是夜了，可我是在哪儿呢？”我在心里问自己。

我从开着的门洞里，看见一轮雪亮的残月，但那月亮却似乎进不了我的大脑。

“我得坐起来。”我知道自己是躺在地上的。我试着活动手脚，我的手触到了铁床的床脚。“得上床去！”可无论怎样，身体也动不了。我用已经好了些的左手用力拉住床脚，身体向前动了一下；我抬起左手，摸到了被子，把它拉下来，把它裹在身上。

炉火早就熄灭了，哨卡里冻得和外面一样，被窝里也如同冰窖。

我发现自己已经病了。我的头痛得像斧头在劈一样，鼻子也堵得死死的，耳朵里有一种沉闷的嗡呜嗡呜的声音，一阵接一阵地猛响着。随着身体渐渐变暖，病的痛苦就尖叫着逼近我了。我强撑着爬起来，关紧门，把煤炉烧起来，又服了感冒药，才躺上床去。

“这只是感冒，吃了药，躺一躺，明天一早就好了。”我对自己说。

“刚才我是不是晕过去了？不，我只是太困，睡着了，如果在床上也能睡得那样死，那该多好。”我害怕再这样去想问题了，怕胡思乱想一通，又睡不着了。病痛中能够睡去是再好不过的，一觉醒来，这病说不定就好了。我强迫自己不去想什么。我烧得似乎要燃起来了。我开始数数，我想，我如果从一数到一万，不，只到一千我就可以睡着了。

但我从一数到一万后，还没能睡着，我又从一开始，第二次数到了一万，仍不能睡着。我止不住哭了，泪水从脸颊流过，洇湿了枕头。

炉火有气没力地燃烧着，我感觉心中像结了冰一样冷。

外面又起风了，说不定今晚又有一场大雪。风很大，风声如狼嗥。我感到有一张苍白的网正罩向我。我的心在那网的笼罩下，慢慢平静了。死亡就是为了静静地生活。想到此，我不禁释然地呻吟了一声。我探出身子，把电话拿到自己枕边，我想，如果真不行了，我就可以告诉连里，让人来替代我守这哨卡，但我马上想起，这哨卡已经撤掉了，再也不用人来守了，心中不禁升起一股难言的哀伤来。

2 月 22 日

在我希望这场病能夺走我性命的这些日子里，我觉得自己轻松而平静，但今天，我自己的病却好了。我这才知道，即使想死，也不一定就能遂愿的。我曾一度烧得迷迷糊糊的，两三天没有醒来。但我还是没有死去。想死去的人，你得必须活着；想活着的人，你得必须死去。世界也许就是这样。

在我的病逐渐好转时，无处不在的寂寞又降临了，它们在四周重又恐怖地尖叫起来。

这是个无星无月的夜晚，天空中不知怎么布满了黑云。雪光已变得非常微弱，夜，不知是何时充满的。

四周的世界那么死寂，我可以听出大山被严寒冻结时的吱吱啦啦的声音。这死寂使我不由得紧张起来，最后变成了惊恐。我隐隐听到一种恐怖的喘息声自远处传来，然后如同飞一般迅速地靠拢了，声音也由细微变得庞大，那声音似乎就在哨卡外，猛烈地撞击着墙壁。并且，我感觉它们从射击孔爬了进来，带着绿色的磷光，像一条没完没了的蛇，用冷血的身体缠绕着我。我感到心被绷得那么紧，似乎轻轻一触，就会铮然断去。我想呼喊，但那如蛇一样的东西缠住了我的声音，而这呼喊除了自己短暂地排解一下恐惧外，又有什么用呢？

我挣扎着，我拿起了枪，我的枪中有二十发子弹。紧缠着我身上的东西一下松弛了，我听到了它们像稀泥那样淅淅沥沥掉在地上的声音。但哨卡外的声音仍然越来越大。

我紧握着枪。这是什么声音呢？夜的声音，群山的声音，从遥远的大漠里涌上来的声音，还是凶兽恶魔的声音呢？我点上灯，那声音才潮水一样哗哗啦啦地退走了。

我的冷汗慢慢止住了，心似乎也在一点一点地恢复安静。我仍用满含惊惧的眼睛注视着四周，我看见了那些恐惧的喘息声在上面爬行过的痕迹，到处都充满了它们残留的寒意。我拿着枪，关死了门，靠着朝向邻国的那个瞭望孔。

我的头脑出奇的清醒。我已经对睡觉，哪怕是半醒着睡去都充满了恐惧。我不由得下了床，把解下的子弹袋系好，扎好腰带，背上军用水壶，挂上望远镜，然后把冲锋枪从朝向邻国的那个射击孔伸出去，瞄向无边无际的黑夜："战斗马上就要开始了！"

哦，那是敌人朝这里冲锋时发出的喘息声，听！密集的子弹正嗖嗖地钻进哨所四周的积雪里，我眼前甚至还出现了敌人弓着身子朝我冲上来的身影。

"多么热闹，我现在是多么镇定，有仗打了，我打赢了他们，那喘息声就会烟散云消了。我不是一个人在守哨卡，我有十几名兄弟呢，他们都是以一顶十的绝好的战士。他们都在各自的战斗位置上严阵以待。那是什么声音呀，那么气势汹汹，它们近了，我们可以给它们一点颜色瞧瞧了！"

我扣动了扳机，我弹夹里的子弹迫不及待地射了出去，在夜里拖着长长的金黄色尾光，如一颗流星，钻进了对手的胸膛。那对手先直起了身子，像是要把击中他生命的伤口专门给我看看，然后才倒了下去。别的弟兄的枪也响了，对手败退下去了。

"但还没完呢，他们还会来的。"我的头脑现在多么清醒呀。是的，我是哨长，我是天堂湾边防连六号哨卡的哨长，这是距连部最远的哨卡，它有重要的军事意义，我一定要守住它。

“连长,你他妈的放心吧,我是不会给你丢脸的,明天早上,你就等着我的好消息吧。”

我觉得瞄着准星的眼睛酸痛之后,头脑里出现了短暂的空白。

“小莲,去你的吧,现在我哪顾得上你。妈的,这么静,怎么会这么静呢?静得他娘的……我看这正是对手在组织另一次进攻的前兆呢!果然是的,你看,来了更多的人,他们鬼哭狼嚎般喊叫着。不过,你不用担心,小莲,我们全哨的兄弟们完全能够对付他们的。我刚才装了二十一发子弹,我打了十一发,一共打死了十一个人;娘的,十一个,我们十几个人,每人干掉了十一个,那该是多少?打这样的仗,真是太好玩儿了,根本没有想象的那么紧张。把子弹射出去,看到对手颇不情愿地倒下去,心里可真是痛快。开头当然是有些怕的。是有些不忍心杀人的,但慢慢地就有了兴趣……娘的,他们来了,打!”我的叫声嘶哑而恐怖,充满了血腥。

我真的有一种杀戮的快感,我觉得黑夜里已堆满了对手的尸体,他们一层垒一层,以各种姿势倒伏着,血,还冒着热气,哗哗地流出来,汇成红的河,向低凹处漫去,然后冻结了。

我的眼睛已看不清什么东西了。从射击孔灌进来的寒风使我的整个脑袋都麻木了。

曙光的出现,预示着恐怖的夜晚终于过去。我退回到床上,我清醒了——也许是迷糊了,我已搞不清是迷糊还是清醒。我只觉得白天即将来临,我可以入睡了。我抱着枪,酣然睡去。

电话铃响了。我从床上一跃而起,扑向那电话,像扑向一个杀父的仇人。我觉得自己就要爆炸了。我抓起话筒,只管狂怒地大骂一通。刚才那铃声如一条导火索,引爆了我全部的火气。我骂完,啪一声把电话挂了。

一层层厚重的伤心的幕布把我裹缠起来。我不由得放声大哭起来。

一会儿,电话铃又响了,我虚弱地坐在床上,只管流泪,没有去理，电话铃就一直响着，它破旧的声音像锯子一样拉扯着我的心和神经，“×你妈的！”我骂着冲了上去，抓起话筒，咆哮道，“×你先人，老、子、还、活、着！”

我吼完，猛地把电话扣了，电话机在桌子上跳了两跳，摔在了地上，话筒与话机分开了，我听到了里面还有“喂喂喂”的声音。

我看着地上的电话机，心中涌起一股刻骨的仇恨来。我拿起冲锋枪，打开保险，对着话筒扣动了扳机，子弹的尖叫声猛地炸开，硝烟随之散开来。我嘿嘿地笑了。

天已亮了很久，天空很破旧，群山也很破旧。我感到整个世界都颤抖起来，我觉得自己像打摆子一样发起抖来。脑袋似乎已变成了一块几千吨重的钢锭，而支撑它的整个身体又软得像稀泥。我挥舞着铁镐，向着铸着厚重寂寞的四壁奋力砍去。我看到了乱溅的火星。我感觉它与我眼中的火星碰撞着，然后像焰火样散开了……

我的身体飘浮起来了，沉重的头朝下，眼里的火花熄灭了，绿色的蛇一样的东西爬过来，开始舔食我的身体……

×月×日

今天是几月几日呢？我的确搞不清楚了。

我昏头昏脑地过着日子。

我看着呼呼燃烧的炉火，我觉得它们在笑。“笑什么？有什么好笑的？”我狠狠地踢了那炉子一脚，炉灰飞起来，扑了我一脸。

“六号哨卡撤销啦，去你妈的，少骗人！怎么会撤销呢。狗日的雪，你下吧！还有像疯狗一样叫着的风……今天不会是春节吧，今年的春节好像是今天，管他呢，就当今天是春节吧。有四五种罐头，驴肉、牛肉在炉子上烤一烤，再舀上一碗雪，在炉子上化了，就当酒。他娘的，这酒蛮不错呢。冯卫东，先敬你啦。第二杯呢，就敬这大山，你给我一条路，让我离开这里，让我回去。回到哨所去，回到六号哨卡去。第三杯呢，就敬连长，连长，你新年大吉！告诉你吧，我这四壁全是袁小莲的脸……枪响了，哪儿来的枪声呢，飘悠悠地传来，像飘飞的羽毛。鸟儿有很多羽毛，很好看，各种各样的，它们还有翅膀，可我没有。如果有，我就飞离这里，飞到袁小莲的枕边去，为她唱歌。我原来似乎打过一枪，刚才我又打了一枪，子弹闪着金黄的光，击中了对面那座冰山，击中了它的胸膛。它在痛苦地大叫。第四杯呢，敬我的娘，娘，您儿子可勇敢啦，一个人守了一个哨卡，六号哨卡，这是世界上十二个海拔最高的哨卡中最高的一个。这里不错，您儿子很开心，您再吃一块牛肉，这是距今二十六年的一头牛做的。还有这驴肉罐头，上面写的生产日期是 1957 年 10 月 1 日。这样算来，1957 年 9 月 30 日那头驴还在叫呢还在拉东西呢，这是头老驴，肉有些糙……我没醉，我把这罐头盒踢着，好玩儿，过年嘛，踢着罐头盒乐呵乐呵……”

是什么东西在墙上爬，慢慢地，它们露出了越来越狰狞的面孔，发出了让人毛骨悚然的嘶叫。我拿起枪，拉开了保险，对着它们，开了一枪，枪声在哨所生发出一阵闷响，我吓呆了，我怎么能随意开枪呢？我看着冒着青色硝烟的枪口，像睡着的人一样，突然惊醒了。

我连忙清点子弹，少了三发，只有十七发了。那两发子弹是啥时打掉的，我怎么也想不起来。

×月×日

这段日子，像一堆垃圾，没有一点头绪。

我看了那些日子记下的混乱的日记，知道那两发子弹也是被我打掉的。

我把电话机的话筒放回到话机上。

这里的煤已剩得不多，罐头及压缩干粮也吃不了多久了。

要战胜这无处不在的孤寂，还是要找事做。

可是，做什么事呢？

我看着漫山遍野的雪，产生了一个想法：堆上一百多个雪人。我为自己产生了这样的想法激动不已，我第一次觉得自己真正地高兴起来了。

我开始了。我先堆冯向东，再堆陈忠于，再堆李清平……

×月×日

在我堆第三十一个雪人的那个上午，电话铃响了！

我飞跑进哨卡，拿起话筒，又条件反射地，像去捉一条毒蛇似的把它放下了。我在它第二次响铃的时候，才拿起了它，手哆嗦着，好半天才把它放到耳朵边。

是陈忠于的声音！

“你，你是老班长呀？”我的泪水一下涌了出来，我努力忍住，不让他听出我的哭音。

“啊，我是，你没事吧？”

“没事，没事，我很好的，我很好……”我终于忍不住放声大哭起来。

“哭吧，哭吧，哭一哭，就好受些了。”他的声音也有些哽咽了。

不知过了多久，我忍住了哭，我说：“你，你怎么，现在才给我来电话？”

“我送冯卫东的骨灰回去，处理了一些事，又顺路探家了。告诉你一个好消息，你一定要注意听，你能听清楚我说的话吗？”

“能，能。”

“这个好消息是，上面已决定，六号哨卡依然恢复，它的意义不但没有削弱，还比以前变得更重要了。你必须还得一个人守一段时间，待雪化了些，连队就会给你增派人马。”

“恢复？六号哨卡恢复了？你哄人！”

“你想想看，我老哥哪里哄过人呢！”

“那，这是真的啦？”

“当然是真的，是千真万确的！”

“是真的……我知道你不会哄我……”

“你怎么又哭了，是不是有困难，感到坚持不住，受不了啦？”

“的确，我觉得自己好像已死过好几回了。现在哭，是因为高兴……你放心吧，我会坚持住的……”

“有你在那里守着，大家都会放心的。”

“哦，对了，今天是几月几号啦？”

“4 月 21 号了。”

“哦，都 4 月份了，好的，我知道了。再过一个月左右，山下的人就可以上山来了。”

我放下话筒，觉得这房间里的每一星尘埃都发出了异彩。

6 月 2 日

自从接到陈忠于的电话，我就恢复了原来的警惕，并且堆够了一百零五名雪人。它们裸着雄健的身体，兵马俑一样威风地立在哨卡四周。

连长是最后堆成的。在堆他时，我犯了很大的难，我不知道该不该把他那被战争夺去的男性标志给他塑上。

经过痛苦的思考和犹豫，我还是遵循了实事求是的原则，让那里空无一物。我做出这样的决定后，感到很抱歉，我对连长的雪塑说：“连长，我没有办法不这样做，请您原谅！”

塑完“雪兵”，我看着雪线已在慢慢朝山上退却。

我一直看着上山的路，希望增援我的人能早些上来。

今天，我终于等到了离开这里的一天。中午，陈忠于开着车来到了哨卡。他让我跟着他回连里去，并且告诉我，六号哨卡并没有恢复，他当时之所以那么说，只是想救我。听他说完，我紧紧地拥抱住了他，我的泪水流在了他的肩膀上。

我就要离开这里了。那一个连的雪人有些被风吹残了，在已经转暖的阳光照耀下默默地融化着。只是在背风背阳处的连长的塑像还完好无损。在临上车之际，我回转身，给他添上了一个粗壮的男性标志，然后给他敬了个我有生以来最标准的军礼。

（《小说月报》2010年第6期选载）

终将远去

王　凯

一

周文明喊“报告”的时候，我正在连部宿舍看《空战史》。老实说，这本书比杜黑的《制空权》要有趣许多，不过今晚却看得心不在焉。我甚至还计划看一看克劳塞维茨的《战争论》，尽管我非常怀疑自己是否具备阅读这类经典的能力、心情和耐性。从前有空的时候我不大会看这类书，我想我看过最学术的书也就是《梦的解析》了，而且看了以后更加搞不懂自己的梦。自七月份从兵种院校集训回来后，除了用大量时间来学专业理论之外，我突然觉得自己应该开始看看这些著作。虽然我清楚，这些关于战争的宏大论述宛如五七高炮，集火射击时能打下战斗机甚至巡航导弹，却解决不了那些困扰着我而且并不比蚊子更大的问题。

周文明把手里那个透明的薄塑料袋放在我桌上，然后立正站在一边。我看到塑料袋内壁布满了白色的水汽。每个周五和周六晚上，周文明都会把两个晚餐剩下的馒头切成片，油炸后给我送来当夜餐。包括他在内的全连所有人都知道，周末这两天我会睡得很晚。我将会看书、看碟，或者打 1.0c 版的《帝国时代Ⅱ》(不过集训回来就再没打过)，而且要吃周文明炸的馒头片。睡得晚是有理由的。根据《内务条令》第一百二十七条之规定，休息日和节假日可以推迟三十分钟起床。吃炸馒头片就没什么理由了。如果一定要找个理由的话，那这个理由就是：我是连长。

饭堂门锁好没？我放下手里的书问。

锁好了。

大棚草帘子放没？

放了。周文明说，猪圈我也检查了。猪都够，都睡了。

妈的，还是猪过得比较无忧无虑，周文明你说呢？我开了句玩笑，可惜周文明很认真地回答说是，搞得我索然无味。周文明不是个适合开玩笑的兵。有些兵知道你什么时候是在开玩笑什么时候是认真的，但周文明不知道。

睡了就好。我只好说，你也睡去吧。

连长要没其他事，我就回去了。

去吧。

周文明刚走到门口，我又把他叫住了。

周文明，今天几号？

十一月七号。周文明有点纳闷地看着我，应该是七号吧。

今天什么日子你知道不？

周文明被我问住了。他两手抓着迷彩服的下摆，看上去正在努力思考。努力了半天以后他摇摇头，连长，我不知道。

想不出来就算了。我说。我本想提一下张安定，最后还是忍住了。因为我认识的张安定和他认识的张安定虽然都是张安定，可事实上又并非同一个张安定。

你的腰怎么样了？

好多了，早上起来疼得不那么厉害了。

行。我说，马上熄灯了，回去睡吧。明天把你的迷彩服洗洗，你看看你的肩章，都黑得跟海军一样了。

海军咋了，连长，海军为啥黑？

我是说，我无奈地叹口气，咱们的肩章是蓝的，陆军的肩章是绿的，海军的肩章是黑的。你的肩章都脏成黑的了，所以像海军。这次听懂了吧？

是。周文明看上去并没觉得这有什么好笑，敬个礼走了。

周文明走后，我盯着面前的油炸馒头片发了一会儿呆。如果按每周四个馒头算的话，这几年，除了一日三餐，我额外吃掉的馒头至少有六百多个，足够全营一顿晚饭吃的了。馒头片上没有署名没有条码也没有防伪标识，但我一闻就知道是不是出自周文明之手。每个馒头他一般切成五片，用植物油炸，不加任何修饰。刚到三连当连长的时候，炊事班的几个兵都曾给我炸过馒头片。我记得冯维给每片馒头都裹上鸡蛋，蛋汁把馒头片浸得绵软，虽豪华但难吃。刘清总是把馒头片炸得焦黑，要么是觉得多炸一会儿才能表现他对我的爱戴，要么就是想让我多吃些致癌物不得好死。只有周文明炸的馒头片不焦不煳不软不硬不咸不淡，低调却可口。这对我而言是个意外。在我印象里，几乎所有牵涉技术性的问题上，他都很难做到位。从队列训练到驾驶训练，从揉馒头到炒大锅菜，没有一件事他能真正过关。即便是照料蔬菜大棚这样技术含量偏低的工作，他也会整出岔子。二月二十六号，也就是我外出集训的前一天晚上，他给蔬菜大棚放草帘子时一脚踩空从墙头掉下来摔伤了腰椎，害得我在医院里待了一宿，差点误了火车。

周文明的馒头片色泽金黄，表面上有几颗尚未融化的食盐颗粒，还有我熟悉并且含蓄的香味。这种香味有别于麦当劳或者必胜客，充满了中国特色和古典主义情怀。做馒头的面粉来自军粮供应站，揉馒头的手属于炊事班长冯维或者炊事员刘清，周文明的馒头片是基于好馒头的存在而存在的，他是在好馒头存在的基础上进行的再创造。自从把周文明接到部队，我也一直试图对他进行再创造，就好比当年张安定对我们再创造一样。我还是下士文书的时候张安定就告诉我，只要肯用情用心用脑，什么样的兵都能带出来。然而问题在于，假设我们每人都相当于一个馒头，那么周文明本身并不能算是个优秀的馒头。他也许只是一个发酸或者碱大了的馒头。我再怎么折腾也无法使他变得松软可口。

我还想再看一会儿书，但看不进去了。我拿起手电，先去阵地上查哨，回来又接着查铺。回到宿舍，我决定看张影碟放松一下。《无主之地》。片子里那个倒霉的家伙四仰八叉地躺在我的电脑屏幕上，身下压着一枚阴险毒辣的弹射地雷。他只要一起身，地雷就会从地上弹起来把他炸到另外一个世界去。他指望有人来拯救他。遗憾的是未来战士、印第安纳·琼斯和警探哈里都未曾出现。等我吃光了所有的馒头片，他仍然绝望地躺在那里。电影结束的时候，我坐在电脑前面思考了许久主人公的命运。直到我说服自己这不过是部电影，然后才去睡觉。躺在床上我仍在想电影里那个倒霉的家伙，以及如果那人是我的话我会想些什么，等等。我觉得自己真是个标准的影迷。

二

怎么办？指导员坐在我对面叹口气，能把人愁死。

我沉默。因为我也不知道怎么办。我一直认为指导员心眼儿偏好并且能力偏强。这两条对实行军事政治双主官制的中国人民解放军基层连队来说至关重要。前者是我们可以深入沟通的前提，后者则让我们工作起来彼此都不会觉得太累。连长和指导员的搭配类似包办婚姻，由一纸命令确定，没有任何选择余地。所以一个连长遇到一个什么样的指导员或者一个指导员遇到一个什么样的连长，靠的是上级的决定和个人的运气。也许运气的成分更大些。我一直认为自己运气不错。我得承认跟指导员搭班子带兵是一件愉快的事。我们俩被包办得还比较开心。况且指导员还经常有些好点子。可现在，我呆若木鸡，他黔驴技穷。

上午从营部开会回来，我和指导员就一直呆坐在连部。两个人抽完一包烟，仍旧一筹莫展。其实会开得很短，一共就半小时。议题也只

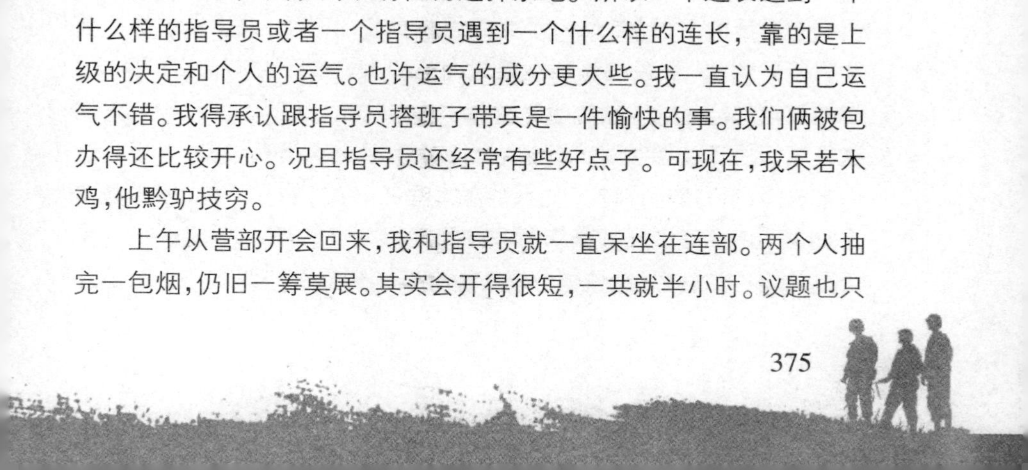

有一个——老兵复退工作。按说这件事对连队来说不过是项例行公事，年年岁岁花相似，岁岁年年人不同罢了，没什么挑战性。然而今年却有些不同寻常。经过高层反复论证数年后，本旅换装——武器装备更新换代的军方用语——已成定局。从目前情况看，国产最新型防空武器系统将于明年初到位，而我上半年集训也是为了这一天。

老营房西面的新阵地早已竣工，接下来是新指挥所、新库房、新宿舍楼，连楼前的龙爪槐和蚂蚁洞也是新的。除了人和“西北望、射天狼”的战斗标语，一切都是全新的。其实人也有了新变化。为适应换装需要，这次老兵复退的要求和指标，是根据新编制确定的。如此一来，全营的兵力编制大幅减缩，直接的后果就是年底的复退兵员比例将远超往年。换句话说，新装备用不了现在这么多人，就好比八抬大轿换成了小汽车。战斗机和防空导弹总处在相互制衡的状态中，就像矛和盾，一对永远在矛盾中相互促进共同发展的矛和盾。战斗机不断更新换代，速度、机动性、隐身能力和弹药智能化程度都空前进步，需要速度更快、隐蔽性更好、机动和抗干扰能力更强、覆盖空域更广的防空导弹系统，来确保能够迅速发现和准确击落敌机。对提升战斗力而言，新装备的到来绝对是件好事。但作为一个触发事件，换装不仅意味着目前这套服役多年的兵器将被淘汰，也暗示着有一批人将被淘汰。淘汰这个词比较狠，可没办法，生活不是因为一个词才变狠的。生活本来就狠。

会议内容的关键一点，是让我们尽快召开支委会，拿出我们需要留队或退伍的名单。前些日子组织思想摸底的时候，谁想走谁想留基本都有了意向。服役期满并且愿意退伍的人这次不会有什么问题，想走的应该都能走。问题是想走的兵不多。从工农红军时代至今，我们这支军队的源头始终没离开过农村。大多数士兵出身农家，当兵对他们来说是个不错的出路。如果能考上军校最好，如果不能，那么选取士官也不错。每个月可以拿到一份固定的工资。当然，不能说工资是最重要的，但绝对是重要的。好在还有其他用钱买不来的东西。一九九九年兵役制度改革之后，一个士兵的义务兵役期由从前的四年缩短至两年，而理论上可能服役的最高年限则从原来的十三年延长为三十年。一个士兵愿意一直在部队待下去的话，就需要每隔几年选取一次高一级士官。从最低的一级士官到最高的六级士官，每选取高一级士官，名额都相应减少，至于像五、六级这样的高级士官，在部队实属凤毛麟角，绝大多数士官，都会在一级或二级服役期满后退伍。

从我们摸底的情况看，全连想选取高一级士官的人数占到服役期满士兵总数的百分之八十以上，可按照新编制比例，留队指标不到其中的一半。在我的印象里，从来没有这么严重的供需矛盾。往年也有自己想留留不了的，或者我们想留留不下来的，但毕竟还在可以接受的范围内。今年则完全突破了我的心理预期。上午的会上，营长传达了旅长的指示精神。旅长是从高级机关下派的干部，曾在国防大学和莫斯科某军事院校深造，拥有工学学士、法学硕士和军事学博士学位，高大英俊，谈吐不凡，思维新锐，年轻有为，军装永远笔挺，皮鞋永远锃亮，据说是现阶段旅部女军官们的超级偶像和择偶驯夫的最高标准。旅长指示，必须要让军政素质全面过硬的优秀士兵留，让那些不适应转型建设和新装备战斗力形成的人走。

领导经常语重心长地说废话。我说，什么叫不适应转型建设和战斗力形成的人？

领导永远都是正确的，哪怕正确的只是废话。指导员笑，咱们还是想想名单怎么搞吧！

搞个茄子搞，脑袋都是乱的。我说，要是张安定在就好了，我可以去请教一下他老人家。问问他要遇到这事会怎么办。

废话，他肯定有主意。指导员突然笑起来，我明白了，你这是在说我。拿我跟张安定比是不是？你明知道比不了。

不不不，我哪能这么说书记。我笑笑，递给指导员一根烟，我昨晚梦见他了。你不知道，大前天是他五周年。那天我问周文明十一月七号是什么日子，这小子竟然想不起来。

正常。感情跟血缘没有必然的联系。周文明对张安定的感情不能跟你比。

我看着指导员，你说，周文明这样的兵该不该留？

你说呢？

你先回答我。

我还没想好。我在想如果是张安定的话，会不会让周文明这样的兵留下。

也可能留也可能不留。我想不出来。再说现在的指导员是你不是他。我说。我知道指导员是个聪明的家伙，知道我在想什么。所以我只好耍赖，你先说你的。

按照我的标准，他应该留。按你的标准也一样。

我坐直了身子，但不置可否。

不过，要按照旅长的标准，他走定了。

那我们该按谁的标准？旅长的还是你我的？

不按旅长的也不按你我的。指导员不动声色地喷出一口烟，要按大家的。

三

事实上，整编的事早已不是秘密。什么事都架不住群起而关心，大家一关心往往就无密可保。士兵之中流传着各种版本的小道消息。人在对未来忧心忡忡的时候就容易寄希望于神灵和小道消息。何况，这也不能怪传播小道消息的人，因为大道被封锁，空空荡荡，没有消息。这些小道消息不停地被其他小道消息刷新。谁也阻止不了这一切。因为这不是可有可无的八卦新闻，而是关系到他们前途命运的大事。目前唯一还能算秘密的，是留队指标。

从营部开完会回来的那天中午到晚饭前，我接了好几个电话。据指导员说，他也接了几个电话，题材和内容与我接到的雷同。电话大都是机关打来的。到连队任职前，我是司令部作战科的参谋，指导员是政治部宣传科的干事，机关人头都比较熟。打电话的一般会先叙两句旧，然后切入主题。所有电话都是一个主题——关照某某留队。其实这样的事，我和指导员没有任何能力去左右。从理论上讲，我们本来是可以左右一下的，可惜理论是灰色的，生命之树常青。我们想留的兵留不下，我们不想留的兵却照样选取高一级士官，这样的事每年都会发生。不然指导员也不会抱怨自己讲了一年一分耕耘一分收获的道理，到年底全都等于白说。

刚接这些电话时，我还有些意外。后来才想起来，今年旅长亲自担任士官选取工作领导小组组长，要求还政于基层，最大限度地尊重基层党支部的意见。旅党委常委会研究留队人员时，必须要有每个基层连队党支部书记和副书记签名的排序名单，这样一来，只要在规定的指标范围内排名越靠前，留队的希望就越大。

我烦这些电话。每年大概都有许多这样的电话，只不过不打给我们罢了。如果不是旅长的新举措，那么接听这些电话的将是能够决定士兵走留的人。去年底我和指导员把最能干的三班长林小木排在留队名单的第一号，结果兵员会结束后，他还是被列入退役名单里。我和指导员去营部找营长说理，结果反被营长臭训一顿：哼，你们找我兴师问罪，我找谁说去？营长拍着桌子冲我们大叫，营部文书都他妈没留下，难道他不优秀？人家知书达理能写会算，比个干部还管用！就那么几个指标，你也要他也要，到营里还能有几个？你们有冤找旅长政委喊去，少在这儿给我添乱，我还一肚子火呢！

灰头土脸地回来后，我把林小木找来谈话。我想自己从来没那么笨嘴拙舌过。前言不搭后语地说了半天，直到林小木开口：连长，我知道你关心我，不过你千万别想不开。林小木说，留下来当然好，留不下来，我也没啥想不通的。当兵早晚都得有脱军装的这一天不是？我在连里八年，入了党，学了车，当了班长，还立了功，一个兵能有的我都有了，没啥遗憾的。最舍不得的就是连里的弟兄们。连长你就放心吧，我会记得自己是三连的兵，走到哪儿我都不会给你们丢脸的。

当时林小木把我说得眼泪都出来了。这么好的兵也没选取三级士官。老兵离队那天，我送给林小木一只 MP4。本想买只 iPod 给他的，可是超出了我的预算。说起来，我并不欠他什么，可我就是觉得我欠他的。

有时候我想，这种对手下那些优秀士兵的愧疚，也许和当年的张安定感同身受。十多年前，我还在旅部指挥连当文书的时候，连队还没有现在这么多报纸杂志和图书光盘，也没有 DVD、电声乐器和台球桌。我们业余时间经常闲得蛋疼。我就曾干过拿汽油烧老鼠、拿开水灌蚂蚁洞之类的无聊事。更绝的是一个广西梧州兵，曾拿着拇指粗的“雷子”系在麻雀腿上，点着捻子后再把它放掉，然后看着可怜的家伙奋力扑腾几下后一命呜呼。上任刚一个月的张安定看到这场面后，并没有批我们，而是在接下来的几天里，没完没了地去宣传科，直到把科长磨得两耳冒风，终于开恩给我们配发了一些图书和小乐器。后来他又主张把两头大猪卖掉，买回几台电脑学习机。最后，张安定拿出一个月的工资给我们买了一台 VCD 影碟机，使我们成为全旅最早看上 VCD 的连队。为此我们欢呼雀跃了好几天。两个月后，我们凑齐了 VCD 的钱要还他，他却死活不收。我记得他在军人大会上说，大家业余时间没事干，没开展好娱乐活动，是他作为指导员的失职。这台 VCD，只是他给我们认的一个错。我现在越来越明白张安定了。想留但留不下的好兵越多，我的愧疚就越重。今年，我都不敢想自己会愧疚到什么程度。一定很严重。那些打电话的人不会愧疚。他们把愧疚送给了我们，把成就感留给了自己。

吃过晚饭，我照例去阵地走了一圈。根据营里安排，这个月阵地警卫执勤轮到我们连。其实就算不轮到我们，饭后我依然还是会去阵地散散步。我喜欢这地方。这里让人比较自在。虽然我们是离旅部——或者说旅部所在城市——最近的一个营，但我很少去市里。一般只去离营区两公里以外的小镇。那里的羊肉串和红枣茶风味极佳。

更多的时候，我宁愿待在连队。可惜用不了多久，这些上世纪六十年代建成的老营房就要被废弃了。等我们搬到西边那栋新楼里，这些用石块和青砖砌成的老式平房、我们用碎石铺就的小路、营院后面的蔬菜大棚和猪圈、被鞋底磨出光亮的通往阵地的八十七级石质台阶、银色修长造型优美的导弹，以及暗红色木质屋檐下和水泥地缝隙中积存的时光和往事都将离我远去。情感往往附着在具体的人或物上，否则只能四处流浪无处落脚。再过几年，不会有谁还记得这个地方了。还有曾出现在这个地方的面孔和往事。

从阵地回来的路上，碰到张海波在给冲洗车加水。他双手插在迷彩服裤兜里，站在车前笑眯眯地看着我走过来。六年前我军校毕业分到连里当排长时，他就已经是二级士官了。换句话说，他属于可以跟本连长随便一点的老兵。除了经常犯些诸如在大棚里就着黄瓜喝酒、偶尔伪装拉肚子逃避出操、开车在营院里超速之类让人虽然不快却又无法上纲上线的毛病之外，总体说来，是个让人喜欢的兵。

连长，又散步呢。张海波看我走近后，冲我打招呼。

你儿子怎么样，烧退了没？

好了好了。昨天我老婆打电话说本来再烧就往乡卫生院送，结果又不烧了，现在也没啥事。张海波正说着，车后面跑过来个人，正准备绕过车头却看到了我，猛地站住了。

跑啥跑！我看着对面气喘吁吁的周文明，手里提的啥？

饭……连长，周文明涨红着脸，张班长给车上水没赶上饭。

饭堂收拾好了？

好了。

猪呢？

我就喂去。周文明紧张地看着我，就去呢。

我问完周文明又有点后悔。只要有第三者在场，我对周文明说话都比较凶恶。每次凶恶完了我又会后悔。对连里其他人我极少这样，只有周文明。自从我把他接到部队以后都是这样。我改不了自己。我不说话了。

文明是个好同志。张海波笑着从兜里掏出烟冲我晃晃，连长抽一根?

你赶紧回去吃饭吧。我摆摆手，外面太冷，一会儿饭凉了没法吃了。

没事，我在驾驶室吃就行。张海波点上烟，连长，听说今年要走不少人?

少在这儿明知故问。

我这是关心准备留队的同志嘛。像我们文明这样的，是吧文明?

周文明连忙说是。

是什么是? 我瞪了周文明一眼，有你什么事? 赶紧喂你的猪去!

是。周文明红着脸，一溜烟跑了。

张海波我警告你，以后不要当着要留队的人问我这么没脑子的问题。我瞪一眼张海波，叫我怎么表态? 你这么老的兵了这点事都不懂吗?

是是是。我错了。张海波嬉皮笑脸地再次给我发烟，又殷勤地替我点上，我这人一唠嗑就想啥说啥，连长你别见怪。

你算是功德圆满了。三级期满，正好转业。那些要留的真让我发愁。

我倒是还想操练操练新兵器，可惜没机会了，只好老老实实站最后一班岗了。张海波说，说真的连长，周文明不错，整整应该能留下吧?

想打探我的虚实?门儿都没有。再说了，凭什么周文明就得留?你给我个过硬的理由先。

周文明表现好，人实在啊。连里这些个人，谁能像他那么任劳任怨? 干啥都没二话，再苦也不叫唤。当然了，我差不多也能算一个。张海波嘿嘿笑，再说了，他家穷得尿血，自己还整出一身病，让人觉得这孩子挺那啥的。

挺啥?

挺可怜的呗,人好心好命不好。

什么可怜? 以后别让我再听到这种屁话! 我瞪了张海波一眼,他跟你一样,都是连里的兵,有什么好可怜的?

我就是说那个意思嘛。代表一点点群众公论啥的。

行了你,赶紧吃饭去。我先走了。

我走了没几步,听见张海波在后面说,连长,其实我知道你也可怜他。

我转回头,说什么呢你? 再乱说我踹死你!

没说没说,我啥也没说。张海波笑着跳上驾驶室,“嘭”地把车门关上,然后从车窗探出脑袋,我祝连长早日高升呢。

四

晚饭的四个菜全部偏咸,其中一个蒜薹炒肉片咸得发苦,根本没法吃。有人在小声抱怨,饭堂里充满了“嗡嗡”声。除了吃面条会发出波澜壮阔的吸溜声之外,饭堂总是比较安静的。我想去制止这声音,突然又觉得很犹豫,直到值班排长站起来吼了一声“不要讲话”,饭堂才重新安静下来。

周文明炒菜还是不行。我吃完饭走到半路上,司务长跑来把我叫住诉苦,估计是怕我回头拿菜太咸的事训他。

这小子水平太不稳定,有时候炒得像三级厨师,有时候纯粹就是个二把刀。这几天每次看他炒菜都能把我紧张出一头汗。司务长边说边抹抹额头,好像真出汗了似的,兵嘛绝对是个好兵,就是脑子不那么够用。

那怎么办,总不能不让冯维休假吧? 我说,你多盯着他点,兵还是要教的,教会了就好了。我刚到部队的时候傻乎乎的连电话都不知道怎么接,现在不也当连长了?

连长又开玩笑。周文明怎么能跟你相提并论。周文明第五年都快满了，脑袋还是不开窍。车吧开不了，专业吧搞不懂，馒头吧也揉不成，炒个菜吧，看见冯维随便抓把盐撒进去味道就很好，他也学，结果一把盐下去菜全废了，把个猪都吃得在那里惨叫。能把人急死。司务长挠着下巴，我听我军需科的老乡说，换装的时候比较好申请经费，旅长想把各营的灶全部合了，连队不再单独开伙。每个营建一个大饭堂，楼下吃饭，楼上搞成文化活动中心，又能看电影，又能玩儿，还能当小礼堂用。我发现旅长还真是能折腾，灶一合，我们几个司务长都该转业了。

我怎么没听说？这消息可靠吗？

应该差不多。我老乡他们正和营房科、宣传科的人一起搞方案，说是每个连只留一个等级厨师，其他的全部分流。周文明能不能留得下是比较成问题。

留不下就走，这有什么？我说，谁还能在部队待一辈子？

话是这样说，真要被逼着走就不那么得劲了。就跟人总有一天要死似的，总不能因为以后要死就不好好活了吧？再说这个兵真的不错，要是留下让他专门管菜地和猪圈最合适了，当给养员买菜也没问题，人老实，不会玩儿猫腻。我叫他买过几次菜，都比其他几个连买的水灵，还便宜不少。

我就说嘛，人总是有优点的。我说，马上专业考核，你有空多教教他。多学一点是一点。

司务长答应着，回饭堂去了。我虽然在教育司务长，可我自己心里是虚的。连里、营里、旅里，甚至这个地球上，应该不会有人比我更知道周文明了。从见到他的那天起，我就注定要成为这样一个角色。我知道他的优点在哪儿。五年前，在带着一百个新兵前往部队的火车上，我就发现周文明的优点了。在火车上，我给每个新兵发了两盒方便面四根火腿肠，权作午、晚两餐饭。新兵能吃。刚过兰州，绝大多数人的食品已经下肚，眼见得晚上没得吃了。没办法，我只得在兰州站下车买了几百个面包回来发给大家。发到周文明时，突然发现他的方便面和火腿肠还原封不动地在座位底下放着。问他为什么不吃，他答说想等到部队没饭的时候再吃。

你说你都操的什么闲心？我哭笑不得，部队还能少了你的饭？赶快都给我吃了！一会儿我要过来检查。

发完面包，和漂亮的女列车员聊了一会儿再往回走，就看见一大口面条挂在周文明的下巴上。见我叫他，周文明拼命把面往嘴里吸，不料面没吃进去，人却捂着嘴猛冲进厕所，哇哇地吐了起来。

我赶紧跟过去，周文明嘴也顾不上擦，直直地戳在那里，眼角都是憋出来的泪花，连长，我实在吃不动了。我没完成任务，你打我吧。

我是叫你吃饱，没叫你把自己撑死！我发了一会儿愣，训了他一句，然后就喜欢上了这个兵。虽然他带给我的并非都是愉快的感受。

几年里，我一直想说服自己，让周文明当兵并不是个错误。但也许我越想说服自己，就越说明这是个错误。就像我几年前曾经努力说服自己忘掉一个姑娘一样，直到我不再想说服自己的那一刻起，她才真正从我心里淡去。到连队以后，我花在周文明身上的时间和精力比任何人都多，但收效却比任何人都小。他让我开始认识到，改变一个人并不比改变一个世界简单。爱因斯坦和李白都不是谁教出来的。要有人教，也得有悟性才行。我第一次考军校落榜之后，张安定替我分析了一番形势。他说，事物发展总是呈螺旋式上升波浪式前进，我要获得光明的前途必须要经过曲折的道路。然后张安定开始给我辅导数学。他讲的我都能明白，他布置给我的习题我也能做得差不多。每道题我都努力做出正确答案。因为我只要做错一道，张安定就会再给我布置两道。英语不是他的强项，就借着跟十一中共建的机会，通过校长找来一个女老师给我辅导。为此还专门带着我请老师吃了一次拜师饭。我现在仿佛还记着那顿火锅温暖的味道。

然而对于周文明，我没有任何办法。这是我试过很多办法后得出的结论。我刚当连长不久，那时周文明还在跟车复训。跟他一批去司训队学车的兵全都放单了，唯有他始终跟着张海波的车复训，而且永远也训不出来。为了让他提高技术，张海波私下里曾请他吃过好几次牛肉面，更多的时候是挥舞着大号改锥敲打他握着方向盘的手背。然而不论如何软硬兼施，都没能让周文明放单。面对奋发而无法向上的周文明，张海波终于绝望了。

连长，你要给我一只八哥，我肯定能让它学会指挥班教练。我记得有一次他向我诉苦，你给我只麻雀叫我咋整？

过了大半年，周文明仍然无法通过全部驾驶技能测试。最后一次开车时，周文明踩错了制动踏板，把车开进了小花园，盛开的花朵被压成了烂泥，气得营长把我臭骂了半个小时。这还不算完。只要营里开会，不管大会小会，营长都会提这事。直到第二年过年，一连的几个兵大年三十晚上合伙去网吧上网被副参谋长查到之后，我们才算是脱了身。

出事之后，我让周文明写检查。结果交上来的检查一共不到半页纸，其中一大半的字我都不认识。一连打回去三次，每次交上来的都比第一次好不了多少。每次到连部交检查的时候，他都无比难过，我相信他内心涌动着大量的悔恨，只是没有能力表达罢了。我放过了他。他也失去了继续跟车复训的理由，去了战斗班。可还是不行。他老家那所锣齐鼓不齐的村办小学他也只念到三年级。三年小学再加上连队教会的，也无法让他拥有自如阅读报纸杂志的能力，遑论那厚厚一本天蓝色塑料皮包裹着、充满了公式和术语的《战斗教令》了。

我从未见过周文明这样的人，就像我从来没见过张安定那样的人一样。每个人看上去不会有太大差别，但事实上这些看上去大同小异的人永远都像宇宙中互不接触的星球，谁也搞不懂谁。周文明在新兵连的那段时间，我曾怀疑他智力有问题。不光识字，队列训练他的动作也永远比别人慢半拍。幸好他个头瘦小站在队列最后一名，不然走在他后面的人全部都会被他带乱。可是后来，我确定这是个能力而非智力问题。因为我说的话他又全都明白，也很努力地去做。不管我让他做什么，他都像忠臣接到圣旨一样不遗余力，虽然最后的结果总是无法让我满意。见到周文明之前，我以为世上无难事只要肯登攀，后来发现登攀也未必就能解决难事。我得承认，有些事情与努力无关。

五

上午组织兵器维护，手都冻得伸不出来。回到宿舍抱了半天暖气包才缓过劲来。刚沏了杯茶，营部来电话通知我和指导员去开会，说是旅机关联合工作组明后天要来营里检查老兵复退工作准备情况，要开会布置工作。一年至少一百个会。虽然比起刚当连长那阵子，三年里我在折腾与反折腾的斗争中积累的经验差不多足以应付各级工作组，但对工作组的厌倦程度却一如既往。我只要知道工作组的级别和组成人员，也就相应地知道他们会听什么问什么看什么，然后我就去准备他们要听、问、看的东西。联合工作组也无所谓。我有应对这种联合火力打击的办法。只是比一般检查更麻烦些罢了。有一些登记本要补记，有些材料在电脑上改头换面就可以继续用，还有些东西要让士兵们去背。他们可能已经背过很多遍了。他们背过多少遍就会忘掉多少遍。这也许说明一个问题，那就是这些东西根本没有记住的必要。如果真的有用，我想他们会记住的。自然，打扫卫生、整理内务、清理菜地猪圈之类的事是不用说的。

和指导员从营部回来，我让文书把班排长们叫来开了个连务会。我布置迎接工作组的准备工作。指导员提要求。散会时，离熄灯时间也近了。我正准备把《连队要事日记》填一下，有人喊报告。

来。

门开了一条缝，周文明探进脑袋看了看，然后才把门推开走进来。

贼头贼脑地搞什么你？我瞪他一眼，啥事？

连长，我炸了个馍给你。周文明说着把手里的塑料袋放在桌上，然后站在一边。

今天又不是周末，炸什么馍。

周文明“我”了半天也没“我”出个名堂。

你怎么想起炸馍来了，谁让你炸的？

没……没谁让。周文明磕磕巴巴地，连长你辛苦……这么辛苦，我然后就给你炸了两个馍。

周文明你今天不大对劲啊。前言不搭后语的。

没事连长……我好着哩。

好个茄子。以为我看不出来你搞什么鬼吗？我放下手里的笔，谁教你拍马屁的？你以为拍马屁就能比揉馒头简单？

周文明脑门上沁出了汗，不敢说话了。

有事说事，没事睡觉去。没看我这儿忙着呢吗？

周文明的脑袋低下去，发出蚊子般的声音。不过我还是听到了。

我想问问我……今年能不能……留下。周文明很费劲地表达着。

一时间，我不知如何回答。只得四处找打火机。我翻遍了三个抽屉，最后发现打火机就在烟灰缸旁边搁着。

我点着烟，脑子正琢磨着怎么回答周文明的问题。他却突然从裤兜里掏出一张折了四折的纸，展开后双手递给我。我接过来一看，是一份《留队申请》。这不奇怪，让我惊讶的是整整一页纸文通字顺，一笔一画写出的字都基本正确。

谁给你写的？刘清还是张海波？

我……我自己写的。

你自己写的？你以为咱们今天是头一次见面还是怎么着？既然是你自己写的，那你现在念一遍我听听。

周文明不肯接我递过来的申请，两只手紧紧地贴在裤缝上。在新兵连带他的时候，我就一直试着让周文明多识字。两年后从机关回到连队，我又试着让他学会查字典、写作文。可要命的是，周文明似乎对文字有种先天的免疫力，他遗忘文字的速度远远超过学会它们的速度。我每天让他认十个字，每个字抄写一百遍，可第二天他顶多能记住一两个。过一个星期再考一个星期前的，也只能记住一两个，有时连一个都记不起来。这种进一步退两步的状态令我抓狂。我让他写过唯一一篇命题作文《我的家乡》，我先后逼他写过不下二十遍，但每次的开头都是一句"我的家乡在一个西北的东边"，后面就再也看不明白了。每次周文明都一笔一画地在纸上写满了我不认识他自己也说不清的错字。也可能是他那根神经被当兵前十七年的生活磨损毁坏，它对那时周文明的生活没有任何实际用途。

你自己写的你为什么不念?

我不会念……张班长帮我写的，我自己抄了一遍。

你能不能把头抬起来？想留队是好事，不过你有没有想过你靠什么留队？靠张海波替你写的这份申请？想留队你得有点资本对不对？你总不能说因为你能把菜都炒成咸菜，所以你要留队吧？

周文明沉默了。

我又开始后悔。我不该对周文明说这么狠的话。他也在努力，只是投入产出不成比例。这不能全怪他，也许是我的方法不对。缘木求鱼。南辕北辙。可我总是忍不住对他发狠。当连长这几年，我努力像张安定当年一样春风化雨。我觉得自己对连里大多数兵都能做到这一点，唯独不包括周文明。

谁让你来找我的？也是你师傅?

是。

这个屌兵。我说，留不留我说了不算，还是那句话，走留听从组织安排。不过你的想法我知道了。你不要想太多，该干什么还干什么，把你自己的工作做好是正事。

你放心吧连长，我肯定好好干。

不光要好好干，还要干得好才行。

是。

张海波还给你说什么了?

也没说啥。就说今年难留得很,让我给你汇报一下思想。还说你老批评我其实是关心我,都怪我恨铁不成钢。

什么你恨铁不成钢,那是我恨铁不成钢! 我又气又笑,搞不懂就别在这给我瞎转词!

周文明走了好一阵, 我才想起忘把放在内务柜里的那包膏药给他了。老妈在电话里说这包黑糊糊的东西对腰肌劳损有奇效。但愿真的有奇效。

六

联合工作组检查完走后, 机关各个口就开始派人下到各营组织专业考核。抓军事训练是我的主要职责,上任之前我们连一直是全旅的军事训练先进单位,上任后还继续保持着这一领先优势,所以专业考核我并不担心。三年里,每周我安排两个下午让兵们学专业理论,让专业技师和技术好的士官轮流上课。我自己每过一两个月也会上一课。轮到谁上课,当天早上炊事班会专门为他煎个鸡蛋。这个煎蛋从最初的讲课补助,成为现在的荣耀象征。谁吃得多,意味着专业好,有地位。其实当初我安排专业理论学习还有一层意思,是不想让大家闲着,不想这次派上了大用场。听军务科王山透露,我们连这次专业理论考得最好。别的连队不少人虽然操作技术不错,但理论考试却一塌糊涂。

可我没组织过炊事专业学习。这大概可以算是我的一个失误。所以周文明考试的时候,我去了考场。炊事专业考场设在一连饭堂。四个连加营部炊事班,考核对象一共七个兵。考官是军需科一个中尉助理员。考核内容主要是主食制作、冷热副食加工之类。我站在饭堂侧门口观望。我可以看见周文明,但他看不到我。我不想让他看到我,我怕自己一旦出现会影响他的发挥。西北的冬天很冷,可我觉得自己在冒汗。我试着说服自己离开,但在考核结束之前,我挪不动步子。

连长,进去看吧。司务长招呼我,外面多冷啊。

不用,我随便转转。

担心周文明是吧?

我担心他干吗?随便看看。我突然发现,全连所有人大概都知道我并非真的讨厌周文明。他们有五十八双眼睛,没什么他们看不透的。这让我觉得不自在。

这小子今天发挥失常,土豆丝切得比别人都好。司务长咧着大嘴笑,不过揉馒头就不行了。一般人都经不起揉馒头的考验。

那怎么办?我听着菜刀在案板上制造出的噪音,有些烦躁。

没事。吉人自有天相。周文明有你这么关心,肯定没问题。司务长笑眯眯地递给我一根烟,据我判断,他成绩不会太差。

你凭什么判断?你又不是考官,判断个茄子。

我跟林助理关系还不错。司务长朝饭堂里面努努嘴,我把周文明的情况都跟他说了。我说这个兵人品没得说,工作特努力,连里评价很高。林助理说只要别出大毛病,综合分及格就没问题。再说了,又不光看专业,昨天民主测评他排第三,这关不也过得挺顺。

你说,大家真的那么喜欢周文明吗?

当然喜欢。司务长有些不解,为啥不喜欢。我就喜欢这样的兵。我觉得这次他应该能留下。

没那么简单,后面的事还多着呢。

正说着,聂衡宝从饭堂拐角跑了过来。

连长,我想请个假。聂衡宝喘着粗气说。

怎么直接找我请假?你们班长排长知道这事吗?

我都请过了,他们都在阵地上,说让我直接来找你。

今天又不是节假日,请什么假?

聂衡宝看着司务长,吭吭哧哧不说话。司务长是个聪明人,冲我笑笑,进饭堂去了。

请假干吗？我看着聂衡宝，你动作挺快啊，连包都背上了。谁告诉你一定能请上假？

我想去趟旅部，找我叔有点事。聂衡宝脸有点红，要不是的话也不能来麻烦连长。

聂衡宝有点怕我。他刚从旅部汽车连调到三连，一个周末跟值班的副连长请假外出。副连长没批，结果这小子还是跑到市里去了。回来副连长批评他，他竟然跟副连长顶嘴。都知道他是军务科长的侄子，副连长有点投鼠忌器，就把我叫了过去。我命令他写检查，他竟然说不会写。我问他是不是一贯表现很好所以才没写过检查，他回答说，反正我不会写。杀了我我也不会。

这下把我惹火了。我抓起桌上的《现代汉语词典》，照着聂衡宝的脑袋就是两下。结果这小子不经收拾，捂着脑袋哭了起来。那架势好像我刚拿砖头拍了他脑袋似的。

连长打兵！上级规定不许打骂体罚战士，你还打我！

你还知道上级规定？我拿着字典照他脑袋又是一下，上级规定你能不请假外出？上级规定你能顶撞上级？上级规定你有个当科长的叔就可以牛×吗？

我要给我叔打电话。他哭喊起来，我要告你！

我这是替你爸妈教训你！要告我赶紧的！我抓起电话塞给他，现在就打！今天你要敢不打，看我怎么收拾你！

聂衡宝接过电话又不哭了，待在那里半天也没动。

打呀！我上去又是一字典。

聂衡宝还是不动弹。

不打是不是？你叔不就是个科长吗？多大官？我一把抓过电话，不打我打！

看我真的开始拨号，聂衡宝慌了。扑上来抓着电话，连长我错了，你别给我叔打，检查我写还不行吗？

聂衡宝的三叔是军务科聂科长，所以他才能当了五年兵，换了四个单位。被我收拾之后，他完全可以离开三连，不知为什么他一直待到现在。并且表现还说得过去。可能他从没见过哪个军官敢这样教训他。不过有一点他死活改不了。三年前他刚来时我就告诉他，不要言必称“我叔”。这话我说了至少五十次，可惜毫无效果。聂衡宝就像染了毒瘾，不说这个词就会要他的命。

给你说了多少次，别一天到晚你叔你叔的？这是部队，不是你们村！你能不能给我长点记性？

聂衡宝脸涨得通红，不说话。

昨天开会你没参加吗？指导员讲的你究竟听了没有？能不能晋三级要看你的工作表现！

连长，我觉得我表现不比别人差，为啥大家都不投我的票？聂衡宝一脸委屈，民主测评我最差，我就是想不通。

去找你叔干吗？让他帮你留队？

连里没人帮我，我只能自己想办法了。

你这么大个人，为什么总要别人帮呢？你自己不能帮帮你自己吗？我虽然不喜欢聂衡宝，但毕竟是自己带了三年的兵，不免有些心软，聂衡宝，你要是能照我说的，少在大家面前提几次你叔，给你投票的百分之一万比现在多。

可是现在已经这样了，来不及了呀！聂衡宝说，早知道这样，我把嘴缝上也不提我叔了。

好吧。我叹口气，你去吧。晚饭前归队。绝对不许超假，不然小心我收拾你。

谢谢连长。聂衡宝敬个礼，风也似的跑了。

看着聂衡宝的背影，我愈加心烦意乱。这只是个开头。我们是离旅部最近的一个营，也是关系兵最多的一个营。在我看来，关系兵并非都表现不好。表现好的关系兵从来都不提自己有什么关系。从这点来看，聂衡宝不是个聪明的关系兵。民主测评倒数第一。专业考核倒数第二。但他有个当军务科长的叔父。我很难判断，在考评之弊和叔侄之利的较量中，谁能占到上风。

在这个问题上，即便是张安定也不能不受困扰。他给我们当指导员的时候，还没有实行士官制度。义务兵四年服役期满，个别优秀士兵可以再超期服役一年。等第五年期满后，再转为志愿兵。正规的称呼应该是专业军士。志愿兵意味着可以拿工资，全部十三年服役期满后，可以转业安排回城镇工作，从而彻底告别农村。但转志愿兵的名额极其有限。不少素质很好的兵朝着这个方向努力了四年或者五年，最终不得不遗憾地离开军队。张安定到我们连的第一年冬天，两个超期服役的贵州兵虽然表现都很出色，但最后只留下了彭兵。赵四海被安排复员。据说本来两人都是要留的，但指标却不翼而飞。这也属于无法鉴定真伪的小道消息。也许正像某部电影台词说的那样：谎言有百分之八十都是真实的。

那阵子我在连部当文书，眼见着张安定手里拿着赵四海的材料，不停地往机关跑，希望能挽回局面。然而终于未果。老兵离队前一天晚上会餐，饭快吃完时，心情很坏的赵四海突然站起来，瞪眼拍桌子地要酒喝。司务长一句“酒都喝完了”余音未落，赵四海手里的搪瓷饭碗已经飞了出去，咣咣当当地在饭堂的水泥地上响了半天。那一刻，饭堂静得只剩下呼吸声。我记得当时张安定站起来，走过去捡起了赵四海的碗。在水龙头下洗净后，又默默地走过去递给赵四海。

是指导员工作没做好，让你受委屈了。请你原谅。张安定说，我知道你心里难受。你要想摔，就摔吧。

赵四海没摔碗，却抱着张安定“呜呜”地哭起来。

这是张安定的方式。他会对手下的士兵毫无保留地好。好到你的心总是热乎乎的，什么委屈都会被融化。我一直在学他，不由自主地学。但我清楚，我只是我，我成不了他。张安定了解自己手下的每一个兵，所以他知道某个人的问题该在自己的权限内用什么方式得到最有效的解决。无论是抚慰还是训斥，也不论奖励还是处分。可我做不到这一点。比如林小木。比如聂衡宝。也比如周文明。我觉得自己永远都差着那一点火候。

聂衡宝走了？司务长出来了，又去找他叔了吧？

我点点头。

这个傻瓜。最大的本事就是让满世界的人都烦他。每次领个军装还要给他叔打电话问该领多大的。我琢磨着咱连的猪都知道他有个当军务科长的叔。

行了，别说那么难听。再怎么说也是连里的兵。

我估计他叔这辈子最郁闷的就是把他弄来当兵了。司务长撇撇嘴，白他妈的长了一张漂亮脸蛋。

老实说，我完全同意司务长的评价，但我还是摆摆手制止了他。

考完了？

嗯。周文明考得还凑合，主食制作还是不过关，馒头碱大了。不过副食还行。加起来刚及格，六十三分。司务长说，就是盐没放够，菜味都比较淡。可能怪我昨晚给他说放盐宁少不多的话了。感觉今天这小子脑子还比较正常，林助理给他说菜太淡，他冒了一句说盐吃多了得高血压。搞得林助理没脾气。

那就好。我笑说，冯维什么时候归队？

得到十二月底了。有什么事吗？

一会儿你给他打个电话，让他做好提前归队的准备。

不是还有刘清和周文明呢吗？着什么急。

叫你打你就打，哪来那么多废话！

七

民主测评和专业考核成绩都出来了。按旅里要求，民主测评的所有原始材料和统计结果要作为我们留队名单的附件，由指导员和我签字盖章后上报。专业考核成绩也将在全旅范围内通报。这看上去是个好的迹象，但对于如何提出留队名单，我和指导员仍一筹莫展。符合留队条件的士兵比应留队名额多出整整百分之四十。简单的办法，是把民主测评和专业考核的成绩相加，然后从高到低排序。可按照这个办法，连李峰的分数都没有周文明高。这纯粹是扯淡。李峰是代理排长，加注专业一号手到五号手的技术没有他不通的，特别是故障排除，连里的技师甚至旅装备部的高工都未见得比他强。即使是这样的兵，民主测评分数也一般——他以二级士官的身份代理排长，不得罪人也不现实。装配专业的欧阳林也属于这类情况。

不然这样吧。晚点名后指导员到我房间，你我现在各列一个排序名单，熄灯以后碰碰头，看看咱俩的意见能一致到什么份儿上。

英雄所见应该略同吧。

那可未必。

要是咱俩意见相左怎么办？

那就往右靠靠好了，还能咋办。

那还是我当瑜你当亮好了。我笑，别我说火攻你非得水淹，那可毁了。

指导员前脚走，后脚电话就响。我一边拿起电话一边开始后悔。军务科聂科长。说聂衡宝的事。虽然没直说，但傻子都明白，是让我把聂衡宝的排名往前放。

您大概知道吧，聂衡宝民主测评和专业考核成绩都比较靠后。

那是，要是一切都好，我也用不着给兄弟你添麻烦了。

在旅里，聂科长以爱骂人和能喝酒著称。作为主管兵员和管理工作的部门负责人，他拥有随时骂人和随处喝酒的丰富资源。我军校刚毕业的时候，他还在一连当连长。他最大的业余爱好是一喝完酒就吹集合哨，然后把大家集合起来骂。这场面我多次看到过。当时旅里某领导认为这是“有魄力”的表现，最终把他调到军务科当参谋去了。所以今天突然温柔起来让我极不习惯。但我还是坚持着，科长，这事我一个人说了不算，得上支委会研究。

支委会说白了不就你们两个主官吗？少给我耍花腔。电话那头有点不耐烦了，咱又不是没当过连长。

我开始相信旅长的话了。要放在以往，军务科长绝对不会打电话来给我说这种事。运作的权力都在机关，一切信息都在机关进行处理。我们在明处，机关在暗处。我们的一举一动机关洞若观火，而他们的所作所为我们一无所知。每年都会让我们提供留队名单，每次都屁用不顶。看来今年真是不同以往了。旅长是商鞅。他抱着双臂高屋建瓴地站在城门楼子上。士官选取是那根搬走就赏五十金的三丈之木。大家都在围观。谁是秦孝公？哈哈，我突然觉得很愉快。

不是您那里下的通知，要求我们按程序开支委会研究上报留队人员排序吗？我们一定坚决落实。我在心里冷笑，支委会形成的决议，我们会按通知要求逐级上报。

韦佳节你什么意思！当个连长牛×了你！

没什么意思。也没什么可牛×的。我说，聂衡宝是您侄子，不过这对我没意义。我对他和对连里其他兵一视同仁。

那边电话“啪”地挂了。我点烟的时候，发现自己的手有点抖。从来没干过这样的事。他会找我或者我们连的麻烦。他以后提升了会给我找更大的麻烦。也许这麻烦会伴随我很久。他想给我穿小鞋真是太容易了。我有点后怕。不过抽完烟我又想通了。去他妈的吧。大不了不干这操心受罪的连长了。我宁可得罪他，也不得罪我的连队。还有我自己。

我打开电脑，开始列名单。我用不着看花名册，这帮兵的名字和模样都刻在我的脑子里。估计一辈子都不会忘。李峰第一。欧阳林第二。何大军第三。曾国第四……

写着写着我觉得不对了。名单即将排完，我却不知道该把周文明放在哪儿。鼠标都被我手心沁出的汗浸湿了，我仍想不清楚哪里才是属于周文明的位置。

我靠在椅子上坐了好久。当年我真是不该把周文明接到部队来。可问题是，除了把周文明接回来，我不知道我还能怎么做。五年前的那个初冬,我被任命为接兵连连长。当我准备离开部队去甘肃接兵的时候,我的心是乱的。出发的前一天,我坐了两个小时的车去驻军医院探望张安定。进病房之前,我去找了医生。那个头发花白的老军医告诉我,张安定化疗的效果不好,病情已严重恶化,病危通知书已经下了,人大概就在这几天。虽然医生表述得足够委婉,但我还是觉得心被钝器重击了一下,一时间喘不上气来。我在住院部走廊的长椅上坐了好一阵子,才走进张安定的病房。

那时的张安定面色青黄,隐隐地透着黑气。手臂也只是一层皮肤包裹着的血管和骨头。他的手是冰冷的,我握着的时候生怕会把他的骨头捏碎。他说话都已经很吃力,却还一直保持着微笑。他问我工作忙不忙,又问我对象找得怎么样了,还给我讲机关工作不要怕累,多干是福气,严谨认真讲程序很重要等等之类的道理。总之他还是把我当成他手下的兵,而我也始终觉得他还是我的指导员。虽然那时候,我已经是中尉参谋,而他已是旅政治部中校主任了。

我坐在病床边握着他的手，就像当年我高烧住院时他在卫生队病床边握着我的手。那时我马上要参加第二次军校统考,却很不争气地病倒了。那是我的最后一次机会,如果再考不上,年底就该复员了。躺在病床上一想起可能考不上,真是连死的心都有了。那几天,张安定一有空就跑到卫生队看我,不停地给我换冷毛巾降温,一趟一趟赔着笑脸去央求医生给我用点好药，还让他家属每天给我熬很香的鸡汤喝。他抓着我的手,韦佳节我给你讲,你不要垂头丧气,越生病越要努力打起精神。知道吗,有精神,病就好得快。你不要担心,这次我保管你能考上。我一看你就是个干部的料,不信你等着瞧。

那年我二十一岁,独自一人在外当兵。之前除了父母,没有人再这样对我好过。他给我的鼓励和安慰至今仍保持着温度。直到现在,我们老指挥连的战友在一起聚餐时，每个人仍会说张安定是这个世界上对自己最好的人,仍会一起敬张安定一杯。假如一对父母有十个孩子的话,这些孩子们也未必会这样看自己的父母,而张安定五年指导员任期里带过的兵加起来不会少于两百个。仅就这一点，张安定就已经把指导员当到了任何人也无法超越的极致。有时我甚至会因为自己曾是张安定手下的兵而感到像梦一样不真实。因为那个梦过于完美了。

我极度矛盾地保持平静。我知道我不该让他太累但我舍不得走，我想让他别说话休息但我想听他说，因为我知道我这次接兵走后，可能就再也见不到他了。他的床边放满了鲜花和水果。最后，我终于准备起身告别。如果不出意外的话，这将是永别。我想张安定一定也知道。这时候，他忽然想起什么似的，叫过家属，让她拿过一个牛皮纸信封交给我。

小韦，我有个事想麻烦你。

指导员你尽管吩咐，我一定办好。

我说了你别笑话。张安定笑笑，你知道我老家是会宁的。你这次正好去会宁接兵，我有件私事想托付给你。我姐姐常年瘫痪在家，我那姐夫不争气，养不成家又爱喝酒，欠了一屁股债，我那个外甥小学上了三年就让我姐夫使出去打小工了，挣的几个钱也都让他喝了酒。我原先寄钱给我姐夫是让他儿子念书，结果都被这货买酒喝了。我也亏欠我姐姐，这些年都没管过我外甥。这次你去会宁接兵，要是方便的话，麻烦你去我姐姐家里看一下，把这一千块钱悄悄捎给我外甥。

钱我有，你交代事情就行了。我背起手，死活不接嫂子递过来的信封。

又开玩笑，你又不是他舅舅。张安定笑说，我外甥叫周文明。名字地址和村长家电话我都写在信封上了。他现在不知在不在家，上次我给村长打电话，说是去兰州打工了。如果他不在，就把钱交给村长。村长姓周，是我中学同学，关系不错。千万不要给了我姐夫，不然又糟蹋了。

我接过信封，不知说什么好。揣信封时，忽然碰到兜里的一张纸。那是一张旅里几个领导交办的名单。他们需要我们把名单上的这些年轻人接到部队来。有的是他们的亲戚，有的是战友的孩子，有的未加说明。我也不可能去问。

为啥不把你外甥接来当兵呢？我为自己突然发现的新大陆感到兴奋。

当兵？张安定愣了一下，像是反应不过来，他怎么能当兵呢？他连小学都没读完，条件根本不够。

那怕啥？雷锋还没读完小学呢，不照样是个好兵。我说，我这次去就把他接回来算了。

我似乎看到张安定的眼中闪过一抹光亮。随后他垂下了眼帘。沉默了片刻，他抬起眼看着我，要想让他来他早来了。我姐姐也给我说过几次这事。我没办。他文化程度太低，来了只能给部队添麻烦。部队是要打仗的，要的是年轻有能力的人。又不是请客吃饭，关系好的就能来。你把这钱交给他就对了，其他的你不要多管了。

没文化我可以教他，到部队可以锻炼啊！我说，再说了，条件不够的歪瓜裂枣还不是一样年年来，谁说什么了吗？

别人的事我管不了，反正你听我的就是了。这事不要再提了。我知道你是一片好意，可我有我自己的原则。这东西，活着要遵守，死了也一样。韦佳节你要是不听我的，你就辜负了我对你的期望，我就白带你几年了。我不是给你说过嘛，你是个当干部的料子。不过话说回来，是不是好干部，还得靠你自己点滴努力才行。好好干工作，以后才能有出息。张安定绷紧的腮帮子放松下来，你别以为我死了就消停了，我到那边还会看着你们一个个地成长进步哩。

我泪飞顿作倾盆雨。这是我最后一次当面聆听张安定的教诲。也只有这次，我没听他的。我把周文明接了回来。我总觉得我应该替张安定做点什么。我满足自己私人道德欲望的同时，背离了我作为军官的职业精神。这是个矛盾。纠缠了我五年。直到今天，我仍然找不到周文明的位置。

写得怎么样了？指导员背着手走进来，让我瞧瞧。

还没写完。你呢?

早写好了。指导员走到我身后看我在电脑上列的名单。

嗯,差不多。他评论道,往上走走,我看看最前面的。

我转了转鼠标滚轮,把页面调整到最开头。

周文明呢? 你把周文明给忘了。这可是个重大失误。

没忘。我就是不知道把他排第几才合适。

至少进前五吧。指导员说,不应该低于这个标准。

前五? 你就扯吧。你看我排在前五的都是什么人? 他跟这几个人根本不是一个档次的。

前五怎么就不行? 你说的档次是按什么标准确定的? 你个人的标准对不对? 知道你骨子里还是只看重战斗骨干。炊事班可是战斗力生成的重要保障。再说了,周文明总评下来成绩完全够进前五。

说不过你们搞政工的。我站起来,走走走,到你那儿去看看你的名单,别光在这儿挑我的毛病。

除了周文明,你的名单跟我的没啥区别。

我怎么觉着,你看上去有点不大对啊。我说,你不会告诉我你根本就没写吧?

你都写了我还费那劲干啥? 开电脑还浪费电呢。指导员绷不住笑起来,从背后伸出手递给我一个苹果,来,给你的辛苦费。

周文明到底怎么办? 我咬一口苹果,你知道不,明年全营要合成一个大灶,连队都不开伙了,哪还用得了那么多炊事员?

合灶现在又没正式通知,等通知来了再说也不迟。

怎么不迟? 肯定迟。你要去集训就知道了,新兵器跟现在这套根本不是一回事,连我瞅着都发蒙。新装要形成战斗力,连里总得多几个能干的人吧? 我这名单就是按这个标准排的。前八名都是技术骨干。退一步,就算冯维和刘清回战斗班,补训几天也能上。周文明行吗?

指导员光嚼苹果不说话。屋里静了下来。我听见窗棂在响。又起风了。

八

入冬以来最大的一场雪。下了整整一夜。起床时，天还是阴的。全营取消早操，官兵出动扫雪。我和李峰拿着块旧黑板在操场上推了几个来回的雪，出了一身大汗。正准备再推一趟，听到远远地有人喊我。

韦佳节，营长哈着白气走过来，抓紧时间通知聂衡宝收拾东西。他调到四营了。军务科通知说今天必须去报到。

机关工作效率要都这么高就好了。我摘下手套搓搓手，我们几个义务兵马上要复员了，士兵证到现在还没办下来呢，该直接领退伍证回家了。

别发这没用的牢骚了。我当连长的时候比你还能发呢。有用吗？没有。营长说，你怎么惹着聂鹏了？他刚才在电话里把你狠狠表扬了半天，我听着他的牙都磨得嘎嘎响。

让他磨牙去吧，磨利了好把我老二咬了去。我说，越在那喊基层第一士兵至上，就越说明基层和士兵既不第一也不至上。

聂科长让我们连长把他侄子排在留队名单前头，结果韦连长没尿他。指导员笑道。

怪不得。以后跟机关说话委婉点儿。得罪这些人不是好事。

明白。机关第一领导至上嘛。其实我也想客气来着，没忍住。换了别人我估计不会这样，谁让他贼喊捉贼让人恨。

行了，赶紧通知吧。这天真够冷的。营长把棉帽耳朵放下来，走了。

我掏出烟点上抽了一口，冲着操场大喊：聂衡宝！

到！聂衡宝应一声，提着扫把跑了过来。

你调到四营了，祝贺你啊。我说，你早知道了吧？不过无所谓了，回去收拾东西吧，不用干活了。

聂衡宝的脸不知是被冻得还是别的原因，红彤彤的。

连长，其实我不是想离开三连。我叔说调换一下单位好留队，我这也是没办法。大家都比我能干，我走了也给领导们省点麻烦。

好了好了，谁又没说你错了。指导员拍拍他的肩，回去收拾东西吧。

聂衡宝点点头，走了几步又转回身，连长、指导员，我真的不想离开三连，我真的是没办法！

我们知道了。我说，赶紧去吧。

要是没他叔，没准儿他真能成个好兵。指导员叹口气。

中午加个餐怎么样？送一下这小子。

还是算了吧。退伍日子马上到了，他还能调动，大家看了心里会怎么想？我的意思，以连队的名义送他一份纪念品就可以了。指导员说，我刚碰到司务长，他说夜里周文明起来去大棚上除雪，出了汗又受风，这会儿正在卫生所输液呢。

一天到晚净是他的事。我说，要除雪大家一起去不就完了，搞得他一个人多大能耐似的。

一个面临复员的兵，毫无利己的动机，把咱们三连的事业当作他自己的事业，这是什么精神？这是集体主义的精神，这是共产主义的精神，我们每一个三连的同志都要学习这种精神。指导员说，好兵啊。我们得给这些好兵想想办法。带兵不让好兵留，不如回家修地球。吃完早饭咱俩去看看周文明吧，趁着上午没啥事，干脆把支委会也开了，教导员都催我好几次了。

名单还没整完，能开会吗？

照咱俩这样研究下去，到退休也不会有结果的。指导员说，我想通了。忍痛割爱，该割的时候就下刀子割吧。手心手背都是肉，反正割哪块都是个疼。

我看着操场上热火朝天扫雪的兵们，不知说什么好。他们所有人总有一天都会离开部队的。我也会。奔流到海不复回。朝如青丝暮成雪。我似乎应该学着站在历史的长河中去看待这件事。恐龙都死光了。熊猫还活着。不过,要是战争爆发,这事也会好办得多。升平日久,英雄主义陷入庸常生活的沙漠寸步难行。但所有人都得一秒一秒地生活,任何一秒都无法被超越。

我在考虑我手下士兵的出路。可也许他们并不需要我考虑这么多。只是我觉得他们需要罢了。我充满了盲目的责任感。我不知道这究竟是我骄傲的优点还是致命的弱点。

五年前的这个时候,我带着接兵连到达会宁刚满一周。那时张安定已经去世,军政委亲自乘飞机赶去参加他的遗体告别仪式。葬礼有将军出席,这对张安定来说也算是死后哀荣。老连队能来的战友都赶来参加告别仪式,据说马志龙的路费都是借的。大家都哭得一塌糊涂。我没能送成我的老指导员,自那以后成了我的一块心病。

我手里的那张名单上的兵,没接成的有两个。一个仿佛北欧海盗,手臂和背部大面积文身;另一个不幸是色盲。全都不符合条件。交代我的领导在电话里沉默了半晌,终于无奈地说那就算了。但我的任务并不算完,因为还有周文明的问题没解决。这是我最关心的事。

刚到会宁那段时间,我去了周文明老家两趟。去了他家,房子里臭不可闻,屋里的地面是土地,连砖都没铺。墙角竟然还有一个老鼠洞。周文明的母亲躺在床上,因为屋里太黑我始终没看清她的模样。周文明的父亲正如张安定所言,是一个资深职业酒徒。听说我要把他儿子接走当兵,红着眼冲上来要打我,嘴里说着一连串我听不懂的话。村长指出,周父这是在骂我。作为张安定的中学同窗,村长还进一步强调,张安定这个当舅舅的根本没管过这个外甥,寄来的钱都被他姐夫买酒喝了。

从村长那里,我知道了一些关于张安定的事。会宁和临近的宁夏西海固地区一样,苦甲天下。张安定上中学后,每个假期都要去城里的工地上打小工,干些搬砖头筛沙子之类的体力活,好筹集下个学期的学费。我无法想象我的老指导员在工地上奔忙的场景。像是另一个人或者另一个世界的故事。不过我相信周村长说的都是真的。一九九七年，连队修保温猪圈的时候，张安定带着我们一起画图纸、打地基、和水泥、砌砖墙，他显得比营房科助理还有经验。我还知道，张安定是当年会宁地区的高考理科状元，成绩好得可以上清华，可报志愿时，他还是报了军校。也许是军校不用交学费？还是他一直就想当兵？我从未问过他这个问题。也永远不可能得到答案了。

要是不当兵，他肯定还活得好好的呢。周村长说，我们同学里面，成绩排在张安定后面的几个，现在都在北京上海这些大城市，前村一个同学还在美国普林斯顿做研究员，混得都比张安定强多了。

每个人的活法不一样，不能这么比。我说，我倒觉得他最适合当兵呢。

村长笑笑，不再和我争论。

这些都还不是重点。关键是我找不到周文明。村长只知道他去兰州打工，但到底在什么地方、怎么联系、什么时候能回来都一无所知。那两天我比较抓狂。抽了大量的烟，不知如何是好。有天傍晚我极其郁闷地上街乱逛，一个不知死活的醉汉拉住我的胳膊问我要一根烟抽。我本该一拳将他打翻在地，可不巧的是我穿着军装，为了维护军民关系大局只得把兜里的半包烟丢给他。我一直走到天黑还依然郁闷。后来觉得饿，就进了家小饭馆。羊肉烩面刚端上来，我突然发现正在播香港烂片的电视机开始插播本地广告。我顿时兴奋起来，拿出手机就给兰州的同学打电话，让他马上跟电视台联系。我告诉他，我要登一则寻人广告。

周文明后来告诉我，他那天正在火车站捡矿泉水瓶。换句话说，那时他的身份是车站的临时清洁工。寻人广告播出的第三天晚上，他被在宿舍里休息的工友喊了回去。工友们已经帮他记下了我的电话号码，并告诉周文明，他现在已经上了电视，是名人了。

两天后，我在村长家里第一次见到了周文明。看着面前这个局促不安的小个子男孩，我承认自己很失望。都说外甥像舅舅，但我在他身上找不出半点张安定的影子。张安定是个瘦高个，面容清癯，双目炯炯，军装穿在身上始终都那么整洁。而周文明身上发出一股与生活垃圾有关且令人不爽的气味，一件晃晃荡荡的假冒名牌运动服遮住了他的屁股和双手，衣服胸前的“NIKE”商标上沾着污渍。

但当我问他是否愿意当兵而他回答说愿意时，我决定把他带走。一个月后，我带着包括周文明在内、穿着冬季作训服的一百个新兵来到部队。我违背了张安定的意愿或者说遗愿。在我们老指挥连弟兄的心目中，他始终是个完人，到死都是。他一不小心就做成了完人。他身上有着圣徒和殉道者的气质和胸怀，而我的感情是世俗的。

我和指导员到卫生所时，周文明睡着了。脸烧得通红。右手虎口上有道新鲜的伤痕，估计是给大棚除雪时碰的。他参军体检时体重只有九十六斤，过了五年也才一百零一斤。平均每年长一斤。那么多大米、面粉和时光都不见了，他还是那副模样。从早到晚出没于饭堂、菜地和猪圈之间，迷彩服总是脏兮兮的。

你知道不？从卫生所往回走时我告诉指导员，有段时间，周文明每周六都骑自行车驮着半袋面粉去镇上压面条，然后就认识了一个在理发店打工的姑娘。不过自从他给我看过那姑娘的照片——说真的长得比较费劲——之后，我就让司务长换了压面的兵。

他亲戚去年给他介绍过一个对象，高中毕业。他们邻村的，在东莞打工。我看过照片。长头发，长得蛮好。给周文明写过信，可惜他看不明白，拿来让我帮他看。指导员看看我，我给你说过这事儿不?

我摇摇头。

那信写得挺不错，还讲点人生之类的。我让冯维他们帮着周文明回封信，结果这几个小子净写些老鼠爱大米和两只蝴蝶，最后还来个“吻你”。指导员笑，他和那女孩通过几次电话，可惜完全聊不到一起，后来也就不联系了。

有时候我觉得他根本不需要谈恋爱。这个想法真他妈怪异。其实他肯定需要。他要复员的话，真不知道能不能找到媳妇。我说，他要多念几年书就好了。我去他家，穷得你想都想不出来。现在腰又有毛病，回去他能干啥？还回火车站捡矿泉水瓶子去？想想我都觉得头皮发麻。

所以我说，应该把他留下来。我们定个三年规划，再好好培养他三年。

别扯了。我们还可能在连里再待三年吗？明年三月份我满三年，六月份你满三年。咱们把一茬茬的兵送走，然后自己被别人送走。你还能说那时候的三连还是你我的连队？

为什么不是？三连永远都是我们大家的。留在这里。指导员指指自己的太阳穴，而且永远都跟你我有关系。我们走了怕什么，野火烧不尽，自有后来人。青山不改绿水才好长流。我知道你想留他。我也想留他。他是比别人笨，但他是真爱连队。我刚到连里就有这种感觉。这小子是唯一一个真正把连队当成家的人。

我们不也以连队为家吗？我相信咱们连里以连队为家的人并不少。

那不是一回事。对别人来说，包括你我，连队终究只是个驿站。但对周文明不一样。

怎么不一样？

对周文明来说，连队就是他的归宿。

我沉默了一会儿说，留了他，那其他人呢？

你最了解周文明。你自己说，全连你能找出一个比周文明更需要留队的人吗？

你在诡辩。周文明需要留下和连队需要周文明留下是两码事。

你指的连队是什么意义上的连队？是房子的连队还是人的连队？是编制表上的连队还是天天和咱们滚在一起的连队？是首长机关的连队还是咱们这帮弟兄的连队？

行行行，你厉害。我说不过你。我冲指导员拱拱手，不过你想没想，换了装合了灶他还往哪儿待？怎么待？

怎么不能待？换了装就不讲感情了？茕茕白兔东奔西顾，衣不如新人不如故。装备是暂时的，感情是永久的。连队靠什么维系？你以为真靠那些个铁家伙吗？没装备一人操根棍子也照样还是连队，没感情还他妈的能叫连队吗？

我从来没见过指导员这么激动过。他停下来瞪着我，两只眼睛像兔子一样红。

算了算了，我不说了。我转身往连队走。我的脚踩在厚厚的积雪上，咯吱咯吱地响。我觉得我有毛病了。我难道不愿意周文明留队吗？可我为什么总在做着让他走的打算？

没走出多远，我脖子上就中了指导员的一颗死硬死硬的雪球。

九

也许指导员是对的。支委会上，有民主测评、专业考核、共同的生活以及回忆作支撑，留队名单没有产生多大争论。即使争论，也只是限于排列顺序的微调。对于好兵，大家的标准往往都很一致。

关于周文明，大家都认可他是个好兵。大家认为他能毫无怨言地干那些不起眼但很烦人的工作。进而相信他会一如既往地干下去。他算不上一颗螺母或者螺栓，更像是一枚垫片。垫片容易被人忽略，所以我们作为党支部一班人不该把它忽略。我们要为垫片寻找存在的理由，需要证明垫片有着不可替代的功能和作用。

我没有再反对周文明留队，但在排序问题上，费了一点小周折。其他人都觉得应该放得更前一些，第三第四第五第六。大家现在已经清楚，按照新编制表，只有进入前八名才有意义。如果按照文件精神，排在后面的七个，留队的希望就很小了。这里头包括我和指导员都很喜欢的连部文书王亮。

不能太靠后了。越靠后越不踏实。换啥兵器人都得吃肉吧？主管后勤工作的副连长说，管理猪圈和大棚需要这么个责任心强的兵。

吃肉永远得服从战斗力需要。我个人意见，还是排第八。我说，我坚持我的意见。如果你们都不同意，那就把我的不同意见写在会议记录上。

看我这么说，大家都不吭声了。指导员是连队党支部书记。民主之后，由书记来集中。我的坚持起了作用。他宣布支委会决议时，把周文明排在了第八。接着他在电脑上打出了全连十五名服役期满申请留队士兵的最新排序名单，由五名支委逐一传阅后，指导员和我分别在上面签名盖章。

我们用了一个半小时的时间来讨论这唯一的议题。某种程度上，我们拥有决定这些士兵命运的权力。我们权力的影响程度可能是百分之八十，也可能是百分之五十。毕竟这个名单会被汇总到全旅士官选取的大名单之中，变数还会很大。但大家都相信，今年我们的权力肯定比往年要大一些。没有任何一个兵问过我，为什么他们多数人的命运会由我们少数人来决定。就像我也不会去问我的上级。这是生活的常态。大多数人可能都这样，已经习惯于不掌握自己命运的主导权。

晚饭大概是刘清炒的菜。炒得不错。特别是土豆丝，爽脆。冯维手艺好，只是懒，土豆从来不肯切丝，最多切个片。我没什么胃口，吃了几口就吃不下了。去水池洗碗时，顺便进操作间去看看。

我没看到刘清，却看到周文明站在锅台前，正在往大锅里注水。

你不是在卫生所吗？谁让你跑回来了？

我自己回的。刘清忙不过来。周文明紧张起来，我已经好了连长。

好个茄子。过来我看看。

周文明关了水龙头走过来。我伸手摸了摸他的额头，但我的手是凉的，测不出他究竟是不是发烧。于是我把他的脑袋扳过来，用我的额头贴上去试了试。张安定当年曾这样量过我的体温。

是不烧了。不过还是要休息。吃了没？

就吃呢。

晚上菜谁炒的？

我。

炒得不错，提出表扬。

谢谢连长。

周文明，我想问你个问题。我看着周文明，你别那么紧张，回不回答都行。

是。

你当兵到现在存了多少钱？

也没多少……周文明嘿嘿笑笑，搔搔脑袋，我是零存整取的，一共两万。

在你们老家够娶个媳妇不？

周文明脸一下子红了。他想了想，够……够哩。

还有个问题……你喜不喜欢部队？

喜欢。

喜不喜欢当兵？

喜欢。

真喜欢假喜欢？

真喜欢。

为啥喜欢？

说不上为啥，周文明呆了半天，我就是喜欢，可喜欢哩。在连里比在啥地方都好。让我干啥都可好哩。

嗯。我拍拍他的肩，快吃饭吧。

从饭堂出来，天已经擦黑。营院很静。积雪在暮色中映射着沉默的灰白色。这是一天中我最讨厌的时刻。我每天不得不经过这个时刻。穿过连队长长的走廊，我能嗅到那种莫可名状的气味。每年老兵走之前都会这样。焦虑。不安。秘密。沉重。渴盼。矛盾。绝望。失落。进退维谷。欲言又止。以及其他无法言说的成分。

进到连部，我翻了会儿报纸，然后抽了根烟。我觉得疲惫不堪。不知干什么好。后来我回到房间，打开电脑，想打一把《帝国时代》。我喜欢这游戏。打了将近十年。这一点上我是个怀旧主义者。不过很久没打了，快捷键怎么用几乎都要忘了。我选了三个极难对手，刚到封建时代就被灭了。改成两个，也只撑到城堡时代。最后我选了六个中等难度的对手，带着一队不列颠长弓兵、一队骑士、四个和尚和八个投石机把它们扫荡了一遍。我赢了，心依旧空荡荡的。

晚点名之后，李峰来找我。

连长，我想给你汇报一下思想。

坐吧。我扔给他一根烟。

我听机关的老乡说，今年四级名额特别紧张。我挺担心的。

我也担心。不过你是代理排长，我们会尽最大努力让你留下。我说，最后这几天是最考验人的，所以走留的准备你都要做好。

是，我明白。李峰说，我老乡刚给我打电话还说，咱们连的向记录肯定留。我担心他要留，我就够呛了。

你老乡怎么那么大能耐？我有点不高兴，谁说向记录就能留？他调过来才几个月，专业又不懂，凭什么就能跟你争？

我也不知道。我老乡说是军务科参谋打电话，他赶巧听了那么一耳朵。

别听你们老乡那些小道消息。

我也想不听，可是心里一点底都没有。李峰把双手拿起来互相捏了捏，又重新放回膝头，我也觉得自己应该赶紧去找找人啥的，又不知道该找谁。想送礼都不知道给谁送。慌得很。就想给连长你说说。

别整那些个没用的名堂。这么说吧，如果连里只留一个人，我们也会报你。这不是你找谁找来的，是你自己干出来的。不要胡思乱想。老兵了，也不用我多啰嗦，干你该干的工作就对了。你个人的事我们会替你考虑的。

谢谢连长。李峰的表情稍稍生动了一些，站起来敬个礼离开了。我知道我的话并不能真正缓解他的压力，但我也只能说说这些废话了。总比什么都不说强。病人被医生看那么一下，就会觉得踏实许多。哪怕医生什么也没看明白。

我想了想，拿起手机拨王山的电话。

这么晚了啥事？听上去他很不耐烦，我正加班呢。

我在你楼下。赶快下来，请你吃烤串。

吃个屁。你把我们科长惹翻了，他现在恨你入骨呢，天天在办公室骂你。以后你别老给我打电话，我得跟你划清界限，免得影响我进步。王山在电话里很严肃，以后出去别告诉别人你认识我。

我哈哈笑起来，王山也憋不住笑了。

别在这儿蒙我。老兵马上走，你身为连队主官敢跑出来吃烤串，明显不想看见明天早晨的太阳了你。王山说，我真在加班，整理部队报上来的那些个名单。参谋长一天到晚地催，头疼死我了。

那就占用你一分钟时间。我说，向记录这个兵什么来头？怎么会调到我们连的？是不是你趁我去集训的时候故意安排的？要我在怎么也不会让你得逞。

关我屁事。这是参谋长亲自交办的，点名说放到你们连。我就办了个手续，其他也搞不清楚。你问这干吗？

这小子今年也要晋四级，跟我的一个好兵有冲突。

你天天就琢磨你那几个兵。能留留不能留就让他们走好了，反正早晚都得走。军队要的就是一个人一辈子质量最好的那几年，这点道理你还不懂？

废话，你要在连队你照样得考虑。你忘了当年你跟徐东打架，张安定要不替你操心，真给你这鸟人背个处分，你这会儿还能坐在这里教训我？百分之百正跟着你老爹在镇上卖驴呢。

好好好，我错了我错了。王山嘿嘿笑道，指导员哪会真给我处分嘛，他最关心我了。我觉得你那个兵的问题应该不大。这次旅长发狠了，所有支部的名单他都要亲自过目。你要留的兵往前排，留的可能性就大。算了，我不能跟你说这些敏感问题了，要是被领导知道，我非得被拉出去活埋了不可。别害我啊。咱俩可是一个战壕里出来的好兄弟。我说的仅供参考，你要真想了解，建议直接拨打参谋长电话，号码要我告诉你吗？

死去吧你，是我害你还是你害我。他老人家现在官当大了脾气见长，见了我每次都是吹胡子瞪眼的。哪像原来当连长的时候，经常对我嘘寒问暖。张安定安排他给大家教歌，他让张安定给大家示范压码抄报。张安定加班写材料，他给张安定煮方便面。他长了个鸡眼，张安定天天帮他割死皮。气氛多热烈，生活多美好。现在全变了，我都懒得理他。

哈，割鸡眼的事我咋没听说。指导员还干过这事？

我亲眼所见，骗你干吗？

老连队真是好啊。王山轻叹一声，你也别对参谋长有意见，你知道他就是那样人，越关心的人要求就越严。爱之深，责之切嘛。

挂了电话，我心里略踏实了一些。

就这样吧。我告诉自己。

十

今天天气不错。空气冷冽。残雪无言。有几片轻白的云。全营在操场集合，列队等待营长宣布退役命令。我想，队列里有很多颗心正和我一样，在高速跳动。

营长站在队列前，手持文件，按照编制序列宣布退役士兵名单。服役期满而没有被点到名字的士兵，就意味着留队了。营长还是从前的营长，只是此时在一些人眼里他是天使，而在另一些人眼中则成了魔鬼。或者说，是魔鬼的代言人。

三连退役士兵。营长停顿了一下，开始念。

听到第一个名字，我脑袋“嗡”地就大了。竟然是李峰。怎么会是李峰？一时间我胸闷气短。

张海波、魏礼禄、彭强、周文明、王亮……营长在继续念，队列静如死水，令人窒息。每听到一个名字，我都觉得心被抽空了一块，念到周文明时，我觉得心变得像块烂抹布，无论如何也不可能回到崭新的从前。

尘埃落定了。从这一刻起，他们的军旅生涯正式结束。到离队前的几十个小时里，他们虽然还待在连队，但身份已然改变。他们不再是中国人民解放军序列内的现役军人。他们完成了军队赋予的使命，不论完成得好或者坏，他们的使命都结束了。

营长宣布完命令后，全体退役士兵一起动手摘去帽徽、肩章和领花。上等兵们佩戴它们的时间最短，只有两年。一级士官五年。二级士官八年。三级士官十二年。四级士官十六年。这些标志服饰是军装的灵魂，是它们使军装变得充满英雄主义和牺牲精神。这个充满象征意义的举动说明，这些士兵将不再需要操枪弄炮，不再是国家武装力量的组成部分。他们将回归没有军号、口令和武器的日常生活。正如王山说的那样，他们把一生中质量最好的时间都留在了这里。这真是个令人伤感的时刻。

我站在我的兵背后看着他们。突然发现周文明一动不动地保持着立正姿势，仿佛一尊雕像。好一会儿他才抬起双臂，摘下自己的棉帽，开始拧松帽徽上的螺丝。没有人说话，整个世界都异常安静。除了风。

回到连部，我绕着桌子转了几圈，最后终于抓起了电话。

哪一位？

参谋长，我是二营三连韦佳节，我想给您汇报个事。

有营长有机关，你一个连长直接给我汇报什么事？参谋长很不高兴，乱弹琴！

那我就不是三连长韦佳节，我是老指挥连的文书韦佳节。我决定豁出去了，我放大嗓门，现在请我的老连长在百忙之中听我汇报一分钟行不行？

参谋长没说话，过了几秒钟后才开口，你小子搞什么名堂，嗯？什么事赶紧说，我马上要去开会。

我们连报了一个准备转四级的兵，叫李峰，我们把他排在第一，结果没留下！

报第一没留下？参谋长说，不会。今年基本上都是按基层上报的名单留的。除非本专业没指标。

我哪敢乱说。刚宣布完命令，让他退役！他被前段时间外单位调过来的一个兵给顶了！我急得语无伦次，那个兵从飞行部队调过来，什么专业都不懂，一过来就晋四级，哪有这样的道理！

你说的那个兵叫什么名字？

李峰。他工作表现特别出色——

不是，我问那个后调来的。

他叫向记录。

电话那头突然没了动静，只剩细微的电流声。我紧张起来，我可能哪里说得不妥惹恼参谋长了。

向记录的事你不要管。不要问。也不许再提。参谋长的声音里突然长满了皱纹，就这样吧，回头好好做做你们那个李峰的工作。我相信你们报上来的名单是经得起检验的，我也相信你说的这个李峰是个好兵。不过有些事没办法说。

一点儿挽回的余地也没有了吗？

这是常委会定的，你说还能不能挽回？参谋长叹口气，好好跟他谈谈，就当是他受了个挫折吧。给他说，年轻人受点挫折不是坏事。

挂了电话，心里堵得要命。其实每年都有这样的事，但都没像现在这么颓唐。也许是希望太多，人为地拔高了与现实的落差，才会摔得更疼。

抽了半根烟，门被猛力撞开，又弹回到往里冲的指导员身上。

周文明为什么没留下？指导员手里提着武装带，恶狠狠地质问我，感觉马上就会冲上来用武装带抽我。

我怎么知道。排第一的都让走了，排第八的走了有什么奇怪。

你不奇怪是因为是你安排的，对不对？指导员死死瞪着我。

别扯了，我要能安排就好了。我不敢和他对视，赶紧把目光移到了别处，我又不是旅长。

装！装！装！还他妈装！你早就知道把我们一个指标调剂给了四营，是不是？

听谁乱说，我也刚知道。我无力地抵挡着指导员。

你也刚知道？这话你也能说出口！我刚从营部回来，营长说我们报名单之前就通知你了，你说你刚知道？你当别人都是傻子还是怎么着？指导员大怒，韦佳节你过分了你！

我垂下眼帘，无言以对。

指导员摔门而去。

呆坐半晌，我打算去指导员房间。我需要说几句软话来缓解他的愤怒。这个时候，我们不能冷战。

刚从抽屉里拿出两包烟，李峰打报告进来了。

连长，我想请假去镇上买点东西。

我注视着他。他的面孔有些苍白。

你没留下。

我知道。李峰咬咬嘴唇，没留就没留吧。铁打的营盘流水的兵嘛。

你留不下不是你的原因，我一直认为你是咱们三连最优秀的士官。我说，你的事，我真的很抱歉。

连长你别这么说，我知道你们没少为我努力。有这个就够了。说明我这些年没白干。

你能这么想我很高兴。要我开导你吗？

不用。又不是新兵，啥都经受不起。李峰努力笑笑，其实一宣布完命令，自己反倒踏实了。挺好。不像前段时间，连个觉也睡不踏实。

今天晚上你还会睡不着的。明天。后天。大后天。可能你都睡不着。不过你肯定会有睡踏实的那一天。我说，走之前有什么困难可以给我说，我们尽最大努力解决。

我没什么事。谢谢连长关心。

我倒有个事要请你帮忙。

没问题。连长尽管吩咐。

离队前这段时间，我想让你给大家做个榜样，能做到吗？

能。李峰笑笑，连长放心吧。

我一直看着李峰消失在楼梯拐角，才转身去了指导员房间。我努力让他搭理我并最终取得了成功。因为我们还有很多事需要商量。纪念品买什么。茶话会怎么开。会餐多少个菜喝多少酒。合影请谁来照。送别标语谁来写。大红花谁去做。锣鼓队谁来组织。等等之类。一直说到开饭哨响。

周文明是被你折腾走的，下楼时指导员说，你去找他谈。

我去我去。我说，谈不好了再请你老人家出山。

别指望我。一大堆烂事，我烦着呢。

我只有赔笑。

军队谚语：老兵复员，新兵过年。队伍进了饭堂，我又给副连长和司务长交代了老兵复员前改善伙食的事。每餐四个菜增加到六个。要提前准备会餐，至少十二个菜，喝啤酒。

给冯维打电话没？我问司务长。

打了，他说家里正盖房子，再说票也不好买，他争取二十五号前回来。

二十五号回来有个茄子用。老兵都走了！上次我不是让你给他打招呼的吗？

我想着周文明不会走，结果就没打。司务长苦着脸。

你想？我还想大家都留下，能留得下吗？我不管你怎么办，反正你把会餐和这几天的伙食给我整好了。出了问题别怨我不客气。

司务长脸皱得跟个包子似的，不吱声。

周文明呢？

里头炒菜呢。

怎么还让他炒?刘清干什么去了?周文明现在已经没义务炒菜了你知不知道?

刘清在呢。刘清要炒,周文明不让,自己非要炒。他说再不炒以后没机会了。

就让他炒吧。指导员拦住我,就随他吧,让他炒。

周文明炒了六个菜。土豆炖排骨。醋熘白菜。红烧带鱼。炝炒油菜。酸豆角炒肉末。虎皮辣椒。还有紫菜鸡蛋汤。他原来会炒这么多菜,而且还炒得不错。我突然觉得自己并不了解周文明。我无法判断如果再留他三年的话,他是否会成为一个真正的大厨。

中午开支委会,布置老兵退伍工作。一直开到一点半。散会后,被一大堆事情缠着,连找周文明谈话的机会都没有。也可能是我还没有鼓起勇气找周文明谈话。我觉得我欠他的。我是他的连长,但这并不意味着我在任何时候都能够居高临下。他依旧穿着那身永远脏兮兮的迷彩服忙碌着。我让副连长去劝他回连队休息,他拒绝了。这一定是他当兵五年来,第一次拒绝上级的命令。其实这么说也不准确。因为他现在已经没有义务领受并且有资格拒绝执行我们的命令了。

一个下午,我都试图找一个适合的时机和场合找周文明谈话。可我没找到。晚饭仍是周文明炒的菜。我在操作间门口看他一手叉着腰一手在往锅里加作料。看上去他的腰又开始疼了。

约摸七点来钟,我终于决定把周文明找来谈话。我并没有确定自己的开场白,但没有时间了。

我拉开门,发现周文明正站在门外。他看上去已经站了一会儿。他换上了一身过于肥大的便装,这让我很不习惯。因为这让他看上去像极了一个民工。

连长,我想请假去一下旅部。

这么晚了去旅部干吗? 我让他进到屋里,倒杯热水递给他,现在车可能都没了。

我……我想找一下参谋长，看看我还能不能留队。

我愣了。我没想到周文明会提出这样的要求。谁都知道，退役名单是旅党委常委会研究确定的，参谋长也无权变更。这个时候再找谁都是徒劳。李峰的事就是明证。何况，我如果在这个时候把周文明放出去找领导，完全是拿着自己往枪口上撞。教导员传达的紧急通知里说得很清楚，哪个连队的兵为留队的事跑去找领导，哪个单位的主官就要受到严肃处理。显然，周文明给我出了个难题。

这是常委会研究的，参谋长也改不了。我说，你应该知道，去了也是白去。

我就想试一下。要是真的不行，也就死心了。

这也是张海波给你出的主意？

不是。和张班长没关系。周文明说着，从怀里掏出一个信封，我存的两万块钱，我都取了。实在不行，就给参谋长送掉。我听别人说办事要花钱，钱我没啥用。能让我留队，我干啥都行。

我的心像被一只手猛然捏住似的，一阵刺痛。我不知道怎么回答他。但我必须得给他一个明确的回答。

钱放下吧。我说，连长陪你去。

我同指导员打了个招呼，骑自行车带着周文明去了镇上。他抢着要骑车带我——以往我和手下的兵去镇上玩儿，总是兵骑车我坐后座——但显然，这次我不能让他带。他体重比我轻百分之七十并且腰还有毛病，更重要的是，从理论上讲，他已经不是我的兵了。我骑车走在路上，风吹得脸疼。到了镇上，我们把自行车放到一家熟识的小餐馆门口，然后打车去市里。到旅部已经九点多了。我带着周文明走过长长的林荫路，经过礼堂、办公楼和操场，一直走到常委住的那栋宿舍楼。

进去以后，你一定记住告诉参谋长，你是张安定的外甥，亲外甥。

参谋长认识我舅？

对，认识。我替周文明指了指三楼参谋长家的位置，你告诉参谋长,你想留队。他要问谁让你来的,你就说是我们连长韦佳节。

我站在楼前树下的黑暗里等待周文明。夜里很冷。星星很亮。我不知道他会和参谋长说些什么,也不知道参谋长会怎么说。依参谋长的脾气,很可能会把周文明训一顿。不过也难说。没准儿他真会帮周文明一把。但无论如何,我都不会有什么好果子吃。我已经做好了被收拾的思想准备。

我扔掉第四个烟头时,周文明从楼里出来了。他站在楼前,四处张望着找我。他黑色的剪影看上去如同一只孤苦无依的小兽。

参谋长怎么说?我从树下向他走过去。

没咋说。

你怎么说的?

我也没咋说。

怎么回事你,支支吾吾。我发起急来,到底怎么说的?

啥都没说。

为什么没说?

我没进去。

没进去?那你这么长时间都在哪儿?

我在楼梯上坐了一阵子。周文明转向我,路灯下他的双眼闪着晶莹的光亮,连长,我不找了。我不想让你受连累。咱们回吧。我想回连里了。

我感觉到周文明的身体在微微颤抖。我搂住了他的肩,和他一起离开。

十一

工作交接。办理退伍手续。物资点验。行李托运。向军旗告别。每完成一道程序,离老兵离去的时间就越近。再过十几分钟,这些熟悉的面孔将踏上列车,从军营回到故乡,从生活驶入回忆。

这是连队生活的固定课目和永恒法则。我站在车站月台上，周围都是欢送的锣鼓声军乐声、戴着大红花的退役士兵和包围着他们的曾经以及永远的战友。每个连队每年都要定时哭泣，不用担心遭到责怪或嘲笑。我就站在这些失声痛哭的军人们当中，看着他们洒下大量滚烫的泪水。

这些泪水总能让我想起张安定。指导员干满三年后，张安定一直没得到提升。我们不知道领导是怎么考虑的。但张安定看上去没有任何情绪，永远都那么乐观积极宽厚可靠。又过了两年，他才被破格提拔为营教导员。很久以后，有人说当年旅里主要领导考虑指挥连是个基层标杆，怕张安定走了这块牌子会倒，所以迟迟下不了决心。直到张安定把个指导员当得整个军里都赫赫有名时，新来的军政委才放出话来：胡闹！难道你们要让这个小伙子把指导员干到退休吗？

这或许是传说，但就我看来，张安定完全可以与这个传说相匹配。我在他手下当文书的时候，他就已经很有名了。就像没谁不知道他著名的大醉与大哭一样。他历来滴酒不沾，但上任第一年冬天老兵复员会餐时，他破例陪老兵们喝酒，他只有一瓶啤酒的量，所以一直留到会餐结束前才敢喝下杯中酒，然后红着脸醉倒在老兵们的怀里，被老兵们从饭堂抬回连队。到后来，抬着醉酒的指导员回连队，俨然成了我连老兵告别军营的一项特殊且庄重的仪式了。每次去火车站送老兵，大伙一个个抱着指导员的脖子哭得死去活来，往往是平时最屌最坏最让张安定操心费力的兵哭得最凶(他们回家之后，不管有什么好事坏事，仍愿意写信或打电话告诉张安定。我曾在一九九八年腊月二十七那天，一次从收发室取回过一百四十三张贺卡，都是那些已经离开连队很久的老兵写来的)。而平时总是乐呵呵的张指导员此时也顾不得爷们儿的身份，与老兵们抱头痛哭，泪如雨下，见之者无不感怀流涕。这场面不知被宣传科的新闻干事拿去换了多少稿费。那年从上级机关新调来一位政治部主任，听说这事后比较不舒服，大概是认为张安定是个大搞孙武吮疮之举以集晋身之资的沽名钓誉之徒，于是老兵走的那天就提前打电话给张安定说，你不要去车站送，连长去就行了。张安定是个执行命令非常坚决的同志，老兵们在连门口集合好准备带去大门口登车时，他对大家说，你们先走，我马上来。说完就躲回了连里。老兵们到了大门口，见指导员不来，死活不肯上车。现场指挥的副参谋长无计可施，只得叫个参谋跑步去叫。参谋到了连里，只见张安定正趴在桌子上抱着跟老兵的合影照片呜呜地哭，宛如一只漏水的龙头，把个参谋也整得眼圈泛红。直等张安定赶到大门口，老兵们才高兴起来，欢呼着簇拥着他上了车。到了火车站，自然又免不了大哭一场，洒泪而别。那位主任看到这一幕，也不禁感动地滚下泪来。不久后，张安定调任一营教导员。连里弟兄虽说老为指导员提升不了抱怨，但真看着指导员要走，又都舍不得了。最后一排长想了个主意，组织全连士兵党员联名写信给旅党委，要求组织上考虑全连官兵的要求，让张安定提职后继续留任。领导们还从未遇到过这等事，一时颇为踌躇。最后还是派那位主任来做工作。

主任把我们全连召集起来讲话，我至今还记着他说的话。那是我从军以来听过的最短的一次领导讲话，也是最让我难忘的一次领导讲话。

同志们，他说，张指导员这几年为了你们把心都操碎了，什么事都替你们着想，你们有一点进步他就高兴得了不得，你们犯了错误他就吃不下饭睡不着觉。现在你们的指导员要提升了，要进步了，你们却拦着不让他提升，不让他进步，你们就这么尊重你们的指导员，就这么爱戴你们的指导员?

一席话说得大家都哭了，主任自己也流了眼泪。那时候我不明白张安定明知道自己逢喝必翻，为什么仍会放任自己大醉。现在我有些理解了。他太累了，需要有机会忘却那一年里积累的疲倦和离别的忧伤。哪怕只是一次短暂的忘却。就像昨晚会餐时一样。我和每个老兵喝了满满一杯啤酒，和李峰我喝了三杯。周文明不会喝酒，这点和张安定一样。但他还是和我喝了一杯，我看着他的脸和脖子迅速变得通红。昨晚没有人摔碗。我心底里却希望有人能去摔一摔碗，好让我有个向他们道歉的机会。可是，没有。

不知为什么，这次我没有哭。我知道，如果不出意外，这将是我最后一次以连长的身份来送老兵。可我真的没哭。登车前，我逐个和每个老兵用力拥抱。在过去的几年里，我和他们极少有过这样亲密的举动。我需要树立自己作为一个连长的权威。只有这个时候，我们可以忘掉上下级关系，零距离地拥抱一次。

把老兵送上火车后，我在人群里看到了聂衡宝。他佩戴着整齐的帽徽、肩章和领花，显然是留队了。

连长好。他跑过来冲我敬个礼，好久没见了连长。

久什么久，没几天。

连长，我留队了。

知道你留队了。用不着给我报告，我已经不是你的连长了。不过你记住，你留队的指标是我们三连的。

是，连长。

你不去送你们连的老兵，跑到这儿干吗？

我跟他们不熟。聂衡宝讪讪地，我来送送周文明。我给他买了点吃的。

噢，你应该来送。你知道吧，你的指标本来是周文明的。

这时候，火车开始鸣笛。我扔下聂衡宝，快步向车前走去。此刻，许多老兵从车窗探出身子，不停地挥手或者握手。我看见周文明默默地坐在车窗边，像一尊雕像。我看着他，突然发现他的侧影像极了张安定。这几年，我从来没有注意过这一点。

周文明。

到！他立刻站起来，把脑袋伸出窗外。

我看着他。我想告诉周文明，他没能留队是因为我把他排到了后面。可是话到嘴边又咽回去了。我积攒不起那么多的勇气。如果我是对的，我为什么不敢说？可如果我是错的，那对的又是什么？我不知道。

有空给我打电话。

是。

回去多注意你的腰，少干重活，别再伤着了。我说，给你的膏药你坚持把它用完，要是有效果，你早点给我说，我再给你寄。

是，谢谢连长。

周文明……

到。

连长对你的表现很满意！

连长……周文明眼泪汪汪，说不出话了。

回去好好干，连长等着听你的好消息！

是。

多保重！

是。周文明给我敬个礼，连长你也多保重。

我不知道该说什么。我也没办法说了。我坚持不让自己的眼泪流下来，可这是注定守不住的马其诺防线。车轮缓缓转动起来，月台上呐喊声顿时响成一片。我被人流挤到了后面，突然看见已经坐回去的周文明重又站起来，把上身探出车窗冲我大喊。

我听不清周文明说什么。我拼命挤进人群，冲上前去想抓住他的手。我看到他飞快地从大衣口袋里掏出个东西递给我。一瞬间，我的指尖传递出炸馒头片的形状和春天般的暖意。我还想再去抓周文明的手，戴着钢盔的纠察拦住了我。我看着周文明露在车窗外，像张安定一样瘦削的脸越来越小，终于消失在我模糊的视野之中。

（《小说月报》2010 年第 10 期选载）

编后语

作为一份矢志于忠实记录当代小说发展轨迹的文学选刊，《小说月报》自 1980 年创刊以来，始终关注军旅作家的小说创作以及反映军事题材和军营生活的优秀作品，与军旅小说结下了不解之缘。众所周知，军旅小说是当代文学版图上极为引人瞩目的板块，从新时期之初便进入了一个新的创作高峰期，特别是在中短篇小说领域，涌现出一大批脍炙人口的经典力作，造成了一个又一个轰动效应；众多优秀的小说作者自军营起步，一鸣惊人，成为文坛的中坚力量。在几代作家的携手努力下，当代军旅小说创作在题材的广度、思想的深度与艺术的力度上均经历了跨越式的发展。《小说月报》有幸见证了这一过程，并记录下军旅小说在各个发展阶段所取得的累累硕果。

有鉴于此，《小说月报》编辑部将上世纪八十年代以来所选载的军旅题材中短篇小说佳作加以全面梳理总结，编辑了这套“小说月报军旅小说”丛书。本丛书所收录的作品或再现革命战争时期重大历史事件，或表现建国以来我军官兵保卫边疆、建设祖国的英雄事迹，或展现和平时代军营生活与当代军人的风采，均为经历时间淬炼、广受读者好评的经典之作。如著名作家李存葆先生撰写的序言中所说：“这套丛书是对三十余年来军旅小说的蹑迹追踪，是对新时期以来军事文学的高度浓缩，是对军旅文化的‘切片’的高倍‘透视’，也是对老、中、青军旅小说家的一次盛大的检阅。”从中可以读到，“军旅小说家们饱吮着自己的心血，在作品中留下的军人的风骨和血肉，展现出了一个民族的精神坐标”。

由于军旅小说创作随着时代的发展和创作阵容的更新换代，从上世纪八十年代、九十年代到新世纪以来，呈现出题材、风格的不同特色，这套丛书也以时代为序，分为三卷：《沙场秋点兵——小说月报军旅小说·八十年代卷》、《梦回吹角连营——小说月报军旅小说·九十年代卷》、《醉里挑灯看剑——小说月报军旅小说·新世纪卷》。三卷的标题均取自辛弃疾《破阵子》中的词句，我们希望以此尝试性地概括军旅文学在不同历史时期所体现的主旋律。

和我们过去编选的“小说月报三十年”丛书一样，这套“小说月报军旅小说”丛书也是基于当年选刊篇目的二度筛选，从策划立意、制定标准到确定篇目，经过多次讨论、反复推敲。编选中力图兼顾小说艺术的普遍尺度与军旅题材的特殊规律，既收录了艺术魅力历久弥新的名篇，也选入了那些保留鲜明时代色彩的作品；其中有不少是知名军旅作家的成名作、代表作，也有一些非军旅作家表现军事题材、反映军人生活的优秀作品。因容量所限，我们只能选入每位作家最具代表性的一篇作品；还有多篇作品因篇幅过长，不得不暂列为“存目”，所幸读者也可从我们编选的“小说月报三十年”丛书、“小说月报百花奖获奖作品集”等书中找到这些作品。

本丛书每一卷中收录的作品基本按《小说月报》选载时间先后为序（《梦回吹角连营》一卷因需分为上下册，略有调整）。编辑所有作品，均以当年《小说月报》的版本为底本，因为三十年中出版物依据的文字与标点使用规范有所不同，为求统一，在不影响原文的情况下略加整理，其中个别表述与提法带有明显时代特点，为保存原貌亦未加改动。

在本书编辑过程中，承蒙各位作者的大力协助，值此机会表示我们最诚挚的谢意。著名军旅作家李存葆先生在百忙之中专门撰写序言，高屋建瓴地总结了军旅小说的文化价值，令这套丛书增色不少，在此特别鸣谢。虽经多方联络，但仍有个别作者或版权继承人我们未能及时取得联系，在此深表歉意，万望见书后及时与本刊联系，我们将寄送样书、稿酬。感谢各界朋友多年来对本刊始终如一的厚爱与支持，真诚期望您对我们工作中的不足之处，给予批评指正。

《小说月报》编辑部

2012年12月